湖北省学术 出版专项资金
Hubei Special Funds for
Academic Publications

# 中国学术档案大系

主编　陈文新

本书为国家社科基金重大项目"辞赋艺术文献整理与研究"（项目编号：17ZDA249）阶段性成果

# 赋学档案

蒋晓光　主编

WUHAN UNIVERSITY PRESS
武汉大学出版社

**图书在版编目(CIP)数据**

赋学档案/蒋晓光主编.—武汉:武汉大学出版社,2022.8
中国学术档案大系/陈文新主编
湖北省学术著作出版专项资金资助项目
ISBN 978-7-307-18662-0

Ⅰ.赋…　Ⅱ.蒋…　Ⅲ.赋—文学研究—中国　Ⅳ.I207.224

中国版本图书馆 CIP 数据核字(2016)第 220204 号

责任编辑:李　程　　　责任校对:李孟潇　　　版式设计:马　佳

出版发行:**武汉大学出版社** 　(430072　武昌　珞珈山)
　　　　　(电子邮箱:cbs22@whu.edu.cn 网址:www.wdp.com.cn)
印刷:武汉科源印刷设计有限公司
开本:720×1000　1/16　印张:25　字数:372 千字　插页:1
版次:2022 年 8 月第 1 版　　2022 年 8 月第 1 次印刷
ISBN 978-7-307-18662-0　　定价:89.00 元

# 目 录

# 20 世纪以来赋学研究概述(代序)

　　赋是中国文学中一种特殊的文体,介于诗、文之间,兴于先秦而盛于两汉,其体式也因时而变,极富创造力,能在原有体制基础之上不断创生新体。自汉代盛行散、骚两体之后,六朝的骈赋、唐代的律赋皆能自创一格,垂范后世。及至宋代,散体赋、骚体赋、律赋、文赋诸体并盛,沿习至清。赋学研究起源甚早,但在赋体兴盛的汉代,汉人时常将"楚辞"视为赋,《史记》《汉书》中屡见其例,而《汉书·艺文志》的"诗赋略"亦将屈原、宋玉的作品统一归在赋类,后世批评中也有将辞、赋混同的传统,因此如何对待辞与赋的关系成为辞赋学研究中的一项重要议题。由于本书题为"赋学档案",而在本丛书中另有学者编撰《楚辞学档案》,那么本书对于《楚辞》一书的研究则不涉及。

　　赋的研究与赋的发展几乎同步,汉代是赋体兴盛的时代,而赋的研究也随之兴起,绵延至晚清民国,赋学研究一直是中国文学研究中的重要内容。在进入现代学术体系之前,古代的赋学研究多以零散评论、选本、选本附评点以及赋论专书的形式出现。20 世纪以来,现代学术视野下的赋学研究历经民国初年的萌发,以及 20 世纪后期的复兴与壮大,逐步形成鲜明的特色,并取得了较高的成就。

　　在 20 世纪上半叶,赋的研究并不是文学研究的重镇。晚清民国以降,随着西学的涌入,编撰文学史并将之用以大学教学蔚然成风,而此时赋的研究多是以章节论述的形式在文学史的著作中出现,且多在汉赋和六朝赋上着墨,唐以后的赋较少提到。赋学研究的专书在这一时期虽有出现,但数量不多。陈去病的《辞赋学纲要》仅至宋代,且并无详论,金钜香的《汉代词赋之发达》、陶秋英的《汉赋之史的研究》专门研究汉赋,而日本学者铃木虎雄撰写的《赋史大要》反而成为一部较有特色的通史著作。当然，这一时期许多学者也发表了与赋学有关的论文，散见于各家报纸杂志，其中虽然包含不少杰作，但毕竟数量有限。中华人民共和国成立以后，赋的文学性质受到质疑，尤其在赋体文学中所展现的铺采摛文的修辞特征与大赋提倡的歌功颂德的创作主旨，不断受人诟病，因此20世纪50年代至70年代，大陆的赋学研究几近停滞，略能对其进行客观研究的，应属当时几部流传甚广的《中国文学史》教材。与此同时，台湾地区的部分学者仍在进行赋的研究，但也接续此前的传统，集中在对汉魏六朝赋的研究上，而对唐以后的赋重视不够。

20世纪80年代以来，赋的研究逐渐成为古代文学研究中的重要领域。究其原因，首先当归为更为理性客观的学术观念的形成。80年代以来，古代文学的研究渐趋理性与科学，能够全面认识古人留存的文学遗产，在诗、词、散文之外，逐渐认识到赋体文学在中国文学发展史上的价值，是中国古代文学不可分割的重要部分。其次，80年代以后古代文学的研究者数量不断增加，其中杰出者的学术水平于前人也不遑多让，加之国家数十年的和平发展和巨大科研投入，他们有更深厚的学术功底和更充裕的时间、更便利的条件进行文学研究，在学术观念转变的情势之下，必然有更多的学者投入赋学研究，此为学术发展的必然。当然，20世纪80年代至今赋学研究的鼎盛，也与20世纪前80年的不充分研究联系在一起。与诗词、戏曲、散文的研究受到重视不同，赋的研究在八十年间并不充分，无论文献整理还是学理探索，都尚处在初级阶段，这就给后来者的研究留下了大量的拓展空间。

通观这三十年来的赋学研究，其成绩主要表现在以下几个方面：

第一，赋史著作大量出现。相关著作的多寡往往能够反映一门学科的兴废程度，优秀的赋学著作更能反映出研究者的综合学术水平，以及本学科研究的深度与广度，赋史著作的价值则首当其冲。80年代以来，高水平的通史著作得以出现。马积高的《赋史》、郭维森与许结合撰的《中国辞赋发展史》是这一时期的重要赋学论著，他们对各阶段的赋学发展面貌的研究均极为重视，对于推动唐以后赋的研究起到了巨大的作用。而断代的赋学著作也大量问世，龚克昌的《汉赋研究》、姜书阁的《汉赋通义》、刘斯翰的《汉赋：唯美文学之潮》、万光治的《汉赋通论》、康金声的《汉赋纵横》、阮忠的《汉赋艺术论》、高光复的《汉魏六朝四十家赋述论》、曹道衡的《汉魏六朝辞赋》、程章灿的《魏晋南北朝赋史》、王琳的《六朝辞赋史》、韩晖的《隋及初盛唐赋风研究》、刘培的《两宋辞赋史》、李新宇的《元代辞赋研究》、孙海洋的《明代辞赋述略》等对一定时期赋的整体发展均有全面的研究。在赋论方面，出版了许结《中国赋学历史与批评》与《中国辞赋理论通史》、何新文等合撰的《中国赋论史》。赋学研究的广度相对前人而言，已经大大增加。

第二，赋体文学的深入研究得到加强。赋体文学不仅体制特殊而多样，且赋的内涵也极为繁复，三十年来的赋学研究愈加重视在纵深方面加强对赋的研究。在著作方面，如赋的分体研究，有黄水云的《六朝骈赋研究》、王德华的《唐前辞赋类型化特征与辞赋分体研究》、邝健行的《科举考试文体论稿：律赋与八股文》、赵俊波的《中晚唐赋分体研究》、赵成林的《唐赋分体叙论》、彭红卫的《唐代律赋考》、詹杭伦的《清代律赋新论》等，唐以后兴起的律赋受到研究者的重视；专家赋研究：李天道的《司马相如赋的美学思想与地域文化心态》、招祥麒的《潘尼赋研究》、李锡镇的《庾信〈哀江南赋〉的批评与诠释》、郑色幸的《柳宗元辞赋研究》、王良友的《中唐五大家律赋研究》、李燕新的《东坡辞赋研究——兼论苏过辞赋》等；赋的主题研究：刘向斌的《西汉赋生命主题论稿》、蔡辉龙的《两汉名家畋猎赋研究》、孙旭辉的《山水赋生成史研究》、林天祥的《北宋咏物赋研究》、吴仪凤的《咏物与叙事：汉唐禽鸟赋研究》等；赋与文化、制度关系的研究：许结的《赋体文学的文化阐释》和《赋学：制度与批评》、李志慧的《汉赋与长安》、曹胜高的《汉赋与汉代制度——以都城、校猎、礼仪为例》、郑明璋的《汉赋文化学》等。同时，俗赋受到重视，伏俊琏的《俗赋研究》是这一领域研究的重要收获。

20世纪80年代以来，论文撰写愈来愈受到学界的重视，甚至成为考量学术的重要指标，因此在当前学界，许多优秀的著作出版之前，则先有相关的高水平的论文问世。以各类期刊数据库的统计发现，近年来，每年发表有关赋学的论文达数百篇之多，且在逐年上升，如《文学评论》《文学遗产》等重要刊物，每年均发表不少的赋学论文，反映出赋学研究的兴盛态势。在众多论文之中，涉及论题也丰富多样而难以一一列举，囊括赋学研究的各个方面，总体来看都是深入细致的专题性研究，表明赋学研究已经达到较为精细化的程度。尤其是较为出色的论文，视野开阔，而又论点集中，皆能在一篇之中解决具体的问题，其深度甚至超过一般著作，更能推动赋学研究的发展。

　　第三，赋学文献的整理与赋的传播受到重视。赋学研究的兴盛带来赋学文献整理的逐次展开，近年来，龚克昌等人编撰的《全汉赋评注》与《全三国赋评注》、费正刚等人编撰的《全汉赋校注》、韩格平等人编撰的《全魏晋赋校注》、简宗梧等人编撰的《全唐赋》、曾枣庄等人编撰的《宋代辞赋全编》、曲德来等人编撰的《历代赋广选新注集评》、赵逵夫主编的《历代赋评注》、马积高主编的《历代辞赋总汇》、张锡厚的《敦煌赋汇》、伏俊琏的《敦煌赋校注》、詹杭伦等人编撰的《历代律赋校注》以及许结主持的《历代赋汇》校订工作，都是新时期赋学文献整理的重要成果。此外，王冠主编的《赋话广聚》搜罗了较多古代的赋话。赋学文献的整理，既是赋学研究的必然结果，又会推动赋学研究的进一步深入。与此同时，自80年代起，作为对赋学研究兴盛局面的回应，赋学选本、赋学词典大量出现，对赋的宣传与普及有重要功用。比较重要的赋选，体量较大的如毕万忱等主编的《中国历代赋选》，较有特色的有曹虹、程章灿注释的《程千帆推荐古代辞赋》、许结的《中国古典散文基础文库·抒情小赋卷》、魏耕原的《历代小赋观止》、王巍的《历代咏物赋选》、黄瑞云的《历代抒情小赋选》等，此外相关的选本还有很多。当然赋的选本，一些由著名学者编选、注释，一些则由出版社组织编撰，质量虽有不同，但对赋的推广均有积极的意义。辞典方面，如迟文浚等编撰的《历代辞赋辞典》、霍松林主编的《辞赋大辞典》等都是较有成就的。

　　赋是极具中国特色的文体，在西方文学中，并没有能够与之对译的文体，加上赋的"体国经野，义尚光大"的质性①，因此赋体文学

---

　　① 刘勰：《文心雕龙·诠赋》。

也是中国文化中极具特色的一部分。赋在发展的过程中，历经唐前的繁华与唐宋之后的平淡，但"赋兼才学"的观念已经深入人心①，始终在中国文学中保持着较为特殊的地位，作赋也成为古代士子逞才与统治者选才的一种方式。魏收云："会须作赋，始成大才士"②，赋是彰显个人广博学识的载体，卞孝萱先生曾经指出，"每一篇大赋就是一个系统的文化工程"③，我们研究赋，则需要全面认识赋体文学丰富的文化内涵。未来的赋学研究，必会开拓更多新的课题。

---

① 刘熙载：《艺概·赋概》。
② 《北齐书·魏收传》。
③ 卞孝萱：《中国文化制度述略·序》，许结：《中国文化制度述略》，凤凰出版社 2005 年版。

20世纪以来赋学研究经典论著评介

# 赋在中国文学史上的位置（存目）

## 郭绍虞

【评　介】

　　郭绍虞（1893—1984），江苏苏州人，原名希汾，字绍虞。郭绍虞一生主要从事中国古典文学、中国文学批评史的研究，早年辗转在福州、北京、上海等地大学任教。1921 年，与郑振铎等人发起成立文学研究会。中华人民共和国成立后，任同济大学文学院院长，同济大学文学院并入复旦大学后，转入复旦大学中文系任教。著有《中国文学批评史》《沧浪诗话校释》《宋诗话考》《宋诗话辑佚》等，为中国文学批评史学科的建设与发展作出了巨大的贡献。

　　这篇文章作于 1926 年，按作者文中叙述以及 1963 年附记的说明，其写作主要指向于两个问题：一是在西学冲击之下，部分研究文学史的学者否定赋体文学的价值，认为"最无价值"，甚至不是文学；一是当时学界对介于小说与诗歌之间的文体未能明确辨析，实则可以归为赋体。文章虽是有感而发，但事实上对赋体文学的认识是极为深邃并具有新意的，其价值主要体现在以下几个方面：

　　第一，作者对赋的发展阶段有明确划分。文章从赋的演变历史考察赋体的形成与演变的过程，认为赋体文学在历史上曾出现过短赋、骚赋、辞赋、骈赋、律赋、文赋等不同形制，究其原因则是受到当时流行文体的影响，作者进一步推测，"既然骈文盛行的时期有骈赋，律体盛行的时期有律赋，古文盛行的时期有文赋，则当现在语体盛行的时期，不应再有语赋——白话赋——的产生吗"？因此文赋并不是赋体演进的最后阶段。显然，作者从文学发展的规律出发，有意延续赋体文学的生命，其对赋体文学不同时代呈现出的不同文体特征的把握也是至为宏通的。

第二，作者直接肯定赋体文学的价值。文章首先区分诗赋两体的差异，认为诗偏于抒情，而赋偏于写景，并且赋在文体上是两栖的，即介于诗与散文之间，不能仅仅将抒情文学视为文学，而将体物文学排除在外，并进一步认为，凡用文的体裁而有诗的意境者是赋，是对赋体概念的新解。实际上，作者是言赋之体物，并不与抒情相矛盾，因此赋之作为文学的一体，是值得后世重视和研究的。郭氏在为陶秋英《汉赋之史的研究》一书作序时指出①，"赋法最能发挥中国语言文字之特性，又最适合中国人思想之范畴"，可见作者对赋体文学的重视是一以贯之的。

此篇虽为短制，但其对赋体文学的把握以及对赋体文学价值的认识都是极为高明的，是 20 世纪早期赋学研究领域的重要论文。

（蒋晓光）

**郭绍虞赋学论著目录：**

《赋在中国文学史上的位置》，《小说月报》十七卷号外《中国文学研究》（1927 年）。

———————————

① 该序作于 1936 年，原题《论赋序陶秋英赋史》，后改作《论赋兼及赋史》，收入《照隅室杂著》一书。

# 辞赋起源：从语言时代到
# 文字时代的桥(存目)

## 万　曼

【评　介】

　　万曼(1903—1971)，天津人，原名万礼黄，1923 年毕业于新学书院，早年积极从事文学创作，发表过小说、诗歌，后长期任教于中学，同时研究中国古典文学。中华人民共和国成立后，担任河南文教出版社副社长、开封师范学院中文系副教授。著有《辞赋起源》《司马相如赋论》《唐集叙录》等。

　　文章开篇挑明一个结论："辞赋，这文学形式，便是由口语文学转移到书面文学的一个主要枢纽。在辞赋的时代以前，文学作品多半是口语的记录。辞赋时代以后，文学作品才完全是书面写作"，作者由此考察辞赋的起源问题，其间有两个方面的论述值得我们重视：

　　第一，屈原之前，赋的各种因素及其特征均处于聚集阶段，而停留于口语的层面。文章认为，春秋时代的"用诗"在神趣上与赋接近，而"口赋"又与赋旨极近，但并非辞赋的起源形式，"辞赋的起源必要脱离诗歌的形式，而由散语重新萌生"。战国以后，语言技术更加发达，诸子善辩，纵横之言盛行天下，而尤以齐国稷下学宫的文士为代表，涌现出一批谈锋甚健的语言大师，常用的对问、逞辞模式已开辞赋体制之源。

　　第二，屈原赋的出现标志着辞赋文体开始落实于文字创作，并促使辞赋的发展走向成熟。文章认为，屈原运用楚歌的形式，借鉴春秋以来的语言技术，加之在政治上的无所告诉，转向文字书写，于是书面文学的时代随之到来。秦汉之际纵横习气再起，游谈复兴，然经司马相如、扬雄等人在辞赋创作上的努力，终于将汉赋发扬成纯文字的制作，于是赋体由附庸而蔚为大国，但汉代赋家始终注重从语言中汲取有益的成分用以辞赋创作。

实际上，文章的意义不是只在论述辞赋的起源，而是将辞赋起源的意义和价值放置在了早期中国文学由口语向文字过渡的宏大背景之中。书面形式的辞赋作品的出现，不仅标志着辞赋文学的成熟，更在于成为整个中国书面文学创作的起点，辞赋的出现，在中国文学史上具有划时代的意义。

文章的行文犹如一篇讲稿，娓娓道来，虽然篇幅不大，但能将辞赋起源的问题界定在口语文学向书面文学转变的历史节点上进行探讨，实则独具慧眼，对于我们今天研究辞赋文学具有重要的借鉴意义。

（蒋晓光）

**万曼赋学论著目录：**

《司马相如赋论》，《国文月刊》1947 年第 55、56 期。

《辞赋起源：从语言时代到文字时代的桥》，《国文月刊》1947 年第 59 期。

《辞、赋、颂》，《河南师范大学学报》(社会科学版) 1982 年第 5 期。

# 论赋的源流及其影响

## 马积高

赋是我国古代文学中一种重要的体裁，也是一种很有民族特色的体裁，但是六七十年来，人们对这种文体的研究，同任何其他体裁的文学相比要少，一度几乎有被禁锢的趋势。近些年来，在实事求是的思想的指引下，有些同志已开始注意到它。但迄今为止，研究的论文仍多集中于汉赋，魏晋至隋，问津者已不多，唐以后就少有人涉及了。

赋的这种遭遇，不能说同它本身毫无关系。单就数量说，赋固然比不上诗、文，也比不上小说、戏曲，在古典文学的广阔土宇中，它应算是一个小国。但是人们轻视赋，根本原因不在于它的"小"，而在于一些流传的观念束缚着许多人的头脑，妨碍着他们对之进行实事求是的研究。其中，辞赋分流论和汉以后无赋论这两个流传的观念，我以为尤其是促使人们轻视乃至歧视赋的重要原因。此外，忽视各种文学体裁间的联系，特别赋与其他文学体裁间的互相促进的关系也影响人们对赋作正确的评价。故在这里，我想就这三个问题谈一点看法。

## 一、辞与赋的关系和赋体的流变

大凡读过屈原的作品的人都知道，他的作品叫"楚辞"，也可称为"骚体"，也可叫做诗。当然，也有一些人知道他的作品又叫做赋，因为司马迁的《屈原贾生列传》就明写着屈原"乃作《怀沙》之赋"，这《怀沙》即《九章》之一。这篇《传》还写到贾生(谊)"为赋以吊屈原"，而其赋的体式与屈原之作大体相似。《汉书·艺文志》则更明确地把屈原赋二十五篇列入赋类。《史记》《汉书》都是研究古代文化的权威著作，因此，一般地说，确认屈原之一些作品也叫赋应是没有问题的。但是，事实上有的学者也不把屈赋看作"赋"，只称为辞或骚。这种分别始于梁萧统的《文选》，至清程廷祚又从另一角度加以申述，从而得到一些人的赞同。产生这种分歧是不足怪的，因为赋这种文体本来就有不同的源和流。它们之称为赋，是由其共同的特征所决定，而这共同特征却因为受了各种文学观点的干扰而弄得模糊不清，于是人们就各执一端了。

为了弄清这个问题，我们必须回顾一下赋的形成过程。

赋的本义是赋敛，引申为以物班布与人。又赋、铺音近，故赋复有铺陈之义。由铺陈再衍变为诵诗言志。《国语·周语》载邵公说："公卿献诗，师箴，瞍赋。"《左传》隐公元年记郑庄公赋"大隧"，并记其他卿大夫在聘问时的赋诗，这"赋"字的意义均为朗诵。《毛诗·定之方中·传》说"登高能赋，可以为大夫"，亦此义。作为文体名称的赋，则又是由朗诵这个意义变来，即由动词变名词。《荀子》有《赋篇》，《韩非子·外储说左上》说："且先王之赋颂，钟鼎之铭，皆播吾之迹，华山之博也。"即是以赋正式作为文体的名称。至于《周礼》说，大师"教六诗：一曰风，二曰赋，三曰比，四曰兴，五曰雅，六曰颂"之"赋"，则说者纷纭，可存而不论。但可以断言，这里讲的赋，并非如后人所说，是指诗的一种写作方法，而可能是指诗的朗诵或供朗诵的诗。否则，把它同比、兴一道列在风、雅之间就不可理解了。

由赋的名称的建立可知：赋的特点就在于它是供朗诵的。这有两方面的含义：对那些合乐的歌诗而言，它是不歌的；对散文而言，它又是便于朗诵的韵语。赋的这一特点及其由来汉人是很清楚的，《汉书·艺文志》就明确地说：

> 传曰：不歌而诵谓之赋，登高能赋，可以为大夫，言感物造端，材知深美，可与图事，故可以为列大夫也。古者诸侯卿大夫交接邻国，以微言相感，当揖让之时，必称诗以谕其志。……春秋之后，周道浸衰，聘问歌咏，不行于列国，学诗之士，逸在布

衣，而贤人失志之赋作矣。

据刘勰《文心·诠赋》说："刘向明'不歌而诵'"，则知《汉志》此文，实本于刘向《别录》，可见乃是汉人相传的说法。

赋虽以"不歌而诵"为特点，但因其衍变的来源不一而有不同的体式。大致说来，它有三个不同的来源，因而也有三种不同的基本体式：

（1）由楚声歌辞衍变而来。屈原的《离骚》《九章》等即属此类，后人称为骚赋或骚体赋，也称为辞。辞可以解释为歌辞，《九歌》能歌，已成定论。自不能称为赋。明杨维桢曾悬测《骚》亦可弦歌（见《东维子文集》卷十一《沈氏今乐府序》），近人更有引申其说的。《离骚》及《九章》的一些篇都有"乱"，《论语·泰伯》载孔子曰："师挚之始，关雎之乱，洋洋乎盈耳哉!""乱"是乐曲的尾声，看来似不能排除屈原的这些作品也像《九歌》一样有合乐的可能性。若果如此，屈原的这些作品能否称为赋就有问题了。但是，正如我们在前面引证的，司马迁和班固都称屈原之作为"赋"，又《汉书·王褒传》："宣帝时……征能为《楚辞》九江被公，召见诵读"。可见至少在汉代，屈原之作已不能歌了。再从汉代的乐府歌辞尚无长篇巨制来看，我以为，《九歌》应是可歌的，《离骚》之类就不应是可歌的，它之所以有"乱"，不过是假乐曲尾声之名以为篇末的总结罢了。他这类作品之所以也称"辞"，是因为它本是仿楚声歌辞（如《九歌》之类）而作，正如后代的乐府诗也不合乐而仍称为乐府歌诗一样。再退一步说，即使将来从地下发掘物中找出证据，证明《离骚》之类是可歌的，那么，它也仍然是骚赋的源头。

（2）从战国策士的说辞和诸子的问答体演变而来。相传为屈原所作的《卜居》《渔父》和宋玉的《风赋》等即这类赋的先导。这是一种以韵语为主体、散韵夹杂的文体，前人未有定称，我认为当称为文赋。由于有人怀疑《卜居》《渔父》不类屈原本人所作，《风赋》及《好色》《高唐》等赋是否为宋玉所作也有人致疑，因而现代一些文学史多抹去这些作品不提，有的人更公开断言这种赋体只有到汉代才产生。我认为这是一种轻率的态度。因为《卜居》《渔父》即使非屈原所作，但司马迁在《屈原列传》中已引用了《渔父》中的文字，且无论从用韵和文风来看，它都是战国时期之作，我们决不能加以忽略，从而截去这种文体的源头。至于宋玉之作，则无论从哪一方面来看，也非后人所能伪造，拙著《赋史》对此作了较详细的论述，请参看。这里要指出的是，文赋虽在体制上是从游士的说辞和诸子的问答体蜕变而来，但其在艺术上注重铺张的描写，在语言上注意词藻的夸饰，特别是大量使用双声叠韵的形容词，这都显然受到骚赋的影响。宋玉的《高唐》《神女》二赋，更是镕铸骚体与问答体为一，说明骚体与文赋在其形成的早期，就已互相渗透。程廷祚仅仅根据一部汉赋与屈赋在思想精神上有别就说："骚则长于幽怨之情而不可以登清庙，赋能体万物之情状，而比兴之义缺焉。"把它们截然分开，骤看似有理，殊不知文体不能完全从内容上分，且文赋亦未始无写幽怨之情的作品，舍此不顾，而强加分别，既不能很好地认识赋体演进的轨迹，也不能很好地认识我国历史上各种文体互相影响从而产生出一些新的文体的规律。

（3）由诗三百篇演变而来。此类前人亦无定称，我把它称为诗体赋。屈原的《天问》、荀卿的《赋篇》基本上都属于这一类。只是《赋篇》中的《礼》《智》《云》《蚕》《箴》等赋还受到问答体的影响，而《天问》则采取了一种特殊的提问的形式。然其以四言作为主体则是一致的。贾谊的《鹏鸟赋》虽有"兮"字（《史记》《文选》有，《汉书》无），实际上也以四言为主。至扬雄的《酒赋》、蔡邕的《青衣赋》，就变成比较整齐的四言体了。不过，纯粹的四言诗体赋并不多，而在文赋或骚赋中夹用四言韵语则较为常见。这也反映各种赋体的互相渗透。此外，随着五、七言诗的产生，也有全用五、七言作赋的，但那更是个别的特例。

赋的这三种形式，后来都有所变化，但其中一三两种在后代的变化都不大，变化较大的是文赋。

在汉代，文赋的变化仅从形式上看有三个方面：一是规模扩大了，产生了《七发》《子虚赋》《上林赋》《两都赋》《两京赋》那样的规模宏阔的大赋。二是有的文赋不再用问答体，如扬雄的《甘泉赋》即完全用作者的语言来叙述和描写。三是有的文赋不再散韵夹杂，而是全用骈俪的韵语，东汉张衡的《归田赋》即其开端。这种新体文赋，人称为骈赋或俳赋。

在魏晋南北朝，骈赋是赋的一种主要形式，并且由开始只注意前后两句长短的对称发展成词语的对偶，到梁陈，还有赋作家开始注意对偶句声调的对称和协调。不过，当时尚未考究严格的对仗和平仄的对应。

唐代在骈赋的基础上又产生了一种叫律赋的新体。它除了要句式的骈偶和对仗的工整之外，还要求限定用韵和限定字数。初时限定的韵脚为四到八个不等，后来固定为八个。这种赋体是适应科举考试的需要而产生的，从唐高宗时开始，基本上一直流衍到宋金。至元才废止考律赋，用古赋代替。明清都不考赋，然清翰林院试律赋，故清时又颇流行。

随着古文运动的兴起，唐代的文赋还发生了另一种变革，即用战国西汉时的标准文言来写赋，同时又废除西汉大赋那种过多的铺叙和板重的语言。这种赋后人称为散文赋或文赋，但它实际上同《卜居》《渔父》和《风赋》没有什么重要区别，我认为应该称为新文赋。此外，唐代还存在一种用更通俗的语言写的赋，但过去不为人们所知，至清末才从敦煌石窟中发现，学者们称之为俗赋。

赋体的变化到唐代可以说就结束了，宋以后，赋在语言的通俗化和艺术构思与表现技巧的多变上还有一些发展，但基本的体式已经固定了。所以，从体式上说，唐赋是赋的发展最为完备的时期，也可以说是众体争妍的时期。

## 二、汉赋在赋的发展史上的地位和汉以后赋的新成就

历来称颂汉赋的不少，但是，据我所知，明以前并没有人以汉赋为准绳来否定以后的赋，更没有人用赋来代表汉朝一代的文学。明代的李梦阳，始提出要"究心骚赋于汉唐之上"。清代的焦循继之，明确提出赋为汉朝"一代之胜"，此论得到清末民国初王国维的赞同，章太炎更极力推崇汉赋，认为汉以后"小学亡而赋不作"。他们这样推崇汉赋，其出发点是不相同的，然而却造成了一个共同的效果：使

人们以为汉赋就代表着整个赋的成就，加之过去人们讲汉赋，又主要看重枚乘、司马相如、扬雄、班固、张衡等的大赋，于是又造成一种假象：仿佛所谓汉赋指的就是这些赋，而这些赋恰恰又是近人所说的宫廷文学，是被贬斥和否定的，这样一来，整个赋也就给否定了。近几年来，有的同志提出要对汉大赋加以再评价，其原因亦在此。

对于汉赋(包括大赋)是否需要再评价呢？我认为是需要的。即以汉大赋而言，它确实是宫廷文学，也确实不免为扬雄所检讨的是"劝百而讽"。即对统治者的颂扬多于讽谕，同时，它也确实有着过多的罗列名物、过多的堆垛模糊不清的形容词的缺点，然而如从文学发展的观点来看，我觉得它至少有下列的贡献：

(1)它反映了当时皇帝和藩王宫廷生活的各个方面，包括他们的规模巨大的田猎活动，祭祀鬼神的迷信，奢侈的饮食，歌舞百戏的享乐生活，豪华精美的宫廷建筑以及其他各种宫廷艺术品的奇巧奢靡，等等；此外还有关于壮阔的自然环境和景观的描绘，以及对各种珍禽异兽的记载。这些大多是过去的文学作品没有涉及或未作充分描写的。它不仅扩大了后来作者的艺术眼界，也成了我们今天研究当时的宫廷生活和当时的建筑、歌舞百戏、绘画、雕刻以及其他工艺方面成就的最有价值的史料。

(2)它虽然有不少笨拙的描写，但有更多的精确、细腻而形象的刻画与形容。如《七发》中对江潮的描绘，《子虚》《上林》中对游猎场景的形容，《甘泉》《鲁殿灵光》等对宫殿建筑的刻画，《两都》《两京》等对两汉文物制度的描述，都是委曲详尽，甚至栩栩如生的，不但为《诗经》所不可企及，也弥补了屈宋赋的不足。仅就技巧之工来说，似非乐府歌诗所能比。

(3)在语言方面，它确实用了一些叠床架屋的形容词，但双音词的大量运用，也使文学语言大大地丰富起来，给后代作者以丰富的营养。

因此，这些大赋虽然用今天的眼光来看，其艺术水准并不是很高的，有的部分甚至是较粗糙和笨拙的，然其对历史的贡献却是不可磨灭的。

不过，我认为，在考察汉赋时，我们并不应过多地看重其中的大赋，而要更多地注意那些抒情意味较浓的短赋以及一些描写某一较小的事物或场景的较短的赋。前者如贾谊的《吊屈原》《鵩鸟赋》、司马相如的《长门》、东方朔的《答客难》、扬雄的《酒赋》、班彪的《北征》、张衡的《归田》、蔡邕的《青衣》《述行》等，后者如王褒的《洞箫》、傅毅的《舞赋》、马融的《长笛》，等等。这些赋同样也开拓了新题材，而在艺术上则达到了更高的水准，代表着汉赋在艺术上的成就。如《长门》的写宫怨，《舞赋》的写舞，《答客难》的反映专制制度下士人可悲的处境，其描绘之细腻、生动，在我国整个古代文学的宝库中都是罕与伦比的。可惜近人很少去注意它。特别是《答客难》，因为未标赋名，人们往往不承认是赋，以致把后来这一类型的作品（例如韩愈的《进学解》、柳宗元的《起废答》等）都摈斥在赋之外，这是很可惜的。其实，这类作品正是《卜居》《渔父》的嫡传，而《子虚》之流，倒是它的旁支。

我这样来评价汉赋，是否也认为汉赋代表着整个赋的成就，是赋的发展中的高峰呢？不！我的看法正与此相反，认为汉赋是赋的发展过程中一个较低级的阶段。因为如前所说，汉赋同以前的楚赋相比，虽有了一些新的发展，但也有较严重的缺点。总的来说，它对社会生活的反映不是比楚赋扩大和深入了，而是窄了。它在艺术上的进步也不足以掩盖它在艺术上的失误。这是汉代的特殊的历史条件所造成的，两汉虽是继秦以后的统一的封建帝国，但当时生产水平还不高，作家们不能不依附藩王和宫廷生活，西汉尤如此，而当时的帝王又多好文学，需要有赋家来替他们"润色鸿业"，故赋不能不打上帝王爱好的印记。同时，汉赋的作家如司马相如、扬雄等，还是古文字的爱好者，他们很自然地把自己的爱好注入赋中，这也造成了汉赋的缺点。

魏晋南北朝的赋同汉赋相比，有很大的进步。首先，魏晋南北朝赋的题材要比汉赋广得多，就物来说，上自天文，下至地理，旁及虫、鱼、鸟、兽，草、木、珠、玉；就人事来说，从个人的悲欢离合、男女兄弟父母朋友之情及至国家兴亡的历史，在魏晋南北朝赋中都无不得到描写或反映。在艺术上，魏晋南北朝赋也比汉赋有长足的进步。后者的结构大都比较呆板，少变化；前者则因题制宜，不拘一格。后者离奇古怪而意象模糊的形容词语多，生动的描写少；前者词采虽秾丽而艰深的字句渐少，描写趋于形象化。就是说，前者继承了楚辞和汉代抒情短赋的艺术传统而在刻画的细腻和文辞的华美上有新的发展，有的还能用清淡的语言表现鲜明的意境，使赋成了很富于形象性的艺术品。祢衡的《鹦鹉》、王粲的《登楼》、曹植的《洛神》《蝙蝠》、阮籍的《猕猴》、潘岳的《秋兴》、陶潜的《归去来辞》《闲情》、鲍照的《芜城》《舞鹤》、江淹的《恨》《别》、庾信的《小园》《哀江南》、颜之推的《观我生》以及其他一些抒情、叙事、咏物赋都达到了很高的艺术水准。《哀江南》《观我生》那样的史诗式的作品的出现，《蝙蝠》《钱神论》《北山移文》等讽刺小赋的产生，更说明这一时期的文学虽带有某种崇尚文辞华美的倾向，而并未收敛其批判现实的光芒。因此，可以毫不迟疑地说，如果撇开赋，整个魏晋南北朝文学将大为减色。

魏晋南北朝赋的新发展是同汉末魏初社会大动乱以及由此而引起的社会思潮的变化有密切联系的。西汉武、宣之后，儒学与谶纬神学相结合逐渐排斥其他各家各派的思想而居于支配地位。经东汉光武与明帝的提倡，复在东汉流行，故东汉赋尤多儒者所倡导的雅正之风。这在一定程度上也使汉赋缺乏生气。汉末宦官专权，排斥方正的士人，灵帝特设鸿都学，招引一些不三不四的文人，加以优待，以与礼法之士相抗。这件事本身并无积极意义，但在客观上却动摇了正统儒学的地位。黄巾起义后，地主阶级中各种不循常轨的才智之士乘机而起，参加了争权夺利的角逐，更进一步促进了正统思想的崩溃。贵刑名、尚通侻之风遂得以流行。在这种不拘一格的思想潮流的影响之下，文学也摆脱了儒家的束缚，按着自身的特点向前发展，进入了一个所谓"自觉的时代"。不过，当时人对文学的认识主要还停留在它的抒情性和语言美上，对文学的形象性的认识则比较肤浅。故这时的文学也以抒情之作空前兴盛和文体的骈俪化为突出特点。而从东汉开始产生的骈赋正适应着这一文学发展的趋势，故极为作家所注意而与诗歌一道成为这时创作中一种主要体裁，且在创作中逐渐摆脱了汉赋那种板重的句法与双声叠韵词及名物的堆垛，追求对客观景物和主观感情作形象的描绘。但这一切又不是直线前进的，最显著的曲折是在东晋时因受玄学的影响而一度产生过追求枯淡的文风。然这在整个魏晋南北朝文学发展过程中只是一个插曲。

但是，我认为，赋的发展的高峰还不在于魏晋南北朝，而在于唐。唐赋的新发展表现在下列几个方面：

（1）对社会生活的反映更为深刻和广泛。

唐赋承魏晋南北朝赋之后，题材也几乎无所不包，但在题材的处理上却有所不同。如以宫殿为题材的赋，以往的名篇如扬雄的《甘泉》、王延寿的《鲁殿灵光》以及何晏的《景福殿》等都着眼于宫殿本身的描写，其目的主要在于颂，即使有所讽谕，也不过微露其意。唐代写宫殿的赋如杜牧的《阿房宫》、孙樵的《大明宫》则完全以暴露统治者的残民以逞私欲或昏庸无能为目的，即使对宫殿有所描绘，也是为这一暴露的目的服务。这就从根本上改变了这类题材的性质，使之具备了深刻的人民性。又如以游览为题材的赋，过去的名篇如班彪的《北征》、王粲的《登楼》、潘岳的《西征》等，或漫作怀古之思而不切时事，或略及时事而语焉不详，而且除《登楼》外都写得不够集中。唐代这类题材的赋如徐彦伯的《登长城赋》、萧嵩的《云中古城赋》、萧颖士的《登宜城赋》，在艺术表现的精湛方面虽稍逊于《登楼》，但都写得较集中而有时代感。特别是《登宜城》，描绘了安史之乱早期的形势，抒发了忧国伤时的怀抱，从思想内容来说，实较《登楼》更为充实和深刻。徐、萧二赋虽内容较单薄，然再现了边塞风光，也给人以新鲜之感。又如写山川的赋，过去的如《海赋》《江赋》，虽规模较宏大，然以体物为主，寄意甚浅，唐代岑参的《招北客文》则完全是借写山川的形势来反映政治形势的险恶，具有崭新的面貌；王绩的《北山赋》也在一定程度上反映隋末的历史，以寄托其感慨，与以往之作不同。

在唐赋中，尤其引人注意的是出现了大量的讽刺小赋。其题材不一：或摄取社会生活中某一现象，如柳宗元的《乞巧文》《起废答》《哀溺文》、刘蜕的《悯祷辞》等；或假托咏物，如柳宗元的《骂尸虫文》、李商隐的《虱》《蝎》、陆龟蒙的《后虱》《蚕》、罗隐的《秋虫》、司空图的《共命鸟》等；或托为寓言，如李华的《言医》等。这类作品大多短小精悍，对世态人情、社会弊端剖析入微，抓住要害，一针见血，其战斗性之强，笔力之悍劲，实属前无古人，后鲜来者。它和唐代那些优美的讽刺诗和精悍的杂文一道，是唐代文苑中一丛鲜艳的玫瑰，在遍体芒刺的尖端上放出夺目的光辉。

此外，唐赋中所反映的人的思想感情也较前代要广要深，特别是它已注意到了下层人民思想感情的描绘，实为前代的赋所不及，前举的讽刺小赋即有不少写到人民的思想和愿望，俗赋中的《燕子赋》尤以形象地反映了受迫害的弱小者细微的心理状态生色。

（2）体裁和艺术构思的多样化。

唐赋不仅在体裁上最为完备，在艺术构思上也显得更为多变，不拘一格。就篇幅的长短来说，它既有像王绩的《北山赋》那样的长篇巨制，也有像李商隐的《虱》《蝎》二赋那样浓缩成四言八句的短篇。至于每一篇的谋篇更是千变万化，不墨守成规，如柳宗元的《骂尸虫》是把写檄文的方法引用到赋中来了，孙樵的《大明宫》又用寓言的方式来写宫殿，王维、李白的某些抒情小赋同诗几乎没有区别，刘禹锡、李德裕的一些赋又常以寓有哲理取胜。有时作者也袭用前人的体格，如韩愈的《进学解》、柳宗元的《起废答》都是用回答体，且都是自我解嘲，但机杼各异，绝不使人感到有蹈袭东方朔《答客难》、扬雄《解嘲》之嫌。

（3）语言风格和表现艺术的变化。

唐赋在语言风格上的主要变化是渐趋平易。其在表现艺术上变化的趋势则是崇尚白描。这两者是互相联系的，也可以说是相得益彰的。唐赋发展的这种新趋势在唐初就开始了。那时"古文运动"还没有起来，人们还多作骈文，赋体更以骈赋、骚赋为主。但王绩的《北山赋》已是以白描为主，既无汉赋的堆垛，也无南朝赋的浓彩。王、杨、骆、卢的赋，特别是王、骆的赋颇尚词藻，但丽而能清，仍与徐庾之体迥别。到了李白，更以其"天然去雕饰"妙手写赋，从而进一步推动白描的技艺在赋中的扩展。中间虽有杜甫力矫坦易，刻意雕琢，但古文运动不久即兴起，崇尚白描与坦易之风就风靡一世了。故虽以崇尚秾丽著称的诗人和骈文作家如李商隐，其赋则以简劲淡远出之，与诗的风格判若两人。律赋本与四六骈文为孪生姊妹。然因骈文的语言也在向坦易的道路上发展，故律赋作者虽极力求形式精美，而亦不能不在坦易中加以锤炼。至元稹、白居易出，运用作散文之法于律体，追求于平淡中见生动之风就更不可挽回了。

　　唐赋所以取得这样高的成就是由多种原因促成的。唐是我们封建社会中一个最有生气的朝代。这与它产生的历史条件有关系，唐之前是隋。隋文帝的统一战争曾对南北朝的世家大族和少数民族贵族势力进行过一些打击，中间只隔十二年，又爆发了农民大起义，再次对地主阶级中的腐朽势力进行了一次沉重的打击。唐朝的开创者们就是在这次起义中兴起来并逐渐完成统一大业的。这使得他们有可能摆脱前代积累的弊端，在新的基础上从比较长远的利益着眼来考虑政治经济和文化的设施与政策。而唐初的统治者以李世民为首的一些人，特别是李世民本人又颇具雄才大略，有比较远大的眼光和宏伟的气魄。他不仅能采取均田制等措施为恢复、发展生产创造条件，还能注意在政治上团结地主阶级中各阶层的人物，团结各民族的上层人物，扩大其统治的基础。在文化上也采取比较宽大和开放的政策：对中国固有的传统思想、传统文化，凡有利于巩固其政权的能不拘一格分别加以利用，对外来的文化也大胆地加以吸取。故终唐之世，尽管政治、军事的斗争时起时伏，但文化思想上的禁忌是很少的（仅武宗灭佛一事），文字狱更未见。这样，就给文学艺术的发展创造了一个好的客观条件。这是唐代文学繁荣的一个极重要的原因。再从文学本身的发展来看，经过魏晋南北朝阶段，文学同经学、史学，已开始分道扬镳，文学自身的特点已在逐步为一些作者所认识，并在诗、赋和抒情文方面积累了相当丰富的创作经验。同时，这一阶段中文学过于追求华丽的辞藻和声律对偶而忽视内容的缺点也开始显露并为许多有识之士所认识，从钟嵘、刘勰到李谔已从不同的角度提出改变文风、文体的要求。所以，唐人从前代所继承的文学遗产可以说既是丰富的，又是有比较正确的方向的。唐人当然还需要创新，需要提出更明确的改革主张，但并不要从头做起。唐赋的发展也是这样，它是在总结前人经验教训的基础上前进的。宋以来一些古文家不知道这一点，往往把韩、柳的古文说成是与魏晋南北朝文学绝对对立的，其实韩、柳的古文在讲求结构的完整，文字的精炼和描写的生动形象等方面都未尝不借鉴魏晋以来的骈散文；就是他们的强调文气，也是受到南北朝文学批评家的启发，并且包含有力求文章音节的错落美以与骈文争胜的意思。他们的赋，特别是柳宗元的赋更是对魏晋以来的赋有所继承。

我们这样推崇唐赋，肯定它是赋的发展的高峰，是不是说唐以后就无赋了呢？那也不是。从宋到清，优秀的赋篇还是很多的，宋赋还表现了一定的特色。

正如宋诗、宋文是在唐诗、唐文的基础上发展的一样，宋赋也是在唐赋的基础上发展的。它同唐赋的区别是：（1）以说理为主旨或包含着理意、理趣的作品大为增加。宋赋的大家苏轼表现尤为突出，不过他极善于寓说理于形象的描写之中，其他作者则多无此本事，故宋代有的赋简直成了说理的论文。就连崔伯易的有名的《感山赋》、王十朋的有名的会稽三赋、和大诗人陆游的《禹庙赋》《丰城剑赋》、杨万里的《浯溪赋》也不免有说理过多的缺点，另一些作者就更不如了。故这是宋赋的特色，也是宋赋的一个缺点。（2）宋代士大夫多喜欢给自己的书斋或所建的亭阁加上一个标明其志趣的名称，因而写这类亭阁和书斋的赋特别多，成了宋赋中一个重要的题材。（3）北宋末年以后外患特别严重，故宋赋中反映民族矛盾的作品也较多，成了宋赋内容的一个特点。（4）宋赋的语言风格比唐赋更为平易，像杜甫那样的古色斑斓的赋篇到宋代再也找不出来了。

宋赋的这些特色，包括崇尚说理的特色，并不是突然产生的。如前所说，唐代刘禹锡等人的赋就多含理意了。但宋人特别喜欢说理实与宋代的历史条件有关。宋是在唐末五代十国的纷乱、分裂局面以后建立起来的。它的统治者以唐代中后期的藩镇割据为鉴戒，采取了重内轻外、重文轻武、集权而不分权的政策。因而这个政权从开始就是内向型和封闭型的，而不像唐代那样是开放型的；其气象是狭小的，而不是宏阔的。由这种总的政治环境所决定，宋代的士大夫的思想一般也是内向的，保守的。他们不像唐代许多士人那样渴望立功边塞或在政治上开创新局面，而是把注意力集中到学问和道德的修养上。对人的评价往往也不强调事功而强调人品。宋代的理学就是这种环境下的产物。宋赋及宋诗文作家在其作品中喜欢卖弄学问，表现哲理的思考，近人多说是受理学的影响，其实不然，尤其是在北宋，诗赋作家受理学影响者甚少，它不过是同一环境在文学上的反映。此外，宋人的喜欢说理和议论也与宋代文禁较严有关。因为抒情之作如偶涉讽世，是很难别白的，而明确的议论，反不容易招致误解，这一点我们只要看看宋代从乌台诗案起几次文字狱的情况就能有所领悟。

金赋的艺术风格大体上与宋赋相似，但内容远不及宋赋的丰富多彩，尤其缺乏宋代那种为民生疾苦而呼吁的政治性很强的作品，只有元好问的赋作尚多少反映当时的政治局势和作者的忧国之思。但金赋的思想多是比较开拓的，其中虽时杂以佛道的思想，而文笔颇放纵，有生气，元代就不如了。由于元代的赋作者大多是生于南方的，而从宋末起，理学的影响已深入文苑，故元赋作者多受到理学的熏陶。理学家是强调修心养性，认为喜、怒、哀、乐都要中节的，因此他们的赋也像其诗一样，表现出一种儒雅雍容、冲淡和平的风格。像虞集等人的赋，文字非不工，可就是缺乏生气。及至元末，由于社会矛盾的尖锐，杨维桢、刘基、高启等人的赋中才出现了慷慨不平之音。

明赋就其所反映的社会的广度来说远远地超过金元。但是明初的文禁极严，由元入明的作家多不得善终，加之程朱理学的地位进一步提高，通过科举制度影响到所有的士人，因而明代前期的赋也是没有生气的。明中叶以后随着社会矛盾的加剧和资本主义萌芽的出现，严酷的文禁和程朱理学思想的禁锢都开始解体，赋的创作才开始有了生气。但明代士大夫的治学多杂而不精，他们对社会问题的研究多是浅而不深的，而在文学上又陷于复古与反复古的偏见的争执之中，对前人的遗产不能平心静气地加以分析和总结，好则一概都好，坏则一概都坏。故明人的诗、文、赋，不论是哪一派的，大都是内容浅而不深，形式粗而不精。内容深刻而形式上又完美无缺的诗文很少，赋则更为罕见。不过，明代中后期的赋作家又多是一些自命不凡的人物，故他们的赋虎虎有生气的还是不少。复古派的李梦阳、何景明、徐祯卿、陈子龙、夏完淳和反复古派中的王守仁、汤显祖即其代表。但是，仅从赋来说，复古派的成就要大一点。这是因为当时的复古派领袖李梦阳虽倡"汉无骚""唐无赋"的"高论"，但对上自楚骚下至南北朝的赋仍有所借鉴，而反复古派则实际连唐赋也不顾，只向宋以后的赋学习，有的人甚至干脆不作赋，故他们的赋往往淡得不能再淡，淡到一点文艺的情韵都没有了。王守仁和汤显祖所以较好，就是因为王颇得力于骚，且能学唐；而汤则曾精读《文选》，对汉魏六朝文学涵养颇深。然汤太杂，王后来专讲理学去了，其赋的成就终不及复古派中的徐祯卿，也不及夏完淳。

清赋在艺术上的造诣远胜于明。这是因为清代的赋作家也如诗人一样，在艺术上比较不偏激，学汉魏的未尝尽薄唐宋，学唐宋的亦不尽薄魏晋。同时清代的赋作家多通经史，旁及百家，故文辞多雅驯而不粗鄙，显示出深厚的学力。然清代前期的文禁也是极严酷的，故除了明清之际的吴应箕、黄宗羲、王夫之等的赋之外，清代前期的赋也多是没有生气的，有些赋简直可以说只是装饰得很美的泥塑菩萨，外貌很庄严，结构也匀称，可就是缺乏激情。只有袁枚、洪亮吉等少数作家写出了新鲜活泼的作品。到鸦片战争前后，这种情况有所改变。从金应麟、龚自珍到王闿运、章太炎都写了反映一定的历史面貌或重大社会问题的好赋，从而使赋有了一个振起的尾声。

## 三、赋对其他文体的影响及其在文学史上的地位

各种文体的发展虽有其各自的规律，然莫不互相影响，这是古今中外文学发展的规律。赋亦如此。它的产生到发展始终受着当时的文风和其他文体的影响，这我在前面已经提到了。这里着重说一说它对其他文体的影响以及它在整个文学发展中的作用。

屈赋对我国古代文学的发展起着很大的作用，这已有定评，无需多说。对于宋玉赋的成就及其影响，我认为却估计不足。特别是因为司马迁说过："屈原既死之后，楚有宋玉、唐勒、景差之徒者，皆好辞而以赋见称，然皆祖屈原之从容辞令，终莫敢直谏。"（《史记·屈原贾生列传》）于是后人始则确认宋玉为屈原的学生，继则将他丑化为背师的"软骨头"，这位杰出的辞赋作家在一些人的心目中遂变成了文学队伍中的一个小丑。其实，宋玉是否曾为屈原的弟子，已是史无验证；背师之罪，自不能成立。他的作品虽然缺乏屈原赋中那种深厚的爱国感情，然《九辩》中对楚国政治的黑暗并非毫无揭露，至于其"宁穷处而守高"，不为"无义而有名"的节操，更可说是一篇之中，反复申明的。司马迁说他"莫敢直谏"，不知何据，从赋中所反映的

情况来看，他不过是一个小臣，恐怕连谏的资格都没有。他在文学上的贡献尤不可埋灭。《九辩》"不是以直接倾泻诗人内心的激情来感染读者，而是善于通过自然景物抒发自己浓厚的感情，造成一种情景交融的境界"（游国恩等《中国文学史》）。在艺术上有独创性，这是近人大都承认的。实则这只是他的一种小贡献，他的更大的贡献是创作了《风》《高唐》《神女》等赋，这些赋不仅确立了文赋之体，还通过自然景物的描写揭示了上层统治阶级与庶民在思想感情上的对立（《风赋》）；通过神人的恋爱故事来激发人们对祖国的爱，并且第一次把女性的形体美和心理状态写得那么细腻和生动（《高唐》《神女》），这为后代的作家开启了新的创作门径。

汉赋对其他文体的影响也是深远的，它所开拓的题材和主题，大都为后世诗文所继承。司马相如的《长门》为宫怨之祖，枚乘的《七发·观涛》为山水诗文之祖，刘歆的《遂初》和班彪的《北征》为历览之祖，等等，这都是无可争议的。汉文赋又多有宏阔的规模和磅礴的气势，这也为后世的古文家所取法。故至晚清，曾国藩还提出要学习汉赋来纠正桐城文的俭狭之弊。汉文赋的韵语又多用四言六言句式和排偶句，这一方面形成了骈赋，同时也影响到散文，从而产生了骈文。至于它那铺张的描写方法及其他表现艺术与修辞手法，给后人的启示尤多：如赋中所用的排比对称的结构和句式，就是唐宋的古文家也常加仿效的；又如注意练动词，虽发端于宋玉赋，而为汉赋作者（特别是扬雄）所推广，后世的诗文作家大都向其学习。这些方面，钱锺书的《管锥篇》谈得很详细，我就不去重复了。

魏晋南北朝赋对其他文体的影响尤大。唐代的大诗人杜甫教育后人要"熟精《文选》理"，固然是指汉魏南北朝古诗而言，也应兼指赋。庾子山赋对杜诗影响甚深，杜的《北征》《自京赴奉先县咏怀五百字》等诗显然对《哀江南赋》有所借鉴。李白虽说过："自从建安来，绮丽不足珍"，然他的乐府古诗，实与齐梁小赋有千丝万缕的联系。花间派词人和一些宋词的作者，也都向齐梁抒情小赋学习抒情的技巧和方法。这一时出现的幽刺小赋对后代文学的影响尤深，除唐代的讽刺小赋是它的嫡传外，唐代兴起的杂文和咏物讽刺诗也是它的苗裔。

唐以后的赋对其他文体的影响不如以前各时期赋显著，这是因为这时诗文的题材已很宽阔，技巧也更加复杂多变了，赋与它们的关系主要体现在互相影响上。如唐代的杂文就同讽刺小赋紧密相连，当时著名的讽刺小赋的作者往往同时也是杂文的作者，即其明证。然而一些新兴的变文以及宋元盛行的话本、诸宫调等，往往不用散文叙事而用韵语描写，这就同赋有着某种继承的关系，乃至明清的章回小说还保留有这样的痕迹，《西游记》所保存的痕迹尤多。

在谈到赋与其他文体的关系时，我认为还应着重地提一下赋与箴铭、赋与颂、赋与诔及某些有韵的祭文的关系。仅就赋在形式上的主要特点——不歌而诵说，它与这些文体其实并无区别，故过去的选本有把箴、铭、诔等都列入赋类的。只是这些文体都有其特殊的社会作用，而赋则是较广泛的"体物写志"的文体，故我主张仍然把箴、铭、诔区别开来，不把它们称为赋。颂和祭文则较为复杂，有些颂实际上是赋，如马融的《广成颂》之类，实在不能加以区别。有些颂体制全同于诗，则以归于诗为宜。祭文亦然，那些专祭亲友的文，即使全是韵语，似仍以不列入赋较好，某些怀古之作或一般的抒情之作如贾谊《吊屈赋》也有称作《吊屈原文》的，自当属赋，与之相似的如陆机《吊魏武帝文》、谢惠连《祭古冢文》等亦如此。当然，文体的分类并不是绝对的，有些作品未始不可既归入这一类，又归入那一类。所谓"分"，不过是取其大概罢了。

总之，赋在长江大河般我国古代文学中虽只是一股较小的流，但是这个大河中不可分割的部分，并对这条大河的形成起了不可缺少的作用，抽掉它，就会使一些文学现象的源委不清，也会使我国古代文学的宝库中的一些珍品被白白地抛掉了。

附记：本文是本人为正在编写的《历代赋选》所写前言的主要部分。

——原载《中国韵文学刊》1987 年总第 1 期

## 【评　介】

马积高（1925—2001），湖南衡阳人，1944 年考入湖南省国立师范学院国文系，深受马宗霍、骆鸿凯等学者的赏识。1948 年毕业后至 1956 年 8 月，分别在衡阳含章中学、衡阳市第一中学、衡阳市第八中学任校长、教导主任等职。1956 年 9 月调入长沙师专任讲师，长沙师专被合并后，随之转入湖南师范学院中文系，历任讲师、副教授、教授。1963 年任副系主任，1979—1984 年任系主任，1996 年退休。于 1958 年 7 月出版第一部学术著作《关汉卿的生平及其作品》（湖南人民出版社），1961 年 10 月发表第一篇学术论文《从金圣叹谈起》（《湖南文学》）。先后出版了《赋史》（上海古籍出版社 1987 年版）、《宋明理学与文学》（湖南师范大学出版社 1989 年版）、《清代学术思想的变迁与文学》（湖南出版社 1996 年版）、《荀学源流》（上海古籍出版社 2000 年版）、《历代辞赋研究史料概述》（中华书局 2001 年版）等著作，与黄钧合作主编了《中国古代文学史》（三册，湖南文艺出版社 1992 年版），主持编纂了《历代辞赋总汇》（湖南文艺出版社 2014 年版），整理出版了骆鸿凯遗著《〈尔雅〉论略》（岳麓书社 1985 年版）和《〈文选〉学》（中华书局 1989 年版），在《文学遗产》等刊物发表论文 30 余篇。马先生对古代文学研究的贡献是多方面的，他的《赋史》是中国第一部论述我国古代赋体文学的通史，填补了赋体文学史研究的空白而饮誉学界。

马积高先生《赋史》（上海古籍出版社 1987 年版），不仅填补了一项学术空白，更为重要的是《赋史》体现了马先生特有的赋学体系与书写方式，实现了赋学研究由传统学术向现代学术思维的转换。而《论赋体的源流及其影响》（《中国韵文学刊》创刊号，1987 年 6 月）一文，浓缩了马先生的赋学研究体系，体现了马先生 20 世纪 80 年代中国赋学研究的重要创获。

该文开篇一段文字及文章第一部分、第二部分开头一段文字，揭示了该文讨论"赋的源流及其影响"这一问题的学术背景，对我们理解该文学术观点的价值及意义颇为重要。马先生撰写此文时的赋学研究状态是辞赋遭受冷落后，研究开始复兴，但又受到"唐无赋""唐以后无赋""汉赋为一代之胜"的影响，学界仍相对集中于汉赋的研究。在这样的背景之下，马先生从赋体批评角度看，认为李梦阳"究心骚赋于汉唐之上"的复古理论与清代焦循以及王国维、章太炎等人以汉赋为"一代之胜"之间的关联，指出他们推崇汉赋虽然有着各自不同的出发点，但是共同造成了汉赋为一代之胜的假象及定势。马先生并指出"辞赋分流论""汉以后无赋论"以及"忽视各种文学体裁间的联系，特别赋与其他文学体裁间的互相促进的关系"，是影响人们对赋作正确评价的重要原因。该文也是从这三个方面体现了马先生的赋体理论与赋体批评特色。

一

该文第一部分，马先生论述了赋体的文体特征、分类。

首先，从赋体得名之初，即"不歌而诵谓之赋"，探讨赋体的最基本特点，确定了赋体的外延边界。该文就"赋"的字义，以及汉人对辞赋、赋、楚辞的认知，指出："由赋的名称的建立可知：赋的特点就在于它是供朗诵的。这有两方面的含义：对那些合乐的歌诗而言，它是不歌的；对散文而言，它又是便于朗诵的韵语"。这样便对赋体所包含的大致范围作了界定，即赋体为有韵之文的重要文体特征。

其次，对赋体作了"三源三流三体"的体类划分。马先生从赋体最初定型的文体样态及汉代属于"赋"或"辞赋"的作品实际情况出发，认为辞（骚）、赋一体。并以发展的眼光，对辞赋进行了二级分类，提出辞赋三源三流三体说：一是由楚歌演变而来的骚体赋；二是由诸子问答体和游士的说辞演变而来的文赋；三是由《诗》三百篇演变而来的诗体赋。而三体中，诗体与骚体赋变化不大，变化最大者是文赋。所以先生对变化最大的"文赋"进行了界说，它包括汉代的文赋、魏晋南北朝的骈赋或俳赋、唐到清的律赋、唐宋新文赋，还有俗赋。

以上两个方面体现了马先生对赋体特征的总的看法，即以发展的眼光，从辞赋的源流嬗变角度，认为骚、赋一体及赋兼众体。

再次，从文体互渗角度，对一些特殊文体如箴铭、颂、诔及某些有韵的祭文的归属问题作了探讨，指出文体的分类并非绝对，所谓"分"，不过取其大概而已。该文第三部分最后，着重辨析了"赋与箴铭、赋与颂、赋与诔及某些有韵的祭文的关系"。因先生以"不歌而诵谓之赋"界定了赋是作为有韵的文体，但"箴、铭、诔"等实用性文体，从形式上讲也是"不歌而诵"的韵文，指出"过去的选本有把箴、铭、诔等都列入赋类的。只是这些文体都有其特殊的社会作用，而赋则是较广泛的'体物写志'的文体，故我主张仍然把箴、铭、诔区别开来，不把它们称为赋"。这里先生从实用性角度加以区分，看到了辞赋"抒情言志"的文学特征。至于"颂"和"祭文"的关系则较为复杂，先生指出："有些颂实际上是赋，如马融的《广成颂》之类，实在不能加以区别。有些颂体制全同于诗，则以归于诗为宜。祭文亦然，那些专祭亲友的文，即使全是韵语，似仍以不列入赋较好，某些怀古之作或一般的抒情之作如贾谊《吊屈赋》也有称作《吊屈原文》的，自当属赋，与之相似的如陆机《吊魏武帝文》、谢惠连《祭古冢文》等亦如此"。由此，揭示了赋体与其他各文体之间复杂的关系，从一个角度说明了赋兼众体的特性。

## 二

该文第二部分是马先生对历代辞赋的评介。

第一，与赋体理论相关的是，马先生对各个历史时期辞赋的评价，总是以发展眼光，更多地关注辞赋抒情言志的特质及与之相关的文学作品的艺术性，并以此作为价值判断，提出唐赋是辞赋发展的高峰。作为发展高峰的唐赋，主要表现在三方面：一是对社会生活的反映更为广泛、深刻，尤引人注目的是大量讽刺小赋的出现。二是体裁的变化与艺术构思的多样化，在骈赋基础上形成的律赋，还有新文赋、俗赋等都各具特色。骚赋、四言体诗赋等在体式上变化较少，但服从新内容的需要，形式更为自由。三是语言风格与表现艺术的变化，语言上渐趋平易，艺术上崇尚白描，二者相得益彰。

第二，对历代辞赋的评价，先生总是力求在纵横两个坐标系中加以对比定位，评价历代辞赋的贡献。如对汉大赋，先生在指出汉赋确实存在着缺陷，但并不否定汉大赋的贡献。先生首先认为汉大赋"反映了当时皇帝和藩王宫廷生活的各个方面"，"此外还有关于壮阔的自然环境和景观的描绘，以及对各种珍禽异兽的记载"。其次，汉大赋也"有更多的精确、细腻而形象的刻画与形容"，"不但为《诗经》所不可企及，也弥补了屈宋赋的不足。仅就技巧之工来说，似非乐府歌诗所能比"。再次，在语言方面，"它确实用了一些叠床架屋的形容词，但双音词的大量运用，也使文学语言大大地丰富起来，给后代作者以丰富的营养"。非常中肯地评价了汉赋的历史贡献。先生又指出"在考察汉赋时，我们并不应过多地看重其中的大赋，而要更多地注意那些抒情意味较浓的短赋以及一些描写某一较小的事物或场景的较短的赋"。先生对汉大赋为一代之胜之说的否定，不仅有着从辞赋发展这一角度的考虑，还有将其与汉代骚体、对问体赋进行比较参照而得出的结论。又如对魏晋南北朝文学辞赋，先生认为这一时期产生了不少抒情、叙事、咏物都达到很高艺术水准的优秀作品，特别提到了庾信《哀江南赋》、颜之推《观我生赋》这样史诗式的赋作以及如曹植《蝙蝠》、鲁褒《钱神论》、孔稚珪《北山移文》等讽刺小赋，强调"这一时期的文学虽带有某种崇尚文辞华美的倾向，而并未收敛其批判现实的光芒。因此，可以毫不迟疑地说，如果撇开赋，整个魏晋南北朝文学将大为减色"。这一横向比较，无疑突显了魏晋南北朝辞赋的整体风貌及在魏晋南北朝文学中的重要意义。

第三，马先生十分关注每个时代的政治、经济、制度及社会思潮、文学思想等方面对赋体创作的影响，但是马先生决不是简单机械地复述背景而已，而是能够在纷繁复杂的历史背景和语境中，对各个朝代的赋体理论与创作作出合理的解释。如对魏晋南北朝辞赋，先生特别强调动乱的现实、思想的解放给辞赋创作带来的新变，并从创作实际出发，指出这一时期辞赋成就既超越了汉赋，又为唐赋高峰的出现奠定了基础。而对唐赋高峰的出现，除了强调辞赋自身的积累外，指出造成唐诗繁荣的诸多因素也是产生唐赋高峰的原因。又如对明代复古派领袖李梦阳虽倡"汉无骚""唐无赋"的"高论"，但对上自楚骚下至南北朝的赋仍有所借鉴。联系《赋史》对有明一代辞赋的详细论述，正是对"唐无赋"产生的复古思潮背景以及李梦阳等的辞赋创作实际深刻理解，马先生在指出这一观点偏激的同时，也指出了李梦阳"唐无赋"理论所包含的对辞赋创作强调抒情的重视。

如果说第二部分是对辞赋这一文体的评价，阐述了对唐以后赋的重视；那么，该文第三部分，列举自先秦屈宋以来不同时期的赋对诗、文、话本、诸宫调、小说等文体的影响，不仅论述了辞赋在中国文学发展史上的重要作用及其地位，而且从这一角度说明对赋体研究的重要。

## 三

作为中国古代最具影响力与民族特色的一种文体，从汉代起创作与批评同时出现，且每个时代的赋体理论都受到其时代思潮的影响，就赋体文体特征及赋体分类而言，亦是从汉代起就开始了。从汉至清，赋体的分体分类随着时代的演进，有骚、赋二分；有肇始于祝尧的骚体、大赋、骈赋、律赋与文赋的五分法；有四分法如明徐师曾《文体明辨·序说》分为古赋（楚骚汉赋）、俳赋、律赋、文赋；有三分法如清陆葇《历朝赋格》分为文赋、骚赋与骈赋。各家分体分类伴随着尊体与辨体意识，且呈现出一个朝代最具代表性或新兴的赋体。近代以来，现代学科意识及史学观念的形成，促进了中国文学史书写的诞生。就赋体这一文体来看，1927 年郭绍虞发表的《赋在中国文学史上的位置》一文，以论文的形式对赋体文学的特征及演变作了论述。该文从诗赋关系出发，认为赋出于诗之六义之赋，并认为体物写志是赋体的文体特征。由此观赋之流变，该文将赋体分为短赋（不歌的小诗）、骚体、辞赋、骈赋、律赋及文赋六体，并认为诗赋关系表现为赋出于诗，发展到文赋，完全偏向于文，与诗划境了。该文可以看作"赋史"大纲，但是郭文对赋体的分类主要增加了一种短赋，对辞赋的演变，可以说尚未脱离古代分类的模式。而日本铃木虎雄《赋史大要》（1935）将赋分为六个时期，每个时期各举一代表性的赋体，分为六体，即：骚赋、辞赋、骈赋、文赋、律赋与八股赋，此六体是在祝尧五分基础上加上清八股文赋而成，在分体研究上实乃本诸旧说。马先生在前人研究的基础上，本着讨源溯流，提出辞赋三源三流三体说，即诗体赋、骚体赋与文赋的划分，表面上似也着重于外在体式，也是将骚、赋独立开来，但因先生秉持骚赋一体、赋兼众体，并从源流角度看待赋体的分流演变，同时又能兼顾作品的情感特征，故先生的三源三流分类法，在内涵与外延上都与前此分体分类有着本质上的区别，也更趋于科学。马先生的赋体三源三流的观点，反映了先生对中国辞赋的两个重要看法：一是赋兼众体，二是追本溯源，以发展眼光看待"兼有众体"赋体的演变，从而提出"唐赋高峰论"的观点。先生关于赋三源三流的论断，体现了先生对前人赋体理论继承中的创新，突破了一代一类的体式更替的阐述模式，探源溯流，揭示了各类赋体共存的真实样态。对赋在其发展过程中与其他文体的相互影响与渗透，也说明了赋体的复杂性。马先生不仅始终秉持自己赋学批评的价值原则，同时对各个历史时期辞赋各种体类的作品，总是力求在广阔的社会背景、学术思潮以及士风学风等多维思考中解释赋体创作产生的种种现象，体现了马先生发展、辩证及多维批评的向度。可以说，这篇文章集中体现了马先生的赋学理论与批评的主要观点，可以帮助我们认识马先生的赋学体系及其赋学研究上的贡献。

（王德华）

**马积高赋学论著目录：**

《论唐赋的新发展》，《湖南师大学报》（哲学社会科学版）1986 年第 1 期。

《论赋的源流及其影响》，《中国韵文学刊》1987 年总第 1 期。

《略论赋与诗的关系》，《社会科学战线》1992 年第 1 期。

《读〈历代赋汇〉明代都邑赋》，《中国文学研究》1999 年第 1 期。

《赋史》，上海古籍出版社 1987 年版。

《历代辞赋研究史料概述》，中华书局 2001 年版。

《历代辞赋总汇》（主编），湖南文艺出版社 2014 年版。

# 论瞍矇、俳优在俗赋形成中的作用

赵逵夫

## 一

在敦煌佚书中发现《燕子赋》《晏子赋》《韩朋赋》之后，人们才知道唐代有一种通俗的民间小赋，用对话的形式，有一定的情节，语言通俗，对话部分句子整齐，基本押韵多为四言，风格诙谐。学者们或称之为"小品赋"，或称之为"白话赋"，或称之为"民间赋"，或称作"俗赋"，或称作"故事赋"。各有所见，称其一端。游国恩等先生主编的《中国文学史》采用"俗赋"这个名称。"俗赋"的叫法相对于传统赋的各种体式而言，大体可以体现这种赋的特点，遂被学术界所接受。容肇祖先生在其《敦煌本〈韩朋赋〉考》一文中提到"汉宣帝时王褒的《僮约》，便是类似这种体裁"①。《僮约》虽不以"赋"为名，但形式上确与此类作品十分相似。此外曹植的《鹞雀赋》，左思的《白发赋》名称既作"赋"，形式上又与敦煌俗赋完全相同，则唐前俗赋存在的迹象，也依稀可寻。1993 年，在东海县尹湾西汉晚期墓出土了《神乌傅(赋)》，则俗赋的上限正式提前到西汉末年，距王褒之时甚近。王褒的《僮约》用了当时存在的俗赋形式，是完全可能。

1979 年，甘肃省文物工作队在敦煌西北的马圈湾汉代烽燧遗址发现了一批散残木简，大约同于今人的废纸堆，其中一枚残简上的文

---

① 《庆祝蔡元培先生六十五岁论文集》下册，《中央研究院历史研究所集刊》外编第一种，1935 年，后收入周绍良、白化文编《敦煌变文论文录》，上海古籍出版社 1982 年版。

字为：

> 书，而召輪偹问之。輪偹对曰：臣取妇二日三夜，去之来
> 游，三年不归，妇

原整理者尚未弄清其书本事，释"輪偹"为"輪備"，释"来游"为"乐
游"。裘锡圭先生将其与敦煌发现的《韩朋赋》联系起来，释"輪偹"为
"韩朋"，情节上作了补充阐释，看来竟是《韩朋赋》的早期传本！敦
煌莫高窟发现的《韩朋赋》中说，韩朋婚后出游，"期去三年，六秋不
归"，"其妻念之，内自发心，忽自执笔，逐（遂）自造书"。"韩朋得
书，解读其言。""韩朋意欲还家，事无因缘，怀书不谨，遗失殿前。
宋玉得之，甚爱其言。"简文开头的那个"书"，即相当于《韩朋赋》中
"宋玉得之"的那个"之"，指韩朋妻寄韩朋的书信，韩朋遗之，为宋
玉所得。简文中说"三年不归"，而《韩朋赋》中说"期去三年，六秋不
归"，只不过是流传中形成的差异，最多只能说是情节的发展，然而
总未离开"三年"之说。特别值得注意的是，简文中反映的也是对话
体，而且同样是四言。流传七八百年时间而仍然保持如此相似的状
态，令人惊异！由此可以知道，不仅汉代有很多具有故事情节、用对
话体、语言整饬、大体押韵的俗赋作品，而且唐代有的俗赋也是由汉
代流传而来的。

当然，各种口诵文学在流传过程中总会有所变化，区别只在变化
程度之大小而已；尤其民间口耳相传的作品，人们总会根据自己所处
的社会环境及讲述者的阅历，对它进行加工，丰富它的情节。而口耳
相传中的误听、误记，也成了民间文学演变、分化的一个重要原因。
与《韩朋赋》类似的有 1931 年张凤编《汉晋西陲木简汇编》中所公布斯
坦因在第二次中亚考察中所得一条汉简的简文。这条简上的文字同敦
煌发现《晏子赋》中晏子回答梁王的话基本一样，只是作者不作"晏
子"而作"田章"。我们由此可以看到古今一些看起来关系不大的作品
实际上却存在着渊源关系。这对我们研究民间文学或曰口传文学有很
大的启发意义。

地下出土的文献材料一再地提醒我们，对这种长期淹没的文学形

式应该进行认真的研究，而不能守株待兔式地只是等地下再出土文献。

俗赋因敦煌发现的《燕子赋》等而得名，如果严格以《燕子赋》等地下出土的汉唐四篇俗赋为样本来按图索骥的话，汉以后除了前面提到的《鹞雀赋》《白发赋》《僮约》，也就是扬雄的《逐穷赋》《都酒赋》（残），傅玄的《鹰兔赋》（残）等有限的几篇。但如果按"俗赋"这一概念去寻找则可以划入其范围的作品似乎还不少，如王褒的《青须髯奴辞》、蔡邕的《短人赋》、束皙的《饼赋》等。谭家健先生的《束皙的俗赋》一文，则是将束皙的《劝农赋》《贫家赋》《读书赋》《近游赋》，同《饼赋》一并看作俗赋的。①

要揭示俗赋的形成与发展状况，首先要挖掘、认定一批作品，包括各个时代的，尤其是唐代以前的。因为五代以后时间稍近，可供考察的材料较多，也可以通过田野调查获得一些资料，以填补空白；只是一些形式因为社会生活的变化等因素，使这种形式的流传中断了。而唐以前的相关作品则关系到这种文体的产生时代，它同汉魏六朝文赋、诗体赋等的关系，关系到同早期小说、寓言、民间传说的关系等问题，所以对揭示并解决古代文学发展中一些重要问题都有很大的意义。

确定哪些可以算作俗赋，哪些不算，是依据敦煌发现哪些故事赋为参照呢？还是以"俗赋"的概念出发，只要符合"俗赋"概念的都归入？我以为一种文学形式在发展过程中必有演变、分化，准会影响到其他的文学形式，或向其他的文学形式吸收某些成分，从而扩大自己的题材范围，丰富自己的表现手段。当然，它自身也必然保持着基本的特征，或仍然具有自己独特要素中的大部分成分。所以，我以为俗赋自然应以敦煌发现的《晏子赋》《韩朋赋》、两种《燕子赋》和尹湾出土的《神乌赋》为标本，把它们看作俗赋的基本形式、俗赋的主流；

① 见谭家健：《六朝文章新论》，北京燕山出版社 2002 年版。谭先生此文中还提到《玄居释》。我以为此属东方朔《答客难》、扬雄《解嘲》、班固《答宾戏》一类，即《文选》中称之为"设论"，今人也多视为赋。但此类作品全是文人或受到讥笑的人自解的文字，似不当看作俗赋。

但研究中不妨把界限放得宽一些，广泛探索，将它的变体及在它的影响下产生的一些不完全具备俗赋特征的作品也纳入考察的范围。只有这样才能弄清俗赋早期存在的情况，弄清它形成、发展的过程。

值得注意的是，敦煌佚书中发现的三篇俗赋作品有两篇便是以先秦时人物为题材的，而且已由另外的出土文献证明它们在汉代即已形成。那么，它究竟产生在什么时代？先秦时代有没有俗赋？这是一个很诱惑人的课题。

具体分析可以确定为典型俗赋的作品，它们虽然同传统的文人辞赋如骚赋、文赋（包括战国和汉代的散体赋、汉代的骋辞大赋、南北朝时的骈体赋和唐代的律赋等）、诗体赋有较大差异，但同赋的这些体式之间都有一些共同点：

（1）用对话体，同文赋的以对话为基本结构方式是相同的，与《七发》体的连续对问，共同点更多一些。

（2）对话部分语言整饬，一般为四言，押相近的韵，有的全篇为四言，押韵。这就与诗体赋相近。即使只有对话是四言韵语，因为每一段对话也都有完整的意思，所以通篇就像诗体赋的联缀。

（3）多借着故事表现痛苦或不平，多困苦之音和批判揭露、抗争之意，带有一种情感发泄或明辨事理的意思。这又同骚赋以抒情为主的创作动机、创作倾向相近。

因此，将这种文学式样称之为赋，是有道理的。

当然，更重要的原因是，它们都是用来诵的。骚赋是屈原在楚歌的基础上，吸收西周末年以来诵诗的创作经验而成，经宋玉突出了铺排的特征，由诗赋两栖的《离骚》《抽思》《惜诵》等，而完成了骚赋体式的确立；诗体赋是在先秦诵诗的基础上由屈原的《橘颂》、荀况的《礼》《知》《云》《蚕》《箴》五首谰形成，形式上四言、题材上以咏物为主要的特征；文赋则主要来自行人辞令和议对。行人辞令用于国与国之间，议对则是国内的，包括臣子向君主的讽谏和游士向投奔国的陈说，其中既有事先准备好的书面的陈辞，也有陈辞后追记的文字，也有上书、书信。骚赋主要是作家个人抒发怨愤（如司马相如《长门赋》那样抒别人之情者较少。但共同特征是用第一人称手法）；诗体赋以咏赞为主，即使表现个人情况，也以写他物来体现；文赋以描写场面、展示风貌为主，"卒章显其志"，多"劝百而讽一"。前两种体式的创作与传播在很大程度上是作家个人的行为，社会影响较慢、较小，故可以不论。就文赋而言，由行人辞令和议对到赋，必有一个转变的过程。是什么人，基于怎么样的社会基础，出于什么动机，而将这种应用文体转变为一种文学形式？这是以往的学者忽略了的一个问题。至于俗赋产生的时代，孕育、形成的过程，则更是模模糊糊。

过去探讨赋的起源，只由"赋者、古诗之流也""不歌而诵谓之赋""赋，铺也，铺采摛文，体物写志也"。从这些定义中去推衍，甚至从"赋"字的本义方面去探索。这都未能真正揭示出赋形成的原因。

我认为先秦时代以赋诵为职能的瞍矇，和以表演逗笑为职业的俳优，在赋的形成过程中起了决定性的作用。

# 二

先说瞍矇。《说文》："瞍，无目也。"段注："无目与无牟子别，无牟子者，黑白不分；无目者，其中空洞无物。故《字林》云：'瞍，目有朕无珠子也。'瞽者才有朕而中有珠子，瞍者才有朕而中无珠子，此又瞽与瞍之别。"朕（段氏以为本字作"朕"）即目缝，无朕即无眼缝。今天说来，都是盲人。以往论赋的起源者，有的也引用到《国语·周语》中邵穆公所说"故天子听政，使公卿至于列士献诗，瞽献曲，史献书，师箴，瞍赋，矇诵"和《楚语上》左史倚相所说"临事有瞽史之导，宴居有师工之诵，史不失书，矇不失诵"等语，但都是一般的提到，以证明"诵""赋"这两种行为确实存在，多用以解释诗由歌诗向诵诗的转变。其实，矇瞍赋诵的，主要是古代的嘉言善语，可以给人君、贵族、卿大夫增长历史知识，是提高听政水平的材料，也是他们从各种历史文献中选出来，又经过了适当剪裁甚至润饰的。关于这个看法，可以从下面两个方面证明：

（1）古代医药不发达，人有生理缺陷者多，加之专制政治下对人民群众刑法残酷，也常人为地造成一些人的生理缺陷。这些人在社会上只能根据自己的身体状况选择力所能及的事情以为生计。如刖者多为阉人，目盲者多从事弹奏音乐或讲诵之事，侏儒做任何体力活都只及一个小孩子，故多陪同君王、贵族、卿大夫说笑解闷、插科打诨，作种种表演。矇瞍以其很强的记忆力和很好的听觉能力，或为乐师，或以讽诵嘉言善语为能。因而，古代留下的文献，他们却讲得有声有色，活灵活现，悦耳动听。应该说，他们讲诵的辞令或议对，其内容和基本框架是有所依据的，但语句变得那样整饬而有很好的节奏感，是经过了适当的调整、加工和润饰的。这样一来，行人辞令和议对的性质、社会功能也便发生了变化，由古代文献变成了具有一定愉悦心情、陶冶性情作用的文学形式。

（2）司马迁在《史记·太史公自序》中说："左丘失明，厥有《国语》，孙子膑脚，而论兵法。"左丘作为瞽史留下了一部《左氏春秋》。春秋时代还有一位著名的盲人师旷，不少文献中记载了他在音乐上的造诣。但《汉书·艺文志·诸子略》"小说家"著录有《师旷》六篇：

> 见春秋。其言浅薄，本与此同。似因托之。

顾实《汉书·艺文志讲疏》云：

> 亡。兵阴阳家《师旷》八篇，盖非同书。《师旷》曰："南方有鸟，名曰羌鹫。黄头赤目，五色皆备。"（《说文》鸟部引）或在此书。师旷事详《周书》（《太子晋解》）、《左传》（襄十四年、昭八年）、《国语》（《晋语》八）、《韩非》（《十过篇》）、《吕览》（《长见篇》）、《说苑》（《建本篇》）诸书。

鲁迅《中国古代小说史略》云：

> 《逸周书·太子晋》篇记师旷见太子，聆声而知其不寿，太子亦自知"后三年当宾于帝所"其说颇似小说家。

中国古代"小说"的概念同今日"小说"之概念有所不同，但仍以叙述故事和奇异为主，多出于街谈巷议，较为通俗，或近诙谐，而有别于史官与诸子雅训之言。《汉书·艺文志》说"其言浅薄"，正与俗赋的特点一致。

由于以上两点，我们可以通过对《师旷》这部书的钩沉与研究来揭开这个被掩埋了 2000 多年的谜底。

归于小说家的《师旷》其书已亡佚，但根据鲁迅先生和顾实先生之说，可以辑录一些可能本属于该书的文字。辽宁师范大学卢文晖先生 1980 年在杭州大学王驾吾先生指导下辑成《师旷》一书，1985 年由上海古籍出版社出版。惟该书只辑有文献中注明出于《师旷》一书及以师旷为人物的文字。我以为《师旷》原书中也有些不以师旷为人物的故事或论说文字，比如有关乐师的文字。但这些今日难以判断，只好阙如。卢文晖先生所辑《师旷》的第一篇是《师旷见太子晋》。这篇作品无论从哪个方面说，都是一篇典型的俗赋作品：对话的形式，有一定的故事性，对话语句整齐，有几小节为整齐的四言句，多排比句，对话部分通篇押韵，语言通俗，行文不避重复，带有民间传说故事的特征，有的地方显得诙谐幽默。如其中写师旷听了太子晋的精彩对答以后，"师旷束跙其足曰：'善哉！善哉！'王子曰：'太师何举足骤?'师旷曰：'天寒足跙，是以数也'"。王子的问和师旷的答，都带有一种天真、质朴的民间色彩，也显得有些滑稽和诙谐，因此它是一篇典型的俗赋作品。据该篇押韵看，为先秦古韵。其中真文相韵，在《诗经》中即有，而鱼侯合韵，冬东合韵，均则为战国晚期既有的语言现象。《太子晋》原见于《逸周书》，则应为先秦时代的俗赋作品，只是当时这种体式未用"赋"这个名称。人们所谓"循名则实"乃是就一般状况言之，在"实至名归"之前，"有实无名"的情形都是有的。先秦之时，这类东西只能归入小说一类。所以鲁迅说它是"小说家言"，顾实则以为即《师旷》中佚文。

卢文晖辑《师旷》中所收《师旷论卫侯》（录自《左传》襄公十四年）、《论天下有五墨墨》（录自《新序·杂事》一）、《炳烛》（即卢题作《师旷论学》）。录自《说苑·建本》也是同类作品。另外，《说苑·正谏》所收《五指之隐》一篇，与上几篇相近，惟作咎犯对晋平公。向宗鲁《说苑校正》已指出，《后汉书·宦者传》吕强上疏中引其文，作师旷，则"咎犯"为"师旷"之误，卢文晖辑本失收。

由这些看来，《国语·周语》中说的"瞍赋矇诵"，《楚语上》说的"矇不失诵"等，并非虚语。师旷字子野，晋乐师，晋悼公至晋平公时人(见《左传》襄公十四年、十八年、二十六年、三十年，昭公八年)。但《师旷》一书，必非春秋时师旷所著，应是师旷以后的瞍矇收集有关师旷的材料与传说，又根据自己讲诵的材料编辑而成，当成书于战国时代。这应是一部小说与赋的集子，是春秋末年以来以赋诵为职业的瞍矇搜集、选编而成的。他们所搜集、讲诵的材料，有些也属于俗赋，或近于俗赋。因为瞍矇的讲诵很大程度上也是为了娱悦人君、主人。

瞍矇是我国先秦时代在赋的形成发展中起了重要作用的专业文艺人才，这是以前大多数学者未认识到，或未予以充分注意的。我们认识到这一点，就真正弄清了一些外交辞令、议对和传说故文是如何通过"不歌而诵"变为了一种文学式样的。

## 三

在赋的形成与发展中起了重要作用的，还有一类人，这便是俳优。俳优的贡献，主要在俗赋方面。

中国古代有很多寓言，墨翟、庄周、韩非都在收集、改编、创作寓言方面作出了历史性的贡献。① 他们收集、改编、创作寓言是为了游说和劝谏执政者时取得更好效果。寓言既有哲理性，有助于谈说，也有故事性和诙谐、幽默的特征，闻之可以令人解颐。而俳优的职能就在于使主人(国君、贵族、卿大夫等)高兴，因而俳优的诵说带有一定的表演性，其赋诵的材料有情书性。所以，多取材于寓言故事，只求生动而不论有无历史依据，可是其中也常有些拟人化的寓言故事。有时候也借着自己亲近主人、同主人可以开玩笑的特殊身份进行劝谏，他们的办法也是借用寓言类的小故事，旁敲侧击，使其自悟。主人由之而明白了事理、改正了错误最好，即使不

① 赵逵夫：《论先秦寓言的成就》，《陕西师范大学学报》(哲学社会科学版)2006年第4期。

愿改正，也只对俳优的讲说、表演一笑置之，不致变脸而治罪。因为长期形成的这种关系，人主、权臣在俳优面前也严肃不起来；俳优即使有出格之语，也看作玩笑而已。俳优虽然是给别人提供娱乐调笑的人，但作为人都有自己的人格，都有体现自己人生价值的愿望。晋国的优施参与了杀太子申生而立奚齐的阴谋，便是证明。当然，这是一个反面的典型。楚国的优孟谏止以大夫礼葬马，通过戏剧性的表演劝谏楚庄王照顾孙叔敖之子；齐国的淳于髡劝齐威王罢长夜之饮；秦优旃谏止始皇令陛楯者于雨天分为两队轮流值勤、谏止始皇扩大苑囿，谏止二世漆城之举，并见于《史记·滑稽列传》，都是止人君之妄行，而言人之所不敢言。史书记载是他们有益于国家、人民的典型事迹，而平时的职责，还是以讲诵、表演、娱悦人君为主。可以说，墨翟、庄周、韩非运用寓言侧重于其喻事明理的一面，俳优们运用寓言则侧重于其故事性和诙谐、幽默的一面。俳优们也常用寓言故事来表达劝谏的意思。典型的一例是，《史记·滑稽列传》载，齐王使淳于髡到赵国去请兵，以金百斤、车马十驷为礼品。淳于髡仰天大笑，冠缨索绝。齐王问：你是不是觉得礼物太少？淳于髡没有正面回答，却说：

> 今者臣从东方来，见道傍有穰田者，操一豚蹄，酒一盂，祝曰："瓯窭满篝，污邪满车，五谷蕃熟，穰穰满家"。臣见其所持者狭，而所欲者奢，故笑之。

可见他们也善于用寓言说事。

中国古代寓言和传说故事的片断有的有一定的戏剧冲突，同俗赋之间没有多大区别，其区别主要在语言分割和结构方式上。我以为，俳优们为了使寓言故事在讲诵之时更具表演性和声音效果，将一些叙述体的寓言和传说故事改编为对话的形式，并且使人物对话的语言成为整齐的韵语。关于这方面的证据，只要读一读《晏子春秋》就可以明了。《晏子春秋》一书，旧列入《诸子集成》。其实它并非诸子之论政治、论哲理的著作，而是一部小说、故事、民间传说和俗赋的集子。近代湖南学者罗焌在其 1935 年出版的《诸子学述》一书中就指出,《晏子春秋》"当属俳优小说一流"。他的编者,并非晏婴,而是前面已提到,见之于《史记·滑稽列传》的齐人淳于髡。①

《晏子春秋》一书全为对话体的形式,语言通俗又多排比句,大多篇章风格诙谐滑稽,民间文学的气息很浓。该书中与俗赋相近的篇章很多。如《谏上》的《景公不恤天灾》,《谏下》的《景公猎逢蛇虎》,《外篇》的《景公有疾》等,既以对话开始,也有收尾,结构完整,同一般"对问"有别,又多四言句,完全可以与俗赋视为同类。

我们说《晏子春秋》是淳于髡所编,而不说是淳于髡所著,因为书中所收材料有的来自古代文献如《左氏春秋》,有的来自民间传说。因此,同一情节,往往有两个以上传本。据吴则虞先生《晏子春秋集释》所附《晏子春秋重言重意篇目表》统计,相近的内容有两个以上传本者48个,其中有3个传本者9个,4个传本者9个,5个传本者1个。可见非一人所著,而是收集各种传本而成。

值得注意的是,不同传本有在语言上被逐渐加工、趋于整齐的倾向。如收入《外篇上》的《景公坐路寝》同《谏下》的《景公登路台望国而叹》内容大体相同,但收于《外篇》四言排比句多,显然更接近于赋体。而一般说来,收入《内篇》的是收集得早些,内容上也被认为纯正一些的,收在《外篇》的或者时间上迟一些,或者认为不够雅训。《谏上》的《景公所爱马死》《景公欲诛骇鸟野人》与收于《外篇上》的《景公使烛邹主鸟而死亡之》基本相同,但同第一篇比起来,《外篇》所收情节更合情理。因为国君所爱之马必为骏马、千里马之类,十分名贵,因其有时关系到事情的成败甚至性命。其无故暴死,罪及养马人,不算十分过分;而因作为玩物的鸟亡之而杀人,则过于残暴。故改"马死"为"鸟亡"。又后者更为简洁,同第二篇比起来,语言整饬;晏子劝谏方式显得诙谐幽默,更具逗笑的特征。这个故事也被收入《说苑·正谏》,可见这个版本的流传,不限于《晏子春秋》一书。

特别值得注意的是,到了汉代,东方朔也用大体相同的文字劝

---

① 赵逵夫:《〈晏子春秋〉为齐人淳于髡编成考》,《光明日报》,2005年1月28日。

谏汉武帝。明代凌澄初刻《晏子春秋》于《景公所爱马死》篇上方识语云：

> 武帝时有杀上林鹿者，下有司杀之。东方朔在旁曰："是因当死者三：使陛下以鹿杀人，一当死；天下闻陛下重鹿杀人，二当死；匈奴有急，以鹿触之，三当死。"帝默然舍之。

我们看《晏子春秋》中的《景公使烛邹主鸟而亡之》中晏子所说：

> 汝为吾君主鸟而亡之，是罪一也；使吾君以鸟之故杀人，是罪二也；使诸侯闻之，以吾君重鸟而轻士，是罪三也。

《景公所爱马死》中晏子责养马者语，也大体一样。可以看出，《晏子春秋》中的一些故事和铺排之辞，为从先秦至汉代的俳优类人物所袭用。《汉书·东方朔传》中所载东方朔上书中自言"臣朔年二十二，长九尺三寸，目若悬珠，齿若编贝，勇若孟贲，捷若庆忌，廉若鲍叔，信若尾生"云云，已近俳优之言，故"给驺侏儒"，其待遇与侏儒相等。《汉书》本传言"朔虽诙笑，然时观察颜色，直言切谏，上常用之"。然最终仍然"与枚皋、郭舍人俱在左右，诙啁而已"。其所著《七谏》为骚赋，所著《答客难》《非有先生论》皆设论类文赋，体近俳谐。溯其风格之上源，则大体来自俳优语，也有取于宋玉的《登徒子好色赋》。而宋玉此赋同其《大言赋》《小言赋》一样，是学习当时俳优之赋和民间俗赋的结果。由东方朔对《晏子春秋》中所载俳谐赋类作品的袭用及其创作，可以看出俳优在赋的收集、传播、创作、改编上所起的作用。

当然，俗赋本身是民间的东西，那些君主、贵族、卿大夫想消遣娱乐的时候，让俳优们把那些属于"下里巴人"层次的东西拿来解闷。因此，应该说俗赋的更多的创作与传播者在民间。然而，民间艺人的创作如无文人记录，便同山间野花，自生自灭。从文化史的方面说，民间创作以一种潜流的状态存在与流传着，其作者的命运也是一样。《史记·龟策列传》褚先生所录《宋元王得神龟》一篇，应来自民间。

这篇文字不但故事性强，而且对话押韵，为典型的俗赋，比起俳优们为了劝谏而临时所编更为精彩。

20 世纪 40 年代，冯沅君曾谈到赋同戏剧的关系。① 后来的美国学者、日本学者也注意到这个问题。② 他们都道出了部分的真理，却不够确切。因为俳优就是以戏剧、表演、赋诵为能事的，但就文人所作文赋而言，同戏剧的关系不大，因为这些作品只是以对话引起议论，"对问"只是一种手段，所谓"述客主以首引"，而其目的则是"极声貌以穷文"，是铺排堆砌式描写建筑、形胜、场面景致，不主叙事，没有什么情节。只有俗赋有故事性，而且基本上用代言体（其中也有叙述的成分，但这种情形在元刻剧本中也有）。所以，俗赋同戏剧的关系是十分密切的，其间的转变，只是要将由一个人诵读变为三个人分别说，再加上表演而已；如果要更完善一些，再加上装扮。清水茂先生的论文证明同戏剧有关的辞赋人物，也是淳于髡、东方朔、郭舍人这几个见之于《史记·滑稽列传》的人物。但清水茂先生笼统提"辞赋"，而未及俗赋，似乎过于宽泛。

总的说来，俗赋不仅唐代有，南北朝以前至魏晋、汉代以至先秦时代都有。而且我们可以借助于对俗赋形成、传播、收集、整理、编辑的探讨，也揭示出其他体式的赋，尤其是文赋形成与发展的状况，从而弄清很多以往的研究中未能弄清的问题。比如弄清了瞍矇和俳优在赋的形成和发展当中的作用，使我们对赋由一般寓言故事、行人辞令、议对转变为俗赋和文赋有了明确的认识，也可以弄清《师旷》《晏子春秋》及刘向据以编《说苑》的那些书籍，是怎样汇集起来的。瞍矇、俳优和乐师一样是我国先秦时代就有的"专业文艺工作者"，是诵读赋的专门人才。

——原载《陕西师大学报》（哲学社会科学版）2009 年第 2 期

---

① 冯沅君：《古剧说汇》，商务印书馆 1947 年版。
② 清水茂：《辞赋与戏剧》，南京大学中文系：《辞赋文学论集》，江苏教育出版社 1999 年版。

## 【评 介】

赵逵夫,男,1942 年生,甘肃省西和县人。1967 年甘肃师范大学中文系毕业,中学教学 12 年后,于 1979 年考取西北师范学院中国古代文学专业硕士研究生,师从著名学者郭晋稀先生,1982 年留校任教。西北师范大学文学院教授、博士生导师。赵先生在先秦文学、辞赋文学等领域都作出了重要贡献,学术论著颇丰,代表作有:《屈原与他的时代》《屈骚探幽》《古典文献论丛》《读赋献芹》等;主编有:《诗赋研究丛书》《历代赋评注》《先秦文学编年史》《先秦文论要诠》等;在《中国社会科学》《文史》《文学评论》《文学遗产》《文艺研究》等刊物发表论文数百篇。

该文是作者给伏俊琏《俗赋研究》(中华书局 2008 年 9 月)撰写的序言。该文认为,俗赋"应以敦煌发现的《晏子赋》《韩朋赋》、两种《燕子赋》和尹湾出土的《神乌赋》为标本,把它们看作俗赋的基本形式、俗赋的主流;但研究中不妨把界限放得宽一些,广泛探索,将它的变体及在它的影响下产生的一些不完全具备俗赋特征的作品也纳入考察的范围。只有这样才能弄清俗赋早期存在的情况,弄清它形成、发展的过程"。

该文对先秦时代俗赋在形成过程中瞍矇、俳优所起的作用进行了论述,其基本观点是:

早期的赋可分为骚赋、诗体赋、文赋三类,其中文赋主要来自行人辞令和议对。行人辞令是用于国与国之间的,议对则是国内的,包括臣子向君主的讽谏和游士向投奔国的陈说。骚赋和诗体赋两种体式的创作与传播在很大程度上是作家个人的行为,社会影响较慢、较小。就文赋而言,由行人辞令和议对到赋,有一个转变的过程。在这个转变过程中,以赋诵为职能的矇瞍,和以表演逗笑为职业的俳优,起了决定性的作用。

矇瞍的赋诵,主要是古代的嘉言善语,他们有很强的记忆力和很好的听觉能力,或为乐师,或以讽诵嘉言善语为能。因而,本来只是古代留下的文献,他们却讲得有声有色,活灵活现,悦耳动听。行人辞令和议对,其性质、社会功能也便发生了变化,由古代文献变成了具有一定愉悦心情陶冶性情作用的文学形式。在留存下来的早期文献中，《春秋左氏传》就是瞽史左丘明讲诵的底本，《汉书·艺文志》"小说家"著录的《师旷》六篇，也是战国时期的瞍矇收集的有关师旷的材料与传说，是一部小说与赋的集子，其形式内容正与俗赋的特点一致。

俳优的职能就在于使人主高兴，因而俳优的诵说带有一定的表演成分，其赋诵的材料有情节性。所以，多取材于寓言故事，只求生动而不论有无历史依据，其中也常有些拟人化的寓言故事。所以，俳优的贡献，主要在俗赋方面。"楚国的优孟谏止以大夫礼葬马，通过戏剧性的表演劝谏楚庄王照顾孙叔敖之子；齐国的淳于髡劝齐威王罢长夜之饮；秦优旃谏止始皇令陛楯者于雨天分为两队轮流值勤、谏止始皇扩大苑囿，谏止二世漆城之举，并见于《史记·滑稽列传》……" "俳优们为了使寓言故事在讲诵之时更具表演性和声音效果，将一些叙述体的寓言和传说故事改编为对话的形式，并且使人物对话的语言成为整齐的韵语。"这样就变成了俗赋，这一点，在淳于髡编辑而成的《晏子春秋》中表现得最为明显。

弄清了瞍矇和俳优在赋的形成和发展当中的作用，使我们对赋由一般寓言故事、行人辞令、议对转变为俗赋和文赋有了明确的认识，也可以弄清《师旷》《晏子春秋》及刘向据以编《说苑》的那些书籍，是怎样汇集起来的。瞍矇、俳优和乐师一样是我国先秦时代就有的"专业文艺工作者"，是诵读赋的专门人才。

（伏俊琏）

**赵逵夫赋学论著目录：**

《〈荀子·赋篇〉包括荀卿不同时期两篇作品考》，《贵州社会科学》1988 年第 4 期。

《〈七发〉体的滥觞与汉赋的渊源》，《西北民族大学学报》（哲学社会科学版）1992 年第 2 期。

《〈七发〉与枚乘生平新探》，《西北师大学报》（社会科学版）1999 年第 1 期。

《班彪〈览海赋〉》，《文学遗产》2002 年第 2 期。

《汉晋赋管窥》,《甘肃社会科学》2003 年第 5 期。

《〈两都赋〉的创作背景、体制及影响》,《文学评论》2003 年第 1 期。

《关于枚乘〈梁王兔园赋〉的校理、作者诸问题》,《文献》2005 年第 1 期。

《论瞍矇、俳优在俗赋形成中的作用》,《陕西师范大学学报》(哲学社会科学版) 2009 年第 2 期。

《汉王朝的兴衰与汉赋的发展及转变》,《西北民族大学学报》(哲学社会科学版) 2009 年第 2 期。

《论赋的特质及其与汉语和中国文化之关系》,《文史哲》2010 年第 2 期。

《读赋献芹》,中华书局 2014 年版。

《历代赋评注》,巴蜀书社 2010 年版。

# 俗赋的发现及其文学史意义

## 伏俊琏

"赋"是中国特有的文体，最具有文人化、贵族化的特性。王充在《论衡·自纪篇》中说："深覆典雅，指意难睹，唯赋颂耳"，"如深鸿优雅，须师乃学"。《北齐书·魏收传》记魏收的话说："会须作赋，始成大才士。"赋兼才学，所以几乎没有学人把"赋"同"俗"联系起来。

1900年，敦煌石室出土的文书中，有一些以"赋"名篇的作品，或者讲一段生动的故事，或者用诙谐的语言进行描写，主题无关政治教化，语言大量用口语，句式多用民间歌谣形式，如《燕子赋》《韩朋赋》《丑妇赋》《秦将赋》等，与传统的赋作大相径庭。郑振铎、容肇祖、傅芸子、程毅中诸先生分别把这类作品叫作"小品赋""白话赋""民间赋"和"俗赋"。① "俗赋"的名称则被各种文学史著作所接受。中国文学的百花园中，又增加了一种文体。

敦煌俗赋的发现，促使我们对有关赋文学的诸多重大问题进行新的思考和认识。

## 一

首先，我们认为，以"铺彩摛文"为特征的汉大赋以及汉魏以降

① 郑振铎：《敦煌的俗文学》，原载《小说月报》1929年第20卷第3号。容肇祖：《敦煌本〈韩朋赋〉考》，原载1935年出版的《庆祝蔡元培先生六十五岁论文集》，后收入上海古籍出版社1982年出版的《敦煌变文论文录》。傅芸子：《敦煌俗文学之发现及其展开》，原载《中央亚细亚》第1卷第2期，后收入《敦煌变文论文录》。程毅中：《关于变文的几点探索》，《文学遗产增刊》第十辑，中华书局1962年版。

清新明丽的抒情小赋并不是赋学百花园的全部。也就是说，文人赋只是赋中的一支，在文人赋之外，还存在着大量的民间俗赋。由于历代文人较少关注俗赋，传世文献很少载录俗赋，使得大量的俗赋未能保存下来。敦煌俗赋的发现，如同我们在荒漠上探掘出了一眼清泉，虽然水量不是很大，但我们已经感受到了它的巨大的潜流，从这汩汩的泉眼也可以预测它的源远流长。

1993 年，江苏东海县尹湾西汉墓葬中出土了一篇《神乌傅（赋）》，其文体特征同敦煌《燕子赋》基本一样：它们都是以鸟类为故事的主人，都以代言体展开故事情节，都以四言韵文为主体，而且都根据内容的需要灵活进行换韵。它们属于同一个系统，有着共同的承继源头。1979 年，敦煌马圈湾发现西汉晚期的残简，其中有韩朋故事的片断。从其叙述方式仍可看出，风格更接近于《韩朋赋》。① 而汉简韩朋故事的体裁，由于存字太少，还难以断定，但简文中反映的也是对话体，而且同样是四言，所以完全可能采用的是赋体。即使是无韵的文体，也应该具有类似后世"话本"的性质。由此可以知道，不仅汉代有很多具有故事情节，用对话体、大体押韵的俗赋作品，而且唐代有的俗赋也是由汉代流传而来的。

1935 年，容肇祖先生在《敦煌本〈韩朋赋〉考》一文中推断西汉时期民间可能已有这种叙说故事、带有韵语以使人易听易记的赋体作品。《神乌赋》的出土，证明了容先生推断的正确。它把俗赋的历史由点拉成了一条线，说明在文人大赋蔚为大国的同时，俗赋作为一股不小的暗流一直潜行于地下，偶然也冲决地表涌出涓涓清溪，呈现它多彩多姿的风貌。

《神乌赋》把俗赋的历史提前到西汉，这就提醒人们要重新认识汉赋的实际情况。依常理而言，如此成熟的叙事作品，在当时不应该绝无仅有。《汉书·艺文志》著录汉赋 1004 篇，班固《两都赋序》说："孝成之世，论而录之，盖奏御者，千有余篇。"那么不在中秘所藏、未被进御之赋，数量应当更为可观。今所存完整者，包括非奏御以及

---

① 裘锡圭：《汉简中所见韩朋故事的新资料》，《复旦学报》（社会科学版）1999 年第 3 期。

成帝以后的赋作，不过百篇左右，埋没数量之多可以想见。以此理推测，《神乌赋》不应一枝独秀。所以，目前我们能看到的汉大赋从数量上或风格上未必是汉代流行的赋体作品的主流。而汉魏以来像曹植《鹞雀赋》、傅玄《鹰兔赋》、左思《白发赋》等作品的产生背景，王褒《僮约》、刘伶《酒德颂》、王沈《释时论》、沈约《奴券》、吴均《饼说》等作品的文体归属，都可以得到更为合理的说明。

<h1 style="text-align:center">二</h1>

　　文人赋是铺显才学的一种案头读物，传抄阅读是其最主要的流传形式。与文人赋不同，俗赋则主要是一种艺术形式，主要通过各种仪式，以"诵""唱"的方式传播。

　　汉代的赋家，几乎都是大学问家，甚至是语言学家。司马相如作有《凡将篇》，扬雄有《训纂篇》《方言》，班固作有《大甲篇》《在昔篇》，都是语言文字学著作。司马相如说，赋家要"控引天地，错综古今"，"赋家之心，苞括宇宙，总览人物"（《西京杂记》卷二）。所以，汉赋可以说是"博物之书"①，具有类书的性质。汉代以后，情况也没有例外。《晋书·左思传》说左思创作《三都赋》时"构思十年，门庭藩溷皆著笔纸，遇得一句，即便疏之"。《三都赋序》说自己的写作原则是："其山川城邑，则稽之地图；鸟兽草木，则验之方志；风谣歌舞，各附其俗；魁梧长者，莫非其旧。"这简直是在作学术考据了。《三都赋》写成之初，并没有被人看重，后经数位名人作序、作注，广为宣传，"于是豪贵之家，竞相传写，洛阳为之纸贵"（《晋书·左思传》）。当然，这是很个别的例子，但赋家看重才学，靡丽骋辞，却是不争的事实。

　　俗赋用"诵"的方式传播，是保持了"赋""不歌而诵"的本色。《燕子赋》（乙）开头写道："此歌身自合，天下更无过；雀儿和燕子，合作开元歌。"说明这种赋是用来"歌诵"的。据中唐人郭湜《高力士外传》记载，当时流行四种讲诵形式：讲经、论议、转变、说话。"讲

---

　　① 《三国志·国渊传》记国渊语曰："《二京赋》，博物之书也。"

经"就是俗讲(其底本是讲经文),"说话"是讲说话本,"转变"是讲唱变文,这些讲经文、话本、变文,在敦煌写卷中都保存了一些。"论议"是一种由两个或两个以上的人争辩斗智的艺术形式,敦煌本《晏子赋》和《茶酒论》就是当时"论议"表演的脚本。而俄藏《燕子赋》(甲)写卷还有一个名称"燕子王变",说明《燕子赋》是可以作为变文配图演唱的。《酒赋》《秦将赋》等用民间流行的歌诀形式,也表明了它们的讲诵特征。

敦煌写卷中还有一些并未标名是"赋"的作品,像《茶酒论》《孔子项托相问书》《㘂䶂新妇文》等,其文体特征与俗赋完全一样,是学者公认的俗赋。在敦煌写卷中,它们也大多与俗赋或一些讲诵文抄在一起,表明它们是同一类作品。《孔子项托相问书》前部分叙述孔子与小儿项托的论难辩说,后部分是一首56句的七言长诗,叙述孔子杀死项托,项托精灵化作森森之竹,孔子惶怕,于各州县设置庙堂祭拜小儿项托的故事。可以看出,前部分是当时流行的对问体俗赋形式,后部分则是当时流行的歌谣体俗赋形式。《㘂䶂新妇文》包括四部分:第一部分叙述一位生性好斗、言语尖刻的泼妇;第二部分是一首"自从塞北起烟尘"诗;第三部分是以《十二时》为题的劝学之词,鼓励男儿发愤读书;第四段写一入舍女婿,不甘听从岳父使唤,遂领新妇离去。第一部分与第四部分与《清平山堂话本》所载的《快嘴李翠莲记》在说唱体制、语言风格方面很相似,属于故事类俗赋;第二部分与第三部分是歌谣体俗赋。这一组作品,都属于讲唱文学体制。

《敦煌变文集》归入俗赋类的《下女夫词》,是婚礼场合的吉庆祝颂词,其表达方式是伴郎、伴娘和傧相人员口诵对答。另一篇《百鸟名》用通俗的语言写以凤凰为尊的百鸟世界的君臣秩序,并介绍各种鸟的习性、毛色、命名及相关传说,是一篇具有科普性质的韵诵体俗赋。可见,在传播方式上,文人赋与俗赋完全不同。

敦煌遗书中,还有一类叫作"词文"的作品,最著名是《季布骂阵词文》。这篇作品,篇幅宏伟,情节生动曲折,季布骂刘邦,揭露他的微贱出身和小时的泼皮为人,数落他"百战百输天不佑"的战败史,骂得刘邦拨马仓皇而逃。全篇完全使用七言韵语,共646句,有323

个韵脚字，用"文""真"韵一押到底，是明代以前最长的叙述诗。那么，"词文"的文体属性应该怎样定位呢？《汉书·艺文志》"诗赋略"分诗赋为五类：屈原赋、陆贾赋、荀卿赋、杂赋、歌诗；其中"杂赋"12家中有一种以七言韵语为主的"成相杂辞"。"成相杂辞"已经失传了，但荀子的《成相篇》就是根据这种形式创作的。王先谦《荀子集解》引卢文弨说："审此篇音节，即后世弹词之祖。"敦煌"词文"是成相杂辞的嫡系子孙。按照《汉志》的标准，它属于杂赋的范畴。《季布骂阵词文》结尾说："具说汉书修制了，莫道词人唱不真。"可见词文是用"唱"的方式流传的，"唱"是徒歌，没有乐器伴奏，接近于"诵"，是一种歌谣体俗赋。

# 三

汉唐俗赋的发现，更进一步促使我们探讨赋体的起源。

赋的起源，众说纷纭。胡士莹先生认为赋源于民间说唱艺术，"赋是在民间语言艺术(包括说话艺术)的基础上，由口头文学发展而成的书面文学"。① 胡先生没有展开论证，所以相信者不多。但俗赋的面世，证明胡先生的说法是可信的。赋同其他文艺形式一样，最初都是由下层劳动人民创造，并在人民中间口耳相传的。

我们对敦煌俗赋的文体特征进行了分析，发现它们的类型可大致区分为三种：

(1)故事俗赋。用韵散相间的句式叙述故事，散文主要用于推动情节发展，韵文则主要用于人物对话。这类俗赋主要由一人讲诵，其形式类似于后世的说书。像《韩朋赋》《燕子赋》(甲)等。

(2)客主论辩俗赋。也用对话体，但对话不是为了推动故事情节的发展，而是为了展示对话者的才智、能力。这类俗赋主要由两人对诵，所以戏剧因素很浓。像《晏子赋》《孔子项托相问书》等。

(3)歌谣体俗赋。不用对话，多用四言、七言这些歌诀体句式，由一个人讲诵，类似于后世的单口快书或弹词之类。像《酒赋》《秦将

---

① 胡士莹：《话本小说概论》，中华书局1980年版，第8页。

赋》《季布骂阵词文》等。①

我们用俗赋的这三种类型和文体标准对照考察先秦时期的文献，会从中发现诸多相同或相近的作品，这种考察会使我们对赋的起源有一个更为明晰的认识。

西晋时期汲冢出土的《古文周书》（此书已散佚，严可均《全上古三代文》卷十五辑录二则）中有一则由师春（瞽史名）讲诵的《玄鸟换太子》的故事，散文和韵文夹杂使用，记叙部分用散文，对话用韵文，这是"讲诵"的传播形式在文体上留下的痕迹。文中还大量使用隐语，隐语的主要来源，是早期民间歌谣；这段文字大量运用隐语，是其民间文学性质的最好说明。这则故事让中国民间文学中家喻户晓的"狸猫换太子"的母题提前了一千多年，② 而从文体特征上判断，它应当是早期流行的用于讲诵的俗赋。

《庄子·外物》有一则"儒以诗礼发冢"的寓言，叙事生动形象，富有讽刺意味，具备了民间故事赋对话体、叙事性、语言大体押韵的特点，就是早期流行的故事赋。《庄子》还有《说剑》一文，有曲折动人且具传奇色彩的故事情节，论天子、诸侯、庶人之剑的三部分，与宋玉的《风赋》在结构安排上很相似，都是形式上并列、内容上同类的几个段落。语言骈散结合，可以说是一篇讲诵性质的作品，带有故事赋因素。至于宋玉的《高唐赋》，其源头是《山海经·中山经》所载女尸化为瑶草的故事，这篇作品明显是根据民间传说创作的故事赋。

《史记·龟策列传》载有宋元王与神龟的一段故事，洋洋洒洒近三千言，基本上用四言韵语写成。《龟策列传》是褚先生补作的，他说："臣往来长安中，求《龟策列传》不能得，故之大卜官，问掌故文学长老习事者，写取龟策卜事，编于下方"。《史记评林》引杨慎曰："宋元王杀龟事，连类衍义三千言，皆用韵语，又不似褚先生笔。必先秦战国文所记，亦成一家，不可废也。"这段文字正是褚先生选取的战国以来流传已久的寓言故事。它用四言韵语写成，说明它是用来

---

① 伏俊琏：《敦煌俗赋的类型与体制特征》，《南京大学学报》（哲学·人文科学·社会科学）2007 年第 4 期。

② 伏俊琏：《狸猫换太子故事源头考》，《文史哲》2008 年第 3 期。

讲诵的，是古代巫师占卜时招揽生意、诱导听众的讲诵之词，体制上是一篇通俗故事赋。

由此可知，故事俗赋是在早期民间讲诵寓言故事的基础上发展而来的。早期各种祭祀、祷祝、招魂等仪式中都包含着向神鬼、灵魂或天地叙事的成分。西周时的瞽史、诵训、训方氏等，以向国君讲述本国的历史为其主要职责。同样，向族人讲述本族的历史是本族巫史的职责。这种讲述本身是一种非常严肃的仪式，因而需要特殊的"乐语"训练。这种"历史"也不是后世所谓的"实录"，因而也就有更多的想象虚构成分。巫祝瞽史在讲这类故事的时候，为了更好地制造特有的气氛，如祭祀仪式的庄严肃穆、婚媾仪式的欢快温馨、宴会仪式的和睦喜悦，或者为了更好地刻画形象，表露感情，来吸引和感染听众，便自然而然地和歌唱（或朗诵）结合起来，发展成为有说有唱的形式。表现在文体上，就是故事性、对话体和语言的大体押韵。故事俗赋的源头，大致可以如上所言。

俗赋中论辩一类，其起源也很早。《逸周书》中有一篇《太子晋》，记载春秋时晋国师旷聘周见太子晋的事。太子晋时年 15 岁，聪慧而有口辩。师旷去见他，反复问难以试其才，太子晋对答如流，使师旷深为佩服。该篇有一个关键的术语"五称而三穷"，称，是称说；穷，是辞穷。这是流行在先秦时期的一种五打三胜制的问答比赛，也是当时的论辩游戏规则。"五称"指提了五个问题，"三穷"指回答时三次答不出。师旷向太子晋提了五个问题，太子晋都答得非常圆满；而太子晋也向师旷提了五个问题，师旷却理屈辞穷，太子晋由被动而主动，在整篇作品中，他是胜利者。全篇以主客问答形式写成，人物对话之外，描写情节发展的文字很少，只有"师旷曰""太子应之曰"一类简单的提示语。对话部分韵散间出，以四言韵语为主，并多排偶句式，说明它的口诵性质。尤其应当指出的是，对话并不推动故事情节的进展，而是为了表现人物的才智。问方尽量想难倒对方，而答方却应变自如，并且巧妙地让对方变成被告，开始新一轮的问难。所以本篇就体制而言，显然受到民间论辩技艺的启示，把它当作论辩类俗赋是名副其实的。敦煌写本《孔子项托相问书》正是由《太子晋》这种体制发展而来。

　　《史记·滑稽列传》载录了战国时齐国淳于髡的《谏饮长夜》,《文心雕龙·谐隐篇》把《谏饮长夜》与宋玉《登徒子好色赋》并举,作为并列独立的同类文章看待,章太炎先生也说《谏饮长夜》"纯为赋体"。①如果把它们与宋玉、枚乘、司马相如的赋作一对比,也觉得结构形制上是一篇完整之作。实际上,不仅《谏饮长夜》是赋体,《滑稽列传》记载淳于髡的另两件事情,也用的是俗赋体。一件是用"大鸟"的隐语谏齐威王。关于这件事,钱穆《先秦诸子系年》认为与《战国策·齐策一》"邹忌讽齐王纳谏"的故事一样,"同为齐威初年奋发之一种传说"。②钱氏的说法是对的,因为这段隐语还见于《史记·楚世家》,为伍举刺荆王;还见于《韩非子·喻老》,为右司马谏楚庄王;还见于《吕氏春秋·重言篇》,为成公贾谏荆庄王;还见于《新序·杂事二》,为士庆谏楚庄王。传闻各异,但皆用韵诵体,这正是它在当时口头大量传播的结果。第二件事情近乎一场独幕剧,淳于髡讲诵民间故事,以谏说齐威王增加请救兵的礼品。故事完全用通俗的韵语形式,而且有句尾韵、句中韵,极其繁密,③说明它的乐感韵律很强,是一篇讲诵的俗赋。

　　现代学者研究证明,淳于髡还编成了《晏子春秋》。④《晏子春

---

　　① 章太炎:《国故论衡》,上海古籍出版社 2003 年版,第 91 页。

　　② 钱穆:《先秦诸子系年》,中华书局 1985 年版,第 262 页。

　　③ 淳于髡说:"今者臣从东方来,见道傍有禳田者,操一豚蹄,酒一盂,祝曰:'瓯窭满篝,污邪满车,五谷蕃熟,穰穰满家。'臣见其所持者狭,而所欲者奢,故笑之。"祝词大意是说:高处地里的粮食收满竹笼,低处田里的粮食装满车辆;五谷丰收,堆满粮仓。应当注意的是,这个故事是用韵文形式表现的,者、盂、车、家、奢,先秦都是鱼部字。钱大昕说:"不独'车'与'家'韵也,'瓯''窭'与'篝'韵,'污''邪'与'车'韵,'谷'与'熟'韵,'蕃'与'满'韵,'穰'重文亦韵,'五'与'车''家'亦韵,盖无一字虚设矣。"(钱大昕:《十驾斋养新录》卷 1,江苏古籍出版社 2000 年版,第 337 页)

　　④ 日本学者武内义雄提出"淳于髡编写了《晏子春秋》"(孙以楷在 1984 年《文史》23 辑《稷下学宫考述》一文有引述),赵逵夫有《〈晏子春秋〉为齐人淳于髡编成考》(《光明日报》,2005 年 1 月 28 日)一文,吕斌《淳于髡著〈晏子春秋〉》(《齐鲁学刊》1985 年第 1 期)则提出《晏子春秋》为淳于髡所著。

秋》写了200多则故事，"是我国最早的一部短篇小说集"①。淳于髡编这部书，一方面根据有关晏婴的史料，又搜集了许多民间传闻故事，同时又经过他自己的创作，所以该书中的一些故事，明显带有讲诵的杂赋性质。如《内篇杂上》有一则写齐景公饮酒，先是"夜移于晏子之家"，遭到婉言谢绝；然后又"移于司马穰苴之家"，遭到婉言谢绝；最后"移于梁丘据之家"，主人"左操瑟，右挈竽，行歌而出"，欢饮达旦。作者将景公在同一个晚上的饮酒三移其地，借三位接待者的两种态度，在对比中刻画人物形象。晏子和司马穰苴，一个是心系国是的政治家，一个则是随时准备战斗的军事家。景公和梁丘据，则是只图寻欢作乐的昏君佞臣。作者把同一情节重复三次，同一句话反复三遍，每次都以微小的变动以显示故事的进展，这是民间故事常用的技巧。这段故事还很自然地押了韵，说它是用来讲诵的俗赋当不为大过。

战国时期，在民间吹牛皮、说大话基础上形成了一种"大言""小言"的语言游戏，它讲极大和极小，在竞争中表现智慧，富有幽默感。《礼记·中庸》所谓"语大，天下莫能载；语小，天下莫能破"，讲的就是这一类。《庄子》诸篇中充满着悠谬之说、荒唐之言、无端涯之词，"大言炎炎，小言詹詹"（《天下篇》），汪洋恣肆，趣味横生。屈原的作品中，多有这种描写：朝发苍梧，夕至县圃；饮马咸池，总辔扶桑；折木拂日，诏使西皇；览观四极，周流天下。《远游》《天问》《招魂》中这种描写更多，真是"其小无内兮，其大无垠"（《远游》）。盛行于战国中后期的邹衍学说，也是以"大言""小言"为基本方式，从空间和时间两方面纵横推论宇宙之大。淳于髡等宫廷文人常用这种方式调侃取悦，以博得人主的欢心。《晏子春秋·外篇》所载《景公问天下有极大极细晏子对》一则，就是一篇俗赋性质的"大言""小言"作品。到了战国后期的楚国，君臣更是习惯于用这种方式调侃娱乐，其中宋玉的《大言赋》《小言赋》最为典型。

通过两个（或两组）人之间的对话、争辩或互相问答和唱诵来表情达意，是民间文艺中经常采用的形式，这在古今中外都带有普遍

① 吴则虞：《晏子春秋集释·前言》，中华书局1962年版。

性。世界上很多民族的“史诗”一直在口头演述中流传着。口头演述的场合，不外乎婚礼、葬礼、重大节日礼仪，而口头论辩则是其主要形式。先秦时期，民间存在这种口头论辩活动。那些俳优侏儒为了取乐权贵，就学习摹仿这种争奇斗胜的娱乐形式，把它们引到宫廷；影响施及智识阶层，文人也采用这种形式进行写作。于是赋由民间走进上层，由口传走向书面。

论辩俗赋与故事俗赋相比，娱乐性和诙谐调侃性是一个明显的特点。其原因在于争奇斗胜本来是民间的一种娱乐形式，而把这种形式引向上层的主要是优人，优人的本职就是逗乐贵族，供他们玩乐。在民间俗赋向贵族化的转变过程中，优人起了很大的作用。优人是什么时候才有的？虽然我们现在看到的文献记载最早是在春秋时期，但我们推想，以调笑戏谑取乐君王的优人应当是很早就存在了的。王国维说：“古之优人，其始皆以侏儒为之。”①先秦优人的作品，主要见于《史记·滑稽列传》。但这篇作品的取材却是值得探讨的。传统史学中，史学家常常根据传主本人的作品改写传记，《滑稽列传》也具有这样的性质。本传写了淳于髡、优孟、优旃三个人的故事，实际上是在流传已久的这三个人的作品，或者以这三个人为主人公的滑稽诙谐“韵诵体”俗赋的基础上改编而成的。

下文再讨论歌谣体俗赋的起源。歌谣是最早的文艺形式。由于歌谣节奏感、韵律感强，便于记忆，于是人们便用这种形式记述事情，总结生产和生活中的经验、知识，在各种仪式中进行唱诵。

先秦时期的歌谣，形式上以四言、七言为主。而最有特点的先秦歌谣形式，当推“成相体”。《汉志·诗赋略》“杂赋”中的“成相杂辞”没有一篇留存到现在，但是荀子有《成相》，就是按照民间“成相杂辞”的形式撰写的。②《成相》通篇以三、四、七言为主，而两个三言句，实际上还是七言的节奏，四言句在每节只有一句，起到转换和调

---

① 王国维：《宋元戏曲史》，华东师范大学出版社 1995 年版，第 4 页。

② 《杂赋》中《成相杂辞》十一篇，唐杨倞(元和时人)以为就是《荀子》中的《成相》，“盖亦赋之流也”。朱熹《楚辞后语》也说荀子《成相》“在《汉志》号《成相杂辞》”。

节缓冲的作用，所以"成相体"还是七言的节奏。

七言是民间最盛行的歌谣句式，但却长期被文人所冷落，直到东汉，"七言"仍被排除在诗之外，① 因为它太"俗"了，士大夫阶层是很少运用它的。《汉书·艺文志》把七言体的"成相杂辞"归入"杂赋"，使我们明确了汉朝人对"赋"的内涵和外延的认识。西汉人的"诗"，除了《诗经》之外，便是"歌诗"，即与"曲折"配合、协诸管弦的歌词。除此之外的其他韵文，包括"七言"，都归到赋的范围。②

先秦时期流传至今的"成相体"，除了荀子《成相》外，还有《逸周书》中的《周祝解》。《周祝解》是周祝"告""号"的记录。祝之语调，与"诵"相近。周祝借用民间的成相体，是民间俗赋走向贵族的证明。《文子·符言》也多用成相体，《老子》中也有近于成相体的章节。1975 年，湖北云梦睡虎地出土的秦简《为吏之道》(今人拟题)，其中后半部附有八首韵文，格式与《荀子·成相》完全一样。这说明当时这种民谣形式十分流行，已被用来编写培训官吏的教材，以利于理解和记诵。

现存成相体，大多有格言汇集的性质。比如《周祝解》就是谣谚集锦，《文子》中的《符言》《上德》《文传》《成开》《大戒》，马王堆帛书《称》，银雀山汉简《要言》，云梦秦简《为吏之道》，以及《淮南子·说林》《说苑·丛谈》等，都具有这种格言集锦的性质，《老子》书更是古格言汇录。这些格言集用韵语形式写成，内容皆为劝诫性质，这一点也给我们很多启发。刘师培《论文杂记》说："老子《道德经》已有似赋之处矣。"这是很有见地的。《老子》有"似赋之处"，说明它本来是可以吟诵的。从《老子》《文子·符言》《周祝》到《荀子·成相》《为吏之道》，再到汉代的《成相杂辞》、淮南王的《成相》，基本上是沿着一条线索发展来的，都是以格言谚语集锦为其形式，以道德教

---

① 参看吴承仕：《七言不名诗》，刊《国学丛编》第一期第三册《检斋读书记》；余冠英：《七言诗起源新论》，收入《汉魏六朝诗论丛》，上海古典文学出版社 1956 年版。

② 章太炎《国故论衡·辨诗》说："其他有韵之文，汉世未具，亦容附于赋录。"

化、行为规劝为其内容，并用赋诵的方式传播到社会各层。赋由民间走向上层，这是线索之一。

早期教育童蒙的字书，也用韵诵形式。周宣王时史籀作有《史篇》，大抵也是韵语偶文，以便于记诵。秦汉间字书，现在大多散佚了。从残存部分看，司马相如作《凡将篇》，为七言韵语。扬雄收集古文奇字，作《训纂篇》，为四言韵语。史游作《急就篇》，是七言、三言、四言不等的韵语。东汉贾鲂作《滂喜篇》，亦是四言韵语。这些都是属于通俗的教童蒙识字的"杂字书"，古今并收，以韵语编排，便于童蒙记诵。它们借用民间广泛流传的"成相"快板体，是显而易见的。字书的这种韵诵形式的源头，也和早期瞽史有关。据《周礼·大行人》记载，周天子每九年要把诸侯国的"瞽史"聚集在一起，教他们识字和诵读，"谕书名，听声音"。瞽史没有视力，只是凭记忆讲授，所使用的教材一定有固定的形式与和谐的音韵，语词的意义只能从发音上去推求。可见，民间俗赋形式很早就进入了上层贵族。

早期歌谣类俗赋还包括各种仪式上的讲诵文。仪式活动是人类最重要的社会活动，比如祭祀仪式、驱傩仪式、冠礼、婚礼、丧礼，以及结盟仪式、出师仪式、献俘仪式等。王逸《楚辞章句》就认为《九歌》是根据民间祭祀之词创作的，那么原始民间祭词，自然是讲诵体俗赋了。屈原的《橘颂》，则是屈原行冠礼时诵的冠词，① 其形制则纯为赋体。《招魂》《大招》也是根据民间招魂仪式创作的讲诵体杂赋。

驱傩是西周以来从民间到朝廷都流行的驱疫形式。《后汉书·礼仪志》记载了这种皇帝亲自参加的隆重而盛大的仪式，还记录了中黄门和童子一起唱的驱鬼歌："甲作食凶，胇胃食虎，雄伯食魅，腾简食不祥，揽诸食咎，伯奇食梦，强梁、祖明共食磔死寄生，委随食观，错断食巨，穷奇、腾根共食蛊。凡使十二神追恶凶，赫女躯，拉女干，节解女肉，抽女肺肠。女不急去，后者为粮。"这首朝廷的驱鬼词，除了那12个神名和鬼魅名我们感到陌生外，其余没有什么生词，而且节奏感强，大致押韵(凶、梦、生、肠、粮，东蒸耕阳通

① 赵逵夫：《屈原的冠礼与早期任职》，《屈原与他的时代》，人民文学出版社1996年版。

叶；虎、咎、巨、蛊、躯、肉、去，鱼幽侯觉通叶），所以把它看作一篇俗赋应该是没有问题的。它虽然是汉代的作品，但应当是口头流传很久的韵诵词。东方朔有《骂鬼文》，汉末王延寿的《梦赋》也是一篇骂鬼文，都是驱傩文的形式。民间驱傩仪式当然规模小得多，但大致程序是相似的，其驱鬼歌应当更为通俗。我们从敦煌遗书中还可以看到不少晚唐时期的民间驱傩文，都是这种俗赋的形式。

以上所述的这些俗赋类文章大多是文人的摹仿之作。据《汉书·艺文志》，这类作品当时都被归入"杂赋"的范围，内容非常广泛：或叙事，或辩智，或纪行，或颂德，或招魂，或自嘲，或调侃，或劝化，或励俗，或启智传播知识，应用性文学占有相当比重。到了后世，人们对文体的认识越来越明确，从汉朝人的"赋"中派生出了其他多种文体。但在民间，由于民间文艺主要是通过"不歌而诵"的形式传播的，人们也主要从传播方式上认识文体，因而歌谣体俗赋仍然不绝如缕。后世文人学习歌谣体俗赋并创作了大量诗体赋，这也是文学史家所说的"赋的诗化"。

总之，赋这种文体是源自民间的，它是民间故事、寓言、歌谣以及民间争奇斗胜等技艺相融合的产物。故事俗赋以叙"事"为主，论辩俗赋以辩"理"为目的(有时只重视辩的过程，并不太关注辩的结果)，歌谣体俗赋以写"物"为表现手法。"事"要生动，要有矛盾冲突，这本来是"小说"的职责，所以六朝以后，故事俗赋逐渐让位并依附于小说。论辩俗赋以其对话体和诙谐性，对后代的戏剧影响甚大，甚至在元代以来的戏剧中，我们能发现大量的俗赋。俗赋在发生、发展过程中，与其他各种文体有着千丝万缕的依附、渗透和交叉关系。早期的俗赋以娱乐为目的，所以诙谐调侃是它的主要风格特征。优人正是利用了这种体裁，把它引入宫廷，逐渐文人化、贵族化了。文人借用俗赋的形式把它逐渐贵族化的同时，民间俗赋继续发展着，并且影响着文人赋的创作，从而形成了文学史上赋的"雅""俗"两条线索。

——原载《复旦学报》(社会科学版)2009 年第 6 期

## 【评　介】

伏俊琏先生是近年来在辞赋研究领域有突出贡献的学者。1994年，他的第一部辞赋专著《敦煌赋校注》出版，之后陆续有《敦煌文学文献丛稿》《俗赋研究》《先秦文学与文献考论》等专著面世，其中有关赋的论著反映了他从整理校注、分类考证，再到深入挖掘源流的研究历程，奠定了他在辞赋研究领域的学术地位；而他从俗赋角度去审视和解读"赋"这一特有的文体，以及他在对先秦赋作进行爬梳钩稽方面所达到的深度和广度，使辞赋研究向前大大推进了一步，在学界得到了很高的赞誉。除以上专著之外，他还先后发表了一百多篇相关论文，这篇《俗赋的发现及其文学史意义》正是他研究俗赋的代表性成果之一。

《俗赋的发现及其文学史意义》的学术贡献主要在以下几个方面：

第一，通过对敦煌石室出土的俗赋和江苏尹湾汉简俗赋《神乌赋》的考察，认为俗赋的特点是语言通俗、风格幽默、故事性强、押韵自然。以此为把握的重点，对唐前俗赋进行了全面的清理。《神乌赋》把俗赋的历史提前到西汉，这就提醒人们要重新认识汉赋的实际情况。依常理而言，如此成熟的叙事作品，在当时不应该绝无仅有。目前我们能看到的汉大赋从数量上或风格上未必是汉代流行的赋体作品的主流。而汉魏以来文人创作的大量与民间俗赋相近的赋体作品，说明俗赋和雅赋在中国文学史一直并行而流。

第二，文人赋是铺显才学的一种案头读物，传抄阅读是其最主要的流传形式。俗赋则主要通过各种仪式，以"诵""唱"的方式传播。并进而认为那些具有"韵诵"特征却没有标名"赋"的作品，如《茶酒论》《孔子项托相问书》《新妇文》《下女夫词》《百鸟名》等，其文体特征与俗赋完全一样；以"词文"为名的作品，如《季布骂阵词文》等，都应归入俗赋范围，从而对敦煌文献中的俗赋作品进行了重新厘定。

第三，汉唐俗赋的发现，更进一步促使我们探讨赋体的起源。文章将敦煌俗赋分为三个类型，即故事俗赋、客主论辩俗赋和歌谣类俗赋。并以这三种类型俗赋的文体标准来对照考察先秦时期文献，在先秦文献中认定了一批作为俗赋源头的作品。如《古文周书》中"玄鸟换太子"故事，《庄子》中的《儒以诗礼发冢》《说剑》，宋玉的《高唐赋》

《风赋》，《史记·龟策列传》所载"宋元王与神龟"的故事，都是通俗故事赋。《逸周书》中的《太子晋》，《史记·滑稽列传》载录的淳于髡《谏饮长夜》，《晏子春秋》中的诸多论辩性故事，宋玉的《大言赋》《小言赋》，这些争奇斗胜的作品，是论辩性俗赋由民间走进上层，由口传走向书面的标志。先秦时期的歌谣类俗赋，以七言"成相体"最为典型。《周祝解》《文子》，银雀山汉简《要言》，云梦秦简《为吏之道》，以及《淮南子·说林》《说苑·丛谈》等，都具有这种格言集锦的性质，《老子》书更是古格言汇录。这些格言集用韵语形式写成，都是以格言谚语集锦为其形式，以道德教化、行为规劝为其内容，并用赋诵的方式传播到社会各层。赋由民间走向上层，这是线索之一。早期歌谣类俗赋还包括各种仪式，如祭祀、驱傩、冠礼、婚礼、丧礼，以及结盟、出师、献俘等仪式上的讲诵文。这种讨论使各种类型的敦煌俗赋都在先秦文献中找到了相应的源头。"总之，赋这种文体是源自民间的，它是民间故事、寓言、歌谣以及民间争奇斗胜等技艺相融合的产物。""俗赋在发生、发展过程中，与其他各种文体有着千丝万缕的依附、渗透和交叉关系。早期的俗赋以娱乐为目的，所以诙谐调侃是它的主要风格特征。优人正是利用了这种体裁，把它引入宫廷，逐渐文人化、贵族化了。文人借用俗赋的形式把它逐渐贵族化的同时，民间俗赋继续发展着，并且影响着文人赋的创作，从而形成了文学史上赋的'雅''俗'两条线索。"

（朱利华）

**伏俊琏赋学论著目录：**

《美的企慕与欲的渲泄——屈原、宋玉、司马相如美人赋散论》，《甘肃社会科学》1990 年第 4 期。

《试谈敦煌俗赋的体制和审美价值——兼谈俗赋的起源》，《敦煌研究》1997 年第 3 期。

《敦煌赋研究八十年》，《文学遗产》1997 年第 1 期。

《从新出土的〈神乌赋〉看民间故事赋的产生、特征及在文学史上的意义》，《西北师大学报》（社会科学版）1997 年第 6 期。

《〈汉书·艺文志〉"杂禽兽六畜昆虫赋"考》,《文献》2001 年第 4 期。

《敦煌本〈丑妇赋〉与丑妇文学》,《敦煌研究》2001 年第 2 期。

《〈汉书·艺文志〉"杂行出及颂德"、"杂四夷及兵"赋考》,《西北师大学报》(社会科学版) 2001 年第 4 期。

《〈汉书·艺文志〉"杂赋"臆说》,《文学遗产》2002 年第 6 期。

《〈汉书·艺文志〉"成相杂辞""隐书"说》,《西北师大学报》(社会科学版) 2002 年第 5 期。

《敦煌俗赋的文学史意义》,《中州学刊》2002 年第 2 期。

《汉魏六朝的诙谐咏物俗赋》,《西北师大学报》(社会科学版) 2003 年第 5 期。

《〈天地阴阳交欢大乐赋〉初探》,《贵州大学学报》(社会科学版) 2003 年第 4 期。

《敦煌赋及其作者、写本诸问题》,《南京师范大学文学院学报》2003 年第 2 期。

《〈汉书·艺文志〉"杂赋"考》,《文献》2003 年第 2 期。

《汉代冷嘲热讽、嘻笑怒骂类俗赋》,《北方论丛》2004 年第 4 期。

《汉代的咏物俗赋》,《甘肃理论学刊》2004 年第 5 期。

《魏晋嘲讽俗赋考论》,《社会科学战线》2004 年第 6 期。

《先秦"故事俗赋"钩沉》,《中国文化研究》2004 年第 4 期。

《汉魏六朝调笑戏谑类俗赋》,《兰州大学学报》(社会科学版) 2005 年第 3 期。

《汉代实用文形式的俗赋考论》,《南京师大学报》(社会科学版) 2005 年第 4 期。

《〈汉书·艺文志〉"杂中贤失意赋"考略》,《新疆大学学报》(哲学社会科学版) 2005 年第 5 期。

《先秦"论辩俗赋"钩沉》,《西北师大学报》(社会科学版) 2005 年第 1 期。

《南朝文人以应用文形式写成的诙谐俗赋》(第一作者),《华中师范大学学报》(人文社会科学版) 2006 年第 2 期。

《狐嗥狼顾怖杀人 老幼家家血相视——敦煌本〈秦将赋〉简析》，
《兰州学刊》2006 年第 10 期。

《杂赋与乐府诗的关系》，《西北师大学报》(社会科学版) 2007
年第 2 期。

《敦煌俗赋的类型与体制特征》，《南京大学学报》(哲学·人文科
学·社会科学) 2007 年第 4 期。

《俗赋的发现及其文学史意义》，《复旦学报》(社会科学版) 2009
年第 6 期。

《我国自嘲杂赋的源头》，《辽东学院学报》(社会科学版) 2008
年第 6 期。

《淳于髡及其论辩体杂赋》，《齐鲁学刊》2010 年第 2 期。

《敦煌赋校注》，甘肃人民出版社 1994 年版。

《俗赋研究》，中华书局 2008 年版。

# 科举与辞赋：经典的树立与偏离

## 许　结

一种文学样式的形成，要经历漫长的创作实践，且接受历史的检验与理论的选择，其中创作实践与理论选择的互为影响值得关注。辞赋虽在形成过程中有着自身的复杂性，如有诗体赋、骚体赋、散体赋、律体赋等，但作为一种创作样式的确立，却有些类似佛教诸宗所兴之"判教"，追奉一种"传法定祖"的正宗思想，以树立其值得效仿的"经典"。从辞赋创作或批评接受来看，历史上如汉武帝时文学侍从队伍的出现与献赋之风，唐代科举诗赋取士制度的形成及对赋创作的影响，元人考赋倡导"祖骚宗汉"，明人提出"唐无赋"说，清人编撰大量"赋话"类著述的思想意图，均具有树立或重建经典的意义。兹就科举与辞赋的关系，从制度史的视域对辞赋经典的树立与偏离，略为梳理、评述与探析。

## 一、辞赋经典：树立与变移

科举与辞赋的结缘，是肇端于隋前而完成于唐代的。① 而作为对

---

① 关于考赋制度，说法甚多。一般认为始于李唐，且兼含"特科"与"常科"，涉及礼部取士与吏部铨选。虽然"诗赋取士"定制于唐，但前此"以赋擢士"的例证已多。如隋开皇三年左监门参事参军刘秩上疏云："晋宋齐梁递相祖习，其风弥盛……谓善赋者廊庙之人，雕虫者台鼎之器。下以此自负，上以此选材，上下相蒙，持此为业。"（徐松《登科记考》卷二十九《别录中》引刘秩《选举论》）唐代薛登《论选举疏》云："有梁荐士，雅好属词；陈氏简ից，特珍赋咏。"（《文苑英华》卷六百九十六）《旧唐书·元稹白居易传》云："举才选士之法尚矣。自汉策贤良，隋加诗赋，置中正之法，委铨举之司，由是争骛雕虫。"诸说皆明唐前以赋擢士之事。

一种文类的选择，考试赋体伴随科举制度而形成，实质上也就是一种"经典"的树立或重构。

在辞赋研究史上，人们关注唐宋诗赋取士制度与律赋兴盛的关系固然重要，但是，我们如果进一步思考科举为什么"考赋"？这就不能割断诸如"受命于诗人，拓宇于楚辞"并以"体国经野，义尚光大"为标志的汉大赋到"触兴致情""象其物宜"（刘勰《文心雕龙·诠赋》）为特点的魏晋小赋这样的赋史脉系，更不能忽略赋体文学产生的历史语境，其中一个重要的问题就是"王权话语"。据西方学者对文学"经典"形成的界定，其中内含王权话语与精英言说，而且是一种"批评和教学工具"①。这给我们的启示是，作为选拔政务人才的科举制度，取士考"赋"，其行为本身就内含了"王权话语"；而为什么"考赋"，又在于"赋"体本身内含"王权话语"。这就有必要对科举考赋之前辞赋经典的树立与变移，作些历史的回顾。

赋是什么？赋源于何？说解纷纭，莫衷一是。在赋作为"一代文学"隆盛的汉代，汉人的说解虽不无歧义，但有一点是共同的，那就是班固在《两都赋序》中引述的"赋者，古诗之流也"。所谓"古诗之流"，从某种意义上来看，就是汉人对辞赋根源的追踪与经典的树立。对此，班固有三个层面的解释：一是历史的层面："昔成康没而颂声寝，王泽竭而诗不作。"这说明了"诗"是王权的话语并致衰落。二是现实的层面："武、宣之世，乃崇礼官，考文章，内设金马、石渠之署，外兴乐府协律之事，以兴废继绝，润色鸿业。……故言语侍从之臣……朝夕论思，日月献纳。"这说明"赋"承"诗"是王权话语的复兴。三是绾合历史与现实的功用层面："或以抒下情而通讽谕，或以宣上德而尽忠孝。"这说明汉人解"诗"之"美""刺"与作"赋"之"讽""颂"是相契无间的。② 这代表了汉人的普遍意识，其中也内含了历

---

① ［荷］佛克马、蚁布思讲演，俞国强译：《文学研究与文化参与》，北京大学出版社1996年版，第37页。

② 程廷祚《诗论》云："汉人言诗，不过美刺两端。"关于赋颂之关系，参见拙文《赋颂与赋心——论赋的宗教质性、内涵与衍化》，《古典文献研究》第七辑，凤凰出版社2004年版。

史的"王治"精神。对此，又可以通过两个系统作一追寻。

一是"用诗"系统，也就是史书上所载周天子治道下的"采诗""献诗"与"赋诗"。而以"诗"干政的执行者，又主要有三类：一曰大师：《周礼·春官》大师职掌"教六诗，曰风，曰赋，曰比，曰兴，曰雅，曰颂"。与之相近的是《礼记·王制》所载"（王）命大师以观民风"和《汉书·食货志》所载"孟春之月，群居者将散，行人振木铎徇于路，以采诗。献之大师，比其音律，以闻于天子"。二曰瞽矇：《周礼·春官》"瞽矇"附"大师"后："瞽矇，掌播鼗、柷、敔、埙、箫、管、弦、歌、讽诵诗。"又，《国语·周语上》载："天子听政，使公卿至于列士献诗，瞽献曲，史献书，师箴，瞍赋，矇诵，百工谏"。其中"诗""曲""箴""赋""诵""谏"皆与"诗"域功能相关，属王治的"乐教"范畴，其诗乐习礼，诵诗讽谏，审音辨诗，皆其职能。三曰行人：详细材料具载《左传》行人"赋诗言志"与《诗·鄘风·定之方中》毛《传》君子有"九能"，"升高能赋"居其一的记述，这也是刘师培所谓"采风侯邦，本行人之旧典"与"诗赋之学，亦出于行人之官"（《论文杂记》）的渊源。以上诸职之"用诗"，无论是阐教翼道，还是断章取义，代表王权话语，则是统一的。

二是"祝颂"系统，即由祝辞到赋颂的演变与发展。据《周礼注疏》卷四载："大祝作祷辞。"卷二十五载："大祝掌六祝之辞，以事鬼神示（祇），祈福祥，求永贞。一曰顺祝，二曰年祝，三曰吉祝，四曰化祝，五曰瑞祝，六曰策祝。……作六辞以通上下、亲疏、远近。"考上古祝辞，既是祭礼的工具，也是文学的早期形态，《仪礼》所说"辞多则史"，"史"指"策祝"，孔子所言"文胜质则史"，意旨相同。问题是早期的祝辞也包括祭祝歌诗，初为巫术方式，取娱神之意，而在《周礼》中"大祝"（另有小祝、女祝等）掌"六祝之辞"，其如"顺丰年""求永贞""祈福祥""弭兵灾""逆时雨""宁风旱""远罪疾"等功能，已经彰显了礼制的特征。刘师培曾将"祝"归属于"司天事之史"，"诗"（六艺）为"司人事之史"，实就王官分职而言，倘返归其本，则诗祝同源，均经历了由司天到司人的转变，其间也包含了文辞由"娱神"向"娱人"的转变。

由此两系统，再看汉人树立辞赋经典，始终处于"义理"（诗教）

与"辞章"(修辞)之间,扬雄"诗人之赋丽以则,辞人之赋丽以淫"
(《法言·吾子》)是典型论述。而在二者之间,汉人显然选择以"诗
教"为中心的义理作为衡赋标准。因此,汉人将在修辞意义上对汉大
赋影响最大的屈原作品视为"贤人失志"之作,是承接于"《诗》亡而后
《春秋》作"的衰世之文,至于宋玉、景差、唐勒楚宫廷赋家的出现,
则是承屈原"好辞"传统,然"没其讽谏之义"(《史记·屈原贾生列
传》)。① 从某种意义上来说,伴随汉代宫廷"献赋"制度,汉人以"孔
门用赋"(扬雄语)的精神树立辞赋经典的同时,也是对周朝"诗教"传
统的归复;而随着"献赋"制度的兴衰迁转,在"诗教"与"修辞"之
间,自汉迄唐辞赋的经典意识也产生了变移,这又成为科举用赋的思
想前提。

## 二、科举用赋:经典的重建

在前科举时代,辞赋经历了由宫廷到民间的转变,即随着西汉盛
世(武、宣之世)言语文学侍从队伍由兴起到堕落,其代表王权话语
的"献赋"之风由炽盛到衰歇,赋学批评的经典意义也随创作实践的
变化而变移。

清人王芑孙说:"赋家极轨,要当盛汉之隆。"(《读赋卮言·导
源》)所谓"极轨",讲的正是班固所说的"武、宣之世"言语文学侍从
的"奏御之风",其所形成的也正是以"诗教"(讽颂)为内涵,以骋辞
为表现的大赋经典。然随着王朝政治的变化,言语文学侍从地位的堕
落,西汉末年赋家扬雄对辞赋创作的反省,就是由辞赋干预王治功能
的失落转向丁对赋体自身功用与价值的怀疑,特别是随着东汉庄园经
济的兴盛而崛起的在野文士的创作,辞赋的文人化加快了与王权政治
的游离,汉赋所形成的经典性也受到了不断的批评与质疑。一方面,

① 从"尚辞"看赋的形成,有多维视角,如"诗体赋"之于《诗》中的"颂"
篇;骚体赋之于屈辞;散体赋之于诸子问对,以及《国语》《战国策》中的对问、
说辞。清人姚鼐选录《战国策》中的《楚人以弋说顷襄王》《庄辛说襄王》与《史记》
中的《淳于髡讽齐威王》入《古文辞类纂》的《辞赋类》,即取此视域。

人们仍奉赋为"古诗之流"以彰显其诗教传统,并以此衡量汉赋的得
失。如晋人挚虞批评汉赋"假象过大""逸辞过壮""辩言过理""丽靡
过美"(《文章流别论》),左思批评汉赋"四大家"(司马相如、扬雄、
班固、张衡)的京殿游猎之篇是"于辞则易为藻饰,于义则虚而无征"
(《三都赋序》)。魏晋人对当时赋创作的看法往往也是如此,如曹植
与杨修的争论,一谓"辞赋小道",不足以揄扬大业(曹植《与杨德祖
书》),一谓"今之赋颂,古诗之流"(杨修《答临淄侯笺》)。而另一方
面,由于辞赋在文人化的进程中逐渐游离王权政治中心,所以批评家
对汉赋的考述更多地体现于文本的解读,这也使作为经典化的汉赋创
作的另一端绪,即"修辞"的艺术得到了发扬。比如葛洪所言《毛诗》
者,华彩之辞也,然不及《上林》《羽猎》《二京》《三都》之汪濊博富
也"(《抱朴子·钧世》),刘勰赞誉的"孝武崇儒,润色鸿业;礼乐争
辉,辞藻竞骛"(《文心雕龙·时序》),即表达了对汉赋修辞艺术之铺
采摛文、闳衍博丽的珍重。同样,由于立足文本,珍重修辞,魏晋时
代学者已由汉人对"赋用"的重视转向对"赋体"的关注,如论赋之内
涵,则有"言志""抒情""咏物"等;论赋之样式,则有"鸿裁"与"小
制"之分;论赋之体类,兼有"诗体""骚体""散体"之别。尤其是在
"尚辞"观念的支持下,赋家对赋文之对偶、叶韵、排比等修辞手法
的讲求,形成"骈赋"一格,因其完型于南朝齐、梁之世,也被称为
"齐梁体格"。这种"齐梁体格"的骈赋,被唐人接受,用于考赋制度,
又形成了"新体":应试律赋(亦称"甲赋""新体""近体")①,从而开
启了一段漫长的重建辞赋经典的历程。

　　对此,我想有两个问题需要追问:一是唐人为何确立考赋制度?
一是所考之赋为何用新体?关于第一个问题,前述汉代的"献赋"制
度及魏晋以来以赋擢士的零星记录,均足以说明"赋兼才学"以及用
"赋"观觇士子才华与器识的重要性②,但更为重要的则在于辞赋作

――――――――――

① 邝健行:《诗赋合论稿》,江苏古籍出版社 2002 年版,第 115~133 页。
② 刘熙载《艺概·赋概》论"赋兼才学"引《汉志》"感物造端,材智深美"、
《北史·魏收传》"会须作赋,始成大才士"、扬雄"能读赋千首,则善为之"为佐
证,得出"才者往往能为诗,不能为赋"的结论。

为宫廷文学的一次回归。"自哀、平陵替,光武中兴,深怀图谶,颇略文华"(刘勰《文心雕龙·时序》),已说明宫廷赋家地位的堕落,而随着东汉文风的迁转,辞赋作为宫廷文学形成了双重变移,即由统一文学向区域(家族)文学、宫廷文学向士人文学的变移。而辞赋再次向宫廷统一文学的归复,使之与王朝政治结合,则完成于唐代进士科诗赋取士制度。这里内含有一个重要原因,就是隋唐以来中央政府将魏晋时期旁落于世家大族的铨政收归朝廷吏部(唐玄宗以后科举取士归于礼部),而作为宫廷文学的辞赋渐被纳入考试范围,从思想上来看也是顺理成章的。只是随历史进程文学的不断下移,科举考赋已不同于汉代少数宫廷文学侍从的献赋①,而是广大举子干禄求进的工具,因此在淡褪前者创作中的"弘道"精神时,更多地表现出辞赋作为考试文体的应用性。

由此应用性的"工具"特征,再看第二个问题,即唐人考赋为何用新体,这才解释此疑的关键。为说明问题,先引清人的两则评语:"自唐迄宋,以赋造士,创为律赋,用便程式。新巧以制题,险难以立韵。课以四声之切,幅以八韵之凡。栫以重棘之闱,刻以三条之烛。然后铢量寸度,与帖括同科"(孙梅《四六丛话》卷四);"赋之有律,亦犹执规矩以程材,持尺度以量物,裨方圆长短各中乎节而后止"(吴省兰《同馆赋钞序》)。二者语异而义同,都在强调唐人对赋的规范和考试赋的程式,这也是唐人用"齐梁赋格"并渐进于新体律赋的重要原因。对此,我曾提出两点:一是考试赋要在规定的时间内完成,加上需要严格的评判标准,所以用讲求声病技巧的篇短制小的赋体,自然是最好的选择;二是因考试文体对"技巧"的重视,也影响赋风衍变,唐以后律赋对"声律""句法""破题""大结"的严格要求,与此相关。

这其实只是问题的一个方面,因为作为"工具",是考试赋的客观存在,但为什么要用此"工具",也就是采用短篇律体(中唐后定制为"八韵赋"),从赋学批评的角度来看仍有值得探寻的意义。研讨唐

① 献赋之制到唐代诗赋取士制度形成后一直存在,如自唐迄清的翰林院学士均有献赋之习,只是其功用、地位及影响已远不及汉代。

人赋学，往往有这样的困惑，就是创作与理论的矛盾。如初唐作家王勃，在理论上他极力反对辞赋，所谓"屈、宋导浇源于前，枚、马张淫风于后"，以致"魏文用之而中国衰，宋武贵之而江东乱，虽沈、谢争骛，适先兆齐、梁之危；徐、庾并驰，不能免周、陈之祸"（《上吏部裴侍郎启》），而在创作上，他的《春思赋》就被后人视为"所谓风云月露、争一字之巧者"（李调元语），他应唐高宗麟德二年"特科"试《寒梧栖凤赋》，又被视为唐代特科考律赋的早期作品。如果将王勃的理论与创作作为一整体加以分析，就不难看出王勃与唐代诸多作家对辞赋的批评，主要在"淫辞"，并视之为自屈、宋到汉、魏及齐、梁的通病，这其中内含的仍是"诗教"与"修辞"的矛盾；而王勃等沿承"齐梁体格"而为应试之篇，并于此"小制"的创作中更多地表现真情实感与"教化"意味，实质是对王治与诗教的归复，与唐代科举考赋政策并不违背。

所以，由唐及宋，并没有人提出对考赋宜考何"体"的质疑，所有的反对意见都集中在"诗赋取士"制度本身。如赵匡《选举议》批评"主司褒贬，实在诗赋，务求巧丽"，杨绾《条奏选举疏》认为高宗朝"进士"科加试杂文（含赋），是"积弊浸而成俗"，均反对考赋制度。一些倡导古文的作家，对律赋提出诸如"偷拆经诰"（舒元舆《论贡举疏》）、"过于雕虫"（权德舆《答柳冕书》）的批评，也是反对科举考赋。在此强烈的批评声中，一个焦点问题呈示在人们面前，那就是科举考"赋"能否昭示王权话语，从而起到政教作用？主张考赋的人也纷纷发表意见，其中白居易的《赋赋》最具代表性。

白氏在《赋赋》中对考试律赋的赞美，有几点创造性的发挥：一是首明"赋者古诗之流"（该赋以此为韵），使之与汉人辞赋的经典意识衔接；二是倡导以赋"举士"，在于赋体是"四始尽在，六义无遗"，其中一个重要原因就是"况赋者，雅之列，颂之俦；可以润色鸿业，可以发挥皇猷"，从"体"与"用"两方面认可赋与《诗》的关系，在创作论上确立了赋之"六义"观①；三是在"立意为先，能文为主"的思

---

① 清代馆阁赋中，有大量的《六艺赋居一赋》的同题创作，远承白居易《赋赋》之说，近尊康熙帝御制《历代赋汇序》之旨。

想前提下，作者颂扬考试律赋之"义类错综，词采舒布，文谐宫律，言中章句，华而不艳，美而有度"的功用与审美，树立的正是符合王朝政教需要的律赋经典。然白氏之论，正与当时朝廷的文化政策相应，因为唐初试赋甚少，到中唐"大历、贞元之际，风气渐开，至大和八年，杂文专用诗赋，而专门名家繁然竞出"（李调元《赋话》卷一）。结合当时的场屋创作，如尊奉古体的韩愈作《明水赋》而声名鹊起，赞美新体的白居易作《性习相近远赋》被视为典范，至于李程、王起、王棨、黄滔等一批赋家的场屋作品，更被后世奉为创作楷式，被后世反复摹仿。这也使赋域继汉代以后确立了一种新体：形式：声律短制；内涵：政教经义；风格：质重典雅。而唐宋时代出现的"赋谱""赋格"类著述对场屋律赋的技法要求与创作规范，又从另一个侧面向我们昭示了唐人由效法"齐梁体格"到重建新体"律赋"经典的期望。

## 三、考赋历程：偏离与纠正

"经典"的树立，实质是一种"纠正"，辞赋经典的树立，就是在不断地纠正中变迁与发展的。自科举与辞赋结缘，大略经历了三个历史阶段，即唐宋考选律赋、元人"变律为古"与清代选士复用律赋。对后两个阶段的变迁，汤稼堂《律赋衡裁·例言》有简要说明："自五代迄两宋，选举相承，金起北陲，亦沿厥制。迨元人易以古赋，而律赋浸微。逮乎有明，殆成绝响。国家昌明古学，作者嗣兴，钜制鸿篇，包唐轹宋，律赋于是乎称绝盛矣"。此其间有关科举与辞赋的纷争不断，分述之，唐宋时期是考"赋"与否的争锋，元代是考什么"赋"的争锋，而清代则是试图融会古今，重新建立律赋经典的争锋。

唐宋时期考赋与否的论争与考赋制度的废立①，虽然与辞赋经典的建构没有直接的关联，但其中内含的对考试赋体质疑以及"文人

---

① 马端临《文献通考》卷三十二《选举考五》对宋熙宁四年罢词赋，元祐元年复词赋，绍圣元年复罢，建炎二年后兼用经、赋，有详细记述，可参考。

赋"与"应试赋"的矛盾，却影响着人们对辞赋经典的认识。如前所述，唐宋时人对考赋制度的质疑，集中在"经义"与"辞赋"的冲突，即对辞赋尚辞而无益世用的批评，如唐人赵匡谓主司考赋"务求巧丽"，宋人王安石力主"罢诗赋"，意在"去声病对偶之文"（《乞改科条制》）。针对这种批评，唐宋时代的应试赋创作也在不断地纠正，白居易《赋赋》的"四始尽在，六义无遗"，宋太宗淳化三年进士孙何以为"诗赋之制，非学优材高，不能当也。……观其命句，可以见学殖之浅深；即其构思，可以觇器业之大小"（沈作喆《寓简》卷五引孙何《论诗赋取士》），以及南宋时郑起潜编《声律关键》规范"八韵"律赋创作及其对"经义题""史论题"的重视，既是应对策略，也是对考试赋的补益与改造。相对而言，这一时期"文人赋"与"应试赋"的矛盾，更关乎辞赋经典问题。虽然，唐宋律赋创作本身就有"文人赋"与"应试赋"之分，但是从后代赋学批评来看，人们关注的文人创作对应试律赋之纠正在两方面：一是抒发真情实感的骚体赋，如柳宗元谪贬时期的《惩咎赋》等，明人在倡言"唐无赋"（李梦阳《潜虬山人记》）的同时，却认为"柳赋，唐之冠也"（王文禄《文脉》），这对柳氏骚赋的赞美，实质是对唐代应试律赋的抹煞；一是宋代的文赋，这种类似游记散文的文人化的自由创作，代表者如欧阳修的《秋声赋》、苏轼的前、后《赤壁赋》，所谓"始脱恒蹊，以气行则机杼不变，驱成语则光景一新"（阮元《四六丛话序》），在赋史的意义上，这也是对应试律赋的一种解束与反拨。而唐宋时期的骚赋与文赋，恰恰成为元人改造应试赋时的正反两方面的教训。

在科举考赋的历程中，最值得关注的是元人考赋"变律为古"。元代考赋制度的建立，经过了曲折的历程，在蒙古人未入主中原之前，承宋金旧制，科考律赋，统一中国后则废除了科举，直到元仁宗"延祐开科"恢复科举，考赋才被再次提上议程，虽经"至元废科"，再到"至正复科"，元人考赋渐成制度。概括地说，元代"延祐开科"规定南人、汉人考"古赋"一场，"至正复科"强调考赋"崇雅黜浮，变律为古"（祝尧《古赋辨体》卷七《唐体序》），这已不同于唐人对考赋与否主要体现在"有用"与"无用"之争，宋人关注考赋制度的行废，如或"罢诗赋",或分"经义""诗赋"两科取士①,而是对考试赋体的一种纠正,这使"祖骚宗汉"的古赋观落实到"工具"性的实用层面,再次以王权的话语重建考试赋的新经典。

"祖骚宗汉"是元人赋学复古的旗帜,也是科举考赋的实践。为配合王朝的科举考赋,时人如吴莱编有《楚汉正声》、祝尧编有《古赋辨体》、陈绎曾编《文筌》特设《楚赋谱》与《汉赋谱》,以树立"古赋"经典,教士人为赋之法。对此,祝尧《古赋辨体》卷三《两汉体序》说得最明白:"古今言赋,自骚之外,咸以两汉为古,已非魏晋以还所及。心乎古赋者,诚当祖骚而宗汉,去其所以淫而取其所以则可也"。这种归宗返本的古赋经典说,首先是对元前应试赋与文人赋创作偏离经典的纠正。如祝尧所言:"愚考唐宋间文章,其弊有二:曰俳体,曰文体。……(俳体)至唐而变深,至宋而变极,进士赋体又其甚焉。……至于赋,若以文体为之,则专尚于理而遂略于辞、昧于情矣。"(《古赋辨体》卷八)这里有双重"纠正",即一由俳而律乃至唐宋金三代进士赋创作,一是宋人针对科举律赋而创作的文体赋。由于祝尧强调的是对科举应试赋的归复,所以更重第一重纠正,即针对宋初人编《文苑英华》所收唐赋,以为"大抵律多而古少",原因是"上之人选进士,以律赋诱之以利禄",论其体,则"俳者,律之根;律者,俳之蔓",以致"声律大盛,句中拘对偶以趋时好,字中揣声病以避时忌"(《古赋辨体》卷七)。于是在理论上,祝尧提出古赋标准的"第一义"或"最上乘",就是得诗人遗义的楚赋创作。而其理论的构建,又突出在三方面:一是诗骚文学传统的树立,即屈原"本诗之义以为骚……自汉以来,赋家体制大抵皆祖原意"(《古赋辨体》卷一)。二是对源于"祖骚"创作的文学谱系的梳理,以承接王逸、晁补之、朱熹对楚辞文学的整理与批评思想,并作出自己的评判。三是将"赋"义的隆兴归于"六义"衡赋法则,这与白居易论考试律赋"六义无遗"之说具有思想的链接,然所不同有二:第一,祝氏非"律"而倡"古",显然对律赋承接"六义"说不赞同;第二,祝氏以"六义"衡赋取法朱熹《诗集传》之法,非笼统之言,而是落实到具体篇章,所以更具有

---

① 刘伯骥:《宋代政教史》,台湾"中华书局"1971年版,第914~917页。

教学的性质。① 当然，由于祝氏对古赋的倡导并非仅文人的自发情怀，而是当时王权的代言，所以在理论上追奉楚赋为"第一义"时，他将"宗汉"放在"第二义"，因为汉代的"铺叙之赋，固将进士大夫于台阁，发其蕴而验其用，非徒使之赋咏景物而已"（《古赋辨体》卷三）。"台阁"二字，将祝氏"祖骚宗汉"的古赋观与汉人献赋、唐宋考赋衔接起来，再次强化了辞赋的"选士"与"致用"的功能。

关于"古赋"与"律赋"，清人陆葇《历朝赋格·凡例》说："古赋之名始于唐，所以别乎律也，犹之今人以八股制义为时文，以传记词赋为古文也"。"古赋"之名，虽因有唐代科举"甲赋"新体对待而生，但与科举本身没有关系，到元人以"古赋"取士，始将其与科举结缘，并赋予了具有王权话语的"经典"意识。

承续元朝的明代，其文化政策一在"诏复唐制"（《明太祖实录》卷三），强化科举制度，然以制义选士，不考辞赋；一在"洗胡元陋习"，对元人"变律为古"用于科举的赋作，亦视为"格调益弱"（吴讷《文章辨体序说》），多不足取②。这构成了辞赋史上一个奇特现象，元、明两朝均以"复古"为主，而前者用于科举"工具"，后者仅属文人的创作。

科举与辞赋的再次结缘，则在清代。据《清史稿·选举志四》载康熙十七年诏曰："我朝定鼎以来，崇儒重道，培养人才。四海之广，岂无奇才硕彦、学问渊通、文藻瑰丽、追踪前贤者?"第二年，康熙即"御试博学鸿词一百七十六人于保和殿"，考试内容有一诗一赋，排律诗题为《山鸡舞镜》，律赋题为《五六天地之中合》。自此，辞赋创作再次进入了中央政府选拔人才的轨道。到康熙四十五年，康熙帝敕大学士陈元龙编《历代赋汇》成，亲题御序于前，其中有一段权威话语："赋者，六义之一也。风雅颂兴赋比六者，而赋居兴比之中，盖其铺陈事理，抒写物情，兴比不能并焉，故赋之于诗功尤为独

---

① 详参《元人"祖骚宗汉"说考述》，原载莫砺锋编：《周勋初先生八十寿辰纪念文集》，中华书局 2008 年版。

② 铃木虎雄也认为元代考赋虽"赋不限韵，而多不足观"。引见［日］铃木虎雄著，殷石臞译：《赋史大要》，正中书局 1942 年版。

多。……至于唐宋，变而为律……用以取士，其时名臣伟人，往往多出其中，迨及元而始不列于科目。朕以其不可尽废也，间尝以为求天下之才"①。正因帝王的倡导，清代虽常科举人、进士系的乡、会、殿试沿明制考制义（八股文）而不用赋，然于"博学鸿词"科，"翰林院"考试，地方、"生员"考试，以及学政视学地方考文、书院课生等，皆多用赋，其中以律赋为主，兼用古赋。缘此，清代的赋论家大加讴歌，或谓"国家昌明古学，作者嗣兴，钜制鸿篇，包唐轹宋，律赋于是乎称绝盛"（汤稼堂《律赋衡裁·例言》）；或谓"唐宋以赋取士，讲求格调，研究章句，后世言律赋者，靡不以唐宋为宗。我朝稽古右文，人才蔚起，怀铅握椠之士，铺藻摛文，几于无美不臻，骎骎乎跨唐宋而上之矣"（赵光《竹笑轩赋钞序》），突出的是王朝重赋的致用精神。

然而，围绕科举与辞赋这一中轴来看清人对辞赋经典的态度，是否追仿汉人献赋的致用观念、唐宋考赋的重律思想，抑或对元人考古赋的反拨及对其"祖骚宗汉"说的接受，可以说是，但不尽然。如果我们考察清人围绕科举的大量创作，以及缘此而编纂的赋集与赋话②，就可以看到其对前人辞赋观的偏离与纠正，充分显示出时代性的特征。概括地说，清人以科举考试律赋为中心，对辞赋经典的建构，彰显出三大特点：

一是"尊唐"。由于清人归复科举考试律赋，所以继元人"祖骚宗汉"赋学观后，又增加了尊唐的律赋批评观，所谓"寓法汉魏，取材三唐"（王修玉《历朝赋楷序》），"自有唐以律赋取士而赋法始严，谓之律者，以其绳尺法度亦如律令之不可逾也"（余丙照《赋学指南·原叙》）。本此宗旨，清人选赋崇尚唐贤，成一时风气，而诸多赋话著述，更是以反复言说的方式，树立了诸如李程《日五色赋》、韩愈《明水赋》、白居易《性习相近远赋》、王棨《芙蓉峰赋》、黄滔《馆娃宫赋》等一批场屋律赋的经典作品。

---

① 陈元龙：《历代赋汇》，江苏古籍出版社、上海书局 1987 年影印本。
② 参见许结《中国赋学历史与批评》所收《赋话论》《历代赋集与赋学批评》（江苏教育出版社 2001 年版）。

二是"原古"。如果说在唐宋时代，古赋与律赋的关系有着如同"古文"与"时文"的区分，那么在清人的眼中骚汉古体与唐宋律体同属于"古"的范畴，其古、近之分只是相对而言。如果说清代文人偏重古赋创作者或多或少对科举律赋有所排拒，如张惠言编《七十家赋钞》以汉魏为宗而不收律体，则科场治律赋的人却绝无排斥古赋的。取此包容心态，清代的律赋批评，总是尊奉"六义"规模骚汉而取法唐贤，这也是王芑孙《读赋卮言》既说"飙流所始，同祖风骚""赋家极轨，要当盛汉之隆"（《导源》），又谓"赋亦莫盛于唐"（《审体》）的原因。

三是"尚时"。清人追宗唐贤，尊奉赋的"六义"精神，在于归复辞赋的王权话语，昭示当代性。他们多认为"律（赋）则以唐为准绳，而集其成于昭代"（鲍桂星《赋则序》）。由此，在清人眼中，与前贤比较，真正的经典还是当代人的佳作，即"今体"或"时赋"。如光绪年间五凤楼主人编印《律赋囊括》，于《凡例》中明确"历朝古赋、律赋，与今体不同，概从割爱"，究其因，在于"唐赋法疏意简，时赋则细密华赡"。而结合清代赋论家如林联桂《见星庐赋话》对清赋的品评，余丙照《赋学指南》对"押韵""诠题""裁对""琢句""赋品"等赋法的讲求，均可见其"跨唐宋而上"的重建经典的雄心与抱负。

## 四、经典选择：困境与反思

从文学史的角度来看，辞赋是以修辞的艺术游离于先秦"六艺"实用之文而向纯文学的演进，所以其描绘性特征与修辞技艺，成为辞赋体确立的重要依据。与此相关，古人尝以汉大赋为中心树立起辞赋艺术的经典。如刘勰《文心雕龙·诠赋》列举荀卿、宋玉之后汉赋八家作品，即枚乘《菟园》、相如《上林》、贾谊《鵩鸟》、王褒《洞箫》、班固《两都》、张衡《二京》、扬雄《甘泉》、王延寿《鲁灵光殿》诸家诸作，以为"并辞赋之英杰"。王世贞《艺苑卮言》卷一以汉赋"包蓄千古之材，牢笼宇宙之态"为例，区分骚、汉辞赋之异趣云："骚览之，须令人裴回循咀，且感且疑；再反之，沉吟嘘欷；又三复之，涕泪俱下，情事欲绝。赋览之，初如张乐洞庭，褰帷锦官，耳目摇眩；已徐阅之，如文锦千尺，丝理秩然；歌乱甫毕，肃然敛容；掩卷之余，彷徨追赏"。一举作家作品，一写阅读感受，其对辞赋经典的尊奉，颇具艺术审美意味，弥足珍贵。

然而，自辞赋依附于科举，强化的是"进士大夫于台阁"的实用功能，尽管作为宫廷文学之辞赋的那种"铺扬德伐""温润丰缛"①风格以及"赋兼才学"的作用，在考试过程中也得到一定的珍视，但其用于科举取士的"工具"性本身，却决定了在王权话语下建构辞赋经典的困境。概括而言，略有三端：

困境之一："诗教"的限制。在古代辞赋批评领域中，辞赋创作为士大夫所接受的一条生命线就是从"古诗之流"到"六义之一"的"诗教"传统，这也形成了"以诗代赋"批评的历史误区。所以当辞赋进入科举成为选拔人才工具之后，由考试"经义"与"辞赋"的争锋自然转向辞赋自身的改造，结果总是"修辞"向"诗教"屈服，中唐以后律赋多用"经义题"如此，元人改考"古赋"并倡导"祖骚宗汉"如此，清人倡"律"而仿"古"的创作实践亦如此，从而在重构辞赋经典时，却消释了辞赋异于其他应用文学的特征。清人程廷祚《骚赋论》批评赋家说："至于赋家，则专于侈丽闳衍之词，不必裁以正道，有助于淫靡之思，无益于劝戒之旨，此其所短也。"这一"短"字虽接触到辞赋艺术创作的特征，但却是"裁乎诗人之一义"的论赋思维所致，这也与科举试赋思想相应契。在某种意义上，正因为辞赋长期被用于王朝取士，其作为文学样式的批评的独立性受到约制，赋的批评自唐宋以后长期依附于诗、文话之中，至清代始独立成篇，便是其中的一个例证。

困境之二："制度"的约束。文学是创造，当科举取士选择辞赋时，辞赋也就被"制度"格式化，而失去文学应有的创造性。虽然诗赋取士的倡导者与实践者通过王者的权力重新建构辞赋的经典意识，他们倡导政教之用，义理之丰，词章之美，以观觇其器识与才学，结果则总屈服于制度，舍本而逐末。以强调考试赋应重才学的宋人为例，他们为了改变唐人"敏速相尚"的风气，出题"渊奥"，治赋要使

① 分别借用汪琬《张青琱诗集序》与吴处厚《青箱杂记》卷五评论台阁文学之语。

"研穷义理",以革除"浇薄之风"(参见魏泰《东轩笔录》卷一〇),然其评卷取人,实质上也是仅重"声病"技巧而已①。至元人惩前朝试赋"破碎饾饤"之"声病",变"律"为"古",重建经典,意在"因情立赋""比兴说赋"与"崇雅黜浮",其"祖骚宗汉"说于赋史确有非凡的历史贡献,但观其创作,因受到"制度"的约束,楚骚的婉曲绵长情怀,汉赋的纵横排阖气势,均不可能体现于限时完成的短篇考试赋,所以结果只是出现一批用"古语""古体"歌颂当世王权的辞赋"怪胎"。清人虽然兼融古律,取意会通,但作为应试赋创作,也只能斤斤计较于写作技巧,将元人古赋的"颂圣"之风再次转回律体罢了。

困境之三:"文本"的矛盾。作为考试文体,科举赋有着特殊性,但作为一种文学样式,它毕竟是辞赋,所以必须遵循其创作原则,这也就造成了作为考试赋"文本"的内在矛盾。一方面,就思想性而言,汉人要树立辞赋经典时就提出了"宣上德"与"抒下情"的双重功用,落实到科举赋创作,也就是"颂圣"与"讽谏"问题。可是在实际的应试创作中,士子为了猎取功名,必须迎合王朝政治的需要,"讽谏"的淡褪与"颂圣"的隆盛,也成为考试赋明确的发展走向。比如元朝统治者恢复科举考赋,但最忌讳"微言讥刺"的春秋笔法,需要的是"歌功颂德",因此元代考试古赋无不大倡"颂圣"之风,而辞赋失去讽谏功能本身也是"诗教"传统的丢失,结果只能沦为颂赞与干禄的工具。另一方面,就艺术性而言,赋的最显著特征就是"铺",楚赋的反复陈情,汉赋的体物言志,最能代表这种文体的成就。而作为考试文章的科举赋,因程文限制,均为短章(五百字左右),难以陈情与体物,所以只能转向倡言"义理",讲究"技巧",这也造成了赋体本质的一种丢失。而仅就"义理"与"技巧"来看,考试赋重视的是义理,明其得失仍是技巧,如李调元《赋话》卷五评范仲淹《用天下心为

---

① 王栐《燕翼诒谋录》卷五:"国初,进士词赋押韵,不拘平仄次序。太平兴国三年九月,始诏进士律赋平仄次第用韵。而考官所出官韵,必用四平四仄。"而考官以"声病"黜落士子例甚多,如:"欧阳文忠公年十七,随州取解,以落官韵而不收"(《东轩笔录》卷十二);"李文定公在场屋有盛名,景德二年预省试……以赋落韵而黜"(《石林燕语》卷八)。

心赋》中"彼惧苛烦，我则崇简易之道；彼患穷夭，我则修富寿之方"数语，以为"此中大有经济，不知费几许学问，才得此境界"，也是明赞义理，实喻技巧。

辞赋在千百年来的科举考试中充当了重要的角色，其于经典的树立、偏离、纠正的过程中，被提升而又堕落。可以说，辞赋从王权的襁褓走出，成为文人的创造时，它走向了开新之途，而当其再次回到王权的怀抱则成为科举取士的工具，虽然这只是与文人赋并存的一条创作路径，但它的影响力，却主宰了后期赋史的兴衰与得失。自唐宋以后，科举赋的创造，制约着赋体的变迁；而科举赋的僵化，也决定了辞赋创作的式微。章炳麟"小学亡而赋不作"（《国故论衡·辨诗》）、刘师培"诗赋之学，亦出于行人之官"（《论文杂记》）的原始返本之论，郭绍虞认为"骈文盛行的时期有骈赋，律体盛行的时期有律赋，古文盛行的时期有文赋，则当现在语体盛行的时期，不应再有语赋——白话赋——的产生吗"（《赋在中国文学史上的位置》）的现实期待，均属脱离科举制度束缚后对赋的反思，而在此反思中似乎"轻松"丢失的一段漫长的历史，即科举与辞赋，必将为这种反思增益历史的重量和思考的空间。

——原载《南京大学学报》（哲学·人文科学·社会科学）2008 年第 6 期。后收入《赋学：制度与批评》（中华书局 2013 年版）一书，今从《赋学：制度与批评》一书选入

【评 介】

许结，1957 年生，安徽桐城人，南京大学文学院中国古代文学专业教授、博士生导师，兼任中国赋学会会长。许结先生自 20 世纪 80 年代从事赋学研究以来，已在《中国社会科学》《文学评论》《文艺研究》《文学遗产》等海内外重要刊物上发表相关论文百余篇，多篇论文为《新华文摘》、"人大复印报刊资料"《中国古代、近代文学研究》全文转载；出版赋学著作六部：《中国辞赋发展史》（与郭维森先生合撰）、《中国赋学历史与批评》、《体物浏亮：赋的形成、拓展与研究》、《赋体文学的文化阐释》、《赋学：制度与批评》、《中国辞赋理

论通史》。曾出版《赋学讲演录》，是作者讲授赋学的课堂实录。许结先生在进行赋学研究的同时，对中国文化史、古代文章理论亦有深入研究，因此他的赋学研究注重从文化、制度、文章法的层面进行综合考察，对于赋学研究的拓展与深入具有重要意义。

赋体文学的发展，在唐以前，出现过散赋、骚赋、骈赋等各种体式，而唐以后，时人多重律赋，影响直至清代。在众多文体之中，赋之所以与诗在唐代为科举进士科所选用，并为宋人所沿袭，其中一个最为重要的原因便是赋与王权话语有着深刻的联系，这是该篇文章立论的基础。而赋与王权话语的关系，实则是赋代王言，自汉代献赋制度确立，以至唐、宋、元的科举用赋，以及清代翰林院的考赋，无不是以阐扬国家之政教与皇权之正统为重要内容。作者重点选取唐以后的一段赋史，在对科举与辞赋关系的考察之中，从制度史的视域辨析辞赋经典的树立与偏离的历程及原因，实则是对赋史脉络的完整梳理。该文发表后产生了巨大的学术及社会影响，《新华文摘》2009 年第 5 期曾转载此文，"人大复印报刊资料"全文复印、《中国社会科学报》《中国教育报》对文中的主要观点也进行了介绍。文章的价值体现在以下几个方面：

第一，确立了辞赋的经典之路与王权的关系。赋作为一种特殊的文体，虽然兴起于先秦，但在汉代大放异彩。客观而言，赋的兴盛是王权推动的结果，赋体文学中的诸多篇章都与政治相关。文章明确指出，班固在《两都赋序》中引述"赋者古诗之流"一语，其用意包括以"汉赋"而直承"周诗"，实现辞赋的经典化。这一判断无疑是极为精确的，符合汉人论赋的基本心态。《孟子·离娄下》谓"王者之迹熄而《诗》亡，《诗》亡然后《春秋》作"，而《两都赋序》也认为"昔成康没而颂声寝，王泽竭而诗不作"，但在武宣之世，由于统治者的提倡以及公卿大臣的踊跃创作，汉赋兴起，赋不仅是"《雅》《颂》之亚"，且能"与三代同风"。正如作者在《汉赋造作与乐制关系考论》一文中所言，汉赋是与汉代制礼作乐的政治热情紧密相关的，因此汉赋是汉代礼乐文化的重要组成部分，代宣王言是其重要的使命，尤以京殿大赋最为代表。文章对赋与王权、王言关系以及赋的经典化的进程的考察，对于我们认识唐以后赋体文学及其批评的发展具有重要意义。实际上，赋是王权话语的另一种表现形式，赋的经典的树立与背离，实则是后人对王权话语的接受与偏离。

第二，对科举时代辞赋经典树立与背离的过程有全面研究。东汉中期以后，及至六朝，王权渐衰，学在大族之家，而时人对赋的兴趣也从功用转向修辞，个性化书写取代政治书写，在艺术上更加讲求对偶、叶韵、排比，逐渐形成"骈赋"一格，因其完型于南朝齐、梁之世，也被称为"齐梁体格"。随着李唐统一政权的建立，如何从地方大族手中夺回本应由朝廷掌控的文化主导权与人才选拔权，成为朝廷需要慎重对待的问题。文章认为，唐人接受"齐梁体格"并变为新体即律赋，科考选用律赋，实际是将辞赋重新纳入宫廷统一文学，回归王权话语，而这一过程则是辞赋重建经典的过程。在经典重建的过程中，质疑之声不断涌现，认为诗赋考试不能选拔具有真才实学的人才，尤其为人诟病者当属赋体本身具有的逞辞特征，直到王安石罢废诗赋而达到高潮。为此，科举考赋中多用经、史题目成为补救的一种方法，而骚赋与文赋也成为律赋之外受到时人重视的体裁。元代科举考赋则"变律为古"，高举"祖骚宗汉"的旗帜，摆脱唐宋时期律赋的束缚，但仍然重视其代宣王言的传统。及至清代，律赋再次复兴，呈现出三大特点：尊唐、原古、尚时，体现出清人"跨唐宋而上"的重建经典的雄心与抱负。

第三，指出了王权话语之下构建辞赋经典的困境。文章认为，赋以逞辞为主要修辞方式，但当其在科举制度中被再次纳入王权的怀抱时，无疑会与传统和现实产生矛盾。首先，"诗教"的限制。古人认为"赋"为"六义"之一，因此必须遵奉"诗教"准则，而骈词俪句被认为有助淫靡之思，于是修辞往往向"诗教"屈服。其次，"制度"的约束。无论律赋还是古赋，作为应试题材，虽然有追求义理之丰与辞章之美的主观愿望，但最终重视的却是写作技巧。再者，"文本"的矛盾。赋兼讽、颂，而在应试过程中，则更倾向于谀颂。赋以"铺"为主，但为应试体制所限，无法铺排，只能畅言"义理"，讲究"技巧"。科举与辞赋的矛盾，直接影响到赋体文学及其批评的发展。文章指出，"辞赋从王权的襁褓走出，成为文人的创造时，它走向了开新之途，而当其再次回到王权的怀抱则成为科举取士的工具，虽然这只是与文人赋并存的一条创作路径，但它的影响力，却主宰了后期赋史的兴衰与得失。自唐宋以后，科举赋的创造，制约着赋体的变迁；而科举赋的僵化，也决定了辞赋创作的式微"。

（蒋晓光）

**许结赋学论著目录：**

《〈闲情赋〉的思想性及艺术特色》，《江汉论坛》1983 年第 8 期。

《论扬雄与东汉文学思潮》，《中国社会科学》1988 年第 1 期。

《汉赋流变与儒道思想》，《江汉论坛》1988 年第 2 期。

《论汉代以文为赋的美学价值》，《江淮论坛》1991 年第 6 期。

《论汉赋文化机制的多元性》，《西南师范大学学报》(人文社会科学版) 1992 年第 1 期。

《元赋风格论》，《文学遗产》1993 年第 1 期。

《老子人生哲学的艺术思考》，《中国哲学史》1993 年第 2 期。

《仿古与趋新——明清辞赋艺术流变论》，《江汉论坛》1993 年第 8 期。

《赋学批评方法论》，《西南师范大学学报》(人文社会科学版) 1993 年第 1 期。

《清赋概论》，《学术研究》1993 年第 3 期。

《论小品赋》，《文学评论》1994 年第 3 期。

《明代"唐无赋"说辨析——兼论明赋创作与复古思潮》，《文学遗产》1994 年第 4 期。

《离骚学与中国古代文论》，《西南师范大学学报》(哲学社会科学版) 1994 年第 4 期。

《中国辞赋流变全程考察》，《学术月刊》1994 年第 6 期。

《苏赋新论》，《中国韵文学刊》1994 年第 2 期。

《哲理与骚情的融织——南宋辞赋艺术初探》，《南京大学学报》(哲学·人文科学·社会科学) 1995 年第 1 期。

《论宋赋的历史承变与文化品格》，《社会科学战线》1995 年第 3 期。

《清代的地理学与疆舆赋》，《中国典籍与文化》1995 年第 1 期。

《漫话北宋文人题画赋》,《古典文学知识》1995 年第 1 期。

《论唐代赋学的历史形态》,《南京大学学报》(哲学·人文科学·社会科学)1996 年第 1 期。

《声律与情境——中古辞赋诗化论》,《江汉论坛》1996 年第 1期。

《论清代的赋学批评》,《文学评论》1996 年第 4 期。

《金源赋学简论》,《西南师范大学学报》(哲学社会科学版)1996年第 4 期。

《论宋玉赋的纯文学化倾向》,《阴山学刊》1996 年第 1 期。

《张衡〈思玄赋〉解读——兼论汉晋言志赋之承变》,《社会科学战线》1998 年第 6 期。

《二十世纪赋学研究的回顾与瞻望》,《文学评论》1998 年第 6期。

《说〈浑天〉谈〈海潮〉——兼论唐代科技赋的创作与成就》,《南京大学学报》(哲学·人文科学·社会科学)1999 年第 1 期。

《历代赋集与赋学批评》,《南京大学学报》(哲学·人文科学·社会科学) 2001 年第 6 期。

《"玄"与"礼"的交织——论张衡的宇宙人生观》,《中州学刊》2001 年第 5 期。

《简斋赋说》,《古典文学知识》2002 年第 5 期。

《论诗、赋话的粘附与分离》,《东南大学学报》(哲学社会科学版)2003 年第 6 期。

《论汉代京都赋与亚欧文化交流》,《贵州大学学报》(社会科学版)2003 年第 1 期。

《汤稼堂〈律赋衡裁〉与清代律赋学考述》,《浙江学刊》2003 年第6 期。

《从"行人之官"看赋之源起暨外交文化内涵》,《南京师范大学文学院学报》2003 年第 4 期。

《汉赋与礼学》,《阜阳师范学院学报》(社会科学版) 2003 年第 1期。

《汉赋祀典与帝国宗教》,《南京大学学报》(哲学·人文科学·社会科学）2004 年第 4 期。

《文学与科技的融织——论科技赋的创作背景与文化内涵》，《淮海工学院学报》（人文社会科学版）2004 年第 2 期。

《汉赋造作与乐制关系考论》，《文史》2005 年第 4 辑。

《从京都赋到田园诗——对诗赋文学创作传统的思考》，《南京大学学报》（哲学·人文科学·社会科学）2005 年第 4 期。

《赋的地理情怀与方志价值》，《济南大学学报》（社会科学版）2005 年第 5 期。

《论赋的学术化倾向——从章学诚赋论谈起》，《四川师范大学学报》（社会科学版）2005 年第 1 期。

《历代论文赋的创生与发展》，《文史哲》2005 年第 3 期。

《汉代赋论的文学背景考述》，《江海学刊》2006 年第 2 期。

《制度下的赋学视域——论赋体文学古今演变的一条线索》，《南京大学学报》（哲学·人文科学·社会科学）2006 年第 4 期。

《弹琴而感文君——司马相如"琴挑文君"说解》，《四川师范大学学报》（社会科学版）2007 年第 5 期。

《科举与辞赋：经典的树立与偏离》，《南京大学学报》（哲学·人文科学·社会科学）2008 年第 6 期。

《赋学：从晚清到民国——刘师培赋学批评简论》，《东方丛刊》2008 年第 1 期。

《诵赋而惊汉主——司马相如与汉宫廷赋考述》，《四川师范大学学报》（社会科学版）2008 年第 4 期。

《论汉赋"类书说"及其文学史意义》，《社会科学研究》2008 年第 5 期。

《论清代书院与辞赋创作》，《湖北大学学报》（哲学社会科学版）2009 年第 5 期。

《鲍桂星〈赋则〉考论》，《南京大学学报》（哲学·人文科学·社会科学）2010 年第 5 期。

《从"诗赋"到"骚赋"——赋论传统之传法定祖新说》，《四川师范大学学报》（社会科学版）2010 年第 6 期。

《汉赋用〈诗〉的文学传统》（第一作者），《中国社会科学》2011 年第 4 期。

《清代赋论"禁体"说》,《江淮论坛》2011 年第 5 期。

《论赋注批评及其章句学意义》,《中国韵文学刊》2011 年第 4 期。

《宋代科举与辞赋嬗变》,《复旦学报》(社会科学版)2012 年第 4 期。

《元明辨体思潮与赋学批评》,《社会科学战线》2012 年第 7 期。

《从"曲终奏雅"到"发端警策"——论献、考制度对赋体嬗变之影响》,《湖北大学学报》(哲学社会科学版) 2012 年第 6 期。

《论汉赋章句与修辞艺术》,《中国韵文学刊》2013 年第 1 期。

《论中国古代文体的历史演变与现代意义》,《天中学刊》2013 年第 3 期。

《明代的选学与赋论》,《南京师范大学学报》(社会科学版)2013 年第 3 期。

《论"盛览问作赋"的文学史意义》,《华中师范大学学报》(人文社会科学版)2014 年第 2 期。

《司马相如"赋圣"说》,《四川师范大学学报》(社会科学版)2014 年第 2 期。

《论赋韵批评与写作规范》,《社会科学研究》2014 年第 2 期。

《民国赋论"文学性"问题考察》,《文学评论》2014 年第 5 期。

《论考赋"取人以言"的批评意义》,《文学遗产》2015 年第 1 期。

《西经东史:汉赋演进之学术思考》,《安徽师范大学学报》(人文社会科学版)2015 年第 4 期。

《辞赋文学风格论》,《中国韵文学刊》2015 年第 3 期。

《词章与经义——有关赋学理论的一则思考》,《社会科学》2015 年第 5 期。

《汉代赋用论的成立与变迁》,《杭州师范大学学报》(社会科学版) 2016 年第 2 期。

《刘勰赋论及其赋学史意义》,《社会科学研究》2016 年第 2 期。

《论东汉赋的历史化倾向》,《文史哲》2016 年第 3 期。

《从"礼法"到"技法"——赋体创作论的考述与省思》,《中国社会科学》2016 年第 10 期。

《汉赋"象体"论》，《文学评论》2020 年第 1 期。

《中国辞赋发展史》(与郭维森先生合著)，江苏教育出版社 1996 年版。

《中国赋学历史与批评》，江苏教育出版社 2001 年版。

《体物浏亮：赋的形成拓展与研究》，辽海出版社 2001 年版。

《赋体文学的文化阐释》，中华书局 2005 年版。

《赋学讲演录》(许结讲述、潘务正记录)，北京大学出版社 2009 年版。

《赋学：制度与批评》，中华书局 2013 年版。

《中国辞赋理论通史》，凤凰出版社 2016 年版。

# 骚体赋的界定及其在赋体文学中的地位

郭建勋

## 一

　　明清以来论赋体文学的学者，往往从历时性的角度，将赋分为骚体赋、散体大赋、骈体赋、律赋和文赋，或者从共时性的角度，将其分为骚体赋、文体赋和诗体赋，等等。这两种主要的赋体文学的分类方法，都涉及骚体赋。那么，什么是骚体赋呢？各家也有不同的说法。

　　一种较为流行的观点认为，骚体赋就是用骚体的"兮"字句写成的作品，所以战国时期屈原、宋玉的辞作，以及汉代人的拟作，如东方朔的《七谏》、严忌的《哀时命》等，都应该属于骚体赋。持这种观点的人，其实是受了扬雄、班固以来"辞赋一体"观念的影响，将"骚"与"赋"混同起来了。骚（楚辞）与赋是两种不同的韵文体式，屈、宋的辞作为"骚体"，东方朔等汉人依仿屈作的形式、句法所写的作品，只要不以"赋"名，也是"骚体"。照此类推，汉以后人所作的不以"赋"名的同类形式的作品，如谢庄的《山夜忧吟》、萧绎的《秋风摇落》、李白的《鸣皋歌》、韩愈的《讼风伯》、黄庭坚的《毁壁》等，自然都是"骚体"。所有这一系列的"骚体（楚辞体）"作品，均应排除在"骚体赋"之外，因为它们虽为"骚体"，却不是"赋"。

　　另一种观点则认为，所谓"骚体"，《离骚》便是其最有代表性的体式。《离骚》的基本句式为每句六字，单句末尾用"兮"字，如"帝高阳之苗裔兮，朕皇考曰伯庸"，因而只要是赋而又是六言句的，即使省略了"兮"字，也应该归入骚体赋的范畴。汉代以来，这种形式的赋作很多,那么这些赋能不能算作骚体赋呢?我们不妨录引大家比较熟悉的陆机《文赋》中的一段:"其为物也多姿,其为体也屡迁。其会意也尚巧,其遣言也贵妍。暨音声之迭代,若五色之相宣。虽逝止之无常,固崎锜而难便。苟达变而识次,犹开流以纳泉。如失机而后会,恒操末以续颠。"这一段文字,全为六言而无"兮"字,显得整齐、铺排,骚体"兮"字句那种错落有致、一唱三叹的节律感和抒情性,已经荡然无存。虽然句中只去掉了一个语气词"兮"字,但是其语体风格已发生了极大的变化,从而转变成了"文体赋"。这一类的赋体也不能归入骚体赋,因为它们只是"赋"而不是"骚体"。

排除了上述非赋的骚体和非骚的赋体两类作品,骚体赋的界定也就很容易了。我们认为,骚体赋必须具备两个基本条件:其一是采用楚骚的文体形式,也就是以"兮"字句作为其基本的句型;其二是明确地用"赋"作为作品的称名。

根据既为骚体、又以赋名这两个必要条件,我们可知汉代的骚体赋有贾谊《吊屈原赋》《鵩鸟赋》,司马相如《哀二世赋》《大人赋》《长门赋》,董仲舒《士不遇赋》,汉武帝《李夫人赋》,王褒《洞箫赋》,扬雄《甘泉赋》《太玄赋》等26篇,在整个汉赋中占有很大的比例。

建安与魏晋时期,随着汉代大赋向抒情小赋的转变,以骚体作赋成为一种风气。此时期的骚体赋大批涌现,据笔者粗略统计,数量多达80余篇。并有作者偏好此体,所作骚体赋颇多。如王粲的27篇赋中,骚体赋有6篇,曹丕的21篇赋中有8篇,曹植的47篇赋中,骚体赋有12篇。三人皆是建安文坛的主将,更是建安赋体文学的中坚,骚体赋差不多占他们整个赋作数量的30%,足可以看出骚体赋在当时赋体文学中的地位之重要。晋代重要作家傅玄、陆云、傅咸、夏侯湛、潘岳等人的赋作中,大多篇制完整,文辞清丽,具有突出的艺术价值和文献价值。

南朝是诗歌兴盛的时期,也是各类韵文在诗歌高潮的激活下互相渗透、影响的时期,诗、骚、赋三种体式往往融合为一,以致体式杂糅,难以区分。在五言、七言诗成为文坛主要体裁,而且众体杂糅的情况下,南朝纯粹的骚体赋相对减少,整个南朝的骚体赋仅19篇,且现在所能看到的多为残篇。值得注意的是,此时期江淹的《去故乡赋》《待罪江南思北归赋》《扇上采画赋》《江上之山赋》等骚体赋，在继承屈、宋楚骚句式、手法、意象等形式的基础上，更加注意语言的锻炼、声色的追求和意境的营构，从而使这些作品显得格外精致，充满着诗一般的情调，事实上，不仅仅是江淹之作，南朝其他骚体赋也具有同样的风格，这是诗歌笼罩文坛的时代风气使然。

唐代以律赋而著称，但除了律赋，其实也有不少其他形式的赋作，这里面当然也包括了骚体赋。例如李白，他一共作了8篇赋，其中就有5篇为骚体。到了中唐，随着古文运动的兴起，人们也把更多的注意力投向"古赋"的形式，因此出现了一个创作骚体赋的小高潮。柳宗元可以说是整个唐代最有成就的赋体文学的创作者，他的12篇赋作中，骚体赋就有5篇。而古文运动的另一位领袖韩愈，也写过《复志赋》《闵己赋》2篇骚体赋作。李白、韩愈、柳宗元都是唐代的著名诗人，他们所作的骚体赋，往往皆为佳作，不仅与汉代骚赋迥然有别，而且相对于南朝此类作品，也自成一种境界。如李白的《惜余春赋》熔铸古今，以骚体句为主，而杂以六言的文体赋句式，既有六朝骚体赋的清新流丽，却又避免了那种柔媚的脂粉气，其中流贯着作者强烈的主观精神，与他那些著名的诗歌一样，具有突出的个性色彩。

宋代的赋日益散文化，说理的风气越来越浓，律赋也作得越发枯燥，倒是有些骚体赋，还是在一定程度上保持着唐代以来那种盎然的生气。例如晏殊的《雪赋》采用《九歌》的句式，风格颇为清丽活泼；而宋祁的《岁云秋赋》《穷愁赋》《悯独赋》《诋仙赋》等四篇骚体赋，寄托深沉，很有些汉魏骚体赋的古朴之风。欧阳修作赋喜好说理，不过他的那些篇幅短小的骚体赋却很有情致，如《病暑赋》《红鹦鹉赋》《述梦赋》等。作为宋代最有代表性的作家，苏轼的两篇骚体赋《滟滪堆赋》和《屈原庙赋》尤其惹人注目。前者以杂文的手法描绘瞿塘峡的险阻，而更侧重于议论，却又不显枯燥板滞，其构思之新巧、句式之活泼，确为少见。而他的《屈原庙赋》则以真挚的感情追怀屈原，并借以感叹现实的黑暗和世道的艰难。宋代的骚体赋，在当时的赋体文学中，可以说是很有特色的。

明、清时期的骚体赋更多，特别是因为复古思潮的兴起，选择骚体赋成为许多文人的嗜好，现存大量的文人别集中，随处可见。刘基、方孝孺、薛瑄、吴宽、李梦阳、王守仁、俞安期、杨慎、陶望龄、黄道周、夏完淳、王夫之、尤侗等数以百计的作家，都创作过相当数量的骚体赋，而且这些作品有不少是这一时期不可忽视的佳作，如刘基的《吊祖豫州赋》，薛瑄的《黄河赋》，李梦阳的《钝赋》《宣归赋》，王守仁的《太白楼赋》，陶望龄的《述志赋》等，均为著名的赋体作品。因而说骚体赋构成了明清时期赋体文学的重要组成部分，是一点也不夸张的。

## 二

从上面对汉代以来骚体赋的简要介绍可知，骚体赋作为赋体文学的一个类别，不但在数量上占有较大的比例，而且其中还有不少思想性和艺术性很强的佳作，从而也就构成了整个赋体文学的重要侧面。其实，骚体赋在赋体文学中的地位之重要，还表现在许多地方，其中最值得注意的便是它的抒情性。

刘师培《南北文学不同论》认为，北方之文，"不外记事析理二端"；南方之文，"或为言志抒情之体"。"言志抒情"，可以说是楚骚文学的一个重要特征和优良传统。故祝尧《古赋辨体》卷3云："二十五篇之骚，莫非发乎情者。"近人陶秋英《汉赋之史的研究》也说："至于后世的赋，有偏重讽谏的，有偏重事实的，有偏重写景的，有偏重辞藻声调音韵的，而专重抒情，是骚赋的特色。"（注：陶秋英：《汉赋之史的研究》，浙江古籍出版社1986年版，第96页）楚骚不仅抒情，而且所抒发的多是哀怨悲伤、愤懑不平的情绪，或缠绵悱恻、复杂无伦的感情，屈原的《离骚》《九章》如此，宋玉的《九辩》如此，甚至汉代的拟骚之作，也无不尽量显出一副怨愤哀愁的模样来。骚体赋是在战国时期屈、宋楚骚的母体中直接脱胎而成的一种新体式，由于两者之间的这种血缘关系，它在继承战国楚辞形制句式的同时，也继承了楚辞抒写悲怨之情的传统。

骚体赋抒写悲怨之情具有先天性，从它诞生的时候便从楚辞那里遗传而来了。贾谊的《吊屈原赋》通过追怀屈原来抒发自己怀才不遇的愤慨，洋溢着愤世嫉俗的批判精神；而他的《鵩鸟赋》看似说理，实则为一种自我排遣，宁静而达观的深处是难以言说的苦闷。贾谊而后，除司马相如的《大人赋》、扬雄的《甘泉赋》、马融的《围棋赋》等极少量的作品外，汉代的骚体赋基本上走的是抒情的路子，而尤以抒发个人哀怨之情的作品为多。如汉武帝的《悼李夫人》写怀念爱妃的深切相思，董仲舒的《士不遇赋》写"屈意从人"的无奈慨叹，刘歆的《遂初赋》以怀古讽今的手法寄托愤世不平的情绪，梁竦的《悼骚赋》则抒发作者无端遭放的愤懑悲哀。如果说汉代的骚体赋主要集中在悲士不遇、悼骚寓志等方面，在抒发情感上还比较狭窄的话，那么到了建安时期，骚体赋的抒情范围则有了很大的扩展。如王粲《登楼赋》写思念故土、怀才不遇的双重忧愁，陈琳《大荒赋》写怀古伤今、深邃幽渺的玄远之思，曹丕《柳赋》发物是人非的咏叹，曹植《愁思赋》言人生苦短的忧伤，应玚《愍骥赋》寄功业难成的感慨，徐幹《哀别赋》写离情别绪的愁怅，林林总总，随机而发，皆为作者情感的表露。同时，此时期的骚体赋在抒发情感时，往往毫无保留，尽情倾泻，给读者一种淋漓尽致的感受。刘熙载《艺概·赋概》说："楚辞风骨高，两汉赋气息厚，建安乃欲由西汉而复于楚辞者。"建安赋体文学向楚辞抒情传统的复归，在很大程度上是由此时期的骚体赋来体现的。两晋南朝直至明清时期的骚体赋，绝大多数也都是抒情赋。

抒情性之所以成为骚体赋的重要特征，有两方面的原因。从作者主观方面看，是因为屈原的身世使他的作品具备了一种悲壮怨愤的文化品格，并将这种文化品格延伸到了"骚体"体式之上，人们选择骚体，是为了调动读者先在的审美经验，使作品产生更好的抒情效果。从体式特点方面看，相对四言诗和文体赋，骚体参差错落的句式具有更大的自由度和灵活性，特别是句中反复出现的语气词"兮"字，含有特别强烈的抒情咏叹意味，尤其适合表现那种怨愤凄楚、缠绵悱恻的个人情绪。因此，汉代以来的骚体赋多为抒情之作，而所抒之情，也多为哀怨忧愤之情。

我们知道，"赋"作为一种文体，其本质的特征在于铺排与描绘。稍后于骚体赋形成的文体赋，是赋体文学中最具代表的一类。文体赋在司马相如等人的手中完善并定型，描写京都宫苑，张扬帝王威权，这种铺张扬厉、劝百讽一的文体大赋,在两汉风行了几百年。写作文体赋固然需要很强的语言能力,也需要苦心经营,更不能说它们没有艺术价值,但文体赋侧重对客观外物的平面铺陈,缺乏对人的内心的深入开掘,对于一种文学体裁来说毕竟是一个很大的缺陷,而骚体赋强烈的抒情性正好弥补了这种缺陷,与文体赋的描写性形成互补,从而极大地丰富了赋体文学的表现手段和表现领域。西晋时期,咏物赋占据了赋体文学的主导地位,尽管这些以咏物为题材的文体赋大多篇幅较小,而且也往往在咏物中蕴涵某种寄托,但无法掩盖其平淡浅薄的不足。而陆云、傅咸等人的骚体赋,或写离情别恨,或写怀乡思亲,或写宦途失意,或写迁逝之悲,其情感虽不如屈作之深沉博大,亦不如建安之慷慨激昂,但终究使晋代赋体文学增加了一点厚度和激情。唐代以赋取士的制度造成了律赋的定型与僵化,固定的结构句法、规范的用韵格式,局限甚至扼杀了作者的创造力,而此时以"古赋"面貌出现的骚体赋,给李白、韩愈、柳宗元等唐代作家提供了抒发情感的合适载体,也给唐代的赋体文学带来了活泼与生气。由此可见,骚体赋突出的抒情性,在丰富赋体文学的表现手法、增强赋体文学抒写性情的功能方面,确乎起了不可估量的作用。

骚体赋在赋体文学中的作用,还在于它以相对疏朗流畅的语体风格冲淡了文体赋、尤其是散体大赋的堆砌与板滞。由于汉代文体赋的主要功用是对某种事物进行尽可能全面客观的铺陈与渲染,这就使它难以克服繁琐罗列、堆积语词的弊病。从枚乘的《七发》开始就显露出这一倾向,到司马相如、扬雄等人的赋作中,则发展成为叠床架屋似的堆垛和不厌其烦的罗列,再加上大量生僻语词的运用,使这一时期的许多赋作生涩滞重,令人难以卒读。然而骚体赋却不是这样,它采用的是楚辞的"兮"字句型,"兮"作为句中一个必然的间隔,有效地遏止了过度的铺陈,并通过反复的出现,形成一定的节奏,从而化解了语言的滞重。无论是怎样喜欢铺排的作家,只要使用的是骚体赋的形式,也不能不有所收敛。因此,即使是在散体大赋盛行的时候,骚体赋也依然保持着疏朗流畅的语体风格,上文所提及的汉代骚体赋大多是这样。

晋代的文人崇尚《易经》"观物取象"的思维方式,将其引进文学创作领域，即以象显意、以象表情。无论是写诗还是作赋，都喜欢安排设定相关的物象，用类比或象征的方式揭示其中的意义，表现作者的情志理思。在这里，作品的意象不仅是抒发情志的中介，在爱好卖弄的文人那里，甚至超越了手段而变成了目的，由此而带来了设象过于满密的缺陷，此时的文体赋虽不像汉代那么滞重，却也不免繁缛。而骚体赋所特有的"兮"字句不但具有浓厚的抒情意味，而且"兮"字处于一句之中或两句之间，将两组意象或意象群隔开，留出一定的意义空间，从而形成流畅疏朗的句法风格，这对晋赋设象过于满密的弊病有所补救。

从文学史看，骚体赋语体风格在赋体文学中的作用是通过两种方式来实现的。一种是骚体句式进入文体赋中，作为修辞手段，以冲淡、分解文体赋的板滞与满密；另一种则是骚体赋作为赋体文学中的一个类别，表现出与文体赋、诗体赋不同的语体风格，从而使整个赋体文学的风格更加多样化。

# 三

骚体赋在赋体文学题材的开拓和丰富方面，也具有不可忽视的地位。战国时期的楚辞是派生骚体赋的母体，因为两者关系的亲近，骚体赋不但很自然地继承了楚辞的体式，汲取了楚辞的艺术营养，而且还从中寻找题材资源，加以提炼与强化，逐渐形成了纪行、玄思、悲士不遇、悼骚四个具有代表性的题材类别，并成为汉代乃至整个古代赋体文学的重要题材。

纪行类的题材源于屈原的《涉江》和《哀郢》。《涉江》记叙作者由鄂渚前往溆浦的经历，《哀郢》则是作者追忆自己离开郢都，向南流亡的情形和痛苦。两篇作品基本上都按行进的路线展开叙述，边叙事边抒怀，层层推进。西汉末年的刘歆遭冤离京，先赴三河，后徙五原，在前往五原的途中，因心中不平而写了一篇骚体的《遂初赋》。作品由三河而五原、而长平、而太原、而晋阳、而雁门、而云中，等等，以征途所历为线索，历数各地典故和风光，借以抒发对世事的感慨。显然刘歆是有意模仿楚辞中的这种形式来写的。本来《涉江》《哀郢》是带有纪实性的作品，但由于屈原的辞作影响深远，再加上遭贬外放或离家远行也是文人经常拥有的经验，所以在《遂初赋》出现之后，"纪行"首先在骚体赋的体式范围内成为一个热点题材。班彪的《北征赋》记述作者避难从长安至安定郡的所见所思，班昭的《东征赋》描写她随儿子曹成从洛阳前往陈留的经历，蔡邕的《述行赋》叙述作者被遣往京师一路的所见所感。这三篇骚体赋大体上都是依仿《遂初赋》的写法，在纪行中吊古，在吊古中抒怀。此后继作者甚多，而且也不再限于骚体赋。

玄思类的题材源于屈原的《天问》。《天问》是屈原在对现实与人生彻底绝望的心理基础上，对社会历史、人类伦理、自然现象等多方面、深层次的思考，其中许多问题是带有终极意义的玄学问题，不仅屈原无法找到确切的答案，便是在今天或未来，也不会有最终的结果，这就使《天问》具有突出的玄思色彩。在封建社会，士人的穷通晦遇、生死祸福往往是无法自主和不可捉摸的，而自然与历史也充满着神秘感。但另一方面，命运与现实、人生与自然却同时也是人们所极为关注的大问题，特别是天人之说盛行的汉代，对于那些喜好深沉之思的学者型文人，更有着难以抗拒的吸引力。所以贾谊作《鹏鸟赋》，寄托自己对命运的玄远之思；扬雄作《太玄赋》，表明自己"不挂罗网"、远离世俗的淡泊心志。到了东汉，又有班固《幽通赋》、张衡《思玄赋》紧随其后，或感叹人生维艰、忧虑祸福难测，或借玄思以作心灵上的解脱。玄思类的骚体赋一般都是在深玄之思中寄托作者畏惧祸患的心情，大多表现为对自然、历史与人生的思考，充满着人生无常的忧虑。例如《思玄赋》所描写的并非现实的寻索，而是一种因政治重压而寻找生存合理性的心理历程，它是那个时代少数杰出人物对社会人生的理性思考。因为事实上无法找到确定的答案，甚至也没有明确的疑问。所以玄思类作品的主旨大多介乎现实与超现实之间，是难以确定的、含混与隐曲的。创作这样的作品，不但要有较强的驾驭语言的能力，而且还需要较强的哲学思辨能力，自然不会像"纪行"类的题材那么普及，但后世玄思类的赋作也不少，如陈琳《大荒赋》、阮籍《清思赋》、挚虞《思游赋》，等等。

悲士不遇的题材源于《离骚》与宋玉的《九辩》，而后者的影响尤大。因为《离骚》虽也有君臣不合、怀才不遇的悲叹，但情感内涵十分复杂，并非是单一的，而《九辩》则以"贫士失职而志不平"为中心主题。作者怨恨当权者不能任用自己，但又说："处浊世而显荣兮，非余心之所乐。与其无义而有名兮，宁穷处而守高"。这种怀才不遇的怨愤和穷处守志的表白，正是后来悲士不遇题材的基本套路。古代士人多以取卿相之位、建不朽之功为人生理想，但能达此目标者微乎其微，怀才不遇者代不乏人，故悲士不遇成为历代诗赋中一个常见的题材。就赋体文学而言，在董仲舒《士不遇赋》之后，有司马迁《悲士不遇赋》、陶渊明《感士不遇赋》、元代涂几《感遇赋》、明代伍瑞隆《惜士不遇赋》，等等。悲士不遇类的赋作，大多是以作者自己坎坷的生活遇际为基础，以感喟自我为目的，抒发的是一种对环境与世俗的怨恨，因而不仅感情真挚，而且具有较强的批判精神。

悼骚类题材起于汉代文人对屈原辞作的接受和对屈原悲剧命运的同情。班固《离骚赞序》云："原死之后，秦果灭楚，其辞为众贤所悼悲，故传于后。"同情乃至崇拜悲剧英雄是人类的通性，何况屈原去汉不远，他遭谗远谪、自沉身死的命运和瑰丽奇伟、百世无匹的辞作，给汉人以极大的心灵震撼。惟其如此，屈原的事迹、传说才在民间广泛流传，而悯伤哀悼屈原的作品也大量出现。这类作品中最早的便是贾谊的《吊屈原赋》和《惜誓》，以及《七谏》《哀时命》《九怀》《九叹》《反离骚》《九思》等楚辞体的作品。除了这些被后人称为"代言体"的楚辞作品之外，还有不少以"悼骚"为题材的骚体赋作，如汉代梁竦的《悼骚赋》、陈代梁叔敬的《悼骚赋》、宋代李纲的《拟骚赋》、明代徐祯卿的《反反骚赋》，等等。

综上所述，我们可以得出简单的结论：所谓骚体赋，是指采用楚辞的体式而又以赋称名的作品，它是直接在战国楚辞的母体中脱胎而成的；骚体赋作为赋体文学的一个类别，在整个赋体文学中数量很多，佳作不少，以其突出的抒情性、疏朗流畅的语体特征丰富了赋体文学的表现手法和艺术风格，同时上承"楚辞"，开拓了纪行、玄思、悲士不遇、悼骚等四个重要的题材领域,大大地扩展了赋体文学的表现空间。因此,骚体赋在整个赋体文学中具有重要的地位。

——原载《求索》2000 年第 5 期

【评　介】

郭建勋,男,1954 年 6 月生,湖南涟源人。毕业于北京师范大学中文系,文学博士。湖南大学文学院教授、中国屈原学会副会长、中国赋学会副会长,享受国务院特殊津贴专家。著有《汉魏六朝骚体文学研究》《楚辞与中国古代韵文》《辞赋文体研究》《先唐辞赋研究》《宋太祖赵匡胤》《新译易经读本》等十余本专著,在国内外学术刊物上发表论文近百篇。主要研究方向为楚辞学、汉魏六朝辞赋与诗歌、《周易》。

《骚体赋的界定及其在赋体文学中的地位》一文主要围绕骚体赋展开讨论。文章第一部分通过排除"非赋的骚体"与"非骚的赋体",划定骚体赋的研究范围。认为骚体赋必须具备两个条件:一是以"兮"字句为基本句型;二是明确以"赋"名篇。又以此为标准观照赋史,简要介绍了历代骚体赋的创作情况,指出在主流赋潮之外,骚体赋创作的盛行。

第二部分从抒情性与语体风格两个方面,揭示了骚体赋在赋体文学中的地位。郭建勋先生指出骚体文学抒情性强的原因有二:一是屈、宋作品具备一种怨愤的文化品格,并且延伸到"骚体"体式之上,赋家采用这一体式,调动了读者的先在审美体验,具有明显的抒情效果;二是骚体参差错落的句式具有更大的自由度与灵活度,反复出现的"兮"字更适宜表现缠绵悱恻的个人情感。正因如此,骚体赋对注重描绘的文体赋、限于功利的律赋皆有补充作用。疏朗流畅的语体风格的形成也与"兮"字的间隔密切相关,"有效地遏止了过度的铺陈,并通过反复的出现,形成一定的节奏,从而化解了语言的滞重"。骚体赋不但作为一种独特体类丰富了赋体文学的表现风格,而且其独特句式往往融入文体赋中,缓解了文体赋一味铺陈造成的板滞之弊。

第三部分讨论了骚体赋在题材开拓方面对赋体文学的贡献。骚体赋由楚辞发源，逐渐在汉代形成了纪行、玄思、悲士不遇、悼骚四种题类。这四种题类都与楚辞密切相关，在形成之后，逐渐由骚体创作转向其他赋体，扩大了赋体文学的表现范围。以纪行为例，郭先生认为这种题类源于屈原的《涉江》《哀郢》，而为西汉末年刘歆所效法，借征途所见所思来抒发对世事的感慨。刘歆之后，班彪《北征赋》、班昭《东征赋》、蔡邕《述行赋》相继而作，遂使述行赋成为汉赋重要题类之一。并且汉代四篇述行赋尚以骚体创作，此后继作者多，已不限于骚体。

该文理清了骚体赋的外延与内涵，细致分析了骚体赋的创作情况、文体特征，以及在赋体文学中的重要地位，为骚体赋的研究奠定了基础。郭先生1997年出版的《汉魏六朝骚体文学研究》一书与该文关系密切，前者是对骚体文学作史的研究，后者则是通论骚体文学的一个体类。前者如聂石樵先生《序》中所言：这部著作"据事实，慎思辨；论体制，精剖析；述流变，有史识；惨淡经营，极见功力，是汉魏六朝骚体文学研究的新收获"。重视体制辨析与具备史学意识，诚乃是书的重要特色，也延续到《骚体赋的界定及其在赋体文学中的地位》一文的写作中：注重骚体赋与其他赋体的比较，才能把握住骚体赋的文体意义与作品风貌；贯通两千年骚体赋史，才能发掘出骚体赋的发展脉络，以及在赋体文学中的特殊价值。此文之后，郭先生又相继出版了《楚辞与中国古代韵文》《辞赋文体研究》《先唐辞赋研究》等重要论著，研究视野不断扩大，尤其在楚辞与其他文体的关系上创见甚丰。他在《骚体文学：当代楚辞研究中的一个新领域》一文中指出，"骚体文学的研究对象包括屈、宋而后的纯楚骚体、楚歌体和骚体赋三种体式的作品，以及楚骚与赋、乐府诗、七言诗、哀吊文、骈文、曲子词、戏曲等多种韵文的相互关系，并涉及文体演变史、文学接受史、文人心态史等多个领域"。郭先生对辞赋研究的一大贡献即在于，对骚体文学这一广阔新领域的开拓与引领，而该文就是他骚体文学研究的出色代表。

（刘　祥）

**郭建勋赋学论著目录：**

《汉人观念中的"辞"与"赋"》，《文学遗产》1989 年第 3 期。

《论贾谊的辞赋及其意义》，《求索》1993 年第 4 期。

《论陆云的辞赋》(第一作者)，《中国文学研究》1999 年第 4 期。

《论楚辞在形制与表现上对文体赋的影响》，《中国文学研究》2000 年第 3 期。

《骚体赋的界定及其在赋体文学中的地位》，《求索》2000 年第 5 期。

《论楚辞句式对文体赋的侵淫》，《中国韵文学刊》2000 年第 2 期。

《论汉魏六朝"神女——美女"系列辞赋的象征性》，《湖南大学学报》(社会科学版) 2002 年第 5 期。

《两汉魏晋辞赋中的现实女性题材与性别表达》，《中国文学研究》2003 年第 4 期。

《傅玄的辞赋创作及其理论》(第一作者)，《求索》2004 年第 1 期。

《论南朝女性题材辞赋的贵族化》，《中国文化研究》2004 年第 2 期。

《晁补之的辞赋学论略》(第一作者)，《中国文学研究》2004 年第 3 期。

《诗体赋的界定与文体特征》(第一作者)，《求索》2005 年第 4 期。

《赋体与诗体之关系论略》(第一作者)，《湖南大学学报》(社会科学版)2006 年第 1 期。

《赋与骈文》(第一作者)，《北方论丛》2006 年第 4 期。

《文体赋的组织结构与描写方式》(第一作者)，《中国韵文学刊》2007 年第 2 期。

《宋文赋的形成及文体特征》(第一作者)，《中国文学研究》2007 年第 3 期。

《论律赋的文体特征》(第一作者)，《中国文化研究》2007 年第 4 期。

《"七"体的形成发展及其文体特征》,《北京大学学报》(哲学社会科学版)2007年第5期。

《北朝辞赋论》,《中国文化研究》2010年第4期。

《论庾信辞赋》,《文学评论》2011年第6期。

《刘宋时期辞赋特质及其文学流变析论》(第一作者),《中国文化研究》2013年第2期。

《江淹辞赋通论》(第一作者),《中国文化研究》2014年第4期。

《南朝陈代辞赋初探》(第一作者),《中国文学研究》2014年第3期。

《赋与狂诗——从赋的译名看赋的世界性与民族性》(第一作者),《中山大学学报》(社会科学版)2014年第5期。

《先唐辞赋研究》,人民出版社2004年版。

《辞赋文体研究》,中华书局2007年版。

# 汉赋——文学自觉时代的起点

## 龚克昌

我于 1981 年 1 月发表在《文史哲》的《论汉赋》一文中曾大胆地提出："鲁迅先生曾经说过，魏文帝曹丕的时代，是'文学的自觉时代'。鲁迅先生的根据是曹丕说诗赋不必寓教训，反对当时那些寓训勉于诗赋的见解，也就是近代所说的为艺术而艺术。根据鲁迅先生这个标准，或用我们今天所说的所谓自觉地进行艺术创作的标准，我以为，这个'文学的自觉时代'至少可以再提前三百五十年，即提到汉武帝时代的司马相如身上。因为根据鲁迅先生的标准，我们可以引用汉人或今人常讥讽的汉赋是'劝百而风一'、'曲终而奏雅'、'没其风谕之义'等这些话来作证，这些话正认为汉赋庶几摒弃了'寓训勉于诗赋'。如果用我们今天的标准，我们从前面引用的相如的两段话（即《西京杂记》所记载的司马相如写赋的两段体会的话——作者），就不难看出，相如已很明确地认识到自己是在进行艺术创作，并已能提出比较明确的创作理论，已懂得搜捕创作的对象，已能够运用形象思维进行艺术概括，已懂得选取适当的词语和音韵来表现自己的艺术理想。从相如的艺术实践看，也完全可以证明这一点。"我随后在《刘勰论汉赋》（《文心雕龙学刊》第 1 期，1983 年 7 月）和《汉赋研究》（山东文艺出版社 1984 年版）一书中，也不同程度地阐述了上面的观点。从《论汉赋》一文发表算起，至今已过去 7 年了，我还没有看到有相反的意见发表。近年来倒有不少人也提出这个问题，观点与我基本相同，我不知道这是不谋而合呢，还是受我的影响。从我个人的愿望来说，我倒希望我们之间的观点是不谋而合的，因为这正可以证明我们的结论都是从研究客观历史的过程中获得的。而得出相同（或相似）结论的人越多，就有可能证明我们的结论越接近科学，正确的可能性越大。现在，不足之处是还没有人对我们的结论进行有说服力的、科学的论证。本文拟就这一问题发表一点个人意见。我以为，把"文学的自觉时代"提前到司马相如生活年代，是有充分的根据的。

一

首先值得注意的是，文学意识的强烈涌动，文学特点的充分表露。这一点不论在当时，还是在其后的千百年间，许多人都感受到了。其主要表现是：

## （一）浪漫主义表现手法的广泛充分运用

浪漫主义表现手法在汉以前的文学作品中早已存在。例如，《诗经》中的某些篇章，屈原作品中的大部分篇章，《庄子》中的寓言，还有远古流传下来的一些神话传说，都是出色的浪漫主义作品。但是我们可以毫不犹豫地说，这些浪漫主义作品的作者，大都并非有意地运用虚构夸张的手法进行创作，他们往往以为作品中所描写的人物事件，本来即是如此。连最伟大的诗人屈原也难有例外。屈原在《天问》中提出 170 多个问题，处处流露出对这些问题持怀疑的科学态度和追求真理的顽强精神，但他之所以发问，大抵是在信"其然"的基础上而追问其"所以然"，而非全然否定。这也如同高尔基所指出的："在原始人底观念中，神并非一种抽象的概念，一种幻想的存在，而是一种武装着某种劳动工具的完全现实的人物，神是某种手艺底能手，人们底教师和同事。神是劳动成绩底艺术的概括，而且劳动群众底'宗教'的思想必须加上一个括弧，因为这是一种纯粹艺术的创作。把人们的能力加以理想化，同时好像预先感到它们的强大的发展。神话底创作在自己的基础上乃是现实主义的。"（《苏联的文学》，新文艺出版社 1953 年版）

屈原的伟大诗篇《离骚》有所不同，这是一篇极精彩的浪漫主义作品。但它的夸张主要表现在作者神游幻境，这与对现实世界进行直接的夸饰还不尽相同。只有汉赋才真正面对生活，对现实世界的大量事物进行直接的夸张的描绘——这里，不管是在叙事方面，还是在描写方面，无不是如此。如写楼台亭阁的高危，总是要高入云际，与日月星辰会合，令人不敢卒登；写帝王苑囿的广大，也必定大到几乎渺无边涯，日月出入其中，人们无能遍及。写奇花异卉、珍奇怪兽，等等，也无不是什么"禹不能名，契不能计"（司马相如《天子游猎赋》），多得不可胜数，怪得叫不出名字。刘勰在《文心雕龙·夸饰》篇中说："自宋玉、景差，夸饰始盛。相如凭风，诡滥愈甚。故上林之馆，奔星与宛虹入轩；从禽之盛，飞廉与鹪明俱获。及扬雄《甘泉》，酌其余波，语瑰奇则假珍于玉树，言峻极则颠坠于鬼神。"情况确是如此，汉赋的这种夸张，不仅使自己与历史、哲学、政治区别开来，而且在文学艺术中独树一帜，与现实主义表现手法分庭抗礼，同时比起屈原作品的浪漫主义又有所前进。这当是文学艺术的一大进步，是文学艺术日臻成熟的表现。过去，人们对此往往持否定的态度，鄙之曰"虚辞滥说"，这除因文学艺术于当时还没有获得独立的地位，人们对文学艺术的特点缺乏应有的认识，以及对诗文讽谏作用的强调和儒家保守思想的影响等原因之外，也与后人对汉人的说教亦步亦趋有关。我们今天要充分估计汉赋以虚构夸张为主要特征的浪漫主义表现手法普遍运用的重要意义，把它提高到文学艺术觉醒的高度来认识。

在这里，还值得一提的是赋中人物的虚构。这在汉赋中是普遍存在的，如枚乘《七发》中的楚太子、吴客，司马相如《天子游猎赋》中的子虚、乌有先生、亡是公，扬雄《长杨赋》中的子墨客卿、翰林主人，班固《两都赋》中的东都主、西都宾，张衡《二京赋》中的凭虚公子、安处先生，等等，就全部是作者杜撰的人物。当然，在古代神话传说中，也有许多属虚构的人物，如盘古、夸父、女娲、黄帝、颛顼、高辛、尧、舜、禹、羿、共工、相柳氏、西王母、羲和、蚩尤等，从其人兽合体，神奇怪异，即可判断是人们历经时间创造出来的。但是对这些神奇人物的看法，也正如我们在前面引用高尔基的话所说的，作者们并不以为他（她）们是虚构的人物，而是以为他（她）们是生活中实实在在存在着的人物，这与汉赋作家的有意虚构是迥然不同的。又，在《庄子》等书中也有一些虚构人物，如髑髅，等等，但这里作者只是企图借此以阐明一个哲理，与文学作品也不同。尤其是汉赋中的这些虚构人物,作者已注意到把他们当人,从而刻画表现他们的个性特征。较早的如枚乘《七发》里的楚太子,在吴客的说教宣传下,前后的情绪态度就有很大变化。对吴客替他设计的种种活动,他由最初的反应:"仆病未能",到"仆病未能也,然阳气见(现)于眉宇之间,侵淫而上,几满大宅",再到"仆甚愿从,直恐为诸大夫累耳,然而有起色矣",直至最后,"太子据几而起,曰:'涣乎若一听圣人辩士之言。'涊然汗出,霍然病已"。前后判若两人,作者已能从动态中刻画人物性格。又如司马相如《天子游猎赋》里的亡是公,听了子虚、乌有先生相互吹捧自己的主子后的表情:"亡是公听(读yǐn,开口笑貌)然而笑曰:'楚则失矣,而齐亦未为得也。夫使诸侯纳贡者,非为财币,所以述职也;封疆画界者,非为守御,所以禁淫也。今齐列为东藩,而外私肃慎,捐国逾限,越海而田,其于义故未可也。且二君之论,不务明君臣之义,而正诸侯之礼,徒事争于游戏之乐,苑囿之大,欲以奢侈相胜,荒淫相越,此不可以扬名发誉,而适足以贬君自损也'"。这个亡是公,先是笑——是讥笑、冷笑、带有轻蔑神态的笑;而后是训,用国法王法来训,用君臣之礼来训,活现出他居高临下、洋洋自得的面目。这完全符合亡是公的身份地位,因为他是代表天子说话的,是天子的化身;是代表真理说话的,是真理的化身。子虚、乌有先生听了亡是公的教训后的表现,写得亦极生动:"二子愀然改容,超越自失,逡巡避席曰:'鄙人固陋,不知忌讳,乃今日见教,谨受命矣!'"二人是诸侯王的代表,本来就低人一等,加上说错了话,暴露了自己主子的荒淫奢侈,多有过失,因而听了亡是公的教诲训斥后,马上改容变色,点头称是,活现出一副前倨后恭势利小人的嘴脸。汉赋有意识地虚构人物,在发展中表现人物,赋予人物以鲜明的个性,近似今天文学创作中的所谓典型化手法。这也正是文学艺术区别于历史、哲学等的重要标志,同时也是文学艺术日趋觉醒成熟的表现。

## (二)追求华丽的辞藻

从古至今,经常听到人们批评汉赋文辞过于华丽。如扬雄年轻时"好沉博绝丽之文"(《答刘歆书》),所以对司马相如"弘丽温雅"的赋，十分崇拜，"每作赋常拟之以为式"(《汉书·扬雄传》)；但到年纪大后，受儒家思想影响深了，就回过头来批判汉赋，批判它"极靡丽之辞"，以为这样的赋不起好作用。对此，许多评论家、作家也都有同感。如《汉书·艺文志》的作者就说，司马相如、扬雄等，"竞为侈丽闳衍之词，没其风谕之义"，"是以扬子悔之"，并表示"辍不复为"，不再写赋了。刘勰在《文心雕龙·才略》篇也说："相如好书，师范屈、宋，洞入夸艳，致名辞宗。然覆取精意，理不胜辞，故扬子以为'文丽用寡者长卿'，诚哉是言也。"唐柳冕也说："自屈、宋以降，为文者本于哀艳，务于恢诞，亡于比兴，失古义矣！虽扬(雄)、马(司马相如)形似，曹(植)、刘(桢)骨气，潘(岳)、陆(机)藻丽，文多用寡，则是一技，君子不为也。昔武帝好神仙，而相如为《大人赋》以讽，帝览之，飘飘然有凌云之气，故扬雄疾之。……盖文有余而质不足则流，才有余而雅不足则荡；流荡不返，使人有淫丽之心，此文之病也。"(《唐文粹·与徐给事论文书》)明方孝孺也说："汉儒之文，有益于世，得圣人之意者，惟董仲舒、贾谊。攻浮靡绮丽之辞，不根据于道理者，莫陋于司马相如。退之屡称古之圣贤文章之盛，相如必在其中，而董、贾不一与焉，其去取之谬如此，而不识其何说也。"(《逊志斋集·答王秀才书》)清程廷祚也说："至于赋家，则专于侈丽闳衍之词，不必裁以正道，有助于淫靡之思，无益于劝戒之旨，此其所短也。"(《青溪集·骚赋论下》)

从上引诸例不难看出，对汉赋辞采华丽的批评，几乎代代都是众口一词，见出汉赋辞采华丽是有定论了，其被批评也是无可避免了。但我们对这个结论的看法却与人们相左。一方面我们承认汉赋辞采的确是华丽的；但另一方面，我们对汉赋辞采的华丽不仅不加批判，而且要大加赞扬。我们要把汉赋讲究辞采视为文学艺术的觉醒，视为文学自觉时代到来的重要标志。汉赋辞采华丽突出地表现在典型的大赋里，其原因有如下几个方面：

(1)描写的客观对象所决定的。这一点最重要，正是大汉帝国崭新的现实，给赋家提供了无穷无尽地构筑雄伟壮丽辞赋的背景，也正如翦伯赞所说的："汉赋虽然很少有作者个人情绪的表现，然而它的华美、庄严和壮丽，却正是大汉帝国全盛时代之雄伟的呼声。"(《中

· 107 ·

国史纲》)这种例子比比皆是，例如班固《两都赋》写西都长安："建金城而万雉，呀周池而成渊；披三条之广路，立十二之通门。内侧街衢洞达，闾阎且千；九市开场，货别隧分；人不得顾，车不得旋；阗城溢郭，旁流百廛；红尘四合，烟云相连。于是既庶且富，娱乐无疆；都人士女，殊异乎五方。游士拟于公侯，列肆侈于姬姜。"富强昌盛的西汉，为其建设京城提供了坚实的物质基础；而京城本身的壮丽、繁华，又为文艺作品提供了取之不尽用之不竭的创作源泉。只要把客观对象如实地描绘下来，本身就是一幅宏伟壮丽的帝都图。正如《两都赋》自己所说的："肇自高（高祖）而终平（平帝），世增饰以崇丽。历十二之延祚，故穷泰而极侈。"西都本身就是无比的"丽"，无比的"侈"，无须人们挖空心思去形容。

（2）歌颂的性质所决定的。在汉人的心目中，赋具有歌颂与讽谏两方面的职能。这是符合汉赋创作的实际的。但在实际作品中，歌颂又往往淹没了讽谏，所以人们才批评汉赋是"劝百而风一""没其风谕之义"。就因汉赋的基本倾向是歌颂，所以赋家必定尽量用华丽动人的词语去表现他们所要歌颂的人物事件。如《天子游猎赋》里写天子出猎："于是乎背秋涉冬，天子校猎，乘镂象，六玉虬；拖蜺旌，靡云旗；前皮轩，后道游；孙叔奉辔，卫公参乘；扈从横行，出乎四校之中。鼓严簿，纵猎者，河江为阹，泰山为橹（望楼）；车骑雷起，殷天动地；先后陆离，离散别追。淫淫裔裔，缘陵流泽，云布雨施。"天子亲率五校（即屯骑、越骑、步兵、长水、射声）将士数千人出猎，自己乘坐的是用象牙、美玉刻镂装饰起来的车马，拥戴着五彩缤纷的大旗，由皮轩（用虎皮装饰起来）、道车、游车作前导，让大臣大将亲自驾车奉侍，还有一队队十分威武的侍从护驾。仪仗队中忽然鼓声大作，武士们纷纷出动。他们利用江河为栏杆，借高山为望楼，满山遍野地奔袭野兽。这里，作者用了许多华美的词语来描绘颂扬天子的出猎，如镂象、玉虬、蜺旌、云旗、皮轩、道游，这都是帝王才能有的装饰，所以显得雍容华贵，富丽秀美。至于此赋对天子周围美女的刻画，更是满目"丽靡烂漫"的文字了——这一点也是很重要的。如果赋篇的倾向性是批判抨击的，如赵壹《刺世疾邪赋》，其文辞只能给人留下犀利、凌厉的感觉。屈原赋表现出来的"难与并能"的"惊采绝艳"，就因其中随处可见的对自己品德、才能的赞美，对怀王的期望。屈原对奸邪小人的描述，那些文字是不会引起美感的。而对汉赋的歌颂倾向，我们基本上持肯定态度的。详见另文。

（3）与作者的文化修养与文字学的发达有关。大家都知道，汉武帝罢黜百家，独尊儒术，诱以利禄，通经的可以做官，做大官，一时经学大盛，很多人都一头钻到经学中去，"幼童而守一艺，白首而后能言"，因而训诂之学、小学（文字学）也随着发展起来。《汉书·艺文志》说："汉兴，闾里书师合《苍颉》《爰历》《博学》三篇，断六十字以为一章，凡五十五章，并为《苍颉篇》。武帝时司马相如作《凡将篇》，无复（重）字。元帝时黄门令史游作《急就篇》。成帝时将作大匠李长作《元尚篇》……至元始中，征天下通小学者以百数，各令记字于庭中。扬雄取其有用者作《训纂篇》……凡八十九章。臣（班固自指）复续扬雄作十三章，凡一百三章，无复字，六艺群书所载略备矣。"从上可以看出在汉代四大赋家中，就有相如、扬雄、班固三人有文字学著作。张衡也有《周官训诂》。在"天下通小学者以百数"中，也必大有赋家在。所以阮元在《四六丛话》序里说："综两京文赋之家，莫不洞悉经史，钻研六书。"而文字学家虽制造了一些奇文怪字，即所谓玮字，因而受到批评，但他们到底有文字学的修养——这一点，在文化艺术发展的初期，显得更加重要，使他们能够熟练地运用文字的技巧，以增强文字的表现力和作品的感染力，其中叠字、联绵字的广泛运用，句式的灵活多变，新造字的大量出现，以及韵律的讲究，即是其例。如司马相如在《天子游猎赋》中，用叠字"磷磷烂烂"形容色彩绚丽，"郁郁菲菲"形容香气流逸，"煌煌扈扈"形容百花盛开，"衯衯裶裶"形容衣带飘拂，"滭滭浡浡"形容水流涌出，"湛湛隐隐"形容水流幽深，"硍硍礚礚"形容水石相击，"淫淫裔裔"形容将士流布，人们读到这些文字，不仅能看到描写对象的形态，而且仿佛可以听到声音，闻到气味，看到色彩，感到动静，展现出一幅栩栩如生的图画，给人以极大的美的享受。又如扬雄《羽猎赋》描写狩猎的紧张场面："若夫壮士慷慨，殊乡别趣，东西南北，骋耆奔欲。扡（曳也）苍猗，跋（蹋也）犀犛，蹶（蹴、踩）浮麋，斮（斩）巨狿，搏（击也）玄猿；腾空虚，距连卷；踔（逾也）夭蟜，娭（嬉也）涧间；莫莫纷纷,山谷为之风飙,丛林为之生尘。及至获夷之徒,蹴松柏,掌(击也)蒺藜,猎蒙茏,鳞轻飞,履(践踏)般首,带(以为带)修蛇,钩赤豹,挃(古'牵'字)象犀。跐(超越)峦阢,超唐陂……"这里写了两帮狩猎勇士:"壮士"与"获夷之徒(能获取夷狄者)"。写前者用"扡""跋""蹶""斮""搏""腾""距""踔""娭"一大串的动词,而且其动作又有所差别,大体上是由缓慢到急速,由轻快到剧烈。后者用"蹴""掌""猎""鳞""履""带""钩""挃""跐""超",则是动词与名词作动词混用,而且一上来动作就极剧烈极惊人,如用脚去踢松柏,用手去击蒺藜,拿蛇当围带……前者轻盈,矫健,善飞腾、跳跃;后者强壮,勇猛,能跨山越谷。作者好像有使用不尽的语言文字,文章极富变化,文采粲然可观。

(4)俪辞偶句的普遍采用,也使文句整齐工丽,增加文章的外形美。为什么会出现俪辞偶句呢?刘勰在《文心雕龙·丽辞》篇中说:"造化赋形,支体必双;神理为用,事不孤立。夫心生文辞,运裁百虑,高下相须,自然成对。"刘勰的意思是,文章偶句的产生,是客观事物本身所决定的,是人的心理活动规律所决定的。刘勰这段话没有错,但不够全面,还应补充的是,偶句的出现,还与中国的方块字有关,方块字一字一音一义,便于配搭成对。同时,也与时代的审美情趣有关。所以俪辞偶句的产生、发展、变化,总的趋势是由少到多,由简到繁,由粗糙到精细,由部分到通篇,终成文体,最后又渐趋衰弱。在两汉以前发展的大体过程是这样的;在先秦经籍、史传、诸子、屈宋辞赋中,就有大量的偶句。如刘勰在《丽辞》中就举例伪《尚书·大禹谟》:"罪疑惟轻,功疑惟重","满招损,谦受益"。其实,在这篇文章中,还有:"任贤勿贰,去邪勿疑","临下以简,御众以宽","汝惟不矜,天下莫与汝争能;汝惟不伐,天下莫与汝争功",等等。《诗经》《左传》《国语》《战国策》《论语》《孟子》《荀子》《老子》《庄子》《管子》《韩非子》《墨子》《孙子》等也大致如此。但在《易经》中的卦辞、爻辞里,偶句却极少、极简,只有什么"晋如""摧如","小贞吉""大贞凶""乘马斑如""泣血涟如"等,这是因为卦辞、爻辞出现早,相传是周文王作的,时间在殷末。而《易》中的《象传》《象传》《系辞传》《文言传》《说卦传》《序卦传》《杂卦传》,传为孔子所作，时间晚了好几百年，所以偶对就多得很，有的甚至是整段的对偶。这正说明，骈偶的发展在先秦是与历史的进程相一致的。

到了汉代，由于辞赋家更加注意韵律，潜心为文，骈偶化又有很大发展。扬雄的《长杨赋》骈辞俪句比比皆是，如"椓嶻辥而为弋，纡南山以为罝；罗千乘于林莽，列万骑于山隅"，"鞻鍪生虮虱，介胄被沾汗"，"平不肆险，安不忘危"，"搤熊罴，拖豪猪"，等等。东汉骈俪又有新发展。冯衍的《显志赋》，去掉"兮"字，大半都对得很工整。东汉末张衡的《归田赋》，则庶几可称为魏晋以后骈赋的先声。在东汉赋家的作品中，单句对、隔句对、复句对和刘勰《丽辞》中所说的言对、事对、正对、反对都大量出现，而且很工整，所以刘勰说："自扬（雄）、马（司马相如）、张（衡）、蔡（邕），崇盛俪辞，如宋画吴冶，刻形镂法；丽句与深采并流，偶意共逸韵俱发"。到了魏晋南北朝，俪辞偶句便发展成为另一种文体——骈赋骈文了。

千百年来，人们对骈偶往往持否定态度，这是不正确的。我们应当把汉赋的讲究骈偶视为对艺术形式美的追求，视为文学艺术觉醒的表现形式之一。

## 二

其次是提出新的比较系统的文艺理论。这一点非常重要，它意味着文艺创作已不再是自发的被动的盲目的活动，而是进入了一个崭新的阶段——自觉地、主动地、有意识地进行艺术创作。提出新理论的杰出代表是司马相如。据《西京杂记》载："司马相如为《上林》《子虚》赋，意思萧散，不复与外事相关，控引天地，错综古今，忽然如睡，焕然而兴，几百日而后成。……相如曰：'合綦组以成文，列锦绣而为质，一经一纬，一宫一商，此赋之迹也。赋家之心，苞括宇宙，总览人物，斯乃得之于内，不可得而传。'"此书虽不尽可靠，但我以为这些记叙还是符合相如的创作实际的。相如的创作理论概括起来有三点：第一，强调了赋的内容的丰富性。时间是无限的，从古到今人间世事都可写；空间也是无限的，天上地下宇宙万物都可写。即所谓"苞括宇宙，总览人物"，或所谓"控引天地，错综古今"。这个观点从不好的一面考虑，的确造成了后来赋家作品包罗万象，看到什么就写什么，缺乏对素材的选择、剪裁，摘取有典型意义的细节，造成了汉赋臃肿、芜杂、笨劣的一面。但这却反映了汉人特有的心理特征。面对着前所未有的、无比壮丽的大汉帝国现实生活，赋家总想把自己所知道的一切都展现出来，向世人夸示。从这一点看，这又是现实生活所决定的，是时代使然，应给予注意的。当然，这里也不能排除司马相如基于对先秦文学艺术创作经验的总结，已懂得文学艺术创作需要经过概括综合典型化的工夫。总而言之，司马相如提出这个观点不是凭空的，也不是没有意义的。第二，强调了辞采的华丽和音韵的和谐动听，一句话，强调了作品的艺术性。所谓"合綦组以成文，列锦绣而为质，一经一纬，一宫一商，此赋之迹"是也。这里"文""质"对称，不少人以为"文"既指文采，则"质"当指内容。这样理解恐怕不对。这里的"质"是指艺术形式上的质，即质地，它是"文"所赖以依存的基础。例如织一幅中国大好河山图，用上等的丝织物作面料(即"质")，上面再用各色丝线去刺绣(即"文")，也就是所谓"锦上添花"。如果我们不是这样去理解，那么司马相如随后所说的"苞括宇宙，总览人物"的"赋家之心"就不好解释了。

从司马相如的创作实践看，他的确忠实地实践了自己的观点。他的作品是极讲究辞采、注重韵律、追求艺术形式的。对此，过去人们往往持截然相反的两种态度，争论不休。但在赞扬者中，似乎还很少有人把相如赋注意文采与文学的自觉性联系起来。即使如鲁迅所赞扬的曹丕，他也只是在总结前代文学艺术的基础上，对当代的文学创作提出自己的看法，他并没有对汉赋直接表示意见。这是时代的局限，我们不必苛求。在这里，我们对司马相如对艺术形式的观点和其艺术实践，应给予充分的评价。第三，突出了形象思维作用，强调了浪漫主义的创作方法。这一点表现得十分清楚，如所谓"意思萧散，不复与外事相关"，就是清除杂念，排除外界的一切干扰，进入"角色"，也就是刘勰所说的"陶钧文思，贵在虚静。疏瀹五脏，澡雪精神"，做一番清理杂念的工作。"控引天地，错综古今"，或所谓"苞括宇宙，总览人物"，也就是后为陆机《文赋》所说的"收视反听，耽思傍讯，精骛八极，心游万仞"，"观古今于须臾，抚四海于一瞬"，和刘勰所说的"寂然凝虑，思接千载；悄焉动容，视通万里"，任凭思想的翅膀在无限的时空中翱翔。正因为如此，所以相如在进入创作后，"忽然如睡，焕然而兴"，几乎是如醉如痴，神魂颠倒。在这里，作者充分地运用了形象思维的作用，积极地采取了浪漫主义的艺术手法进行创作。扬雄曾说过："长卿赋不似从人间来，其神化所至也。"（《西京杂记》卷四）正说明相如赋浪漫主义的特色。在儒家崇真尚实笼罩下的两汉文坛，司马相如提出这种观点，是有划时代意义的。他在创作中躬行自己的主张，也是难能可贵的。司马相如作品被视为"虚辞滥说"而备受攻击，是很自然的事，在这里，正可以证明司马相如的作品与他艺术观点一样，也是卓尔不群的。

类似司马相如的某些观点的还有汉宣帝。他说："辞赋大者与古诗同义，小者辩丽可喜。辟如女工有绮縠，音乐有郑卫，今世俗犹皆以此虞说耳目，辞赋比之，尚有仁义风谕，鸟兽草木多闻之观，贤于倡优博弈远矣！"作为帝王，他敢于肯定女工中的绮縠之品，音乐中的郑卫之声和辞赋中的辩丽之辞，可说是惊世骇俗的。须知他的老祖宗汉景帝就说过："锦绣纂组，害女红（工）者也。"（《汉书·景帝纪》）《淮南子·齐俗训》也有同样的论调。扬雄后期也以为："雾縠之组丽，女工之蠹也。"又，孔子说："恶郑声之乱雅乐也"（《论语·阳货》）；"放郑声，远佞人；郑声淫，佞人殆"（《论语·卫灵公》）。汉赋的丽靡之辞更为人们所不齿。汉宣帝这种观点，对汉赋文采的进一步发展，是极有利的。汉宣帝还跳出诗文教化作用的狭窄圈子，肯定了诗文娱乐欣赏的合理性，完全符合文艺作品广泛的社会功能，很有眼光，应加以充分肯定。

汉武帝虽没有辞赋理论发表，但从他喜欢辞赋，称赞司马相如的《子虚赋》，读到司马相如的《大人赋》"缥缥有陵云之志"，以后自己也写作十分靡丽的《李夫人赋》，等等，看出他对辞赋的看法与司马相如是一致的，也即他喜欢描绘天国仙境的浪漫主义作品，和富有文采令人读后赏心悦目的赋篇。

扬雄在创作的早期，与司马相如的观点并无二致，《汉书·扬雄传》就说："先是时，蜀有司马相如，作赋甚弘丽温雅，雄心壮志，每作赋，常拟之以为式"。他在《答刘歆书》里，也自称"心好沉博绝丽之文"。可见他在赋的创作中是崇拜司马相如，效法司马相如，以司马相如言行为准的。后来，他大幅度地修改了自己的观点，回过头来讥刺辞赋，但他犹说："诗人之赋丽以则，辞人之赋丽以淫。"(《法言·吾子》)对赋的"丽"，并没有全盘否定。

《汉书·叙传下》也写道："文艳用寡，子虚乌有，寓言淫丽，托风始终，多识博物，有可观采；蔚为辞宗，赋颂之首。"对司马相如的辞采也还是肯定的。

总之，在汉代的赋家和帝王中，已有一些人提出或欣赏辞赋中以虚构夸张为主要特征的浪漫主义表现手法，和以句式多变、词汇丰富、辞采华美、注重偶对、讲究韵律为主要特征的艺术形式美。文学艺术发展规律堂奥已为人们所窥见，文学艺术基本特征的内核已为人们所掌握。儒家老祖宗孔子所强调的"不语怪、力、乱、神"(《论语·述而》)和"辞达而已矣"(《论语·卫灵公》)早已被抛在一边。以司马相如为代表的这些新的文艺理论的提出，并在创作中得到了充分的贯彻，这是有里程碑意义的事。这里，先贤个人的作用我们并不想抹煞，但更重要的恐怕还是社会的发展、文学艺术的进步和创作经验的积累，才为司马相如等人提出的高见成为可能。尤其是屈原《离骚》创作的巨大成功，使这些理论的产生成为有源之水，有本之木。际此，文学艺术的自觉，已从孕育、酝酿、发生、成长的阶段，跃入急速发展、成熟、完成的阶段，文学艺术的"自觉"已进入瓜熟蒂落的时期了。

在这里还有两个情况很值得注意：其一，汉赋以跳出"诗言志"的圈子，进入"体物"境地，并作为艺术作品供人欣赏。在我国，"诗言志"出现得很早，《尚书·舜典》就是这么说的。《左传》襄公二十七年记载，赵文子对叔向说："诗以言志。"《庄子·天下》篇也说："诗以道志。"《荀子·儒效》篇也说："诗言是其志也。"远古人们在生活中遇到一些问题，发生一些情况，心有所感，就不自觉地通过歌诗来宣泄，以求得内心的平衡，正如东汉何休所说的："男女有所怨恨，相从而歌，饥者歌其食，劳者歌其事。"(《公羊传》宣公十五年注)汉代《毛诗序》的作者说得更具体更透彻："诗者，志之所之也。在心为志，发言为诗。情动于中而形于言。言之不足，故嗟叹之；嗟叹之不足，故永歌之；永歌之不足，不知手之舞之，足之蹈之也。"人们为了抒发自己的感情，就要说话，就要发感叹；这样做还不惬意，这就要吟咏诗歌了，甚至于情不自禁地手舞足蹈。这里，"不知"两字用得很准确。其实，"言""嗟叹""永歌"，也同样有不自知的意味在。可见先秦人们吟咏往往是不自知、被动的，是外界诱发而产生的。这些诗歌，虽也发生如鲁迅在评论"杭育杭育派"时所说的"出版"（《门外文谈》），或如孔子所说的诗可以"兴""观""群""怨""事父""事君""多识于鸟兽草木之名"（《论语·阳货》），但那是作品的客观效果，并非作者所始料，更不是作者创作的初心。

汉赋作家写作的动机与此相反，他们写作的目的往往很明确，就是为了献给帝王看，供给人们看的。如《汉书·枚乘传》载："武帝春秋二十九，乃得皇子，群臣喜，故皋与东方朔作《皇太子生赋》……初，卫皇后立，皋奉赋以戒终。……从行至甘泉、雍、河东，东巡狩，封泰山，塞决河宣房，游观三辅离宫馆……上有所感，辄使赋之。"枚皋、东方朔写赋就是分别献给皇帝、皇后看的。写作的目的性非常明确。班固《两都赋序》说得更具体：为了"抒下情而通风谕"，或"宣上德而尽忠孝"，"故言语侍从之臣，若司马相如、虞丘寿王、东方朔、枚皋、王褒、刘向之属，朝夕论思，日月献纳。而公卿大臣，御史大夫倪宽、太常孔臧、大中大夫董仲舒、宗正刘德、太子太傅萧望之等，时时间作"。写赋的动机目的性再清楚不过了。

写作明确的目的性与主动性是紧紧联系在一起的，而二者又都是建立在写作的自觉性的基础上，如果没有自觉的写作意识，写作的主动性、目的性都无从谈起。由此，我们也不难看出汉赋在中国自觉文学史上的历史地位了。

其二，与上一点相联系的是，汉赋既要自觉地"体物""写物图貌"（刘勰《文心雕龙·诠赋》），又要给人看，因而就存在如何把"物""貌"写得更真、更善、更美、更惹人喜爱的问题。在这一点上，赋家们是舍得花费心血的。上面说过，司马相如在写《子虚》《上林》时，是如醉如痴，"几百日而后成"，可说够用心了。"子云（扬雄字）亦言，成帝时，赵昭仪方大幸，每上甘泉，诏令作赋，为之卒暴。遂困倦小卧，梦五脏出，以手内之。及觉，大小气，病一岁，由此言之，尽思虑，伤精神也。"（桓谭《新论·祛蔽》）张衡写《二京赋》也是"精思傅会，十年乃成"。为了写好自己的作品，赋家的用心是空前的。而与赋的艺术形式相比，赋的思想内容稍为逊色。所以汉赋也才被斥为形式主义的文学。可见赋家们的劳动很多是花费在"铺采摛文"上的。也正因此，才出现了我们在本文前半部分谈到的赋在艺术形式上的突出成就。这不是坏事，一方面，这是赋家着意排斥汉儒把赋置于儒家经典附庸的地位，而要求文学艺术独立自主的努力，是赋家力图改变诗赋单纯的教化作用，从而扩大文学艺术的基本职能的用心。另一方面，重视艺术形式，把辞赋自身与其他文化形式——如历史、政论——区别开来，真正当艺术看，也正是文学艺术进入自觉阶段的表现。在这里，实际上已接触到文学主题性的问题，这是非常值得我们注意的。

把赋作为"文学的自觉时代"的起点，我们的理由就是这些。这是一个很重要的问题，它不仅关系到对整个汉赋的评价，而且牵涉到对中国文学史的重新编写问题。

——原载《文史哲》1988 年第 5 期，后进行增订分别收入《汉赋研究》（山东文艺出版社 1990 年版）、《中国辞赋研究》（山东大学出版社 2003 年版），现据《中国辞赋研究》收入

【评 介】

龚克昌，1933 年生，福建漳州人。1962 年山东大学中国古代文学专业研究生毕业，留校任教。山东大学《文史哲》编辑部教授，博士生导师，兼任国际赋学研究会名誉会长，中国赋学会第二任会长，洛阳大学特聘教授，洛阳大学辞赋研究所名誉所长，中国辞赋家协会名誉主席、辞赋骈文网顾问等职。山东省拔尖人才，享受国务院特殊津贴。著有《汉赋研究》（山东文艺出版社 1984 年版，1990 年再版）、《中国辞赋研究》（山东大学出版社 2003 年版，2010 年再版）、《全汉赋评注》（花山文艺出版社 2003 年版）、《全三国赋评注》（齐鲁书社 2013 年版）等，发表学术论文近二百篇。

龚先生《汉赋——文学自觉时代的起点》是一篇著名的学术论文，

发表于《文史哲》1988 年第 5 期。众所周知，鲁迅先生曾于 1927 年作过一个名为"魏晋风度及文章与药及酒之关系"的演讲，他在演讲中沿用日本学者铃木虎雄的观点，认为三国时的曹丕说诗赋不必寓教训，反对当时那些寓训勉于诗赋的见解，"用近代的眼光看来，曹丕的时代可以说是'文学的自觉时代'，或者如近代所说是为艺术而艺术( Art for Art's Sake)的一派"①。鲁迅先生的观点在 20 世纪末产生巨大影响，尤其是经过李泽厚、王运熙、章培恒、袁行霈等先生的推重和阐发，而大有一统天下之势，不少文学史和文学批评史教材都将魏晋南北朝视为文学的自觉时代。

龚克昌先生是第一个对这种文学史观进行质疑的学者。他于 1981 年发表了《论汉赋》一文，最早提出了"汉代文学自觉说"。龚先生认为："根据鲁迅先生这个标准，或用我们今天所说的所谓自觉地进行艺术创作的标准，我都以为，这个'文学的自觉时代'至少可以再提前三百五十年，即提到汉武帝时代的司马相如身上。"②但龚先生在此文中没有进行详细论证。为此，他又专门发表了《汉赋——文学自觉时代的起点》一文，认为"文学的自觉时代"完全可以提前到汉武帝时期，理由有二：第一，文学意识的强烈涌动，文学特点的充分表露。在汉赋中，文学艺术的基本特点已得到充分的表现，作家已能较自觉地运用形象思维，进一步发展了浪漫主义表现手法，并以空前积极的态度追求文学艺术的形式美。汉赋辞采华丽，常常受到前人批判，但龚先生却别具慧眼，他把汉赋讲究辞采视为文学艺术的觉醒，视为文学自觉时代到来的重要标志，认为汉赋辞采华丽突出地表现在典型的大赋里，是由描写的客观对象、歌颂的性质所决定的，同时与作者的文化修养与文字学的发达有关。此外，俪辞偶句的普遍采用，也使文句整齐工丽，增加文章的外形美。第二，汉赋作家已提出比较系统的文学艺术创作主张。司马相如的"赋迹""赋心"说，汉武帝、汉宣帝对辞赋的喜爱、辩护与鼓励，扬雄早期发表的汉赋观，都说明

① 鲁迅：《魏晋风度及文章与药及酒之关系》，《鲁迅全集》(第三卷)，人民文学出版社 2005 年版，第 526 页。

② 龚克昌：《论汉赋》，《文史哲》1981 年第 1 期。

了汉人对汉赋的丰富内容、华丽辞采与和谐声韵的强调,对形象思维与浪漫主义创作手法的重视,对文学作品认识功能与娱乐功能的认同。汉赋创作已不再是自发的被动的盲目的活动,而是进入了一个崭新的阶段——自觉地、主动地、有意识地进行艺术创作的阶段。经过严密论证,龚先生把汉赋作为文学自觉时代的起点,这不仅关系到对汉赋文学价值的认识,而且牵扯到对中国文学史的重新编写问题,意义十分重大。

龚先生的"汉代文学自觉说"一经发表,就立即在学术界产生强烈反响,先后有郭芳《文学从这里走向自觉》(《社会科学辑刊》1988年第3期),侯慧章《试论汉赋的自觉意识》(《中国文学研究》1988年第3期),康金声《论汉赋在中国文学史上的地位》(《山西大学学报》1991年第3期),侯丽杰《文学自觉的第一声号角》(《沈阳教院学报》1994年第1期),张少康《论文学的独立和自觉非自魏晋始》(《北京大学学报》1996年第2期),杨波《西汉大赋与〈史记〉》(《吉林师范学院学报》1996年第7期),胡华钢、金明生《司马相如——文的自觉追求者》(《浙江师范大学学报》1998年第2期),詹福瑞《文士、经生的文士化与文学的自觉》(《河北学刊》1998年第4期)、《从汉代人对屈原的批评看汉代文学的自觉》(《文艺理论研究》2000年第5期),李炳海《黄钟大吕之音——古代辞赋的文本阐释》(吉林人民出版社2001年版,第16页),赵敏俐《魏晋文学自觉说反思》(《中国社会科学》2005年第2期)等纷纷响应此说,从而使汉赋的历史地位与文学价值得到学术界的普遍认同。其中赵敏俐教授认为:"近年来逐渐有人……认为中国文学的'自觉'不是从魏晋时代开始,而是从汉代就开始了。首先提出这一观点的是龚克昌先生。早在1981年,在《论汉赋》一文中,他就认为应该把文学自觉的时代,提前到汉武帝时代的司马相如身上。后来,他又专门就此问题发表了题为《汉赋——文学自觉时代的起点》的文章。"①充分肯定了龚先生作为"汉代文学自觉说"的开创者地位,也指出了此文的重要价值和深远影响。

龚克昌先生研治赋学六十余年,是新时期汉赋研究的开创者,赋

---

① 赵敏俐:《魏晋文学自觉说反思》,《中国社会科学》2005年第2期。

学界的权威，德高望重，著述丰硕。该文是龚先生对于汉赋研究和中国文学史研究的重要贡献，必将载入史册。

（踪　凡）

**龚克昌赋学论著目录：**

《论汉赋》，《文史哲》1981 年第 1 期。

《〈天子游猎赋〉辨》，《文学遗产》1983 年第 3 期。

《刘勰论汉赋》，《文史哲》1983 年第 1 期。

《司马相如论——〈汉赋研究〉之一》，《社会科学战线》1983 年第 3 期。

《散赋作家枚乘——〈汉赋研究〉之一》，《文史哲》1984 年第 1 期。

《赵壹赋论》，《文学评论》1985 年第 1 期。

《诗赋讽谏散论》，《文史哲》1985 年第 3 期。

《贾谊赋论》，《中州学刊》1985 年第 4 期。

《关于汉赋之我见》，《山东社会科学》1987 年第 1 期。

《论汉赋在中国文学史上的地位》，《文史哲》1987 年第 2 期。

《汉赋——文学自觉时代的起点》，《文史哲》1988 年第 5 期。

《读赋二题》，《社会科学战线》1989 年第 3 期。

《文变染乎世情——谈魏晋南北朝赋风的转变》，《文史哲》1990 年第 5 期。

《略论韩愈辞赋》，《文史哲》1992 年第 3 期。

《评汉代的两种辞赋观》，《文史哲》1993 年第 5 期。

《读晏殊〈飞白书赋〉——兼论飞白书法》，《山东大学学报》(哲学社会科学版)1997 年第 3 期。

《魏晋玄学与"竹林七贤"赋作》，《文史哲》1999 年第 2 期。

《赋学研究与六朝赋述论》，《漳州师范学院学报》(哲学社会科学版)1999 年第 3 期。

《中国古代赋体研究总论》，《东方论坛·青岛大学学报》2001 年第 3 期。

《论两汉辞赋与书法》,《文史哲》2002 年第 5 期。

《汉赋新论》,《贵州大学学报》(社会科学版)2003 年第 4 期。

《辞赋的承续与当代发展》,《东方论坛》2007 年第 4 期。

《评苏轼赋》,《文史哲》2008 年第 2 期。

《古代赋的兴起、繁荣、发展及现代辞赋的创作》,《辽东学院学报》(社会科学版)2009 年第 4 期。

《汉赋研究》,山东文艺出版社 1984 年版,1990 年再版。

《中国辞赋研究》,山东大学出版社 2003 年版,2010 年再版。

# 汉赋源流与价值之商榷(存目)

## 简宗梧

【评 介】

简宗梧，台湾政治大学中文系博士，台湾师范大学、台湾政治大学教授，主要研究领域为辞赋、小说等。著有《司马相如扬雄及其赋之研究》(博士学位论文，1976 年)、《汉赋源流与价值之商榷》(台湾文史哲出版社 1980 年版)、《汉赋史论》(台湾东大图书公司 1993 年版)等赋学著作，20 世纪八九十年代，对中国赋学界产生了重要影响。尤其是这本《汉赋源流与价值之商榷》，在汉赋价值认知、汉赋研究开拓上功不可没。

早在《司马相如扬雄及其赋之研究》中，简先生即采用焦循、王国维等人的观点，推崇文学代盛说，将赋作为汉代文学的代表，认为赋"上继《诗》《骚》之绪，下开骈体之端"，有其存在理由与价值。《汉赋源流与价值之商榷》一书延续这一观点，围绕汉赋的源流与价值展开论述，主要目的是为汉赋正名，并为之争得相应的文学地位。全书包括五篇独立又相互关联的论文，分别是：《汉赋文学思想源流》《汉赋玮字源流考》《汉代赋家与儒家之渊源》《论汉赋的文学价值》《对汉赋若干疵议之商榷》。谈源流包含价值探索，驳疵议亦为价值肯定，所有的文章其实都指向汉赋历史地位的重新界定，以改变当时学界对汉赋认识的偏颇，从这一点来看，简先生此书实开风气之先，对当代赋学的确立与发展，贡献良多。

在第一篇《汉赋文学思想源流》中，简先生将汉赋文学思想分为游戏与讽谕两端，他认为："汉赋的游戏意义和讽谕价值，是汉代评估辞赋的两个核心，也是体认汉赋最重要的两个文学观念。当然，也造成汉赋尚文欲丽的倾向，与尚用讽谏的要求。而二者比重的调整与修正，就是两汉辞赋文学观演变的主要历程"。简先生从梁苑文人游宴作赋的兴盛、言语侍从的由来、辞赋繁盛于宫廷的状况说明汉赋的游戏性质。又总结出造成汉赋注重讽谕的三个原因：第一，汉赋作家论思、献纳的职分，使得他们在赋作中自然而然地掺入了讽谕成分。第二，汉人以辞赋为古诗之流亚，用《诗》《骚》中的讽谏精神规范辞赋创作。第三，辞赋与政治关系密切，尤其是武帝罢黜百家之后，逐渐披上了儒家的外衣。接着，简先生进一步分析了汉赋文学思想与儒家文学观的关系，将汉赋游戏、讽谕之两端都与孔门诗教联系起来，梳理出文学思想的发展三个阶段："以游戏为衣表，以讽谕为骨里的尚文倾向"；"以讽谏为主干，以游戏为附叶的尚用扭转"；"尚文观念的回澜，与游戏性质的转浓"。

第三篇《汉代赋家与儒家之渊源》即专门讨论汉代赋家与儒家的关系，仍然延续第一篇游戏、讽谕两端的划分，从汉赋注重讽谕与重视丽文两方面，探讨其与儒家的一致性。并从史书著录中寻绎赋家的儒者身份，如分析《汉书·艺文志》得出结论："儒家泰半兼赋家，而赋家兼为诸子十家者，几乎全是儒家。"至于关于赋家出于纵横家的讨论，也是为了通过纵横家，论证赋家与儒家的紧密关系。简先生着重探讨赋家与儒家的关系，固然有揭示赋学思想渊源的重要意义，不过也有几分比附经典以提高辞赋地位的意味，仍然服务于汉赋价值的揭示。第四篇《论汉赋的文学价值》即从汉赋的文学史地位与文学欣赏价值两方面展开，探讨汉赋的文学价值。比如，他说："就其辞藻来说，汉赋铸造许多双声叠韵的玮词，使人们对构辞造语的方法，有了新的启示；而我国文字的孳乳，形声字的衍化，也都循着这个途径来发展……另外汉赋文辞排比的形式，渐开六朝骈文的体式，为中国文学开导一派主流，影响是何其深远。"

简先生此书最为重要的篇章为《汉赋玮字源流考》，将汉赋与口语的关系通过玮字紧密连接起来，改变了人们对汉赋乃书面文学代表的传统认知。他从辞赋起源、赋文的朗诵特质、楚辞用楚语的习惯等多方面论证，早期汉赋中的玮字词汇是当时通俗贴切的口语。他极为推崇万曼"辞赋是从语言时代到文字时代的桥"（万曼《辞赋的起源》）

的著名论断,将辞赋作为由口语文学转移到书面文学的一个主要枢纽,由此出发,将辞赋定位在言、文传统转变的关键点上,认为辞赋玮字的大量出现就是由言向文过渡的痕迹。他指出"玮字词汇是根源于语言,而玮字的孳乳是以字无常检人心好异为基础"。因假借而衍形旁、既造形声又另造形声、恣意更改文字的形旁或声旁,都是造成汉赋中大量玮字出现的原因。他仔细排比司马相如《子虚赋》用字在《汉书》《史记》《文选》三种文本中的差异,指出流传过程中字形变化对玮字形成的重要意义;又从司马相如、扬雄对前人用词的改造中,看到赋家对新奇的好尚,以及赋中刻意追求奇字的倾向。简先生梳理了从西汉到东汉、魏晋的玮字变化:玮字在西汉勃兴,东汉盛极而衰,到了魏晋则枯竭沦落。他指出汉赋形体瑰丽,却取自浅俗口语,是对时人批评汉赋"佶屈聱牙"的有力回应,也是为了证明汉赋的存在意义,这从他"与近人推许的俗文学,有异曲同工的地方"的论述中可见一斑。这一点与他第五篇《对汉赋若干疵议之商榷》中的意图相一致,对"劝而不止""为文造情""板重堆砌""瑰怪联边""侈靡过实"等各种观点的商榷,都是为了肯定汉赋的文学价值,建构汉赋的文学史地位,旨在指明辞赋的研究方向:汉赋的名物考证只是工具,而应当着力于汉赋境界的挖掘与开拓。

简先生在《汉赋史论》一书中延续了此书许多问题的讨论,《赋体语言艺术的历史考索》一篇即是对《汉赋玮字源流考》的深化,他以王梦鸥先生"文学是语言的艺术"(王梦鸥《文学概论》)为逻辑起点,将声音组织与章句结构作为文学研究瞩目的对象。《从专业赋家的兴衰看汉赋特性与演化》也与《汉代赋家与儒家之渊源》等篇目关系密切,反映出简先生赋学研究的一贯性与理论性。许结先生合论《汉赋源流与价值之商榷》与《汉赋史论》说:"简氏两著虽为论文集,然其由说字诠音到汉赋辨体,始终贯穿着他以学论文,因小见大的研究思路,在汇融旧学新知方面独树一帜。"(许结《二十世纪赋学研究的回顾与瞻望》)"说字"就是指简先生对玮字源流的考论,而"诠音"则是指由音韵考辨汉赋真伪,如其代表论文《运用音韵辨辞赋真伪之商榷》。简先生的赋学研究不仅扩大了赋学研究领域,而且他将"文字学、音韵学原理渗合于汉赋研究时,并不向外无限制地旁骛和延伸,而是运用其他学科之理论与手段进行文学(汉赋)本体研究,使之深化"(许结《从说字诠音到赋学辨体——简宗梧教授汉赋研究的思路与价值》),从而为赋学与其他学科的交叉研究树立了典范。

(刘　祥)

**简宗梧赋学论著目录:**

《汉赋源流与价值之商榷》,台湾文史哲出版社 1980 年版。

《汉赋史论》,台湾东大图书公司 1993 年版。

《赋与骈文》,台湾书店 1998 年版。

# 汉赋的图案化倾向

万光治

## 一、汉赋图案化的构成

司马相如《答盛览作赋书》说："合綦组以成文，列锦绣而为质，一经一纬，一宫一商，此赋之迹也。"这段话指出了汉赋类似一种以经纬编织锦绣，用宫商组合音律的艺术。编织、组合的结果，使图案化倾向成为汉赋最主要的艺术特征。

图案讲求对称、节奏、变化、夸张、繁富，但它最大特征乃是追求形式的完整，即空间的完整和时间的完整。恩格斯说："一切存在的基本形式是空间和时间。"①不仅认识的内容，而且认识的形式也是客观世界存在的反映。时空所以成为人类的认识形式，人所以具有时空这两种观念，是因为人的社会实践活动作为物质世界的一部分，与客观世界的任何事物一样，均须借助一定的时间形式和空间形式来表现其现实存在。人类的文学艺术正是表现客观世界存在的一种特殊方式。

由于文学艺术各部门因其自身的特点以及它们处于不同的历史阶段，其表现形式是有所差异的。即以图案论，它追求的空间完整，便是尽力在平面上展开对象的各个方面，从而得到一种静态的美；它追求的时间完整，便是让对象展开的各个面连续地在若干个空间出现，从而得到一种动态的美。图案在时空两个方面得到的完整，在艺术形

① 《反杜林论》，《马克思恩格斯选集》第三卷，人民出版社 1972 年版，第 91 页。

式上必然表现为连续的铺陈，这就和汉赋的艺术特征有了相似的地方。我们说汉赋具有图案化的倾向，正是从这个意义出发的。

## （一）"合綦组以成文"

### 1.《诗》《骚》之经

刘勰说："赋者，铺也。铺彩摛文，体物写志也。"①文学要表现在时空中不断运动着的事物，作家必然以自己的心和笔去追随它的行踪，赋家之迹，便不能不带"铺"的特色。在我国先秦文化中，赋与比、兴并为文学创作的基本方法，原因便在于此。

从《诗三百》的赋，到汉代赋体文学的"铺"，有一个由幼稚到成熟、由简单到复杂的过程。这个过程，体现了人类在社会实践中不断增强着自己对时空存在的认识能力和表现能力。如《诗经·氓》叙述了一个女子被负心的男人骗去爱情和财产，结婚三年即被抛弃的悲剧，其间包括诱惑、定情、盼望、结婚、受虐、被弃等一系列过程，应当说，是先秦诗歌中一首虽简单却较为完整的抒情叙事诗。此外，《小雅·宾之初筵》写贵族通宵达旦地豪饮，则在纵向的描写中，已略见横向的铺陈：

> 宾之初筵，左右秩秩。笾豆有楚，殽核维旅。酒既和旨……
> 籥舞笙鼓，乐既和奏。烝衎烈祖，以洽百礼……
> 宾之初筵，温温其恭。其未醉止，威仪反反。曰既醉止，威仪幡幡。舍其坐迁，屡舞仙仙。其未醉止，威仪抑抑。曰既醉止，威仪怭怭。是曰醉止，不知其秩。
> 宾既醉止，载号载呶。乱我笾豆，屡舞僛僛。是曰既醉，不知其邮。侧弁之俄，屡舞傞傞……

该诗前两段写宴会的陈设、主客的酬酢、赛射的规矩，大致是横向的铺衍；后面两段写主客入席后，由彬彬有礼，互相谦让，而渐至酩酊大醉的过程，是纵向的描写。其间写微醺以至大醉的各态，又兼横向

---

① 《文心雕龙·诠赋》。

的描写。纵横交织，构成了由四个画面组成的贵族宴饮图。此外，如《大雅》中的《生民》《公刘》《绵》《大明》《皇矣》等诗，叙述了周始祖后稷建国而至武王灭商的全部历史，虽无后世叙事诗那样丰富曲折的情节和鲜明生动的形象，其间亦不乏细微而绵密的纵横铺衍。

《诗三百》对事物与时推移所作的纵向叙述是简略而清晰的。到了《楚辞》，赋的铺叙手法便已有所发展。屈原的《离骚》时间概念极强，更注意表现事物在时间过程中的阶段性和完整性。如：

> 汨余若将不及兮，恐年岁之不吾与。朝搴阰之木兰兮，夕揽洲之宿莽。日月忽其不淹兮，春与秋其代序……
>
> 老冉冉其将至兮，恐修名之不立。朝饮木兰之坠露兮，夕餐秋菊之落英……
>
> 朝发轫于苍梧兮，夕余至乎悬圃……
>
> 夕归次于穷石兮，朝濯发乎洧盘……
>
> 朝发轫于天津兮，夕余至乎西极……

朝而至夕，或夕而至朝，极简略地概括了人、事、物运动变化的一个完整过程，其文尚未及于铺陈。到了《离骚》的后半部分，诗人写自己"执履忠贞而被谗衮"，放逐沅、湘时心里的忧虑愤懑，却已现铺陈之厉了。他"步余马于兰皋"，徘徊往复，不忍遂离，只得"济沅湘以南征兮，就重华而陈词"。之后，他驰骋想象，"驷玉虬以桀鹭兮，溢埃风余上征"，朝发乎苍梧山，黄昏止于昆仑山之悬圃，饮马咸池，总辔扶桑，折木拂日，逍遥徘徊。他在望舒（月神）、飞廉（风伯）、鸾凤、雷师等的欢迎、簇拥下到了天门，帝阍却拒不开门。他只得渡白水，登阆风，游春宫，托求宓妃、简狄、二姚向帝阍求情，都终归于失望。无奈之下，他听从灵氛的劝告、巫咸的神谕，以琼枝为羞，琼麋为粮，飞龙为驾，瑶象为车，转道昆仑。他朝发天津，夕至西极，经流沙，历赤水，绕道不周山，终于到达西海。一路上虽有云霓相伴，凤凰追随，十分快乐，不料突然从云中瞥见了残破的家园，不仅屈原自己，就是仆御、奔马也顿因眷怀故国而悲哀，踟蹰而不肯前进了。这一大段酣畅淋漓的铺叙，虽非实有其事，却是屈原的思想感情借着想象的翅膀神游，因而依然有迹可寻，文学创作也就有了行止可资凭借。从时间上看，它起于沅湘，止于西海，最后落笔又回到沅湘，表现了一个完整的过程。而且对这个过程中的每一个场景，作者还饱含深情地作了细致刻画，所以，它称得上是以同一人物、同一主题为中心的，在情节上具有连续性的画卷。刘熙载说"《离骚》东一句，西一句，天上一句，地上一句，极开阖抑扬之变，而其中自有不变者在"，因而"《骚》辞较肆于《诗》"。① 此可见先秦诗歌以赋的手法表现事物在时空中的运动到了《楚辞》，已趋于繁富和细致。

2. 汉赋之经

到了汉赋，铺叙手法进而变为侈丽宏衍，追求以更繁富、更细致的手法来表现事物运动过程的完整性了。如汉人的畋猎赋大都遵循一定的程序作铺叙式的描写。

司马相如《子虚赋》记游猎的程序是：

①写楚王出猎的仪仗、声威：

> 楚王乃驾驯駮之驷，乘雕玉之舆，靡鱼须之桡旃，曳明月之珠旗……

②写楚王射猎的英姿、技术：

> 案节未舒，即陵狡兽。蹴蛩蛩，辚距虚。轶野马，辔騊駼。乘遗风，射游骐……星流霆击，弓不虚发……

③写楚王射毕，观壮士猎兽：

> 于是楚王乃弭节徘徊，翱翔容与，览乎阴林。观壮士之暴怒，与猛兽之恐惧……

---

① 刘熙载：《艺概·赋概》。

④写楚王于射猎中小憩，观女乐：

> 于是郑女曼姬，被阿緆，揄纻缟，杂纤罗，垂雾縠……眇眇忽忽，若神仙之仿佛。

⑤写楚王继游乐后夜猎飞禽，泛舟清波：

> 于是乃相与獠于蕙圃，媻珊勃窣。上乎金堤，揜翡翠，射鵕鸃……

⑥写楚王夜猎结束，悠然养息：

> 于是楚王乃登云阳之台，泊乎无为，澹乎自持，勺药之和，具而后御之。

⑦最后，以乌有先生教训子虚先生，终归于讽谏。

《子虚赋》描写游猎的程序几乎成为汉人畋猎赋的一个基本模式。十余年后，司马相如为武帝作《上林赋》，亦按此铺叙。而扬雄《甘泉赋》记汉成帝郊祀甘泉泰畤汾阴后土以求继嗣事，只是在这模式中装入不同的内容罢了。其铺叙程序是：

①记祭祀前的准备工作：

> 于是乃命群僚，历吉日，协灵辰……八神奔而警跸兮，振殷辚而军装……

②记祭祀队伍出发后的仪仗、声威：

> 于是乘舆乃登夫凤凰兮翳华芝，驷苍螭兮六素虬……敦万骑于中营兮，方玉车之千乘……

③记祭祀队伍向甘泉宫进发，一路所见之山林丘壑：

是时未辍夫甘泉也，乃望通天之绎绎……平原唐其坛曼兮，列新雉于林薄……崇丘陵之駊騀兮，深沟嵚岩而为谷……

④记祭祀队伍抵达甘泉后，观宫殿之嵯峨壮丽：

于是大厦云谲波诡，摧嶊而成观，仰挢首以高视兮，目冥眴而亡见……

⑤记汉成帝穆然肃心，登祭祀之堂：

于是事变物化，目骇耳回，盖天子穆然，珍台闲馆，琁题玉英……惟夫所以澄心清魂，储精垂思，感动天地，逆厘三神者……

⑥记祭祀盛典：

于是钦䄠宗祈，燎薰皇天……傧暗蔼兮降清坛，瑞穰穰兮委如山。

⑦记祭祀完毕，离甘泉而返长安：

于是事毕功弘，回车而归。度三峦兮偈棠梨，天阃决兮地垠开。

这种把事物在时空中的运动分为若干片断，组合成一定的程序，然后逐一进行细微的描写，务求得时间的完整，是汉赋作家普遍使用的一种铺叙方法。

3.《诗》《骚》之纬

但是，与时推移地描状事物的变化，只是为汉赋织成了经线。汉赋作为带有图案特色的"编织艺术"，尚需纬线与之纵横交错。因此，除了为叙事而作的纵向铺叙，还须在事物的某一阶段取其截面作横向的铺陈，以求得空间的完整，才能构成图案美的基本要素。这种以横向描写表现事物的空间关系，在初民文化中虽然还落后于纵向铺叙，但《诗三百》中已有一些作品比较注意描写事物的横向关系了。如《小雅·鹤鸣》：

> 鹤鸣于九皋，声闻于野。鱼潜在渊，或在于渚。乐彼之园，爰有树檀，其下维萚⋯⋯

该诗对鹤、鱼、檀、萚空间位置与空间关系的艺术处理，使比兴材料本身具有了相当独立的地位，似可看作中国第一首田园诗。到了《离骚》，以横向铺陈描写来表现事物的空间状态较《鹤鸣》复杂得多。如：

> ①余既滋兰之九畹兮，又树蕙之百亩。畦留夷与揭车兮，杂杜衡与芳芷。冀枝叶之峻茂兮，愿俟时乎吾将刈。
> ②揽木根以结茝兮，贯薜荔之落蕊。矫菌桂以纫蕙兮，索胡绳之纚纚。
> ③前望舒使先驱兮，后飞廉使奔属。鸾皇为余先戒兮，雷师告余以未具。吾令凤鸟飞腾兮，继之以日夜。飘风屯其相离兮，帅云霓而来御。纷总总其离合兮，斑陆离其上下⋯⋯

以上三段中，第一段是屈原借种植香草比喻培养贤材。九畹之兰，百亩之蕙，还有一畦之地的留夷、揭车，其间更杂以杜衡和芳芷。倘若将它们展现在平面上，便是一幅由花卉组成的图案。第二段写屈原结鲜花、香草为配饰，以表现志行的高洁。这些佩戴装饰在身体的各个部位，亦颇有图案的意味。第三段则是在时间的截面上作更大的横向铺陈：望舒、飞廉、鸾鸟、雷师、凤鸟、飘风、云霓，纷总离合，围绕在屈原的上下左右，其空间效果足以让人作充分的想象。倘用绘画的技法来表现它们，则有远近、大小、虚实之分，层次当极为分明。如果说第一、二两段描绘的各种事物大致是事物在平面上展开的空间关系，第三段便已有较强烈的立体感，它作为纬线与屈原驰骋想象、上天云游的纵向描述相结合，更富于图案的特征。

4. 汉赋之纬

在汉赋中，这种追求空间的完整性已发展为全方位、多角度的描写来完成。试以《子虚赋》为例。

子虚先生对乌有先生说，楚有七泽，其中的"小小者"曰云梦。"云梦者，方九百里，其中有小山焉"：

①其山，则盘纡弗郁，隆崇嵂崒；岑崟参差，日月蔽亏；交错纠纷，上干青云；罢池陂陀，下属江河。

其土，则丹青赭垩，雌黄白坿，锡碧金银，众色炫耀，照烂龙鳞。

其石，则赤玉玫瑰，琳珉昆吾，瑊玏玄厉，碝石碔玞。

②其东，则有蕙圃，衡兰芷若，穹䓖昌蒲，茳蓠麋芜，诸柘巴苴。

③其南，则有平原广泽，登降陁靡，案衍坛曼。缘以大江，限以巫山。

其高燥，则生葴菥苞荔，薜莎青薠。

其埤湿，则生藏莨蒹葭，东蔷雕胡，莲藕觚芦，菴闾轩于，众物居之，不可胜图。

④其西，则有涌泉清池，激水推移，外发芙蓉菱华，内隐钜石白沙。

其中，则有神龟蛟鼍，玳瑁鳖鼋。

⑤其北，则有阴林。其树：楩楠豫章，桂椒木兰，檗离朱杨，樝梨梬栗，桔柚芬芳。

其上，则有鹓雏孔鸾，腾远射干。

其下，则有白虎玄豹，蟃蜒貙犴。

在这里，作者已不满足于单视角的描写，而是把山置于一定的空间位置，从各个不同的角度去观察、表现它，并进一步通过环境的描写来突出山与其他事物的空间关系。因而，此时的山不再是某一个侧面的摹写，而是立体的各个面在同一画面上的展开。这种多镜头、多角度的描写方法，绘画是无从表现的。因为绘画只能从一个视角去观察表现事物的某些侧面，其他的面只能由欣赏者通过作品的暗示去想象和组合。在这一点上，文学与图案却有了相似的地方。文学语言具有强烈的时空感，足以胜任对任何事物作多角度的描写；图案可以将事物的各个面在平面上展开，从而得到空间的完整。汉赋充分发挥了文学语言的这一特性，终于向图案化靠拢。没有文学与图案在艺术表现上的这一相似处，汉赋的图案化是不可能实现的。

在汉赋中，观察和表现对象的时空状态受到极大的重视。如班固《西都赋》首先写长安的空间位置；其次写城池、街道、市场；再次写城内各阶级、各阶层和四郭近县的人物。最后，写封畿之内的景物则是："其阳，则崇山隐天，幽林穹谷……其阴，则冠以九峻，陪以甘泉……东郭则有通沟大漕，溃渭洞河……西郭则有上囿禁苑，林麓薮泽……"在现实生活中，都城的街衢、市场、人物，都各有自己的特定位置，相互间保持着一定的空间关系。它们经作者的精心编织，展现为一幅丰富多彩的社会风俗画，颇类北宋张择端的卷画《清明上河图》。刘熙载《艺概·赋概》说："戴安道画《南都赋》，范宣叹为有益。知画中有赋，即可知赋中有画矣。"由此可见赋中所具有的绘画因素。

## (二)"列锦绣而为质"

赋之注重纵向铺叙和横向铺陈的结果，求得了时间的完整和空间的完整，从而构成它图案美的基本要素。但是，仅仅具有经纬的交织，得到的既可能质朴如布褐，也可能斑斓似锦绣。所以，汉赋在艺术上还具有图案的另外两个因素，夸张与繁富。

所谓夸张，即是在图案中将对象的某一部分加以放大，使之更符合作者的艺术理想。所谓繁富，是对追求时间完整和空间完整的夸张。横的铺陈沿着纵的方向连续下去，必然的结果是画面的满地着色，不留缝隙。所以，图案不仅有夸张的美，更有繁富的美，两者之间是有联系的。汉赋之所以具有图案美，正在于它兼有这两个因素。不同的是，图案的夸张和繁富，依赖点、线和色彩的组合；汉赋的夸张和繁富，借助知识的堆砌和词采的铺陈。

汉赋在对事物作多角度描写时，大量运用了夸张的手法，务求其尽善尽美。如《上林赋》写天子校猎的一段：

> 于是乎背秋涉冬，天子校猎，乘镂象，六玉虬；拖蜺旌，靡云旗；前皮轩，后道游；孙叔奉辔，卫公参乘；扈从横行，出乎四校之中。鼓严簿，纵猎者，河江为阹，泰山为橹；车骑雷起，殷天动地；先后陆离，离散别追。淫淫裔裔，缘陵流泽，云布雨施。生貔豹，搏豺狼，手熊罴，足埜羊，蒙鹖苏，绔白虎，被斑文，跨野马。凌三嵏之危，下碛历之坻。径峻赴险，越壑厉水。椎蜚廉，弄獬豸，格虾蛤，铤猛氏，羂要褭，射封豕。箭不苟害，解脰陷脑；弓不虚发，应声而倒。

这样的文字，活画出一幅上下四方塞得满满的天子行猎图。

又如《上林赋》写天子猎毕，归而游乐歌舞一段，有千石之钟，万石之虡，翠华之旗，灵鼍之鼓，陶唐氏之舞，葛天氏之歌；有巴、渝之舞，宋、蔡、淮南之乐，文成、云南之歌，荆、吴、郑、卫之声，韶、濩、武、象之乐；更有楚国之舞乐，俳优侏儒、西方狄鞮之表演。甚至天上的女神青琴、宓妃，也翩然而下，歌舞助兴。这一段竭尽夸张的描写，将古今、四方乃至传说中的舞乐都囊括到一个特定的时空范围内。倘用绘画来表现，正是一幅空间被塞得满满的图案式的画面。倘若将天子从出发行猎到归而叹息"大奢侈"一整套程序中的每个横向描写逐一展示到平面上，更是一幅缜密精致的图案式长卷。

## （三）超时空的艺术构思

值得注意的是，时空的完整与夸张、繁富相交织，得到一个新的结果，那就是对时空的超越。因此，不但图案可以说是超时空的绘画艺术，汉赋的描写也同样具有超时空的艺术特征。图案可以将四时花卉、异域珍禽萃集到一个完整的画面上来，汉赋作家在作纵横铺衍时，也往往突破时空的局限，将不可能在同一时地存在的事物组合在一起，以服从于同一主题。过去有许多人都注意到这个现象。挚虞《文章流别论》说："夫假象过大，则与类相远；逸辞过壮，则与类相违。"《文心雕龙·夸饰》篇说：

> 自宋玉、景差，夸饰始甚。相如凭风，诡滥愈甚。故上林之馆，奔星与宛虹入轩；从禽之盛，飞廉与鹪明俱获。及扬雄《甘泉》，酌其余波，语瑰奇则假珍于玉树，言峻极则颠坠于鬼神。至《西都》之比目，《西京》之海若，验理则无不验，穷饰则饰犹未穷矣！

左思《三都赋序》亦称：

> 然相如赋《上林》，而引"庐桔夏熟"；扬雄赋《甘泉》，而陈"玉树青葱"；班固赋《西都》，而叹以"出比目"；张衡赋《西京》，而述以"游海若"。假称珍怪，以为润色；若斯之类，匪啻于兹。考之果木，则生非其壤；校之神物，则出非其所。于辞则易为藻饰；于义则虚而无征。

挚虞、左思所指，即《上林赋》"奔星更于闺闼，宛虹拖于楯轩"；"于是乎卢桔夏熟，黄甘橙楱"；扬雄《甘泉赋》"翠玉树之青葱"；班固《西都赋》"揄文竿，出比目"；张衡《西京赋》"海若游玄渚"，等等。

上述诸家所描写的方物，都是超越了时空的存在。流星见于夜空，虹霓张于日下，两者何能共戴一天？卢桔本江南方物，岂能夏熟于西京？比目鱼生于北海，安能钓获乎长安之水？海若（海神）巡游于海上，焉能彷徨乎江河之洲？岂但如此，汉赋写山川，则四时花卉、八方异草并时而生；写苑囿，则天上地下，现实中、想象中的奇禽异兽无不萃集。这种挟四时、超方域、统万物、集大成的艺术构思及创作方法，使汉赋的描写超越时空，从而最终成就了它图案美的这一艺术特征。刘勰说赋"丽辞雅义，符采相胜。如组织之品朱紫，画绘之著玄黄。文虽新而有质，色虽糅而有本"，故"写物图貌，蔚似雕画"。①正是对这一艺术特征所作的高度概括。

## 二、汉赋图案化的成因

上面,笔者对汉赋图案美的基本要素及形成的部分原因作了初步探讨。下面,拟从汉赋作家的主观方面进一步分析它产生的历史原因。

### (一)"控引天地,错综古今"

汉赋作家重夸张,夸张又须以想象为基础。马克思曾经给予想象在人类文明史上的作用极高的评价。他说:"在野蛮时期的低级阶段,人类的高级属性开始发展起来。……想象,这一作用于人类发展如此之大的功能,开始于此时产生神话、传奇和传说等记载的文字,而业已给予人类以强有力的影响。"②可以说,没有想象,便没有文学。汉赋作家继承庄子、屈原等先辈作家的浪漫主义精神,在艺术构思和创作活动中充分发挥了想象的作用。《西京杂记》载,"司马相如为《上林》《子虚》赋,意思萧散,不复与外事相关,控引天地,错综古今,忽然如睡,焕然而兴"。《西京杂记》所言虽不可尽信,但从司马相如赋的内容构成及艺术创造,可逆推出他在创作前及创作中的精神状态确乎如此。今试与陆机《文赋》的"其始也,皆收视反听,耽思旁讯,精骛八极,心游万仞";刘勰《神思》篇的"文之思也,其神远矣。故寂然凝虑,思接千载,悄焉动容,视通万里。……故思理为妙,神与物游"相比较,所言的都是作家在艺术构思中的精神状态和心理活动。作家在创作前的准备期中,想象活动与事物形象相融为一,不受时空的限制,既可"控引天地""精骛八极""思接千载",又能"错综古今""心游万仞""视通万里",如寐如醒,如痴如醉,似与外界隔绝了关系。一旦构思成熟,便"焕然而兴",以至"情瞳胧而弥鲜,物昭晰而互进",进入创作阶段。可见,汉赋之所以成为超时空

---

① 《文心雕龙·诠赋》。
② 《摩尔根〈古代社会〉一书的摘要》,人民文学出版社 1956 年版。

的集合体，具有丰富的图案美，甚得力于艺术创作中的想象活动。刘熙载说："相如一切文，皆善于架虚行危。"①以虚求实，以危求安，正形象地表述了想象活动在文学创作中的作用。

## (二)"赋兼才学"

这里，又涉及第二个问题：丰富的想象力是凭空而起，还是有所借助的呢？"想象力是一个创造性的认识功能：它有本领能从真正的自然界所呈供的素材里创造出另一个相象的自然界。"②也就是说，想象作为人类具有创造性的认识功能，首先须凭借人类从现实生活中撷取的素材，才能张开它足以超越时空的翅膀。作家掌握的素材越多，想象越自由，创造性才能得以更好地发挥。因此，知识和表象的记忆，是想象的重要条件之一。司马相如说"赋家之心，苞括宇宙，总揽人物"，不仅反映了汉赋作家具有与西汉帝国统一、强盛相一致的时代精神，也说明司马相如认为赋家必须对自然界和人类社会具有广博的知识。没有这些知识，便没有"经纬""宫商"等物质条件，岂能"合綦组以成文，列锦绣而为质"？《西京杂记》叙司马相如在创作构思中"控引天地，错综古今"，虽然说的是"神与物游"的想象活动，如果没有关于"天地""古今"的知识，"神"便失去了依傍，还谈何凭物以畅游！汉赋作家大多或兼小学家、博物家和历史学家，知识面都极广。司马相如在艺术构思成熟后，作赋尚"几百日后成"；扬雄作赋甚苦，以至梦五脏坠地，大病一年。足见汉赋作家除了靠想象，还须苦索知识于记忆方能进行创作。

司马相如的"赋心""赋迹"之说，反映了赋家的胸襟、气魄和想象力；扬雄的"雕虫篆刻"，透露了赋家以知识为宫商、经纬绵密编织的苦心。班固《汉书·叙传下》称赋颂"多识博物，有可观采"；刘熙载《艺概》亦有"赋兼才学"之语，都是对赋作中想象与知识的地位和关系所作的高度概括。汉赋的图案美正是以想象调动知识作纵横的

① 刘熙载：《艺概·赋概》。

② 康德：《判断力批判》，转引自《外国理论家论形象思维》，中国社会科学出版社 1979 年版，第 33 页。

夸张铺叙得来的。

### （三）汉人崇尚图案美

但是，作家广博的知识，丰富的想象，并非一定要赋予文学以繁富美的艺术特征。文学的艺术风格多种多样，并非一定要追求华丽铺陈。在古代文学的各种文体中，何以唯独汉赋有如此的价值取向？足见这个文学现象的产生，还有更为深刻的历史原因，值得再作深究。

首先，就汉赋与汉人审美意识的关系试作探讨。汉画的一个重要特点是构图严谨，富于装饰意趣。如，1972 年湖南长沙东郊马王堆出土西汉墓葬的文物中，有一幅彩绘帛画。全画分三个部分：

> 上部系天上。右上方有圆日……圆日下似为扶桑树，有八个小圆日……左上方为月，作月牙形，上面绘有蟾蜍、兔，下面有"嫦娥奔月"场面。上部中间绘有蛇首人身的图像，下方有两个人对坐……

> 中间一部分，是画面上最主要部分，有一年老妇女拄杖缓行，前面有两人跪迎，并捧进盛食品的案，后面有三个侍女随行……画法极为流畅……中部下段是宴飨的情况。

> 下部由下到上，可能是由海到陆地的景象，有一巨人站在两条大鱼(?)的身上，双手托举列置鼎壶的白色扁平物，强健有力。这白色的扁平物，可能象征着大地。①

整个画面除去一些装饰性纹样，计有 40 多个人、物、鸟、兽，完美而均衡地组合在天上、人间、地下三个空间里。它们既各有中心，又互相联系；既富于想象，又忠于写实，构成了一幅协调、对称的装饰画。

此外如汉孝山堂石刻，计有神仙怪兽之象、车马仪仗之图、历史野乘之逸事、胡人赴战之姿态。其中的人、马、鱼、鸟的构图均作侧面排比，有如剪影式图案，与武梁祠刻石及四川出土的两汉石刻相比

---

① 《长沙马王堆一号汉墓发掘简报》，文物出版社 1972 年版。

较，虽在风格上有豪放与细腻的差别，但都不太注意远近、大小的透视关系。其余如荆轲刺秦王图、秦王升鼎图、穆天子见西王母图等，无论其人物、鸟兽、器物、天象，皆构图严谨，富于装饰意趣，具有图案所要求的夸张、均衡、对称等特点。

最能代表汉画风格的，无过于东汉鲁恭王灵光殿的壁画。该建筑虽早已荡然无存，但王延寿的《鲁灵光殿赋》却对它作了极为准确、生动的摹写：

> 图画天地，品类群生，杂物奇怪，山海神灵。写载其状，托之丹青。千变万化，事各缪形。随色象类，曲得其情。上纪开辟，遂古之初。五龙比翼，人皇九头。伏羲鳞身，女娲蛇躯。鸿荒朴略，厥状睢盱。焕炳可观，黄帝唐虞。轩冕以庸，衣裳有殊。下及三后，媱妃乱主。忠臣孝子，烈士贞女，贤愚成败，靡不载叙。

通过王延寿的描绘，可以窥知壁画作者正是以丰富的想象力调动了他纵横古今的知识，将历史的、神话的、现实的材料萃集一处，才创造出这包罗万象的画卷。同时，我们还可以根据赋文，证以今存汉画的艺术风格，可以推想灵光殿壁画的构图不仅超越时空，人物、神祇、山川、方物的排列也绵密而紧凑，颇具图案画、装饰画的意趣。

从汉代绘画、壁画、石刻，可知当时的实用艺术已初步从它装饰的对象那里脱离出来，正努力地寻求和发展着自己独立的艺术形式，从而确立它作为纯粹的绘画艺术的地位。在这一点上，它与赋在文学与学术分离后所走过的道路实有相似之处。

通过比较，我们似可作出这样的结论：无论是汉代的绘画还是赋体文学，它们在艺术构思和艺术表现方面对繁富美、图案美的共同追求，实乃时代风气使然，而非仅仅是某一艺术门类的偏好。

上所列举的汉代帛画、石刻与壁画，大都与上层社会有关。而下层人物的喜好，又当如何呢？我们依据另外的材料，同样可以证明，崇尚繁富美、图案美并非仅仅为上层社会所独有，而是整个汉代社会的一种普通的美学理想。1923年朝鲜乐浪(今朝鲜大同江市，原汉乐浪郡)彩箧冢出土的彩箧，属日常器物，贵族平民均可用。该彩箧边缘有彩画孝子图，图画上人物密集地作横向排列，上下都有卷草纹样装饰，实际上已构成连续的图案。与马王堆出土的帛画相比较，两者的艺术风格十分接近。又近人刘既漂曾目睹至今留存在澳门的一座汉代泥烧的平民房屋模型，其"正面窗门上端的装饰，已用麻叶云头式的曲线"，且"窗柱已有叶式线纹之装饰，可见那时平民建筑，早有美术要求之表现"。① 这种装饰固然与金银错镂其上的宫殿不可同日而语，崇尚装饰美、图案美的心理、趣味却是一致的。可见共同的、普遍的审美理想、美学趣味具有时代性，它存在于不同阶级、不同阶层的心理追求和艺术实践之中。尽管因有生存方式的差别，不同阶级乃至不同阶层的艺术产品有很大的差异，但在相同的社会物质生产和精神生产水平的制约下，在相同的历史文化背景之下，这种差异往往只是表现在实现其审美趣味的物质手段方面，而不是在心理追求方面。更何况不同阶级、不同阶层的美学追求既有相对独立的成分，也有互相影响、互相作用的一面。所以说汉代赋体文学和汉代绘画、壁画、石刻、器物等，共同反映了汉人的审美理想、美学趣味，应是无可置疑的。

## 三、余论：汉晋审美意趣比较

上面，以汉赋与汉代绘画作横向的比较，证明了繁富美、装饰美乃是汉人美学追求的一个重要内容。汉赋图案化的艺术特征正是在这一基础上产生的。下面，我们再以汉人与晋人的艺术实践作纵向比较，以进一步说明汉赋的图案化倾向乃是我们民族的文学理想与审美理想发展过程中的必然产物。

张衡《归田赋》云：

……于是仲春令月，时和气清。原隰郁茂，百草滋荣。王雎

---

① 刘既漂：《中国美术建筑之过去及其未来》，《东方杂志》1930 年第 27 卷 12 号。

鼓翼，鸧鹒哀鸣，交颈颉颃，关关嘤嘤。于焉逍遥，聊以娱情。

　　而乃龙吟方泽，虎啸山丘。仰飞纤缴，俯钓长流。触矢而毙，贪饵吞钩。落云间之逸禽，悬渊沉之鲿鰡。

　　于时曜灵俄景，系以望舒。极般游之至乐，虽日夕而忘劬。感老氏之遗诫，将回驾乎蓬庐；弹五弦之妙指，咏周、孔之图书。挥翰墨以奋藻，陈三皇之轨模。苟纵心于物外，安知荣辱之所如。

又嵇康《兄秀才公穆入军赠诗十九首》第十三首云：

　　息徒兰圃，秣马华山。流磻平皋，垂纶长川。目送归鸿，手挥五弦。俯仰自得，游心太玄。嘉彼钓叟，得鱼忘筌。郢人逝矣，谁与尽言？

两篇作品虽体裁不同，但表达的基本上是一个主题。前者写诗人游乐于春光明媚的原野，有感于鸟的触矢而毙命，鱼的贪饵而上钩，想到名利之不足取和老子"驰骋畋猎，令人心发狂"的遗训，决心返回蓬庐，弹琴读书，游心物外，弃绝荣辱。《归田赋》写在汉赋向抒情化和小品化转变的时代，虽然已开始摆脱汉大赋以铺张扬厉的手法状物叙事，但于季节、气候、百草、飞禽、人物的行为、心理依然较为细微，带有铺的痕迹。嵇康诗中的意境，显然是从张衡赋蜕化而出的，只是语言更凝练，意境更深远。仅有的几组形象，不但深刻揭示了主人公超然物化的闲适心境，而且形象之间尚留有充分的余地，容读者依照形象的暗示和自身的经验，去填充更为丰富的内容。如果说张衡赋随物赋形，意随言尽，未留下更多供人想象的空间，嵇康诗却含蓄隽永，蕴蓄有许多未尽之意。显然，后者较前者更富于诗的意蕴。

　　在汉人和晋人的绘画中，也同样存在着类似的差异。曹植的《洛神赋》在叙事之中，夹以大段的铺叙描写。顾恺之画《洛神赋图》，亦采用了叙事的手法，以主人公为中心，遵循情节的发展，组成一个个相对集中的画面，创造了天上人间交汇的境界，为故事增添了浓厚的抒情气氛。值得注意的是，画卷的第10至17段(共17段)都是在人物和景物之间，画面上留下了空间，背景因此显得深邃而悠远，给人以许多想象的余地。此外，组画中景物和人物的构图集中，两者浑然一体，虚实、浓淡、大小、远近等空间层次都处理得恰到好处，绝无多余的装饰性笔墨。倘与马王堆出土的帛画相比较，后者为展示天上、人间和地下的关系，不惜将想象中和现实中的事物紧凑地罗列在一起，从而造成了浓厚的装饰意趣。前者为突出人物的情态和故事的发展，置山水、林木于次要的地位，从而使画面产生了明显的透视效果。

到了晋末宋初，山水诗、山水画接踵出现，标志着艺术家们对客观存在的空间关系有了更深刻的认识和更成熟的表现力。宋人宗炳著《山水画序》，称"竖画三寸，当千仞之高；横墨数尺，体万里之回"，对绘画中形体透视的基本原理和验证方法作了准确的表述。晋宋的绘画与画论如此，当时及此后的诗歌亦有新的境界。谢灵运《游南亭》诗云："时竟夕澄霁，云归日西驰。密林含余清，远峰隐半观"，把他所体验到的自然山水间的透视关系表达得恰到好处。故叶燮《原诗》说汉魏诗"远近浓淡，层次脱卸，俱未分明"。而六朝诗"始知烘染设色，微分浓淡"，虽不如盛唐诗的层次分明，但其透视关系已在"形似意想间"。这种以小概大，"以少总多"，注意以远近、大小、浓淡、虚实表现事物的时空存在形式，比之汉赋、汉画描状山川方物务求其实，务求其尽，以至填塞如图案的艺术方法，无疑是一个质的变化。

如果我们将这个变化的过程回溯到先秦，则可以见到它的实质和意义在于：《诗三百》和《楚辞》基本上以赋的手法追踪事物的时空运动；汉赋除了继承上述表现方法外，还采用多角度、超时空的描写来表现事物的空间关系和空间状态；到了两晋南北朝，人们更开始注重用新的艺术手段表现事物在空间中的透视关系。这个演变过程，恰好说明我们民族对时空存在形式的认识能力和表现能力产生了一次飞跃，这个飞跃对我国古代审美意识及文学艺术的发展有着重大的意义。图案化倾向作为汉赋的一个重要艺术特征，给后世文学在形式和技巧等方面提供了宝贵的借鉴，是值得我们进一步作认真研究的。

不可否认的是，汉赋歌功颂德的内容，编织铺陈的手法畸形膨胀，"遂使繁华损枝，膏腴害骨"①，逐渐窒碍了自己进一步发展的可能性。《拉辛寓言》讲述了一个故事，说有人得到一张黑檀木的弓，射得既远且准，但他嫌其笨重而缺少装饰，在上面雕刻了一幅完整的行猎图，声称"你正配有这样的装饰"。然而当他一拉紧弓，弓却折断了。② 同样的，汉赋一旦被它过分追求的繁富美、图案美装饰起来，以致在相当程度上形式淹没了内容，现象掩盖了实质，手段代替了目的，这也是我们在艺术探索的道路中应当引以为鉴戒的。

——原载《四川师院学报》1982 年第 3 期(原题为"论汉赋的图案化倾向")，后收入《汉赋通论》，今从《汉赋通论(增订本)》(中国社会科学出版社、华龄出版社 2004 年版)选入

## 【评 介】

万光治，1943 年生，成都市人，四川师范大学教授，先后担任四川李白学会会长、全国赋学会副会长、四川师范大学民歌研究所所长。主要从事先秦两汉魏晋南北朝文学及巴蜀文化研究，出版有《汉赋通论》、《赋学研究论文集》、《蜀中汉赋三大家》、《中国古代文学史》(教育部规划教材)及《中国古代文学史长编》(两汉魏晋南北朝卷)、《羌山采风录》、《四川采风录》、《历代辞赋总汇》(唐宋卷主编)等著作、教材 20 余种。论文、著作与教材多次获四川省政府社会科学优秀成果奖、巴蜀文艺银奖、教育部优秀教学成果奖。2014 年《羌山采风录》获第三届中国出版政府图书奖。

《汉赋的图案化倾向》选自《汉赋通论》。《汉赋通论》的原型是 1978—1981 年作者在北京师范大学师从郭预衡、启功等先生撰写的硕士论文，后经十年修订、增补，1989 年由巴蜀书社出版。2004 年，中国社会科学出版社与华龄出版社联合出版该著的增订本。《汉赋通论》由"文体论""流变论""艺术论"等共计十四章及附录"汉赋今存篇目叙录"组成，对汉赋进行了广泛深入的考察。因该著撰述、出版较

① 《文心雕龙·诠赋》。
② 《拉辛寓言·弓的故事》。

早，属"文革"后汉赋研究的破冰之作，其研究又打通了文学与艺术、俗文学与雅文学、传统与现代，故视觉新颖，创见迭出，至今亦为治文学史者所推崇。钟仕伦评价该著"在每一理论形态的具体阐述中，作者始终兼顾作家、作品、读者和社会文化这四个系统，横通纵视，作全视觉的审视，勾画出汉赋的总体风貌"[《读〈汉赋通论〉》，《人民日报》(海外版)，1990年2月19日]。许结称该著"考镜源流，追寻汉赋之形成"，"探寻规律，明辨汉赋之流变"，"妙契艺境，标示汉赋之特色"，乃"迄今为止汉赋研究领域中最完整的一部理论专著"(《赋学研究论文集》，巴蜀书社1991年版)。

《汉赋通论》的"艺术论"由《文学描绘与描绘性文体》《汉赋的图案化倾向》《汉赋的类型化倾向》《汉赋的用字造语之谜》四个章节构成，系统地阐释了汉赋的艺术特质、形成原因及其对后世文学的影响。《汉赋的图案化倾向》是其中最精彩的部分。对于汉赋的图案化现象，传统研究曾略有涉及，如刘勰《文心雕龙》从"赋者，铺也。……铺采摛文"论及汉代散体大赋"极声貌以穷文""品物毕图""写物图貌，蔚似雕画"的特点。但此后学者或承袭前说，或借以批评汉赋的雕虫篆刻、模拟因袭，皆未能对此作进一步的描述和客观的探讨。作者认为，描绘作为文学的基本表现手法，可视为对图画文字符号化以后丧失其具象、整体描绘事物功能的一种补偿。描绘由于先秦文学的普遍运用而渐次成熟，在汉代形成以描绘性为主要特征的文学样式——赋。《汉赋的图案化倾向》在肯定汉大赋是一种描绘性文体的基础上，通过与《诗》《骚》的比较，揭示出汉代赋家如何利用时间描述、空间描绘的方法，构建起与图案相类似的"编织艺术"。最后，作者还从赋家的创作心理、汉人的审美意识、帛图砖画的构图意义等角度，论证了汉赋图案化与汉人美学精神同构。综观"艺术论"，图案化是描绘性文体的自然发展，是汉大赋典型的艺术形式；类型化缘于赋家对艺术对象、艺术表现的双重理想化，图案化后来衍为赋的描绘模式是其必然的结果；而汉赋的用字造语特征，则是缘于赋家对兼具口诵与案头双重特质的赋以更为细腻的经营。上述各章，相互依存，逻辑严密；作者每发一论，有的放矢，启人深思，故能得到学术界的高度认可。田耕宇说："作者以描绘性文体来界定汉赋，无疑是大胆而尊重客观的。正因为作者从文学体制这一关键问题入手，所以一旦打开了禁区，他就从中窥见了汉赋的许多美学特征，诸如其图案化倾向、类型化倾向，汉赋描绘中的客观与细节结合、描绘的整体性、动态描绘、以静写动等。"(《内容赡博，发论精警——评〈汉赋通论〉》，《中国文学研究》1990 年第 2 期)刘朝谦说："《汉赋通论》无论在思维方式方面，还是论证过程与最终得出的结论，都标志着对汉赋艺术特征的研究的重大突破。汉赋艺术特征及其成因，也因此由一种历史之谜变为一种清澄的现实。"(《更新的感受，更深的开掘》，《社会科学战线》1991 年第 1 期)

探寻作者的研究奥秘，既可归功于才情丰茂，更与其深思好学、触类旁通有关。作者在《汉赋通论》(增订本)的《绪论》里提到"汉赋图案化"写作的因缘："关于赋的图案化这一概念的产生，可以说是既得之偶然，又得之必然。正当我惊讶于赋依时空交错的方式描绘事物而苦于一时找不到恰当的话语概括它时，我陪一位成都来的朋友到天坛游玩。当我仰头看到绵密呈现于祈年殿顶的雕梁藻井时，更惊讶于赋的描绘方式与图案所追求的时空完整是何等的相似！这一冥思与顿悟的过程，使我领悟到了什么叫着灵感突现。我由此细绎开去，一气写成《论汉赋的图案化倾向》。"

《汉赋的图案化倾向》不仅解决了汉赋史上的一个重要问题，为汉赋研究创造了新的术语，其学术视野与研究方法更对后学具有启迪的意义。相信读者由此文入手细研《汉赋通论》"艺术论"各章，再绾合三十余年汉赋研究的源流与新变，对汉赋本体及其研究定会有一番新颖而亲切的体悟。

(邓　稳)


**万光治赋学论著目录：**

《论汉赋的图案化倾向》，《四川师院学报》(社会科学版)1982 年第 3 期。

《论汉赋的类型化倾向》，《西南师范大学学报》(人文社会科学版)1983 年第 1 期。

《论汉赋与汉诗、汉代经学的关系》,《四川师范学院学报》(社会科学版)1984 年第 2 期。

《汉代颂赞铭箴与赋同体异用》,《社会科学研究》1986 年第 4 期。

《从文学描绘到描绘性文体的产生——散体赋文体特征探索》,《北京师范大学学报》(社会科学版)1988 年第 4 期。

《班固区划赋类标准试析》,《四川师范大学学报》(社会科学版)1989 年第 4 期。

《赋体名称的来源》,《文史杂志》1989 年第 2 期。

《唐宋赋地位论略》,《文史哲》1990 年第 5 期。

《司马相如〈大人赋〉献疑》,《四川师范大学学报》(社会科学版)2005 年第 3 期。

《文君、相如故事的文化解读》,《四川师范大学学报》(社会科学版)2007 年第 5 期。

《辞赋传统及其当代形态——魏明伦赋刍议》,《中华文化论坛》2013 年第 5 期。

《汉赋存目补遗与辨证》,《四川师范大学学报》(社会科学版)2014 年第 1 期。

《汉赋通论》,巴蜀书社 1989 年版,中国社会科学出版社、华龄出版社 2004 年增订版。

# 汉赋造作与乐制关系考论

## 许　结

赋体文学兴于楚而盛于汉，所以刘勰《文心雕龙·诠赋》说汉赋"受命于诗人，而拓宇于楚辞"。而考论以铺陈大篇为代表的汉赋之造作，又突显于西汉武、宣之世。对此，班固《两都赋序》的解释是：

> 或曰：赋者，古诗之流也。昔成康没而颂声寝，王泽竭而诗不作。大汉初定，日不暇给，至于武、宣之世，乃崇礼官，考文章，内设金马、石渠之署，外兴乐府协律之事，以兴废继绝，润色鸿业。……故言语侍从之臣，若司马相如、虞丘寿王、东方朔、枚皋、王褒、刘向之属，朝夕论思，日月献纳。……或以抒下情而通讽谕，或以宣上德而尽忠孝，雍容揄扬，著于后嗣，抑亦雅颂之亚也。故孝成之世，论而录之，盖奏御者千有余篇，而后大汉之文章，炳焉与三代同风。

此说被后世视为"赋"源于"诗"的重要依据。然而，班固所言除了阐明汉赋兴盛的史实外，有两点尤其值得注意：其一，赋源于诗，诗重"颂声"，内含"乐教"思想。其二，汉赋之兴在于武、宣之世"崇礼官"及"外兴乐府协律之事"，内含了汉赋造作与乐府制度的关联。关于第二点，《汉书·礼乐志》也有明确表述：

> 至武帝定郊祀之礼……乃立乐府，采诗夜诵，有赵、代、秦、楚之讴，以李延年为协律都尉，多举司马相如等数十人造为诗赋，略论律吕，以合八音之调，作十九章之歌。

这段话以特定的历史事件将"乐府"的建立与作家造赋结合在一起，虽语焉不详，却内含了采诗与献赋在武帝时的制度化的意义。如何看待汉代立乐府与献赋的关系，并由此考察"赋者，古诗之流"的命题，或许可在对赋的源起问题之探讨的基础上，提供一些新的思考。

# 一、"赋者古诗之流"的乐教渊源

论赋源于诗，始于汉人，实专指《诗》三百篇，如前引《两都赋序》所引"赋者，古诗之流也"与《汉书·艺文志·诗赋略》所引"不歌而诵谓之赋，登高能赋可以为大夫"云云，故刘勰《文心雕龙·诠赋》说"刘向明不歌而颂，班固称古诗之流"即此之谓。考实其义，汉人所述不外乎两说：一是"赋诗言志"，或谓"借诗言志"①。此说又分两义，即"作诗"与"诵诗"，前者如《左传》闵公二年"许穆夫人赋《载驰》"等，后者如襄公二十七年"郑伯享赵孟于垂陇"郑国七位卿大夫赋诗等，郑玄所谓"或造篇，或诵古"②即是。二是诗之"六义"说，取"六义赋居一"的意思③。此说见《周礼·春官》大师"教六诗：曰风，曰赋，曰比，曰兴，曰雅，曰颂"，至汉代《毛诗序》始称"诗有六义"而"赋居其一"，郑玄注《周礼》谓"赋之言铺，直铺陈今之政教善恶"，与《毛诗序》意同。由此，汉人论赋与诗，取义在"诗"之功用，即"诗教"传统，并无文体的意义。到晋人论赋，才由文体论赋源于诗。如皇甫谧为左思《三都赋》题序云：

> 古人称不歌而颂谓之赋。然则赋也者，所以因物造端，敷弘体理，欲人不能加也。引而申之，故文必极美；触类而长之，故

---

① 朱自清：《诗言志辨·诗言志》，凤凰出版社 2008 年版，第 22~23 页。。
② 《春秋左传正义》隐公三年孔颖达疏引郑玄说《十三经注疏》本，中华书局 1997 年版，第 1724 页。
③ 按：此说初见《毛诗序》，至清代馆阁考赋尝以"六义赋居一赋"为题，成为重要的赋学批评理论范畴。

辞必尽丽。然则美丽之文，赋之作也。昔之为文者，非苟尚辞而已，将以纽之王教，本乎劝戒也。自夏、殷以前，其文隐没，靡得而详焉；周监二代，文质之体，百世可知。故孔子采万国之风，正雅颂之名，集而谓之诗。诗人之作，杂有赋体。子夏序《诗》曰："一曰风，二曰赋。"故知赋者古诗之流也。①

这已将"诗教"传统同赋的创作方法统合于文体论，后世所谓"盖古无赋，赋即诗也"②"诗为赋之统宗，赋为诗之辅佐"③，均属对此说法的承认。但是，这种说法无论是对汉人说赋的"误读"，还是对辞赋创作的总结或解读，均非汉人本义。因为汉人论赋归属"诗教"范畴，"诗教"实质源于"乐教"，所以厘清其间的关系，还应落实于乐制的发展与变迁。

考察古代政教持国，以礼乐文化为核心。《礼记·乐记》云："乐者，天地之和也；礼者，天地之序也。"《汉书·礼乐志》认为："《六经》之道同归，而《礼》《乐》之用为急。"因能"象天地治礼乐"，故可起到"通神明，立人伦，正情性，节万事"的政教作用。如果区别礼、乐之用，又有"乐以治内"以"和民声"与"礼以修外"以"节民心"的不同。然礼乐之道有"体"与"用"，抽象之"体"难明，故先儒多落实于具体之"用"，即礼教显彰于日常伦用和礼典仪式，乐教则显彰于"诗教"，即"乐以诗为本，诗以声为用，八音六律为之羽翼"④。而诗乐之教，在"西周到春秋中叶，诗与乐是合一的"⑤，至"春秋之季"，王国维认为诗、乐二家才"已自分途"（王国维《汉以后所传周乐

① 萧统编，李善注：《文选》卷四十五皇甫士安《三都赋序》，中华书局1977 年版，第 641 页。

② 沈清瑞：《读赋卮言序》，曾燠辑：《国朝骈体正宗》，《续修四库全书》本，上海古籍出版社 2002 年版，第 114 页。

③ 潘世恩：《瀛奎玉律赋钞序》。

④ 郑樵：《通志》卷第四十九《乐略》，中华书局 1995 年版，第 883 页。

⑤ 顾颉刚：《〈诗经〉在春秋战国间的地位》，引见《古史辨》第三册，上海古籍出版社 1982 年版，第 366 页。

考》），然观孔子论诗与乐，虽处诗、乐分途时代，但论诗及乐，论乐及礼，则互为因果。试观《论语》所载孔子论诗语：

> 兴于诗，立于礼，成于乐。（《泰伯》）
> 小子何莫学夫诗！诗可以兴，可以观，可以群，可以怨。迩之事父，远之事君。（《阳货》）

显然是针对当时乐制毁坏，赋诗不行列国，而雅乐沦丧阐发的。又如论乐有云：

> 孔子谓季氏："八佾舞于庭，是可忍也，孰不可忍也？"
> 三家者以《雍》彻，子曰："'相维辟公，天子穆穆'，奚取于三家之堂？"（《八佾》）
> 子曰："乐则《韶》《武》，放郑声，远佞人。郑声淫，佞人殆。"（《卫灵公》）
> 子曰："恶紫之夺朱也，恶郑声之乱雅乐也，恶利口之覆邦家也。"（《阳货》）

其对僭礼越制的批评与对雅乐的尊奉，均内含了孔子的"诗教"精神。如果以孔子论诗、乐之教为历史的坐标，先秦乐制文化大略经历了四个阶段：

一是理想化的上古圣人制乐阶段。据杜佑《通典·乐志》载"圣人作乐"有：伏羲乐《扶来》、神农乐《扶持》、黄帝乐《咸池》、少皞乐《大渊》、颛顼乐《六茎》、帝喾乐《五英》、尧乐《大章》、舜乐《大韶》、禹乐《大夏》、汤乐《大濩》等。这些传说的乐章以及后人推论的思想，被后世儒家学者奉为经典。

二是殷商末年纣王传上古巫风，养女乐而耽于"淫声"的阶段。对此，史家颇多批评，所谓"作新淫声，北里之舞，靡靡之乐"（《史记·殷本纪》）、"弃先祖之乐乃作淫声。《书》曰'作奇伎淫巧以悦妇人'"（《通典·乐一》）等，甚而将殷亡也归咎于尚"淫声"。据史载商乐,有歌颂汤王代夏立商的《大濩乐》和相传商汤天旱祈雨的《桑林乐》①。前者被后人奉为"圣人作乐"的雅什,后者则含淫声。这与孔子反对的"郑声淫"相关(详后)。

三是西周建立礼乐制度的阶段。周人因惩商末淫风,故以尊礼的宗法精神为乐制的思想基础。在《尚书》之《泰誓》《牧誓》中,武王伐纣誓词明确宣斥商纣"乃为淫声""以悦妇人"的罪愆。《史记·周本纪》记载周成王取代殷商后在丰作《周官》,兴正礼乐,所谓"天子听政,使公卿至于列士献诗,瞽献曲,史献书,师箴,瞍赋,矇诵,百工谏"(《国语·周语上》),即具有明确的政教内涵。考周代乐官,诗乐习礼、诵诗讽谏、审音辨诗,皆其职能,瞽、瞍、矇之献曲赋诵,是为制度。《国语·周语下》载伶州鸠曰:"古之神瞽,考中声而量以制,度律均钟,百官轨仪。"韦昭注:"神瞽,古乐正,知天道者也。死以为乐祖,祭于瞽宗,谓之神瞽。"②而据《周礼》《礼记》记载,瞽矇行《九德》《六诗》之教,属声歌系统,亦即《史记·乐书》所言"乐师辨乎声诗"意,其与大司乐教"乐德""乐语""乐舞",大师"教六诗",同具诗乐之教的功能。

四是春秋战国时期诸侯争霸,礼乐崩坏,儒家学者追慕西周乐制,在理论上崇雅乐而放淫声的阶段。如《礼记·乐记》载子夏答魏文侯问乐云:"郑音好滥淫志,宋音燕女溺志,卫音趋数烦志,齐音敖辟乔志,此四者,皆淫于色而害于德,是以祭祀弗用也。"就是针对当世的礼乐崩坏的现实而发,从而引起有关"雅乐"与"新声"的讨论。

由于"乐教"通"诗教",孔子论《诗》"思无邪"以主张雅乐正声与论"乐""郑声淫"以反对淫佚之诗,尤为重要。所谓"郑声",指"郑卫之音",即《诗经》中郑、卫两地乐诗,《汉书·地理志》称其处"桑

---

① 《淮南子·主术训》:"汤之时,七年旱,以身祷于桑林之际,而四海之云凑,千里之雨至。"又,明人冯时可《左氏释》卷上"桑林"条云:"桑林,殷天子之乐名。殷祷桑林以得雨,遂以名其乐也。"
② [日]清水茂《吟诵的文学——赋与叙事诗》认为"吟诵起源于宣示神托",故"盲人有神秘的能力"。引见蔡毅中译本《清水茂汉学论集》,中华书局2003年版。

间濮上之阻,男女亦亟聚会……故俗称郑卫之音"。而由桑林之地再看演奏《桑林乐》本事,见载《左传》襄公十年:

> 宋公享晋侯于楚丘,请以《桑林》。荀罃辞。荀偃、士匄曰:"诸侯宋、鲁,于是观礼。鲁有禘乐,宾祭用之;宋以《桑林》享君,不亦可乎?"舞师题以旌夏。晋侯惧而退,入于房。

这段文字记述了商王后裔宋公在楚丘为晋侯设宴,席间表演乐舞《桑林》。而该乐舞的情节是化装成玄鸟的舞师与化装成先妣简狄的女巫进行表演,描写简狄吞玄鸟蛋而生下商朝始祖契的过程。对这段文字中的"荀罃辞""晋侯惧"云云,历代注疏家的争论均在宋公作为诸侯演奏殷天子乐是否"僭越"①,而对《桑林乐》内涵却很少考证。惟《墨子·明鬼篇》云:"燕之有祖,当齐之有社稷,宋之有桑林,楚之有云梦也,此男女之所属而观也。"清人惠士奇解《春秋》此义在引墨子语后认为:"盖燕祖、齐社,国之男女皆聚族而往观,与楚、宋之云梦、桑林同为一时之盛,犹郑之三月上巳士与女合会于溱洧之濒,观社者,志不在社也,志在女而已。"②将《桑林乐》与"郑、卫之音"相合,可引《礼记·月令》"仲春之月"记载:

> 是月也,玄鸟至。至之日,以大牢祠于高禖。天子亲往,后妃帅九嫔御,乃礼天子所御,带以弓韣,授以弓矢,于高禖之前。

郑玄注:"天子所御,谓今有娠者。于祠,大祝酌酒,饮于高禖之庭,以神惠显之也。带以弓韣,授以弓矢,求男之祥也。"高禖祭即

---

① 详见《春秋左传正义》卷三十一孔颖达疏。又如宋李樗、黄櫄《毛诗李黄集解》认为宋为殷后故"不为僭"。清顾栋高《春秋大事年表》则谓:"宋享晋侯以桑林之舞,皆逾越制度。"

② 惠士奇:《惠氏春秋说》卷八。按:惠氏《礼说》卷十二认为:"读《春秋》者疑之,及观《墨子》,而其疑涣然释矣。故不读非圣之书者,不善读书者也。"

祭祀媒神，为求子祭，亦同《山海经》所说"献美人于天帝（神尸）"之仪。高诱注《吕氏春秋·顺民》"汤乃以身祷于桑林"云："桑林，桑山之林，能兴云作雨也。"罗泌《路史·余论》卷六载："桑林者，社也。"无论桑林即社，还是各地有异称，都是祭祀媒神求嗣亦即"会男女"的处所，而郑卫多属殷商旧地（宋），所以因桑间祭祀活动而有《桑林》之乐。缘此再看《诗经》郑、卫之风，正是原始宗教祭祀活动过程中"仲春之月，令会男女，于是时也，奔者不禁"（《周礼·地官·媒氏》）的记录。如《郑风·溱洧》记述一对青年男女的戏谑情形，《卫风·氓》写一对男女私定终身，皆是此类。比较郑、卫之声，朱熹《诗经集传》体味孔子的"郑声淫"尤多思解，认为郑、卫淫声，郑风尤盛，实在"淫女戏其所私"①。试举《郑风》中《狡童》《褰裳》《子衿》诸诗首段为例：

> 彼狡童兮，不与我言兮，维子之故，使我不能餐兮。（《狡童》）
> 子惠思我，褰裳涉溱。子不思我，岂无他人。狂童之狂也且。（《褰裳》）
> 青青子衿，悠悠我心，纵我不往，子宁不嗣音。（《子衿》）

在这些诗作中，女子的求爱确实反映了"奔会不禁"的泼辣与大胆。这种情对礼的超越，也是孔子因警戒论诗乐时主张"思无邪"与"放郑声"的原因之一。而再看前引重礼教的晋侯观《桑林乐》而"惧"，以及孔颖达疏解《礼记》以为"桑林之间，是桑间，桀乐；濮上，纣乐，故以为亡国之音"②，亦内含了倡"雅"戒"淫"的乐教思想。

从道德家对郑声的否定看春秋、战国之世对《桑林乐》的接受与

---

① 朱熹：《诗经集传》卷二《郑风·山有扶苏》注，中华书局1958年版，第52页。
② 孔颖达：《礼记义疏》。参见清康熙御制《日讲礼记解义》"郑卫之音乱世之音也"条。

扬弃，并不限于乐制的重建和乐论的批评，而在创作上也有明显的映示。在屈原的《天问》中，曾有"焉得彼涂山女，而通之于台桑"①之说，却无着意的宣扬，而读楚襄王时宫廷文人宋玉的赋作，则能明显看到对"桑间"文学的传承和改变。闻一多在《高唐神女传说之分析》文中，依据《墨子·明鬼篇》所言"楚之有云梦"即如"宋之有桑林"的说法，认为宋玉的《高唐赋》与《神女赋》所写"云梦"同为祭祀生殖女神的圣地。缘此，《高唐》"云梦"的描绘也就是相传汤王祈雨之"桑林"诗乐的异地表演。试观《高唐赋》所写神女的形象和行为：

昔者先王尝游高唐，怠而昼寝，梦见一妇人曰："妾巫山之女也，为高唐之客。闻君游高唐，愿荐枕席。"王因幸之。去而辞曰："妾在巫山之阳，高丘之阻。旦为朝云，暮为行雨。朝朝暮暮，阳台之下。"

"王因幸之"的人神交欢，与《礼记》所载桑林祭媒的"天子所御"相同，只是赋中采用隐喻手法，以神女朝云暮雨的原始意象替代男女交媾行为。这显然承继了"奔者不禁"的原始宗教风俗。而在《神女赋》中同写"云梦"情事，作者却塑造了一位既美貌多情，又娴雅守礼的女神形象。如赋中描写男女相遇之情形与心态：

意似近而既远兮，若将来而复旋。褰余帱而请御兮，愿尽心之倦倦。怀贞亮之絜清兮，卒与我兮相难。陈嘉辞而云对兮，吐芬芳其若兰。精交接以来往兮，心凯康以乐欢。

这里淡褪了男女"奔会"交欢的原欲，而赞赏一种精神审美的境界，则是以礼约情的表现。这一情形在宋玉的《登徒子好色赋》中写章华大夫行于桑林之间而拒绝女色诱惑的一段文字，有了更为理性的昭示：

————

① 王逸《楚辞章句》"台桑"注："言禹治水，道娶涂山少女，而通夫妇之道于台桑之地。"奚禄诒《楚辞详解》："台桑，即桑林。"

臣少曾远游，周览九土，足历五都，出咸阳，熙邯郸，从容郑卫溱洧之间。是时向春之末，迎夏之阳，鸧鹒喈喈，群女出桑，此郊之姝。华色含光，体美容冶，不待饰妆。臣观其丽者，因称诗曰"遵大路兮揽子袪，赠以芳华辞甚妙"。于是处子恍若有望而不来，忽若有来而不见。意密体疏，俯仰异观，含喜微笑，窃视流眄。……盖徒以微辞相感动，精神相依凭，目欲其颜，心顾其义，扬诗守礼，终不过差。

赋中描写，已由"郑声"所代表的男女原欲向"诗教"礼义转换①，而楚、汉辞赋的造作，正于此情、礼的交互参融和矛盾冲突中衍生与拓展。汉代朝廷的献赋之风，既是汉人建构乐制的制度化的产物，也是"赋体"源于"新声"而归趣"雅正"的诗教传统与乐教现实的反映。

## 二、汉代乐制与献赋之风

汉人论赋，传承《诗》义，诚如《汉书·艺文志》云"春秋之后，周道浸坏，聘问歌咏不行于列国，学诗之士逸在布衣，而贤人失志之赋作"，意谓诗乐之教衰而失志之赋出。从"诗"之用到"赋"之用，亦即孔子所说"诵诗三百，使于四方"的行人用诗以施德教的行为和思想浸衰后，贤人而作失志之赋，以抒发讽谏怨诽之情。这一问题的前提是春秋以降礼乐制度的崩坏，而至汉武帝朝"崇礼官，考文章"，无论是立乐府制度，还是行天子郊祀之礼，以及乐师采乐，赋家献赋，都是对颓败已久的礼乐制度的重构。因为战国乱世，秦世不文，而汉初"文、景之间，礼官肄业而已"，直到"武帝定郊祀之礼"(《汉书·礼乐志》)，才真正建立起汉天子的礼制和乐制。正是在这样的背景下，秦与汉初已有"乐府"，而史家仍说武帝"乃立乐府"，采诗作乐

---

① 参见高莉芬：《走进春日的桑林：宋玉〈登徒子好色赋〉中"邂逅采桑女"的仪式与空间》，《第五届国际辞赋研讨会——辞赋研究论文集》，中国文史出版社 2003 年版。

与献纳辞赋已被融入同一历史空间。西汉武、宣之世"献赋"风行亦非孤立现象，也不仅限文学侍从，如班固《两都赋序》所言"公卿大臣御史大夫倪宽、太常孔臧、太中大夫董仲舒、宗正刘德、太子太傅萧望之等，时时间作"，明乎此，才能对司马相如早年"会景帝不好辞赋"而客游梁与武帝读其《子虚赋》而赞叹"朕独不得与此人同时哉"（《史记·司马相如列传》），结果招为文学侍从的史实得到正解。从这一层面看辞赋继楚而兴汉且作为一代文学的崛起，不仅在于文学自身的发展，而且有着制度化的意义。

汉代建制，是传秦政而兴楚风，秦政包含乐府制度，楚风则主要表现在辞赋文学。而乐府制度与辞赋创作的关系究竟如何，以及其间内含的雅乐与新声的问题，还是应该落实于汉代乐制的建立与变迁。

秦汉时代"乐府"的建立，是乐制史上一重要阶段。秦代乐制，已立"太乐"与"乐府"两个系统，前者掌之"奉常"，掌宗庙礼仪，属官有"太乐""太祝"等①；后者掌之"少府"，属官有"乐府令、丞"等②。秦立乐府，曾改造周乐"大武"为"五行"，改造"房中"为"寿人"，其传承周朝乐制功能，应属无疑，但其立"乐府"本身，则为新制，主要在于职掌宫廷内乐，有娱乐功用。汉承秦制，如汉初叔孙通定"朝乐""庙乐"，汉惠帝命乐府令夏侯宽定"安世乐"等，都说明了秦代与汉初政府都已用行政的手段推行诗乐的社会政治教化。在汉武帝之前，汉代乐制就是传承秦制，一是"太乐"系，由外廷太常执掌的宗庙典礼，乃官方音乐，属前朝流传下来的雅颂古乐，是雅乐系统；一是"乐府"系，由内廷少府执掌供帝王宫廷的活动，故以楚声乡音和新造之乐为主，要在取悦帝王与贵族，属新声系统。所以宋人

---

① 《汉书·百官公卿表》："奉常，秦官，掌宗庙礼仪，有丞。景帝中六年更名太常。属官有太乐、太祝、太宰、太史、太卜、太医六令丞，又均官、都水两长丞。"《通典·职官七》"太常卿"下"太乐署"条："秦汉奉常属官有太乐令、丞。"

② 《汉书·百官公卿表》："少府，秦官，掌山海池泽之税，以给共养，有六丞。属官有尚书、符节、太医、太官、汤官、导官、乐府、若卢、考工室……十六官公丞。"《通典·职官七》"太常卿"下"太乐署"条："少府属官，并有乐府令、丞。"

王应麟《汉书艺文志考证》卷八引吕氏曰："太乐令丞所职,雅乐也;乐府所职,郑卫之乐也。"既然汉承秦制而设乐府,史书何以言武帝"立乐府"?研究者或主"始立说",或主"扩建说",颇有争议。其实从《汉书》的《礼乐志》《艺文志》及《武帝纪》的有关记载来看,我以为最明显的是"改制"问题。《汉书·武帝纪》赞曰:"兴太学,修郊祀,改正朔,定历数,协音律,作诗乐,建封禅,礼百神,绍周后,号令文章,焕焉可述。"就"乐府"制度而言,武帝的改制亦体现在诸如兴郊祀之礼、立"采诗"制度、置协律都尉、造为诗赋、外兴乐府协律之事、扩建上林乐府、定百官制度等方面。倘对武帝与"立乐府"相关的改制行为作些梳理,有几点宜为注意:

一是乐府属内廷少府,渊源于周代"内府",武帝强化"乐府"的功用与其削弱"相权"而重用"内朝"(中朝)官员的行为相关,与中央集权政治的建立是统一的。

二是以"乐府"定"郊祀之礼",是汉代兴"天子礼"而显现大一统政治的表征,而侍奉皇帝行礼的为内廷少府系统与郎官系统的官员。

三是班固《两都赋序》所说"外兴乐府协律之事",指的是武帝兴郊祀礼与太一祠于长安城外甘泉宫,《汉书·礼乐志》记载"内有掖庭材人,外有上林乐府",而甘泉宫苑正与上林苑圃连为一体,这既是武帝扩展乐府制度与职能的表现,也是内朝权力外拓的证明。

四是立"采诗"制度,再次将乐教与诗教维系,是武帝朝尊儒术与崇礼官的结果。

而上述诸端,皆是与汉代宫廷大赋的造作亦即献赋之风的形成切切相关的。

首先从汉赋的作家身份考察,大多属于内朝官系的郎官,其主要职能就是在皇帝身边随侍行礼,造为诗赋。兹据《汉书》与《后汉书》所载,列武帝以来主要赋家身份如次:

> 司马相如:"以赀为郎,事孝景帝",后奏赋武帝"天子以为郎",为"中郎将"
> 枚皋:受宠于武帝,"拜为郎",而"上有所感,辄使赋之"
> 东方朔:待诏金马门,后为"常侍郎","迁太中大夫给事中"

吾丘寿王："迁侍中中郎"，免官后"复召为郎"

王褒：待诏金马门，"后方士言益州有金马碧鸡之宝，可祭祀致也，宣帝使褒往祀焉"

刘向："以父德任为辇郎"

刘歆：成帝时"为黄门郎"

扬雄：成帝时"待诏承明之庭"，因"奏《羽猎赋》，除为郎，给事黄门"

桓谭：谭父成帝时为太乐令，谭因父官至郎中

杜笃：曾为郡文学掾，后为车骑将军马防从事郎中

班固：官兰台令史，"迁为郎"

傅毅："肃宗博召文学之士，以毅为兰台令史，拜郎中"

马融：初"拜为校书郎中"，诣东观典校秘书，"后复拜议郎"

李尤：和帝时，侍中贾逵荐尤"有相如、扬雄之风"，召诣东观，受诏作赋

张衡："征拜郎中"，任太史令、侍中，出为河间相

王逸："为校书郎"，后迁侍中

崔寔：桓帝时为郎

黄香："初除郎中"，累迁尚书令，后为魏郡太守

苏顺：晚乃仕，"拜郎中"

皇甫规：先后为郎中、中郎将、议郎等

张奂：举贤良，擢为议郎

刘梁：特召入拜尚书郎

蔡邕：灵帝时为郎，后为侍御史、尚书、左中郎将

据瞿蜕园《历代官制概述》记述："汉代有一种无职务，无官署，无员额的官名……直接与皇帝亲近。郎是殿廷侍从的意思，其任务是护卫、陪从、随时建议、备顾问及差遣。"①郎本古廊字，即皇帝廊下的宿卫侍从，属中朝官。《汉书·刘辅传》注引孟康曰："中朝，内朝

---

① 瞿蜕园：《历代官制概述》，引自《历代职官表》，上海古籍出版社 1980 年版，第 3 页。

也。大司马、左右前后将军、侍中、常侍、散骑诸吏为中朝，丞相以下至六百石为外朝。"陈仲安等认为："中朝是指黄门之内的禁中。……中朝官由加官和职官组合构成。"①中朝官在武帝时及以后的兴盛，为汉制一大变革。而武帝朝中朝侍从的来源有二：首先是收罗当时的纵横家为侍从，使汉初藩国瓦解后其宾客流入中朝。《汉书·严助传》："武帝善助对，由是独擢助为中大夫。后得朱买臣、吾丘寿王、司马相如、主父偃、徐乐、严安、东方朔、枚皋、胶仓、终军、严葱奇等，并在左右。……上令助等与大臣辩论，中外相应以义理之文，大臣数诎。"师古曰："中谓天子之宾客，若严助之辈也。外谓公卿大夫也。"由此可见，这些纵横才智口辩之士引入中朝，参与廷议，已成为武帝削弱相权、钳制公卿的重要政治工具。其次就是与纵横家相关联的文学侍从。对此，钱穆在复述上引《汉书·严助传》所言诸家受武帝宠信史实后，认为：

> 是诸人者，或诵诗书，通儒术。或习申商，近刑名。或法纵横，效苏张。虽学术有不同，要皆驳杂不醇，而尽长于辞赋。盖皆文学之士也。武帝兼好此数人者，亦在其文学辞赋。故武帝外廷所立博士，虽独尊经术，而内廷所用侍从，则尽贵辞赋。②

考汉赋之源，是远承战国楚廷，近取藩国宾客，所以汉初吴、楚诸国赋家之作，实为战国纵横之残梦，而赋与纵横家的关联，近代学者已有论述③。问题是汉初藩国纵横家和赋家在武帝时流入中朝，根

---

① 陈仲安、王素：《汉唐职官制度研究》，中华书局 1993 年版，第 17 页。

② 钱穆：《秦汉史》，三联书店 2004 年版。

③ （清）章学诚《校雠通义·汉志诗赋第十五》："古之赋家者流，原本诗骚，出入战国诸子。……恢廓声势，苏张纵横之体也。"按：此赋本纵横说法较早者，后传其说者甚多。如章太炎《国故论衡·辨诗篇》："纵横者，赋之本。古者诵诗三百，足以专对，七国之际，行人胥附，折冲于尊俎间，其说恢张谲宇，绰绎无穷，解散赋体，易人心志。"刘师培《论文杂记》："有写怀之赋，有骋辞之赋，有阐理之赋……骋词之赋，其源出于纵横家。"

柢在"改制",所以赋家兼有参政与娱戏的双重功能,将辞赋创作与政治制度已紧密结合在一起。

由于郎官与乐府同属内廷少府系,所以多身职郎官之赋家的献赋与乐官的采诗同属汉武帝"改制"过程中构建礼乐制度的文化行为。而赋家造作辞赋,也因内廷语言文学侍从的身份,突出表现在随侍帝王行礼作乐而献赋。其献赋形式又往往是"待诏"而作,即受诏而撰写成如剧本般的赋文,然后呈献皇帝,或自诵述,或他人演诵,起到纪事明功、赞礼修德及取娱释怀等作用。如《汉书·司马相如传》载"上读《子虚赋》而善之"及相如献《天子游猎之赋》《大人赋》的情形,《汉书·扬雄传》引雄自序记述作"四赋"经过等,即"上方郊祠甘泉泰畤、汾阴后土,以求继嗣,召雄待诏承明之庭。正月,从上甘泉,还奏《甘泉赋》以风"等,都是赋家随侍行礼、待诏献赋的典型记述。而在《汉书·王褒传》中谓王褒"之太子宫虞侍太子,朝夕诵读奇文及所自造作。疾平复,乃归。太子喜褒所为《甘泉》及《洞箫颂》,令后宫贵人左右皆诵读之",可见汉代奏献之赋,或自诵,或由他人演诵的特征。

从内朝郎官随行侍礼、受召献赋这一史实,可知汉代献赋盛行,正是武、宣之世崇礼官、尊儒术,"进用英隽,议立明堂,制礼服,以兴太平"(《汉书·礼乐志》)的新事物①。而这也与汉儒为新朝大一统政治构建"天子"礼乐制度紧密联系。所以从学术背景来看,简宗梧曾在《汉代赋家与儒家之渊源》中从史志著录考察了二者间的关系,并以西汉为例,得出"儒家泰半兼赋家,而赋家兼为诸子十家者,几乎全是儒家"的结论②。据《汉书·艺文志》中既在赋家又在诸子列名的共十家,其中九家为儒:

---

① 汉赋家或有不属内朝郎官者,但亦多在礼职,如太常孔臧、大鸿胪冯衍即是。

② 简宗梧:《汉赋源流与价值之商榷》,文史哲出版社 1980 年版,第 118、119 页。

| 赋家 | 儒家 |
|---|---|
| 贾谊赋七篇 | 贾谊五十八篇 |
| 太常蓼侯孔臧赋二十篇 | 太常蓼侯孔臧十篇 |
| 吾丘寿王赋十五篇 | 吾丘寿王六篇 |
| 兒宽赋二篇 | 兒宽九篇 |
| 刘向赋三十三篇 | 刘向所序六十七篇 |
| 陆贾赋三篇 | 陆贾二十三篇 |
| 朱建赋二篇 | 平原君七篇。朱建也 |
| 严助赋三十五篇 | 庄助四篇 |
| 扬雄赋十二篇 | 扬雄所序三十八篇 |

与此相应，汉代赋家献赋不仅在制度上出于制礼作乐的需要，在创作思想上同样体现了儒家的礼乐思想，其所不同者只是将旧儒礼乐观与帝国政治相结合。班固《西都赋》云："博我以皇道，弘我以汉京。"所言显示了汉人尊帝都、倡礼乐与崇王道的关系。从历史的发展来看，东周以降诸侯强盛，霸业行世，故孔子有"尊王攘夷"之倡；然由战国纷争到秦汉一统，中国统一文化格局形成，所赖实为霸道。直到汉武帝时董仲舒上策，以"春秋大一统"相号召，提倡"独尊儒术"，始将"霸业"融入"王道"。与学者思想一致，赋家是继战国诸子衰歇后兴起的另一知识群体，他们在强盛现实的感召与专制帝国的迫压下，通过"抒下情"与"宣上德"的方式，显现其"体国经野"与"勤政恤民"的双重作用。也正如此，汉赋家描写天子游猎，在宣扬其武功的同时，无不旨归于俭德行仁的理念。区别而论，西汉赋家倡王道多缘"亡秦"教训，东汉赋家崇礼制更重"新莽"僭越事件。前者如相如《上林赋》写天子游猎盛事后，即归于"游于六艺之囿，驰骛乎仁义之涂"；扬雄《长杨赋》写汉帝田猎之礼，亦归勤民思想，所谓"使农不辍耰，工不下机，婚姻以时，男女莫违，出恺悌，行简易，矜劬劳，休力役，见百年，存孤弱"。后者如班固《东都赋》言述"王莽作逆，汉祚中缺；天人致诛，六合相灭。……建武之元，天地革命，四海之内，更造夫妇，肇有父子，君臣初建，人伦实始……仁圣之事既该，而帝王之道备矣"；张衡《东京赋》亦谓"我世祖忿之，乃龙飞白

水，凤翔参墟，授钺四七，共工是除"①。充分说明礼乱而行逆败亡，礼备而德兴国治的道理。同样，汉赋家每作必通讽谕，这也与儒家"诗教"观相契，然赋家或颂德，或讽谕的功能，则因与汉代乐制的关系，而同"乐府"的功能是统一的。

## 三、从乐府功能看汉赋造作

汉武帝"立乐府"决定了言语文学侍从采诗造赋的行为，所以从乐府的功能来看赋家的献奏，是重新审视汉赋在武、宣之世兴盛且蔚然大国的一个重要视角。考察乐府功能与汉赋创作，有三方面最为显著，即宗教功能、优乐功能与娱戏功能。

先说宗教功能。据《汉书·礼乐志》记载，"至武帝定郊祀之礼"，"乃立乐府，采诗夜诵"，可知汉立乐府与行祭天大礼关系紧密。据相关文献，秦代乐府掌乐有郊祀乐、宗庙乐、房中乐、倡乐、燕飨乐、角抵戏等，郊祀与宗庙则具祭天神与祖神的宗教性质。汉承秦制，以为"天子之礼，莫重于郊"②，特别是"武帝初即位，尤敬鬼神之祀"（《汉书·郊祀志》），所以立乐府首重郊祀乐，在汉代乐府歌诗中楚声《郊祀歌》也最为显要，而汉赋家随侍行礼对郊祀诸礼的描写，正是当时国家宗教的实录和颂赞。在汉赋作品中，记述帝国祭典及神灵之处甚多，如：

悉征灵圉而选之兮，部乘众神于摇光。使五帝先导兮，反大壹而从陵阳。（司马相如《大人赋》）

配帝居之悬圃兮，象泰一之威神。（扬雄《甘泉赋》）

伊年暮春，将瘗后土，礼灵祇，谒汾阴于东郊，因兹以勒崇垂鸿，发祥隤祉，钦若神明者，盛哉铄乎！（扬雄《河东赋》）

推天时，顺斗极，排阊阖，入函谷……瘗后土，礼邠郊。（杜笃《论都赋》）

---

① 《文选》卷三张衡《东京赋》李善注："共工，霸天下者，以喻王莽也。"
② 董仲舒《春秋繁露·郊事对》答张汤问。

于是圣皇乃握乾符，阐坤珍，披皇图，稽帝文。赫尔发愤，应若兴云。(班固《东都赋》)

及将祀天郊，报地功，祈福乎上玄，思所以为虔。(张衡《东京赋》)

考郊祀之源，乃古祭天礼，殷、周卜辞已有记载①，周代文献如《诗·周颂·思文》"思之后稷，克配彼天"，《礼记·郊特牲》"兆于南郊，就阳位也"即是。然殷、周郊祀，皆"配以先祖"(《大戴礼·朝事》)，以庙祭为主。如《诗·颂》中《周颂·清庙》，马瑞辰《毛诗传笺通释》引蔡邕《明堂月令论》："取其宗祀之清貌，则曰清庙。"《雍》毛序："禘大祖也。"郑笺："禘，大祭也。大于四时而小于祫。大祖，谓文王。"《鲁颂·閟宫》毛传："先妣姜嫄之庙在周。"②郊祀昊天上帝与宗庙祭祀的分离，在东周以后诸侯僭礼称霸，这其中有如鲁用天子郊禘尊奉鲁君③，有以方位帝自居而郊祀五天帝，甚至出现如齐帝行太一之祀、八神之祀，相对而言，如果说鲁之僭越尚属庙祭，则方位帝和太一尊神的出现已标志了独立意义的天神的成熟。尽管汉代以郊祀礼为主的天子祭典与国家宗教的形成，经历了战国至秦汉的演进发展，但作为第一个平民皇帝的刘邦所创立的汉朝，其在缺乏宗法尊贵血统可恃的情势下而进行的尊天造神运动，确是汉代帝国神祇建立的重要原因。所以董仲舒《春秋繁露·郊事对》权衡郊、庙祭以为"郊重于宗庙，天尊于人也"。而在西汉，郊祀礼经两次重要的改制，一是汉武帝因方士缪忌、少翁相继进祀太一之方，甘泉祀太一与郊礼合并，且渐改郊祀五帝为郊祀太一④。特别是公孙卿奏上宝鼎礼书，且

①　参见李学勤：《释"郊"》，《文史》第 36 期，中华书局 1992 年版。

②　马瑞辰：《毛诗传笺通释》，中华书局 1989 年版，第 1139 页。

③　杨慎：《升庵集》卷五《鲁之郊禘辩》。

④　按：据学界考论，"太一"作为星名与神祇早在战国年间已形成，而作为尊神进入郊天大礼，则在汉武帝时代。《史记·封禅书》载："亳人缪忌奏祠太一方，曰'天神贵者太一，太一佐曰五帝……'于是天子令太祝立其祠长安东南郊，常奉祠如忌方。"又载："齐人少翁以鬼神方见上……又作甘泉宫，中为台室，画天、地、太一诸鬼神，而置祭具以致天神。"

值武帝鼎湖病愈，故确信黄帝时泰皇所铸之鼎的复现，乃太一所赐，故尊泰皇于五帝之上，例用雍畤物，已改秦祀五畤旧制，太一成为国家尊神。二是汉成帝时徙雍畤太一、汾阴后土之祀于长安南北郊，反映在乐府人员结构上是南北祭员、内外祭员分置。在某种意义上，汉人已将部分外廷乐纳入内廷乐府，使郊祀太一成为乐府随员的重要职守。

赋家随侍行礼，受诏献赋，对汉代郊祀太一、祭祀后土以及四时祭礼均有详细描述。如扬雄《甘泉赋》记述成帝莅甘泉祠祭太一神时云：

于是大夏云谲波诡，摧崣而成观，仰挢首以高视兮，目冥眴而亡见。正浏滥以弘惝兮，指东西之漫漫。徒回回以徨徨兮，魂固眇眇而昏乱。据軨轩而周流兮，忽軮轧而亡垠。……扬光曜之燎烛兮，乘景炎之炘炘。配帝居之悬圃兮，象泰一之威神。

据扬雄赋序记："孝成帝时，客有荐雄文似相如者。上方郊祀甘泉、泰畤、汾阴、后土，以求继嗣。"而成帝祭祀太一尊神以"求继嗣"，又与古之郊禖祭社以祀媒神、求子嗣有着内在的宗教联系。西汉末年郊祀礼经多次改变，至王莽定郊祀礼而将"太一"逐下尊神宝座，东汉王朝郊祀祀天已无太一地位。所以东汉京都大赋记录的郊祭之礼又恢复了以礼制为主的敬畏天命、奉神祈报的传统，即见载于《周礼》的郊祀合一的南郊之礼。如张衡《东京赋》描写天子郊天礼云：

及将祀天郊，报地功，祈福乎上玄，思所以为虔。肃肃之仪尽，穆穆之礼殚。然后以献精诚，奉禋祀，曰允矣天子者也。乃整法服，正冕带，珩紞纮綖，玉笄綦会，火龙黼黻，藻率鞞厉。结飞云之袷辂，树翠羽之高盖；建辰旒之太常，纷焱悠以容裔。……清道案列，天行星陈。肃肃习习，隐隐辚辚。殿未出乎城阙，旆已反乎郊畛。盛夏后之致美，爰敬恭于神明。

虽然张赋所写情形是在太一尊神于神坛上坠落后，但所述与扬雄

《甘泉赋》意同，表明赋家描写宫廷祭天大礼是通合于当世天人合一思想的。而史书屡见不鲜地记述汉赋作家的"献赋颂""上赋颂"事迹，同样隐示了以郊礼为中心的乐府行祭功用与赋家献赋的宗教性质。

次说优乐功能。乐府作为秦汉出现的内廷新制，所采诗乐及表演均具宫廷娱乐特征，其中突出的就是倡乐入于燕飨。论乐府倡乐，又包括"倡女之乐"与"倡优之乐"，前者通于女乐，后者则与赋家献赋有着密切关系。有关倡优之属，先秦已有倡、俳、优、伶之称。许慎《说文·人部》解："倡，乐也。"段玉裁注："汉有黄门名倡……皆郑声也。……《周礼·乐师》：'凡军大献，教恺歌，遂倡之。'故书倡为昌。郑司农云：'乐师主倡也，昌当为倡。'按：当云昌当为唱。"解："俳，戏也。"段注："以其戏言之谓俳，以其音乐言之谓之倡，亦谓之优，其实一物也。"解"优"："从人忧声，一曰倡也。"段注："倡者，乐也，谓作妓者，即所谓俳优也。"解："伶，弄也。"段注："徐锴曰：'伶人者，弄臣也。'……古伶人本作泠。泠人，乐官也。"[①]据此可知，倡乐具有几方面特征：一，主于乐师；二，属郑声新乐系统；三，有表演特征；四，有游戏性质；五，优人为弄臣。而据《史记·滑稽列传》载，倡优之属如齐之淳于髡、楚之优孟、秦之优旃，虽善为言笑，然均能寓庄于谐，如谓"优孟，故楚之乐人也。长八尺，善辩，常以谈笑讽谏"。正因为倡优之属常在王者宴饮、游猎等场合，以诙谐辩驳的形式说古道今，或供王臣娱乐，或以委婉讽谏，与汉赋家身份及创作相类，所以在赋史研究领域出现了"赋"源于"优语"的说法。如冯沅君就明确提出赋源于"优语"说[②]，任二北在《优语集·总说》中复引冯说，同意"汉赋乃是'古优'的支流"的见解。特别是像淳于髡这样的倡优，史书将其归于纵横家，而汉兴乐府，招募赋家，使藩国纵横家流入中朝，又与此相合，且得到历史的印证。

当然，探究乐府中优乐与赋的关系，根柢还在汉代的乐制。武帝"立乐府"一重要举措就是设协律都尉。《汉书·礼乐志》载武帝以优

---

① 许慎撰，段玉裁注：《说文解字段注》，上海古籍出版社1988年版，"倡"字见第379~380页，"优"字见第373~376页，"伶"字见第376页。

② 冯沅君：《汉赋与古优》，《中原月刊》1943年第1卷第2期。

人"李延年为协律都尉,多举司马相如等数十人造为诗赋"。又据《汉书·佞幸传》:"延年善歌,为新变声。是时上方兴天地诸祠,欲造乐,令司马相如等作诗颂。延年辄承意弦歌所造诗,为之新声曲。"其中李延年举赋家之作以协律吕,由优人与赋家的亲近度,似可领悟其间的丝缕联系。优人为伎艺之属,赋家有伎艺之才,这应是赋为"俳优"之说的社会内涵。有关视赋为"俳优"的典型文献,是《汉书·贾邹枚路传》所载枚乘子枚皋事迹:

> (皋)会赦,上书北阙,自陈枚乘之子。上得之大喜,召入见待诏,皋因赋殿中。诏使赋平乐馆,善之。拜为郎,使匈奴。皋不通经术,诙笑类俳倡。为赋颂,好嫚戏,以故得媟黩贵幸。……从行至甘泉、雍、河东,东巡狩,封泰山,塞决河宣房,游观三辅离宫馆,临山泽,弋猎射、驭狗马、蹴鞠刻镂,上有所感,辄使赋之。为文疾,受诏辄成,故所赋者多。……又言为赋乃俳,见视如倡,自悔类倡也。

值得注意的是,枚皋等汉赋家尝言"为赋乃俳""自悔类倡",并非广义的因地位低下的自轻自贱之语,而是当时行礼作乐制度使然。如武帝诏使枚皋"赋平乐馆",即记述了元封六年举办角抵戏演出之事。平乐观西汉时在长安城"西郊",居上林苑中,东汉明帝依西京之制,在洛阳城西置平乐馆,乃皇帝行乐处所①。东汉赋家李尤的《平乐观赋》与张衡的《西京赋》,皆真实记录了帝王接待宾客时所进行的"百戏"表演,其间也不乏优乐。至于枚皋随侍武帝"弋猎射、驭狗马、蹴鞠刻镂"而"辄使赋之",《汉书》本传师古注"蹴蹋为戏乐也",也说明了赋写伎艺的游戏性质。而赋家习惯采用的铺张情节,扬厉文辞,最后曲终奏雅,归于讽谏,实与俳优相埒,其因正在二者同属乐府的优乐范畴。

---

① 《汉书·王莽传》:"坏彻城西苑中建章、承光、包阳、大台、储元宫及平乐、当路、阳禄馆,凡十余所。"颜师古注:"自建章以下,至阳禄,皆上林苑馆。"《后汉书·灵帝纪》李贤注:"平乐观在洛阳城西。"

再说娱戏功能。由于"乐府"的内廷性质,其作乐献赋都具有取悦帝王贵族的功用,虽然汉赋家待诏制赋常是以游戏为衣表,以讽谏为骨干,但其起到的娱戏作用却是明显的。同样,汉武帝"外兴乐府协律之事",将内廷乐推扩于郊祀大礼,但同时也使内廷乐府娱戏的本质得到充分的发扬。比如武帝时上林诸苑,即为汉宫的游乐场所,而"上林乐府"的建置,正是大作乐的写照①。《汉书·礼乐志》载:"今汉郊祀诗歌,未有祖宗之事,八音调均,又不协于钟律,而内有掖庭材人,外有上林乐府,曾以郑声施于朝廷。"而"上林乐府"又与前述"平乐观"有密切关系②。有关"平乐"娱戏,史书记述如《汉书·武帝纪》:"作角抵戏,三百里内皆观。"又《西域传》载宣帝元康二年:"天子自临平乐观,会匈奴使者、外国君长,大角抵设乐而遣之。"《后汉书·东夷列传》也记载:顺帝永和元年,夫余王"来朝京师,帝作黄门鼓吹、角抵戏以遣之"。至于赋家创作,如《艺文类聚》卷六三所录李尤《平乐观赋》云:

> 翫屈奇之神怪,显逸才之捷武。百僚于时,各命所主。方曲既设,秘戏连叙,逍遥俯仰,节以鞀鼓。戏车高橦,驰骋百马,连翩九仞,离合上下。或以驰骋,覆车颠倒。乌获扛鼎,千钧若羽。吞刃吐火,燕跃鸟跱。陵高履索,踊跃旋舞。飞丸跳剑,沸渭回扰。巴渝隈一,逾肩相受。有仙驾雀,其形蚴虬。骑驴驰射,狐兔惊走。侏儒巨人,戏谑为耦。

而在张衡《西京赋》中有关"大驾幸乎平乐"的一段文字,对张设平乐的百戏表演之描绘,则尤为详密。也正是这种与优乐相通的娱戏特征,使汉赋作家献赋本身具娱人的性质。如《汉书·司马相如传》载:相如奏《上林赋》,虽"其卒章归之节俭,因以风谏",仍令"天子大悦";又"奏《大人赋》,天子大悦,飘飘有陵云气、游天地之间

① 参见[日]增田清秀:《乐府史研究》第二章《上林乐府的所在地的机能》,1982 年创文社发行。

② 《文选》卷二张衡《西京赋》薛综注:"平乐馆,大作乐处也。"

意"。这显然不能仅归之相如赋"卒章"(结尾)的讽谏功效,而更明示的是赋中的描绘迎合了武帝好大喜功与游仙的趣味的原由。王褒创作《洞箫赋》也如此。《汉书·王褒传》载:"太子体不安,苦忽忽善忘,不乐。诏使褒等皆之太子宫虞侍太子,朝夕诵读奇文及所自造作。疾平复,乃归。太子喜褒所为《甘泉》及《洞箫》颂,令后宫贵人左右皆讽诵读之。"这使赞成并推行"雅乐"的汉宣帝也认为:"辞赋大者与古诗同义,小者辩丽可喜。辟如女工有绮縠,音乐有郑卫,今世俗犹皆以此虞说耳目,辞赋比之,尚有仁义风谕。"(《汉书·王褒传》)尽管言述中强调了赋的"诗教"功能,但其"娱悦耳目"的功能亦隐示其间。

## 四、楚风乐舞与影写郑声

《楚辞·招魂》写歌舞之盛有云:"二八齐容,起郑舞些。衽若交竿,抚案下些。竽瑟狂会,搷鸣鼓些。宫庭震惊,发《激楚》些。"朱注:"郑舞,郑国之舞也。……《激楚》,歌舞之名,即汉祖所谓楚歌、楚舞也。"①又,刘勰《文心雕龙·乐府》云:"暨武帝崇礼,始立乐府,总赵、代之音,撮齐、楚之气,延年以曼声协律,朱、马以骚体制歌。"所谓"曼声",指引长声音,实同《汉书·佞幸传》所言"为新变声";而朱(买臣)、马(司马相如)"骚体制歌",亦如《礼乐志》的"造为诗赋"。这里引述的郑舞狂会与楚声激越之情形,汉乐府造为新声与骚体诗赋的关系,正揭示了楚、汉乐制与文学变迁的主旨。而从乐府制度讨论汉赋造作,楚风与郑声最为显著,其根柢仍在汉代的乐府所采制的声乐是不同于太乐"雅乐"系统的"新声"系统。

首先,从乐府盛行的楚风乐舞看汉赋的造作。

据文献记载,同太乐之乐多承先王之乐相比,汉代乐府则主要汇集并改作地方之乐,造为新声,故有巴俞之乐,西域之音与"赵、代、秦、楚之讴"等,然其中则以楚声为盛。从乐府乐员来看,楚员最多,此风肇自汉初,至武、宣之世皆然。《汉书·礼乐志》记载:

---

① 朱熹:《楚辞集注》,上海古籍出版社 2001 年版,第 137 页。

初，高祖既定天下，过沛，与故人父老相乐，醉酒欢哀，作"风起"之诗，令沛中童儿百二十人习而歌之。至孝惠时，以沛宫为原庙，皆令歌儿习吹以相和，常以百二十人为员。

汉高祖《大风歌》为楚声，后经乐府改作入于宗庙，同时高祖唐山夫人作《房中祠乐》，亦楚声。故《礼乐志》同载：

又有《房中祠乐》，高祖唐山夫人所作也。周有《房中乐》，至秦名曰《寿人》。凡乐，乐其所生，礼不忘本。高祖乐楚声，故《房中乐》楚声也。孝惠二年，使乐府令夏侯宽备其箫管，更名曰《安世乐》。

近人谢无量认为："汉之灭秦，凭故楚之壮气；文学所肇，则亦楚音始先。《大风》之歌，《安世》之乐，不可谓非汉代兴国文学之根本也。"①即指高、惠时楚音对汉代文学的奠基作用。迨至武帝朝，李延年作乐协律，司马相如等配诗，成《郊祀歌》十九章，壮伟宏丽。明郝敬《艺圃伧谈》云："汉《郊祀》等歌，大抵仿《楚辞·九歌》而变其体。"清叶矫然《龙性堂诗话初集》亦云："汉《郊祀词》幽音峻旨，典奥绝伦，体裁实本《离骚》。"其本楚声，已为共识。汉乐府新声言情，以"相和歌辞"最盛，至宋郭茂倩《乐府诗集》分为九类，即相和六引、相和曲、吟叹曲、四弦曲、平调曲、清调曲、瑟调曲、楚调曲和大曲。其中如楚调曲的《白头吟行》《泰山吟行》《怨诗行》等为《楚调》，他如平、清、瑟诸调在汉亦属楚声②。又，相和曲中的《陌上桑》，又称《艳歌罗敷行》，《文选》李善注左思《吴都赋》"荆艳楚舞，吴愉越吟"云："艳，楚歌也。"而从"艳歌"内涵来看，又与郑声"桑林"有着内在联系。他如乐府"琴曲歌辞""清商曲辞"等，也多渊承

---

① 谢无量：《中国大文学史》卷三，中华书局1940年版，第2页。
② 《通志·乐略》："《平调》《清调》《瑟调》，皆周房中之遗声也。汉代谓之三调。"按：汉代房中乐为楚声，《楚调》与"三调"同属《相和歌》，皆楚声。

"楚调"，所以费锡璜说楚声"为汉诗祖祢"①。日人青木正儿也说：
"楚声楚歌从汉初到武帝时甚流行……故当时的乐府不少《楚辞》的诗
形。"②

所谓"《楚辞》的诗形"，狭义言为汉代乐府歌诗，广义而言则兼
括汉代辞赋。因为渊承楚声诗乐，汉赋创作也以延承《楚辞》为主。
《汉志·诗赋略》将赋分为屈（原）宋（玉）、陆（贾）朱（建）、荀卿、杂
赋四类，除杂赋无所归属外，前三类赋家赋作皆与楚声相关③。刘勰
《文心雕龙》谓赋"受命于诗人，拓宇于楚辞"（《诠赋》），"大抵所归，
祖述楚辞"（《时序》），"汉之赋颂，影写楚世"（《通变》），皆明其渊
承。清孙梅《四六丛话》卷三对此有详解，近人刘师培《论文杂记》论
古代词章之学时，分类阐述赋源于楚辞，更加具体：

> 诗篇以降，有屈、宋《楚辞》……秦汉之世，赋体渐兴，溯
> 其渊源，亦为《楚辞》之别派：忧深虑远，《幽通》《思玄》，出于
> 《骚经》者也；《甘泉》《藉田》，愉容典则，出于《东皇》《司命》者
> 也；《洛神》《长门》，其音哀思，出于《湘君》《湘夫人》者也；
> 《感旧》《叹逝》，悲怨凄凉，出于《山鬼》《国殇》者也；《鹏鸟》
> 《鹦鹉》，生叹不辰，出于《怀沙》者也。……《七发》乃《九辨》之
> 遗，《解嘲》即《渔父》之意，渊源所自，岂可诬乎！

这是就辞赋创作情感与风格而言的。如果我们结合汉代立乐府改制这
一史实，就能发现汉武帝好楚声，诏淮南王刘安献《离骚传》与赏识
司马相如赋是有共时意义的，链接点是武、宣之世的乐府制度与献赋
风习。而赋摹楚声，也不限于上引刘师培所说的诸方面，其中还深嵌
着春秋、战国之世新声与雅乐的矛盾。比如司马相如上《子虚赋》，

① 费锡璜：《汉诗总说》，引见《清诗话》下册，上海古籍出版社1978年版，第945页。
② ［日］青木正儿：《中国文学发凡》，郭虚中译，商务印书馆1936年版，第43页。
③ 屈、宋与陆贾皆楚人。荀卿赵人，游学于齐，后适楚终兰陵令，其赋作于晚岁居楚时期。

描写楚王游猎之事，其中叙述行猎之余观乐一段云："于是郑女曼姬，被阿緆，揄纻缟，杂纤罗，垂雾縠，襞积褰绉，纡徐委曲，郁桡溪谷，袶袶裶裶，扬袘戍削，蜚襳垂髾。扶舆猗靡，翕呷萃蔡，下摩兰蕙，上拂羽盖。错翡翠之葳蕤，缪绕玉绥，眇眇忽忽，若神仙之仿佛。"这类描写充斥汉赋篇章，是"桑林""云梦"之遗，故而汉赋造作在"楚声"洋溢中不可避免地内含了"郑声"的情愫。

其次，从乐府制度看汉赋家影写郑声的原因及内涵。

如前所述，乐府建置即具有娱戏的功能。王昆吾曾按乐官职事分为"事神"与"事人"两类①，相对而言，太乐职掌国家宗祀，多在事神娱神，乐府归属内廷，多在事人娱人。而在乐府娱人的功能中，有一突出现象，就是"女乐"问题。对此，可从多层面考察。在制度上，汉立永巷、掖庭，是专门的女乐机构，与乐府同属内廷少府所掌。据《汉书·百官公卿表》载：

> 少府，秦官，掌山海池泽之税，以给共养，有六丞。……又中书谒者、黄门、钩盾、尚方、御府、永巷、内者、宦者八官令丞。……武帝太初元年，更名考工室为考工，左弋为佽飞，居室为保宫，甘泉居室为昆台，永巷为掖廷。

武帝改永巷为掖庭，由一丞增至八丞，可知当时女伎数量的遽增。关于永巷或掖庭职事，《通志·职官典》载："掖庭局令：秦置永巷，汉武更名掖庭，置令，掌宫人簿帐、公案、养蚕、女工等事。后汉掖庭令掌后宫贵人采女，又有永巷令、典官婢，皆宦者，并属少府。"因此，汉皇如武帝无论祭甘泉泰畤，还是祭河东后土、建章迎仙，女乐之盛，见诸文献。在乐曲上，乐府所掌"房中""黄门"，皆用掖庭女乐。具体而言，古之女乐分房中乐与倡女乐两类，然房中女乐既可施于宗庙，亦可进入殿庭燕飨，成为宴私之乐。至于黄门倡乐，在西汉归于掖庭，是宫廷女乐的重要部分，女乐娱人，以此最

---

① 王昆吾：《诗六义原始》，《中国早期艺术与宗教》，上海东方出版社1998年版，第221页。

盛。在时序上，西汉女乐盛行，始于武帝，其与乐府改制相关。《汉书·贡禹传》载："武帝时，又多取好女至数千人，以填后宫。"又《汉武故事》："起光明宫，发燕、赵美女二千人充之。率取年十五以上、二十以下，满四十者出嫁。掖庭令总其籍，时有死、出者补之。凡诸宫美女可有七八千。"由于女乐数量之多，所以祠祀祭神、燕飨娱人，均用女乐。在乐制与乐理上，女乐往往等同郑声，被视为淫乐。《汉书·礼乐志》所述"秦穆公遗戎而由余去，齐人馈鲁而孔子行"，《左传》昭公二十八年记载郑人赂女乐而晋侯赐于魏绛的故事，可见其历史渊源。而对汉乐制用女乐，时人直谓"皆以郑声施于朝廷"（《汉书·礼乐志》）。如武帝起建章宫，为娱乐地，《汉书·东方朔传》载：

> 今陛下以城中为小，图起建章，左凤阙，右神明，号称千门万户。木土衣绮绣，狗马被缋罽；宫人簪瑇瑁，垂珠玑；设戏车，教驰逐，饰文采，藂珍怪；撞万石之钟，击雷霆之鼓，作俳优，舞郑女。上为淫侈如此，而欲使民独不奢侈失农，事之难者也。

此劝戒之词，却反映了当时女乐之盛的情况。

赋家随侍行礼，献赋讽颂，均为亲历，亦属职守，故汉赋描绘女乐、影写"郑声"之现象极为普遍。论其原因，似出两重：一是内廷"乐府"采集"新声"的必然反映，赋中对声色美艳的夸写，亦远承"郑声"，取悦当世。二是汉代礼乐制度归复周礼精神，出行以雅正俗的需要，而要想曲终奏雅，必然会对女乐郑声进行渲染。试举赋例如次：

> 荆吴郑卫之声，《韶》《濩》《武》《象》之乐，阴淫案衍之音，鄢郢缤纷，《激楚》结风。俳优侏儒，狄鞮之倡，所以娱耳目乐心意者，丽靡烂漫于前，靡曼美色于后。若夫青琴宓妃之徒，殊绝离俗。妖冶娴都，靓妆刻饰，便嬛绰约，柔桡嬛嬛，妩媚纤弱，曳独茧之褕绁，眇阎易以恤削。便姗嫳屑，与俗殊服，芬芳沤郁，酷烈淑郁。皓齿粲烂，宜笑的皪，长眉连娟，微睇绵藐。

色授魂与，心愉于侧。（司马相如《上林赋》）

　　日移晷倦，然后宴息。列筵酌醴，妖靡侍侧。被华文，曳绫
縠，弭随珠，佩琚玉。红颜呈素，蛾眉不画，唇不施朱，发不加
泽。升龙舟，浮华池。纤帷翳而永望，镜形影于玄流。偏滔滔以
南北，似汉女之神游。笑比目之双跃，乐偏禽之匹嬉。（傅毅
《七激》）

　　于是暮春之禊，元巳之辰，方轨齐轸，袯于阳濒。朱帷连
网，曜野映云。男女姣服，骆驿缤纷。致饰呈蛊，便绍便娟。微
眺流睇，蛾眉连卷。于是齐僮唱兮列赵女，坐南歌兮起郑舞，白
鹤飞兮茧曳绪，修袖缭绕而满庭，罗袜蹑蹀而容与。翩绵绵其若
绝，眩将坠而复举。翘遥迁延，蹩躃蹁跹。结《九秋》之增伤，
怨西荆之折盘。弹筝吹笙，更为新声。寡妇悲吟，鹍鸡哀鸣。坐
者凄欷，荡魂伤精。（张衡《南都赋》）

赋家虽然是取纵声乐以劝戒、观美色以警喻之意，但其描写宣
扬，无疑多"郑声"而非"雅乐"。即使像张衡《归田赋》这样的抒怀之
作，其中描写的如"仲春令月，时和气清。原隰郁茂，百草滋荣。王
雎鼓翼，鸧鹒哀鸣；交颈颉颃，关关嘤嘤。于焉逍遥，聊以娱情"，
也是影写仲春桑林之趣，只是将男女"奔会不禁"转为鸟儿的"交颈颉
颃"，以映衬赋家企盼自由的心境而已。

可以说，汉赋创作传响楚风、影写郑声，多因赋家职守，与乐制
相关。而赋与乐府的结缘，也就必然蕴含了汉代乐制的内在冲突，即
雅、郑的矛盾。

## 五、"象德缀淫"与"欲讽反劝"

在古代乐制史上，"象德缀淫"即"崇雅黜郑"，是先儒奠定的乐
教理论，如《礼记·乐记》所谓"乐者，所以象德也"；《荀子·乐论》
所称"夫乐者乐也，人情之所必不免也。……先王恶其乱也，故制雅
颂之声以道之，使其声足以乐而不流"。而这一乐论的出现，源于春
秋末礼崩乐坏，治道亏缺，古乐衰而郑、卫之音起。对此，秦汉间文

献颇多描述：

> 郑卫之音，乱世之音也，比于慢矣；桑间濮上之音，亡国之
> 音也，其政散，其民流，诬上行私而不可止。(《礼记·乐记》)
> 靡曼皓齿，郑卫之音，务以自乐，命之曰伐性之斧。(《吕
> 氏春秋·本性》)
> 雅颂之音理而民正，嘄噭之声兴而士奋，郑卫之曲动而心
> 淫。(《史记·乐书》)
> 周道衰微，郑卫之音作，正乐废而失节，鲁太师挚识《关
> 雎》之声，首理其乱也。(《史记·诸侯年表》裴骃集解引"郑玄
> 曰")
> 周道始衰，怨诗之起……桑间濮上、郑、卫、赵、宋之音并
> 出。(《汉书·礼乐志》)

乐教通于诗教，故汉人作《毛诗序》云："诗者，志之所之也，在
心为志，发言为诗。……故正得失，动天地，感鬼神，莫近于诗。先
王以是经夫妇，成孝敬，厚人伦，美教化，移风俗。"而当专供内廷
之用的"乐府"中淫声颇盛时，帝王和学者都会以"象德缀淫"改造现
有制度和声乐。如武帝时董仲舒以贤良对策，其中有论改制作乐道：

> (制曰)盖闻五帝三王之道，改制作乐而天下洽和，百王同
> 之。当虞氏之乐莫盛于《韶》，于周莫盛于《勺》。圣王已没，钟
> 鼓筦弦之声未衰，而大道微缺，陵夷至虖桀纣之行，王道大坏
> 矣。
> (对曰)王者未作乐之时，乃用先王之乐宜于世者，而以深
> 入教化于民。教化之情不得，雅颂之乐不成，故王者功成作乐，
> 乐其德也。乐者，所以变民风，化民俗也；其变民也易，其化人
> 也著。(《汉书·董仲舒传》)

由此可见，武帝改制作乐，也欲效法古乐雅音，思摹教化之功。
到汉宣帝时，因嫌乐府淫声太重，诏复古乐，当时刘向作《雅琴赋》

以推重"伏雅操之循则"的雅乐①，亦针对乐制而发。而在乐府歌诗创作方面，同样也体现了崇雅黜郑的精神。如《相和歌辞》的古辞《陌上桑》，本属楚调新声，然其所描写的女主人公(采桑女)罗敷于三段乐曲(三解)的唱述与表演中，完全成为一个幽闲贞静且拒绝诱惑的人物，这种以礼德观对男女奔会情色的改造，显然是"桑林"郑声乐歌道德化的产物②。但是，尽管有如汉宣帝命乐府归复雅乐，此后"象德缀淫"也是汉代乐制演变的思想主流，可是"乐府"的内廷性质与娱乐特征，却始终摆脱不了"郑声"的缠绕。结果汉元帝"乐宴乐，好燕私之乐"(《汉书·元帝纪》)，汉成帝时"郑声尤甚，黄门名倡丙强、景武之属，富显于世，贵戚五侯、定陵、富平外戚之家，淫侈过度，至与人主争女乐"(《汉书·礼乐志》)。也正如此，汉哀帝才感于乐府淫声太重，故以"黜郑声"为由而"诏罢乐府"。东汉以后，朝廷音乐机关也分两个系统，一是太予乐署，类似西汉的"太乐"；一是黄门鼓吹署，类似西汉的"乐府"，但由于汉光武帝复兴乐制，定庙乐"四品"，即"大予乐""雅颂乐""黄门鼓吹乐"与"短箫铙歌乐"，在一定程度上归复儒家雅乐与礼制，也具有调协雅乐与新声的意义。尤其是东汉的黄门鼓吹乐以武乐、散乐为主，而减少女乐，甚至《后汉书·安帝纪》载有邓太后罢"黄门鼓吹"之举，都是乐府趋雅的举措。其实，仅就西汉立乐府新声而言，我们又可以看到乐制一个问题的两个方面，即一方面秉承《诗》教而重"乐"体示民情和教化人心的作用，另一方面又对当世新声多有吸纳(如赵、代、秦、楚之讴与相和、清商、鼓吹乐的兴盛)以显示娱戏功能。这也导致在少府所掌的"乐府"中既出现了礼乐教化的歌诗与供帝王赏心悦目的"女乐"淫声相交叉现象，又同样表现出儒家"象德缀淫"乐教观对采诗作诵的指导。

　　辞赋家也是如此，他们身处内廷，一方面以好儒而尊道崇礼，一方面又如俳优之蓄受诏献赋，始终依违于雅、郑之间。赋家扬雄就出

---

　　① 刘向《雅琴赋》仅存残文，引见费振刚等编《全汉赋》，北京大学出版社1993年版，第153页。

　　② 参见[法]桀溺：《牧女与蚕娘——论一个中国文学的题材》，钱林森编：《牧女与蚕娘》，上海古籍出版社1990年版。

于“象德缀淫”的乐教观，在《法言·吾子篇》中对汉赋创作作出深切的反省：

> 或问：“吾子少而好赋?”曰：“然。童子雕虫篆刻。”俄而曰：“壮夫不为也。”或曰：“赋可以讽乎?”曰：“讽乎? 讽则已，不已，吾恐不免于劝也。”或问：“雾縠之组丽?”曰：“女工之蠹矣。”或问：“景差、唐勒、宋玉、枚乘之赋也益乎?”曰：“必也淫。”“淫则奈何?”曰：“诗人之赋丽以则，辞人之赋丽以淫。”

这是著名的欲讽反劝(或劝百讽一)之论，根源于赋的“讽谏”与“尚美”的矛盾，从乐制的变迁观之，仍属雅、郑问题。

由此解读汉赋的叙写模式，其中对郑声美色的描绘，皆极尽夸张侈靡(劝)，然后归于雅正(讽)，导致“劝百”而“讽一”的结果。如司马相如在《上林赋》中大肆渲染宫女舞乐之盛以致令人“色授魂与”后，才以“天子芒然而思，似若有亡”而“归于雅正”。这一叙写模式几乎通贯所有赋家创作：如王褒《洞箫赋》描绘舞乐声歌后归于礼教；杜笃《祓禊赋》影写“仲春令月”情事，却束以“谈《诗》《书》，咏伊、吕，歌唐、虞”的雅音正声；张衡《思玄赋》写“召宓妃”一节颇多美艳描写，也归于“咏诗而清歌”。值得注意的是，这类描写也有两种现象，一是直接摹写“桑间”旧事，表郑、卫之声，然后归于雅正；一是将“桑间”情事转换为宫廷舞乐，着力情色的观赏描写，然后归于雅正。

前一类如司马相如《美人赋》的陈述：

> 途出郑卫，道由桑中，朝发溱洧，暮宿上宫。上宫闲馆，寂寞云虚，门阁昼掩，暧若神居。臣排其户而造其堂，芳香芬烈，黼帐高张，有女独处，婉然在床。奇葩逸丽，淑质艳光。睹臣迁延，微笑而言曰：“上客何国之公子? 所从来无乃远乎?”遂设旨酒，进鸣琴。臣遂抚弦，为幽兰白雪之曲。女乃歌曰：“独处室兮廓无依，思佳人兮情伤悲。有美人兮来何迟，日既暮兮华色衰。敢托身兮长自私。”玉钗挂臣冠，罗袖拂臣衣。时日西夕，玄阴晦冥，流风惨冽，素雪飘零，闲房寂谧，不闻人声。于是寝

具既设，服玩珍奇，金匜熏香，鼲帐低垂。衵褥重陈，角枕横施。女乃弛其上服，表其亵衣，皓体呈露，弱骨丰肌。时来亲臣，柔滑如脂。臣乃气服于内，心正于怀，信誓旦旦，秉志不回，翻然高举，与彼长辞。

这一大段描写，可视为宋玉《登徒子好色赋》的衍展，其间替男女主角增添了几分情节，更多一些"郑女"佻巧和原欲渲染，然终归咏诗复礼，则是一致的。

后一类描述宫廷舞乐例证尤多。试观张衡《西京赋》中乐舞一节：

　　然后历掖庭，适欢馆，捐衰色，从嫚婉，促中堂之狭坐，羽觞行而无算。秘舞更奏，妙材骋伎。妖蛊艳夫夏姬，美声畅于虞氏。始徐进而赢形，似不任乎罗绮。嚼清商而却转，增婵娟以此豸。纷纵体而迅赴，若惊鹤之群罢。振朱屣于盘樽，奋长袖之飒缅。要绍修态，丽服扬菁，略黺流眄，一顾倾城。展季桑门，谁能不营？列爵十四，竞媚取荣。盛衰无常，唯爱所丁。卫后兴于鬓发，飞燕宠于体轻。尔乃逞志究欲，穷身极娱。鉴戒唐《诗》，他人是媮。

这里是取意鉴戒后宫之色①，然却于艳姬美声、桑门修态有繁缛的宣扬。所以无论像《美人赋》那样直写桑间，还是如《西京赋》的影写桑门，其明劝暗讽，结果则欲讽反劝。

其实，在汉赋创作中不仅有关描写郑声而旨归雅正的段落如此，即如"藉田""狩猎""宫室""游艺"等题材的写作方式，也一如其例，皆先是张扬丽靡，所谓"铺采摛文"，然后归于"体物写志"，曲终奏雅，段落描写如此，通篇结构亦如此。《汉书·司马相如传》赞载"扬雄以为靡丽之赋，劝百而风一，犹骋郑卫之声，曲终而奏雅，不已戏乎"，正是对此创作现象的反思。可以认为，扬雄的"悔赋"和晋人挚

———————————

① 按：汉人鉴戒后宫之色，是《诗》教与《乐》教的重要内容，如《毛诗序》评《周南·关雎》即为"美后妃之德"，这与赋家的创作思想是一致的。

虞《文章流别论》批评汉赋"四过"(假像过大、逸辞过壮、辩言过理、丽靡过美)都与此相关。只是后世赋论家多承袭《汉志·诗赋略》"汉兴,枚乘、司马相如,下及扬子云,竞为侈丽闳衍之词,没其风谕之义"的说法,从赋体文学创作本身找其原因,未暇顾及赋与乐府制度的关联。质言之,内廷乐府的"象德缀淫"而淫风难绝,文学侍从的赋作力主讽谏而劝声盈耳,正与汉代乐制的变迁相维系。

汉赋文学因献赋之风而在西汉武、宣之世的兴盛,与"立乐府"的制度相关,且皆因属"内廷",既存娱戏作用,又具乐教功能,体现于"乐府"是雅、郑的冲突,落实于汉赋则是讽、劝的矛盾。自西汉末年哀帝罢乐府,延及东汉,乐府制度衰微,乐府诗基本归属于仪式文学,其作为一代制度伴随王朝政治已遭衰难挽,东汉中后期具有个性化色彩的文人五言诗的出现,正是诗歌逐渐脱离王朝"采诗"制度的结果。同于此理,刘勰《文心雕龙·时序》谓"自哀、平陵替,光武中兴,深怀图谶,颇略文华",也内含了制度的变移,即随乐府制度的衰落而待诏献赋的言语侍从地位亦随之堕落,后汉中后期文人抒情赋的崛兴,亦缘此而来。由此反省汉人所述"赋者,古诗之流也"以及后人对汉赋(尤其是西汉赋)以"郑"掩"雅"之创作的批评,应能勘进一步理解汉赋造作与乐制关系的历史意义。

——原载《文史》2005 年第 4 辑,后收入《赋学:制度与批评》(中华书局 2013 年版)一书,今从《赋学:制度与批评》选入

## 【评 介】

赋体文学在汉代极为兴盛,究其原因,最重两点:一说为"楚辞"之延续,二说为统治者之提倡。当然,就文学发展的历史而言,汉赋确实是对接楚辞而来,而西汉武帝、宣帝与东汉的明帝、章帝对赋体文学的发展都起到了推动作用。然而就当时政治、文化演变来看,实际上乐府制度的兴废对汉赋发展的盛衰以及批评角度的影响,是更为直接,也是更为深刻的。文章立足于此,研究汉赋造作与汉代乐制之间的关系,极大地拓展了汉赋研究的深度与广度。具体而言,文章有以下几个方面的论述值得我们重视:

第一，汉人论赋，看似取法"诗教"，而实则源于"乐教"，乐制的发展与变迁直接影响到赋的发展进程。文章认为，"乐教"与"诗教"相通，自上古沿袭至春秋、战国时期的音乐文学，既有对男女之情的大胆描写，又有对传统礼法的坚守与提倡，因此形成雅乐与新声、情与礼的矛盾，而楚、汉辞赋的造作，正于此情、礼的交互参融和矛盾冲突中衍生与拓展。汉代朝廷的献赋之风，既是汉人建构乐制的制度化产物，也是"赋体"源于"新声"而归趣"雅正"的诗教传统与乐教现实的反映。

第二，汉代乐制与献赋之风的关系非常紧密。文章认为，赋家群体多属郎官群体，其主要职能就是在皇帝身边随侍行礼、造为诗赋，赋家的献赋与乐官的采诗同属汉武帝"改制"过程中构建礼乐制度的文化行为，而赋家造作辞赋，也因内廷语言文学侍从的身份，突出表现在随侍帝王行礼作乐而献赋。加之赋家大半兼儒家，因此呈现有汉一朝制礼作乐的重大政治活动是赋家的重要职能。与此相应，汉代赋家献赋不仅在制度上出于制礼作乐的需要，在创作思想上同样体现了儒家的礼乐思想，自觉地将赋体文学纳入儒家的礼乐话语之中，强调赋的讽谕功能。

第三，乐府功能对汉赋的功用产生重要影响。乐府本身具有的宗教功能、优乐功能和娱戏功能在汉赋中均有体现，文章认为，赋家随侍行礼，受诏献赋，对汉代郊祀太一、祭祀后土以及四时祭礼的详细描述是宗教功能的体现；赋家习惯采用的铺张情节，扬厉文辞，最后曲终奏雅，归于讽谏，实与俳优相埒，则是优乐功能的体现；汉赋大量描写娱乐活动，或者为取悦统治者而铺写愉悦感官的各种事物，则是娱戏功能的体现。汉武帝"立乐府"之制决定了言语文学侍从采诗造赋的行为，因此乐府功能对汉赋内容的展开以及功能的形成起到了决定作用。

第四，汉赋创作传响楚风、影写郑声，多因赋家职守，与乐制相关。文章认为，汉世乐府，轻雅乐而重新声，而楚歌流行于汉初朝廷，因此汉赋继承楚声诗乐，并能极而大之，暗含战国秦汉之际雅乐与新声的矛盾。与此同时，汉赋在摹写楚声的同时，又内含"郑声"的情愫，其根源则在于乐府系统对女乐大量使用。源于此，赋家随侍行礼，献赋讽颂，均为亲历，亦属职守，故汉赋描绘女乐、影写"郑声"之现象极为普遍。论其原因，一是反映现实，又远承"郑声"以取悦当世。"二是汉代礼乐制度归复周礼精神，出于以雅正俗的需要"，"要想曲终奏雅，必然会对女乐郑声进行渲染"。

第五，汉代乐制造成汉赋讽劝之间的矛盾。文章认为，尽管统治者有意效法古乐，试图恢复雅乐，但是由于"乐府"的内廷性质与娱乐特征，令其始终摆脱不了"郑声"的缠绕，而辞赋家亦是如此，他们身处内廷，一方面以好儒而尊道崇礼，一方面又如帝王之俳优受诏献赋，始终依违于雅、郑之间。受此影响，汉赋在叙写模式上，皆先极尽夸张侈靡(劝)，展现"铺采摛文"的技法，然后"体物写志"，归于雅正(讽)，虽然所谓"曲终奏雅"，然则最终造成"劝百"而"讽一"的结果。汉赋的兴盛与"立乐府"制度相关，且皆因属"内廷"，既存娱戏作用，又具乐教功能，体现于"乐府"是雅、郑的冲突，落实于汉赋则是讽、劝的矛盾。

总之，文章从汉代乐制出发，研究乐制与汉赋的兴起以及功能、风格、模式之间的关系，实则将当时的礼乐、诗文视为一体，在大的"文章"体系中考究赋体文学发展与隆盛的制度因素，从而客观、真实而又准确、深刻地呈现出了汉赋的多重内涵和价值，不仅是对汉赋研究的重要开拓，而且对于我们研究先秦两汉文学，在方法上也有巨大的启示意义。

（蒋晓光）

# 汉赋"拓宇于楚辞"质疑(存目)

## 康金声

【评　介】

　　康金声（1939—2011），男，山西盂县人。笔名晨曦、旭光。1963 年毕业于山西大学中文系，1981 年获文学硕士学位，师从著名学者姚奠中先生。山西大学中文系教授、硕士生导师。康先生在辞赋文学、北朝文学、辽金元文学等研究领域都作出了重要贡献，学术论著颇丰，代表作有：《汉赋纵横》《汉魏六朝小赋骈文选》《北朝三家集笺校全译》《王绩集编年校注》《金元辞赋论略》等；主编有：《全辽金诗》《历代辞赋总汇·金元卷》等；在《文学评论》《文史哲》《中国韵文学刊》《北京大学学报》等刊物发表论文数百篇。此外，康先生还发表了诗歌散文等文艺作品百余篇，出版诗集《梦翼心琴》、文集《金声文集》等。

　　该文对自南朝梁刘勰以来认为汉赋"拓宇于楚辞"的观点进行了商榷，其基本观点是：

　　汉人之所以把屈原宋玉等人的作品称为"赋"，是因为和《诗经》一样，楚辞是敷陈心志、敷布感情之作。而汉赋本质上是散文而不是诗，是叙事性作品而不是抒情性作品。由于它与楚辞余绪的骚体赋并行发展，互相滋溉，而且同骚体赋一样在辞华方面吸收了楚辞，汉人便也用"赋""辞赋"指称这类作品。但汉人如司马迁、扬雄等对这两种赋在内容、风格和形式方面的不同有清醒地认识，后世从刘勰到程廷祚，更用"骚"和"赋"加以区分。这都说明，汉赋和楚辞是两种截然不同的文体，从楚辞里不可能孕育出汉赋。

　　无论从主客对问的形式还是散句的语言风格说，楚辞里《卜居》

《渔父》两篇都比现在一些文学史著作论述的作为楚辞向汉赋过渡代表作的贾谊赋更接近汉赋。但《卜居》《渔父》与真正的楚辞作品风格迥然不同，是加入适当韵文成分的散文，从先秦散文发展而来，并不是典型的楚辞作品。这两篇作品体式由二人对话组成，与《庄子》《韩诗外传》中部分段落相同；语言多用散句，句式与散文相通，吸取了《战国策》《庄子》《荀子》等的语言形式或取了现成语句。所以，汉赋源于《卜居》《渔父》正好是它源于散文而不是楚辞的明证。

枚乘《七发》是汉代散体大赋正式成立的代表作品。清人刘熙载认为《七发》始于宋玉《招魂》，但《招魂》铺写用节奏急促、跳动的大部分谐韵的诗歌语言，使人奋发激动，而《七发》使用迂徐舒缓、平平叙谈的散文语言，其风格和效果远不相同。在研究文体传承关系时，不能主要着眼于题材内容，必须主要顾及形式方面。从这方向去考察，《七发》立意构思、铺排描绘近于贾谊《新书》，虚拟人物楚太子、吴客源于《战国策》，都表明了《七发》同散文的亲缘关系。

问难驳诘是汉赋常常采用的组织形式，尤其是《答客难》《解嘲》之类的赋，更形成一种特殊的嘲戏和反驳的程式。它们的问答与《卜居》《渔父》不同：《卜居》《渔父》的问答是劝谕遭拒，《答客难》等是客抑主伸。其情调也不一：前者严肃，后者诙谐；前者述志，后者解嘲；前者辞情激昂，后者词语诡谲。而《答客难》与《荀子·宥坐》篇孔子与子路对问一节在结构、布局、人物设计、一抑一伸的写法上完全相同，思想和设辞也极相似。这是汉赋源于散文的又一力证。

《子虚》《上林》赋以委婉的讽谕、铺张的描写和侈夸的语言标志着汉大赋的完全成熟，而它的这些特点也是来源于散文的。并且，汉大赋韵散结合的语言形式在先秦《老子》《庄子》《荀子》及汉初《新语》等书中也已大量存在。

因此，汉赋在立意、构思、组织、人物设计、表现方法、语言特点诸方面同先秦至汉初散文的密切关系，说明它是散文整齐化、音韵化并且稍许诗化而形成的新文体，它在本质上仍应划入散文的范畴而不应列入诗林。

刘勰汉赋"拓宇于楚辞"的观点，在后世得到了几乎一致的赞同与支持，并有很多学者去分析楚辞在哪些方面对汉赋产生影响。在这一背景下，康先生的质疑本身，即有非常重要的意义。该文通过对具体赋作的分析，得出汉赋源于散文而不是楚辞的结论。通过这一考察，可以使我们对汉赋的渊源有一更全面的认识，并启发我们对赋学发展史上一些传统的观点进行反思。

（杨许波）

**康金声赋学论著目录：**

《试论汉赋的讽谕》，《山西大学学报》（哲学社会科学版）1981 年第 3 期。

《论汉代辞赋的社会批判》，《山西大学学报》（哲学社会科学版）1982 年第 2 期。

《〈长门赋〉赏析》，《名作欣赏》1983 年第 6 期。

《论汉赋的盛衰演变》，《山西大学学报》（哲学社会科学版）1983 年第 3 期。

《汉赋"拓宇于楚辞"质疑》，《山西大学学报》（哲学社会科学版）1984 年第 2 期。

《论汉赋的语言成就》，《山西大学学报》（哲学社会科学版）1986 年第 1 期。

《宋玉和赋体的形成》，《晋阳学刊》1986 年第 3 期。

《论汉代的骚体赋》，《山西大学学报》（哲学社会科学版）1988 年第 2 期。

《论汉赋的审美价值》，《文史哲》1989 年第 4 期。

《论汉赋的题材内容》，《中国韵文学刊》1990 年第 2 期。

《论汉赋在中国文学史上的地位》（第一作者），《山西大学学报》（哲学社会科学版）1991 年第 3 期。

《汉赋"歌功颂德"新议》，《山西大学学报》（哲学社会科学版）1992 年第 1 期。

《金代辞赋概览》，《山西大学学报》（哲学社会科学版）1993 年第 3 期。

《元赋"祖骚宗汉"论》，《山西大学学报》（哲学社会科学版）

2000 年第 1 期。

《司马相如新论》,《山西大学学报》(哲学社会科学版) 2002 年第 4 期。

《汉赋纵横》, 山西人民出版社 1992 年版。

《金元辞赋论略》(与李丹合作), 学苑出版社 2004 年版。

# 汉赋在明代的经典化途径

张新科

汉赋在中国文学史上占有重要地位，同时在中国辞赋史上树立了典范。但数以千计的汉赋作品，今天保存下来完整的仅有百篇左右①。究其原因，笔者以为文学的经典化是重要原因之一。所谓经典化，是指文学作品产生之后，在不同的时代、不同的文化背景之下，经过不同读者层的阅读，那些不符合人们审美观念和没有价值的作品逐渐被淘汰，而那些被人们公认的有创新、有价值的作品则得以广泛流传，成为经典，被赋予新的生命力。经典化是读者对作品扬弃的过程、接受的过程。这个过程是长期的，持久的，不同的时代有不同的特征，有不同的经典认同。笔者曾对汉魏六朝时期、唐宋时期汉赋的经典化问题进行了探讨②，今再就明代汉赋的经典化问题进行探讨。

## 一、文学家对汉赋的学习与借鉴

明代辞赋创作成就虽然不高，但数量很大③，从形式到内容，明

---

① 《汉书·艺文志》著录西汉辞赋有 70 多家、900 多篇。班固《两都赋序》说武帝、宣帝时辞赋盛行，"孝、成之世，论而录之，盖奏御者千有余篇"。这些还只是宣帝及其以前而且大部分是进献的作品，西汉后期以及东汉的作品还不在这个数字之内。据今人费振刚等《全汉赋》所录，83 家，293 篇，完篇或基本完整者 100 篇(北京大学出版社 1993 年版)。

② 笔者《汉赋的经典化过程——以汉魏六朝时期为例》《唐宋时期汉赋的经典化过程》二文分别载《人文杂志》2004 年第 3 期、《陕西师范大学学报》2008 年第 1 期。

③ 据马积高先生《历代辞赋研究史料概述》所述，在编辑《历代辞赋总汇》时搜集的明代辞赋多达 5000 余篇，作者 1100 余人，这还不是明赋的全部，因为明人文集今存者究竟有多少，尚无确数(中华书局 2001 年版，第 141 页)。

显具有复古倾向，大都以学习楚辞和汉赋为主要特征。明初洪武时期，辞赋作家大都由元入明，在元代末年混乱的社会现实中，个人理想无法实现，忧虑之情油然而生。入明后，天下一统，新的政权呈现出勃勃生机，增强了文人的自豪感。因此，明初辞赋创作呈现出两种主要倾向，一是在元末乱世时创作的写志抒情，二是入明后歌颂新时代。如刘基《吊诸葛武侯赋》《吊祖豫州赋》《吊台布哈元帅赋》等，都是在元末创作的骚体辞赋，借他人遭遇抒发自己怀才不遇之情以及对现实政治的不满情绪，颇似贾谊《吊屈原赋》。危素《别友赋送葛子熙》属骚体形式，借送友抒写在元代的不遇之悲。张宇初《淡漠赋》《求志赋》，王行《隐居赋》《眠云赋》，朱右《吊贾生赋》，童冀《闵己赋》《述志赋》，贝琼《鹤赋》《白鸠赋》，等等，均以骚体形式抒写自己的情志，大都学习贾谊的骚体赋。如朱右《吊贾生赋》："文章经国兮痛哭规讽，独唱寡和兮不能从众。材大无偶兮世莫为用。鸣呼夫子兮，何独使余悲恸。世溷浊而不分兮，螭龙蝘蜓。御濮便娟兮，九韶博衍。鸾凤高逝兮，鹨雀堂坛。群愚满庭兮，贤良日远。"虽在凭吊贾谊，实乃抒写自己怀才不遇之忧愤。有的辞赋则学司马相如，如童冀《震泽赋》体制上模仿司马相如辞赋主客问答形式，描写震泽的广大与水势的浩瀚。陶安《孔庙赋》《大成殿庙》接近汉代宫苑大赋，而其《柏山赋》形式上取法司马相如，以岁寒子和谷栖高士二客与襄邑主人的对话，劝柏山先生出山。贝琼《大韶赋》亦仿司马相如主客问答形式，通过东吴公子与孔林之主的对话表达思想。刘三吾《大明一统赋》乃奉制之作，为大明王朝歌功颂德，继承汉大赋歌颂传统。从这些作品可以看出，明初辞赋创作主要学习贾谊、司马相如的作品。抒写情志者多用骚体形式，而体物者多用主客问答的形式，铺排较多。

　　明成祖永乐时期，社会进一步发展、繁荣，《明史》本纪卷七《成祖》赞曰："文皇少长习兵，据幽燕形胜之地，乘建文孱弱，长驱内向，奄有四海。即位以后，躬行节俭，水旱朝告夕振，无有壅蔽。知人善任，表里洞达，雄武之略，同符高祖。六师屡出，漠北尘清。至其季年，威德遐被，四方宾服，明命而入贡者殆三十国。幅陨之广，远迈汉、唐。成功骏烈，卓乎盛矣。"如此盛世，给文学发展带来新的机遇。辞赋创作方面，除了个别作品如胡俨《述志》《感寓》以骚体形式抒发个人情感外，大都以歌颂为主，尤其是成祖迁都北京后，产生许多京都大赋，如金幼孜《皇都大一统赋》、李时勉《北京赋》、杨荣《皇都大一统赋》等，学习借鉴汉代都邑赋传统，大肆铺张描写，显示大明王朝的气势。此期还有许多借祥瑞出现歌颂盛世的作品，如金幼孜《圣德瑞应赋》《瑞应麒麟赋》《瑞象赋》《瑞应甘露赋》，王洪《瑞象赋》《麒麟赋》《观灯赋》，刘球《景星赋》，杨士奇《河清赋》《甘露赋》《白象赋》等，这类作品内容上虽无特别价值，但总体上显示出盛世的景象，为维护大一统的政治服务，仍然与汉大赋歌颂传统一脉相承。还有用大赋形式描写地理山水之作，如郑棠《长江天堑赋》《石城赋》，薛瑄《黄河赋》，徐有贞《海子桥观海赋》等，学习和继承汉大赋描写山水的技法。如徐有贞《海子桥观海赋》描写大海的景象，基本学习枚乘《七发》主客问答形式及其描写涛水的技法。这些不同题材的大赋，都与明代盛世密切相连。从创作渊源上说，主要学习汉大赋，内容上歌颂为主，形式上大肆铺排。

永乐以后到嘉靖时期，由于朝廷宦官专权，社会逐渐走下坡路，但其中亦有中兴之气象。文坛上以前后七子为代表的一大批作家形成了强大的复古思潮，辞赋创作也不例外，大赋形式与骚体形式相结合，既有歌颂，也有讽刺。如王鏊《洞庭两山赋》，石邦彦《滹沱河赋》《登封龙山赋》，祝允明《大游赋》《一江赋》，桑悦《南都赋》《北都赋》《巡幸赋》，等等，学习汉大赋传统，或将骚体形式与大肆铺排结合，或将清丽与华丽结合。《明史·文苑传》载，成化间文士桑悦，"见高丽使臣市本朝《两都赋》，无有，以为耻，遂赋之"，赋作描绘北京、南京盛世景象，宣扬大国之威，其源头正是汉代班固、张衡为代表的京都大赋。总体来看，此期大都学习汉初的骚体赋和汉末的抒情小赋，如丘濬《幽怀赋》《怀乡赋》《别知己赋》，王鏊《盘谷赋》《去思赋》，桑悦《征行赋》《刺世赋》，王守仁《咎言赋》《吊屈平赋》，孙承恩《悯己赋》《吊屈原赋》，徐渭《涉江赋》，李梦阳《归宣赋》《寄儿赋》《述征赋》，何景明《塞赋》，王廷相《悼时赋》《靖志赋》，徐祯卿《述征赋》，宗臣《叹逝赋》，等等，基本都是抒情性作品。另外像黄省曾《礼贫赋》学扬雄《逐贫赋》；《射病赋》形式上仿《七发》，说晋昭公有病，请扁鹊诊病，但内容上却是斥责执政者；《悲士不遇赋》继承董仲舒、司马迁"不遇"赋作的传统。徐祯卿《玄思赋》仿班固《幽通赋》。仅从这些辞赋的题目就不难看出汉赋的影响。出现这种抒情性的小赋，不仅与社会政治的黑暗有关，而且大都与个人仕途遭遇有关。如李梦阳，因纵论时政得失，指斥外戚及宦官刘瑾而几度入狱，王守仁因弹劾刘瑾而遭迫害，王廷相因忤刘瑾而被贬，等等。万历及其以后，社会政治更加衰败，虽有张居正等人的辅政，但风雨飘摇，国事日非。文化思想方面出现了颇有影响的"王学左派"，注重人的内在性情，如李贽提出"童心说"，袁宏道为代表的公安派主张"独抒性灵"，形成反复古潮流。受此影响，辞赋创作学习汉赋的作品较少。但总体上看，辞赋方面仍然存在两种情况，既有继承汉大赋传统的作品，如汤显祖大赋《游罗浮山赋》《金堤赋》，谢肇淛《东方三大赋》等，以铺排、体物为主，也有骚体抒情的作品，如陶望龄《述志赋》、黄辉《拟述志赋》等。

从以上勾勒看出，汉赋的榜样作用贯穿于整个明代，之所以有大赋和骚赋、体物和写志、歌颂和批判，是与社会政治紧密相连的。随着元朝的灭亡、新的王朝建立、大一统局面的出现，社会稳定，经济繁荣，这就需要与之相适应的文学作品"润色鸿业"，歌颂盛世帝国，为巩固新的政权服务，此所谓"治世之音安以乐，其政和"；而且文人面对盛世，往往产生一种自豪感，以汉大赋为榜样，表达自己的政治理想和宏伟抱负。当然，这种歌颂性大赋的出现，也与政治上的高压和思想的控制有关。明朝从建立始，统治者就对文人采取高压手段，甚至制造文字冤案，许多文人死于非命，高启、方孝孺等即是例证。于是，为了避祸，文人只好采取歌颂形式。永乐时期还专门组织编写《五经》《四书》《性理大全》，定为国子监及府、州、县学生员必读书，以程朱理学来加强思想统治。当外忧内患、矛盾重重、社会走下坡路并逐步衰亡时，文人的生存环境再次发生变化，甚至无辜遭受各种打击和迫害，往往产生忧患之感，或忧国家，或忧自己，或批判现实，或抒发情志，此所谓"乱世之音怨以怒，其政乖"，于是骚体的作品就占了上风。从文学创作传统来说，这种歌颂与讽刺，是先秦《诗经》的传统，也是汉赋的传统在新时代的再现。

从文化背景来看，汉赋以后，六朝的俳赋、唐宋以来的律赋和文赋颇受元人诟病，于是大力提倡恢复古赋即楚辞和汉赋。如元代祝尧《古赋辨体》认为，"古今言赋，自《骚》之外，咸以两汉为古，盖非魏晋已还所及。心乎古赋者，诚当祖《骚》而宗汉"。元代科举考试也重古赋，"延祐设科，以古赋命题，律赋之体，由是而变"①。在元代辞赋复古风气影响下，明人继续发扬这种传统，并且形成了强大的复古潮流。理论上，以前后七子为代表的复古派使文坛上充满了复古气息。《明史·文苑传》云："弘治时，宰相李东阳主文炳，天下翕然宗之。梦阳独讥其萎弱，倡言文必秦汉，诗必盛唐，非是者弗道。"就辞赋而言，为了复古，李梦阳在《潜虬山人记》中甚至提出"唐无赋"的极端主张②。何景明《杂言十首》中也说："经亡而骚作，骚亡而赋作，赋亡而诗作。秦无经，汉无骚，唐无赋，宋无诗。"③吴讷《文章辨体》、徐师曾《文体明辨》、王世贞《艺苑卮言》等，都受到祝尧的影响，强调"祖《骚》而宗汉"。复古派提出学习古赋，也在于反对因科举而兴起的八股文。这种文化背景，对赋的创作起了一定的引导作用，所以明代的辞赋创作学习借鉴汉赋，而且大部分是与《骚》相结合。

另外，根据马积高先生考释，明代科举不试辞赋，但皇帝有时特命文臣作赋。翰林馆阁也曾试赋，赋题因循元之余绪，例为古赋，所以创作上体现出浓厚的复古特征，很少唐宋律赋的体制④。这也在一定程度上确立了汉赋的典范地位。

总体来看，明代文学家接受、学习汉赋的作品，基本上涵盖了汉赋的各种形式，这是"祖《骚》而宗汉"理论的具体实践。

---

① 吴讷：《文章辨体序说》，人民文学出版社 1998 年版，第 23 页。
② 李梦阳：《空同子集》卷四十八，明万历三十年邓云霄刻本。
③ 何景明：《何大复先生集》卷三十八，乾隆十五年何辉少刻本。
④ 马积高：《历代辞赋研究史料概述》，中华书局 2001 年版，第 141~142 页。

## 二、文学选本对汉赋经典的建构与传播

明代对汉赋经典的建构、认可、接受，也从文学选本中得以体现。明代各种文学选本和总集都对汉赋作品有一定的收录和保存，以下我们分三种情况进行比较分析。需说明的是，第一，汉末建安时代的作家如"三曹""七子"等人，按惯例不计在汉赋作家之内。第二，赋的界限划分，历来颇有争议，有些作品题目虽不标"赋"，但实际是赋，我们也按照惯例列入赋体文学中，如"七体"以及个别论难、骚体的作品。

### （一）明代诗文总集对汉赋的收录

从南朝萧统的《昭明文选》开始历经唐、宋、元，每个时期的诗文总集或类书等都对汉赋有一定的收录。到了明代，诗文总集的编纂进一步发展，而且也都把赋作为重要的一个体类加以重视，如吴讷《文章辨体》、徐师曾《文体明辨》、李伯玙和冯原《文翰类选大成》、刘节《广文选》等。我们以这四种诗文总集为例，看汉赋收录情况（见表1）。

表1

| 作家 | 《文章辨体》（16篇） | 《文体明辨》（21篇） | 《文翰类选大成》（29篇） | 《广文选》（50篇） |
|---|---|---|---|---|
| 贾谊 | 吊屈原赋、鵩鸟赋、惜誓 | 鵩鸟赋、吊屈原赋、惜誓 | 吊屈原赋、鵩鸟赋、惜誓 | 旱云赋、惜誓 |
| 枚乘 | 七发 | | | 菟园赋、忘忧馆柳赋 |
| 庄忌 | | 哀时命 | 哀时命 | 哀时命 |
| 公孙乘 | | | | 月赋 |
| 刘安 | | | | 屏风赋 |
| 淮南小山 | 招隐士 | 招隐士 | 招隐士 | |

续表

| 作家 | 《文章辨体》（16 篇） | 《文体明辨》（21 篇） | 《文翰类选大成》（29 篇） | 《广文选》（50 篇） |
|---|---|---|---|---|
| 司马相如 | 子虚赋、上林赋、长门赋、难蜀父老 | 子虚赋、上林赋、长门赋、难蜀父老 | 子虚赋、上林赋、长门赋、哀二世赋 | 大人赋 |
| 董仲舒 | | | | 士不遇赋 |
| 孔臧 | | | | 谏格虎赋、杨柳赋 |
| 刘胜 | | | | 木赋 |
| 汉武帝 | 秋风辞 | 秋风辞 | 秋风辞 | 悼李夫人赋 |
| 东方朔 | 答客难 | 答客难、非有先生论 | | 七谏 |
| 司马迁 | | | | 悲士不遇赋 |
| 王褒 | | | 洞箫赋 | 九怀 |
| 刘向 | | | | 九叹 |
| 扬雄 | 甘泉赋 | 甘泉赋、长杨赋 | 甘泉赋、长杨赋、逐贫赋、反离骚 | 蜀都赋、河东赋、太玄赋、逐贫赋、解难、反骚 |
| 刘歆 | | | | 遂初赋 |
| 班婕妤 | 自悼赋、捣素赋 | 自悼赋、捣素赋 | 自悼赋 | 自悼赋、捣素赋 |
| 崔篆 | | | | 慰志赋 |
| 班彪 | | | 北征赋 | 游居赋 |
| 冯衍 | | | | 显志赋 |
| 杜笃 | | | | 论都赋、首阳山赋 |
| 梁竦 | | | | 悼骚赋 |
| 傅毅 | | | 舞赋 | |
| 崔骃 | | | | 达旨 |

续表

| 作家 | 《文章辨体》(16篇) | 《文体明辨》(21篇) | 《文翰类选大成》(29篇) | 《广文选》(50篇) |
|---|---|---|---|---|
| 班固 | 两都赋 | 两都赋、答宾戏 | 两都赋、幽通赋 | 终南山赋 |
| 班昭 | | | 东征赋 | |
| 黄香 | | | | 九宫赋 |
| 李尤 | | | | 函谷关赋 |
| 张衡 | | 思玄赋 | 二京赋、南都赋、思玄赋、归田赋 | 温泉赋、观舞赋、冢赋、应间 |
| 马融 | | | 笛赋、围棋赋 | 围棋赋 |
| 王逸 | | | | 九思 |
| 王延寿 | | | 鲁灵光殿赋 | 王孙赋、梦赋 |
| 赵壹 | | | | 疾邪赋 |
| 边让 | | | | 章华赋 |
| 蔡邕 | | 释诲 | | 述行赋、汉津赋、释诲 |
| 张超 | | | | 诮青衣赋 |
| 祢衡 | 鹦鹉赋 | 鹦鹉赋 | 鹦鹉赋 | |

（说明：班固《两都赋》、张衡《二京赋》均按 1 篇统计）

从表 1 可以看出，前三种总集所收录的作品与《文选》基本相同，说明这些汉赋作品经过长时间的流传，逐渐被经典化了，被明人认同。《广文选》收录《文选》以外的作品，所选汉赋作品虽与其他选本不同，但也具有一定的代表性，它进一步扩大了汉赋的经典范围，其价值不可忽视。

## （二）明人所编大型总集

明代随着文学的不断发展，有人把前代作家的别集编辑在一起，成为跨代的大型总集，其中最有代表性的如张燮《七十二家集》、张溥《汉魏六朝百三家集》。《七十二家集》收有汉代作家 10 人，赋作 68 篇，《汉魏六朝百三家集》收有汉代作 16 人，赋作 87 篇①。这对于汉赋的广泛传播具有积极意义，同时，由于汉赋数量的增加，也进一步扩大了汉赋经典的范围。

## （三）明代专门的辞赋选本对汉赋的收录

随着赋学的不断发展和诗文总集编纂的专门化，明代出现了许多专门的辞赋选本，这些选本对汉赋都有一定的收录。据《明史·艺文志》及有关史料，这类选本有李鸿《赋苑》、陈山毓《赋略》、俞王言《辞赋标义》、周履靖《赋海补遗》、袁宏道辑、王三余补《精镌古今丽赋》等。由于专门收录赋作，所以与前面所举诗文总集相比，汉赋作家、作品数量又有增加。这里选择《赋苑》（收录先秦至隋代赋）和《赋略》（含外篇）（收录先秦至明代赋）两种，以窥全豹（见表2）。

表 2

| 作家 | 《赋苑》（110 篇） | 《赋略》（50 篇） |
|---|---|---|
| 贾谊 | 吊屈原赋、旱云赋、虡赋、鹏鸟赋、惜誓 | 吊屈原赋、鹏鸟赋、惜誓 |
| 庄忌 | | 哀时命 |
| 枚乘 | 菟园赋、忘忧馆柳赋 | 七发、菟园赋 |
| 邹阳 | 酒赋、几赋 | |
| 羊胜 | 屏风赋 | |
| 路乔如 | 鹤赋 | |
| 公孙乘 | 月赋 | |
| 公孙诡 | 文鹿赋 | |
| 刘安 | 屏风赋 | |

---

① 张溥编纂《汉魏六朝百三家集》借鉴了张燮《七十二家集》，所以收录的作品大部分相同。但也增加了刘向、刘歆等人的别集，有较大的价值。

续表

| 作家 | 《赋苑》（110篇） | 《赋略》（50篇） |
|---|---|---|
| 淮南小山 | | 招隐士 |
| 司马相如 | 子虚赋、上林赋、大人赋、长门赋、哀二世赋、美人赋、悲士不遇赋 | 子虚赋、大人赋、长门赋、哀二世赋、美人赋 |
| 董仲舒 | 士不遇赋 | 士不遇赋 |
| 孔臧 | 谏格虎赋、杨柳赋、鸮赋、蓼虫赋 | |
| 刘胜 | 文木赋 | 文木赋 |
| 汉武帝 | 悼李夫人 | 悼李夫人 |
| 东方朔 | | 七谏 |
| 王褒 | 洞箫赋 | 洞箫赋、九怀 |
| 刘向 | | 九叹 |
| 扬雄 | 甘泉赋、羽猎赋、长杨赋、河东赋、太玄赋、逐贫赋、酒赋 | 反离骚、甘泉赋、羽猎赋、长杨赋、河东赋、蜀都赋、太玄赋、逐贫赋 |
| 刘歆 | 遂初赋、甘泉宫赋、灯赋 | 遂初赋 |
| 班婕好 | 自悼赋、捣素赋 | 自悼赋 |
| 桓谭 | 仙赋 | |
| 崔篆 | | 慰志赋 |
| 班彪 | 北征赋 | 北征赋 |
| 冯衍 | 显志赋 | 显志赋 |
| 杜笃 | 论都赋、首阳山赋、书槽赋 | 论都赋 |
| 傅毅 | 舞赋、洛都赋、琴赋 | 舞赋 |
| 崔骃 | 反都赋、大将军临洛观赋、大将军西征赋 | |

续表

| 作家 | 《赋苑》（110 篇） | 《赋略》（50 篇） |
|---|---|---|
| 班固 | 两都赋、幽通赋、览海赋、终南山赋、竹扇赋、游居赋 | 幽通赋、两都赋 |
| 班昭 | 东征赋、大雀赋、铖缕赋、祓禊赋 | 东征赋 |
| 黄香 | 九宫赋 | |
| 李尤 | 函谷关赋、平乐观赋、东观赋、德阳殿赋、辟雍赋 | |
| 苏顺 | 欢怀赋 | |
| 张衡 | 二京赋、南都赋、思玄赋、归田赋、髑髅赋、冢赋、观舞赋、温泉赋、羽猎赋 | 二京赋、南都赋、思玄赋、归田赋 |
| 马融 | 长笛颂、围棋赋、樗蒲赋、琴赋 | 广成颂、长笛颂、围棋赋 |
| 王逸 | 机赋、荔支赋 | 九思 |
| 王延寿 | 鲁灵光殿赋、梦赋、王孙赋 | 鲁灵光殿赋、王孙赋 |
| 崔寔 | 大赦赋 | |
| 边韶 | 塞赋 | |
| 侯瑾 | 筝赋 | |
| 赵岐 | 蓝赋 | |
| 赵壹 | 穷鸟赋、疾邪赋、迅风赋 | |
| 边让 | 章华赋 | 章华赋 |
| 蔡邕 | 述行赋、短人赋、汉津赋、协和婚赋、笔赋、琴赋、弹棊赋、胡栗赋、蝉赋、青衣赋、协初赋 | 述行赋 |
| 张超 | 诮青衣赋 | |

续表

| 作家 | 《赋苑》（110篇） | 《赋略》（50篇） |
|---|---|---|
| 张纮 | 瓌材枕赋 | |
| 祢衡 | 鹦鹉赋 | 鹦鹉赋 |

表2显示，《赋苑》收汉赋作家42人，赋作110篇；《赋略》收汉赋作家28人，赋作50篇，汉赋的经典作品的数量有了进一步扩大。两者所收录的重点作家的作品大部分相同，可以互相补充，基本反映了汉赋的整体风貌，也再次证明经典作品在不同选家眼里相同的文学地位。

通过三种不同类型的文学选本，可以明显看出汉赋的经典作品出现的频率。根据统计，出现次数最多的作家是贾谊（8次）、司马相如（8次）、扬雄（8次）、班固（8次）、张衡（7次）、班婕妤（6次）等。每位作家最高频率的作品是《吊屈原赋》（7次）、《鵩鸟赋》（7次）、《子虚赋》（7次）、《甘泉赋》（7次）、《两都赋》（7次）、《思玄赋》（6次）、《自悼赋》（6次）等。贾谊的《吊屈原赋》《鵩鸟赋》两篇作品，每种选本都同时被选录，可见其经典性。

此外，梅鼎祚《西汉文纪》《东汉文纪》，顾锡畴《秦汉鸿文》，冯有翼《秦汉文钞》等文集，对于汉赋作品也有一定的收录，尤其是收录七体、答难体作品，如《七发》《难蜀父老》《解嘲》《答客难》《答宾戏》等作品，也是值得关注的一个方面。

就各种选本所选辞赋作品而言，虽然各有自己的选择标准，但重点作家的作品普遍受到人们的重视，而且这种选择无疑也受到前代选本的影响。如南朝萧统的《文选》，宋代晁补之的《重定楚辞》《续楚辞》和《变离骚》，朱熹的《楚辞集注》和《楚辞后语》，元代祝尧的《古赋辨体》等。这些选本基本都选择了汉赋的精品，尤其是骚体赋、抒情赋，如果我们把明代选本所选汉赋作品与这些选本进行比较，就不难看出其中的渊源关系。这说明，文学作品在经历了不同时代的经典化之后，有价值的作品永远具有不朽的魅力，经典作品不仅没有随着时代变化而解构，反而不断加强，如贾谊以及汉赋四大家的作品，愈来愈被广泛流传。

## 三、评论家对汉赋的评论与推崇

明代评论家对汉赋的评论、认识、褒贬，对读者的阅读、接受起着重要的引导作用，这也是汉赋经典化的重要途径之一。

其中，注释虽是对作品的文字解释，但对于传播文学作品具有重要意义。通过注释文字，扫除了读者阅读时的语言障碍，便于更好地理解作品。而且所注释的作品往往具有代表性、典型性。明代对汉赋的注释，最主要的体现在对《文选》所录汉赋的注释，如张凤翼《文选纂注》、陈与郊的《文选章句》、闵齐华《文选瀹注》等。"文选学"从隋唐以来不断发展，各种注释文本较为繁多，明代的《文选》注释是对前代的继承和发展，使其中的汉赋作品在更广的范围内传播。

宋代以来的文学评点形式在明代也达到全盛时期，各种评点著作如雨后春笋般涌现出来。就专门的辞赋评点而言，陈山毓《赋略》、俞王言《辞赋标义》等，是把选赋和评点赋合而为一，如《赋略》评班彪《北征赋》："文温以丽，意悲而远，斯赋有焉。后之纪行者，大率祖此。"点评简练概括，指出了该作品的价值，给读者以深思。明代的辞赋评点值得一提的还有两种情况，一是与《文选》有关的，如孙鑛的《文选评》、瞿式耜批点《文选》，以及郭正域批点的《选赋》等，对《文选》收录的汉赋有较多的评论，大都重视汉赋的艺术特点和表现手法，有些评论还很有见地；二是与史传著作有关的，明代许多学者对《史记》《汉书》进行评点，如茅坤、归有光、陈仁锡、郝敬、钟惺，等等，以至于出现了凌稚隆《史记评林》《汉书评林》这样集大成的著作。这些史传著作中也收录一定的汉赋作品，如《史记》收录贾谊、司马相如等汉赋作品 9 篇，《汉书》收录贾谊、司马相如、东方朔、扬雄、汉武帝、班婕妤、班固等汉赋作品 24 篇①，这些作品

---

① 详参笔者《唐前史传文学研究》第九章《唐前史传与辞赋》，西北大学出版社 2000 年版。

大都是汉赋的经典之作，能被收入史书的人物传记中，具有相当的权威性。史书评点家在评点《史记》《汉书》时对这些汉赋作品也有一定的评点，这从另一层面扩大了汉赋的传播范围，也对这些作品的经典化具有积极意义。

各种文学选本在选录辞赋作品时，也往往有序言或者题辞，表明自己对汉赋的看法。吴讷《文章辨体序》承袭元代祝尧《古赋辨体》崇尚楚汉古赋而贬唐宋骈律之体。徐师曾《文体明辨序》仍继承这种主张，并进一步按照时代把赋分为古赋、俳赋、律赋、文赋四种形式，认为俳赋、律赋、文赋均有弊病，应学习古赋：

> 两汉而下，作者继起，独贾生以命世之才，俯就骚律，非一时诸人所及。他如相如，长于叙事，而或昧于情；扬雄长于说理，而或略于辞。至于班固，辞理俱失。若是者何？凡以不发乎情耳。然《上林》、《甘泉》，极其铺张，而终归乎讽谏，而风之意未泯；《两都》等赋，极其眩耀，终折以法度，而雅颂之义未泯；《长门》、《自悼》等赋，缘情发义，托物与辞，咸有和平从容之意，而比兴之义未泯。故虽词人之赋，而君子犹有取焉，以其为古赋之流也。……夫俳赋尚辞，而失于情，故读之者无兴起之妙趣，不可以言则也。文赋尚理，而失于辞，故读之者无咏歌之遗音，不可以言丽也。至于律赋，其变愈下，始于沈约"四声八病"之拘，中于徐、庾"隔句作对"之陋，终于隋唐宋"取士限韵"之制，但以音律谐协对偶精切为工，而情与辞皆置弗论。呜呼，极矣！①

这段评论，明确指出俳赋、律赋、文赋的弊病，推崇古赋的各种价值。他还认为应学习古赋的"发乎情止乎礼义"的宗旨，强调古赋对读者强烈的感染作用："其赋古也，则于古有怀；其赋今也，则于今有感；其赋事也，则于事有触；其赋物也，则于物有况。以乐而赋，则读者跃然而喜；以怨而赋，则读者愀然以吁；以怒而赋，

---

① 徐师曾：《文体明辨序说》，人民文学出版社 1998 年版，第 101 页。

则令人按剑而起；以哀而赋，则令人掩袂而泣。动荡乎天机，感发乎人心，而兼出于六义，然后得赋之正体，合赋之本义"。① 陈山毓在《赋略序》中对赋的艺术创作也有较全面的认识，他从裁（体裁）、轴（个性）、气（气势）、情（情感）、神（想象）五个方面对辞赋创作进行总结。在《赋略绪言》中还辑录历代赋论资料，按源流、历代、品藻、志遗、统论五个类别加以编排，并时常加有自己的按语，从中也可以看出作者对汉赋的源流、发展、变化的认识。其批点汉赋作品也能切中要害，如评枚乘《七发》："风气道上，才藻映发，决宏放绝，诡奇绝沉，至绝流利，无所不妙。"张溥《汉魏六朝百三家集》对每个作家的题辞也颇有见地，如评贾谊"骚赋词清而理哀"；司马相如"《子虚》《上林》非徒极博，实发于天才，扬子云锐精揣练，仅能合辙，犹《汉书》与《史记》也。……他人之赋，赋才也；长卿，赋心也。得之于内，不可传也"②。这些观点，对读者阅读有一定的启发作用。

明代一些诗话中对汉赋也有评论。如王世贞《艺苑卮言》卷一云：

> 作赋之法，已尽长卿数语，大抵须包蓄千古之才，牢笼宇宙之态。其变化之极，如沧溟开晦；绚烂之至，如霞锦照灼。然后徐而约之，使指有所在。……赋家不患无意，患在无蓄，不患无蓄，患在无以运之。
>
> 赋，览之初如张乐洞庭，襄帏锦官，耳目摇眩；已徐阅之，如文锦千尺，丝理秩然，歌乱甫毕，肃然敛容；掩卷之余，彷徨追赏。③

这两段话，谈论赋的创作方法以及阅读辞赋的审美感受，颇有见地。王世贞也非常推崇汉赋，《艺苑卮言》卷二云：

---

① 徐师曾：《文体明辨序说》，人民文学出版社 1998 年版，第 102 页。
② 张溥的题辞原分载于《汉魏六朝百三家集》每集卷首，今人殷孟伦先生集题辞为一书并加以注释，是为《汉魏六朝百三家集题辞注》，人民文学出版社 1960 年版。
③ 王世贞：《弇州四部稿》，四库全书本，上海古籍出版社 1987 年版，第 1281 册，第 350 页。

屈氏之骚，骚之圣也。长卿之赋，赋之圣也。一以风，一以颂，造体极玄，故自作者，毋轻优劣。①

《子虚》《上林》材极富，辞极丽，而运笔极古雅，精神极流动，意极高，所以不可及也。长沙有其意而无其材，班、张、潘有其材而无其笔，子云有其笔而不得其精神流动处。②

对司马相如在辞赋史上的地位及其代表作予以高度评价。胡应麟《诗薮》内编卷一也推崇汉赋，认为："骚盛于楚，衰于汉，而亡于魏。赋盛于汉，衰于魏，而亡于唐。"这与李梦阳、何景明"唐无赋"的观点相呼应。杂编卷一还说："东汉赋自《两京》《三都》《灵光》《东征》《北征》《思玄》《归田》《幽通》《长笛》诸篇外，余存者非词义寂寥、章旨断缺，即浅鄙可疑，未有越轶《文选》之上者。……然汉赋终于此，而赋亦尽于此矣。"明代"后七子"代表人物谢榛在《四溟诗话》中对汉赋亦有许多评论，如评司马相如《长门赋》、汉武帝《李夫人赋》："二赋情词悲壮，韵调铿锵，与歌诗何异"③，评祢衡《鹦鹉赋》："走笔立成，脍炙千古。譬如丹柰有色有味，到口即佳，不假于剥皮也。"④这些评论有助于读者更好地理解作品。

明代还有一些笔记著作、文人书信来往等，都在一定程度上表达了对汉赋作家和作品的认识。由于思想观念的不同，对同一作家往往会产生不同的评论。如对司马相如，方孝孺《与郑叔度书八首》认为："自汉以来，天下莫不学为文。若司马相如、扬雄亦其特者，而无识为已甚。……迨夫晋宋以后，萎弱浅陋不复可诵矣。人皆以为六朝之过，而安知实相如之徒首其祸哉！"⑤而把司马相如看成晋宋以来文坛

① 王世贞：《弇州四部稿》，四库全书本，上海古籍出版社 1987 年版，第 1281 册，第 360 页。
② 王世贞：《弇州四部稿》，四库全书本，上海古籍出版社 1987 年版，第 1281 册，第 364 页。
③ 谢榛：《四溟诗话》，人民文学出版社 1998 年版，第 11 页。
④ 谢榛：《四溟诗话》，人民文学出版社 1998 年版，第 75 页。
⑤ 方孝孺：《逊志斋集》，四部丛刊初编本，第 324 册，第 230 页。

衰败的罪魁祸首，持此看法的还有王守仁、胡直等人，而王世贞则认为司马相如是"赋圣"，出现两种截然不同的意见。

总体上看，明代各种形式的评论涉及赋学诸多问题，如汉赋的产生，汉赋的功能，汉赋的特征，汉赋的艺术手法，汉赋的重点作家、作品等。这些问题从汉魏六朝以来就有论述，明人有一定的继承并进一步发展，一些理论虽然还没有系统化，但却很有价值，对于汉赋的经典化起了积极作用。

## 四、汉赋经典化的意义

明代文学家、文选家、文论家，等等，从不同的方面对汉赋进行经典化的选择，使优秀的作家、作品得以不断传承，经典得以不断建构。这些方面是综合在一起的，互为因果。如各种选本的出现，就为文学家的学习借鉴、文论家的评论提供了重要依据；而文论家评论推崇的作品，又为文学家的学习、文选家的选择提供参考；文学家学习的作品，也常常为文选家、文论家所重视。我们可以看到，无论哪种途径，贾谊、司马相如、扬雄、班固、张衡等人及其作品，始终雄踞榜首。这是由于这些作品本身的思想价值、艺术价值所在，能引起不同人的关注。文学作品能否成为经典，能否经得起时间的长期检验，关键在于作品本身的价值。胡应麟《诗薮》杂编卷一云："《西京杂记》云：枚皋文章敏疾，长卿制作淹迟。今考《汉志》，皋赋之多为两京冠，至百二十篇。长卿荡思一生；赋不满三十。盖迟速之故。然皋赋今遂亡一存者，长卿六赋，古今以圣归之。后之作者，可以鉴矣。"西汉时期枚皋创作的辞赋多达120篇，但流传下来的寥寥无几；而司马相如创作辞赋虽然只有6篇，却被后人推崇为"赋圣"，这是值得思考的问题。谢榛《四溟诗话》云："枚乘始作《七发》，后有傅毅《七激》、张衡《七辩》、崔骃《七依》、马融《七广》……诸公驰骋文辞，而欲齐驱枚乘，大抵机括相同，而优劣判矣。"①枚乘的《七发》具有创造性，在赋的发展史上树立了大赋的典范，后来许多人模仿，

①　谢榛：《四溟诗话》，人民文学出版社 1998 年版，第 27 页。

但缺少新意，因此，后来的"七体"作品很少成为经典。从这些评论中我们可以看出，文学作品要成为经典，不在于作家创作数量的多少，不在于刻意模仿前人，关键在于自己的创新。

汉赋在明代的经典化途径，与前代相比，有相同的地方，也有不同的地方，更多的是在前人基础上进一步发展。通过分析汉赋在明代的经典化过程，我们可以看出几个重要问题。第一，文学经典化的过程，不仅仅是文学本身的问题，它与文学的产生发展一样，与社会的政治、文化需求密切相关。尽管时代不同、文化背景不同、读者不同，但文学经典化的过程，不可能脱离社会孤立进行。如明代的政治变化、复古思潮，不仅影响文学创作，也影响文学的经典化过程。第二，文学经典化，是读者对文学作品的阅读、欣赏、评论、扬弃的过程，与读者的文学素养、见识、审美观念密切相连。由于赋这种文体辞采华丽，苞括宇宙，没有广博的知识储备是很难进行创作和欣赏的。从明代经典化途径我们看到，能对汉赋进行学习、评论、评点的人大都具有较高的文化素养，有些甚至是文坛领袖，很少有普通百姓参与，所以，不像诗歌或通俗文学作品那样有更广的大众市场。而且由于人们观念的不同，同样的作家、作品，就有不同的评价，乃至于相反的评价。第三，文学经典化过程中，前代的观念和认识对后代有一定影响。虽然不同时代有自己不同的经典化途径，不可能是直线发展，但后期的观念总是或多或少受前期的影响，如明代辞赋选本的编纂、提倡古赋、对汉赋经典作品的评论等，都受到汉魏六朝以来对汉赋的选择、评论等影响。第四，文学经典化的过程，是读者对前代文学作品的学习、借鉴、认识，既是建构文学经典的过程，同时也是新的文学发展的基础，只有不断地总结前代创作经验，才能提高作者、读者的文学水平和欣赏能力，促进本时代的文学发展。

总之，汉赋在明代的经典化过程，是经过多种途径，经过不同层次的读者反复检验。明人对汉赋的认识，既继承了前代传统，也有自己的新见解；既有一定的理论，也有自己的新的辞赋创作。这些成就，既促进了明代的文学发展，也对清代辞赋发展以及汉赋在清代的经典化奠定了良好基础。如明代的辞赋选本《赋苑》《赋略》等，为清代陈元龙编纂大型辞赋总集《历代赋汇》产生重要影响；明人对辞赋的理论认识，为清代李调元《赋话》、浦铣《历代赋话》等理论著作的出现亦有重要影响。

——原载《文学评论》2012 年第 3 期

【评　介】

张新科，1959 年生，陕西眉县人，陕西师范大学文学院中国古代文学专业教授、博士生导师，国务院学位委员会第六届、第七届中国语言文学学科评议组成员，陕西师范大学国家重点学科中国古代文学学科负责人，兼任中国《史记》研究会副会长、中国古代散文研究会副会长、中国赋学会副会长、陕西省司马迁研究会会长，2014 年入选教育部"长江学者"特聘教授。

张新科先生较早关注汉赋及赋体文学的经典化建构之路，发表了一系列高水平的论文，包括：《汉赋的经典化过程——以汉魏六朝时期为例》《唐宋时期汉赋的经典化过程》《元代科举对汉赋经典化的影响》《汉赋在明代的经典化途径》《新时期对汉赋经典的重新建构》《古代赋论与赋的经典化》。《汉赋在明代的经典化途径》一文的价值体现在三个方面：

第一，汉赋接受与明赋创作的共同呈现。作者将文学创作视为文学批评的重要形式，从创作中的接受看汉赋在明代经典化的途径，这一点无疑是极具启发意义的。文章从元末明初入手，认为"明初辞赋创作主要学习贾谊、司马相如的作品。抒写情志者多用骚体形式，而体物者多用主客问答的形式，铺排较多"，成祖时期，随着综合国力的上升，描写京都、祥瑞的颂德之赋大量出现，作者认为都是"学习借鉴汉代都邑赋传统，大肆铺张描写，显示大明王朝的气势"，"为维护大一统的政治服务，仍然与汉大赋歌颂传统一脉相承"，而永乐以后到嘉靖时期，国力由盛转衰，但毕竟还有盛世余气，因此诸如山川、京都之赋仍在创作，效拟汉大赋之遗意，而这一时期直至明末，文人以特有的敏感抒写性情，感怀、不遇、伤时的作品不断涌现，汉人相应题材的创作都得到明人的重视。总之，汉代赋家及其作品成为

· 203 ·

明人文学生活的重要参照对象,"汉赋的榜样作用贯穿于整个明代,之所以有大赋和骚赋、体物和写志、歌颂和批判,是与社会政治紧密相连的"。

第二,阐发选本与汉赋经典化的关系。文章通过考察明代诗文总集、明人所编大型总集、明代专门的辞赋选本对汉赋的收录情况,尤其重点分析《文章辨体》《文体明辨》《文翰类选大成》《广文选》《赋苑》《赋略》选录辞赋的情况,认为明人在继承经典的同时,又扩大了经典的范围,"就各种选本所选辞赋作品而言,虽然各有自己的选择标准,但重点作家的作品普遍受到人们的重视,而且这种选择无疑也受到前代选本的影响",客观上说,明代的赋选、赋集,又对清人产生影响,因此明人的贡献是承上启下的。这就说明,明人虽不考赋,但他们延续了中国文学的传统,将汉赋视为辞赋发展的重镇,既强化已有的经典,又推出新的经典,在中国文学发展的链条中发挥了重要作用。

第三,重视明代评论家对推动汉赋经典化的贡献。明代汉赋的注释、评点首先是集中在《史记》《汉书》和《文选》所收录的赋中,《史记》《汉书》既是史学名著,又是文学经典,而《文选》是文学总集,自唐宋以来影响甚巨,实际上,许多完整的汉赋正是借助这三部书才得以保留全貌,因此明代评论家在这三部书上所进行的注释、评点,必然对进一步推动汉赋的经典化发挥作用。再者,文学选本的序言或者题辞,表明自己对汉赋的看法,比较具有代表性的如陈山毓的《赋略绪言》和张溥的《汉魏六朝百三家集题辞》,都能较有系统地发表颇有个人见地的观点。此外,如诗话、笔记著作、文人书信来往等也包括许多对汉赋的评点,这些文献不拘形式,但观点鲜明。"明代各种形式的评论涉及赋学诸多问题,如汉赋的产生,汉赋的功能,汉赋的特征,汉赋的艺术手法,汉赋的重点作家、作品等。这些问题从汉魏六朝以来就有论述,明人有一定的继承并进一步发展,一些理论虽然还没有系统化,但却很有价值,对于汉赋的经典化起了积极作用。"

因为赋体文学在汉代臻于极盛,汉赋成为魏晋以后赋家学习、效仿的榜样,或者说,汉赋在后世的接受是与赋体文学的发展紧密联系在一起的。科举制度确立后,进士科以诗赋取士逐渐成为定制,律赋在唐宋时期得到大的发展（宋曾罢诗赋，后恢复），而散体赋、骚体赋的创作依然盛行。及至元代，科考中变律为古，祖骚宗汉之风兴起。明代以八股文取士，在国家考试层面基本不考赋体，这与清代也有差异。清承明制，虽然在乡试、会试中不考赋，但如童生试、召试、朝考、庶吉士的月课、散馆、大考中都用到律赋，加之康熙皇帝在给《历代赋汇》作序时对赋体文学的褒扬，赋体文学在清代又成一时之盛。明代处于元清之间，一直以来，明代赋体文学的创作和赋学思想的研究都没有得到相应的重视。《汉赋在明代的经典化途径》一文从汉赋传播的角度，不仅考察了汉赋在明代接受的全过程，而且也以此为基础，勾勒了明赋与明代赋学思想发展的状况，值得我们珍视。

（蒋晓光）

**张新科赋学论著目录：**

《唐前史传与辞赋》，《中州学刊》2000 年第 5 期。

《汉赋的经典化过程——以汉魏六朝时期为例》，《人文杂志》2004 年第 3 期。

《唐宋时期汉赋的经典化过程》，《陕西师范大学学报》（哲学社会科学版）2008 年第 1 期。

《汉赋在明代的经典化途径》，《文学评论》2012 年第 3 期。

《古代赋论与赋的经典化》，《陕西师范大学学报》（哲学社会科学版）2013 年第 2 期。

《元代科举对汉赋经典化的影响》，《南京大学学报》（哲学·人文科学·社会科学）2015 年第 1 期。

《新时期对汉赋经典的重新建构》（第一作者），《文史哲》2016 年第 5 期。

# 文人集团与赋体创作

## 曹 虹

在早期赋史上，具有文人集团雏形意味的创作群体，以梁园宾客与邺下俊才最为著名。这两个团体的形成，都与某个政治中心对文人的吸引力有关。以政治中心为中介而集合文学力量，其可能性是如何实现的？赋家的个性与审美的自由度如何达成？由于中古时期文人集团的构成大多如此，所以对早期雏形的分析，仍意在从个案中找出文人集团与赋体创作的内在关系。

## 一、从梁园宾客谈起

谢惠连的名作《雪赋》设置了这样一个富于诗意的游宴场面：

> 岁将暮，时既昏，寒风积，愁云繁。梁王不悦，游于兔园。乃置旨酒，命宾友，召邹生，延枚叟。相如末至，居客之右。①

接着，以司马相如、邹阳、枚乘即景咏雪为线索，完成全赋的结构。虽然这一具体场面的安排系赋家的艺术虚构，但梁园宾客作为与赋体创作关系密切的文人集团的雏形，则无疑是一个真实的历史存在。这种雏形的主要意义就在于能够指示中古时期文人集团的一般构成②，

---

① 萧统编，李善注：《文选》卷十三，上海古籍出版社 1986 年版，第 591 页。

② 文中"中古"一词系沿用刘师培《中国中古文学史》的界义，指公元 2 世纪末至 6 世纪末。

即围绕着某个政治中心而形成的、具有一定创作倾向的作家群。

班固《汉书》卷五十一《枚乘传》指出："梁客皆善属辞赋,乘尤高。"枚乘的作品,《汉志》著录了九篇,其中尤以《七发》最负盛名。除他而外,《汉志》还著录了严忌(原姓庄,避汉明帝讳改)的赋十一篇,今存《哀时命》一篇。《西京杂记》卷四还载有梁王游忘忧馆时诸客所作之赋,他们是:路乔如(作《鹤赋》)、公孙诡(作《文鹿赋》)、邹阳(作《酒赋》及为韩安国代作《几赋》)、羊胜(作《屏风赋》)及枚乘(作《柳赋》),颇有一种彬彬之盛的创作气象。虽然《西京杂记》所载的如上作品可能是出于后人的伪托①,但为什么要托名于梁园宾客,却也颇耐人寻味。此外,大文豪司马相如曾于青年时代客游梁,得与枚乘诸人同游共处,并孕育出《子虚赋》那样开一代风气的宏篇巨构,更增添了梁园宾客的丰采。

当然,梁园宾客这一群体形象的出现,不仅仅是因为他们"皆善属辞赋",更重要的,他们是以一种特殊的身份而会聚于某个政治中心周围的。这里蕴含着文人集团得以形成的一些基本要素。据《汉书》卷五十一《邹阳传》载:"汉兴,诸侯王皆自治民聘贤,吴王濞招致四方游士,(邹)阳与吴严忌、枚乘等俱仕吴,皆以文辩著名。"又同书《梁孝王传》载:"(梁孝王)招延四方豪杰,自山东游士莫不至。"可见,此时邹、枚等的出"仕",实际上是兼"游士"与文客的双重身份,因而才能"以文辩著名"。所谓"游士",顾名思义,就应有一定条件对自己的出处加以自由选择和自由流动。而汉初实行的诸侯王分封制正提供了相应的条件。诸侯王"自治聘贤",这与当时的中央集权的政治形成了某种抗衡的局面。作为权势地带,虽然诸侯王与中央政权有小大之殊,但却隐含着某种在不完全平等的客观条件下从事竞争的意味,至少在罗致人才方面是如此。与战国时代诸国贵公子争相养士不同的是,汉初诸侯王是作为中央的藩国而认可的,但诸侯王若想在皇族刘氏中显示各自的声誉,同样需要作出姿态以加强自己对游士的吸引力。与权威更高的中央政权相比,藩王对宾客反而可能

---

① 《西京杂记》,据余嘉锡考订,实葛洪作,详《四库提要辩证》,中华书局 1980 年版,第 1007 页。

表现出更高的礼遇和诚意。我们从《汉书·枚乘传》记载他"久为上国大宾"的文字中，可以想见他曾得到吴王和梁孝王怎样的礼遇。

就"游士"自身而言，在相应的政治条件下，也能有一定的机会对个人的志趣、爱好加以主动的把握，因而易于造成某些志趣投合的人士走到一起。应该说，战国游士主要是以智谋著称，他们的游谈活动始终与从政的兴趣相关联。汉初的游士则大抵兼有谋士与作家两种身份。他们在一定程度上仍然有政治上的抱负，正如邹阳《上书吴王》中所言："圣王底节修德，则游谈之士，归义思名。"①这种保持着清醒的政治头脑的"游谈之士"与某个政治中心的关系，必然表现为合则留，不合则去。枚乘、邹阳、严忌三人先游吴，后又离吴共游梁，就主要意味着对吴王是否"底节修德"的政治选择。但不能不看到，由于大一统政治形态的逐渐强化，个人对政治的选择机会日益受到限制，谋士的身份趋于消失，而文士的身份转而明显。与此相应，他们在对某个政治中心作出选择时，政治倾向上的一致性转变为更潜在的因素，而寻求艺术上的知音同好的动机则凸现出来。

例如，汉景帝因枚乘曾规谏过欲叛乱的吴王，"召拜乘为弘农都尉。乘久为大国上宾，与英俊并游，得其所好，不乐郡吏，以病去官"②。枚乘所"好"的"与英俊并游"的生活，应该说是包含着很浓的艺术情调的。再如司马相如的"客游梁"，也表现出对个体艺术生命的自重。据《史记·司马相如列传》载，相如"以赀为郎，事孝景帝，为武骑常侍，非其好也。会景帝不好辞赋，是时梁孝王来朝，从游说之士齐人邹阳、淮阴枚乘、吴庄忌夫子之徒，相如见而说之，因病免，客游梁"。可见，如果司马相如对于自己的文学才华没有一种充满生命感的表现欲，对于文学之友没有一种相见恨晚的渴念，那么他大概不会如此迅速地加入梁园宾客的行列之中。③

---

① 萧统编，李善注：《文选》卷三十九，上海古籍出版社1986年版，第1762页。

② 《汉书》卷五十一《枚乘传》。

③ 关于邹、枚、严与司马相如诸人入梁时间，历来有争议。今从《资治通鉴》，定为景帝二年。

沈约《高松赋》中写道："于时风急垄首，寒浮塞天；流蓬不息，明月孤悬。檀栾之竹可咏，邹、枚之客存焉。"①李调元指出：此赋当如王俭《和竟陵王子良高松赋》、谢朓《高松赋奉竟陵王教作》一样，是"同时应教所作"②。这里以"邹、枚之客"自喻，文外之意是以齐竟陵王萧子良比作梁园主人，以称美当时的主客相得。另外，梁昭明太子萧统《答晋安王书》中还提道："昔梁王好士，淮南礼贤，远致宾游，广招英俊，非惟籍甚当时，故亦传声不朽。"③淮南王刘安所统治的藩国在学术和文学上都有重要的建树，结集在他手下的"宾客方术之士数千人"④，其规模与梁园相比有过之而无不及。更有甚者，与梁园主人没有什么文才不同，刘安本人却能够创作，《汉志》就著录其赋八十二篇，数量颇为可观；再加上淮南王群臣赋四十四篇，主客之间也许更容易进行文学交流。但由于淮南王及其群臣的赋作几乎全部散佚，只留下一篇题为淮南小山的《招隐士》⑤和题为刘安的《屏风赋》⑥，他们在赋史上的群体形象反而不如梁园宾客来得清晰，因此，"邹、枚之客"便更适合成为文人雅集盛会的象征。当然，梁园宾客与淮南王群臣处于相同的文化氛围中，都多少具有"客"的身份和"游"的性格，而"梁王好士"与"淮南礼贤"也同为后人所仰慕或叹赏。

像梁园这样的政治中心所发生的中介作用是值得深思的。如果说梁园宾客的时代还存在着若干并峙的政权可供士人自由选择，那么，在大一统的政治机制日益完善的情况下，如何通过政治中心的力量，

① 严可均辑：《全上古三代秦汉三国六朝文·全梁文》卷二十五，中华书局 1958 年版，第 3100 页。

② 李调元《雨村赋话》卷一曰："梁沈约《高松赋》……谢玄晖、王仲宝俱有《和竟陵王高松赋》，而此篇有'平台北园'及'邹、枚之客'等语，想亦同时应教所作。竟陵王，齐武帝之子萧子良也。"（万有图书公司 1976 年版，第 3 页）

③ 萧统撰，俞绍初校注：《昭明太子集校注》，中州古籍出版社 2001 年版，第 74 页。

④ 《汉书》卷四十四《淮南王传》。

⑤ 见王逸《楚辞章句》，洪兴祖《楚辞补注》本。

⑥ 见《古文苑》，《四部丛刊》本。

为文人集团的形成提供可能的条件，就显得更为严峻了。

## 二、政治中心对文人的吸引力
### ——以建安时期"俊才云蒸"为例

所谓政治中心对文人的吸引力，此处特指其能诱发文人集团形成的中介作用。就是说，政治中心提供适合文人集团活动的条件与气氛，它以其政治实力吸引文人，但并不以其政治权威役使文人，因为任何一个健全的文人集团不可能完全是现实政权的附属品。这种吸引力明显地表现在政治中心的代表人物与周围文人的关系上，亦即需要有一种富于平等意味的关系形态（至少表面上是这样），以突破或淡化政治生活中的君臣关系。在这个意义上，由梁园宾客所体现出来的客主关系就显得十分可贵。

不可否认，梁园宾客的出现有其得天独厚的历史条件。如前所述，西汉初年中央集权的政治还有较大的间隙地带，各诸侯王拥城自治，广延宾客，这种便于自由流动的社会环境对士人的心理也产生了一定的影响。《七发》中"吴客"对"楚太子"的开导和训谕，可以说间接反映了这一阶段宾客富于自信心和主动性的身份意识。随着大一统专制的强化，必然要在各方面控制和削弱藩国的势力，那么，具有游士性格、参与政治决策的宾客也就趋于名存实亡。枚乘之子枚皋被汉武帝"俳优畜之"①，这与枚乘"久为大国上宾"的境遇，已有了很大的悬殊。从中也可窥见大一统的全盛时期对于较为平等的宾主关系的冲击和瓦解。

尽管如此，客主关系作为一种富于自由结合力的关系形态却也没有绝迹，这在较为开明的君王及其子弟接引文士时，或多或少有所体现。最值得注意的，是建安年间三曹与以七子为代表的邺下文士的交谊。

建安文学的成就之高历来令人瞩目。刘勰《文心雕龙·时序》谓：

---

① 《汉书》卷六十四上《严助传》。

> 魏武以相王之尊，雅爱诗章；文帝以副君之重，妙善辞赋；
> 陈思以公子之豪，下笔琳琅：并体貌英逸，故俊才云蒸。

突出了具有政治领袖地位的曹氏父子以其非凡的文学素养，对当时文坛产生的凝聚力。三曹以如此的文学才华，凭借着优越的政治地位，成为当时文坛的核心，这固然是一代盛况。但对当时的历史细加考察，则不难发现，在邺下文人集团的形成过程中，三曹的作用是有区别的，不应一概而论，尤其应突出曹丕的作用。

当然，曹操无疑也具有网罗人才之功，但他主要是立足于建立邺下政治中心，更多的是想让他所罗致的人才成为其政治工具。因此，在众多才士与曹操之间并没有真正体现出宾主式的关系。由此也可以理解，曹操一方面能够出于政治的考虑而对才士以礼相招，另一方面也会因其对政权的威胁而加以贬抑甚或诛灭。他对孔融的态度就是如此。所以，作为邺下政治中心的缔造者，曹操当之无愧；但使这个政治中心具有较强文学吸引力的，则应看到曹丕的作用。换言之，曹丕更为有意识地使自己与周围文士建立起一种亲善的宾主关系。在这一点上，他的贡献既远过于其父，亦非其弟曹植可比。

张溥曾将曹操与曹丕对待文士的态度加以对比，指出：

> 操杀文举，在建安十三年。时僭形已彰，文举既不能诛之，又不敢远之，并立衰朝，戏谑笑傲，激其忌怒，无窦肉馁馁虎，此南阳管乐所深悲也。曹丕论文，首推北海，金帛募录，比于扬、班，脂元升往哭文举，官以中散，丕好贤知文，十倍于操。①

在曹操的政治生涯中，建安十三年具有某种转折意味，作为当时文士之精英的陈、刘、应、阮等都已汇聚于其幕下，王粲也正是在这一年

---

① 《孔少府集题辞》，张溥撰，殷孟伦注：《汉魏六朝百三家集辞注》，人民文学出版社 1960 年版，第 57 页。

投奔他的。他似乎已不复需要为招买人心而显示其大度了。对于孔融的"忌怒"就是一个信号。也正是从这时起，曹丕作为文士之朋友和"知音"的形象则日益清晰起来，标志之一就是如张溥所表彰的对孔融的敬意。

刘桢可谓是继孔融之后的又一位刚直之士。《世说新语·言语》刘孝标注引《典略》曰："建安十六年，世子（丕）为五官中郎将，妙选文学，使桢随侍太子。酒酣，坐欢，乃使夫人甄氏出拜，坐上客多伏，而桢独平视。他日公（操）闻之，乃收桢，减死输作部。"张溥《刘公幹集题辞》认为："公幹平视甄夫人，操收治罪，文帝独不见怒。死后致思，悲伤绝弦，中心好之，弗闻其过也。其知公幹，诚犹钟期、伯牙云。"①将曹丕比作笃于友情的伯牙，这种赞扬是极高的。刘桢生前曾写有《赠五官中郎将》诗四首，对曹丕与自己的友情作了相当真切的描述，例如第二首描写自己在漳水边养病，曹丕亲来看望时的情景，其中"所亲一何笃，步趾慰我身；清谈同日夕，情盼叙忧勤"；"望慕结不解，贻尔新诗文"之句②，描绘出一幅高山流水赏知音的画卷。

本来，要按政治生活中的主从关系看，陈、徐、刘、应诸子所充当的不外是"雍容侍从"的角色。③ 但从曹丕对他们"一时俱逝"的痛惜之情看，似远非这种"雍容侍从"的关系所能解释。曹丕《与吴质书》谓："间者历览诸子之文，对之抆泪……昔伯牙绝弦于钟期，仲尼覆醢于子路，痛知音之难遇，伤门人之莫逮。"④此处以艺术上的"知音"和学术上的"门人"关系来表示自己的"伤痛"，并非是矫情的比附。

---

① 引张溥撰，殷孟伦注：《汉魏六朝百三家集题辞注》，人民文学出版社1960年版，第84页。
② 逯钦立辑校：《先秦汉魏晋南北朝诗·魏诗》卷三，中华书局1979年版。
③ 吴质：《答魏太子笺》，萧统编，李善注：《文选》卷四十，上海古籍出版社1986年版，第1825页。
④ 萧统编，李善注：《文选》卷四十二，上海古籍出版社1986年版，第1897页。

曹丕与邺下文士之间之所以能突破"雍容侍从"的政治关系，这有客观的和主观的因素。从客观方面看，曹丕是曹操的嗣子，虽然曹操对是否立长一度有过犹豫，但建安十六年任命曹丕为五官中郎将，为丞相副，虽没有太子之名，却已基本上有"太子"之实。① 加上曹操特别注重子弟的文学修养，为子弟置文学或庶子官属，那么，虽然曹丕也经常从军出征，与闻政事，但他作为"丞相副"的生活，则是相当的富于文学意味的，他与文士的游处也是最方便的。从主观方面看，曹丕的个性是"虑详而力缓"②，在为人方面十分留意于"自固之术"③。而贾诩教导他的"自固之术"是："恢宏德度，躬素士之业；朝夕孜孜，不违子道。""不违子道"，那是要取悦于其父；"恢宏德度，躬素士之业"，则可以广收人心。"自固之术"的求取，本来显然有政治动机和个人私欲，这毋庸讳言。但曹丕从"躬素士之业"的实践中能够表现出对实际功利的某种超脱，却值得肯定。他提出："盖文章，经国之大业，不朽之盛事。"人类纯学术或文学事业自应有其永恒的价值，他对此深有体认。尤其是作为一个有势位之尊的公子，他能认识到"文章之无穷"可以"不托飞驰之势"而声名自传于后④，确属可贵。

在这种价值观的作用下，曹丕一方面能够尊重文士，主动与文士交好，与他们取得相互理解的情感基础。如《世说新语·伤逝》载："王仲宣好驴鸣。既葬，文帝临其丧，顾语同游曰：'王好驴鸣，可各作一声送之。'赴客皆一作驴鸣。"这一奇特的送葬之举，反映了曹丕对王粲的深情厚谊。再如，他发起写作《寡妇赋》，也可说明他与文士间的感情关系。其《寡妇赋序》谓：

> 陈留阮元瑜，与余有旧，薄命早亡。每感存其遗孤，未尝不

---

① 此一问题可参廖仲安《关于曹植的几个问题》，《反刍集》，北京师范大学出版社1986年版。

② 《文心雕龙·才略》。

③ 《三国志》卷十《魏书·贾诩传》。

④ 《典论·论文》。

怆然伤心，故作斯赋，以叙其妻子悲苦之情。命王粲等并作之。①

凡此都不应武断地解释为政治矫饰。基于这种感情基础，曹丕还有意识地提倡文士之间互敬互重的风气。他对建安七子"咸以自骋骥骤于千里，仰齐足而并驰"的风姿深为叹赏，力戒"文人相轻，自古而然"之陋习，这都有利于形成邺下文士的内向凝聚力。② 另一方面，曹丕能够发现并尊重艺术个性的存在，从而成为文学批评实践上的"知音"者。他对建安七子艺术成就的评估以及提出"文以气为主，气之清浊有体，不可力强而至"的著名论断③，看来不是偶然的。

与曹丕相比，曹植在对邺下文人集团形成的作用方面，无疑是要逊色一些。也就是说，曹植更多地表现为建安文学的才气纵横的实践者，而较少地表现为雍容谦和的组织者。这或许与他"任性而行，不自彫励"的个性不无关系。④ 所以，在建安时期，曹丕是比曹植更堪称文坛"领袖"的。

由于政治中心的文学吸引力通常落实在其代表人物与周围文士的关系上，所以，在这种关系中的个人因素不容忽视。以上论述三曹对邺下文人集团形成的作用之差异，也就是基于这种考虑。当然，任何个人因素都不可能完全超越历史和时代所提供的条件或限制。在三曹周围所形成的"俊才云蒸"的局面，也不是偶然的。一方面，汉末朝政废弛，天下动乱，连年的军阀混战打乱了中央集权政治的原有秩序和观念，君臣纲常之礼也受到了冲击。曹氏政权在兴建之初能够唯才是举，吸引才人志士，正是顺应了新的时代风气和要求。另一方面，东汉后期士的力量明显壮大，特别是到了桓、灵之际，"主荒政缪，国命委于阉寺，士子羞与为伍，故匹夫抗愤，处士横议，遂乃激扬名

① 严可均辑：《全上古三代秦汉三国六朝文·全三国文》卷四，中华书局1958年版，第1073页。
② 《典论·论文》。
③ 《典论·论文》。
④ 《三国志》卷十九《魏书·曹植传》。

声，互相题拂，品核公卿，裁量执政"，清议中出现了"三君""八俊""八顾"等"称号"，标志着士的群体自觉。① 而"建安七子"始于曹丕的表彰，也应是这种群体自觉在文学领域的反映。自此以后，贯穿于两晋南北朝时期，出现过许多类似的品目，如"竟陵八友""高斋学士"等。梁园宾客的风韵，经过建安时代人文觉醒的洗礼，变得更为深入人心；并且也出现了具有纯粹民间性的文人集会的萌芽，如"兰亭修禊""兰台聚"等。当然，就对赋体创作的影响而言，还是以梁园宾客和邺下俊才为最重要。

## 三、文人集团的文学影响

如前所述，这种借助政治中心的吸引力而集结起来的作家群，具有特殊的构成形态。其文学生命力的保持和发挥尤其突出地表现在这样两个方面：第一是审美趣味的丰富性，第二是艺术个性的充分展现。这两个方面是紧密关联着的。

所谓审美趣味的丰富性，主要是着眼于在审美趣味上能够同中容异，在丰富性中体现某种共同的审美理想。而所谓艺术个性的充分展现，就是指在群体性的文学生活中能调动而不是滞碍个人的艺术潜力，从而更好地体现时代的声音。从这两个方面看，并非没有教训可言。前者如梁朝诸帝所推行的"宫体"文学风靡一时，单一地以描写感官性的女性美为务；后者如宋文帝刘义隆"好为文章，自谓人莫能及，（鲍）照悟其旨，为文章多鄙言累句。咸谓照才尽，实不然也"②。当然，刘义隆还不能称为那种具有文学吸引力的政治人物。但以政治人物来担当文学群体的主轴，其最严重的问题就是审美趣味雷同单一，艺术个性受到压抑，那么，艺术创作上的表面繁荣终将暴露出其实际的枯萎。正是在这个意义上，梁园宾客和邺下俊才有其可贵之处。他们之所以在汉魏六朝赋史上成为两个最引人注目的文人群体，就在于保持了丰富的审美趣味和体现出多姿的艺术风貌。

---

① 《后汉书》卷六十七《党锢列传》。
② 《南史》卷十三《鲍照传》。

　　像枚乘和司马相如这样的作家，后世可能把他们视为宫廷文人的始祖，但他们实际上却曾是一身而兼具游士与文士的双重身份，与后来的宫廷俳优式的文人不可简单并提。作为宫廷文学的前奏，《七发》等作品富于创造性的特点不容忽略。文学的娱乐性和讽喻性之所以能在这些作品中得到全新的表现，显然与其开放的审美情趣有关。

　　建安文风以"雅好慷慨"著称于世①，这一时代的"慷慨"之音同样也离不开通过具有艺术个性的作家加以体现。在建安时期的赋体创作中，开始出现了应教酬唱式的同题共作现象。这一方面固可说明此时以文会友之盛；但另一方面这类作品也极易流于一般化的应酬。值得注意的是，这时并非所有应教酬唱之赋作都仅限于应酬或练笔的意义，相反，其中有些作品尚能较好地体现作者的生活感受和艺术风格。

　　据现有的资料看，应教酬唱的赋作大量出现于曹丕为五官中郎将至为太子的七八年间。在此之前，已有同题共作性质的作品问世，集中于纪征述行一类的题目，但不一定出于应教受命而作。例如，建安十三年曹操南征荆州，曹丕作《述征赋》，阮瑀作《纪征赋》，徐幹《序征赋》和王粲《初征赋》可能写于次年随军北归途中。从题目看，前三人用"述征""纪征""序征"，其实是一个意思，不排除有某种相约同作的成分。但由于都有自己的生活感受，故不失为反映现实政治军事生活的较好的作品。王粲《初征赋》的写作，是否也受到以上三赋作者的邀约？这虽无法推测，但他的赋中对内心独特感情的抒发更其突出。如果以上四赋是相续而作，那么王粲之赋可谓后出转精。赋中写道：

　　　　超南荆之北境，践周豫之末畿……行中国之旧壤，实吾愿之所依。②

① 《文心雕龙·时序》。
② 严可均辑：《全上古三代秦汉三国六朝文·全后汉文》卷九十，中华书局 1958 年版，第 959 页。

寓个人经历和感慨于字里行间，与两三年前在刘表幕下所作《登楼赋》"览斯宇之所处兮，实显敞而寡仇……虽信美而非吾土兮，曾何足以少留"，悲喜之情虽异，而忠实于理想的心志则同。此处的"吾愿"也就是《登楼赋》中所咏的"冀王道之一平"的理想，具有深广的社会内涵。

在大量出现的同题作品中，有相当一部分是出于曹丕的命题或倡导。曹丕的个人创作较注重作品的感发性，如他曾作过《感物赋》，直接把"感物"一词作为赋题出现，再如他作《柳赋》，其序曰：

> 昔建安五年，上与袁绍战于官渡，是时余始植斯柳。自彼迄今，十有五载矣！左右仆御已多亡。感物伤怀，乃作斯赋。①

在感物中寓有人事变迁之慨。在曹丕命他人同作或与他人唱和的作品中，能够注意艺术的感发情志的功能，这尤其表现在曹丕本人带头引入了直接感事的题材。如《寡妇赋》（王粲、丁廙等亦作）、《悼夭赋》（王粲作《伤夭赋》）、《出妇赋》（王粲、曹植亦作）等，把普通妇女的情感世界作为直接描写对象。将这类人事题材引入赋的写作中，是前所鲜有的，因而具有一定的突破性的意义，不能因其为应教或酬唱之作而轻视之。

另外值得一提的是，曹丕、王粲、曹植均作了《出妇赋》，关于这个题目的取材来源，曹丕《代刘勋出妻王氏序》谓：

> 王宋者，平虏将军刘勋妻也，入门二十余年。后勋悦山阳司马氏女，以宋无子出之。还于道中作诗。②

三赋都同为此事而作，都用代言语气，但却不因是同题而在立意上强求一致。以曹丕与王粲的赋作相对比，他们所把握的女主人公的情绪

---

① 严可均辑：《全上古三代秦汉三国六朝文·全三国文》卷四，中华书局1958 年版，第 1075 页。

② 《先秦汉魏晋南北朝诗·魏诗》卷四。

大为不同。曹丕写道："伤茕独之无恃，恨胤嗣之不滋"，"信无子而应出，自典礼之常度"。① 虽表示同情，但使她蒙上了一层阴郁的自悔的色调。王粲赋中则是这样解释"她"的被"出"：

　　君不笃兮终始，乐枯荑兮一时！

这里强调的是她丈夫朝三暮四的劣迹，读后使人感到女主人公具有一股凛然正气；应受责难的不是自己的什么过失，而是其夫的轻薄寡情。对于轻薄之人，还有什么值得留恋呢？所以便是：

　　马已驾兮在门，身当去兮不疑！②

此处的"不疑"，恰好与曹丕赋中"情怅恨而顾望"形成对比，从她的不复顾望的坚定神色中，王粲写出了一位人格不可侮的高傲的女性。同样的素材，却作了如此不同的处理，使读者无雷同之感。更重要的是，这显示了在当时同题共作的格局下，能够容纳互有冲撞之意的主题，可见其创作自由的气氛之浓。这种由情任气的环境是艺术个性充分发展的基本保障，也是文人集团获得生命力的重要条件所在。

　　在中国文学流派发展史上，汉魏六朝阶段大约只能算是一个发端期。无论是一群宾客以梁园为基地，互相像枚乘那样乐"与英俊并游"，还是怀有文学事业心的太子曹丕与一群文士结为"知音"，共同从事一定的文学活动，都只能算是后世纯粹的文人社团或文学流派的前奏。因为在具有更为明确的团体宗旨和自觉的风格追求上，他们都无法与后世的一些诗派或文派的文学影响相提并论。尽管如此，在梁园宾客、邺下俊才这些早期文人群体中，蕴含着如何相互吸引、相互尊重、摆脱权贵作风(后世可能变形为门户作风)、充分发展艺术个

① 严可均辑：《全上古三代秦汉三国六朝文·全三国文》卷四，中华书局1958年版，第1073页。
② 严可均辑：《全上古三代秦汉三国六朝文·全后汉文》卷九十，中华书局1958年版，第958页。

性等基本原则，这其中的经验或教训应该是总结流派发展史所不可忽略的内容。

——原载《文史哲》1990 年第 2 期，后收入《中国辞赋源流综论》（中华书局 2005 年版）一书，今从《中国辞赋源流综论》选入

## 【评 介】

曹虹，女，1958 年生，江苏南通人。1977 年考入南京大学中文系，先后在南京大学获文学学士、文学硕士、文学博士学位，曾师从著名学者程千帆先生。南京大学教授、博士生导师，曾任日本京都大学文学部外国人研究员（1991—1992）、韩国高丽大学中文系外国人教授（1997—1998）。全国高等学校古籍整理与研究工作委员会委员、中国骈文学会会长。主要从事中国古代文学、佛教及域外汉文学研究，其代表著作有《阳湖文派研究》《洛阳伽蓝记释译》《慧远评传》等，发表学术论文近百篇。

该文以两汉时期"梁园宾客"和"邺下文士"两个创作群体为例，认为这种文人集团的形成不是以政治核心人物的政治导向为决定力量，而是以政治中心的主人对待文人关系为依决力量。其中上下和谐的"宾主关系"和自由的艺术创作环境至关重要，这也为后世纯粹的文人社团和文学流派的产生导其先路。

该文从全篇结构来看，分为三部分。

其一，论梁园宾客及其赋体创作。梁园宾客对汉代作家群的形成具有重要意义，梁园宾客的创作、游观也体现了这一文人集团所具有的特征和基本要素。文章认为梁园宾客文人集团具有"游士"与"文客"的双重身份，因而"以文辩著名"。这种"游士"具有"一定条件对自己的出处加以自由选择而自由流动"，这与当时政治之状况有密切关系。诸侯王可"自治聘贤"，为显树声威，"需要作出姿态以加强自己对游士的吸引力。与权威更高的中央政权相比，藩王对宾客反而可能表现出更高的礼遇和诚意"。但"游士"的游谈活动始终与从政的兴趣相关联，在政治上寻求一致性，表现出合则留，不合则去。但另一方面，也表现出对个体艺术生命的自重，如司马相如辞景游梁即是。

因此"梁王好士"与"淮南礼贤"在其特殊的政治背景中为文人集团形成提供了相似而和谐的文化氛围。

其二，论政治中心对文人的吸引力，即中央集权政治下如何影响和吸引文人。文章认为"政治中心提供适合文人集团活动的条件与气氛，它以其政治实力吸引文人，但并不以其政治权威役使文人"。政治中心的代表人物与周围文人的关系必须突破和淡化君臣关系，至少在表面上要达到平等意味的关系。邺下文人集团时期实际上还是要保持如汉初平等的"宾主关系"，这是文人集团形成的政治凝聚力之一。其次政治集团代表人物本身与文学的关系也在一定程度上决定这种文人集团的形成。曹丕对邺下文人集团的形成具有重要作用，在对待当时文士态度中，曹丕悼亡忆旧，每多表现出与当时文士在艺术上的"知音"和学术上的"门人"关系。曹丕不但从"躬素士之业"的实践中超脱实际功利，也力戒"文人相轻"之陋习，都有力地推动了邺下文士的内向凝聚。因此三曹时期"俊才云蒸"之局面既与政治状况及政治中心之吸引力有关，但核心凝聚力依然是"礼让"与"宾主关系"，这与士群体自觉关系便愈加密切，从而催生了纯民间性文人集会之萌芽。

其三，论文人集团对文学之影响。借助政治中心吸引力形成的文人集团，也最容易出现趋同和思想僵化之弊端，其应命之作、台阁之体往往不免焉。因此文学生命力之保持与发挥必须要注意审美趣味的丰富性和艺术个性的充分展现。梁园宾客和邺下俊才与梁陈宫体派相比，正在于其在审美趣味上能"同中容异"，从而能保持丰富的审美趣味，并体现其多姿的艺术风貌。相如《子虚》，枚乘《七发》，公孙《文鹿》，无不体现了汉赋审美情趣的多样性。建安"慷慨"词章，无不抒发性灵，陶显个性。即便述征纪行，感物伤怀，体同应教酬唱，然各引其情，互不雷同。此正体现出对艺术个性的张扬和追求。

通体观之，汉魏六朝之文人集团，或为后世文学流派之发端，其"旨""趣"流远，或为当世鉴哉！

（何易展）

**曹虹赋学论著目录：**

《文人集团与赋体创作》，《文史哲》1990 年第 2 期。

《孟子思想对汉赋的影响》，《江苏社会科学》1990 年第 5 期。

《从赋体的多元特征看辩证的文体论思想之产生》，《宁夏社会科学》1991 年第 5 期。

《从"古诗之流"说看两汉之际赋学的渐变及其文化意义》，《文学评论》1991 年第 4 期。

《诗人之赋与辞人之赋——汉魏六朝赋研究》，《学术月刊》1991 年第 11 期。

《〈文选〉赋立"物色"一目的意义》（第一作者），《社会科学战线》1991 年第 1 期。

《略论中国赋的感春传统及其在朝鲜的流衍——以朱子〈感春赋〉与宋尤庵〈次感春赋〉为中心》，《南京大学学报》（哲学·人文科学·社会科学）2000 年第 1 期。

《言意之辨与辞赋创作》，《文学遗产》2004 年第 4 期。

《辞赋源流与综合研究》，《文学遗产》2006 年第 1 期。

《赋史奇才董士锡的文学成就》，《南通大学学报》（社会科学版）2010 年第 3 期。

《中国辞赋源流综论》，中华书局 2005 年版。

# 论三国咏物抒情赋的时代特征(存目)

## 毕万忱

【评 介】

毕万忱，1937 年生，男，山东文登人。笔名高辛。1962 年毕业于吉林大学中文系，1965 年东北文史研究所硕士研究生毕业，1978年进入吉林省社会科学院，从事古代文学编辑与研究工作，曾任《社会科学战线》编辑部文学编辑室编审、主任。毕先生在辞赋文学、汉魏六朝文论等领域都作出了重要贡献，学术论著颇丰，代表作有：《文心雕龙论稿》《杜甫》等；点校有：《墨余录》等；主编有：《中国古代文学理论辞典》《中国历代赋选》等；在《文学评论》《文学遗产》《文艺理论研究》《文史哲》等刊物发表论文多篇。

该文对三国时期咏物抒情赋的时代特征进行了论述，其基本观点是：

三国时期的咏物抒情赋在继承传统的基础上，适应社会环境的变化，都形成了新的时代特征：咏物赋具有写实性和娱乐性；抒情赋具有哀惋慷慨的情绪结构。

三国咏物赋的写实性，从一般意义上说，可以看作汉代体物叙事赋的延续，但其具体内涵，基本的审美取向，整体的艺术旨趣，与汉赋比已改变了原来的形态，贯注了新质。三国咏物赋在内容上，或摹状山川草木、鸟兽虫鱼、生活用具等客观物象，巧为形似，艺术地再现自然美；或反映社会人生，以形传神，写出主观人格体认，铸造内涵丰赡宛然在目的生活图画。不管是描写自然物象，还是反映生活现实，这类咏物赋已放弃了汉赋"曲终奏雅""劝百讽一"的写作模式，政治教化色彩淡化，生活气息浓郁。同时，其体制、结构、语言上的基本形态也变为短小、自然、清新、简丽。相当数量的三国咏物赋颇能给人以轻松、活泼、意趣盎然的美感体认。其写实性本身还具有娱悦性意蕴，与同时期大量的抒情感怀赋不同，这是辞赋创作史上的一个新变。出现这种新变，除了与社会政治、意识思潮的巨大变化相关外，与作家的生活阅历也是分不开的。三国赋家多生活于动荡之中，漂泊流离，载笔从师，兴来作赋，这种创作审美过程必然为创作主体身心带来极大欢欣。同时，赋文学创作的这种新变，与当时文学观念的更新是相辅相成的。曹植、曹丕等三国赋家都把参与政治军事活动、为国建功立业作为人生价值的最高目标，当作弘扬人格道德的伟大事业，而辞赋在他们心里有时只不过是遣兴慰情的手段。重视主体心灵美感的需求，是建安三国文学创作和批评活动中一个显著特征。这种文学意识反映在咏物赋创作上，就形成了写实性与娱乐性的时代特征。

三国赋占主导地位的是抒情感怀赋，抒情化是其新的价值取向。三国抒情赋抒诉的是一种哀惋慷慨的情思，这种情思体的具体形态似可以从两个方面略作阐释：

第一，描写人生苦难、宣泄忧伤哀惋之情。具体包括：哀悼死亡，如曹丕《悼夭赋》《柳赋》、曹植《慰子赋》、王粲《思友赋》《伤夭赋》《柳赋》，以及曹丕、曹植、王粲、丁廙妻的同题《寡妇赋》等；慨叹羁旅悲辛，如曹丕《离居赋》《感离赋》《愁霖赋》、曹植《离思赋》《愁霖赋》、繁钦《愁思赋》、王粲《登楼赋》等。这些赋所写多为亲友罹难，家庭悲剧，但它触及的人生不幸，所宣泄的忧伤哀惋之情，却是当时社会普遍存在的。

第二，揭露社会弊端，抒发慷慨激愤之情。具体包括：慨叹城郭丘墟，如曹丕《感物赋》、曹植《归思赋》《九愁赋》等；同情民生疾苦，如曹植《大暑赋》、缪袭《喜霁赋》等；悲叹世风颓败，如曹植《蝉赋》《蝙蝠赋》《鹞鹤赋》、丁仪《厉志》、阮籍《猕猴赋》《东平赋》《首阳山赋》等。

作为过渡时期，三国赋有其自身的特征及意义，然而相对汉赋来说，学界对其关注相对较少。该文及毕先生另外两篇论文《三国赋的题材分类及其特征》《论三国赋中的自我意识》，较早地对三国赋进行了系统的研究。通过该文的考察，可以使我们对三国咏物抒情赋的时代特征有明确的认识，并对辞赋由汉向晋的转变有较为清晰的了解。

（杨许波）

**毕万忱赋学论著目录：**

《体国经野　义尚光大——刘勰论汉赋》，《文学评论》1983年第6期。

《汉赋渊源论》，《社会科学战线》1989年第3期。

《试论枚乘的〈七发〉》，《文史哲》1990年第5期。

《论三国赋中的自我意识》，《学术月刊》1993年第9期。

《三国赋的题材分类及其特征》，《社会科学战线》1993年第3期。

《论三国咏物抒情赋的时代特征》，《文学遗产》1994年第1期。

《刘勰论晋赋二题》，《文学评论》1996年第3期。

《论魏晋六朝赋的道家倾向》，《社会科学战线》1997年第1期。

《论明赋的社会批判精神——明赋主题研究二题》，《社会科学战线》1999年第5期。

# 左思《三都赋》邺都的选择与描写
## ——兼论"洛阳纸贵"的历史与政治背景

王德华

左思以"尽锐于《三都》，拔萃于《咏史》"的诗赋创作，在西晋文坛上占有极高的地位，他的《三都赋》留下"洛阳纸贵"的佳话。因曹魏、西晋皆建都洛阳，很易造成三都之"魏都"以描写都城"洛阳"为主的误会。但正是这一易于产生误会的问题，促使我们思考，左思《三都赋》为何不以洛阳为主，而选择了作为陪都的邺都？又为何造成写邺都而"洛阳"为之纸贵的轰动效应？皇甫谧《三都赋序》言左思创作《三都赋》的目的是"正之以魏都，折之以王道"，由此可见，左思选择与描写的邺都，承载着重要的政治与文化内涵。本文拟从晋承魏统的正统观、文化地理观、征实的创作倾向，探究《魏都赋》对邺都的选择与描写，并对洛阳纸贵的历史与政治背景作一粗浅的探讨。

## 一、左思《三都赋》晋承魏统的正统观与邺都的选择

晋承魏统的正统观涉及左思创作《三都赋》主旨及目的。关于这一点，前人已有指出，《文选·三都赋》李善注引臧荣绪《晋书》曰："思作赋时，吴、蜀已平，见前贤文之是非，故作斯赋，以辨众惑。"①王鸣盛《十七史商榷》中言："左思于西晋初吴、蜀始平之后，

---

① 萧统：《文选》，中华书局1977年版，第74页。按：本文所引左思《三都赋》和《三都赋序》及刘逵、张载、李善注，皆出自《文选》，中华书局1977年版，下文不再注明出处。

作《三都赋》，抑吴都、蜀都而申魏都，以晋承魏统耳。"①"是非"是什么？"众惑"又表现在哪里？臧荣绪及李善均未说明，王鸣盛显受启发，明言"抑吴都、蜀都而申魏都，以晋承魏统耳"，看来在或"抑"或"申"魏、蜀、吴三都问题上是有争论的，而左思作《三都赋》的目的是"申"三国时的"魏都"并借此表现"晋承魏统"，有着明显的现实用意。

就《三都赋》文本本身来看，王鸣盛的观点是成立的。《蜀都赋》在描写的过程中，有两处笔墨值得注意：一是，开篇在夸耀蜀都之前，西蜀公子言"盖闻天以日月为纲，地以四海为纪。九土星分，万国错跱。崤函有帝皇之宅，河洛为王者之里"，天文地理，九州各有其域，万国杂列其中。曹魏之前，周汉都城皆在河洛，即"崤函有帝皇之宅，河洛为王者之里"。西蜀公子在具体夸耀"蜀都之事"前，言及此事，有着为蜀都争"帝皇之宅"与"王者之里"的用意。二是赋文结尾述及蜀地人杰地灵、公孙述与刘备称帝自王后，言"由此言之，天下孰尚？"最后总括一句："故虽兼诸夏之富有，犹未若兹都之无量也。"因此赋是西蜀公子与东吴王孙的对话，故而此处的"兼诸夏之富有"系指东吴，东吴既然兼有，暗指西蜀之缺失。那么，东吴所兼何指呢？诸夏指中原，"富有"语出《易·系辞上》："富有之谓大业，日新之谓盛德。"唐孔颖达曰："以广大悉备，万事富有，所以谓之大业。"②《文选集注》引《钞》曰："言虽有中国富多所有，亦不如我蜀之无赀量也。"③把"富有"理解为物质上的，恐失之于偏。从《吴都赋》来看，吴之于蜀，相对而言，其历史文化悠久，有周太伯、延陵季子之余风。此"富有"更多指向文化传承上的"富有"。但是在西蜀公子看来，在两汉之际与汉末三国时代，蜀地成就了公孙述与刘备的帝王之业，特别是刘备，作为汉室刘氏之后，西蜀公子称其为"刘宗"，

---

① 王鸣盛：《十七史商榷》卷五一，上海书店出版社 2005 年版，第 378 页。

② 孔颖达：《周易正义》，《十三经注疏》本，中华书局 1980 年版，第 78 页。

③ 《唐钞文选集注汇存》，上海古籍出版社 2000 年版，第 79 页。

有延续汉室帝脉的意味，故云吴"虽兼诸夏之富有，犹未若兹都之无量也"，即蜀都的地位无可限量。

继《蜀都赋》后的《吴都赋》，东吴王孙批驳西蜀公子之言，一方面追溯历史，以吴为舜及秦皇汉武游历之地，而蜀没有王者遗迹可观；另一方面，蜀地虽有山川之阻，但从"公孙国之而破，诸葛家之而灭"来看，蜀地实乃"丧乱之丘墟，颠覆之轨辙"。这为东吴王孙的夸吴提供了前提。与西蜀公子一样，东吴王孙也落入夸耀东吴"巨丽"的套路，只不过在此之前，东吴王孙首先祭起了周太伯与延陵季子的高节克让的大旗，这是蜀地所不具备的文化遗产。而周太伯与延陵季子的谦让之风以及吴王阖闾与吴王夫差的霸业，更足以说明东吴悠久的文化历史与王者风范。这样的条件，即使与中原相比，物质上也令中原贵其宝丽；人文与文化上，舜禹南巡没齿忘归，说明东吴奇丽的山川对舜禹这样的圣人的吸引力。由此亦可见西蜀与东吴的巨大差异，正如荧火之光与太阳是无法相提并论的。

上文言及，西蜀公子曾说蜀地山川险阻，"公孙跃马而称帝，刘宗下辇而自王"，称刘备为"刘宗"，显然有视西蜀为汉室血脉的用意，而东吴王孙虽未明显作出批驳，但从他言"公孙国之而破，诸葛家之而灭"来看，将"刘宗"改为"诸葛"，很显然并不承认西蜀公子"血脉"正统的观点。《魏都赋》中也出现"刘宗"一词，即魏国先生所说的"刘宗委驭，巽其神器"，而此"刘宗"是指汉献帝而非刘备，因而，魏国先生也不把刘备当作汉室的正统血脉。如果我们将西蜀公子的观点概括为"汉蜀血脉正统论"的话，那么，对东吴王孙的言论我们可以用"周吴文化正统论"代之。而"周吴文化正统论"，不仅仅是一种遥远的文化传承，而且从东吴王孙强调的周太伯与延陵季子之谦让之风来看，对曹魏假禅让之名行篡夺神器的做法无疑也是一种嘲讽。

不论是西蜀的血脉正统观还是东吴的文化正统观，二者都与周汉政治与文化相连。曹魏在这两方面不能求得理论支持，唯有以禅让即天命的方式，突出曹魏政权的合法性与正统性。因而，从禅让的角度看曹魏的正统，就必须突出曹魏应天承命所具有的政治实绩，就不得不从曹魏立国写起，具体到都城，邺都无疑比洛阳承载着更多的政治业绩与文化内涵。而从《魏都赋》来看，贯穿整篇赋作的一个核心就是突出曹操在汉末动乱中的武功与文治，突出他重整天下的功业。《魏都赋》中魏国先生面对西蜀公子与东吴王孙的言论，在"将语子以神州之略，赤县之畿。魏都之卓荦，六合之枢机"时，首先总论魏武帝曹操开国之初所面临的汉纲解纽、天下动乱的现实，洛阳惨遭兵燹，天下化为战场，名城尽为丘墟。魏武帝曹操建国魏地，在邺城建都，是受自天命。在对邺都进行铺陈描绘之后，又着重歌颂了曹操的武功与文治、四夷归顺的王者气象以及嘉祥纷至、曹丕应天禅汉的革命。但也写到了魏帝曹奂禅让司马氏的魏晋禅让，并颂扬了曹魏的禅让美德。曹氏禅汉是天命所致，曹氏禅位于晋，也是"天禄有终"使然。故曹氏禅汉称王与让位称臣，品德冲深，深得天人之道。其至公的品德，可与先代以禅让闻名天下的圣君相比美。可以看出，肩负着禅代与禅让双重命运的曹氏，左思都以赞美之笔表述之，突破了朝代兴衰存亡的道德评判，其用意一方面是在三国鼎立中突出曹魏的正统地位，更深层次的是为晋承魏统的说法寻找理论依据。故而赋的最后言："亮曰：日不双丽，世不两帝。天经地纬，理有大归。安得齐给守其小辩也哉！"所谓"日不双丽，世不两帝"，即是强调一统乃天下之至道，而"世不两帝"，一方面是对西蜀公子与东吴王孙争正统的批评，另一方面也是对西晋禅代曹魏后一统天下的歌颂，所谓"天经地纬，理有大归"，明显指向西晋的一统。

可以说，《三都赋》反映了三国鼎立、南北对峙情形下的正统之争，魏、蜀、吴三国所争并非建都问题而是正统问题，深层指向则是晋承魏统的西晋王朝的统绪与政权合法性问题。而从都城的角度说明曹魏禅汉的正当性与合天命，唯有邺都能担当起如此重任。

## 二、《三都赋》的文化地理观与邺都的选择

"日不双丽，世不两帝"的天下一统的正统观，看似是政治与意识形态领域中的问题，但与文化地理观有着莫大的关联。《三都赋》在表述正统观时，始终体现出文化地理观的观照，这也是《三都赋》选择邺都进行描写的原因之一。

　　不可否认的是,《三都赋》中西蜀公子与东吴王孙对西蜀与东吴的山川地势、地方物产、风土人情等方面都作了不同程度的夸耀。《蜀都赋》中西蜀公子夸耀"蜀都之事",先写蜀地东南西北的山川形势,各方物产。接着重点写成都的地势、物产、富庶与繁华,最后称扬蜀都的人杰地灵,远则有传说中的化碧苌弘、望帝杜宇,"近则江汉炳灵,世载其英",如司马相如、严君平、王褒与扬雄,以及于蜀地称帝自王的公孙述与刘备。其中有一点值得注意,那就是西蜀公子在称述蜀地山川形势、成都富庶繁华之后,言"焉独三川,为世朝市?"刘逵注:"张仪曰:争名者于朝,争利者于市。今三川周室,天下之朝市也。"言下之意谓蜀都亦自可与三川周室之地相比美。黄侃《文选平点》更言:"此言正统不必在中原,自金行南宅,盖信此言为非缪。"①西蜀公子所言"蜀都之事"并非一般的地理与物产的夸耀,而是通过此种夸耀表示蜀汉立国的自然、物质与人文条件。与吴、魏相较,西蜀开发相对较迟,故而对西蜀的历史只用"夫蜀都者,盖兆基于上世,开国于中古"一句带过。很显然,西蜀公子的夸述是为了说明蜀地具备"帝王之宅""王者之里"的条件,《蜀都赋》在"繁类以成艳"(《文心雕龙·诠赋》)的夸述中,为蜀都在三都中争地位的用意甚显。

　　在东吴王孙看来,东吴不仅在文化上胜出西蜀,即使就地理论都而言,蜀国也是无法与东吴相比的。东吴王孙夸述了东吴的建都历史,赋从"徒观其郊隧之内奥,都邑之纲纪。霸王之所根柢,开国之所基趾"讲起,其用意在于突出自周泰伯至吴王夫差,吴在周代,世世称王的历史。"所以经始,用累千祀",即经营都邑之初,就有累代相传的用意,所谓"宪紫宫以营室,廓广庭之漫漫"。降至孙权,"起寝庙于武昌,作离宫于建业",他效法吴王阖闾与夫差的做法,建起了神龙、临海、赤乌等著名宫殿,雕梁画栋,富丽堂皇。孙权于公元 229 年四月于武昌称帝,九月迁都建业。故赋中云"虽兹宅之夸丽,曾未足以少宁。思比屋于倾宫,毕结瑶而构琼",应是指孙权迁都建业后对都城更进一步的"夸丽"建设而言。赋的主体部分虽然是

---

　　① 黄侃:《文选平点》卷四,中华书局 2006 年版,第 54 页。

重在表现东吴的"巨丽",但是"巨丽"的背后有着东吴王孙夸耀的理念,即地势的屏障、物产的丰富、繁华的都市及悍勇的将士与尚武的民风,这一切都是东吴称王条件,也显示了东吴具有的王者气象。

我们不难看到,西蜀公子与东吴王孙在所持正统论上虽有驳难,但在对都城的建设上都趋于夸耀,在地域的态度上均是倾向山川形胜、物产丰饶与都市繁华方面的夸特。

《魏都赋》是魏国先生对西蜀公子与东吴王孙二位的批评。魏国先生的批评有个总纲,即"正位居体者,以中夏为喉,不以边垂为襟也。长世字甿者,以道德为藩,不以袭险为屏也"。这一总纲,一是从地理位置上讲,天子所居之地与都城所在的位置,都以中原地区为喉舌,而不是以边远地区为襟要的;二是从治国的理念上看,能够长治久安与造福百姓的,是以道德作为治国的屏障,而不是依靠险要的地理作为保护。而这二者又是相互依存的,即中原地区比西蜀与东吴具有文化地理上的优越性。因而,魏国先生无论是对二者的批评还是对魏国的褒扬,也都是从这两个方面展开的。对吴蜀二人的言论,魏国先生就是将地处僻远与文明缺乏联系起来进行批评的。《魏都赋》的开头,魏国先生明确指出西蜀公子与东吴王孙竟不能明晓曹魏禅汉作为天下正统的意义,不能称臣朝觐于曹魏,却与蛮夷相随,安于绝域,荣其纹身,恃山川之险,吐夸饰之辞,言行与王者之义相背。之所以如此,主要是因他们没有意识到北方中原地区的文化优越及以德治国的政治理念,所谓"剑阁虽嶵,凭之者蹶,非所以深根固蒂也。洞庭虽浚,负之者北,非所以爱人治国也"。恃险与失王者之义是一个问题的两个方面。在赋的结尾,魏国先生更是对二国的地理与风俗进行了贬抑,如对西蜀公子与东吴王孙夸耀的山川之胜,魏国先生则认为吴蜀二国实乃山阻水险、日月亏蔽、潮湿秽浊、暑气瘴疠、毒虫猛兽出没之地,秦汉时乃罪人流放之处,人的相貌丑陋,虚弱寿短,民风俗陋,不讲威仪,缺少法度。而更可怕的是"庸蜀与鸲鹊同窠,句吴与蛙黾同穴。一自以为禽鸟,一自以为鱼鳖",西蜀多山,蜀人多与禽鸟为伍;东吴多水,吴人多与鱼鳖为伴,而两个"自以为"意在嘲讽蜀吴民风俗陋而不自知。吴蜀二国"虽信险而剿绝。揆既往之前迹,即将来之后辙。成都迄已倾覆,建业则亦颠沛",明确指出僻处边夷与文化缺失是导致蜀吴灭亡的根本性因素。

魏国先生将地域与文化二者结合起来，这既是批评蜀吴的文化地理观，也是赞扬曹魏的文化地理观。魏武帝曹操在汉末动荡、洛阳残破的情形之下，于魏地开国，在邺城建都，一是因魏在冀州分野之内，有着悠久的历史，舜、禹分别在蒲阪(今山西永济市)和安邑(今山西夏县)建都，故魏地是先王的故土，有列圣的遗迹。二是魏地"考之四隩，则八埏之中；测之寒暑，则霜露所均"，即魏地处天地之中，霜露所均，天地所赐易生之地，完全不像僻处边远的西蜀与东吴，燠暑瘴疠。且魏地疆域"旁极齐秦，结凑冀道，开胸殷卫，跨蹑燕赵"，地处关东平原，四通八达，交通便利，物产丰富。三是风俗淳厚，即使衰世，盛德仍然被之管弦。正是在这样一个具有天时地利与人文积淀的魏地，曹操应天之命，建立了魏国。

从魏国先生对西蜀与东吴恃险夸述的批评以及对曹魏地域的界定可以看出，左思的文化地理观深深置根于传统文化，他继承了北方地域文化中心论。从现存文献看，于省吾先生《释中国》，根据 1963 年陕西宝鸡出土的何尊铭文中"宅兹中国"一词及《尚书·梓材》，指出"中国这一名称起源于(周)武王时期"，并认为"甲骨文之言四土和四方，均以大邑商为中心言之，西周时代才进一步以中土与四外方国对称"。① 而"溥天之下，莫非王土；率土之滨，莫非王臣"(《诗经·小雅·北山》)极度膨胀化的国家政权意识，形成大一统时代对边远四方的地理控制方式，要么采用德柔的方式即以德徕远，要么以北方中原文化为中心的优越感排斥边远四夷，乃至放弃对边远之地的控制。西周穆王将伐犬戎，祭仲就劝谏穆王应以德徕远，而不是师出无名，无端征伐。西汉时汉武帝开发四边，当时大臣如公孙弘、田蚡、淮南王刘安等就以西蜀、闽越等乃边远无用之地，劝谏汉武帝放弃。汉元帝初元元年(前48)，珠崖(在今海南省琼山县东南)又反，贾谊曾孙贾捐之建议放弃珠崖。其所作的《弃珠崖议》②一文，首先否定了以

① 于省吾：《释中国》，胡晓明、傅杰主编：《释中国》，上海文艺出版社1998 年版，第 1516~1517 页。

② 文中所引《弃珠崖议》，参见《汉书》卷六十四下《贾捐之传》。

实际疆域大小作为判断国家强盛的依据，提出仁者无疆的文化地理观。虽然在左思之前中原文化中心论的观点更多的是侧重于中原对四夷或征伐或羁縻的政治策略考虑，左思《魏都赋》更多的是引用这一文化地理观论述曹魏正统的地位，但是左思受到传统的北方文化中心论的影响是无疑的。此外，左思《魏都赋》中对西蜀与东吴之地山川民俗的贬抑，也多有沿袭刘安与贾捐之之处。如《魏都赋》言"庸蜀与鸲鹊同窠，句吴与蛙鼋同穴。一自以为禽鸟，一自以为鱼鳖"，贾捐之就有过这种对吴蜀百姓如禽鸟鱼鳖的贬损言论，如其《弃珠崖议》言"骆越之人，父子同川而浴，相习以鼻饮，与禽兽无异"，又言"其民譬犹鱼鳖"。又如《魏都赋》言"山阜猥积而崎岖，泉流逆集而映咽。隰壤瀸漏而沮洳，林薮石留而芜秽。穷岫泄云，日月恒翳。宅土燋暑，封疆瘴疠。蔡莽螫刺，昆虫毒噬"，吴蜀僻处险要，气候不宜人居。刘安《上疏谏伐闽越》云越地"限以高山，人迹所绝，车道不通，天地所以隔外内也"，"拖舟而入水，行数百千里，夹以深林丛竹，水道上下击石，林中多蝮蛇猛兽，夏月暑时，呕泄霍乱之病相随属也"，"南方暑湿，近夏瘅热，暴露水居，蝮蛇蠚生，疾病多作"。①贾捐之《弃珠崖议》也言"雾露气湿，多毒草虫蛇水土之害"。由此可见，其间的思想与表达的传承，是显而易见的。周汉一统时代形成的强大的北方中心的文化地理思维，在魏蜀吴三国建都与正统的争论与陈述上，很显然成为魏国先生重要的理论依据而在赋中得到集中阐述。

曹丕于公元 220 年十月禅汉，于次年迁都洛阳，至公元 265 年魏帝曹奂禅位司马氏，洛阳为曹魏都城长达 45 年。而从洛阳的文化地理意蕴而言，洛阳在西周就已确立了北方文化中心之中心的地理与政治地位，从这一角度而言，左思选择洛阳作为魏都的代表，似比选择邺都更为合理。但如果我们将邺都的选择放在《三都赋》的整体中加以考察，我们就不难看出，《三都赋》所要表达的主旨不在于建都的优劣而是在于正统问题的争论。对魏国而言，以禅让确定其正统地位是其焦点之一，而正如上文业已指出的，邺都承载着魏武帝曹操奉天

---

① 班固：《汉书》，中华书局 1962 年版，第 2777~2785 页。

创魏的历史业绩，这是左思在继承北方地域中心文化地理观的同时，又选择邺都加以描写的重要原因之一。

另外，从西周开始，洛阳不仅仅是地理意义上的中国四方的中心，更重要的是它具有的一统时代政治中心的地位。西周虽然建都镐京，但从周武王开始就营建洛阳，说明洛阳在政治与地理上的重要意义。东汉定都洛阳，东汉前期光武帝、明帝及章帝三朝存在着定都洛阳与长安的争论，东汉前期出现的京都题材的赋作就是在这一政治背景下产生的。在汉明帝"述颂汉德"的政治导向下，班固《东都赋》将长安与洛阳进行对比，言："且夫僻界西戎，险阻四塞，修其防御，孰与处乎土中，平夷洞达，万方辐凑？秦岭九嵕，泾渭之川，曷若四渎五岳，带河溯洛，图书之渊？建章甘泉，馆御列仙，孰与灵台明堂，统和天人？太液昆明，鸟兽之囿，曷若辟雍海流，道德之富？游侠逾侈，犯义侵礼，孰与同履法度，翼翼济济也？子徒习秦阿房之造天，而不知京洛之有制也；识函谷之可关，而不知王者之无外也。"①五个对比句式连贯而下，就是为了突出洛阳在一统时代居天下之中的地理与政治上的意义。隋炀帝继位伊始，准备迁都洛阳，发诏天下时仍以洛阳居天下之中的地域与政治地位作为迁都洛阳的理由，并说明自古帝王皆留意洛阳，或因九州未一，或因财政问题，未遑顾及"作洛之制"即迁都或修缮洛阳。② 洛阳在汉末动乱尤其是董卓之乱中遭受兵燹，残破不堪，虽经魏文帝与魏明帝等多次修缮，然无法恢复昔日的繁华。曹魏立国之后，大臣谏阻帝王的两大事情，一是对外要谨慎兴兵讨伐吴蜀，二是对内谏阻劳民伤财大兴土木。二帝在修缮洛阳的过程中，遭到曹魏大臣多次谏阻。陈寿《三国志·明帝纪》评曰："于时百姓凋弊，四海分崩，不先聿修显祖，阐拓洪基，而遽追秦皇、汉武，宫馆是营，格之远猷，其殆疾乎！"③对其大修宫馆也认为是四海分崩、百姓凋弊之时的不当之举。且曹丕虽禅汉称帝，但尚未统一天下；虽定都洛阳，但不具备一统天下的资质。洛阳作为一统天

① 萧统：《文选》，中华书局1977年版，第34~35页。
② 具体参见《隋书》卷三《炀帝纪上》，中华书局1973年版，第61页。
③ 陈寿：《三国志》，中华书局1959年版，第115页。

下的中心地位的意义与价值，在三国时的曹魏并未完全具备，既都洛阳而又一统天下的历史任务是由禅魏的西晋来完成的，这既是左思《魏都赋》虽未以洛阳为主，但在赋的结尾强调"日不双丽，世不两帝"的重要原因所在，也是《魏都赋》选择邺都进行描写的又一重要的文化地理因素。

## 三、左思征实创作观念与"折之以王道"的邺都描写

刘勰《文心雕龙·诠赋》言："赋者，铺也。铺采摛文，体物写志也。""体物写志"是赋体的特征，就"体物"与"写志"的关系而言，从宋玉到左思，赋体创作与批评大致经历了三次大的改变。一是从宋玉至西汉末期扬雄，赋体的"体物"主要表现为"铺采摛文"，即运用华丽的语词对所刻画的对象进行铺陈描写，其目的是通过这种方法进行讽谏，即"写志"。但是赋体创作往往产生如扬雄所说的"劝百讽一"的效果。第二次主要改变是在东汉前期，以班固《两都赋》及《两都赋序》为代表。班固的《两都赋序》提出了赋体创作应以颂美为主，从而使赋体创作走出了前此"劝百讽一"的"体物"与"写志"之间的矛盾与困境，但如何处理好"体物"与"写志"之间的关系，班固并未作进一步思考。左思的《三都赋》及序以及皇甫谧《三都赋序》，在前人赋体理论与实践基础上，进一步在理论上对赋体"体物"与"写志"如何完美结合进行了阐述，并在创作中加以实践，这是第三次大的改变。就左思而言，他的核心贡献就是赋体"征实"创作观念的提出与实践。

左思在他的《三都赋序》中首先表达了他对赋体"体物写志"功能的看法。很明显，左思对赋体"体物"与"写志"二者关系的看法，受到扬雄"诗人之赋丽以则，辞人之赋丽以淫"观点的影响，即赋体"体物"描写要"丽"，但要以"则"为旨归，即"体物"要为"写志"服务。他认为，如果"考之果木，则生非其壤；校之神物，则出非其所"，辞则"丽"矣，与"义"则有害，所谓"侈言无验，虽丽非经"。在此基础上，左思提出了征实的创作理念，即对赋中所描写的山川城邑、鸟兽草木、风谣歌舞、耆旧人物，要稽之地图、验之方志、各附其俗、莫非其旧。人们往往只注意到了左思征实观念描写层面的所指，而忽

视了左思对征实表现手法的深层所指，即左思自己在序中的进一步阐述："发言为诗者，咏其所志也；升高能赋者、颂其所见也。美物者贵依其本，赞事者宜本其实。匪本匪实，览者奚信?"如果描写有悖于事实，则不会取信于人，更深层的是影响到人们对其所美之物、所赞之事的怀疑。左思引用《虞书》《周易》之言，也有这两层含义：其一，禹作九州，从地理角度言强调诸侯所居方位所处位置的重要性；其二，深层是指"任土作贡"，是让各地以道里均等担负起诸侯国的赋税与责任，从政治角度言则是明君臣之义。左思最后引经据典，也是将地理方位与政治伦理联系起来考虑的。

左思以上两个方面的"征实"含义，在皇甫谧的《三都赋序》①也有明确的表达。皇甫谧之序有三点值得注意：首先他肯定赋为"美丽之文"，不过皇甫谧又认为"昔之为文者，非苟尚辞而已，将以纽之王教，本乎劝戒也"，这与扬雄强调并为左思所接受的"诗人之赋丽以则"是一致的。其次，因是给左思《三都赋》作序，他在叙述了赋体发展历史后，特别指出"若夫土有常产，俗有旧风，方以类聚，物以群分；而长卿之俦，过以非方之物，寄以中域，虚张异类，托有于无"，并认为"祖构之士，雷同影附，流宕忘反，非一时也"，指出司马相如等人赋作在地方物产、风俗人情方面描写的失实，以及这种"虚张"之风甚嚣尘上，这与左思所看到的问题是一致的。第三，评述了左思《三都赋》的创作主旨及其价值。他认为，三国鼎立不仅仅是地域上的分割而王，同时还包含着三国各争正统的政治上的交锋。皇甫谧以他对赋体特征的认识，认为魏蜀吴三国从疆域分野、物产众寡、风俗清浊、士人优劣等方面比较，吴蜀与魏不可同日而语。而吴蜀二国之士各以其所闻为是，各以其土为乐，各以其民为良，皆是曲士之说，非方家之论。魏国先生所说的"物土所出，可得披图而校。体国经制，可得按记而验"，其目的就是以这种征实不诬的描述，"正之以魏都，折之以王道"。可见，皇甫谧对《三都赋》征实描写的

---

① 按：本文所引皇甫谧《三都赋序》，萧统：《文选》卷四五，中华书局1977年版，第641~642页。

评价也没有局限在"披图而校"与"按记而验"的描写上，而是提高到以魏都为正、合于王道的高度加以看待与评价的。

左思的征实观，在《三都赋》中都有体现。《蜀都赋》与《吴都赋》中，西蜀公子与东吴王孙的各自夸述，都是为了说明西蜀与东吴各自具备称王的条件，从而为争正统寻找理由。而在魏国先生看来，二人的偏执与出言驳于王者之义，正在于他们对西蜀与东吴所处的地理环境的夸述及认识的荒谬。故《魏都赋》中魏国先生对邺都建置、风土人情、魏王狩猎等方面的描写，其特征不仅在于描写的"征实"，而且还表现在具体的描写过程中，始终围绕着合乎王者之义的观点。首先，赋交代了建设邺都的理念，即"兼圣哲之轨，并文质之状。商丰约而折中，准当年而为量"。邺都的建设，参考了前代都城建设的一些做法，如模仿参照长安、洛阳及天下都邑的建置，继承借鉴了唐尧、夏禹、古公亶父、周宣王节俭修缮宫室的精神，在国力允许的范围内，文质并重，丰约折中。其次，赋以规整的笔墨铺陈了邺都的建置、主要建筑以及高台苑囿、市集商贸等情况。赋首先对魏都的正殿文昌殿进行了描绘，接着描写了位于文昌殿东面的听政殿及位于听政殿前的宣明、显阳、顺德、崇礼四门，以及尚书台、御史台、符节台、谒者台、内医署等各类官署。听政殿后，是后宫所居之地，写到了鸣鹤堂、楸梓坊、木兰坊及温室等。文昌殿的西面，是林囿池苑，即铜爵园。(刘逵注曰："文昌殿西铜爵园。")园中兰渚莓莓，石濑汤汤，弱枝系实，轻叶振芳，奔龟跃鱼，驰道栋宇，连接相引。再往西，就是著名的三台。(刘逵注："铜爵园西有三台，中央有铜爵台，南则金虎台，北则冰井台。")三台拔地耸立，长廊圆环，丹墀层构。屋脊上雕刻的云雀，矫首独立，雷雨未半，曒日复照。春服登台，目览八极，于焉逍遥。三台不仅是登高览胜之处，同时还兼有军事堡垒的作用，邹逸麟先生云："邺城西北三台建筑则是在特殊的社会和地理条件下出现的。邺城处平原地带，无险可守，因筑三台'巍然崇举，其高若山'，具有象征政治权势和军事堡垒的双重作用，其渊源无疑是来自东汉末年中原地区普遍出现的坞壁庄园。因而此后都邺的后赵、前燕、东魏、北齐无不对三台进行加固和修缮。"①我们从赋中对三台牟首、阁道、晷漏的配置以及兵器、禁兵的保卫安排，和高城深洫、高楼大门的建设，都可以看出城西三台重要的防御作用。此外，邺城之西还有著名的玄武苑，其中硕果灌木，大树幽林，竹林葡萄，回渊积水，兼葭香蒲，丹藕绿菱，鸟飞鱼游，各有栖所，百姓可以自由出入，樵苏渔猎，玄武苑成了魏王与民同乐之地，这无疑是孟子思想的体现。赋进而写到了邺都郊野的利于民生的水利，富有生机的原野，甘食美服的百姓。而都城内部，街道四通八达，漳水流经其间，中有石桥沟通南北，水道两旁青槐荫途，车马行人，熙熙攘攘。其间官署与闾里相间错置，如官署有奉常寺、大理寺，闾里则有长寿里、吉阳里、永平里、思忠里以及位于后宫东面外戚居住的戚里等。对邺都内的集市，赋不仅描绘了商贸的繁荣，更为重要的是突显了市贸不居奇、崇实用的精神，即赋中所言"难得之货，此则弗容。器周用而长务，物背窳而就攻。不鬻邪而豫贾，著驯风之醇浓"。《礼记·王制》曰："有圭璧金璋，不鬻于市……用器不中度，不鬻于市。兵车不中度，不鬻于市。布帛精粗不中数，幅广狭不中量，不鬻于市。奸色乱正色，不鬻于市……禽兽鱼鳖不中杀，不鬻于市。"②赋中所言"不鬻邪"很显然也本于儒家经义。

即使赋在对邺都的描写之后对曹操武功、文治及藉田讲武活动，也无不本着王义的原则加以描写与评价。如写曹操武功突出其在汉末动乱之际的"克翦方命"即讨伐不廷的道义；武功告成之后，魏武帝"斟《洪范》，酌典宪，观所恒，通其变"；而天下归顺、置酒文昌殿，也是"延广乐，奏九成，冠韶夏，冒六茎"；其"藉田以礼动，大阅以义举"，藉田以礼，讲武以义，一切活动皆本诸王义。

正是以上一切合乎王义的表现，使得魏国山图其石，川形其宝，祥瑞毕现，大魏应天之命，禅汉称帝。可以说，《魏都赋》对邺都以

---

① 邹逸麟:《战国时代邺都的兴起》,陈桥驿主编:《中国七大古都》,中国青年出版社 1991 年版, 第 141 页。

② 孔颖达:《礼记正义》,《十三经注疏》本, 中华书局 1980 年版, 第 1344 页。

上两个层面的征实描写与阐述，使"正之以魏都，折之以王道"的《三都赋》宗旨得到更有力的说明。

## 四、《三都赋》晋承魏统的政治伦理观<br>形成的历史与政治背景

由以上分析可知，《魏都赋》对邺都的选择与描写，是为了表现晋承魏统的政治伦理观。左思《三都赋》对这一重大政治问题的思考与表现，有着深层的历史与政治背景。今天我们阅读《三都赋》，想到更多的是"洛阳纸贵"的佳话，以至于我们会产生《魏都赋》是描写洛阳的误会。但是为什么成为"畅销书"，学界主要有两种看法：一是由于左思请名人作序，产生伯乐相马的名人效应，见于《世说新语·文学》篇及《晋书·左思传》中的记载。还有一种说法是将洛阳纸贵与《三都赋》兼具类书字典的性质有关，故尔人人传抄。如袁枚、章学诚、章炳麟、钱锺书等人都有类似的看法，这也是目前解释洛阳纸贵的主要原因。但是洛阳纸贵除了伯乐相马的名人效应及兼具类书的功用之外，是否还有其他原因呢？我们从张华的赞美及张华对《三都赋》产生"使读之者尽而有余，久而更新"①的阅读效果，以及才子陆机欲赋三都却辍笔的改变，可以这么认为，《三都赋》产生的洛阳纸贵的轰动效应，除了名人延誉或兼具类书的性质这些原因之外，与《三都赋》契入当下文人士大夫对三国迄于西晋魏晋正统这样重大的建国与政治问题的思考有着密切的关联。

《三都赋》表达的魏为正统、晋承魏统的正统观，有着三国争统的历史背景与晋朝确立正统的政治需求。随着曹丕、刘备、孙权先后称帝，三国鼎立局面的正式形成，三国之间或盟或战，时有变化，但三国各自以天命自居正统，始终贯穿着整个三国的历史。曹魏自以禅让之名自居正统，《三国志·文帝纪》裴松之注详细援引了当时主要王公大臣诸如李伏、刘廙、辛毗、刘晔、桓阶、陈矫、陈群、王毖、董遇、许芝、司马懿、郑浑、羊祕、鲍勋、武周、刘若、华歆、贾

---

① 房玄龄：《晋书》，中华书局 1974 年版，第 2377 页。

诩、王朗等前后三番五次上书奏请曹丕应天承命、禅汉称帝的奏书,
从中可以看出,曹魏以禅让之名自居正统,也是当时曹魏主要王公大
臣普遍认可的。

　　当然,曹丕禅汉称帝,不可能得到蜀吴的认同。曹丕称帝后的第
二年,蜀汉王公大臣许靖、麋竺、诸葛亮、赖恭、黄柱、王谋等奏请
刘备称帝时言:"曹丕篡弒,湮灭汉室,窃据神器,劫迫忠良,酷烈
无道。人鬼忿毒,咸思刘氏。……伏惟大王出自孝景皇帝中山靖王之
胄,本支百世,乾祇降祚,圣姿硕茂,神武在躬,仁覆积德,爱人好
士,是以四方归心焉。考省《灵图》,启发谶、纬,神明之表,名讳
昭著。宜即帝位,以纂二祖,绍嗣昭穆,天下幸甚……"①视曹丕禅
汉为篡弒,视刘备为汉室之后。刘备在群臣的拥戴下,以汉室刘宗之
后的名义,在成都即皇帝位。曹魏不仅以禅让之名自居正统地位,同
时对吴蜀还有着处于华夏地域的正统优越感。如魏文帝黄初四年
(223),魏大臣司徒华歆、司空王朗、尚书令陈群、太史令许芝、谒
者仆射诸葛璋各有书与诸葛亮,陈天命人事,欲使蜀汉举国称藩。诸
葛亮在这种情况下,作了一篇《正议》,表达了他的观点:正统地位
并不在于是否"处华夏",而在"据正道",即诸葛亮所谓"正议"之正
也,同时文中指斥了曹魏禅让的虚伪矫饰。② 作于魏明帝太和元年
(227)的《出师表》中,诸葛亮言"今南方已定,兵甲已足,当奖率三
军,北定中原,庶竭驽钝,攘除奸凶,兴复汉室,还于旧都"③,他
屡次北伐,也都是"据道讨淫"、兴复汉室信念的表现。

　　东吴与蜀时战时盟,与魏时臣时否,也都是审时度势的外交策
略,骨子里却也是以天命自居正统的。魏明帝太和三年(229)孙权称
帝,其《告天文》云"汉享国二十有四世,历年四百三十有四,行气数
终,禄祚运尽,普天弛绝,率土分崩",显然是对蜀汉自称是汉室命
脉延续的否定。又言"孽臣曹丕遂夺神器,丕子睿继世作慝,淫名乱
制",对曹魏禅让政权也加以指斥。又曰"权生于东南,遭值期运,

---

① 陈寿:《三国志》,中华书局1959年版,第888~889页。
② 陈寿:《三国志》,中华书局1959年版,第918~919页。
③ 陈寿:《三国志》,中华书局1959年版,第920页。

承乾秉戎，志在平世，奉辞行罚，举足为民。群臣将相，州郡百城，执事之人，咸以为天意已去于汉，汉氏已绝祀于天，皇帝位虚，郊祀无主。休征嘉瑞，前后杂沓，历数在躬，不得不受。权畏天命，不敢不从，谨择元日，登坛燎祭，即皇帝位"①，则完全把自己当作奉天承运的天子。孙权未把蜀汉看作正统，但为了争取与蜀汉联盟，派人使蜀，"以并尊二帝来告。议者咸以为交之无益，而名体弗顺，宜显明正义，绝其盟好"，可见，蜀汉议者既不以曹魏为帝，同时也认为世不二帝，不同意承认孙吴称帝。诸葛亮为解除北伐中原的东顾之忧，"乃遣卫尉陈震庆权正号"，也是权宜之计，诸葛亮始终没有放弃蜀汉为正统的观点。②

　　西晋立国后十五年才灭吴，天下一统。从一些史料看，吴灭前后仍存在着政权合理性即正统的争论。西晋前期著名的学者与文学家傅玄(217—278)，卒于晋武帝咸宁四年(278)，灭吴前二年。他写过一篇《正都赋》，此赋虽已残，但肯定写于吴亡前。从其篇名来看，应是三国鼎立正统之争的余绪。如果说前引诸葛亮《正议》之"正"强调的是"据道之正"与蜀汉正统，那么，我们可以推测傅玄之《正都》之"正"，应是从都城的角度强调的是居天下之正，即"处华夏"之正，所包含的内容应与皇甫谧《三都赋序》言左思创作《三都赋》"正之以魏都，折之以王道"意同。身为东吴名将之后的陆机，他在吴亡后写下著名的《辨亡论》，虽然重点探讨吴亡的原因在于统治者的用人不当，但文中提到如果吴主能够从善如流，励精图治，吴不至于灭亡，或许仍能统一天下。他与弟陆云于吴亡后十年入洛，虽抱"志匡世难"的抱负，但遭北人轻视。陆机在洛阳为著作郎时，曾上表推荐贺循与郭纳，二位均是江南贤俊。陆机将二人多年不得进升的情况，扩展到政治与地域的关系加以阐述，尤其突出江南人士如扬州、荆州等地朝中无一郎官，而这二地均属吴旧地，很明显包含对朝廷对"新邦"旧国不公的不平。可以说，虽然西晋一统，但三国鼎立各以正统的影响并未随着蜀吴二国的灭亡而消失，对南北士人的心理影响仍然存在。左

① 陈寿：《三国志》，中华书局1959年版，第1135~1136页。
② 陈寿：《三国志》，中华书局1959年版，第923~924页。

思《三都赋》中魏国先生对西蜀公子与东吴王孙居高临下的教育态度、赋中对偏于南方的西蜀与东吴的地域歧视，也都有现实的影子。所以，《文选》李善注云"思作赋时，吴、蜀已平，见前贤之是非，故作斯赋，以辨众惑"，应是有着三国争统及其余绪存在的历史与现实背景的一种解释。

虽然从三国至西晋都存在着三国争统的现象，其余绪波及社会的方方面面，但由于西晋建立，同样是以禅让之名行篡夺之实，故在意识形态领域，继续利用禅让确立其政权的正统与合法地位，这是西晋统治者所积极提倡的。正始十年(490)，司马懿发动高平陵政变，从曹爽手中夺回大权，此后其二子司马师废魏王曹芳、司马昭弑高贵乡公曹髦，文人士大夫嵇康与阮籍等人或显或隐的不合作态度，还有王凌、李丰、夏侯玄、毌丘俭、文钦、诸葛诞、钟会等人的不断谋反，都说明魏晋易代之际政治残酷虚伪，政权动荡不安。在"司马昭之心路人皆知"的情形之下，禅让之名无疑成了篡夺政权的遮羞布，承认曹魏正统、晋承魏统无疑成为确定西晋政权合法地位的有利的政权更替理论，这不仅是统治者提倡与宣传的观点，同时也成为由魏到晋的文人士大夫所认可的政治伦理。统治阶层，不遗余力加以引导、宣扬，魏帝的禅让文中明言"肆予一人，祗承天序，以敬授尔位，历数实在尔躬"，希望晋王司马炎"钦顺天命"，继承大统。司马炎也以晋承魏统以示天下，继位后的第二年，有司奏："大晋继三皇之踪，蹈舜禹之迹，应天顺时，受禅有魏，宜一用前代正朔服色，皆如虞遵唐故事。"这一奏议得到了晋武帝的批准。① 同年傅玄受命作郊祀歌，其中有云："天祚有晋，其命维新。受终于魏，奄有兆民。"②这种正统观也逐渐成为当时主流意识形态所认同的政治伦理，如陈寿蜀亡入晋，撰《三国志》，虽然学界对陈寿的正统观有所争论，但不难看出，晋承魏统的政治伦理观在《三国志》中无疑是明显处于主流的。《三国志》中对高平陵事变始末、曹芳被废的经过以及曹髦被弑的记述，与裴松之注引的其他一些史料及《晋书》的记载相较，陈寿都采用了一

① 房玄龄：《晋书》，中华书局 1974 年版，第 50、54 页。
② 房玄龄：《晋书》，中华书局 1974 年版，第 680 页。

种有利于司马氏的叙述方式，表现出晋禅曹魏的合理性。他给齐王曹芳、高贵乡公曹髦、陈留王曹奂合写的《三少帝纪》的评论言："古者以天下为公，唯贤是与。后代世位，立子以适；若适嗣不继，则宜取旁亲明德，若汉之文、宣者，斯不易之常准也。明帝既不能然，情系私爱，抚养婴孩，传以大器，托付不专，必参枝族，终于曹爽诛夷，齐王替位。高贵公才慧夙成，好问尚辞，盖亦文帝之风流也；然轻躁忿肆，自蹈大祸。陈留王恭己南面，宰辅统政，仰遵前式，揖让而禅，遂飨封大国，作宾于晋，比之山阳，班宠有加焉。"①他对曹芳被废、曹髦被弑，均认为是自蹈大祸，对曹奂的禅让，则褒赞有加。不管是陈寿刻意回避也好，还是陈寿的真实想法也罢，但至少以他史家的身份，反映了当时主流意识形态领域对晋禅曹魏合理性的认同。

时至东晋，对曹魏正统及晋承魏统的正统观发生了改变，习凿齿是代表。习氏著《汉晋春秋》，就直接以晋承汉，否定晋承魏统。《晋书·习凿齿传》载："或问：'魏武帝功盖中夏，文帝受禅于汉，而吾子谓汉终有晋，岂实理乎？且魏之见废，晋道亦病，晋之臣子宁可以同此言哉！'"这里的"或问"对"晋承汉统"论提出两个反问：一是魏武帝曹操功盖中夏，魏文帝曹丕禅汉建魏，如果说汉终有晋，晋承汉统，岂不抹杀了曹魏在历史上的功劳，怎能与实际情况相符？二是长期以来，晋臣皆认同晋承魏统，那么否认曹魏的正统，也就等于否定了晋的正统，晋臣岂能同意此种观点？这个"或问"非常具有代表性地说明了从魏迄于习凿齿时代曹魏正统、晋承魏统观点的普遍性。习凿齿的回答也主要是从以上两个反问展开的，首先他认为曹魏并没有结束三国鼎立局面，而"除三国之大害，静汉末之交争，廓九域之蒙晦，定千载之盛功者，皆司马氏也"。其次，他认为"魏之见废，晋道亦病"的晋承魏统的观念是建立在"晋尝事魏，惧伤皇德，拘惜禅名，谓不可割"的认识之上的，司马懿仕魏是"逼于性命，举非择木"，晋禅曹魏也不同于尧舜禅让。所以，习氏认为"定空虚之魏以屈于己，孰若仗义而以贬魏哉"，因而，"以晋承汉，功实显然，正名当事，情体亦厌"，晋承汉统"此乃实尊我晋也"。习氏的"以晋承

---

① 陈寿：《三国志》，中华书局 1959 年版，第 154 页。

汉"开后世"帝蜀寇曹"之说。据《晋书》本传载："是时(桓)温觊觎非望,凿齿在郡,著《汉晋春秋》以裁正之。起汉光武,终于晋愍帝。于三国之时,蜀以宗室为正,魏武虽受汉禅晋,尚为篡逆,至文帝平蜀,乃为汉亡而晋始兴焉。引世祖讳炎兴而为禅受,明天心不可以势力强也。"①可见,习氏之所以著《汉晋春秋》,与当时权臣桓温欲篡晋有关,以此裁抑桓温野心。此外,与东晋政治中心南迁也不无关联。也可看出,对三国曹魏的态度,决不仅是对三国分出孰高孰下的一个历史评价问题,同时关涉到西晋与东晋对自身政权定位的重大政治问题。

我们可以这么认为,《三都赋》中左思以曹魏为正统的观点以及晋承魏统的看法,反映了曹魏以迄西晋意识形态领域内的主流思想。左思成功地运用了大赋的政治文化功能,巧设三人递转诘难,用文学的形式表达了这一时期魏蜀吴三国正统问题以及西晋统绪问题的争论与思考。这不仅决定了左思《魏都赋》选择邺都进行描写,而且也是产生"洛阳纸贵"的深层历史与政治背景。

——原载《浙江大学学报》(人文社会科学版)2013年第4期,本文收入时略有修订

## 【评 介】

王德华,女,1965年生,安徽滁州人。浙江大学教授,博士生导师。主要从事周秦汉魏晋南北朝文学与文化研究。中国屈原学会常务理事、副秘书长,中国赋学会常务理事,中国《诗经》学会理事。独立承担或参与国家社科基金项目、全国高校古委会项目、浙江省社科重点项目等多项科研任务。在《文学评论》《文学遗产》《学术月刊》等刊物上发表论文五十余篇。代表专著为《屈骚精神及其文化背景研究》(中华书局2004年版)及《唐前辞赋类型化特征与辞赋分体研究》(浙江大学出版社2011年版)。荣获浙江省哲学社会科学优秀成果二等奖等多个奖项,2008年入选教育部新世纪优秀人才。

① 房玄龄:《晋书》,中华书局1974年版,第2154~2158页。

　　《三都赋》是西晋文学家左思所作的名篇，分别为《魏都赋》《吴都赋》《蜀都赋》，曾名噪一时，洛阳为之纸贵。虽然历来研究此赋的论述不少，但没有注意到左思为何在写《魏都赋》时不选取当时的都城洛阳为描写对象，而是选择了作为陪都的邺都，又为何会造成写邺都而洛阳纸贵的现象。《左思〈三都赋〉邺都的选择与描写——兼论"洛阳纸贵"的历史与政治背景》一文，正是以独特的视角，见微知著，分别从晋承魏统的正统观、文化地理观、征实的创作倾向三方面层层深入地剖析了邺都所承载的重要政治与文化内涵，阐明了"洛阳纸贵"的深刻背景，从而对《三都赋》作出了全新解读。

　　首先，从晋承魏统的正统观来看，左思作《三都赋》的目的是借西蜀公子、东吴王孙及魏国先生之间的递转诘难，反映三国鼎立、南北对峙情形下的正统之争，即"抑"吴都、蜀都而"申"魏都并借此表现"晋承魏统"的现实用意。文中指出，魏、蜀、吴三国所争并非建都的优劣，深层指向则是承继魏统的西晋王朝的正统性与政权合法性问题。不论是西蜀的血脉正统观还是东吴的文化正统观，二者都与周汉政治与文化相连，曹魏唯有以禅让即天命的方式突出其政权的合法性。故从禅让的角度看曹魏正统，就必须突显曹魏禅汉所具有的政治实绩，就不得不从曹操开创基业写起；具体到都城，邺都无疑比洛阳承载着更多的政治业绩与文化内涵，从都城的角度说明曹魏禅汉的正当性与合天命的特征，唯邺都能担此重任。

　　其次，从文化地理观来看，《三都赋》中所描写的西蜀公子和东吴王孙在对地域的态度上均倾向于对本国山川形胜、物产丰饶与都市繁华等方面的夸饰，而魏国先生则从地理位置与治国理念两方面对二者进行批驳，周汉一统时代形成的强大的北方地域文化中心观，成为魏国先生对吴蜀恃险夸耀论都的批评和对曹操建都邺城歌颂的理论依据。另外，文中还进一步指出，洛阳作为一统天下的中心地位的意义与价值，在三国时的曹魏并未完全具备，既都洛阳而又一统天下的历史任务是由禅魏的西晋来完成的，这也是《魏都赋》选择邺都进行描写的又一重要的文化地理因素。

　　再次，从左思征实的创作倾向来看，赋中魏国先生对邺都建置、风土人情、魏王狩猎等方面的描写，其特征不仅在于描写的"征实"，而且还表现在具体的描写过程中，始终围绕着合乎王者之义的原则，表达了"正之以魏都，折之以王道"的宗旨，也是为了阐明晋承魏统的政治伦理观。

最后，文中讲到，对三国曹魏的态度绝不仅是对三国分出孰高孰下的一个历史评价问题，同时还是关涉到西晋对自身政权定位的重大政治问题。左思运用大赋的政治文化功能，以文学的形式表达了对西晋政权之正统问题的争论与思考，是西晋主流意识形态对魏为正统、晋承魏统政治伦理认同的一种表现。这不仅是其选择邺都进行描写的原因，而且也是产生"洛阳纸贵"效应的深层历史与政治背景。

总之，该文从文化地理观的角度深入挖掘特定历史时期赋的政治与文化内涵，视角独特，论证严谨，发人深思，为我们今后研究赋提供了一个非常值得借鉴的思路。

（冀虹雁）

**王德华赋学论著目录：**

《〈西征赋〉的理性思考》，《中国文学研究》1989 年第 2 期。

《论潘岳〈秋兴〉、〈闲居〉两赋的创作心态》，《浙江师范大学学报》（社会科学版）1993 年第 6 期。

《汉前期赋颂二体的互渗与散体大赋的走向》，《文学遗产》2004年第 4 期。

《汉末魏晋辞赋人神相恋题材的情感模式及文体特征》，《浙江大学学报》（人文社会科学版）2007 年第 1 期。

《东汉前期京都赋创作时间及政治背景考论》，《文学遗产》2008年第 2 期。

《唐前辞赋类型化特征的文体思考》，《文艺理论研究》2008 年第 4 期。

《〈文选〉赋类序说》，《古典文学知识》2009 年第 2 期。

《颂述汉德，义尚光大——班固〈两都赋〉解读》，《古典文学知识》2009 年第 3 期。

《繁类成艳　曲终奏雅——司马相如〈子虚〉、〈上林〉赋解读》，

《古典文学知识》2009 年第 4 期。

《主文谲谏，以颂为讽——扬雄〈甘泉赋〉、〈羽猎赋〉、〈长杨赋〉解读》，《古典文学知识》2010 年第 1 期。

《唯生与位　谓之大宝——潘岳〈西征赋〉解读》，《古典文学知识》2010 年第 2 期。

《唐前七体讽谏功能发微》，《学术月刊》2010 年第 2 期。

《述长江之美，寄中兴之望——郭璞〈江赋〉解读》，《古典文学知识》2010 年第 6 期。

《风花雪月　物色人情——谢惠连〈雪赋〉、谢庄〈月赋〉解读》，《古典文学知识》2011 年第 1 期。

《托物抒情　观物赋德——〈文选〉赋体"鸟兽"类作品解读》，《古典文学知识》2011 年第 2 期。

《生离死别之痛　生命迁逝之悲——〈文选〉赋体"哀伤"类作品解读》，《古典文学知识》2011 年第 3 期。

《扬雄赋论准则及其大赋创作模式》，《浙江师范大学学报》(社会科学版)2011 年第 4 期。

《穷达出处　明道述志——〈文选〉赋体"志"类作品解读》，《古典文学知识》2012 年第 4 期。

《虽始之以淫侈，而终之以居正——〈文选〉"七体"文解读（上）》，《古典文学知识》2012 年第 5 期。

《虽始之以淫侈，而终之以居正——〈文选〉"七体"文解读（下）》，《古典文学知识》2012 年第 6 期。

《恨人神之道殊　申礼防以自持——曹植〈洛神赋〉解读》，《古典文学知识》2013 年第 2 期。

《左思〈三都赋〉邺都的选择与描写——兼论"洛阳纸贵"的历史与政治背景》，《浙江大学学报》(人文社会科学版)2013 年第 4 期。

《唐前辞赋句式演变与诗歌韵律节律》，《文学评论》2019 年第 3 期。

《唐前辞赋类型化特征与辞赋分体研究》，浙江大学出版社 2011 年版。

# 清谈与赋谈

## ——从《世说新语》看两晋士人的辞赋评论

### 何新文

　　《世说新语》载录了魏晋名士的趣闻轶事和玄虚清谈，后人常以其为"清谈之书"。魏晋名士清谈的内容，虽然主要是所谓"三玄"及名教、佛理；但是也谈文学，谈辞赋。在《世说新语》的《文学》及《言语》《赏誉》《雅量》等篇里，即辑录了有关两晋士人谈论辞赋的言论近二十则，据此可领略当时士族阶层盛行作赋谈赋的文雅风尚，同时也可以了解晋人的一些赋论见解。

## 一、论辩与研讨结合的"赋谈"形式

　　魏晋清谈，据唐翼明教授的研究，是那个时期的贵族知识分子，以探讨人生、社会、宇宙的哲理为主要内容，以讲究修辞与技巧的谈说论辩为基本方式而进行的"一种学术社交活动"。清谈的参与方式不拘一格，但从《世说新语》中的记载分析，大别之则有"一人主讲、二人论辩、多人讨论"等三种，而"三式中以二人论辩最常见，也最具魏晋清谈特色"。①

　　唐先生的这一论断，也大致可以概括《世说新语》所载两晋士人的辞赋谈论方式。在所录近二十则辞赋谈论中，的确也以"二人论辩"式最多。如《文学》篇第 75 条所载庾敳庾亮叔侄论辩《意赋》，第79 条所载庾亮与谢安二名士对庾阐《扬都赋》意见不一的公开论辩，第 86 条记载孙绰与其友范启谈论所作《游天台山赋》，第 98 条载顾

---

　　① 唐翼明：《魏晋清谈》，台湾东大图书股份有限公司 1992 年版，第 6 页。

恺之与人讨论所作"《筝赋》何如嵇康《琴赋》",《雅量》篇第 41 条载殷仲堪与王恭谈论所作新赋等,正体现出了当时名士辞赋谈辩的基本风格。

然而,《世说新语》中最为详细地反映了当时名士谈赋情形的文字,还是《文学》篇的第 92 条:

> 桓宣武命袁彦伯作《北征赋》,既成。公与时贤共看,咸嗟叹之。时王珣在坐,云:"恨少一句。得'写'字足韵当佳。"袁即于坐揽笔益云:"感不绝于余心,溯流风而独写。"公谓王曰:"当今不得不以此事推袁。"①

又刘孝标《注》引《晋阳秋》曰:

> (袁)宏尝与王珣、伏滔同侍温坐。温令滔续(读)其赋,至"致伤于天下",于此改韵,云:"此韵所咏,慨深千载。今于'天下'之后便移韵,于写送之致,如为未尽。"滔乃云:"得益写一句,或当小胜。"桓公语宏:"卿试思益之。"宏应声而益。王、伏称善。

这可谓是我国古代赋学史上早期的一次专题"读赋会"或"赋学讨论会"的生动记录!它具体形象地再现了东晋士人读赋谈赋的情景:"读赋会"形式是"多人讨论式"的谈坐,内容是研讨《北征赋》,与会者有桓温、王珣、伏滔及赋作者袁宏等"时贤"数人。

桓温字元子、谥宣武侯,人称桓宣武或桓公。他是东晋时期和王导、庾亮、谢安等齐名的名士兼权臣,曾应王导邀请,与众名士共听王导与殷浩清谈直达三更。又传其北伐经金城时,见早年所种柳树"皆已十围"之粗,而"慨然曰'木犹如此,人何以堪?'攀枝执条,泫然流涕"②;王珣字元琳,王导之孙,封东亭侯,故又称王东亭,有

---

① 徐震堮:《世说新语校笺》,中华书局 1984 年版,第 145 页。
② 徐震堮:《世说新语校笺》,中华书局 1984 年版,第 64 页。

《经黄公酒垆下赋》等；伏滔字玄度，《言语》篇载他与王坦之、习凿齿"论青、楚人物"，又有《望涛赋》《长笛赋》等赋篇传世；袁宏字彦伯，东晋文史学家，除有《后汉纪》《三国名臣颂》与分述"正始""竹林"及"中朝名士"的《名士传》外，所作《北征赋》《东征赋》也很有影响，是被刘勰《诠赋》称为"魏晋之赋首"之一的知名赋家。

"读赋会"由桓温主持，先由伏滔读赋，王珣及赋作者袁宏等参与讨论。在读赋并听取大家意见之后，袁宏当场增益其赋一句，桓温极赞袁宏才思敏捷、文章之美，王、伏等众亦称善不绝。

那么，一篇《北征赋》，为何能引起当时众多名流如此的传阅研讨兴致呢？据《晋书·文苑传》袁宏本传记载，《北征赋》是袁宏从桓温征鲜卑奉桓温之命而作，桓温重视此赋当是自然；名士王珣亦云"此赋方传千载无容率尔"，则足见此赋在当时有重要地位和影响；而王珣之所以认为"此赋方传千载"，桓温亦要与时贤共集谈论品赏，《晋阳秋》及《世说新语》等文献又津津有味地记载下来，则不能不说是因为当时士人喜爱作赋谈赋的社会风气使然。

## 二、论赋与品人相间的"赋谈"内容

晋代士人的"赋谈"内容，既有对时人赋作艺术水平的品赏，也有对作赋技巧及赋篇功用价值的评价，还有用赋句对人物的品藻，凡所论述颇为丰富。

### （一）"意气所寄"与"忿其为异"

从赋的创作角度而言，"意"就是赋家所欲表达的思想意志、情感内容。要求赋有所寄托，能传达出赋家的某种情志意气，这正是两晋士人的基本赋论观。

《文学》篇第69条云：

> 刘伶著《酒德颂》，意气所寄。

刘伶是"竹林七贤"中最为纵酒狂放之人。《世说新语》载有七则涉及刘伶的文字,除《容止》篇说刘伶"土木形骸",《赏誉》篇载"林下诸贤各有俊才子"而"唯伶子无闻"外,其余文字几乎都不离刘伶饮酒之事。如《任诞》篇三则文字,一则言刘伶等"七人常集于竹林之下肆意酣畅",一则载"刘伶病酒"且自称"天生刘伶,以酒为名",第三则还是说"刘伶恒纵酒放达,或脱衣裸形在屋中":已经把一个肆意纵酒的名士形象作了充分描绘。但刘伶虽豪饮沉醉,实际上却是一个情性高逸、内心深挚的人。他曾于晋武帝泰始初年向朝廷上书陈述无为而治之策,因不为所用而被黜免。他不满司马氏的黑暗统治和礼教名法,故常以酒求醉,放浪形骸。所著《酒德颂》中,那位"以天地为一朝,万期为须臾"的"大人先生",正是"以酒为名"的作者的自我写照。赋中虽极言"唯酒是务","无思无虑,其乐陶陶",却实在是佯装旷达,借以渲发内心深重的悲愤情绪。有如后来颜延之《五君咏·刘参军》所云:"《颂酒》虽短章,深衷自此见。"因此,《世说新语》说"刘伶著《酒德颂》,意气所寄",正是指出了刘伶此赋所寄托的深衷挚意;同时也说明赋作要有"意气所寄"的重要性。

晋代士人论赋,不仅重视赋篇是否有"意气所寄",而且也颇为关注赋中所寄思想情志是否真实,是否与赋家的行为相符。下面再看关于孙绰作《遂初赋》的两则文字:

> 孙绰赋《遂初》,筑室畎川,自言见止足之分。斋前种一松树,恒自手壅治之。高世远时亦邻居,语孙曰:"松树子非不楚楚可怜,但永无栋梁用耳!"孙曰:"枫柳虽合抱,亦何所施?"(《言语》篇第84条)

> 桓公欲迁都,以张拓定之业。孙长乐上表,谏此议,甚有理。桓见表心服,而忿其为异。令人致意孙云:"君何不寻《遂初赋》,而强知人家国事?"(《轻诋》篇第16条)

孙绰字兴公,是西晋文人孙楚之孙,为东晋名士、清谈家和玄言诗人,他与许询"皆一时名流",在当时很有影响。孙绰原籍北方太原,少时与兄孙统渡江南下,家居会稽,在江南山水间隐居、游放十余年之久。其《遂初赋》今佚,但据《世说新语·言语》篇注引《遂初赋叙》，可知此赋是写他"慕老、庄之道"而于"东山"建五亩之宅尽享隐居山林之乐的内容。其情状或正如上引《言语》篇所述：游放青山绿水之际，手植松子楚楚可怜，俨然一派超然世事之情。这大概也就是他自言的知足知止即安于隐逸、不思世用之情趣心志。

然而，赋中所寄却与其实际行事不合。《轻诋》篇这则文字，就借桓温之言揭出了孙绰上表谏迁都之举与其赋中所称的自相矛盾。据《晋书·孙绰传》载，时大司马桓温欲经纬中国，打算由建康迁都洛阳，朝廷上下虽并知不可而莫敢谏，唯孙绰上疏直谏，陈述种种迁都"未安"的理由。桓温见表不悦"而忿其异"，且令人质疑孙绰：君何不重温《遂初赋》自陈"止足"之意，而硬要过问别人家国之事？

在《遂初赋》中"自言见止足之分"的孙绰，却仍然关怀世事朝政，故而难免桓温之讥。其实，在魏晋那个社会动乱而思想活跃的时代里，这类言行不一的现象也并非孙绰所独有。"形在江海之中，心存魏阙之下"，几乎正是魏晋名士的一种生存方式。晚唐赋家李德裕《知止赋序》称"先哲所以趣舍异怀，隐显殊迹，盖兼之者显矣"，就指出了这种现象的普遍性。后来元好问《论诗绝句》所咏的西晋赋家潘岳，就是当时很著名的例子："心画心声总失真，文章宁复见为人。高情千古《闲居赋》，争信安仁拜路尘。"[1]

桓温及元好问之讥，正提供了看待赋有寄托的另一视角，即赋既要有所谓"意气所寄"，更要求这种意气情志的真实可信，绝不能令读者"忿其为异"。至于如何评价孙绰所行与所赋的矛盾，则可另作别论。

## (二)"正在有意无意之间"

"言意之辨"，是魏晋清谈的一个重要题目。如据《世说新语》记载，西晋名士欧阳建就曾著有专门的清谈论文《言尽意论》，东晋清谈领袖之一的王导过江后只谈"三理"，"言尽意"即是其中之一，可见这一问题在清谈中的重要性。

---

[1] 郭绍虞：《中国历代文论选》第二册，上海古籍出版社 1979 年版，第 449 页。

"言意之辨"中的"言不尽意"论，源于《周易·系辞传》中的"书不尽言，言不尽意"。魏时名士荀粲承此说，认为言可达意，但不能尽意，所谓"象外之意，系表之言，固蕴而不出矣"①，指出了言辞在表达意旨时的局限。"言不尽意"说在魏晋时影响深广，如欧阳建《言尽意论》云："世之论者，以为言不尽意，由来尚矣。至乎通才达识，咸以为然"②；"得意忘言"论，则源自《庄子·外物》中的"言者所以在意，得意而忘言"。魏正始年间清谈的代表人物王弼承之并在此基础上进一步申说。

"言意之辨"中的所谓"意"，即是义、是理，是作家所欲表达的思想情志或创作目的；所谓"言"是表达"意"的工具。言与意的关系，即所谓"言者所以在意"，用范晔《狱中与诸甥侄书》之说即是："情志所托，故当以意为主，以文传意。以意为主，则其旨必见；以文传意，则其词不流。"③

而晋人"言意之辨"关联到辞赋创作的著名例证，则莫过于《文学》篇所载庾氏叔侄论辩《意赋》的一段文字：

> 庾子嵩作《意赋》成，从子文康见，问曰："若有意邪，非赋之所尽；若无意邪，复何所赋？"答曰："正在有意无意之间。"

庾敳字子嵩，是西晋元康间赋家和颇为活跃的清谈名士。《意赋》作于晋惠帝元康九年，《晋书》本传载此赋，并称"敳见王室多难，终知婴祸，乃著《意赋》以豁情，犹贾谊之《鵩鸟》也"。庾敳好《老》《庄》而"自谓是老、庄之徒"，故赋中多发挥齐生死、贵虚无、任自然的思想，表现人生无常的情绪。诚然，庾敳《意赋》之"意"，当是贵"无"通"玄"的老庄之道、玄学之理，但其只有十岁的从子庾亮(字元规、谥文康)见后，却发出了疑问：您"有意"吗？而老庄之道空灵玄

---

① 陈寿：《三国志》，中华书局 1982 年版，第 320 页。
② 严可均辑：《全晋文》，商务印书馆 1999 年版，第 1151 页。
③ 郭绍虞：《中国历代文论选》第一册，上海古籍出版社 1979 年版，第222 页。

妙、虚无缥缈、不着行迹,这种象外之旨、言外之意,岂是有言之赋
所能穷尽?而庾亮更不能理解的是第二问:若您知晓这番"言不尽
意"的道理,原本就"无意"以穷尽之,那么,您又写这篇《意赋》做什
么呢?庾亮的两个质疑,似乎将庾敳逼入了一个进退失据的"两难"
境地:若"有意"则赋之不尽,若"无意"则不必赋!但是,庾敳以一
句"正在有意无意之间"的千古妙答,不仅为自己轻巧解围,而且也
为人们留下了一个常说常新的文学话题!而叔侄问答之间的玄理妙
趣,更能引人入胜。

　　庾敳"正在有意无意之间"的表达方式,既仿自《庄子·山木》的
"处乎材与不材之间",也不乏儒家"执两用中"(《礼记·中庸》)、
"叩其两端"(《论语·子罕》)的从容智慧。这个答语,仅就"意"的有
无作答,表现的是原本就蕴含于言意之辨实质之中的"重意"观念,
所谓"以意为主"。对这个妙答的意义,似可从三个方面理解:首先,
是捍卫了赋作者作《意赋》的必要,回驳了"非赋之所尽"与"复何所
赋"的双重责难,确定了创作主体为得"意"而赋的自主性;其次,是
打消了"非赋之所尽"即"言不尽意"论者对语言达意功能的怀疑,因
为"言者所以在意",以有尽之"言"去达无穷之"意",正是文学艺术
本身所追求的目标,赋家不能因为"赋不尽意"就不"赋";再次,是
为"意"留下了充分的诠释空间:"有意",或着迹象而难于超旷空灵;
"无意",或无所统属而不易充实弥满;唯"在有意无意之间",才可
能于或"有"或"无"、若即若离之际营造出空灵与充实相融通的艺术
境界。

　　这"有意无意之间"境界,正与《世说新语·言语》篇所载简文"会
心处不必在远,翳然林木便自有濠、濮间想"及陶渊明《饮酒》"此中
有真意,欲辩已忘言"有异曲同工之妙。明胡应麟《艺苑卮言》云:
"庾子嵩作《意赋》成,为文康所难,而云'正在有意无意之间'。此是
遁辞,料子嵩文必不能佳。然'有意无意之间',却是文章妙用。"①
这"文章妙用",正道出了庾敳此语对赋文学创作的意义所在。

———————

① 丁福保:《历代诗话续编》,中华书局 2001 年版,第 991 页。

## （三）"事事拟学"与"以高奇见贵"

辞赋作品既然要有"意气所寄"，那么，写作辞赋就不能人云亦云、一味模拟。于是，辞赋创作中的模拟与创新，也就自然成为晋代士人谈赋的又一热门话题。

首先，是由皇甫谧、张华、庾亮、孙绰、谢安等著名文人名士参与，围绕左思《三都赋》和庾阐《扬都赋》的品评，公开论辩了赋文学创作中的模拟与创新问题。例如《文学》篇记载：

> 左太冲作《三都赋》初成，时人互有讥訾，思意不惬。后示张公，张曰："此《二京》可三。然君文未重于世，宜以经高名之士。"思乃询求于皇甫谧，谧见之嗟叹，遂为作《叙》。于是先相非贰者，莫不敛衽赞述焉。
>
> 庾仲初作《扬都赋》成，以呈庾亮。亮以亲族之怀，大为其名价云："可三《二京》、四《三都》。"于此人人竞写，都下纸为之贵。谢太傅云："不得尔，此是屋下架屋耳，事事拟学，而不免俭狭。"

西晋赋家左思，自称"著论准《过秦》，作赋拟《子虚》"（《咏史诗》）；且又"思摹《二京》而赋《三都》"，并自诩其《三都赋》"不谢班、张"。但赋成之后，并未重于世。在这种情况之下，左思先以赋示张华，张华许之以"《二京》可三"，再求助于"西州高士"皇甫谧，皇甫谧为之作序。于是，左思及其《三都赋》名声大振，"先相非贰者，莫不敛衽赞述焉"。《文学》篇载录了张华、皇甫谧评说《三都赋》的言论并为之延誉的过程，反映了辞赋评论在辞赋传播中的重要作用。这段文字也影响广远，除唐人所撰《晋书》外，直至清人浦铣的《历代赋话》亦有辑录。

东晋文人庾阐字仲初，所作《扬都赋》铺陈东晋都城扬州（即建康）的宏丽巨伟，庾亮也比之张衡《二京》及左思《三都》，"以亲族之怀大为其名价"，以至于都城人人竞写、纸为之贵。（今传"洛阳纸贵"一典，出自《晋书·左思传》，而原本《世说新语》中却是说庾阐

《扬都赋》,不知《晋书》是别有所本,还是犯了张冠李戴的错误?)此外,还有"绝重张衡、左思之赋"的孙绰,更高评《三都》《二京》有儒家经典的圣贤思想,如《文学》篇第 81 条记载:"孙兴公云:《三都》《二京》,五经鼓吹。"

上述这种现象说明,张衡《二京》等汉赋作品对晋赋创作和评论具有典范性的影响,汉赋既成为晋赋家作赋时的模拟范本,同时也是晋代士人评论时人赋作价值得失的重要标尺。

当然,这只是问题的一个方面;问题的另一面是,晋代名士如谢安就在欣赏肯定汉赋之时,也表明了反对模拟、主张创新的赋学观念。谢安是有"风流宰相"之称的东晋名士领袖,他或周旋往来于诸名士之间共论《易》象玄理,或与自家子侄同赏《毛诗》佳句,品人论事常有独到见解。因此,他对庾亮以《扬州赋》比之张衡、左思的誉评乃至于都下人人竞写为之纸贵的社会轰动效应都不以为然,而认为《扬都赋》与《二京》《三都》相较,不过是模仿拟学的"屋下架屋"罢了;并且还十分明确地指出:"事事拟学,而不免俭狭。"谢安批评"拟学俭狭",其实就是对赋学创新的提倡。这也从一个侧面反映了晋代赋学领域内反对模拟、主张创新一派的呼声。两晋赋作,对汉赋既有所继承和模拟,也有所发展和超越。即便如左思自称"思摹《二京》而赋"的《三都赋》,也如钱锺书先生所评:虽"承《两都》《二京》之制,而文字已较轻清,非同汉人之板重,即堆垛处亦如以发酵面粉作实心馒首矣"①。

其次,是顾恺之不"作后出相遗"、当"以高奇见贵"的思想。《文学》篇第 98 条载:

> 或问顾长康:"君《筝赋》何如嵇康《琴赋》?"顾曰:"不赏者,作后出相遗。深识者,亦以高奇见贵。"

魏晋之际文学家嵇康的《琴赋》是一篇传世杰作,历来受到好评;顾恺之(字长康)《筝赋》今佚不存,故难以具体评价,但从顾恺之的答

---

① 钱锺书:《管锥编》,中华书局 1980 年版,第 1154 页。

语中可知作者对此赋有相当的自信。因此，当有人问他所作《筝赋》与嵇康《琴赋》谁高谁下之时，他并没有正面作出孰是孰非的价值判断，而是从辞赋品评的角度给出了一个很有哲理意蕴的推论：不赏者必然以"后出相遗"，深识者当会"以高奇见贵"。

顾恺之的答语，一是表明顾恺之认为所作《筝赋》"以高奇见贵"，自有不同于嵇康《琴赋》之处，真正内行的批评家会"深识"它的价值；二是辞赋评论应该从作品的实际出发，而不能贵远贱近、厚古薄今，以为时人之赋比前人晚出而"作后出相遗"是不明智的。顾恺之的这种批评观念，与前述谢安反对模拟、主张创新的观念不尽相同而相通。《世说新语》此条注引《中兴书》称"恺之博学有才气，为人迟钝而自矜尚，为时所笑"。而这则文字中的顾恺之，"矜尚"或许有之，"迟钝"则丝毫未见，字里行间，那种"博学有才"的自负意气、妙趣玄风真已跃然纸上。

## (四)"赋称先贤"与以赋证史

两晋赋风炽盛，文人名士喜爱辞赋，豪贵之家竞相传写。风气所及，一方面是赋的创作有了称颂名流、先贤的内容；一方面是上层社会形成了要求辞赋颂美的时尚。试看《文学》篇的记载：

> 庾阐始作《扬都赋》，道温、庾云："温挺义之标，庾作民之望。方响则金声，比德则玉亮。"庾公闻赋成，求看，兼赠觊之。阐更改"望"为"儁"，以"亮"为"润"云。

庾阐《扬都赋》本为颂美晋代都城扬都所作，而温峤、庾亮又是当朝重臣与社会名流，故赋中已有"金声、玉亮"之句颂美温、庾二人。曾"以亲族之怀大为其名价"的庾亮尤为关心被赋颂之事，不仅亲自前去"求看"，而且还希望得到庾阐的赠赋；庾阐当然也不敢大意，进一步推敲字句音韵，为避庾亮之名而改"望"为"儁"，以"亮"为"润"。

上述这则文字，是叙赋作者颂美当世名流的情形。《文学》篇还有对东晋上层人士迫使赋家称颂先贤的记载：

袁宏始作《东征赋》，都不道陶公。胡奴诱之狭室中，临以白刃，曰："先公勋业如是！君作《东征赋》，云何相忽略？"宏窘蹙无计，便答："我大道公，何以云无？"因诵曰："精金百炼，在割能断。功则治人，职思靖乱。长沙之勋，为史所赞。"

又该条《注》引《续晋阳秋》曰：

宏为大司马记室参军，后为《东征赋》，悉称过江诸名望。时桓温在南州，宏语众云："我决不及桓宣城。"时伏滔在温府，与宏善，苦谏之。宏笑而不答。滔密以启温，温甚忿。以宏一时文宗，又闻此赋有声，不欲令人显问之。后游青山，饮酌既归，公命宏同载，众为危惧。行数里，问宏曰："闻君作《东征赋》，多称先贤，何故不及家君？"宏答曰："尊公称谓，自非下官所敢专，故未呈启，不敢显之耳。"温乃曰："君欲为何辞？"宏即答云："风鉴散朗，或搜或引，身虽可亡，道不可陨。宣城之节，信为允也。"温泫然而止。

前述袁宏所作《北征赋》已为桓温、王珣所重，这篇《东征赋》因"悉称过江诸名望"，这对处于门阀制度盛期的东晋士族来说其地位更几同于史传。因此，长沙公陶侃之子陶范（小字胡奴）看到赋中未提及其先父陶侃勋业，便"诱之狭室，临以白刃"，逼迫身为"一时文宗"的袁宏不得不在窘蹙之际临时诵作赋句作为弥补；时在南州的桓温，也因赋未提及其先父、宣城内史桓彝而十分气愤，并借机强势逼问，直到知道袁宏"为辞"才泫然而止。庾亮、陶范、桓温等上层士人，对时人赋作有否本人或家祖、先父的颂美如此在意，陶、桓二人甚至作出了强烈反应，从中可以想见晋代社会看重名家名赋颂美功用的风气之盛。

此外，赋在当时还具有证史的作用。《言语》篇又载：

桓玄既篡位，将改置直馆，问左右："虎贲中郎省，应在何处？"有人答曰："无省。"当时殊忤旨。问："何以知无？"答曰：
"潘岳《秋兴赋叙》曰：'余兼虎贲中郎将，寓直散骑之省。'"玄
咨嗟称善。

桓玄字敬道，为桓温之子，亦善为文章，作有《凤赋》《鹤赋》等。桓
玄于晋安帝元兴元年举兵入建康，次年篡位自称"楚帝"。桓玄篡位
以后，想要另行设立值班官署，恢复虎贲中郎将，但不知是否应该当
值，虎贲中郎"省"应置于何处？这时，"有人"根据西晋潘岳《秋兴赋
序》"余兼虎贲中郎将，寓直散骑之省"的赋句，回答说虎贲中郎将没
有专门的"省"即官署，而寄寓在散骑省当值。此人以前贤赋句回答
了一个官制设置的具体问题，表现出渊博学识尤其是对赋篇的熟悉，
受到桓玄称赞；桓玄则以此为据解决了如何设置虎贲中郎将的难题。

这则故事说明，赋在东晋士人心目中享有证史的权威作用，而熟
悉辞赋作品也会得到时人的尊重。这个没有留下姓名的答者，《言
语》篇此条《注》引刘谦之《晋纪》载明为"参军刘简之"，笔者疑为这
"参军刘简之"即是《排调》篇桓玄所说"刘参军宜停读书，周参军且勤
学问"中的"刘参军"。

## （五）赋篇品评与人物品藻

晋人的人物品藻，即人物优劣高下的比较鉴别，往往注重人物整
体的精神、人格，或谓神韵风度，具有明显的审美意味。《世说新
语·赏誉》篇所载许询以嵇康《琴赋》赋句品评刘惔与简文其人，即是
如此：

> 许玄度言："《琴赋》所谓'非至精者，不能与之析理'，刘尹
> 其人；'非渊静者，不能与之闲止'，简文其人。"

刘惔字真长，仕至丹阳尹，又称刘尹，是东晋建元、永和间有名清谈
家，其风格简约，出语精警，时人有"简秀不如真长"之评（《品
藻》），谢安又说"刘尹语审细"（《赏誉》）；简文即晋简文帝司马昱，
他好为清谈，是咸康至永和年间名士清谈的组织者和参与者，刘惔、

许询之徒常为其门下谈客。他的清谈水准,刘惔曾评之"是第二流中人",自己才是"第一流"的(《品藻》)。但简文崇信佛法,清虚寡欲,情性"凝寂";故许询以《琴赋》之"至精、析理"与"渊静、闲止"两个对句分别评之,可谓道出了人物各自的特点。同时,这种凝聚着品评者独特感受的语言形式和品评方式,也体现了许询"谈玄析理"的学养和鉴赏能力,它本身即具有独立的审美意味。

并非直接地形成褒贬鲜明的价值判断,而是以具有玄学特色的语言,通过两相比照以突出人物不同的特色风貌,给读者留有相当大的接受空间,是晋人人物品藻的重要特点;同样,晋人的辞赋品评也具有这种整体比较而耐人寻味的意蕴,前述《文学》篇载顾恺之答所作"《筝赋》何如嵇康《琴赋》"之语即是如此。如果说顾恺之的答语充满了赋家的豪情,那么,关于孙绰、殷仲堪作赋的两则文字,则可以看到赋家的自信遭遇了挑战。《文学》篇记载:

> 孙兴公作《天台赋》成,以示范荣期,云:"卿试掷地,要作金石声。"范曰:"恐子之金石,非宫商中声。"然每至佳句,辄云:"应是我辈语。"

孙绰钟情山水,《赏誉》篇曾载他游白石山,极不满卫永(字君长)不乐山水,说"此子神情都不关山水,而能作文?"作文须关山水,正是孙绰的重要审美观念。所作《游天台山赋》以游仙写游山,"穷山游之瑰富,尽人神之壮丽"(《赋序》),颇为时人称道。孙绰对此赋也相当自负,他主动出示给好友范启,并自许"掷地要作金石声";没想到范启并不以为然,认为那"金石声"也许不成曲调、"非中宫商",表明他对此赋的评价不及孙绰自己那样感觉良好。《文学》篇这则文字所载,反映了孙绰与范启二人对《游天台山赋》评价的分歧,虽然其中也有范启对赋中"佳句"的称许,但论辩气息仍依稀可见。

殷仲堪的故事则更有趣,《雅量》篇云:

> 殷荆州有所识作赋,是束皙慢戏之流。殷甚以为有才,语王恭:"适见新文,甚可观。"便于手巾函中出之。王读,殷笑之不

自胜；王看竟，既不笑，亦不言好恶，但以如意帖之而已。殷怅
然自失。

殷仲堪曾为荆州刺史，故又称殷荆州。他是东晋时期一个好"三
玄"且"精核玄论"（《文学》篇）的著名清谈家，其赋则只存《游园赋》
等残篇，风格有如西晋赋家束皙（字广微，今传《读书赋》《饼赋》等六
篇）那类颇为"时人薄之"（《晋书·束皙传》）的俳谐戏谩之作。但他
却自以为"甚有才"，故事先将赋藏好带上，然后又故作神秘，希望
引起王恭的重视。当王恭读赋之时，殷仲堪自己"笑不自胜"，沾沾
自喜之状活脱可见。可王恭看后"既不笑，亦不言好恶"，只是将其
赋用一个如意压着而已。王恭这副毫不在乎、不置可否的冰冷态度，
大出殷仲堪所料，所以他的"怅然自失"势在难免了。这一冷一热、
不言不语之间，既不难想见读赋者的不以为然，赋作者的尴尬情状更
令人忍俊不禁。

范启的"非中宫商"之评与王恭"不言好恶"的论赋方式，亦如晋
人的人物品藻，不作具体剖析而重整体感觉，其间的论辩气息、场面
情景意趣盎然，明显具有名士玄谈时代的特色风貌。

## （六）《经王公酒垆下赋》与《语林》的关联

裴启曾于东晋哀帝隆和年间撰志人小说《语林》蜚声文坛。《语
林》记载魏晋上层人士的言谈佚事及某些历史事件，展示名士才情风
貌，内容丰富，文辞简洁，后却因为当时权臣谢安所诋而不再流行，
至《隋书·经籍志》著录"《语林》十卷"时，已经加注有一"亡"字。但
《世说新语》对《语林》多有取资，后世类书《艺文类聚》《太平御览》
《太平广记》等也颇有引用，鲁迅先生《古小说钩沉》更将散见于各书
的《语林》文字辑录一百余条，吉光片羽，弥足珍贵。

那么，谢安为何诋毁《语林》呢？细读《世说新语》之《文学》《轻
诋》《伤逝》篇及刘孝标注所载相关内容，当可推知：谢安诋毁《语林》
的原因，除指责书中两处提及的谢安之语是裴启"自为此辞"外，或
许还与《语林》载入与"谢公交恶"的王珣（即王东亭）所作《经王公酒
垆下赋》（按："王公"当作"黄公"）有关。《世说新语》将王珣作此赋

与谢安抵制《语林》之事一并载叙，则既留下了王珣赋与《语林》的有关史料，也表达了某种暗示或批评之意。

## 三、晋代士人"赋谈"的意义

《世说新语》所载言赋文字，涉及嵇康、皇甫谧、刘伶、张华、左思、束皙，庾敳、庾亮、庾阐、刘恢、桓温、司马昱、孙绰、许询、范启、谢安、袁宏、裴启、顾恺之、殷仲堪、王恭、王珣、伏滔、庾龢、桓玄等数十名赋家、名士，包括了赋的创作、评论及其社会功用价值等多方面的内容，展现了第三人评议、二人论辩、多人讨论等多种谈论形式，生动活泼地反映了两晋士族社会谈赋重赋之风，同时也从一个侧面丰富了两晋尤其是东晋的赋论。从赋论的角度而言，《世说新语》所载文字体现出的价值意义是多方面的：

第一，晋代士人盛行的时赋谈论，影响了社会重赋风气的形成，促进了赋的创作和传播。诸如皇甫谧、张华、庾亮、孙绰、谢安等对左思《三都赋》与庾阐《扬都赋》的品评，庾敳、庾亮叔侄谈论《意赋》，孙绰与其友范启谈论《天台赋》，顾恺之与人谈论《筝赋》及《琴赋》，桓温、王珣、伏滔等"时贤共看"袁宏《北征赋》，都是时人对时赋的推介或品谈，这种极具现实针对性的"当代"赋学评论，对晋代社会重赋风气的形成、赋文学创作的繁荣和赋篇的流行传播，都发生了十分积极的影响；而《三都赋》《扬都赋》经张华、皇甫谧、庾亮等人推介，造成都下人人竞写、洛阳为之纸贵情形，即可视为这种积极影响的一个缩影。

第二，针对当时的赋文学创作，发表了一系列有价值的赋论见解。如要求赋要有"意气所寄"；赋的思想情志要真实可信；赋文学作品要创造出"正在有意无意之间"的艺术意境；辞赋创作要避免造成"俭狭"的事事模拟；要注重创新和重视作赋技巧等。

第三，提出了赋学批评要科学客观的要求。晋代士人的论赋形式活泼，既有赋家的自评，也有作者与读者之间的论辩，还有小规模的读赋与研讨；批评态度明晰，既有作赋者"掷地金声"与"甚以为有才"的自许，也有评论者对"以亲族之怀大为名价"和对"作后出相遗"

的不满，更有对"事事拟学"的直接批评；批评风格独特，两晋士人的品人论赋，以凝聚着品评者独特感受的语言和充满玄理意蕴的品评方式，注重人物的神韵风度，把握赋篇的风貌特色，给读者留有寻味、诠释的接受空间，具有明显的时代特征和独立的审美意味。

——原载《湖北大学学报》2009 年第 5 期。因篇幅限制，发表时删节了文中部分文字及文末"《经王公酒垆下赋》与《语林》的关联"一段，现据原稿补充

## 【评 介】

何新文，男，1953 年 9 月出生于湖北通城。先后就读于武汉师范学院和华中师范学院中文系，1982 年获文学硕士学位。湖北大学文学院教授，博士生导师。长期致力于先秦汉魏六朝文学和古典目录学的研究，其中尤以赋论为其探究时间最长、亦创获较丰的领域，部分成果获得湖北省社会科学优秀成果二等奖和三等奖。

自 1986 年在《文学遗产》发表《赋家之心 苞括宇宙：论汉赋以"大"为美》一文以来，三十年间，已出版的赋学著述，有《中国赋论史稿》、《辞赋散论》、《中国赋论史》(与苏瑞隆、彭安湘合著)以及《历代赋话校证》(与路成文合校)和《见星庐赋话校证》(与佘斯大、踪凡合校)等多种。其中，两种赋论史，是海内外最早推出的此类成果，具有以史为纲、以重要赋论家或赋论著作为纬，将"史"的精神贯穿于"论"的形式之中、整体把握古今赋学理论批评发展嬗变的鲜明特色；两种清人赋话的点校，则是整理被长久埋没的赋话文献的重要成果。除宏观的史学观照和具体的文献考校外，还发表有近五十篇赋学论文，如《关于汉赋的"歌颂"》《论刘埙〈隐居通议〉"古赋"选评的赋学意义》《浦铣及其赋话考述》《赋话初探》《二十世纪赋文献的辑录与整理》《从"辞赋不分"到"以赋论赋"：古代赋文体论述的发展趋势及当代启示》等。

《清谈与赋谈——从〈世说新语〉看两晋士人的辞赋评论》，就是较有代表性的文章之一。该文发表后，很快被中国人民大学复印报刊资料《中国古代近代文学研究》复印转载，在赋学界亦具影响。文章

着眼于《世说新语》所录近二十则赋谈言论，以此领略两晋士族盛行"清谈"和作赋谈赋的文雅风尚，重点探讨"赋谈"的形式、内容及其赋论意义。文章内容充实，且别具特色：

首先，总结"论辩与研讨相结合"的赋谈形式。文章认为唐翼明先生关于清谈方式有"一人主讲、二人论辩、多人讨论"的论断，也可以概括晋人的赋谈方式。其中，尤以"二人论辩"最多，如庾敳庾亮叔侄论《意赋》，庾亮与谢安辩《扬都赋》，孙绰与范启谈《游天台山赋》，顾恺之与他人讨论"《筝赋》何如《琴赋》"等事例，正体现出名士赋谈的基本风格。而桓温、袁宏诸"时贤"读论《北征赋》的记录，更可谓是古代赋学史上的一次"读赋会"或"赋学讨论会"，它形象地再现了"多人讨论式"的读赋谈赋情景。

其次，归纳"论赋与品人相间"的赋谈内容。文章论述晋人"赋谈"的内容，既有对时人赋作的品赏，也有对作赋技巧及功用的评价，还有用赋句对人物的品藻等，丰富的谈论内容可归纳为 5 个方面：(1)所谓"意气所寄"与"忿其为异"，是指从作赋的角度要求赋有所寄托，能传达出赋家的某种情志意气；(2)所谓"正在有意无意之间"，是指在"言意之辨"的影响下，庾氏叔侄问对《意赋》之时庾敳妙答的赋论意涵，即作赋者有为得"意"而赋的自主性，而以有尽之"言"去达无穷之"意"正是赋家所追求的目标，此有意无意之"意"包含充分的诠释空间；(3)所谓"事事拟学"与"以高奇见贵"，这是晋人赋谈的又一热门话题，他们公开论辩这一话题，反对一味模拟，主张创新见奇；(4)所谓"赋称先贤"与以赋证史，是指当时作赋有称颂先贤的内容，反映出上层社会要求以赋证史的用赋风气；(5)所谓赋篇品评与人物品藻，举例晋人"非中宫商"与"不言好恶"的论赋方式，颇具人物品藻偏重神韵风度的名士玄谈风味。

再次，评估晋人"赋谈"的赋论意义。如影响了社会重赋风气的形成，促进了赋的创作和传播；论辩了一系列赋论见解；提出了赋学批评要科学客观的要求。总之，两晋士人的品人谈赋，以凝聚着品评者独特感受的语言和充满玄理意蕴的方式，把握赋篇的整体风貌，给读者留有诠释的空间，具有独立的审美意味和明显的时代特征。

最后，该文的写作也很有特点。如：(1)切入角度新颖。该文以

《世说新语》所载"赋谈"为对象，于他人较少留意处，钩稽这一批评形态的理论内容与价值意义，开笔记论赋研究之先风；（2）分析严谨细密。条目式的笔记论赋，"简约玄澹"而意蕴丰赡。作者娴熟自如地从子史文集中运用材料多角度地揭除表述蔽障，阐释"赋谈"言论的内涵，析理详密而透彻；（3）"思"中见"史"的理论建构。此文虽发表于 2009 年，但最初思考《世说新语》与赋论的关系却早在撰写《中国赋论史稿》之时，2008 年发表的《论赋话的渊源及其演进》一文也又提到《世说新语》"已开赋话之端"。而基于"史"的建构思路，此文尤为注重"清谈"与"赋谈"形式、人物品藻风尚与赋谈内容之间的关系。史的观念与力求还原诠释的融合，从而使此文宏通的视野与微观的视域合一。

（彭安湘、张家国）

**何新文赋学论著目录：**

《赋家之心　苞括宇宙——论汉赋以"大"为美》，《文学遗产》1986 年第 1 期。

《关于汉赋的"歌颂"》，《湖北大学学报》（哲学社会科学版）1987 年第 5 期。

《刘熙载汉赋理论述略》，《中国文学研究》1988 年第 3 期。

《赋话初探》，《湖北大学学报》（哲学社会科学版）1991 年第 2 期。

《读〈赋话六种〉札记》，《学术研究》1991 年第 2 期。

《魏晋南北朝赋论述略》，《湖北大学学报》（哲学社会科学版）1994 年第 1 期。

《古代赋学要籍叙录》，《古典文学知识》1994 年第 2 期。

《论晚唐律赋的艺术变化》，《湖北大学学报》（哲学社会科学版）1995 年第 1 期。

《浦铣及其赋话考述》，《文献》1997 年第 3 期。

《21 世纪的赋学研究需要重视的几个问题》，《湖北大学学报》（哲学社会科学版）2001 年第 6 期。

《元明两代赋论述略》，《湖北大学学报》（哲学社会科学版）2006年第 6 期。

《"时代精神"与"以大为美"：闻一多辞赋评论二题》（第一作者），《黄冈师范学院学报》2007 年第 2 期。

《唐代赋论概观》（第一作者），《北方论丛》2008 年第 1 期。

《论赋话的渊源及其演进（第一作者），《湖北大学学报》（哲学社会科学版）2008 年第 1 期。

《清谈与赋谈——从〈世说新语〉看两晋士人的辞赋评论》，《湖北大学学报》（哲学社会科学版）2009 年第 5 期。

《林联桂及其赋作赋话考论》，《辽东学院学报》（社会科学版）2010 年第 5 期。

《论〈见星庐赋话〉对清代律赋艺术的评析》（第一作者），《湖北大学学报》（哲学社会科学版）2010 年第 6 期。

《苏轼与"苏门四学士"的辞赋理论述议》，《黄冈师范学院学报》2010 年第 5 期。

《论洪迈与朱熹对〈高唐〉〈神女赋〉评价的差异——兼及宋玉辞赋批评标准与方法的把握》（第一作者），《中国韵文学刊》2011 年第 4 期。

《新世纪十年：古代赋学研究的繁荣与趋向》（第一作者），《湖北大学学报》（哲学社会科学版）2012 年第 2 期。

《论刘埙〈隐居通议〉"古赋"选评的赋学意义》（第一作者），《南京大学学报》（哲学·人文科学·社会科学）2012 年第 5 期。

《班固的"赋颂"理论及其〈两都赋〉"颂汉"的赋史意义》（第一作者），《中南民族大学学报》（人文社会科学版）2015 年第 2 期。

《从"辞赋不分"到"以赋论赋"——古代赋文体论述的发展趋势及当代启示》，《文学遗产》2015 年第 2 期。

《从目录学的角度探论"不歌而诵谓之赋"——马积高先生〈赋史〉关于赋体论述的启示》（第一作者），《中国文学研究》2015 年第 3 期。

《中国赋论史稿》，开明出版社 1993 年版。

《中国赋论史》（与苏瑞隆、彭安湘合作），人民出版社 2012 年版。

# 唐宋元石刻中的赋

## 程章灿

　　从秦汉以降，石刻就成为古代中国的一种十分重要的文献载体，同时也是各类文学作品包括赋赖以保存与流传的一种媒介。石刻的大量出现，与赋的壮大并成为文坛的主要文体之一，都是在汉代；就二者的功能用途而言，汉赋与石刻的出现场合应有可能重叠。但迄今为止，在我们所能看到的汉代石刻中，却未发现赋作，这大概是因为以"润色鸿业"为主的汉赋多是长篇巨制，不便于刻石立碑罢。魏晋南北朝以降虽然出现了很多抒情小赋，篇幅不大，但这些都是比较个人化的作品，当时人观念中似乎也没有将其刻石的习惯，何况赋学较盛的魏晋南朝还有屡次禁碑的传统。① 辞赋作品出现于石刻之中，就目前所知，最早始于隋朝，具体年代是在隋大业年间，刻的是曹植的名作《鹞雀赋》②。此后，唐宋元三代石刻中赋作屡见不鲜，迄明清二代，此风亦未消歇。由于对明清二代石刻的搜集调查还不够完备，杨殿珣《石刻题跋索引》③中也未收录元以后石刻的题跋，因此，本文所论，仅限于唐宋元三代石刻中的赋，对于明清二代石刻暂不涉及。

　　早在宋代，石刻中的赋就引起了欧阳修、赵明诚等金石学者的注意。欧阳修曾为收藏到的李德裕《大孤山赋》、令狐楚《登白楼赋》等拓本写过题跋。④ 赵明诚在《金石录》目录中著录的唐代石刻赋有：

---

① 参看(南朝梁)沈约：《宋书》卷十五《礼志》二，中华书局排印校点本。

② 载于《舆地碑记目》，亦见张仲炘：《湖北金石志》卷三，台湾新文丰出版公司《石刻史料新编》本。

③ 杨殿珣编：《石刻题跋索引》，商务印书馆 1990 年影印版。

④ 《大孤山赋》题跋见《集古录跋尾》卷九；《登白楼赋》题跋亦见同书卷九，写于治平元年(1064)八月八日。

　　唐《丛台赋》，严浚撰，蔡有邻八分书。开元二十七年。(第一千一百五十七)

　　唐李德裕《大孤山赋》，篆书，无姓名。会昌五年。(第一千八百七十一)

　　唐萧颖士《庭莎赋》，正书，无姓名。大中七年十月。(第一千八百八十八)。

　　唐令狐楚《登白楼赋》，令狐澄书。咸通二年三月。(第一千九百十八)①

　　在这四篇赋中，李德裕《大孤山赋》和萧颖士《庭莎赋》今存②，严浚《丛台赋》和令狐楚《登白楼赋》已佚③。严浚字挺之，以字行，《全唐文》卷二百八十严挺之卷收录其所撰疏、碑、志各一篇，无赋。《丛台赋》出自当时著名书法家蔡有邻之手，今佚不可见。无论从书法还是从文学角度来说，都是令人遗憾的。

　　晚清著名石刻学者叶昌炽最早把石刻赋作为一个专门问题提出来。其《语石》卷四"诗文一则"云：

　　　　余所见石刻赋，惟楼异《嵩山三十六峰赋》，僧昙潜书(建中靖国元年)，笔意逼肖长公。易祓《真仙岩赋》，在融县。梁安世《乳床赋》，在临桂之龙隐岩，并皆佳妙。此三人皆无集行世，赋选亦不收，赖石刻以传耳。④

------

　　①　宋赵明诚撰，金文明校证：《金石录校证》，上海书画出版社 1985 年版，以上各条分别见卷六第 115 页、卷十第 197 页、第 198 页、第 201 页。

　　②　李德裕《大孤山赋》见《全唐文》卷六百九十七，萧颖士《庭莎赋》见《全唐文》卷三百二十二。

　　③　关于《白楼赋》，欧阳修《集古录跋尾》卷九(叶十二上)云："白楼在河中，至楚子为河中节度使，乃刻于石。绹父子为唐显人，仍世宰相，而楚尤以文章见称。世传绹为文喜以语简为工，常饭僧，僧判斋，绹于佛前跪炉谛听，而僧倡言曰：令狐绹设斋，佛知。盖以此讥其好简。楚之此赋，文无他意，而至千有六百余言，何其繁也。其父子之性相反如此，信乎尧、朱之善恶异也。"

　　④　叶昌炽撰，柯昌泗评：《语石·语石异同评》，中华书局 1994 年版，第 222 页。

近代学者柯昌泗在《语石异同评》中，又对叶氏之说作了一些补充：

赋之见于石刻者，今存之石以东坡书《黄楼赋》《超然台赋》为最早。《黄楼赋》虽有后人添刻，重出数行，其为覆刻与否，尚未可定。《超然台赋》，元人重刻，不失典型。较参寥之中郎虎贲，仍自不侔。岐山之《周公庙赋》，王球撰者，词气充沛，亦宋赋之可存者。南渡后则濂闽遗迹，周濂溪撰《拙赋》，朱子行书于湖南衡阳，自非寻常石墨。衡州朱子所书诸石，有李循义重刻字者，此恐亦非当时所刻。道州又有向子廓分书《拙赋》，淳熙十五年刻，当在此石之前，大字钜丽可喜。易绂附韩侂胄进，固不可相拟。即梁安世之赋，亦莫能或先也。此书以其无集行世，而专取此三赋，似不足概尚论之例也。①

虽然他们所涉及的还只是石刻赋中的一部分，但他们观察和处理问题的角度对我们讨论唐宋元石刻赋仍是富有启发的。

唐宋元石刻赋大抵可以分为两类，第一类为当时赋家的作品，第二类则是以前的赋家的作品。就后者来说，其刊刻的原因也不尽相同。虽然其中大部分都是前代的赋作名篇，但有的取其文辞优美，脍炙人口，如褚遂良书《枯树赋》，赵孟頫书《前赤壁赋》；有的取其寓意深刻，具有鉴戒意义，如周敦颐撰《拙赋》。在唐宋元石刻赋中，周敦颐的《拙赋》无论就其形式还是就其题旨来说，都是相当别致的。其辞曰：

或谓予曰：人谓子拙。予曰：巧，窃所耻也。且患在多巧也。喜而赋之。

巧者言，拙者默；巧者劳，拙者逸；巧者贼，拙者德；巧者

---

① 叶昌炽撰，柯昌泗评：《语石·语石异同评》，中华书局 1994 年版，第 224~225 页。

凶，拙者吉。乌乎！天下拙，刑政彻，上安下顺，风清弊绝。①

此赋以三言为主，四言辅之，短小精悍，而含有深刻的哲理意味，类似一段格言或座右铭。事实上，这首赋的文体也颇类于铭文。周敦颐的文章，如《周子太极图说》《爱莲说》等，当时皆曾刻石，可见其思想的影响与文章的魅力。这篇赋在南宋多次被刻上石，分布于道州、南康、衡阳②等地。宋孝宗淳熙六年（1179），朱熹曾"辟江东道院之西室，榜以拙斋"，并刻《拙赋》置于其间，"既以自警，且以告后之君子，俾无蹈先生之所耻者以病其民云"。在朱熹看来，这篇赋是可以起到道德箴言的作用的。杜牧撰《阿房宫赋》被镌刻上石，其用意与周敦颐《拙赋》有类似之处。但《阿房宫赋》自晚唐以来，传诵人口已久，其文辞本身对读者自具不同寻常的吸引力。宋哲宗元祐八年（1093），游师雄爱其文，并认为此赋在当时乃至后代仍有警示意义，故请长安进士安宜之书之，刻石于渭城馆，以昭示行人。③

如果说以上这些赋的刻石比较侧重于艺术的、文学的、审美的目的，那么，另外一些出自当时赋家之手的石刻赋，无论是作者手书，还是由他人书写，大多含有某种更明确的现实目的。或登临纪游，如李德裕《大孤山赋》、令狐楚《登白楼赋》；或纪一时之大事，如苏辙《黄楼赋》；或即目写景，如宋楼异《三十六峰赋》；或即事抒情，如张曙《击瓯赋》。各篇作品的实用功能明显不同，但单从将这些赋作刻石立碑这一事实来看，其都有一定的纪念意义也是不言而喻的——这就是它们作为铭刻的共同点。在这一方面，纪事类赋最为突出。作于元丰元年（1078）的苏辙《黄楼赋》就是为庆祝并纪念前一年徐州防

---

① 湖南道州所刻《拙赋》拓本见《北京图书馆藏中国历代石刻拓本汇编》第43册，中州古籍出版社1989年版，第128页。清道光二十二年（1842）陈士枚摹刻于江西南昌，见《赣石录》卷三。

② 参看前引《语石异同评》，又参（清）陆增祥《八琼室金石补正》，卷一百一十六，嘉业堂刊本。

③ 参看（清）李光暎：《观妙斋藏金石文考略》卷十三，（清）毕沅：《关中金石记》卷六、（清）陆耀遹：《金石续编》卷十六，并见台湾新文丰出版公司编印之《石刻史料新编》本。

河大捷而作的。《山河堰赋》是晏袤为纪念其筑堰成功而作的，赋序很长，《八琼室金石补正》卷一百一十六所录赋之正文，已残缺甚多。这两篇赋的意义，主要在于记事，刻石立碑，旨在作为地方历史文献来保存。而写于金承安三年（1198）、碑石在潞安府学的《兴学赋》，则是考察金代文教事业发展的重要历史文献。此赋作者是东山逸翁申良佐，字时卿。赋序曰："仆固嘉乔侯兴学之勤意，又且乐遇明时之为幸，故敢作《兴学》之赋以献焉。"①申良佐有感于乔仲章兴学有功，所以作赋以纪一时之盛。至于《粤西金石略》卷十一载录的易祓《真仙岩亭赋》，则是纪事而兼抒情的。② 此赋作于南宋嘉定二年（1209）。融川太守鲍粹然作亭于真仙岩之前，易祓为题榜额，继而又作了一篇赋，以述作亭经过，并纪亭上风光之胜。

在上述这两类赋作中，都有不少是由书法名家书写的，除上举褚遂良、赵孟頫书外，还有黄庭坚《墨竹赋》、米芾《天马赋》等。名家书刻，首先在视觉上给读者带来了美的享受，其次，书赋相互映发，例如赵孟頫书袁桷《七观》，所谓"词翰相须"③，相得益彰。正如《墨林快事》所说的，黄庭坚所书《墨竹赋》"磊落淋漓，与赋中语相发，如月影上窗，流风入袂，一种活泼泼恬旷之妙，不可名状"④。《墨林快事》甚至认为，黄庭坚是受了此赋文字生动的感发，"神与俱摇"，才能写出这样好的书法作品。王世贞干脆称其为"以画竹法作书"⑤，笔法与赋作题材相映成趣。另一方面，名家墨迹的魅力往往在客观上扩大了赋作的流传。褚遂良书《枯树赋》后来便屡经翻刻，又有人"益之以图"，更有人"继之以临"⑥，流传甚广。一篇从文学

① （清）胡聘之：《山右石刻丛编》卷二十二，光绪二十七年（1901）刊本。

② （清）谢启昆：《粤西金石略》卷十一，《石刻史料新编》本。

③ （清）阮元：《两浙金石录》卷十五《七观》赵孟頫跋，《石刻史料新编》本。参看《赋学论丛》中《说〈七观〉》一文。

④ 李光暎《观妙斋藏金石文考略》卷十四《黄山谷〈墨竹赋〉》引《墨林快事》。

⑤ （明）王世贞：《弇州四部稿》卷一百三十《山谷书〈墨竹赋〉》，文渊阁《四库全书》本。

⑥ （清）李光暎：《观妙斋藏金石文考略》卷八。

的角度看来水准平常的石刻赋作，也常能因它的书法杰出而引人注目。例如，作为一篇山水题材的赋，北宋登封县令四明楼异所作《三十六峰赋》并不是一篇突出的作品，但却颇受学者注目。赵崡《石墨镌华》卷五云："赋不足道，而书者为武林僧参寥，极得坡公卧笔法，遒劲古雅，即令坡公见之，亦当首肯。"①事实上，这代表了相当一批学者的观点。②

从赋史研究的文献角度来看，石刻赋也有着多方面的价值。首先是辑佚。石刻赋中有很多作品都无集本，甚至其作者亦无文集传世，如上引叶昌炽书所列举的《三十六峰赋》《乳床赋》《仙岩赋》等篇以及柯昌泗所补充的《周公庙赋》。最值得一提的张曙《击瓯赋》。宋史绳祖《学斋佔毕》卷二"唐遗文"条：

> 唐末张曙，中和间举进士，避难到巴州，宴于郡楼，坐中作《击瓯赋》，极精工，郡楼由赋显名，后人遂命之曰击瓯楼。而此赋亦不传，如姚铉编《唐文粹》及蜀本《唐三百家文粹》、《唐七十家大全集》，及国初馆阁所编《文苑英华》，唐人花木音乐赋各有十余卷，而此两赋(引者按：另一赋指宋璟《梅花赋》)俱不在，惟《击瓯》则巴州郡楼尚有碑刻。曾祖作巴倅时，曾有墨本藏之家，今兵火后，碑亦坏矣，恐其岁久，则其赋亦泯没无考，故全录之，尚几有传。③

张曙是唐末一个文学才士，他"于尊俎顷刻之间，作此等大篇文章"④，借物抒情，文采斐然，使人有祢衡再世之感。但张曙既无别集传世，其作品至今亦仅存一篇，即刻石立于巴州郡楼之下的这篇《击瓯赋》。《唐文粹》《文苑英华》等重要总集都未选录。此赋得以存

① （明）赵崡：《石墨镌华》，卷五，《石刻史料新编》本。
② 如（清）钱大昕：《潜研堂金石文跋尾》卷十四，《嘉定钱大昕全集》第六册，江苏古籍出版社 1997 年版；又（清）武亿：《授堂金石跋·续跋》卷十一，高敏、袁祖亮校点：《授堂金石跋》，中州古籍出版社 1993 年版，第 435~436 页。
③ （宋）史绳祖：《学斋佔毕》卷二，文渊阁《四库全书》本。
④ （宋）史绳祖：《学斋佔毕》卷二。

留至今，正赖石刻及其拓本。史绳祖据拓本全录赋文，成书于清初的《全唐文》在卷八百二十九收录《击瓯赋》，可能也是根据拓本过录的。清初，叶奕苞还得见此石拓本，并作了题跋，不久，就得知"楼已倒塌，碑亦残泐不可拓矣"①。此外，刻石于山西永济县的《首阳山赋》也是辑佚学者所当重视的。此赋作者蒋堂，《宋史》有传，其"《吴门集》二十卷已佚，今存《春卿遗稿》一卷，为明天启元年其二十世孙锽所辑，无此赋，当补入"②。今人所编《全宋文》第八册卷三百二十五据《春卿遗稿》收录蒋堂文二篇，又新辑得佚文九篇，其中即包括从《山右石刻丛编》辑出的《首阳山赋》。显然，这也是重编《历代赋汇》时所应补入的。

石刻赋第二方面的价值是校勘。据《学斋佔毕》卷二所记，张曙所作赋题为"击瓯赋"，其作赋之郡楼后来因而得名"击瓯楼"。明人周复俊撰《全蜀艺文志》卷一录此作，题为"击瓯楼赋"。③ 表面上看，赋题误增一字只是一件小事，但实际上它造成了文不对题的严重后果。赋题若果如此，史绳祖的"极精工"之称誉便显得无的放矢了。清编《历代赋汇》卷九十五亦沿其误。按《历代赋汇》卷九十五所录为"音乐"类赋，题目皆与音乐或乐器相关，题作"击瓯楼"便说不通了。④《全唐文》卷八百二十九题为"击瓯赋"，不误，但将《全唐文》与《金石录补》卷二十一作一对勘，发现两书所录《击瓯赋》有若干处文字不同。其中最重要的一处是在赋序开头。《全唐文》云："宋玉《九辩》曰：'悼余生之不时也。'甲辰窜身巴南……"⑤而石本此处作："宋玉《九辩》曰：'悼余生之不时。'今余不时也，甲辰窜身巴南……"文气远较《全唐文》本为顺畅，应可信从。《全唐文》盖缘文字相似而误脱一句。不过，在有些时候，石本和集本虽然多有歧异，但一时却无法断定孰优孰劣孰是孰非，则不妨并存。王昶曾将石本《黄楼

---

① （清）叶奕苞：《金石录补》卷二十一，《石刻史料新编》本。

② 胡聘之：《山右石刻丛编》卷十三。

③ 《全蜀艺文志》，文渊阁《四库全书》本。

④ （清）陈元龙编：《历代赋汇》，凤凰出版社 2004 年版，第 396 页。

⑤ （清）董诰等编：《全唐文》第 4 册，上海古籍出版社 1990 年版，第 3875 页。《全蜀艺文志》《历代赋汇》此处皆同《全唐文》。

赋》与仿宋刻本《宋文鉴》互校，发现了十八处异文，并认为：“碑无书人，不知何人所立，或不能无误；而《文鉴》亦或有传刻之讹，宜两存之，不能定其孰是也。”①这种审慎的态度值得借鉴。只有一处例外，王昶也同时指出，即赋序记河决澶渊在熙宁元年七月乙丑，与《东坡先生年谱》所记“七月十七日”正合，可以证明《宋史·神宗纪》作“七月丙子朔”是不够准确的。

宋陈思《宝刻丛编》卷十四据《诸道石刻录》记云：“唐《枯树赋》，唐褚遂良撰并书，贞观四年十月八日为燕国公书，凡四百六十七字。”②众所周知，此赋实为庾信所作，此题“褚遂良撰并书”，非是。据《金石录补》卷十，“凡四百六十七字”云云，根据的是石刻上原有的旁注。这一笔容易为人忽略的旁注，却为本赋校勘提供了有益的提示。严可均《全后周文》据《艺文类聚》卷八十八、《文苑英华》卷一百四十三及《古文苑》等书所辑的《枯树赋》计有四百七十字；清人倪璠《庾子山集注》所录赋文则为四百六十九字，其间显然是有不同的。石本亦可作校勘之资。

需要注意的是，在以石刻校勘本集时，也不可盲信石本。一些金石学者过于迷信石刻，或者着意好奇，所作推论有时未免不够客观。以杜牧《阿房宫赋》为例，石本与集本至少有三处不同。陆耀遹《金石续编》卷十六注意到这一点，并且认为：

> 校以石刻，有足正俗本相沿之谬者。俗本“未云何龙”，石刻“云”作“雩”；俗本“不知西东”，石刻“西东”作“东西”，与上“冥迷”、与下“凄凄”叶韵，并为远胜；惟“工女”作“女工”，乃安书误笔也。

单纯从文义上来看，“雩”训祭祀求雨，似乎“未云”“未雩”皆无不可。但“云从龙风从虎”本是古人的常识和通用词语，赋作“未云何

---

① （清）王昶：《金石萃编》卷一百三十七，陕西人民美术出版社1990年影印民国十年(1921)扫叶山房石印本。

② 《石刻史料新编》本。

龙"于理更惬当，于意则更显豁，应可视为首选。从叶韵上看，"不知西东"与上"不霁何虹"、下"春光融融"相叶，若作"不知东西"，则虽与"冥迷""凄凄"相叶，却跳过了"歌台暖响，春光融融"一句，显然有悖常情。要之，陆氏所举三条，除了第一条有可能源于宋代的某种集本，其他两条基本上可以断定是安宜之误书，是不能据以改正集本的。

此外，石刻中提供的其他一些线索，在赋学研究方面也有各自的价值，关键在于能否善加利用。作品的传与不传，别集的存与毁，固然有偶然的因素，也常常受时势和政局的影响。石刻赋也不例外。由于《黄楼赋》与苏轼的关系①，在北宋末年天下禁苏氏学的党争余波里，此赋石屡遭毁坏，终致失传，而拓本的身价却正因此而扶摇直上。而另一些赋，则因为在石刻中留下一些线索，使后人得以推测其言外之意、象外之旨。时代最早的石刻赋——《鹞雀赋》就是这样的一个例子。张仲炘《湖北金石志》卷三著录《鹞雀赋》"在枝江县杨内翰宅，系草书。前有隋大业皇帝序云：陈思王，魏宗室子也。后题云：黄初二年二月记"（《舆地碑记目》）。"黄初二年二月记"当是曹集或赋作原文所有，或即此赋之作年。北宋末年，黄伯思曾亲见《鹞雀赋》之碑本，时人或称是陈思王真迹，黄伯思却认为是"近代伪帖"②。即便如此，"黄初二年二月记"的题署也可能来自于旧本曹集或某一相关总集，值得注意。《三国志·魏书》卷十九《陈思王传》云："黄初二年，监国谒者灌均希指，奏'植醉酒悖慢，劫胁使者'。有司请治罪，帝以太后故，贬爵安乡侯。其年，改封鄄城侯。"如果《鹞雀赋》确实作于黄初二年，那么，赋中所写的鹞雀相争就不仅是赋家的假设寓言，更不应该只理解为俚俗俳偕的游戏之语而也可能是现实中残酷的政治斗争的映现。显然，石刻赋中所揭示的这一层联系很有助

---

① 清王昶《金石萃编》卷一百三十七认为《黄楼赋》不知何人所书，但据《江苏金石志》引徐度《却扫编》、又援《徐州府志》引《匏翁家藏集》，则大致可以确定此赋为苏轼所书。

② （宋）黄伯思：《东观余论》卷上"《鹞雀赋》辨"条，文渊阁《四库全书》本。

于我们准确理解这篇作品。

从石刻中，有时也可以考知赋家的某些生平史实。蒋堂字希鲁，常州宜兴（今属江苏）人，其生平略见《宋史》本传。按赋序，此赋作于庆历六年（1046）冬十一月，此时蒋堂知河中府，翌年，再知杭州。读其赋，可知其生平仕履。又如晏袤，其名不见于《宋人传记资料索引》和《宋人传记资料索引续编》。而据《山河堰赋序》可知，晏袤为临淄人，绍熙五年（1194）作赋之时任南郑县令，并具体负责筑堰工程。晏袤工八分书，此赋为其所撰，当亦为其所书。①

梁安世《乳床赋》曰："吴中以水为乡，岭南以石为州，厥惟桂林，岩穹穴幽，玲珑嵯峨，磊落雕锼。"②桂林崭绝清奇的地貌特征给来自浙江括苍的作者留下了深刻的印象。淳熙辛丑（1181）长至，他与"清江徐梦莘、刘昌诗、柯山李秩、严陵邵端程、金华徐之茂、宜春孟浩"等人来游临桂弹子岩，"因论泉乳凝结，书此刻之"。这是一篇与普通的纪游赋题材迥异的作品。作者选择了桂林一带典型的泉乳地貌进行详细的描绘和生动的形容，富有新创。而从赋序中，我们还得知，梁安世与撰《三朝北盟会编》的著名史学家徐梦莘等人是有交游的。可以说，这篇石刻赋不仅从文献上、而且从文学上丰富了我们关于宋代赋史的知识。

在体用方面，赋作为一种文体，往往与其他文体纠缠在一起。这在两汉时代表现得最为突出，赋与颂、赞、箴、铭之类的文章同体异用或异体同用的情形，在汉代屡见不鲜。不少赋作即以颂为标题，班固《燕然山铭》标名为铭，而实亦赋体写法。万光治《汉赋通论》③对此已作详细论列，笔者不拟赘言。需要指出的是，在抒情小赋兴盛的六朝时代，在律赋和文赋相继盛行的唐宋时代，赋的发展首选的是抒情的方向，因此，它的实用功能、它在文体结构和功能方面的灵活

① 参看《八琼室金石补正》卷一百十六叶三十下《山河堰赋》陆增祥题跋。
② 《乳床赋》拓本见北京图书馆金石组编《北京图书馆藏中国历代石刻拓本汇编》第43册，中州古籍出版社1984年版，第128页。
③ 万光治：《汉赋通论》，巴蜀书社1989年版。

性和复杂性很容易为人忽视。在这一方面，本文所提到的石刻赋恰恰可以给我们以有益的提示。例如，《拙赋》的体用近于铭，《黄楼赋》近于记，《周公庙赋》近于碑，《兴学赋》近于颂。换句话说，这些赋作在体用方面是有两面性的，既有赋体的文艺审美的功能，又有另一种非赋文体的实用功能。它们能被刻石传世，这正是一个重要的原因。

以上只是就个人浅见所及，以唐宋元石刻中的赋为例，说明石学与赋学之间的关系之一端。显然，石刻之中，与赋学研究相关并且有待挖掘的史料自不限止于区区此文所论。我们既可以利用石刻文献考证赋家生平及有关史实，也可以从石刻文献中发掘一些赋史的背景材料，例如，唐人碑志中就有关于行卷献赋的记载①。实际上，除了石刻、史传、笔记、赋话以外的其他诗文评著作（特别是诗话）之中，也正蕴藏有大量宝贵的赋学资料，略加淘洗，可能就会放出耀眼的光辉。回顾既往，放眼未来，如果我们还想进一步深化和拓宽赋学研究，那么，更新研究思路、开阔文献史料的视野，已是当务之急。这篇小文如果能引起赋学界同行在这一方面的一点共鸣，就算达到目的了。

——原载《文献》1999 年第 4 期，后经修改，收入《赋学论丛》（中华书局 2005 年版）一书，今从《赋学论丛》选入

【评 介】

程章灿，男，1963 年生，福建闽侯人。1983 年毕业于北京大学历史系世界史专业，同年考入南京大学，师从著名学者程千帆先生，1989 年毕业于南京大学，获文学博士学位，并留校任教。1995—2001 年曾至美国、英国等多地做高级访问学者。曾被评为

① 参看拙撰《石刻文献与古代文学研究刍论》，周彦文主编：《文献学研究的回顾与展望：第二届中国文献学学术研究会论文集》，台湾学生书局 2002 年版，第 503~526 页。

南京大学中青年学术骨干，入选江苏省跨世纪学术带头人、青蓝工程学术带头人、教育部"长江学者"特聘教授，南京大学古典文献研究所所长，南京大学文学院教授、博士生导师。其研究方向和兴趣较广，在汉魏晋南北朝唐宋文学、石刻文献学、国际汉学与中外文化交流研究方面都有较为突出的研究成果，其代表性学术著作有《魏晋南北朝赋史》等，又善属文，有新旧诗词，著述颇丰，论文达两百余篇。

该文为赋学文献史料学中极具有价值的一篇文章。该文认为石刻是赋体文学赖以保存与流传的一种重要媒介，就目前所见，石刻赋最早始于隋大业年间，所刻为曹植《鹞雀赋》。唐宋元明清各代石刻赋屡见不鲜，石刻中有待挖掘的赋学研究史料极多，又鉴于历史考古学成果的不断增加，或许从石刻等角度来研究赋学问题可以成为一种较为有效的方法和研究方向。

该文简洁而材料丰富，条贯清晰，大致从三个方面论析：其一，石刻赋的历史；其二，唐宋元石刻赋的分类；其三，石刻赋的价值。

首先，该文从文献史料学的角度对赋学研究提出了一种新的视野和方法。文章认为石刻赋研究的历史可以溯及宋代，在宋代石刻赋就曾引起欧阳修、赵明诚等金石学者注意，但至晚清叶昌炽《语石》、近人柯昌泗《语石异同评》等倡论，石刻赋方成为专门之问题，渐为学者所注意。

其次，此文将唐宋元石刻赋大致分为两类，一是当代赋家作品，二是前代赋家作品，并对其中刊布刻石的原因进行了大致分析。文章认为两类石刻赋传播的原因大致有：思想影响(道德箴言)、文章魅力、现实目的和书法名家推助。前代赋作石刻大多取其"文辞优美，脍炙人口"的名篇，其中思想精警和文章魅力应为主要之原因，如杜枚《阿房宫赋》和周敦颐《拙赋》《爱莲说》等的刻石情况即是如此。而对于当代赋作刊刻则更多缘于某种"明确的现实目的"，这类作品一般是具有一定纪念意义的登临纪游、纪事、写景、抒情之作，或是具有地方历史文献保存意义的赋体纪事性历史文献，如金承安三年

（1198）潞安府学刻碑《兴学赋》即是。晏袤《山河堰赋》、潞安府学刻《兴学赋》这类作品就体现了赋与"志书"的密切关系，又不乏体国经野之用。文章认为两类赋作刻石传播的另一重要原因就是作品多由书法名家书写，从而可以增强其视觉上的审美享受，书赋相映又能引发神摇情荡之思，这在客观上又扩大了赋作的传播。

最后，关于石刻赋的价值，文章详细地论述了石刻赋的辑佚、校勘和其他史料辅证价值，这也是全文最为详辩和精彩的部分。石刻赋对于无集本和无文集传世的作者作品保存具有重要的辑佚价值，如唐末张曙《击瓯赋》就有赖于石刻和宋史绳祖的拓本过录得以保存传播，并据此而收录于清初的《全唐文》卷八百二十九。又如宋蒋堂《首阳山赋》在明辑蒋氏《春卿遗稿》中无存，但胡聘之《山右石刻丛编》据石刻录蒋氏此赋，清编《历代赋汇》失采，但今人编《全宋文》采入，足见其辑佚之价值。对于石本和集本的校勘价值文章作了详细的具体论述，认为既不可盲信集本，也不可盲信石本。其中以杜牧《阿房宫赋》石本与集本三处不同详加辩证，又以庾信《枯树赋》石刻旁注为校勘之资。文章考证极为严密，论辩精审，亦启颖锐之思，颇有乾嘉学术之遗风。

此文不但有助于拓宽赋学研究的思路和方法，也有利于开拓学者从石刻、史传、笔记、赋话等多种文献史料的视野切入赋学研究。吾读之，心有慕焉，或诚为作者所期之"共鸣"乎！

（何易展）

**程章灿赋学论著目录：**

《先唐赋存目考》，《文献》1989 年第 3 期。

《建安赋：斑烂的情感世界》，《中国文学研究》1992 年第 1 期。

《唐宋元石刻中的赋》，《文献》1999 年第 4 期。

《〈事类赋注〉引汉魏六朝赋考》，《古籍整理研究学刊》2000 年第 2 期。

《论赋绝句五十首》，《中国典籍与文化》2002 年第 2 期。

《古典文体的现代命运——以 20 世纪赋体文学观念及创作为中心的思考》,《南京大学学报》(哲学·人文科学·社会科学)2005 年第 4 期。

《后论赋绝句五十首》,《中国典籍与文化》2005 年第 4 期。

《魏晋南北朝赋史》,江苏古籍出版社 1992 年版,2001 年修订本。

《赋学论丛》,中华书局 2005 年版。

# 两宋之交辞赋的传承与递变

## 刘 培

从帝王世系、基本国策、统治集团的核心成员以及政治、学术的发展等方面来看，南宋政权与北宋并无多大变化，其政治格局、学术文化基本是对北宋后期的延续。具体到辞赋创作，南宋绍兴年间的辞赋也是对北宋后期辞赋的传承发展。不过，南宋政权偏安一隅，风雨飘摇，前朝的雍容气象荡然无存，时局的巨变使得当时的学术和士风发生了深刻的变化，并影响到辞赋创作对北宋后期辞赋风尚的传承以及自身的递变。

两宋之际学术、士风的演变促成了辞赋创作的转变，就目前的文献来看，南宋初期辞赋留存于世者近 300 篇，其表现出的对北宋后期的传承、递变轨迹相当明显，我们打算从六个方面讨论之。

## 一、辞赋中悲凉之气的递变与深化

北宋后期由于党争的进一步意气化，文人的参政热情消退，身履薄冰、畏惧祸端的心理弥漫士林，悲凉之气也因此逐渐浸淫于文学作品中，慨叹人生、反思命运成了文坛的主调。南宋初期的文人大多经历过国破家亡、流离播迁之苦。靖康之难后，北方文人纷纷南逃，这些人是南宋初期赋坛的主力。徽宗朝，以"丰亨豫大"为口号，人为地营造盛世的氛围，借以打压异论，排斥异党，其结果，是歌功颂德辞赋大行其道的同时，表现深沉的人生苦难和人生漂泊的辞赋勃然而兴。南宋初期文人的政治环境和北宋后期文人相比不仅没有丝毫的好转，反而更加恶劣。面对国家民族的危局，大臣们本应精诚团结，共赴国难，但那只是我们读史者的一种奢望，两宋之交的为人臣者呈现给我们的却是党论四起、攻讦不已的混乱局面。在这种情况下，文人们内心的悲凉更为深重。南渡以后，生活环境也随之恶化，当时"天下州郡没于胡虏，据于僭伪，四川自供给军，淮南、江、湖荒残盗贼。朝廷所仰，惟浙、闽、广、江南……荆榛千里，斗米至数十千，且不可得。盗贼、官兵以至居民，更互相食，人肉之价，贱于犬豕"①。这样的遭际对于文人们来说无疑是刻骨铭心的。南宋初期赋家承袭了以往文人忧惧宦海沉浮的心理态势，加之他们大多有过身似飘萍的背井离乡体验，因而，当时的辞赋继承了北宋后期辞赋惯常表现的对人生的悲凉之感，而且程度更深。

北宋时期，较早用赋的形式慨叹身世的是宋祁的《卧庐悲秋赋》《穷愁赋》《悯独赋》，宋祁未登第时生活极其困顿，所以在富贵以后就一再在创作中追忆早年的生活，流露出伤悯和自怜的种种情绪。可能和时代的悲凉氛围有关，北宋后期，慨叹个人身世的赋作逐渐多了起来，像谢逸的《感白发赋》、晁补之的《述志赋》、张耒的《问双棠赋》、程俱的《怀居赋》，等等，多以一种感伤的情怀来回忆早年的生活，而且多对仕途的偃蹇颇感无奈。晁公遡的《悯独赋》命意颇类宋祁的《悯独赋》而更多切肤之痛。靖康元年(1126)年仅十岁的公遡和兄公武等家人随父晁冲之逃离汴京，流落在江浙一带，翌年，父亲病死宁陵，此赋就是以这一流亡过程为线索行文的。赋作追述靖康难中一家人的逃亡生活道："豹俛俛而晌关兮，宇将颠而藩陊。心旺旺而横鹜兮，撰余辔于睢之阳。朝发轫而南迈兮，惨去故而尽伤。睨帝阍以增退兮，日沉翳其无光。岑石摧下其重辇兮，豺狼跱夫中路。夕惴慄而不寐兮，昼徙倚而环顾。察九土之洪旷兮，予何为此窘步？"夷狄叩关，举家播迁，以天地之寥廓，却难以容身，作者的感慨道出了当时流亡者普遍的心理。作者发出了这样的浩叹："昊苍何其不仁兮，而畀予以弱质。衷坎毒而岂忘兮，惧鞭冢其难必。"②这篇赋以一个少年的眼光和感触，细致地描写了那个乱世给普通人带来的苦难，

---

① 庄绰：《鸡肋编》卷中"建炎惨状"条，中华书局 1983 年版，第 43 页。

② 《全宋文》，第二一一册，上海辞书出版社、安徽教育出版社 2007 年版，第 101 页。

是当时少见的啼血号天的佳作。此外，李处权的《梦归赋》描写梦归洛阳的情景，通过魂牵梦绕的追忆，把国破家亡的哀痛表现得极其深沉、沉重。

北宋后期辞赋中有许多表现宦海风波、忧惧仕途浮沉的作品。晁补之的《梦觊赋》《坐愁赋》，唐庚的《省愆赋》努力排遣对政治斗争的忧惧；苏轼的前后《赤壁赋》通过齐物达观的思想来化解贬谪的悲苦，蔡确《送将归赋》则详尽铺陈贬谪的悲凉失落心态，谢逸的《吊槁杉赋》则表现世道的险恶，人心的叵测。而南宋初期，文人对政治上的失意和贬谪岭表却能够泰然处之，经过元祐以来你死我活的党争和蔡京、秦桧等权臣的文化专制与文化恐怖，文人们对政治把戏有了更为深入的了解，因此，他们在官言官，在江湖则言江湖，能够马上适应自己在官场中扮演的角色，不管面对什么样的处境，都能找到自己的位置，并以平静得近乎麻木的心态来扮演着自己的角色。李纲的《三黜赋》、张九成的《谪居赋》就很好地诠释了文人心态的这种变化。张九成的赋虽然把贬谪的心境写得很绝望，把谪居的地方写得很可怕，把谪居的生活写得很孤独，但是，他对这种种的不快并没有完全在意，赋中写道："夏葛冬裘兮何用美，饥食渴饮兮无求备，神明昌兮穷不讳，道义重兮物偕逝，悠哉游哉，聊以卒岁。"①这并不是故作旷达，而是作者心理的真实反映，也是当时文人贬谪心态的真实表现。胡寅在绍兴二十四年(1154)谪居新州时著《鲁语详说》，序言这样写道："投畀炎壤，结庐地偏，尘事辽绝，门挹山秀，窗涵水姿，檐竹庭梧，时动凉吹。朝夕饭一盂，蔬一盘，澹然太虚，不知浮云之莽渺小也"②，把贬谪生活描写得极有诗意，可以作为张九成赋的很好注脚。这种心态固然与对江南的开发有关，谪居地不再如以前那般荒蛮不开化，但是更主要的原因应该是谪居心态的变化。

---

① 《全宋文》第一八三册，上海辞书出版社、安徽教育出版社 2007 年版，第 416 页。

② 《全宋文》第一八九册，上海辞书出版社、安徽教育出版社 2007 年版，第 359 页。

## 二、辞赋的歌功颂德功能得到进一步加强

与表现悲凉情绪的辞赋并行不悖的，是歌功颂德辞赋在南宋初期的大行其道。辞赋的这种风尚，也是对北宋末期辞赋颂美风尚的继承和发扬。

徽宗是个相当庸劣的皇帝，无治理国家的才能却一心想体验盛世天子的滋味。蔡京秉政时，控制台谏，打击异己，曾经三次籍定"元祐奸党碑"，根除一切旧党势力，新党一统天下。"崇宁党禁"的结果，是人皆畏祸，莫敢庄语，谀文盛行，颂声四起，人为地营造了一个"盛世"的局面。在宣扬"盛世"的同时，徽宗建造宫观楼阁，纲运天下奇花异石珍禽异兽，在汴京的东北方建筑艮岳。徽宗的大兴土木，对谄谀文风的兴起，起到了推波助澜的作用。

承此余绪，南宋初期辞赋中歌功颂德的倾向仍然相当突出。在国破家亡、山河破碎的情形下还能唱出颂美的调子，在今天看来有点匪夷所思，究其原因，首先是文化恐怖政策的结果。秦桧独相期间，沿袭蔡京的打压党议的做法，而且更为变本加厉。赵翼曾经指出："秦桧赞成和议，自以为功，惟恐人议己，遂起文字之狱，以倾陷善类。因而附势干进之徒承望风旨，但有一言一字稍涉忌讳者，无不争先告讦，于是流毒遍天下。……桧又疏禁野史，许人首告，并禁民间结集经社"①，这样的严酷打击，势必形成万马齐喑的局面。谄诗谀文和高压政治是互为表里相辅相成的，满朝文臣仰望秦桧之鼻息，承风望旨，一有颂事，举朝纷进，惟恐落后，歌功颂德之声日隆，斯文扫地尽矣。其次是掩盖国耻、维护皇家体面、树立高宗帝王之尊的政治需要。靖康之耻是亘古未有的奇耻大辱，后来相当于明建文年间的朝鲜国王遗德曾这样评论这段历史："中土祸患，至宋徽、钦而极，子息蕃衍，耻辱亦大，前史未有也。"②这一点"高宗们"不

---

① 赵翼：《廿二史劄记》(下)卷二十六，中华书局 1984 年版，第 566~568页。

② 确庵、施庵编：《靖康稗史笺证》之《序二》，中华书局 1988 年版。

是不明白，但是高宗及其大臣们的确没有重振河山的能力和魄力，无法励精图治，就只能依靠歌功颂德来支撑门面了。高宗政权通过科举赋题的引导和下诏命群臣歌颂当朝重要人物（如秦桧、韦太后），以及颂扬当下体面的事件（如典礼、和戎之议）等手段，推动颂美文风的流行。

两宋之际的颂美辞赋主要有这样几个方面的内容，即都邑赋、描写园林殿阁楼观的辞赋、典礼赋、颂美当道者的辞赋和礼神的颂辞等。

都邑赋或宣扬王朝风物之美、物产之盛，或赞美礼乐之隆兴、国力军力之强大，从而达到歌颂当道者功业的目的。北宋后期，都邑赋的创作出现了一个小小的高潮。比较出色的有李长民的《广汴赋》、王观的《扬州赋》、赵鼎臣的《邺都赋》、王仲旉的《南都赋》等。这些赋大多通过赞美山川都邑来表现大宋的气度，粉饰衰世，作一些有气无力的心理安慰。南渡以后，地方盗贼蜂起，金人又两次渡江南下，满目疮痍，民不聊生，但是，就是在这样的情形下，赞美都邑的辞赋创作依然是很繁荣的。

南宋初期的都邑赋是和高宗定行都于临安府密切联系着的。

绍兴八年（1138），高宗定临安府为行都，以示不忘恢复之意。针对这一事件，高衮奏上《二都赋》，施谔奏上《行都赋》①。二赋今已不传，但从《二都赋》的名称看当是对班固《两都赋》的模仿。南宋初期的文人为了挽回一点颜面，喜欢把高宗的避地江南和东汉的光武中兴相提并论，因而也称高宗的立足江南为"中兴"②，并对此巧作言词，大加粉墨。高衮等极有可能是学着班固的样子在颂美高宗的中兴大业。目前可以看到的粉饰这一事件的辞赋是傅共的《南都赋》。

---

① 《玉海》："建炎中，驻跸临安。绍兴八年三月，诏复还。十五年，高衮上《二都赋》，十七年，施谔上《行都赋》。"转引自（清）厉鹗等《南宋杂事诗》卷五，浙江出版社1987年版，第173页。

② 如胡安国有《中兴策》，权邦衡有《中兴十议》，汪藻有《建炎中兴诏旨》，林宝有《中兴龟鉴》，李昌言有《中兴要览》，汪伯彦有《建炎中兴日历》，陈靖有《中兴论统》，张浚有《中兴备览》，李纲有《建炎中兴记》，熊克有《中兴小历》，等等。

从赋序所云"臣切(窃)观主上驻跸吴邦，建立行宫，累载于斯矣"来看，辞赋应作于绍兴八年定行都于杭州或稍晚，是针对称杭州为"行都""行在"而发的。作者把高宗比光武，把杭州比南阳，希望依光武之例，称杭州为"南都"，赋的结构也是模仿张衡的《南都赋》。赋以两位虚拟人物的对话来结构全篇，先反驳定都于长安、洛阳、汴京的论调，然后盛赞光武的火德中兴，于是就把光武和高宗联系在了一起。既然尚火德的光武初定南都，那么，同样要以火克金(国)的高宗自然也应该有南都，这样才能成就中兴大业。辞赋从地理形势和历史发展的角度来说明定都于杭州的合理性，为了增强说服力，作者不管不顾地连建康的历史和地理一并附会到杭州上去，看上去的确很是气势凌厉。以此论断为基础，辞赋展开了对高宗建国体、祭天地、藉田畴、临太学、开百衙、朝万国等一系列的典礼描写，在此，作者极力突出高宗天授皇权的合法性和庄严性："一声清跸，天容穆然，万灵奔趋，千官肃虔。"而吴人仰慕高宗的情形是"如牛犊从，如婴儿慕"，"填邙溢郭，如饥待哺。如舜韶行，而民风鹜"①，这样充满豪情的称颂高宗的文字，实在不是一般人可以胜任的。接着是以如椽巨笔泼墨如云般纵情描写杭州的历史、风物以及天下辐辏、举世仰慕的景象，其铺张扬厉的笔法是张衡的《南都赋》所不及的。由此可以看出作者颂美的激情是何其激越。而更为令人瞠目的是作者对南宋疆域的描写，傅共比司马相如的《子虚上林赋》更胜一筹，能把南宋逼仄的疆界写得广袤无边，东边是琉球、日本、百济、高丽；西边是四蜀、五溪；南边是沧溟巨壑，际天无极；北边的边界作者忌讳，没有实写，而是含糊其辞地表述为"连接玄冥"。这篇鸿篇巨制，使我们清晰地感受到绍兴年间谀文泛滥之一斑。

北宋后期徽宗的大兴土木，掀起了一个创作诏谀诗文的小高潮。南宋初期，百废待兴，宫观楼阁的建设无法和徽宗时期相比，而且，高宗提倡节俭，过分地铺叙建筑之华赡不太恰当，所以，此时描写殿阁的辞赋多通过表现神圣庄严的帝王气象来达到谀美当道的目的。王

① 《全宋文》第一九四册，上海辞书出版社、安徽教育出版社 2007 年版，第 314~317 页。

廉清的《慈宁殿赋》就是颇具代表性的赋作。这篇赋是绍兴十二年
(1142)献上的。慈宁殿是高宗生母韦太后所居之殿。韦后于绍兴十
一年(1141)由金放归,这件事在高宗等看来,是宣扬和戎国是、挽
回皇家颜面的一个绝好机会。韦后归后,高宗曾下诏:"乞令臣作为
歌诗,勒之金石,奏之郊庙,扬厉伟绩,垂之无穷。"①诏下以后,谀
美此事的颂赋歌诗纷至沓来,此赋可能就是其中之一。赋作开篇的结
构和惯常的描写宫观殿宇的辞赋一样,铺张描写慈宁殿的过程和形
制,但重点放在对高宗崇孝道而天下和洽归于太平的讴歌。与韦后南
归有关的赋还有曹勋的《迎銮赋》(十篇)等。

　　气势恢宏的典礼可以体现王朝的声势,也可以使文人对现实的衰
败产生些许空幻的寄托与愿望。徽宗元符年间,刘弇作的《元符南郊
大礼赋》即反映了文人们的这种心理。赋中充满热情地追述太祖荡涤
海内的功业和列宗的功绩,描绘当代的盛世景象多罗列漕泉涌地、祥
瑞沓至等套语,显得虚张声势,不得要领。绍兴年间的典礼赋我们现
在能看到的有王洋的《拟进南郊大礼庆成赋》,曾协《云庄集》卷三有
一篇《献藉田赋表》,但赋已不传。王洋的《拟进南郊大礼庆成赋》作
于绍兴十三年(1143),可能是考虑到天下不靖,此赋基本上是对典
礼过程的简单叙述,没有刘弇赋的虚声颂美的习气,对高宗的赞美,
主要集中在他的节俭上。葛立方的《九效》属于礼神的辞赋,是一组
九篇模仿屈原《九歌》的虚声颂美颂辞,这样的作品其目的只有一个,
那就是讨好当道。这样的礼神作品还有葛立方的《云仙》、李石的《巫
山凝仙真人词》等。

## 三、山川风物赋兴起

　　北宋后期出现了许多颂美山川风物的赋,通过赞美山川物产以表
现大宋的气度,以暂时忘却眼前一蹶不振的现实。这类赋较好的有李
廌的《武当山赋》、李纲的《武夷山赋》、楼异的《嵩山三十六峰赋》

---

　　① 徐梦莘:《三朝北盟会编》卷二二三,上海古籍出版社1987年版,第
1612页。

等。也许文人们不想面对这样的现实：一番闹哄哄的政治纷争的结果，是王朝的没落。

北宋中期，南方文人已经在文坛居于主体地位，但是由于当时的文化中心是在汴京、洛阳一代，在人们的文化观念当中，江南一带，依然是远离文化中心的边缘地带。南渡以后，文化中心南移，文化版图发生了变化，南方出生的文人在绍兴间已经居于文坛的主导地位，因而，文学中的话语体系势必随之改变。描写南方山川物产的辞赋，尤其是南方文人创作的辞赋，其弘扬当地文化，争取文化、文学话语权的动机表现得相对明显。

王十朋的《会稽风物赋》以典雅流畅的笔触铺叙了会稽地区的历史沿革和山川风光、物产、风俗以及古今人物，借以表现江浙人文教化的隆盛和资源物产的丰富，可作帝王之资。尤其是对古今人物的铺叙，集中于他们的政治和文学才干，作者是想指出，会稽非断发文身之地，而是人文之奥府，文化发达，人才之盛甲于天下，借此强调会稽的文化优势地位。赋的结尾，作者以饱满的热情赞美了当今的政治："今天子披舆地之图，思祖宗之绩，求治如不及，见贤而太息，文德既修，武事时阅，盖将舞干戚而服远夷，复侵疆而旋京阙。余俟其车书全，南北一，仿吉甫，美周室，赋《崧高》，歌吉日，招鲁公，命元结，磨苍崖，秃巨笔，颂中兴，纪洪烈，迈三五，复前牒，亘天地，昭日月。于是穷章亥之所步，考神禹之所别，览四海九州之风俗，掩《两京》《三都》之著述。腾万丈之光芒，有皇宋一统之赋出，回眠会稽，盖甄陶中之一物。"①这不是惯常的曲终奏雅的故作姿态，而是在借颂美高宗的内修文德外治武功来寄予凭依南方以一统天下的期望。王十朋还有四篇赞美会稽山川之美的《双瀑赋》《蓬莱阁赋》《大峿赋》和《剡溪春色赋》。王十朋是温州乐清人，他的这些辞赋创作，充分体现了南方文人争取文化话语权的用意。和王十朋的创作相呼应的是王腾的《辨蜀都赋》，此赋罗列成都的发展历史和文化的发达、风俗的醇厚，批评时人对蜀地的种种误解，作者在赋中把这个意思表

---

① 《全宋文》第二〇八册，上海辞书出版社、安徽教育出版社2007年版，第141页。

达得相当明白："人物习性，有忠有邪，有智有愚，出于才行，而不由土产。自赵諡狂图，好事者类指以疵蜀人，蜀之衣冠含笑强颜，无与辩之者，余尝切齿也。"①其实，提高地方的文化地位，不是辞赋中的孤立现象，在一些散文中也可以看到类似的言论，如喻汝励的《辨蜀》《扪膝轩记》等。吴儆的《浮丘仙赋》是较早描写黄山风光的赋。黄山之美可能直到南宋初期才引起人们的注意，朱弁《曲洧旧闻》卷八载："新安郡黄山有三十六峰，与池阳接境，在郡西，岩岫秀丽可爱，仙翁释子多隐其中，图经不著其名。"②赋中描写变化多姿的黄山群峰曰："却立而仰视，则危峰挺石，旅列青冥。或敷若莲华，或擎若炉薰。或俨若峨冠，或端若蠹屏。或垂若倚盘，或蹇若抗旌。或植若剑戟，或肩若友朋。或旁附而不倚，或中立而不倾。或颓若下隙，或企若上腾。或崇隆以极壮，或刚耿而孤撑……"③作者大量运用排比句式详尽描绘黄山群峰的形态，反映了急于向世人介绍黄山的冲动和对黄山的热爱。可能与仙翁释子多隐于此相关，此赋的后半部分描写仙人降临的情景，更给黄山蒙上一层绮丽梦幻的色彩。

这种凸显南方本位文化的观念也出现在一些描写南方风物的咏物赋中。何麒的《荔子赋》针对荔枝珍贵而不产于中州，发表了这样的议论："凡瑰琦之所出，必以远而见珍。故槟榔产于交趾，石榴盛于涂林，橘柚贡于淮海，葡萄得于罽宾"，"勿以类言，此固易知，何物不然？盖明珠耀于合浦，白玉出于于阗，孔翠毓于炎洲，火齐来于日南。以人言之，亦复奚别？自昔圣贤，灿若星列，是以戎出由余，吴出季札，秭归之陋而生屈原，苍梧之荒而生士燮，曲江而下，世固不乏。又况东夷之人号为舜，西夷之人号为文，何必中原，乃可勃

---

① 《全宋文》第一五八册，上海辞书出版社、安徽教育出版社 2007 年版，第 1 页。

② 程毅中主编：《宋人诗话外编》上册，国际文化出版公司 1996 年版，第 548 页。

③ 《全宋文》第二二四册，上海辞书出版社、安徽教育出版社 2007 年版，第 49 页。

兴"。① 所论其实是想指出，从物产、人物之盛，边鄙之地不逊于中原，江南之地，足可以作为恢复中原的依凭之地。又如李石的《栀子赋》颂扬火德："祝融用威，朱鸟奋翅，火轮曳空，炎炎赫赫，毕哉诧乎！一花纤微东皇刻，一气浩大天皇织，而乃与较瑞花虚名为六出乎？"②作者把栀子花描写成了南宋中兴的象征。

## 四、辞赋中深沉的忧患意识演变为深挚的爱国之情

靖康之难以后，文人们的忧患意识通过爱国精神的高涨表现出来，不管是收复失地的热切呼号，还是励精图治、守以待变的冷静分析，都流露出真挚的爱国热情。但是，这种爱国热情在当时却不能够充分得到伸张，而是转逾深沉，变为深挚。迫使爱国热情向内收敛的因素来自于你死我活的党争和高宗、秦桧的投降政策，以及元祐以来养成的避祸苟且的士风。

首先，靖康以来党争的非理性化特点和残酷性使文人们面对国事心灰意冷，爱国热忱受到严重打击。由于党同伐异已经变成了当时文人文化性格的特质，他们对靖康之难的反思不可能冷静客观，而是不管不顾地委过于执政的新党，进而归咎于王安石变法和指导变法的"荆公新学"，视王安石和"新学"为灭亡北宋的罪魁祸首。围绕着这个核心，斗争越来越复杂，越来越残酷，而且，这种攻击具有深文周纳、不择手段、阴险毒辣的特点，整个士人群体几乎都参与进来，哪怕是极小的政治举措都会引发无休止的争论和恶毒的攻讦。文人们身不由己地被绑在了党争的战车上，爱国之志在彼此的争斗中难以施展，爱国热情遭到无情的摧残和打压。其次，高宗一贯执行投降避让政策，对有识之士的排斥打压，也使爱国之情抑郁难伸，尤其是到秦桧专权以来，和戎国是成了秦桧相党给政敌定罪的法律依据。高宗和

---

① 《全宋文》第一七七册，上海辞书出版社、安徽教育出版社 2007 年版，第 334 页。

② 《全宋文》第二〇五册，上海辞书出版社、安徽教育出版社 2007 年版，第 265 页。

秦桧等为了恪守和议，加强皇权，对涉及恢复的言论一概视为撼摇国是，予以严厉打击。在高压政治打压下，整个文士群体深患失语症和怔忡症，收复中原成了话语禁区，爱国热情更是被牢牢禁锢。再次，在党争中养成的避祸苟且的士风也从内部压制着爱国热情的自由抒发。靖康之难中，士人群体表现得极其麻木，这固然与徽宗曾严禁大臣议论边事有关，但士风的萎靡则是主要原因。对此，南宋中后期的文人常常浩叹不已，洪迈曾说，国难之时，多有慷慨悲歌、感天地、泣鬼神之事，"国家靖康、建炎之难极矣，不闻有此，何耶？"①还说："予顷修《靖康实录》，窃痛一时之祸，以堂堂大邦，中外之兵数十万，曾不能北向发一矢、获一胡，端坐都城，束手就毙！虎旅云屯，不闻有如蜀、燕、晋之愤哭者。"②周密也因此而感慨道："必世而后仁，盖言天下大乱，人失其性，凶恶不可告诏，三十年后，此辈老死殆尽，后生可教而渐成美俗也。"③

在这种情形下，辞赋创作中对爱国热情的表达很难尽情发挥，而是和对朝政的无奈与政治的郁闷杂糅在一起，表现得较为隐晦、深挚、悲凉。

就目前的文献资料来看，比较直接推究靖康之祸的赋作是胡寅的《原乱赋》。从赋的开篇"始予纳履于重围兮，期汗漫而遐征"来看，此赋作于靖康年间张邦昌僭立后胡寅南归途中。赋作对王朝的覆灭作了较为深入的思考，虽然徽宗、钦宗反复申言国之颠覆是为大臣所误，但胡寅认为徽宗才是祸乱之源，其祸国有好色、用奸佞、大兴土木、擅起边衅、崇奉道教等六端罪过，作者用近一半的篇幅更深一层追究亡国的根源是王安石变法和推行新学，由于作者的道学背景，对亡国的根源不可能作出客观的分析，但是真挚的爱国之情流注于反复咏叹中，自有一种感动人心的力量。像《原乱赋》这样全面反思亡国原因的作品在南宋初期的赋作中较为少见。据张表臣说在金人第一次渡河时他曾作《将归赋》分析形势，声称金人还会再来，可惜没有引

<hr>

① 洪迈：《容斋随笔》，上海古籍出版社 1978 年版，第 293~294 页。
② 洪迈：《容斋随笔》，上海古籍出版社 1978 年版，第 212~213 页
③ 周密：《癸辛杂识》别集下，中华书局 1988 年版，第 278 页。

起有司的注意①。刘子翚的《哀马赋》通过哀叹战马来表达抗金的艰辛，对将帅的无能表示了深深的担忧。其他如李纲的《吊国殇文》凭吊宣和年间用兵西鄙的死难者，喻汝砺的《卮酒词》凭吊死于国难的刘韐，感情沉痛，情真意切。

更多的辞赋通过隐晦的手法寄寓爱国之情。李清照创作于绍兴四年(1134)的《打马赋》通过描写打马游戏的宣泄来表达爱国激情，形式上的隐晦曲折与作者内心情感的炽烈形成强烈的反差，给读者留下极深的印象。有些辞赋通过吊古来表达对国事的系念，对国家的热爱。如王灼的《吊屈原赋》把屈原的忠贞爱国之情和眼下士风的萎靡进行比较，借以表达对国事的忧虑，极富于时代气息："怀先生于久远兮，念叔世之愈薄。小不能死封疆兮，大不能死社稷。习柔媚以图安兮，睨其君如国人。进靡闻于抗直兮，乃退为之陨身。抑高风之难嗣兮，独以是钟于先生。"②其他如刘望之的《八阵台赋》、李焘的《南定楼赋》凭吊不忘恢复的诸葛亮来寄托爱国情怀。范浚的《姑苏台赋》反思吴王夫差的失国暗寓对徽宗荒淫误国的讥刺，陈岩肖的《钓台赋》和北宋中期张伯玉同题之作抒发不事王侯高尚其志的着眼点不同，和范仲淹的《严先生祠堂记》所表达的激励名节也有区别，作者对严子陵的歌颂放在他建功立业垂范后世上，从而反映了希望报效国家以期臻于中兴的愿望。

## 五、辞赋由表现高情雅韵转向展示世俗情趣、讴歌世俗生活

宋代文人有两个精神世界：廊庙与江湖。北宋中后期，随着党争的加剧，议论煌煌的传统变而为对高雅的艺术境界的追求，文人逐渐和廊庙疏远而亲近江湖。当然，这种转变是痛苦的，苏轼等人虽然身在江海之上但是系念廊庙，难以割舍淑世情怀，因此以禅的空静和庄

① 张表臣：《珊瑚钩诗话》，历代诗话本。

② 《全宋文》第一九二册，上海辞书出版社、安徽教育出版社2007年版，第69页。

学的齐物达观来化解内心的块垒，以深邃睿智的思索来梳理廊庙和江湖复杂纠缠的关系。徽宗以后，朝纲大坏，文人们对政治更加失望，内心和政治更加疏远。南宋初期险恶的政治环境和文化专制使他们对政治由失望走向彻悟、麻木，济世救民的崇高感失落了，这两个世界走向分裂：在廊庙则言济世，甚至欺世盗名；在江海则谈风月，魏阙之思几乎消磨殆尽。北宋后期文人的那种深沉的忧患意识演变为对人生、命运的空幻和悲凉慨叹；那种对忘却名利、澄澈精妙、高雅隽逸的心灵境界的企求，演变为对世俗庸常生活的体会、玩味和讴歌。两宋之际的辞赋，真实地记录了文人心理的这一历程。

和苏轼等人的辞赋相比，两宋之际的辞赋所描写的美境缺少哲理的感悟沉思，所发的议论也比较庸俗。赋家们把眼前所见的一切都写得很美，生气流动，景象万千，他们不需要用哲理去统摄内心的种种意绪，放下淑世情怀，他们就可以以一种自由的心境去感受生活所呈现的美景，去体会庸常的生活哲理。他们的议论不再那么高妙，那么富于深邃的理趣。张守的《小黄杨赋》写了对小黄杨盆景的感受："受一气之独正，纷众叶之多碧。已幸脱于泥途，靡争研于花实。安微分而自足，贯四时而不易。置之函丈之间，绰有山林之适。明窗净几，阴敷研席。笑昌阳之琐细，与草芥而匹敌；诮巴苴之凡陋。望秋风而陨踣。"①写出盆景从容自在的风姿，折射出作者安闲从容的心态，在赋的结尾表现作者对宦途避而远之的心理，议论比较平常；李处权的《乐郊赋》描写了乡居生活的美好，景物的描写空灵流转，有清新之气，而赋的结尾则讲了一通适性逍遥的道理。像这样景物描写引人入胜而感发议论极其平庸的赋作在南宋初期比比皆是，比较有特色的如王安中的《竹林泉赋》、宇文虚中的《鱼计亭赋》、辛次膺的《飘泉赋》、葛立方的《余庆堂赋》，等等，这些赋和当时流行的散体亭台楼阁的"记"一样，写精妙之景，无高妙之思，反映出当时文人的心理不再如他们的前辈那么高雅、脱俗，而是走向了世俗情怀，他们的精神不再栖居于那种宁静玄妙的远离世俗的境界，而是走向了实实在在

① 《全宋文》第一七三册，上海辞书出版社、安徽教育出版社2007年版，第175页。

的世俗世界，险恶的仕途迫使他们在心理上疏远淑世精神，江南的美景则召唤他们面对自然，感受生活，这个时期辞赋的世俗化特色与"江山之助"不无关系。

南宋初期，庸常生活、庸常情感的许多方面都进入了赋家的视野。

对家族繁衍兴旺的祈求在赋作中不断得到表现。和北宋中期以来关心国事民瘼的辞赋主调相比，这样的情感的确比较低俗。苏发的《穴情赋》是关于堪舆风水的。堪舆学在南宋以来大行其道，上到朝廷大臣、下到市井细民，为了子孙昌盛，多热衷于越山度岭，探穴寻脉，当时的一些有识之士对此表示了深深的担忧①。苏发的这篇赋告诉人们选择坟地的要领，从一个侧面反映出文人们日渐庸俗的精神世界。吕颐浩的《五世祖衣冠招魂词》用近五千字的篇幅来追述家族的发展、先祖们的令德功勋以及希望列祖列宗保佑家族继续兴旺的愿望。周麟之的《槛泉赋》则祈求祖先的在天之灵能保佑家族兴旺发达。

即使苏轼等文人反复咏叹的闲居求志的主题，在南宋初期的文人们手里，也变得格调庸俗。如在北宋后期流行的拟《归去来兮辞》，多表达优雅闲逸的高旷情怀，南宋初期，拟《归去来兮辞》的创作依然不少，但是思想格调却低多了，如王十朋的《归去来赋》念念不忘的是隐居的享乐生活，耿耿于怀的是隐居失去的官威和煊赫。冯檝的《和渊明归去来辞》通篇表现的是劝归佛法的内容，且没有什么深妙的禅趣，类同佛家鄙俚的化道文。对安闲生活的渴望也是北宋后期赋家惯常表现的，他们借此展示澄澈宁静的雅怀，南宋初期辞赋当中也有这样的内容，如葛立方的《喜闲》《横山堂三章》，王十朋的《至乐斋赋》等，表达了对富贵享乐生活的向往，志趣比较庸俗。令人深思的是，南宋初期文人在追求功名富贵方面的奔竞热情是他们的前辈无法

---

① 罗大经《鹤林玉露》丙集卷六"风水"条就指出："世人之惑(郭)璞之说，有贪求吉地未能惬意，至十数年版不葬其亲者；有既以为不吉，一掘未已，至掘三掘四者。有因买地致讼，棺未入土，而家已萧条者；有兄弟数人，惑于各房风水之说，至于骨肉化为仇雠者。凡此数祸，皆璞之书为之也。"(中华书局1983年版，第344~345页)

比拟的，然而，这些辞赋却表现出对功名的不屑一顾，走俗状而鸣高情，远嗣西晋文人如潘岳等之逸响。钱锺书先生指出："虽然，观文章固未能灼见作者平生为人行事之'真'，却颇足征其可为、愿为何如人，与夫其自负为及欲人视己为何如人。"①当时文人的这种悖论固然折射出对仕途的畏惧，但是更反映了他们追求享乐而又故作姿态的庸俗心理，反映了他们的低俗和矫情。

南宋初期的赋家比较关注身边的琐事，他们用世俗的眼光看待、理解这些细碎之事。葛立方的《忆菁山赋》写的是乙酉之秋即建炎三年(1129)流落到菁山的生活苦况。按照常理，赋作在介绍了战乱的背景后应该转入报国之情的抒发，然而，作者却发出了这样的感慨："苍崖翠嶂，郁乎在望，怨山人之不来，吟夜鹤于空帐，招羽翰之难传，第神驰而心向"，"千夫噉山，若筲若莒，采撷如云，制骑火而飞麨尘，则蒙顶、鸦山、日注、双井，殆埒美而并珍，而吾未得沦以娱宾"。② 当此国难，作者却对自己流离当中没有雅友、没有好茶而耿耿于怀，的确堪当司马炎"全无心肝"之论。李石的《古渔词》对渔人渡人过河获利大发议论，觉得人心不古，认为古代的渔人是隐居的高人，而非射利之人，现在的渔人乃渔利之人。和北宋文人的说言论政或者妙解天人相比，作者的见识的确鄙俚不堪。其他如张春的《鹤驾词》写求仙、胡铨的《及老堂赋》劝人行孝道，等等，见识都相当低下。世俗生活和庸俗的见识成了当时辞赋一个比较鲜明的特征，这说明文人的精神世界在逐步远离廊庙世界而走向世俗庸常生活，北宋以来形成的文人的高情雅韵正在被世俗情调所取代。

## 六、辞赋抒情说理的风格由理趣深邃 转向张扬外露、直白肤浅

北宋中期以来的辞赋追求理趣深邃，文人们崇尚把一己之情升华

---

① 钱锺书：《管锥编》第四册，中华书局 1986 年版，第 1388~1389 页。

② 《全宋文》第二○一册，上海辞书出版社、安徽教育出版社 2007 年版，第 17 页。

为具有普遍意义的哲理，个人的情绪被化解，哲理的阐释趋于深刻、妙悟，具有平淡而深刻、虚灵而隽逸的美感。在南宋初期，辞赋追求理趣的传统转变为抒情的张扬外露、说理的直白肤浅。

辞赋抒情说理风格的这一变化是与文人心态的变化分不开的。北宋后期文人面对当时的文化专制，为了保持人格的独立和心态的平衡，普遍地退回内心，索居苦吟，生活在个人的精神世界里，他们对抗现实的方式就是读书穷理和闭门索句。靖康之难以后，文人们要安居于陋室吟咏啸歌已经不可能了，他们经历了颠沛流离，体验了国破家亡，不得不为了生存和立足朝堂而奔波、奔竞。他们不再那么高雅、孤傲，他们必须面对现实来考虑一些切身的利害，于是，他们的心态由封闭走向开放，由内敛转向外露。情理相得、妙解天人的思想方式已经不能准确地表达他们对社会人生的感受了，于是，文学作品中抒情说理的方式由曲折幽深转变为直白和张扬。

从咏物赋的变化我们能清晰地看到这种转变。北宋后期文人喜欢描绘具有高洁品格的形象来寄托人格理想，如松、竹等。两宋之交，描写松、竹等的赋作减少而写梅的辞赋大量涌现，与描写松、竹等寄予高洁人格不同的是，南宋初期咏梅赋或者把梅花作为怀乡、悲叹命运的起兴之物，如唐庚有《惜梅》、谢逸有《雪后折梅赋》；或者刻意表现梅花旖旎动人的美感，如李纲、张嵲、王铚、释仲皎的同题《梅花赋》。对梅花在比德方面的韵味挖掘得相当不够，没有将梅格与人格结合在一起，和北宋时期的咏物赋相比缺少了含蓄和悠长的韵味，表现比较直白。不是说文人们没有注意到梅花凌寒傲雪的品格①，而是他们不愿意从这个角度深入挖掘意象的韵味，不愿意在深邃的思虑中去玩味意象所昭示的本质意义。他们只是要直截了当地表现梅花的美丽，表达对梅花的喜爱，因而更愿意把她作为仙姝佳人的形象来咏叹。不仅是咏梅的赋作，像王灼的《朝日莲赋》、张昌言的《琼花赋》

---

① 事实上，周紫芝在《红梅馆赋》里已将松、竹、梅并提，姜特立在《跋陈宰〈梅花赋〉》也指出："夫梅者，根回造化，气欲冰霜，禀天地之劲质，厌红紫而孤芳。方之于人，伯夷首阳之下，屈子湘水之旁，斯为称矣。"（见《全宋文》第二二四册，上海辞书出版社、安徽教育出版社2007年版，第3页）

等，大都脱出展示高洁胸怀的路数而直接描写物象的美丽。不惟咏物赋，当时的赋作基本上都摆脱了北宋后期那种封闭的、优雅的、睿智的胸襟而直接面对眼前的大千世界，明白地道出个人的人生感受。如党争的内容在北宋后期的辞赋中表现得比较隐晦，但是南宋初期的辞赋则毫不掩饰个人的政治倾向，像虞允文的《诛蚊赋》、洪适的《恶蝇赋》、李石的《辩谤文》等说理都非常直白。

南宋初期辞赋抒情说理风格的直白外露还与文人们学识修养的变化密切联系，辞赋的直白肤浅在一定程度上也是文人们学养不足造成的。文学作品的含蓄蕴藉和理趣深邃与读书穷理、贯通众学密切相关。北宋中期以来辞赋的厚重渊雅、理趣盎然和北宋文人学识修养的提高是同步的，而北宋后期以来成长起来的文人学识修养普遍地不如他们的前辈。南宋初期辞赋之末流，大抵外为新奇怪愕之状，内不免空疏鄙俚之失，粗才枵腹，乏含英咀华之功，强以艰涩之辞文饰。究其原因，主要是由于科举这个指挥棒导向的结果①。元祐年间，刘挚在《论取士并乞复贤良科疏》中说得很透彻："（试经义）至于蹈袭他人，剽窃旧作，主司猝然亦莫之辨。盖其无所统纪，无所隐括，非若诗赋有声律法度，其是非工拙，一披卷而尽得之也。诗赋命题，杂出于六经、诸子、历代史记，故重复者寡，经义之题出于所治一经，一经之中可为题者，举子皆能类集，裒括其类，豫为义说，左右逢之。才十余年，数榜之间，所在命题，往往相犯。"②这一点，南宋人看得也相当清楚，叶梦得就指出："熙宁以前，以诗赋取士，学者无不先遍读《五经》……自改经术，人之教学者，往往便以一经授之，他经纵读，亦不能精，其教之者亦未必皆读《五经》，故虽经书正文，亦率多遗误"③，以经义取士的直接后果就是文人过分专研经术，而不在泛观博览上下功夫。叶适在《习学记言序目》中说："然及其废赋而用经，流弊至今，断题析字，破碎大道，反甚于赋。……而今日之

---

① 参看刘培《论北宋后期的科举改革与辞赋创作》，《四川大学学报》2005年第2期。
② 刘挚：《忠肃集》卷四，武英殿聚珍版，第18页。
③ 叶梦得：《石林燕语》卷八，中华书局1984年版，第115页。

赋，皆迟钝拙涩，不能为经义者然后为之。"①他把辞赋的迟钝拙涩归咎于经义取士的结果，颇有见地。顾炎武对比诗赋与经义取士时指出："今之经义策论，其名虽正，而最便于空疏不学之人。唐宋用诗赋，虽曰雕虫小技，而非通知古今之人不能作"②，见解可谓一针见血。而且，徽宗时期视诗赋为元祐学术而禁止人们创作，更导致文人学识修养普遍下降。

绍兴时期，科举试赋因为读书不多而不断闹出笑话，这反映出当时文人学识修养的低下。据《鹤林玉露》载："绍兴省试《高祖能用三杰赋》，一卷文甚奇，而第四韵押'运筹帷帐'，考官以《汉书》乃'帷幄'。非'帐'字，不敢取。出院以语周益公(周必大)，公曰：'有司误，非作赋者误也，《史记》正是帷帐，《汉书》乃作幄'"③，可见主考的学识贫乏到了多么可笑的地步。有时也出现试官与举子一起出洪的情况："孔子弟子琴张，琴牢也。子张乃姓颛孙，名师。绍兴中，太学试《仁天子尊爵赋》，取上第一人、第二人皆以琴张为子张。……而试官与举人皆不悟，抑何卤莽至此耶！"④更有甚者，绍兴八年省试《天子以德为车赋》连高宗都看出来第二名把"颠覆"的典故用错了，考官和举子却都茫然无知⑤，由此可见当时士子学识贫乏之一斑。南宋初期的文人大多是在北宋后期科考重经义的环境下成长起来的，腹笥空乏，其学识修养无法和他们的前辈相比，要把对学力要求很高的辞赋写得含蓄蕴藉、华赡厚重，当然是不可能的，南宋初期辞赋的苍白率直当与此有甚为重要的联系。比如要求行文典雅的典礼赋、山川都邑赋，当时的文人搜索枯肠努力堆砌，依然文辞鄙俚，不成体统，像傅共的《南都赋》在铺张扬厉时不得不模仿甚至抄袭张衡的《南都赋》和班固的《两都赋》；王廉清的《慈宁殿赋》虽然被时人目为"如河决泉涌，沛乎莫之能御也，天资辞源之壮，盖未之见"(许颉

---

① 叶适：《习学记言序目》卷四七，中华书局1977年版。
② 顾炎武：《日知录》卷十六，岳麓书社1994年版，第585页。
③ 罗大经：《鹤林玉露》卷三，中华书局1983年版，第5页。
④ 袁文：《甕牖闲评》卷三，上海古籍出版社1985年版，第32页。
⑤ 吴曾：《能改斋漫录》卷十四，上海古籍出版社1979年版，第433页。

《跋王仲信〈慈宁殿赋〉》）①，但是文章的前半部分格局基本上是对王延寿《鲁灵光殿赋》的模仿，尤其是对宫殿雕饰的描写，颇涉抄袭嫌疑；王洋的《拟进南郊大礼庆成赋》更是对班固《东都赋》亦步亦趋的摹写。南宋初期的文人根本谈不上北宋文人的化堆垛为烟云的功夫，即使堆砌辞藻也学力不足，因此，辞赋的直白浅陋在所难免。

综上所述，两宋之际的辞赋发展既一脉相承又有所变化。两宋之际时局、士风、政坛的变动等对辞赋的走向起着至为关键的作用。靖康之难的时局促使北宋后期辞赋中弥漫的衰飒之气向深沉、悲怆的方向发展；北宋后期以来士风的萎靡和南宋初期党争的白热化以及权臣擅权等因素促成了颂美辞赋不合时宜地畸形繁荣；文化格局的调整促成了南宋山川风物赋的兴起；北宋后期以来的文化专制政策在南宋初期得到变本加厉的实行，其结果是辞赋中的爱国热情无法充分伸张，而是和忧患意识纠缠在一起，表现得压抑而凝重；北宋后期，文人济世救民的入世追求和遁世无闷的人生旨趣渐行渐远，由于忧惧宦海风波，南宋初期的文人更关注于世俗生活，更热衷于在辞赋中表达对世俗安闲生活的热爱。不过，从文化的角度来看，却真实地反映了两宋之际时局、政坛、士风的流变，为我们提供了那个大转折时代各个层面的嬗变史，其生动性和真实性可能是诗词等其他文体无法比拟的。

——原载《文学评论》2009 年第 2 期

【评 介】

刘培，山东大学《文史哲》编辑部教授、博士生导师，中国赋学会副会长，出版的学术著作有《北宋辞赋研究》、《两宋辞赋史》（上下册）等。在《文学评论》《文学遗产》《文艺研究》《北京大学学报》《南开学报》《南京大学学报》《中国人民大学学报》《江海学刊》等学术期刊发表论文 80 余篇，2009 年入选国家教育部新世纪优秀人才支持计划，2014 年入选山东省齐鲁文化英才。刘培先生长期致力于宋代辞

---

① 《全宋文》第一五八册，上海辞书出版社、安徽教育出版社 2007 年版，第 72 页。

赋的研究，并形成了特色鲜明的学术个性：兼容文史哲学，回归传统学术。通过对时代历史、哲学与文学的深入解读，努力回归文学生成的生活状态和生活氛围，挖掘文学现象背后支配学术文化发展的基本力量；注重立足于作品的文本阅读和创作还原，在学术思想和文学发展的历史进程中，展现文学的意义和文人的心路历程、中华文化的发展历程。

《两宋之交辞赋的传承与递变》一文选取易代之际的辞赋作品为研究对象，在占有大量文献的基础之上，对这一特殊时期的赋体文学与文人心态进行了极为深入的探讨，不仅对认识两宋辞赋的发展大有裨益，实际上，也是对宋代文学研究的重要开拓。

文章认为，两宋之际时局、士风、政坛的变动等对辞赋的走向起着极其重要的作用：靖康之变与深沉、悲怆赋风的形成，士风衰颓、党争加剧与谀美之作的繁荣，文化重心南移与山川风物赋的兴起，文化专制与赋作的压抑、凝重，忧惧宦海风波与辞赋作品对世俗生活的偏爱，都有着深刻的关联，共同构成了这一时期的赋体文学图景。"由于学力的鄙陋、心态的不平衡，南宋初期辞赋抒情说理的风格由理趣深邃转向张扬外露、直白肤浅，进一步推进了北宋末期以来辞赋创作水平的下滑态势。"(原文摘要)很明显，在南宋初期辞赋的发展中，还没有显现出文人们振作赋坛的努力，虽然在建炎二年(1128)朝廷定诗赋、经义取士，经历了数度废兴离合之后，有宋一代进士科考试，终至稳定于诗赋、经义平分秋色的局面，但是，辞赋在科场的作用仍无法和策论抗衡，高宗虽然也曾提出"最爱元祐"的口号，但是和诗歌一样，辞赋同样是创新不足而在继承苏、黄上也心有余而力不足。因此，南宋初期辞赋创作在赋境赋艺的开拓上是相当不够的，"不过，从文化的角度来看，她真实地反映了两宋之际时局、政坛、士风的流变，为我们提供了那个大转折时代各个层面的嬗变史，其生动性和真实性可能是诗词等其他文体无法比拟的"。作者以上论述，都是极为细腻而又深刻、新颖的。

南宋文学研究在进入 21 世纪以来由过去的冷清寂寥渐趋火热，研究范围也由词扩大到诗歌和散文，但辞赋研究却鲜少有人问津，而北宋末期和南宋辞赋，更加不受重视。易代之际的学术文化嬗变异彩纷呈，南北宋之交亦然。南宋因为科举试赋的原因，辞赋在诸文体中的地位相当尊崇，负载的文化信息量非常之大。综合以上因素，文章所论有相当的创新意义，意在打通文、史、哲学，以辞赋的传承递变为核心，全方位关注两宋之交的学术嬗变轨迹。文章涉及面比较广泛，具体创新意义如下：

第一，以辞赋演变为着眼点，观照两宋之交社会文化巨变下文学的演变特征。文章对政治格局的变化与文人心态的关联作了认真梳理，对秦桧独相期间的专制政治与世风之关联关注尤多，指出辞赋创作由高雅境界向爱国精神的演变、辞赋庸俗化的倾向等与政风士风之变化有密切的关系，勾勒出两宋之交政治交替、世风变化、文风演变的轨迹。这在宋代文学研究领域当中应该是具有开创意义的工作。

第二，文章对王安石新学衰落、理学湖湘学派勃兴等学术衍变与辞赋递变的关系作了全面的论述，对高宗"最爱元祐"口号下的文风变迁作了深入探讨，在此学术环境下全面研究辞赋价值观念、审美好尚等之传承递变，具有一定的发覆意义。

第三，南北宋地缘的变动引起文化版图的变迁。文章细致梳理在辞赋中宋人重新确立文化正统的努力，对南方本位思想的渊源进行了清理。在一定意义上具有填补空白的价值。

第四，文章填补了辞赋发展史上的一个空白点。以辞赋为立足点连接起南北宋学术文化之传承与变化，首次对南宋辞赋进行深入研究，这对辞赋发展史的研究以及两宋之交学术文化的研究，具有相当的启发意义。

《两宋之交辞赋的传承与递变》发表后产生了巨大的社会影响，"人大复印报刊资料"《中国古代、近代文学研究》、《中国教育报》、《社会科学报》先后进行转载或介绍，并获得 2011 年山东省社科优秀成果一等奖。

（蒋晓光）

**刘培赋学论著目录：**

《经学的演进与汉大赋的嬗变》，《南开学报》（哲学社会科学版）

2001 年第 1 期。

《论田锡辞赋的新变》,《文史哲》2001 年第 4 期。

《〈事类赋〉简论》,《济南大学学报》(社会科学版) 2001 年第 5 期。

《情理兼备的学人之赋——论刘敞、刘攽的辞赋创作》(第一作者),《河南师范大学学报》(哲学社会科学版) 2003 年第 2 期。

《北宋中期骚体赋风的演变》,《河北师范大学学报》(哲学社会科学版) 2003 年第 3 期。

《生气远出　意思萧散——论文同的骚体创作》,《贵州大学学报》(社会科学版) 2003 年第 3 期。

《论北宋中期辞赋的特征》,《山东师范大学学报》(人文社会科学版) 2003 年第 5 期。

《文赋的形成》,《齐鲁学刊》2004 年第 1 期。

《论宋初辞赋的特征》,《江海学刊》2004 年第 2 期。

《北宋中期的理学思潮与辞赋创作》,《文艺研究》2004 年第 6 期。

《论宋初颂美讽谕赋的新变》,《文史哲》2004 年第 6 期。

《论北宋中期辞赋的淑世精神》,《西北师范大学学报》(社会科学版) 2004 年第 6 期。

《徘徊在入仕与归隐之间——论郭祥正的骚体创作》,《济南大学学报》(社会科学版) 2005 年第 1 期。

《北宋后期的科举改革与辞赋创作》,《四川大学学报》(哲学社会科学版) 2005 年第 2 期。

《论苏辙的辞赋创作》,《成都理工大学学报》(社会科学版) 2005 年第 2 期。

《雍容闲雅的治平心态的流露——论宋庠、宋祁的辞赋创作》,《江西师范大学学报》(哲学社会科学版) 2005 年第 2 期。

《说理与感悟——论北宋文赋的两种走向》,《南京师范大学文学院学报》2005 年第 2 期。

《屈骚传统的复兴与王令的辞赋创作》,《湖北大学学报》(哲学社会科学版) 2005 年第 3 期。

《论北宋后期辞赋与文人的文化生活》,《晋阳学刊》2005 年第 3 期。

《论北宋的典礼赋》,《宁夏社会科学》2005 年第 3 期。

《论欧阳修对赋境赋艺的开拓》,《南京师范大学学报》(社会科学版)2005 年第 3 期。

《论王禹偁辞赋对风雅传统的发扬光大》,《山东大学学报》(哲学社会科学版)2005 年第 4 期。

《论理学思潮对北宋中期辞赋的影响》,《山东社会科学》2005 年第 8 期。

《覃思精微 深远闲淡——论梅尧臣的辞赋创作》,《云梦学刊》2005 年第 5 期。

《论北宋后期辞赋的特征》,《文学遗产》2005 年第 5 期。

《论宋初抒情言志赋》,《青海社会科学》2005 年第 6 期。

《北宋后期的党争与辞赋》,《北京大学学报》(哲学社会科学版)2005 年第 6 期。

《论北宋真仁间辞赋创作的治平心态》,《中山大学学报》(哲学社会科学版)2006 年第 5 期。

《论苏轼的辞赋创作》,《暨南学报》(哲学社会科学版)2006 年第 5 期。

《汉末魏晋时期的经学与辞赋》,《南京师范大学学报》(社会科学版)2007 年第 6 期。

《论南宋初期的爱国辞赋》,《中国文化研究》2008 年第 6 期。

《论晁补之的辞赋创作》,《齐鲁学刊》2008 年第 6 期。

《两宋之交辞赋的传承与递变》,《文学评论》2009 第 2 期。

《论南宋初期辞赋的世俗情调》,《文史哲》2009 年第 4 期。

《论张耒的辞赋创作》,《东南大学学报》(哲学社会科学版)2009 年第 5 期。

《国运转关与文风趋新——以李纲辞赋为中心的考察》,《山东大学学报》(哲学社会科学版)2009 年第 6 期。

《拔山力尽乌江水,今日悠悠空浪花——由南宋龚相〈项王亭赋〉说起》,《湖湘论坛》2010 年第 6 期。

《南宋中期的理学思潮与辞赋创作》，《中山大学学报》（社会科学版）2011 年第 3 期。

《深厚淳质，植意卓绝——论杨万里的辞赋创作》，《中南民族大学学报》（人文社会科学版）2011 年第 4 期。

《宋赋风貌述要——兼论唐宋辞赋研究的困境》，《湖湘论坛》2011 年第 4 期。

《屈骚传统的多角度解读——南宋中期骚体创作》，《文艺研究》2011 年第 9 期。

《理学的张扬与自信心的凸显——论南宋中期辞赋创作的新变》，《复旦学报》（社会科学版）2011 年第 5 期。

《南宋后期辞赋创作探微》，《厦门大学学报》（哲学社会科学版）2012 年第 2 期。

《论理学对南宋后期辞赋文学精神的规范与重塑》，《江海学刊》2012 年第 2 期。

《两宋之际的党争与辞赋创作》，《南开学报》（哲学社会科学版）2012 年第 3 期。

《理学对南宋后期辞赋审美风范的规范与重塑》，《山西大学学报》（哲学社会科学版）2012 年第 3 期。

《论南宋中期辞赋骋才使气的创作倾向》，《四川大学学报》（哲学社会科学版）2012 年第 4 期。

《情深文明的诗人之赋——论薛季宣的辞赋创作》，《辽东学院学报》（社会科学版）2012 年第 5 期。

《身闲冷看世人忙——论刘克庄的辞赋创作》，《山东青年政治学院学报》2012 年第 6 期。

《自恨空漂泊，无由见老成——论周紫芝的辞赋创作》，《湖湘论坛》2012 年第 6 期。

《经世致用与激励名节——北宋中期的儒学复兴与辞赋创作》，《社会科学辑刊》2014 年第 1 期。

《熙宁变法语境下的学术纷争与辞赋创作》，《文学评论》2015 年第 1 期。

《宋初学术思想与皇权专制的互动——辞赋创作视野下的重用文

臣与道德重建》,《南京大学学报》(哲学·人文科学·社会科学)2015年第1期。

《北宋科场改革与律赋沉浮——以熙宁变法为中心》,《北京大学学报》(哲学社会科学版)2015年第4期。

《论宋赋的滑稽艺术》,《中国人民大学学报》2015年第5期。

《新学独尊与两宋之际的颂美辞赋》,《文史哲》2016年第1期。

《北宋初中期辞赋研究》,台湾万卷楼图书公司2004年版。

《北宋辞赋研究》,山东人民出版社2009年版。

《两宋辞赋史》(上下册),山东人民出版社2012年版。

《两宋辞赋史》(增订版),齐鲁书社2019年版。

# 《赋海大观》之价值与阙误

## 踪 凡

## 一、前 言

清人编纂的《历代赋汇》(简称《赋汇》)与《赋海大观》(简称《大观》),是中国古代两部规模最大、收录作品最为完备的赋体文学总集,对于赋学研究、古代文学研究乃至中国传统文化研究都具有不可忽视的重要意义。《赋汇》成书于康熙四十五年(1706),由康熙皇帝御定,大学士陈元龙(1652—1736)编纂。全书共 184 卷,收录先秦至明代赋四千余篇,"正变兼陈,洪纤毕具,信为赋家之大观"①。《大观》成书于清末光绪年间,比《赋汇》晚 180 余年。该书卷首有古越守园居士沈祖燕于光绪十四年(1888)撰写的序言,《序》中"印既竣"一语恰好披露出该书的初印之年就是光绪十四年。照常理推测,其编纂亦当在光绪十四年前十余年间。

对于《大观》的编者,沈序明确交代是春江鸿宝斋书局的主人"庐江太守公",但姓名不具。据臧励和《中国古今地名大辞典》和谭其骧《中国历史地图集》,清代庐州府下有庐江县,其长官应为县令。此处尊称"太守",乃虚称也。北京图书馆出版社《赋海大观·出版说明》中指出:"查《上海书业公会史》,得知清光绪十六年(1890)鸿宝

---

① (清)永瑢、纪昀:《四库全书简明目录》,上海古籍出版社 1985 年版,第 862 页。

斋经理为沈静安，不知其人是否即为本书编者。"①态度极为审慎。今按：《上海书业公会史》原名《上海书业的团体》，由陈乃乾撰写，发表在1946年5月上海《大晚报》上。据此文及宋原放注，鸿宝斋经理沈静安热衷于书业公会的组建工作，曾于光绪十六年（1890）同葛直卿、朱槐庐、黄熙庭等租用上海三马路鼎新里房屋为同业办事处；光绪二十六年（1900），四人又组建书业崇德堂公所②。又据《上海书业公所职员名单》，沈静安于光绪三十一年（1905）被选为公会议董。③可见，沈静安至少在1890至1905年的16年间担任鸿宝斋经理。1890年上距光绪十四年（1888）鸿宝斋书局初印《大观》仅2年，而且该书在1888至1894年的7年间曾经印制4次，这表明沈静安与此书关系十分密切，即使不是该书主编，起码也曾多次主持过此书的印行。另外，沈静安在该书编成之际邀请同宗名流沈祖燕作序以抬高身价，促进销售，也是情理中事。可是我们查询光绪十一年所修《庐江县志》，同治元年（1862）至光绪九年（1883）的22年间该县县令无沈姓人士，光绪九年后阙如，民国间亦未曾续补，甚憾。不过，我们仍可以得出以下结论：《大观》的编纂与印行皆与沈氏家族有直接关系，沈静安很有可能就是此书的主编。当然，如此鸿篇巨制，绝不可能系一人所为，该书《凡例》亦明言："是编延请文雅，博采广收，裒成巨集，成词林之妙品，炳赋学之巨观"。当是主编延请众多文士分工合作、辛勤搜罗的成果。作序者沈祖燕，字翼孙，萧山（今浙江省杭州市萧山区）人，清光绪年间进士，后官费留学日本，曾做过湖南候补道等官。编有《策学备纂》《忧盛编》《案事编》《广湖南考古略》等书。国家图书馆古籍编目员将《大观》编者定为沈祖燕并不确切，而出版社定为鸿宝斋主人虽不十分具体，但更为准确。

---

① （清）鸿宝斋主人：《赋海大观》（全八册），北京图书馆出版社2007年影印清光绪十四年鸿宝斋书局石印袖珍本。本文所引《大观》之内容及页码皆以此版本为据，后不再注明版本。

② 陈乃乾：《上海书业公会史》（宋原放辑注），宋原放主编：《中国出版史料》（近代部分）第三卷，湖北教育出版社2004年版，第525、529页。

③ 佚名：《上海书业公所职员名单》，宋原放主编：《中国出版史料》（近代部分）第三卷，湖北教育出版社2004年版，第507页。

《大观》虽仅 32 卷，但几乎囊括了《赋汇》的全部作品，并且益以有清一代赋作，总数达一万二千余篇。下面拟以《赋汇》为参照，具体探讨《大观》在辑录历代赋（尤其是清赋）方面所取得的成就，以供学术界进一步研究之参考。

# 二、《赋海大观》之价值

## （一）辑赋空前完备

《赋汇》是迄今为止辑录先秦至明代赋最为完备的大型文学总集。全书正集 140 卷，收叙事体物之作，计 3142 篇；外集 20 卷，收抒情言志之作，计 423 篇；另有逸句 2 卷，177 篇；补遗 22 卷，419 篇。共计 184 卷，收赋 4161 篇（含残篇）。由于该书编成于清代前期，由康熙皇帝御定并且亲为之序，所以对有清一代赋的创作、批评和研究有着深远影响。清代编纂的赋体文学总集有大约一百种，如赵维烈《历代赋钞》32 卷（收赋 248 篇）、王修玉《历朝赋楷》8 卷（160 余篇）、张惠言《七十家赋钞》6 卷（206 篇）、李元度《赋学正鹄》10 卷（147 篇）、苏舆《律赋类纂》不分卷（371 篇）等，但皆卷帙有限，收赋常在 200 篇左右，鲜有超过 500 篇者，与《赋汇》不可同日而语。《大观》比《赋汇》晚出 182 年，并且以囊括古今为己任，自然会吸收、借鉴《赋汇》的学术成果。例如《赋汇》卷五十八、五十九“蒐狩”类辑录自汉司马相如《子虚赋》以迄元朱德润《雪猎赋》凡 21 篇作品（243～249）①。《大观》没有“蒐狩”类，但在卷八“典礼”类“田猎”目下也辑录了这 21 篇作品，并且次序完全相同（3-481～505）②。又如《赋汇》补遗卷十三“书画”类收有 12 篇描写图画的赋作，始于宋杨简《心画赋》，终于明李日华《五牛图赋》（705～707）。《大观》卷十“文学”类

---

① （清）陈元龙：《历代赋汇》，凤凰出版社 2004 年版，第 243～249 页。以下所用版本及标注方式同此，不再出注。

② （清）鸿宝斋主人：《赋海大观》第 3 册，第 481～505 页。以下标注方式同此，不再出注。

"画"目之首也收有这 12 篇赋作（4-320～325），篇目、次序皆与《赋汇》无毫厘之差。很显然，《大观》转录了《赋汇》的相关内容。但《大观》对《赋汇》也颇有超越，这首先表现在其对清人赋作的蒐罗与编录上。

《赋汇》收赋止于明末，显然不能满足清中叶以后文士对当代赋的阅读需要和科举考试的现实要求。《大观》编成于光绪十四年（1888），上距皇太极改国号为清（1636）已 252 年，而下距宣统皇帝退位（1911）仅有 23 年。处在大清帝国日薄西山、行将退出历史舞台的时代，编者能够读到清代二百余年产生的大部分赋作，这为他们辑录清赋提供了客观条件；加之当时科举考试尚未废除，下层文人对仿习律赋、求取功名尚有热切期待，于是辑录一部集大成式的赋体文学总集不仅成为时代的呼唤，也有不可小觑的市场需求（该书出版后至少重印过四次，便印证了这种需求）。而当时的光绪皇帝一心想着变法图强，无暇顾及国故整理与文化拯救事业，于是这一重任便落在了民间文人和有识见的出版家身上。沈氏家族以非凡的魄力和雄厚的经济实力承担了这一历史使命，并且较好地完成了任务。《大观·凡例》称："是编得赋二万余首。"仔细核查，实有一万二千余首；号称"二万余"，不过是促销手段而已。但即便是一万二千篇，也已达到了《赋汇》的 3 倍之数，称为"赋海"实不为过。在《赋汇》之外，《大观》增补了大量的清代赋作。比如，上文所言之《大观》卷八"典礼"类"田猎"目，既全部收录《赋汇》正集卷五十八、五十九"蒐狩"类所辑之赋 21 篇，又辑得清人赋 26 篇，总数为 47 篇。篇名（作者）如下：

宣王东狩于甫草赋［阙名］①、吴王猎场赋（叶兰笙）、子虚赋（汉司马相如）、上林赋（汉司马相如）、羽猎赋（汉杨雄）、长杨赋（汉杨雄）、拟杨雄长杨赋（陈诗观）、拟杨雄长杨赋（重出，陈诗观）、拟杨子云长杨赋（刘书年）、羽猎赋（汉张衡）、羽猎赋（魏王粲）、校猎赋（魏文帝）、西狩赋（魏应场）、猎兔赋（晋夏侯湛）、射雉赋（晋潘岳）、三月三日华林园马射赋（北朝周庾

--------

① 原书未标示作者，方括号内"阙名"二字为笔者所加。下同。

信)、拟庾信三月三日华林园马射赋(龚维林)、拟庾信三月三日
华林园马射赋(邱维之)、拟庾信三月三日华林园马射赋(李德
润)、拟庾子山三月三日华林园马射赋(钱湄)、拟庾子山华林园
马射赋(徐谦)、拟庾子山三月三日华林园马射赋(康发祥)、拟
三月三日华林园马射赋(王坦)、拟庾子山华林园马射赋(卢崟)、
拟庾信华林园马射赋(王璋庆)、拟庾子山华林园马射赋(袁宝
璜)、拟华林园马射赋(顾开第)、拟庾子山马射赋(连瑞瀛)、大
猎赋(唐李白)、春蒐赋(唐常衮)、拟常衮春蒐赋(陈庆镛)、春
蒐赋(郑缨)、海甸春蒐赋[阙名]、南苑春蒐赋(莫树春)、驻跸
南苑赋(顾树屏)、驻跸南苑赋(刘海鳌)、皇帝冬狩一箭射双兔
赋(唐路季登)、圣人苑中射落飞雁赋(唐陆贽)、三驱赋(唐裴
度)、田获非熊赋(唐频喻)、田获三狐赋(唐李咸)、开三面网赋
(唐阙名)、大蒐赋(宋丁谓)、雪猎赋(元朱德润)、木兰秋狝赋
[阙名]、投戈讲艺赋[阙名]、秋狝获白鹿赋(叶观国)(3-480～
506。加着重号者为新增篇目)

编者将 26 篇清赋穿插至 21 篇前代赋之中,使得同题之赋得以类
聚,同题赋之创始、发展、模拟、衰败之迹显然可见。其意义已经远
远超出了编者的估计,为后人研究文学题材的发展流变提供了重要线
索。又如歌咏牡丹之赋,《赋汇》正集卷一百二十收 3 篇,补遗卷十
五收 2 篇,《大观》首先将这 5 篇赋悉数收录,然后增补了清人作品
20 篇,总数为 25 篇,已达到《赋汇》的 5 倍之巨。《赋汇》原仅"牡丹
赋""季秋牡丹赋"2 题,《大观》增加了"牡丹为花王赋""花王赋""独
占人间第一香赋""富贵花赋""红牡丹赋""绿牡丹赋""黄牡丹赋""白
牡丹赋""双头牡丹赋""荷色牡丹赋""盆水牡丹赋""鼠姑赋"凡 12
题,既反映了清代牡丹栽培的兴盛和牡丹种类的繁多,也彰显出清代
文人对各色牡丹的高度关注与精细描绘。

《大观》究竟比《赋汇》增补了多少作品,我们很难给出一个准确
的数据。首先,对于《赋汇》所收赋的数量,各家说法就很不一致:

马积高先生说是 3834 篇①，凤凰出版社说是 3951 篇②，而北京图书馆出版社说是 4155 篇③。我们依据陈元龙在《历代赋汇总目》中所提供的原始数据，将总数定为 4161 篇。其中完整或基本完整者 3984 篇，逸句 177 篇。笔者和四名研究生以《大观》正文中所收赋作为据，编制了《赋海大观总目录》（原书目录阙讹较多，不可据），进而统计出《大观》收赋的实际数量。具体情况如下：

> 天文类，851 篇；天象类，46 篇；地理类，1088 篇；时令类，569 篇；君德类，485 篇；仕进类，281 篇；举贤类，162 篇；典礼类，318 篇；乐律类，502 篇；文学类，1013 篇；武备类，349 篇；人品类，330 篇；性道类，342 篇；仙释类，192 篇；人事类，521 篇；妇女类，150 篇；身体类，105 篇；技艺类，125 篇；农桑类，294 篇；珍宝类，177 篇；宫室类，670 篇；器用类，573 篇；服饰类，168 篇；饮食类，297 篇；飞禽类，480 篇；走兽类，242 篇；水族类，222 篇；虫豸类，258 篇；草类，164 篇；花卉类，710 篇；树木类，398 篇；果实类，183 篇。

共计 12265 篇。其中包括"×总""前题""摘句"和某些有意无意的重出之作（详见下文）。倘若剔除这些"×总"和重出之作，实际收赋约 12000 篇。即便如此，亦可谓前无古人，洋洋大观了。因为《大观》对《赋汇》中的逸句摒弃不取（偶有收录，亦仅数篇而已），所以，该书除收录《赋汇》完篇之外（本有 3984 篇，《大观》有少数遗漏），实际增补的清代赋数量应是 8300 篇。全书规模大约是《赋汇》的 3 倍，《七十家赋钞》的 60 倍，《历朝赋楷》的 77 倍，《赋学正鹄》的 83 倍。如此宏伟的体制，丰富的内容，使其成为收录中国古代赋体文学作品最为赅备的一部巨帙，至今仍无一部赋集可望其项背，其文献价值是不

---

① 马积高：《历代辞赋研究史料概述》，中华书局 2001 年版，第 201 页。
② 据该社《历代赋汇·出版说明》提供数字相加，凤凰出版社 2004 年版。
③ 据该社《历代赋汇·出版说明》，北京图书馆出版社 1999 年版。

言而喻的。

## (二) 分类繁细，便于查检

一部成功的大型文学总集，不仅要求卷帙浩繁、作品完备，在编纂体例上也应该有自己鲜明的特色。

首先，《大观》合并《赋汇》"正集""外集"与"补遗"的内容，集中辑录赋作。陈元龙《赋汇》分为正集、外集、逸句、补遗凡四个部分，同类或同题的赋作散在各处，查检十分不便。《大观》编者为了便于文人士子的查检与仿习，将价值不大的"逸句"删去，而将"正集""外集"与"补遗"中的赋作合并在一起，这是件很有意义的工作。例如，《赋汇》正集卷二"天象"类收有以"日"为题材的赋49篇(中间有4篇并咏日、月者，不计)，始于唐王棒珪《日赋》，终于元邵公任《旸谷赋》；补遗卷一又收有明张位《日方升赋》，明张一桂、田一隽、韩世能《拟日方升赋》各1篇，明唐文献《秋日悬清光赋》，唐阙名《骄阳赋》，共6篇。合在一起，《赋汇》共收"日"题赋55篇。《大观》卷一"天文"类"日"目下将这55篇赋集中编录，免去了读者的翻检之劳。又如《赋汇》正集卷七十"农桑"类辑赋39篇，始于晋束皙《劝农赋》，终于明陈献忠《布赋》；补遗卷九又辑录元任士林《瑞粟赋》和明陈经邦《嘉禾赋》凡2篇，共计41篇。《大观》卷十九亦为"农桑"类，则将这41篇赋全部收入囊中，编在一处，尽管次序与《赋汇》小异，但确实便于文人士子的查检与阅读。又如《赋汇》正集卷一百二十"花果"类收有3篇歌咏牡丹的赋作，依次是：唐舒元舆《牡丹赋》、明徐渭《牡丹赋》和宋蔡襄《季秋牡丹赋》；补遗卷十五又增补了唐李德裕《牡丹赋》和明薛应旂《牡丹赋》凡2篇。共计5篇。《大观》卷三十"花卉"类"牡丹"目将这5篇赋全部收录，顺序调整为：《牡丹赋》(唐舒元舆、唐李德裕、明徐渭、明薛应旂)，《季秋牡丹赋》(宋蔡襄)，既集中编录赋作，又实现了同题相聚的编纂宗旨。4篇同题的《牡丹赋》以年代为序编排，亦颇恰当。

其次，《大观》的分类也对《赋汇》有所发展与超越。该书《凡例》云："内分部目，与各选家大略相同，而细编小类，较为详明。计分三十二类，其中零目五百有奇。"其分类标准及编排次序，皆与《赋汇》诸书大同小异，仍以天文地理居首，以飞禽走兽、花草树木收尾。《赋汇》分正、外集编录，正集收录"有裨于经济学问"的赋作，分30类；外集收录"劳人思妇、触景寄怀、哀怨穷愁、放言任达"之作，分8类。全书凡38类。（见《赋汇·凡例》）这种以社会作用之大小判定文学作品之高下的做法并不足取，并且其外集分类过于琐细，类名也有不当之处。《大观》不分正、外集，总体设计优于《赋汇》，合并为32类，显然有精简类目的倾向。例如该书将《赋汇》的地理、都邑2类合并为地理类，将其典礼、临幸、蒐狩3类合并为典礼类，又将文学、书画2类合并为文学类，将宫殿、屋宇2类合并为宫殿类，将器用、舟车2类合并为舟车类，甚至将《赋汇》正集中的览古、寓言2类和外集中的言志、怀思、行旅、旷达、美丽、讽谕、情感、人事8类的内容加以综合，归并为人事、人品、妇女、身体4大类，尤有识见。这些努力都是可取的。

《大观》最大的特色在于，它在32大类之下又细分小目，为读者查检提供了极大方便，这正是其他所有赋集都未能做到的。《凡例》称"零目五百有奇"，仔细核查，实为468目。例如卷一"天文"类下又分出天文总、日月、日、月、星辰、风雨、风、雨、云、霞、霜、雪、露、雾、雷、电、虹、河汉、烟，凡19目，几乎囊括了所有与天空有关的事物和现象；卷二十二"器用"类下又分出器用总、车、舟船、槎、航舫、帆、橹声、屏风、帘、镜、扇、杖、鼎、炉、香、灯、烛、风筝、砧、酒器、窑器、木器、度量衡、钟漏、笏、如意、麈尾、杂载，凡28目，亦可谓林林总总，品类繁多；卷二十八"虫豸"类下又分出虫总、蚤、蜂、蝶、蝉、茨、蚊、蟋蟀、促织、蝇、蟢、蜘蛛、蜗、蚁、蛾、虱、蠹、蜻蜓、杂载，凡19目，各种常见昆虫皆有歌咏。这种在类下又分细目的方式，使得数以万计的赋作皆有归属，颇能见出编者的功力和眼光，也便于读者查询。其实，"器用"类的"杂载"目尚有《眼镜赋》3篇，《锥处囊赋》7篇，《竹头木屑赋》4篇，"虫豸"类的"杂载"目尚有《尺蠖赋》4篇，《蒲卢赋》3篇，皆足以单独列目。所以，如果再进一步细分的话，《大观》零目是完全可以达到"五百有奇"的。需要指出的是，《大观》对类目的划分不仅比《赋汇》更为精细，具体分类也有优于《赋汇》之处。例如《赋汇》外集卷十四是"美丽"类，收录宋玉《高唐赋》《神女赋》、司马相如《长门赋》《美人赋》、江淹《倡妇自悲赋》、唐曹寅《娇女赋》等与女性有关的作品，其实这些作品并不专咏女子美貌，所以类名"美丽"并不恰当。《大观》卷十六改为"妇女"类，已是名实相副；又从《赋汇》外集卷十九"人事"类中抽出描写"妒妇""寡妇""节妇"的作品并入此类，集中编排；然后将所有这些赋作细分为美色、神女、思妇、才女、烈女、闺阁、贞节凡 7 目，辑录作品更为完备，并且州分部居，有条不紊。又如《赋汇》外集卷十九为"人事"类，实际上收录贫穷、疾病、夭亡、悲哀之类的赋作，内容有些狭窄。《大观》将《赋汇》卷七、卷八"怀思"类，卷九、卷十"行旅"类并入，既精简了分类，又充实了"人事"类的内容，使得类名与实际基本相称；然后又将这些作品细分为聪慧、寿、未遇、贫、壮志总、交际、爱才、友谊、送别总、远行、游览、归思、感愤总、愁恨、喜、思慕、幽思、感怀，凡 18 目，尽管分目尚有可商之处，但类目精细，次序井然。《大观》的这些努力，为文人士子的查检与仿习提供了很大方便。

再次，《大观》还开创了"×总"和"摘句"两种体例，旨在为文人士子提供更为丰富的资料。例如《大观》卷二十四"饮食"类"酒"目，开篇便是《酒总》，辑录"美胜黄封，香逾白堕""人醉我醒，以茶当酒""李供奉狂饮千觞，刘伯伦醉醒一斗""睹旗亭而画壁，消步月之宽闲；引曲水以流觞，助烟霞之笑傲"等 12 条美言佳句，每条之间空一格书写，为文人士子作赋提供参考。这些佳句来源甚广，但无不对仗工稳，用典精当，只需稍作调整，便可写入赋中，为作品增色。这种讨好下层学士的做法，确实使《大观》销量大增，带来了不菲的经济效益。"摘句"也提供美言佳句，不过皆摘自清人赋作，并且是大段摘录。例如卷一"天文"类"天文总"目辑有李锡恭《天衢赋》摘句，摘录该赋"莫逞高谈，侈陈夫青道赤道黄道；畴能稳步，俛视乎大千中千小千"等 3 段文字；又有阙名《炼石补天赋》摘句，摘有"阴阳烈炭，造化为炉。风姨司扇，霜女捧盂。烛龙运火，屏翳戒涂"等 7 段文字。每段文字之间有一空格。《大观·凡例》云："所载摘句，其题虽同，惟赏其选辞典丽，押韵精工，故亦未忍割爱。"所谓"摘句"有两种情况:一是原赋过于冗长,但其中有些典雅凝练、属对精工的片断,不忍割舍,便加以摘引;二是已经收录了全赋,编者对其中有些片断特别激赏,于是又重加摘录。如卷一"天文"类收有李锡恭《天衢赋》1篇,接下便是《天衢赋(摘句)》,亦署名李锡恭,而"摘句"中的几句话都可以从上篇赋中查到;又如卷五"君德"类"治化"目收有花沙纳的《体仁足以长人赋》共有10行(3-37),中间隔了2篇赋,又收录这篇赋的摘句(3-38,今按:缺"摘句"二字),仅有两行半而已;卷九"乐律"类"乐律总"目收录2篇洪鼎的《壁中金石丝竹声赋》(并见3-537),前篇题注曰:"以题为韵",后篇为前篇之摘句,题注曰:"注见前篇",这显然系编者有意为之。这些有意重复抄录的片断虽然为数不多,但体现了编者对这些赋的偏爱以及指导作赋的良苦用心。

披览《大观》,我们不难发现大量的同题之作,尤以清代为甚。例如《大观》卷三十"花卉"类"梅花"目辑有4篇《拟宋广平梅花赋》,分别为清人阙名、章沅、陈榜年、鲍桂星所作;此外还有朱雯、归令符、杨棨等人的4篇《自锄明月种梅花赋》,王颂蔚、书英、朱霖的3篇《十月先开岭上梅赋》,叶兰笙、李溥霖、朱祖绥、孙丙荣、冯晋昌、吴韵铿的6篇《寒梅着花未赋》,孙翔林、孙士贞、张庆同的3篇《数点梅花天地心赋》,等等。这些同题之作主要有两个来源:一是古代文人雅士聚会时的彼此唱和;一是生徒日常习作或科举考试的考场作文。而以第二种数量尤多。沈祖燕《赋海大观序》云:"国家功令,除岁、科两试,未尝定制以取士。而词苑名臣之养望木天者,馆阁小课月一再试之。"可见清代馆阁试赋之频繁。其实,不仅馆阁试赋,制科、召试、翰詹大考、学政考文童生员,以及书院考课,皆有考赋之事。① 王雅南《赋学指南·叙》云:"国朝稽古右文,无体不备。故自胶庠及村塾,莫不以赋学课生徒。"②余丙照《赋学指南·原序》亦云:"我朝作人雅化,文运光昌。钦试翰院既用之,而岁、科

① 詹杭伦:《清代律赋新论》,北京燕山出版社2002年版,第20页。
② (清)余丙照:《增注赋学指南》,《赋话广聚》本,北京图书馆出版社2006年影印清光绪十九年(1893)书业堂刻本,第1页。

两试及诸季考，亦藉以拔录生童，预储馆阁之选。"①可见在清代，从皇帝命题的制科考试到乡间私塾的日常训练，无不以律赋为主要内容，进而产生了大量的同题之作。《大观·凡例》明言："并近今各直省课艺试牍，无论已选未选，概行采入，以期美备。"这种追求"美备"的编纂宗旨使《大观》保存了数以千计的"课艺试牍"之赋，成为清代律赋的宝藏。其实《大观》并非真的贪多务得，细大不捐，而是下过一番删汰、选择的功夫。比如律赋作家姚伊宪，其《古芬书屋律赋》载赋 22 篇②，《大观》只选录其中 13 篇；黄模《寿花堂律赋》载赋 11 篇③，《大观》只选录其中的 4 篇。《大观》的铨选与抉择，在当时有效促进了这些律赋名篇的保存与传播，也为下层文士提供了一大批满足应试之需的范文。所以，《大观》从浩如烟海的"课艺试牍"之赋中遴选出大量赋作，编汇成集，反过来又以其兼容并包的气度、空前宏大的规模和别具一格的体例服务于晚清的辞赋创作，为文人学士提供了一座取之不竭的资料宝库。

## （三）清赋渊薮，资料价值极高

《大观》为我们保存了大约 8300 篇清代赋作，堪称是清赋之渊薮，对我们研究清赋、清代文学乃至清代风俗文化皆有重要参考价值。

清人作赋以律赋为多，这是《大观》向我们昭示的一种重要文学现象。如卷一"天文"类"日月"目收有 2 篇《合璧连珠赋》，"月"目收有 2 篇《涟漪濯明月赋》，2 篇《海上生明月赋》，2 篇《清风明月不用一钱买赋》，2 篇《行春桥串月赋》，2 篇《鸡声茅店月赋》，2 篇《停琴伫凉月赋》，皆为清人所作，且皆为律赋；"日"目收有 9 篇清人的《日长添线赋》，除 1 篇"摘句"外，其余全为律赋；5 篇清人的《黄棉

---

① （清）余丙照：《增注赋学指南》，《赋话广聚》本，北京图书馆出版社 2006 年影印清光绪十九年（1893）书业堂刻本，第 5 页。

② 姚伊宪：《古芬书屋律赋》2 卷，《琴台正续合刻》本，清刻本，国家图书馆普通古籍阅览室藏。

③ 黄模：《寿花堂律赋》1 卷，《琴台正续合刻》本，清刻本，国家图书馆普通古籍阅览室藏。

祓赋》，除 1 篇"摘句"外，其余亦全为律赋。而据全书体例，"摘句"亦大多从律赋中摘引，但因并非完帙，故未标所限之韵。"日"目收有 5 篇《拟李程日五色赋》，其中 4 篇标明限韵；"月"目收有 9 篇《拟谢庄(希夷)月赋》，其中 7 篇标明限韵；同目收有 6 篇《月中桂赋》，其中 5 篇标明限韵。未标明限韵者，细读之亦与律赋相类，可能是编者或抄录者工作粗疏所致。披阅《大观》，就仿佛进入了律赋的海洋。沈祖燕《大观序》论赋云："或以词胜；或以气胜；或则钩心斗角，以工致胜；或则弹徵歌商，以轻倩胜。虽体格意趣不无异致，而绛树黄华，凡有流露，工力悉敌，选声选色，美矣备矣!"其对律赋对仗工稳、声韵铿锵所达到的艺术效果，可谓推崇备至!《大观》选录了数千篇清人律赋作品，不仅是出于各种考试课赋的需求，也有编者的审美情趣在焉。

从《大观》收赋不难看出，清代赋家把目光投向社会生活的每个角落，因而创作了缤纷多彩、内容丰富的赋作。《大观》32 类 483 子目，除了"地理"类"湾"目、"土"目，"岁时"类"漏"目，"人事"类"贫"目、"远行"目、"归思"目等少数子目外，几乎每一目都收录了大量的清赋。如卷一"天文"类共 18 目，收赋达 851 篇，其中清代赋就有 571 篇，18 个子目都有分布；卷二"天象"类共 3 个子目，收赋 46 篇，其中清赋 26 篇，3 个子目都有分布；卷三"地理"类共 31 目，收赋达 1088 篇，其中清赋有 621 篇，分布在 29 个子目之中；卷四"岁时"类共 23 个子目，收赋 569 篇，其中清赋有 400 篇，分布在 22 个子目之中。不难看出，清赋的表现题材空前丰富，作品数量也远逾前人。有些子目甚至仅收清人赋作，如"天文"类"电"目、"烟"目，"地理"类"村"目、"郊"目，"岁时"类"花朝"目、"社日"目、"浴佛日"目、"腊日"目，等等。而卷六"仕进"类收赋 281 篇，分为"仕进总""尽职""辅治""清节""科第""试士"6 目，竟然全是清人作品，可见出清代文人对仕进的热衷程度。

《大观》不仅彰显了清代文人对赋体文学表现题材的开拓之功，还为我们研究清人社会生活和风俗文化提供了十分宝贵的资料。试举一例。《大观》"时令"类"重阳"目收赋 37 篇，其中清代赋多达 32 篇，几乎反映了重阳风俗文化的各个侧面。例如夏思佃《九日登高赋》和姚光宪、王桢的同题之作《登高赋》，是对重阳节登高习俗的反映；
阙名的《九日讲孝经赋》，是对重阳敬老文化的表现；汪璧《刘郎不敢
题糕字赋》和吴廷珍、施补华的同题之作《题糕赋》，则反映了重阳吃
年糕的习俗；而张敦颐的《有菊即重阳赋》，则又有重阳节赏菊活动
的描绘。其中施补华《题糕赋》云："糕有高之义，岩岫登高而及时；
糕近膏之音，禾稼含膏而待获。""貓糕有号，杂书无事旁征；狮糕有
形，小说无庸株守；栗糕著岁时之记，不必吟为料之增；菊糕著闻见
之编，不待充诗材之厚。"①既对重阳糕的文化内涵有所揭示，也交代
了不同种类糕点见诸记载的情况，客观上反映出重阳糕品类的丰富和
历史的悠久。重阳吃糕的习俗源于魏晋，唐宋以降蔚成风气。《题糕
赋》中提到的菊糕、狮糕、栗糕等，可以从宋孟元老《东京梦华录》中
找到相关记载，可以见证中国民俗文化的千年传承。至于 8 篇《九月
九日作滕王阁序赋》吟咏唐初王勃作《滕王阁序》的雅事，5 篇《满城
风雨近重阳赋》敷衍北宋潘大临之诗意，尤可见出清代文人热切咏
古、刻意生新的风尚，以及馆阁之赋同题竞作、各较短长的情形。历
代关于重阳的诗歌很多，但重阳赋长于铺陈，用典精切，有时还以议
论入赋，以学问入赋，具有重阳诗无法替代的文化价值。

此外，不少清代赋家的作品借《大观》得以保存。例如，《大观》
收录包栋成赋多达 72 篇，叶兰笙赋多达 68 篇，连瑞瀛赋 28 篇，冯
晋昌赋 31 篇，刘源汇赋 32 篇，等等，但检索国家图书馆藏书数据，
这些作家似乎皆无别集传世，他们的作品主要依靠《大观》才得以流
传至今。又如前面所提到的姚伊宪，虽有赋集传世，但仍有遗漏，
《大观》收录其赋集之外的作品尚有《河源赋》《二卵弃千城赋》《贾秋
壑关蟋蟀赋》《拟张燕公奉和圣制喜雨赋》4 篇。看来《大观》还有辑佚
学方面的价值。

## 三、《赋海大观》之阙误

《大观》是中国古代规模最大、收赋最多、分类最繁细的赋体文

---

① （清）鸿宝斋主人：《赋海大观》第 2 册，第 512 页。

学总集，对于清赋、清代文学乃至清代思想文化研究皆有不可忽视的重要意义。但《大观》是清末出版商组织一批民间文人来完成的，出版者不可能像康熙皇帝那样投入充足的研究经费，也不可能延请到全国最知名的专家学者，加之编印仓促，急于占领图书市场，书中难免会有一些粗疏失当乃至谬误之处。下面即略作枚举，希使用者留意焉。

## （一）分类失当

《大观》将 12265 篇赋作依其描写对象划分为 32 类 483 子目，这本身便是一项十分艰巨的工作。《大观》基本上完成了这一任务，使得全书类目分明，有条不紊。《赋汇》正集 30 类，外集 8 类，共 38 类。《大观》归并为 32 类，显然有精简类目的倾向。但也有失当之处。例如，《大观》将《赋汇》的"治道""祯祥"2 类合并为"君德"类，意图颇佳，但立名并不可取。在编者看来，似乎所有的祯祥都来源于君王的美好德行和英明决策，这反映了在封建社会文人士大夫对皇权的敬畏与崇尚，也暴露出编者在努力适应当时社会需要时所不得不表现出的谄媚之态。在"天文""地理"之下首列"君德"类，其用意是十分明显的。以今观之，仍以"治道"之名为妥。又如，《大观》将《赋汇》正集的"览古""寓言"2 类和外集 8 类合并为 4 大类，使得类目名称减少到原来的 1/3，功不可没。但对于具体作品的归属，却颇有可商之处。其中《赋汇》"行旅"类作品，被《大观》分到"人事"类"远行"目和"游览"目中，颇有错互之处；《赋汇》"览古"类作品，杂入"人事"类各目和"宫室"类、"地理"类之中，极为分散，其中以"游览"目和"感怀"目最多。甚至还出现了同题分属不同类目的情况，如《瑞玉晴川赋》一属"人品"类的"清操"目，一属"性道"类的"品节"目；《恍惚中有象赋》一属"性道"类的"性情"目，一属"仙释"类的"道术"目。《召伯埭赋》，一篇编入"地理"类"郊"目，另一篇却在同类的"堤"目。极为混乱，给读者查检带来了很多不便。究其原因，主要是各类目之间颇有交叉重迭之处。例如"性道"类的"德行""德性""操修""品节"4 目，"人事"类的"远行""游览"2 目，"归思""思慕""幽思"3 目，仅从名称来看，就很难区分。更为费解的是，"人品"

类有"立志"目，"人事"类又有"壮志"目；"性道"类有"交际"目，"人事"类亦有"交际"目。类目之间界限模糊，甚至彼此重复。看来编者在划分类目时前后失照，并未统观全局，严格类属。这也许是多人合作所造成的缺陷。还有少数作品的归类错讹严重，如卷二十二"器用"类"帘"目下却收有汉邹阳《几赋》1 篇，几与帘虽同为家具，但无论如何都不能同目。这应该是某些参编人员敷衍塞责所造成的失误。

与此相反，《大观》还对于《赋汇》的某些类目有所拆分，但大都不甚妥当。例如，《大观》把《赋汇》的"天文"类拆分为"天文""天象"两类，就颇为无谓。编者把描写日月星辰风雨雷电的赋作归入"天文"类，而把反映天地宇宙以及天文学的赋作编入"天象"类，明显有琐碎之嫌。并且"天文"类体制庞大，收赋 862 篇；而"天象"类却只有 46 篇，是《大观》中最小的一类，大约是"天文"类的 1/20，并不足以单列一类。又如，《大观》把《赋汇》的"草木、花果、鸟兽、鳞虫"4 类拆分为"草、树木、花卉、果实、飞禽、走兽、水族、虫豸"8 类，与全书精简类目的宗旨南辕北辙，实不足取。此外，"仕进"类与"举贤"类内容接近，并且篇幅都不大，分别选赋 281 篇和 162 篇，也完全可以并为一类。

分目情况问题更多。例如卷二十三"服饰"类下分为 10 目，其中"裙"目仅收赋 2 篇，不足以单列一目，完全可以并入"杂载"目；而"杂载"目下的 22 篇赋中，有 10 篇是专门描写簟席的作品，完全可以独立出来，单列"簟席"一目。统观全书，这种该列目的没有列目、不该列目的反倒列目的情况较为普遍。究其原因，可能是预先列好了小目，但在编纂过程中发现某些小目作品甚少不足以列目，却没有及时删除，而某些题目的赋作数量又远远超出了编者的估计，也没有及时分列，才造成这种比例失调、分目失当的情况。

总的看来，《赋汇》和《大观》的类别名称比较接近，对于大多数赋作的归类也基本一致，但也有一些赋作被归入了不同的类目。对于同一篇赋，《赋汇》往往根据其内容与主旨进行分类，而《大观》则只看题目，不看内容。如明汪仲鲁《广寒宫赋》，《赋汇》据其表达的升仙思想而归入"仙释"类，《大观》则据其题目归入"天文"类"月"目，因为广寒宫即月宫；明程公许《谪仙楼赋》、明杨士聪《太白楼赋》、元曹师孔《灵台赋》、明韩上桂《仰苏亭赋》等数篇，《赋汇》据其抒发的怀古之情而归入"览古"类，《大观》则据其题目归入"宫室"类；明赵时春《诮蒲萄赋》一文借物喻理，《赋汇》据其内容归入"讽谕"类，《大观》却将其与数篇描写葡萄的作品一同归入"果实"类"葡萄"目。显然，《赋汇》的编者对所收赋的内容进行过深入研究，归类时比较审慎；而《大观》则无暇及此，有粗疏草率之弊。至于清人赋作，《大观》无从参照，则更是简单从事。例如，该书卷二十六"走兽"类"牛"目收录了4篇《宁戚饭牛赋》，当为咏古之作；又有7篇《庖丁解牛赋》和2篇《目无全牛赋》，皆为寓言赋；而"豕"目所收的《竹笋烧猪赋》，则显然应该是"饮食"类作品。《大观》编者不假思索，不作分析，仅从题中一二字出发便确定其归属。当然，有些赋作的内容与主旨比较复杂，不同学者从不同角度加以考虑，在判定其类属时就难免见仁见智。《大观》仅以题目用字为据的做法庶可避难趋易，也更便于读者查询。(编者没有照搬《赋汇》的分类，可见是有意为之。)但如此简单化的处理方式，正暴露出编者在面对浩如烟海的古代赋作时心浮气躁、急于求成的心理。

## (二)次序错乱

《大观》全书分类编次，大类之下又分小目；小目之下的同题之赋，则按照年代先后依次排列。例如卷一"天文"类"月"目之下收有6篇《月赋》，依次为：汉公孙乘，南朝宋谢庄、宋汪莘、宋杨简，明冯时可，清秦镜；卷二十八"虫豸"类"萤"目下收有6篇《萤火赋》，依次是：晋傅咸、晋潘岳、梁萧和、唐骆宾王、清丁此绥、清沈文铨。次序井然，颇便观览。但由于全书卷帙浩繁，排序混乱之处亦所在多有。主要有以下两种情况：

1. 朝代次序混乱

例如卷二"天象"类"太极"目下有4篇同题赋作《太极赋》，前三篇是元代人所作，第四篇却是宋代人所作，朝代次序颠倒；卷十二"人品"类"钓"目收有周宋玉、晋潘尼、明田艺蘅的3篇《钓赋》，却以明田艺蘅之作居首；卷十三"性道"类"言行"目收有5篇《驷不及舌赋》，本应依照唐、宋、清的顺序，但却把宋王回置于唐陈中师之前；卷十五"人事"类"游览"目收有汉曹大家、晋袁宏、唐高适的3篇《东征赋》，但它们的排列顺序却正好相反，从唐到汉，如此等等，不一而足。更有甚者，《大观》有时竟然将拟作置于原作之前，看起来十分别扭。例如，卷三"地理"类"池"目下有王勃《九成宫东台山池赋》1篇（2-132），未标朝代，据《赋汇》正集卷七十六当署名唐王勃，此篇之前却有4篇清人的《拟王勃九成宫东台山池赋》，次序颠倒。又如同卷"形胜"目将两篇清人的《拟鲍明远芜城赋》置于鲍照（鲍明远）《芜城赋》之前（2-356）；卷十五"人事"类"志"目将清人黄辉的《拟述志赋》置于8篇《述志赋》之前（5-394）；同卷"幽思"目将明叶良佩《拟闵独赋》置于宋宋祁《闵独赋》之前（5-522），等等。这些都反映了《大观》编辑工作的粗疏和随意。

2. 同题之赋分置各处

例如卷二"天象"类"太极"目下有3篇《橐钥赋》，但前两篇和第三篇之间却间隔了10篇赋作，有违"同题相聚"之原则；卷三"地理"类"山"目下有3篇《历山赋》，但在宋王安石《历山赋》和清周鉴、罗继传的同题之作中间却隔了11篇其他题名的赋作；卷十二"人品"类"樵"目收有2篇阮贻昆的《采茶新樗赋》，中间却夹杂了1篇《东湖樵夫赋》；卷十三"性道"类共收有5篇《斫梓染丝赋》（最后一篇是摘句），但在第3篇和第4篇之间却夹了1篇《染人甚于丹青赋》。同卷所收的阙名《为善最乐赋》与顾廮《为善最乐赋》之间夹杂了1篇《吉人为善赋》和3篇《从善如登赋》；4篇《谦受益赋》中间夹杂着1篇《谦赋》；3篇《戴仁抱义赋》中间夹杂着1篇《仁人义我赋》和1篇《居仁由义赋》。卷十五收了明李东阳的《翰林同年会赋》和王沆的《拟李东阳翰林同年会赋》，但在这两篇赋作中间夹了1篇赵孟頫的《求友赋答袁养直》。同卷收了3篇《陆士龙与荀鸣鹤会坐赋》（按：最后一篇为摘句），在最后1篇之前插进2篇《李太白救郭汾阳赋》；同卷收有2篇《山阴访戴赋》，中间却杂有1篇《乘兴访戴赋》；同卷还收有2篇《幽思赋》，不仅以明顾起元之赋居魏曹植之前，而且中间还穿插了1篇曹植的《愁思赋》；同卷又收有两篇《怀旧赋》，不仅在中间夹杂 1 篇向秀的《思旧赋》，同时还把清代王以蓍的作品放在了晋潘岳的前边。卷十六"妇女"类"闺阁"目收录 2 篇《孟光椎髻赋》，中间却间隔了 16 篇其他题目的赋作。卷二十"珍宝"类"珠"目收有 4 篇《招凉珠赋》，但前 3 篇和第 4 篇之间却编录了 7 篇其他题目的赋作。

### （三）篇目阙漏

《大观》几乎把《赋汇》中的"逸句"部分全部删除，使得大量的珍贵资料不能登选，甚为可惜。即使是《赋汇》中的完篇，《大观》也未能全部收录。例如：卷一"天文"类漏收的作品有：唐阙名《白云无心赋》(《赋汇》正集 6-25)①、唐王起《瞽者告协风赋》(正集 7-31)，凡 2 篇；卷三"地理"类漏收 2 篇：元赵纯翁《黄山赋》(《赋汇》补遗 2-656)、明俞安期《河赋》(补遗 4-662)；卷四"时令"类漏收 4 篇：魏繁钦《暑赋》(正集 11-49)、晋夏侯湛《大暑赋》(正集 11-49)、梁元帝《秋兴赋》(正集 12-51)、唐王起《钻燧改火赋》(正集 13-59)；卷五"君德"类漏收 2 篇：唐王棨《手署三剑赐名臣赋》(正集 42-182)、宋陈普《无逸图后赋》(补遗 7-677)；卷九"乐律"类漏收 1 篇：元汪克宽《九夏赋》(正集 90-376)；卷十"文学"类漏收 2 篇：唐浩虚舟《解议围赋》(正集 62-261)、唐司空图《诗赋》(补遗 8-682)；卷十一"武备"类漏收 1 篇：魏应场《驰射赋》(正集 65-274)；卷十二"人品"类漏收 4 篇：元袁桷《云林赋》(外集 13-614)、元陈樵的《闲叙赋》(外集 13-614)、明涂几的《樵云赋》(外集 13-614)、明涂几的《耦耕赋》(外集 13-614)；卷十三"性道"类漏收 1 篇：明薛瑄《思本赋》(正集 69-291)；卷十四"人事"类漏收 3 篇：魏刘桢《遂志赋》(外集 1-561)、宋王安石的《思归赋》(外集 8-590)、明徐祯卿的《述征赋》(外集 9-599)，等等。以上仅仅与《赋汇》相比，而且仅就目力所及，就已经有了这么多缺漏，很不全面；至于《赋汇》未收之作，则大都未能收

---

① 此处《赋汇》正集 6-25，指的是：(清)陈元龙：《历代赋汇》，正集卷六，凤凰出版社 2004 年版，第 25 页。以下标注方式同此，不再出注。

入。例如明人周履靖撰《赋海补遗》，除了编选前人赋作之外，还编入了自己创作的 615 篇赋作，题材十分广泛①，《大观》却连一篇都没有收录。由此可见，《大观》虽较《赋汇》增补了大量作品，其遗漏的作品仍然是相当可观的。

此外，由于《赋海大观》仅收录以赋名篇的作品，不录七体、答难体赋作，使不少无赋之名而有赋之实的作品如枚乘《七发》、东方朔《答客难》、扬雄《解嘲》、傅毅《七激》、崔骃《七依》、班固《答宾戏》、曹植《七启》等遗漏未收，不能不说是一个缺憾。

## (四) 作品重出

《大观》卷三"地理"类"山"目收有 2 篇陆嵩的《石公山赋》，分置两处(分别见 1-571、1-591)，有违同题相聚之旨。经比较发现，这两篇赋文字基本相同，只是前一篇比后一篇稍短一些，可能是所据底本不同，编者未加比较，重复收录。同卷"河"目收有陈沆的《冯蠙切和赋》(2-80)，"水"目又有佚名《冯蠙切和赋》(2-176)，仔细核查，二者完全相同；卷四"时令"类"秋总"目收录 2 篇钟骏声的《秋褉赋》(分别见 2-523、2-541)，内容全同；同目收有 2 篇黄滔的《秋色赋》(分别见 2-537、2-538)，内容大致相同，只是后者多出两行字而已；卷八"典礼"类"祭祀"目收录唐石贯《藉田赋》1 篇(3-401)，同卷"耕藉"目又收此赋(3-404)，文字全同，只是未标出作者朝代；同卷"田猎"目收录 2 篇陈诗观的《拟杨雄长杨赋》(并见 3-486)，前后紧邻却文字全同，只是后者多了赋序；卷九"乐律"类"琵琶"目收有叶兰笙《陈子昂碎胡琴赋》1 篇(3-622)，接下来在"琴"目中又收此赋(3-631)，文字全同；卷十三"性道"类"性情"目收录 2 篇吴镇的《拟王棨一赋》(分别见 5-235、5-236)，文字全同，中间只隔了 1 篇孙日萱的《拟王朗中一赋》；同目还收录 2 篇戴兰芬的《拟王辅文一赋》(分别见 5-235、5-237)，文字亦全同；同卷"交际"目收录 2 篇王祖培的《行不由径赋》(分别见 5-283、5-285)，文字全同，中间只隔 2 篇赋；卷十

---

① 踪凡、孙晨：《〈赋海补遗〉编者考》，《中国典籍与文化》2011 年第 1 期。

二"人品"类"高尚"目收录俞兴瑞的《韩蕲王湖上骑驴赋》(5-72)，卷十五"人事"类"游览"目又收此赋(5-471)，文字全同；卷十二"人品"类"高尚"目收录何光瑾、王济猛、徐兆祥的同题赋《韩蕲王湖上骑驴赋》3 篇(5-72、73)，卷十五"人事"类"游览"目又收此 3 赋的摘句(5-471)，等等。这些重出之作，大都是编者工作粗疏所致。有时候首出之赋与重出之赋相距不远，甚至紧紧相接，更可以看出某些参编人员的草率和随意。

## (五)篇名错讹

有些赋作篇名有误。仅以卷三"地理"类而言，起码就发现了以下错讹："地"目有唐钱起《益地图赋》(1-454)，据《文苑英华》卷二十五和《赋汇》正集卷十四，赋题当为《盖地图赋》，"盖""益"形近而讹；"山"目有唐关图《巨灵擘太华山赋》(1-475)，据《文苑英华》卷二十八和《赋汇》正集卷十五，赋题应为《巨灵擘太华赋》；同目有宋苏辙《山赋》(1-532 页)，据《赋汇》正集卷二十，赋题应为《巫山赋》；同目有唐周针《海门赋》(1-574)，据《历代赋汇》正集卷二十二，赋题应为《海门山赋》；"潭"目有清李琪《桃水潭赋》(2-156)，据其左右的同题赋作，"水"当为"花"之讹；"水"目有清贾烘《水字水赋》(2-181)，据正文内容，当是《丁字水赋》之误；"冰"目有清冯一梅《暖日烘窗释研冰赋》(2-202)，据正文内容，"研"疑为"砚"字之误。卷五"君德"类"治化"目有唐舒亶《舜歌南风赋》(3-5)，而《赋汇》正集卷四十二题为《舜琴歌南风赋》。据该赋首句"帝意虽远，琴音可通。欲发扬于孝道，遂歌咏于南风"判断，《大观》脱"琴"字，其篇名当从《赋汇》作《舜琴歌南风赋》。同目有唐阙名《君相同德赋》(1-22)，《赋汇》正集卷四十一题为《君臣同德赋》。据赋中"臣闻非常之主必有非常之臣"，"同心同德，君圣臣忠；子子孙孙，永代克隆"推断，篇名应为《君臣同德赋》，《大观》讹为"君相"。同卷"符瑞"目有唐卢庾《梓潼鼎神赋》(3-159)，赋题不词，当从《赋汇》正集卷五十四作《梓潼神鼎赋》。卷八"典礼"类"朝会"目有唐白居易《孙叔通定朝仪赋》(3-435)，据《史记》卷九十九《刘敬叔孙通列传》，为汉高祖定朝仪者名为"叔孙通"，而非"孙叔通"，此赋当从《赋汇》卷四十七题为《叔孙通定朝仪赋》。卷十"文学"类"勤学"目有唐杨宏贞《萤火照字赋》，根据《赋汇》正集卷六十二和《大观》临近篇目，"火"为"光"之字讹。卷十四"仙释"类"道术"目有明张宇初《泥漠赋》(5-322)，赋题当从《赋汇》卷百六作《澹漠赋》。同卷"神鬼"目有黄宗汉《钟道赋》，据其内容，赋题应作《钟馗赋》。卷十五"人事"类"感怀"目有宋邹浩《愤忠赋》，据《赋汇》卷百十二，赋题应作《愤古赋》，等等。

## (六) 作者阙误

《大观》对作者姓名及朝代的标注也有不少问题。最突出的就是本来有主名的赋篇却没有标注作者。例如，卷一"天文"类"风"目收录 3 篇《风赋》和 1 篇《拟宋玉风赋》(1-283)，《大观》都没有署名，据《赋汇》卷一，其作者分别为周宋玉、晋湛方生、晋陆冲、南朝齐谢朓，而《大观》阙之。卷三"地理"类"山"目有《终南山赋》(1-502)、《登吴岳赋》(1-502)、《三门赋》(1-502)、《蒙山赋》(1-508)、《登虎牢山赋》(1-509)、《庐山赋》(1-509)、《望匡庐赋》(1-509)、《匡庐赋》(1-509)，俱未署名，据《赋汇》正集卷十八，这些赋的作者分别为汉班固、唐周针、唐赵冬曦、明梁寅、晋潘岳、宋支昙谛、唐李德裕、明胡俨，《大观》亦阙之。经与《赋汇》比较后发现，仅在卷三"地理"类中，明代及明代以前的赋作确实有作者而《大观》漏标的篇目就达 40 篇之多。而据《大观》体例，清人赋作不论有无作者名，一律不标注朝代，那么这一大批漏标作者的前代赋作因其也没有标注朝代，便很容易被读者视为清人作品，进而造成理解上的混乱。

此外，《大观》对作者的标注偶有错讹。例如，卷一"天文"类"风"目收有《飓风赋》1 篇(1-299)，题为宋苏轼作，据《宋文鉴》卷十和《古赋辩体》卷八，当为苏轼之子苏过所作，此处承《赋汇》之讹。同卷"雪"目收录 5 篇《雪赋》(1-372)，前 2 篇皆署名宋谢惠连，查《赋汇》正集卷九，第一篇当为明人薛瑄作。卷二"天象"类"天象"目有《天象赋》1 篇(1-425)，署名张衡，实则为隋李播所作，亦是承《赋汇》之讹。卷三"地理"类"形胜"目有《武关赋》1 篇(2-361)，署名唐王启，当为唐王棨作，亦承《赋汇》之讹。卷五"君德"类"圣学"目有《明君可与为忠言赋》(3-70)，署名宋丁轼，据《赋汇》正集卷四十四，当为宋苏轼。卷八"典礼"类"祭祀"目有《郊禋赋》1篇（3-388），署名明叶尚高，据《赋汇》补遗卷七，当为明叶向高。卷十"文学"类"画"目有《瑞菊图赋》（4-324），署名明顾允猷，据《赋汇》补遗卷十三，当为明顾允默。

还有不少作者没有朝代或者朝代名有误。例如，卷一"天文"类"星辰"目有2篇《泰阶六符赋》（1-256），分别署名钱起、娄玄颖，未标注唐代；同卷"雨"目有《喜雨赋》（1-337），署名元张凤翼，据《赋汇》正集卷八，张凤翼为明代人；卷二"天象"类有《管中窥天赋》（1-436），署名张仲素，未标注唐代；卷十一"武备"类"剑"目有《丰城剑赋》（4-536），署名唐陆游，其实陆游为宋代人；卷十二"人品"类"钓"目有《钓赋》（5-98），署名田艺蘅，未标注明代。还有些作者名或朝代名的标注不够规范。例如卷三"地理"类"海"目有《大壑赋》（1-11），署名文帝，当署为梁简文帝或者梁萧纲；卷十八"技艺"类"投壶"目有《打马赋》1篇，署名宋李易安，当署为宋李清照；卷一收录谢庄《月赋》（1-198）、谢惠连《雪赋》（1-372），卷三收录谢灵运《罗浮山赋》（1-526）、鲍照《芜城赋》（2-356页），朝代均写成"宋"，为了与赵宋相区别，当署为"南朝宋"或"刘宋"为宜。

## （七）内容阙误

由于《大观》体制宏大，内容浩博，加之书出众手，抄工水平高下不一，工作态度粗细有别，书中文字难免会有错讹。如卷三"地理"类"形胜"目有唐李白之《剑阁赋》（2-335），赋中"与君对酒而相忆"句，"君"字下夺"两乡"二字。细查之，乃是承《赋汇》之讹。又同卷"山"目有宋苏轼之《赤壁赋》（1-536），赋中"扣舷而歌曰"句，在"歌"下夺"之歌"二字，亦是承《赋汇》之讹。卷五"君德"类"符瑞"目有唐潘炎之《黄龙见赋》《黄龙再见赋》《赤龙据桉赋》《漳河赤鲤赋》凡4篇（3-166、171），皆无序；查《赋汇》卷五十五，4赋皆有序（233~235），交代作赋之时间、背景及创作意图，对读者阅读、理解赋意甚有帮助，而《大观》阙之。同卷"治化"目有李程之《汉文帝罢露台赋》（3-13），与《赋汇》正集卷四十二（182）比较发现，《大观》于赋末夺"岂不以肇于露台，播无为之嘉画"，共14字。同卷"符瑞"目收录明田艺蘅《白鹿赋》(有序) 1 篇 (3-177),经与《赋汇》补遗卷八 (681) 比较得知,《大观》又于赋末夺"……命之用申。祯符国史,骥 洽词臣。庆周雅之三奏,同率舞于枫宸",共 24 字。卷十"文学"类 "画"目收录(明)[晋]傅咸《画像赋》(4-325),末句"臧知柳而不进, 和残躯以登璧"中"登"应为"证"字,与序中"和自别以相证"恰好呼 应。卷十一"武备"类"射"目收有《辕门射戟枝赋》(4-509,今按:未 署名,实为唐王起作),与《赋汇》卷六十四所录(270)相比勘,可知 《大观》于赋末缺"比将军之功实为小者"一句。卷十二"人品"类"隐 逸"目收有梁简文帝的《玄虚公子赋》(5-122),赋末"不为山而自高, 不为海而弥"句不伦,核之《赋汇》外集卷十一(604),可知"弥"下脱 "广"字,等等。

以上这些阙误,有些是《大观》编者自作聪明擅自改动,比如删 除赋序和某些赋句,结果影响到读者对赋意的理解,降低了《大观》 的资料价值;更多的则是工作中的疏漏,体现了民间出版业的共同缺 陷。

## (八) 体例混乱

《大观》卷首有《凡例》10 条,很不全面,且与事实颇有不符之 处。如《凡例》称该书采录"自唐宋迄累朝诸大家"之赋,其实也编录 了不少先唐的作品;《凡例》称"古赋有序者,悉遵原本,不敢妄删, 以仍其旧",而书中不少赋序皆被删削;《凡例》称"编中详校细勘, 精益求精",其实也是自我标榜之语,其中帝虎鲁鱼之处时有所见。 书前有《赋海大观目录》,但与正文颇多失照之处。如卷一"天文"类 目录第六行有《太演虚其一赋》2 篇,而正文中有 3 篇;目录第十行有 《合璧联珠赋》,正文中无此篇;目录第十二行有《日月合璧赋》,正 文作《日月如合璧赋》,等等。《大观》编者将同题之赋编在一起,但 格式并不统一,除第一篇外,以下诸篇或全录题名,或只标"前题" 二字。例如卷一"天文"类"星"目下有 6 篇《泰阶六符赋》(1-256 ~ 258),第一、三、五篇全录题名,第二、四、六篇则冠以"前题"二 字。某些赋作有序,需要在赋题下以小字注明"有序"字样,但失注 之处甚多。如卷二明刘凤《齐云山赋》(1-502)、卷三清宋鸿卿《拟苏

子瞻赤壁赋》(1-537)、阙名《拟孙兴公游天台山赋》(1-558)、晋庾阐
《涉江赋》(2-63)、清俞光祖《十月为阳赋》(2-544)等皆有赋序,但未
标"有序"二字。至于"摘句",标注更为混乱,常规的做法是在赋题
下以小字标注"摘句"二字,但编者为了省事,常常用"本题摘句"或
者"附本题摘句"作为标题,有时还遗漏"摘句"二字。当然,《大观》
在体例上最大的缺陷,便是所有赋作皆未注明出处,读者无从检核。
这一点与《赋汇》相同。但《赋汇》编成于清代前期,当时学者所编之
总集大都如此;而《大观》成书于清末,此前已有嘉庆年间的严可均
(1762—1843)所编之《全上古三代秦汉三国六朝文》一书,书中所录
之作品乃至佚文皆备载出处,以待覆检,《大观》不加效法,实为憾
事。这为后人的校勘和研究带来了诸多不便。当然,这恐怕也与编者
看重市场效益、急于成书问世的心理有关。

　　尽管《大观》有以上阙误,但是瑕不掩瑜,该书仍然是我们研究
古代赋体文学,尤其是清代赋体文学的重要参考文献。但是需要提醒
的是,读者在使用《大观》时要注意对材料的校核与辨析,以免以讹
传讹。《大观》的主要价值仍在清赋方面,建议使用者将其与清人别
集或相关文献进行比勘、校正,然后再加以征引、研究,这样就能更
好地利用这一珍贵的文化遗产。

# 四、余　　论

　　最后需要补充的是,《大观》系石印袖珍本,用西洋技术缩印出
版。据有关考证,石印技术早在1832年就已经传入中国,但直到
1876年以后才兴盛起来,所印书籍大多是通俗小说和科考应试之书,
因其形制小、容量大、价格低廉(同一书籍价格往往不及木刻本的
1/5)而颇受下层民众欢迎。但"所印之书,大都字小如蝇头,无人校
订,错误百出,而装帧亦差,读者既伤目力,又受毒害"①。查国家
图书馆古籍馆所藏之《大观》原件,书高仅15.1厘米,宽仅8.8厘

---

　　① 秋翁:《六十年前上海出版界怪现象》,《中国出版史料》(近代部分)第
三卷,湖北教育出版社2004年版,第269页。

米，大略有巴掌般大小。版框高 12.2 厘米，宽 14.6 厘米，而半叶竟排印 25 行，行 60 字，密密麻麻，小于蝇头。所以，该书虽内容浩博，却仅仅印装成 4 小函，28 小册，携带十分方便。此书在 7 年间曾 4 次印行，可见其营销之广。但与其他石印本一样，亦有错误频出、字小伤目之弊。1905 年科举考试完全废除，此类应试之书因失去其生存土壤而价同废纸，迅速散亡。时至今日，调查国内各大图书馆，亦仅存三四部而已，据说皆有残缺。国家图书馆出版社将其影印出版，广其流布，促进研究，甚有识见。当年鸿宝斋主人为了经济利益而草率编成的《大观》，已成为中国历史上规模最大、收赋最多、分类最繁细的赋体文学总集，为我们留下了一笔极可珍视的文化遗产，真是千古奇事！

——此文原题《〈赋海大观〉价值初探》，《文献》2011 年第 3 期；《〈赋海大观〉之阙误》，《中南民族大学学报》2014 年第 5 期。今合并为一篇

## 【评　介】

踪凡，1967 年生，原名踪训国，江苏沛县人，文学博士。首都师范大学文学院教授、博士生导师，兼任中国赋学会副会长，中国文选学学会理事，2008 年入选教育部"新世纪优秀人才支持计划"。曾发表论文 80 余篇，著有《汉赋研究史论》、《司马相如资料汇编》、《中国古文献概论》（主编）、《见星庐赋话校证》（合著）、《赋学文献论稿》、《中国赋学文献考》（全 2 册）等。其中《汉赋研究史论》曾于 2008 年荣获北京市"第十届哲学社会科学优秀成果奖"一等奖。

踪先生所研究之《赋海大观》一书编成于清光绪十四年（1888），是中国古代规模最大、收赋最多、分类最繁细的赋体文学总集，价值极高。该书收录先秦至清代赋 12265 篇，是陈元龙《历代赋汇》的 3 倍之巨。在马积高先生《历代辞赋总汇》（湖南文艺出版社 2014）出版之前，该书一直是赋体文学总集中的"大哥大"，保持着卷帙最大、收赋最多的纪录。但奇怪的是，1980 年以来赋学研究趋向繁荣，发表赋学论文一千余篇，竟然没有一位学者对这部重要总集进行专门研

究。究其原因，首先在于该书流传不广，全国只有三四部，藏于深馆大阁之中，学者查阅不易；此外，此书卷帙过大，也让研究者无从下手。虽 2007 年国家图书馆出版社曾经将其影印出版，但依然无人研究。

踪先生长期辛勤耕耘于赋学研究领域，是第一个发现此方面空白并对这部重要总集进行研究的学者。但学术道路从不平坦，在《赋海大观》研究之初就遇到了困难。因为国家图书馆出版社影印之《赋海大观》一书，没有新编目录，而原书目录竟然残缺了 8 叶（影印本 16 页），因此，想统计一下该书的收赋数量，竟然也成了问题。原书《凡例》声称"得赋二万余首"，是否属实？踪先生为了考证这一问题，率领 4 位研究生，不辞辛苦，多次前往国家图书馆普通古籍阅览室，认真查阅《赋海大观》原件。以该书正文为据，踪先生编制了《赋海大观新目录》（凡 28 万字），统计出该书收录历代赋的实际数量是 12265 篇（含"×总"和"摘句"），证明《凡例》"二万余"为夸大之语。在此之前的赋学家亦充分认识到《赋海大观》的成绩，叶幼明先生称："实际刊入该书的为 12000 首……确是历代辑录赋最完备的总集"①，马积高先生说："以目录计，实仅一万二千余篇"②，许结先生以南图藏本为据，认为此书："号称收赋二万首，实际上只有一万二千首左右"③，皆为约数。踪先生在《〈赋海大观〉价值初探》（《文献》2011 年第 3 期）中最初披露这一准确数字，并成为此后赋学研究学者多次征引的权威性数据。例如刘苗松在一篇关于《历代辞赋总汇》的论文中说："《赋海大观》收先秦至清代赋 12265 篇。"④尽管没有注明出处，但显然使用了踪先生的统计结果。网上有多篇论文皆援引了这一数据。在扎实研读的基础上，踪先生又对《赋海大观》的价值进行了开创性研究，认为该书不仅辑赋数量巨大，规模空前，而且分类繁细，

① 叶幼明：《辞赋通论》，湖南教育出版社 1991 年版，第 160 页。
② 马积高：《历代辞赋研究史料概述》，中华书局 2001 年版，第 211 页。
③ 许结：《赋学讲演录》，北京大学出版社 2009 年版，第 82 页。
④ 刘苗松：《"中国赋"尽显绝代风华——〈历代辞赋总汇〉整理出版记》，《出版人》2014 年第 3 期。

二级分类多达 468 目(原书《凡例》号称五百余目,不确),方便读者查询;并且全面反映了清代文人的作赋成就,是研究清代文学与文化的重要文献。这些论断,有理有据,令人信服。

当然,踪先生没有忽略《赋海大观》的缺点,为此他又仔细研读,分类归纳,发表了《〈赋海大观〉之阙误》(《中南民族大学学报》2014年第5期)一文,从分类失当、次序错乱、篇目阙漏、作品重出、篇名错讹、作者阙误、内容阙误、体例混乱这8个方面来探讨该书之不足,提醒读者"在使用《大观》时要注意对材料的校核与辨析,以免以讹传讹。……建议使用者将其与清人别集或相关文献进行比勘、校正,然后再加以征引、研究,这样就能更好地利用这一珍贵的文化遗产"。这种分析实事求是,既肯定了《赋海大观》在赋学史上的地位和贡献,又指出其谬误与缺点,对使用者提出意见和建议,反映了作者对待文化遗产的客观公正的态度,值得研究者借鉴。

踪先生此文一经发表,就吸引了众多赋学研究者的关注。据不完全统计,在赋学研究者总量较小的现状下,该文在中国知网中下载数量就已接近百次,为潜心于赋学研究的学者提供了翔实、客观的借鉴和参考,也填补了该领域研究的一项空白。

泱泱赋海,庞杂博大;浩浩大观,纷繁恢弘。先生潜心研读,不辞劳苦,察文章收录之确数,明古籍典藏之价值,辨内容体例之错讹,以飨赋域。其治学态度之严谨,治学精神之可贵,实为吾等后学之榜样!

(李伟霞)


**踪凡赋学论著目录:**

《汉赋研究的基本问题及其现代进展》,《山东大学学报》(哲学社会科学版) 2000 年第 1 期。

《汉赋研究史述略》,《社会科学辑刊》2002 年第 1 期。

《试论王充的汉赋观》,《社会科学研究》2002 年第 2 期。

《蔡邕与鸿都门学的汉赋观》,《贵州社会科学》2002 年第 1 期。

《刘向父子的汉赋研究》,《文献》2002 年第 1 期。

《祝尧〈古赋辨体〉的汉赋观》,《首都师范大学学报》(社会科学版)2003 年第 2 期。

《三曹的汉赋观和古代汉赋研究的转捩》,《天府新论》2003 年第 6 期。

《扬雄汉赋观刍议》(第一作者),《陕西师范大学学报》(哲学社会科学版)2004 年第 5 期。

《兴楚盛汉,蔚成大国——刘勰论汉赋的性质源流》,《天府新论》2004 年第 6 期。

《写物图貌,蔚似雕画——刘勰论汉赋的文学成就》,《阴山学刊》2004 年第 6 期。

《晋代的汉赋研究及其学术史意义》,《南京师范大学文学院学报》2005 年第 2 期。

《两汉故事赋的表现题材及文学成就》,《社会科学辑刊》2005 年第 1 期。

《论司马迁对中国楚辞学和中国赋学研究的贡献》,《济南大学学报》(社会科学版)2006 年第 3 期。

《班固对汉赋的研究》,《南京师范大学文学院学报》2006 年第 2 期。

《王观国的汉赋研究》,《学术论坛》2007 年第 1 期。

《李善〈文选注〉对汉赋的注释》,《贵州大学学报》(社会科学版)2007 年第 3 期。

《明代汉赋辑录的文献考察》,《首都师范大学学报》(社会科学版)2007 年第 5 期。

《严可均〈全汉文〉〈全后汉文〉辑录汉赋之阙误》,《文学遗产》2007 年第 6 期。

《古代汉赋研究的分类总结与理论思考》,《社会科学研究》2007 年第 6 期。

《朱熹论两汉诗赋——兼与晁补之比较》,《辽东学院学报》(社会科学版) 2007 年第 6 期。

《严可均〈全汉文〉〈全后汉文〉辑录汉赋之贡献》,《辽东学院学报》(社会科学版)2008 年第 6 期。

《古代语言文字学著作中的汉赋资料》，《文献》2008 年第 1 期。

《〈神乌赋〉语词考释的总结与思考》，《阴山学刊》2009 年第 5 期。

《〈司马相如集〉明清辑本初探》，《文献》2010 年第 1 期。

《赋源新论》，《清华大学学报》(哲学社会科学版) 2010 年第 4 期。

《〈赋海补遗〉编者考》(第一作者)，《中国典籍与文化》2011 年第 1 期。

《〈赋海大观〉价值初探》，《文献》2011 年第 3 期。

《〈司马相如集〉版本叙录》，《古籍整理研究学刊》2011 年第 6 期。

《〈古赋辩体〉版本研究》，《南京大学学报》(哲学·人文科学·社会科学) 2012 年第 5 期。

《论明代的汉赋评点》，《中州学刊》2013 年第 3 期。

《〈历代赋汇〉版本叙录》(第一作者)，《中国韵文学刊》2013 年第 2 期。

《〈宋金元明赋选〉王鸿朗跋语考辨》，《文献》2014 年第 6 期。

《〈会稽三赋〉的注本和版本》(第一作者)，《绍兴文理学院学报》(哲学社会科学) 2014 年第 4 期。

《〈赋海大观〉之阙误》，《中南民族大学学报》(人文社会科学版) 2014 年第 5 期。

《东汉赋注考》，《文学遗产》2015 年第 2 期。

《檀道鸾赋论发微》，《天中学刊》2015 年第 4 期。

《〈辞赋标义〉的编者、版本及其赋学观》，《社会科学》2015 年第 5 期。

《〈赋苑〉编者李鸿生平考略》，《文献》2018 年第 4 期。

《汉赋研究史论》，北京大学出版社 2007 年版。

《司马相如资料汇编》，中华书局 2008 年版。

《赋学文献论稿》，商务印书馆 2017 年版。

《中国赋学文献考》，齐鲁书社 2020 年版。

# 法式善《同馆赋钞》与
# 清代翰林院律赋考试

## 潘务正

　　律赋自唐代成为科举考试的科目，宋、金继之，元曾一度中断，至明则废。清代科举考试以制义为主，但赋也拥有一席之地。顾莼《律赋必以集序》云："我朝承前明之制，取士以制义，而仍不废诗赋。自庶吉士散馆、翰詹大考，以及学政试生童，俱用之。"①杨恩寿《坦园赋录自叙》亦云："令甲、庶吉士散馆、大考翰詹俱试诗赋，故翰林院月有课焉。下此督学使者下车观风，岁、科两试，以诗赋为一场，而府县童试亦有于招、复试以赋者。"②据此，清代考赋的科目有童生、生员试、学政观风试、召试、朝考、庶吉士月课、散馆、大考、博学鸿词科考试等。另据商衍鎏《清代科举考试述录》，书院亦常考赋。清代试赋场合虽多，但最集中的是翰林院，馆课、散馆、大考等均属此一系的考试。③ 法式善《同馆赋钞》④所收赋作就是来自翰林院的各种考试，考察该书，可以了解清代律赋的创作情况以及律赋在清代兴盛的原因。

---

　　① 顾莼：《律赋必以集》，清嘉庆二十五年（1820）菊坡精舍重刻本。

　　② 杨恩寿：《坦园赋录自叙》，《坦园赋录》卷首，长沙杨氏坦园藏版。

　　③ 除三者外，学政试生员、书院课赋亦与翰林院相关。学政观风考赋，目的在于"拔录生童，预储馆阁之选"（余丙照《赋学指南序》）；书院考赋，也是"为馆阁储材起见"（屠倬：《紫阳书院课余选序》，《紫阳书院课余选》卷首）。

　　④ 法式善《同馆赋钞》有嘉庆本、光绪本，本文所用为清光绪十六年（1890）所刻三十二卷本。

# 一、法式善《同馆赋钞》的编纂与清代翰林院考课

法式善（1753—1813），姓蒙乌吉氏，原名运昌，字开文，号时帆，又号梧门居士，蒙古正黄旗人。乾隆四十五年进士，改庶吉士。五十年升左庶子，高宗乾隆赐名法式善。官侍讲学士，改侍读学士。乾隆五十六年翰林院大考，名列末等，"奉旨以部属用，掣兵部员外郎上行走"。五十九年升国子监祭酒，嘉庆四年因直言上书而获赏翰林院编修，并于次年升侍讲，七年升侍讲学士。嘉庆八年翰林院大考中再度折翼，降赞善。十年官侍讲学士，十二年因"纂修《宫史》篇叶讹脱"，降为庶子，不久乞病归家，嘉庆十八年卒。事迹见阮元编《梧门先生年谱》，《清史稿》卷四百九十、《清史列传》卷七十二有传。

《同馆赋钞》有二十四卷本和三十二卷本之别，二者刊刻时间不同，内容亦存在较大差异。据《梧门先生年谱》，《同馆赋钞》最初刊刻于乾隆五十八年，时法式善官庶子（属詹事府）。但这与该书卷一下署"国子监祭酒"显然不合。考法式善任国子监祭酒一职，是自乾隆五十九年至嘉庆四年间。该书凡例又称"乾隆乙卯（六十年）、嘉庆丙辰（元年）二科俟汇齐后增补"，则成书时间应在嘉庆元年（丙辰）之后。另吴省兰《同馆赋钞序》署"内阁学士兼礼部侍郎"，考吴氏任内阁学士的时间为乾隆五十六年十月至嘉庆三年正月间①，则《同馆赋钞》当成书于嘉庆初年，阮氏所定有误。国家图书馆藏有嘉庆元年刻本，证实这一推断。该书包括自乙丑（乾隆十年）至癸丑（乾隆五十八年）的二十二科馆课，加上御试之作，共二十四卷。

《同馆赋钞》又名《三十科同馆赋钞》，所谓"三十科"是就馆课而言，包括自乾隆十年乙丑科至嘉庆十四年己巳科六十五年间的三十科馆课，每科为一卷，加上大考一卷、散馆一卷，共三十二卷，因此嘉庆元年二十四卷本仅是初刻本。据王家相《书同馆赋钞目录后》记载，该书最后定本时，他还征求了法式善的意见，并建议将辛未（嘉庆十

---

① 钱实甫：《清代职官年表》，中华书局 1980 年版，第 1005、1011 页。

六年)科以后编为续钞。法氏卒于嘉庆十八年,而卷一收入壬申年(嘉庆十七年)大考的《帝京赋》三篇,显然,《同馆赋钞》最后成书应该在嘉庆十七、十八年之间。

王家相又说法式善编纂此书花费的苦心,"三四十年于兹",如果从嘉庆十八年往前推,至入词馆为庶吉士"专攻应制体"①的乾隆四十五年,其间经历了三十多年。编者为何投入如许精力?除了收集之难的原因外,更重要的是士林的倾慕和翰林院考课的需要。

法式善编纂《同馆赋钞》,据序言或自述,其目的一是为了保存"掌故"。被称为"文章渊薮"的清代翰林院,乃属清秘之地。尤其是嘉道以前,有文才的士人都以进入翰林院为荣。词垣成了士人关注的焦点,其中有关的掌故,为人们津津乐道。而作为主要考试科目的诗赋,更是士人创作的典范。翰林院的"片玉碎金"被"奉为至宝",法式善同馆前辈钟衡《同馆赋艺》甫出,立即产生了"风行寰宇,人编摩而户弦诵"②的轰动效应,可见社会上对这类书籍的需要。其次,清代翰林院中考试成绩决定了翰林官的命运,官职较低的编修、检讨,只要在这些考试中名列一等二等,立即有可能升为正四品的讲读学士,从而为进入最高权力集团打下基础;身无品位的庶吉士,也要通过考试取得立身翰苑的资格。而一旦名次靠后,或者降级,或者改任知县。因此应付翰林院各种考试的参考书便成为翰苑士人必备读物,馆阁后辈亟须以成功前辈的作品为典范。吴省兰在《同馆赋钞序》中说"是编也不特麟角凤毛,楷模词苑,而命题美备,多足以征圣朝掌故之存",即是兼"楷模""掌故"二者而言。

法式善《同馆赋钞》的编纂"范围于钟本"(《凡例》),即受钟衡《同馆赋选》的影响。衡字仲恒,雍正八年进士,改庶吉士,散馆授编修。编有《同馆课艺四集》,其书今已不存。据法选《赋钞》凡例可知,钟刻四集之一的《同馆赋选》收录自雍正癸卯至乾隆壬戌二十年间翰苑试赋之作,同时又搜辑顺治丁亥至康熙辛丑翰林院试赋、献赋

---

① 法式善:《存素堂诗初集录存自序》,《存素堂诗初集录存》卷首,《续修四库全书》本。

② 钟衡:《同馆赋选序》,朱珪:《皇朝词林典故》卷四二,清光绪刊本。

之作一百五十余篇。法选《赋钞》始于乾隆十年，实际上是钟本的延续。嘉庆十四年以后，由于法式善身体原因以及翰林院繁忙的编书任务，《同馆赋钞》后期成书和校对工作由他的助手翰林院编修王家相担当。家相字艺斋，常熟人。嘉庆十四年进士①，官编修，迁御史。他另编有《同馆赋钞》，收录自嘉庆辛未科至道光癸未科六科馆课加上散馆及大考赋作约三百篇，从科目看又承接了法选《赋钞》。

在编排方式上，《同馆赋钞》按翰苑的考课形式分馆课卷、散馆卷和大考卷三类。清代科举会试、朝考之后，择年貌合格者入庶常馆再教习三年，其间他们的身份就是庶吉士。明代庶吉士主要学习诗文，赋不占主导地位。②清代汉书庶吉士每月要完成一定篇数的古文、律诗、律赋③，乾隆癸未(二十八年)科庶吉士吴省钦在其自撰年谱中回忆道："予名在一等三名，奉旨改庶吉士……(馆师)邵公(嗣宗)、刘公(纶)试《玉磬赋》《登高赋》，皆第一"(《白华后稿》附录)。这里记载的就是馆课考赋的情况。庶吉士教习三年期满，举行散馆考试。散馆评卷分三等，上等授予编修、检讨；中等或留馆任职，或委以部属、知县；名列三等者或被除名，或留馆再教习三年。散馆题目，雍正朝用诗、赋、时文、论四题。乾隆元年之后只试诗赋二题。任职翰林，还要参加大考。所谓大考，就是通过考试的方式甄别翰林官的才品，进行奖罚黜陟。考试由皇帝亲自主持，故文献记载每每冠以"御试"二字。大考是翰林院中最重要的考试，因为名列一、二等的，就有机会升迁。乾隆戊辰科(十三年)大考一等一名的侍讲学士齐召南升为内阁学士，壬申科(十七年)大考二等二名的编修朱珪升为侍读学士。从官阶来说，一次考试就能连升五六级，升迁之速是普通京官难以相比的。而一旦考试成绩为末等，则面临着降级的厄

---

①　梅曾亮《王艺斋家传》(《柏枧山房文集》卷九)作"嘉庆四年"，此据《清代进士题名碑录》及《江苏通志稿》卷六《选举志》。

②　如万历丁未科翰林馆课中赋只有《瀛洲亭赋》一题五篇，而癸丑科翰林馆课则无赋作。见《重订丁未科馆课》及《新刻癸丑科翰林馆课》，《故宫珍本丛刊》本。

③　邸永君：《清代翰林院制度》，社会科学文献出版社 2002 年版，第 130页。

运，法式善两度降职便是为此。这是翰林官重视大考的根本原因。大考以诗赋命题始于康熙二十四年，此后均以诗赋为主，赋则为律赋。既然大考如此重要，且赋又是决定等级的关键所在，律赋便备受重视。

## 二、从《同馆赋钞》看清代翰林院赋创作的特点

### （一）背景：汉学兴盛与同馆赋的学术化

《同馆赋钞》所收律赋作于乾嘉年间，在考据学兴盛的年代，翰林院集中了全国众多著名汉学家，他们的律赋创作不可避免地展示了来自汉学的影响。

汉学对律赋影响最明显的一点是赋中小学方法的运用。小学和赋关系密切，正如阮元《扬州隋文选楼记》所说："古人古文小学与词赋同源，汉之相如、子云，无不深通古文雅训"①。西汉赋家多为小学家，如司马相如著有《凡将篇》，扬雄著有《方言》，他们赋中丰富的词汇得益于小学的修养。后世赋家亦多精通小学，章太炎认为赋衰落的原因在于"小学亡"②，虽不免夸大，但小学的作用不可忽视。清代翰林院编纂了《康熙字典》《音韵阐微》《佩文韵府》《骈字类编》等小学类专书，且翰林院负责注释经传的工作，促使小学得到充分的发展。于是到了汉学昌明的乾嘉时期，赋家便又一次在赋中展现小学知识。与前代不同的是，此时赋作中大量使用的是声训、义训等训诂释义的小学方法：

> 石者核也，气凝精而为核；磁者慈也，母召子以惟慈。（卷十二姚颐《磁石引针赋》）
> 云者云也，固云游而莫穷其迹；云者运也，究运转而不失其

① 阮元：《扬州隋文选楼记》，《揅经室集·二集》卷二，上海古籍出版社1993年版，第388页。
② 章太炎：《国故论衡》，上海古籍出版社2003年版，第92页。

归。(卷十六梁上国《友风子雨赋》)

经者常也,共书田而灌溉;锄者助也,向艺苑以耕耘。(卷二十三王宗诚《带经而锄赋》)

宫为中也,探一元之本始;钟者种也,立万事之维纲。(卷二十七花杰《黄钟宫为律本赋》)

经者径也,秩然不虞间道。郭者郭也,廓然不限偏隅。(卷二十九卢炳涛《五经为众说郭赋》)

雩者常也,卜西成于秋报;雩者大也,继东作于春祈。(卷三十一杨煊《龙见而雩赋》)

春言蠢而象物之生,均田是率;秋为揫而得时之肃,惟正胥供。(卷三十二蔡培《民生在勤赋》)

上举诸句多为声训,声训方法的大量使用始于汉扬雄《方言》、刘熙《释名》,不过直到清代,"因声求义"作为训诂的一个重要方法才臻于系统化、理论化。① 戴震认为"故训音声,相为表里"②,王念孙《广雅疏证序》强调"训诂之旨,本于声音。故有声同字异,声近义同。虽或类聚群分,实亦同条共贯"。赋中运用释义法是"自欧阳公《秋声赋》中得来"(欧阳修《秋声赋》:"商,伤也,物既老而悲伤;夷,戮也,物过盛而当杀")③,但清代以前赋尤其是律赋这一情况尚属少见,至乾嘉时期则屡见不鲜,表明随学术研究的发展赋亦发生相应的变化。

除小学的方法外,赋家还喜欢在律赋中施展考据功夫,只要遇到机会,作者就见缝插针,从不放过任何一个能够考证的地方:

夫其《尔雅》曰扉,《说文》从户。以苇称松栋之居,省翅节翚飞之宇。篁自异于方言,阖并修于庙庑。(卷二十三洪梧《五

① 陆宗达、王宁:《训诂与训诂学》,山西教育出版社 1994 年版,第 62 页。
② 戴震:《六书音韵表序》,《戴震全书》卷六,黄山书社 1995 年版。
③ 余丙照:《赋学指南》卷三,清同治戊辰(1868)重刊本。

明扇赋》)

《尔雅》以楔释名，月令以含纪美。……考膳夫之录，味美蜡珠；注舍人之篇，名推崖密。（卷二十四潘世恩《樱桃赋》）

以上仅是安插在行文间的考证，有的律赋甚至通篇以考证为主。乾隆年间学术界关于《诗经·谷风》"泾以渭浊"的解释产生过争论，泾渭何者清？何者浊？为了弄清这个问题，乾隆命陕西巡抚秦承恩实地考察，证明"泾清渭浊"之后，学者又从文献记载方面重新考证。曹振镛、石蕴玉等人的《泾清渭浊赋》就是这一学术动态在同馆律赋创作中的体现。他如康熙曾命舒兰携侍卫拉锡往探河源①，并令徐乾学等词臣作《河源考》，于是庶常馆课就有《河源赋》之作。律赋与考据学发生了如此密切的联系。

"赋显才学"，不过清以前赋家的才学是以赋中大量典故、名物、词汇等展现的。清代赋家在学术研究发展的前提下，不再满于以记诵之能为博学，他们用赋来呈现学术研究的成果，真正实现了赋的学术化。清代同馆赋创作中透露出其时学术发展的现状，可窥赋与学术之关系的一斑。

## （二）主题：讽喻的消解与颂圣之风的昌炽

赋的本身虽有欲讽反劝的负效应，然而赋家的本意却在讽喻，对现实政治提出批判。因此当这一目的难以实现时，扬雄宁愿"不为"。但是同样身为文学侍从，清代翰苑词臣创作的律赋，其讽喻精神基本消解，剩下的只是一片热烈的颂圣之声。

从《同馆赋钞》收录的律赋看，十之八九都拖着一条歌功颂德的尾巴。除了通篇颂圣的赋作，标准形式的律赋都要将最后一整段腾出来，以"我皇上"之套语领起，把主题升华到现实政治以及皇帝圣明之层次进行歌颂。同馆赋作一个最明显的特征就是，无论何种题目，都能够与此发生联系。如查莹《染人甚于丹青赋》以这样的结尾达到"润色鸿业"的意图：

① 王嵩儒：《掌故拾零》卷一，沈云龙主编：《近代中国史料丛刊》本。

圣天子垂大文于黉宇，选良匠于明廷，故绚道德者争磨丹而渍墨，而抒华藻者自抱紫而纡青也。士际昌期，欣兹隆遇，共矜华衮之荣，尽改缁衣之素。（卷十二）

余丙照论赋的结段"颂扬"注意事项时道："颂扬最忌通套，语要堂皇，意要关切，更须要看题面何如。若题与朝庙全不相涉，必欲以冕服游山林，以失体裁。"①此赋语言的"堂皇"似乎没多大问题，可是要与《晋书·虞溥传》所言"学之染人，甚于丹青。丹青，吾见其久而渝矣，未见久学而渝者也"相比照，意思的关切，恐怕难免皮附之讥。而同馆赋中数量最多的还是这类作品。

清代翰林词臣的赋创作，其功用正如徐乾学在《温泉赋序》中说的"词赋之作，所以铺扬鸿业，咏歌盛治"②，突出赋的颂扬功能。颂圣之风充斥了所有与皇家相关的文体，就是经筵讲章之文，词臣也是想尽办法挽入歌颂之言。过分的吹捧，连康熙和乾隆都备觉反感，一再下诏禁绝，甚至降职以儆群臣。而对赋，他们非但不严加禁止，甚至有意利用这一文体来"润色鸿业"，于赋中颂圣之风大加鼓励：

（乾隆十七年）御试翰詹诸臣于正大光明殿，以《纳凉赋》为题，作者多规模《上林》《子虚》，铺陈宫殿苑囿。公（汪廷玙）独以宵旰忧勤民事立言，特擢一等一名，超授侍讲学士，充日讲起居注官，又充会试同考官，又充武会试副总裁官。③

汪廷玙《纳凉赋》的结尾这样写道：

我皇上巽风广被，丰泽下罩，应朱明而令达，法长养而仁

---

① 余丙照：《赋学指南》卷十，清同治戊辰（1868）重刊本。
② 《憺园文集》卷一，《续修四库全书》本。
③ 钱大昕：《潜研堂集》卷四十二，上海古籍出版社 1989 年版，第 759 页。

涵。图绘豳风，宝殿集耕桑之景；书陈无逸，蓬山启甲乙之函。
御纤绤而念及中田之袯襫，居细旃而虑周南亩之荷担。匪朱旗赤
辂之崇高，而动轸乎束湿沾脂之瘁；匪冰盌玉壶之嗜好，而深思
夫蒸藜炊黍之甘。是以验庶征于备五，广茂对于参三。时暖时
风，应休和于哲乂；而多稌多黍，兆农庆于朔南也。于斯时也，
淳庞懋洽，景福宏开，南陆舒迟，万汇蒙之而畅遂；长嬴蕃育，
百昌荷此而滋培。(《同馆赋钞》卷一)

这就是所谓的"宵旰忧勤民事"之言，仍是颂圣的陈套。将"纳凉"之
题升华到此等"高度"，确实需要费一番苦心。所以当其他应试翰林
绞尽脑汁铺排宫殿苑囿时，汪廷玙此赋在如何将"纳凉"这带有山林
气息的题旨上升至典丽堂皇的朝庙主题上别出心裁，阅卷官看中的正
在于此。一篇颂圣之赋改变了一个七品翰林编修的命运，等待着他的
是种种头衔的接踵而至。此次大考一等二名的窦光鼐之赋"神韵悠
扬，如奏相如《大人赋》，飘飘有凌云气"①，如果说司马相如《大人
赋》产生飘飘有凌云之气是汉武帝"误读"之结果的话，那么窦光鼐
《纳凉赋》却是有意造成这种效果。因为这篇赋作，他由侍读学士升
为内阁学士。成功的经验自然为后辈反复揣摩，如何将题目与歌颂的
主题连接，便为翰林院赋创作的要点。

颂圣之风的昌炽，也与清代词臣性质的变化有关。翰林"为天子
侍从之臣，拾遗补阙，其常任也。……翰林居天子左右为近臣，则谏
其失也，宜先于众人"②。汉代文学侍从位同弄臣，然司马相如、扬
雄、东方朔的赋作均含有讽喻意识。唐代翰林官非专设，一般以他官
兼充之，拾遗、补阙常任其选，这更增加了其创作的讽谏色彩，所以
吕向"待诏翰林，频上赋颂，皆主讽谏"③。另外唐代翰林官非专设，

---

① 朱一飞：《律赋拣金录》(不分卷)，清乾隆刻本。
② 姚鼐：《翰林论》，《惜抱轩诗文集》卷一，上海古籍出版社 1992 年版，
第 4 页。
③ (唐)窦臮：《述书赋》自注，(唐)张彦远：《法书要录》卷六，人民美术
出版社 1964 年版，第 206 页。

一般以他官兼充之，拾遗、补阙常任其选，更增加了其创作的讽谏色彩。宋代因之，欧阳修先人在翰林院的制文"篇篇有意"，宋仁宗见而赞曰："举笔不忘规谏，真侍从之臣也。"①身为词臣的欧阳修也以"赋者古人规谏之文"自励②。明代词臣以谏诤著声誉者不胜枚举，姚鼐赞叹道："明之翰林，皆知其职也，谏争之人接踵，谏争之辞运策而时书。"而清代词臣谏诤意识大为淡泊，即使有一二敢言直谏者，往往"议其言为出位"③。翰林院检讨唐梦赉拜疏争论顺治政治之暇旁及百氏的危害，卒为枋事者中伤，罢官而去。"当时之议，必谓翰林非谏官，不宜越职言事。"④可见，词臣的讽谏性质至清代逐渐消失，体现在赋中，就只剩下"宣上德而尽忠孝"的颂圣之风。

## （三）赋风：清秀，"此近时风尚"

余丙照在《赋学指南》中将赋分为四品，即清秀、洒脱、庄雅、古致。并认为清秀品乃"近时风尚"（卷六）。考《赋学指南》最早刊刻于道光七年，则其所谓"近时"，应指嘉庆的二十五年乃至以前不远的一段时间，与《同馆赋钞》所收作品年代大致重合，因此也可以用"清秀"来概括其中赋作的主要风格。

何谓"清秀"？据余丙照的解释，"清"即"清音嫋嫋"，"辞气清新"；"秀"即"秀骨珊珊"，"风骨秀逸"。清秀的基础在于不博施典故，不以辞藻艳丽见长，乃至以白描手法来抒写。赋家不在意汉大赋那种磅礴的气势和雄壮的意象，而是用细腻的笔触描绘清新秀逸的境界：

> 纵辔于清明之域，税驾于广大之区，周还于八极之表，雍容于四达之衢。云汉韶英，仿佛属车之应节；皇旄祓羽，依稀执辔

① 欧阳修：《先公事迹》，《欧阳修全集》附录卷二，中华书局 2001 年版。
② 欧阳修：《进拟御试应天以实不以文赋》，《欧阳修全集》卷七十四，中华书局 2001 年版。
③ 姚鼐：《翰林论》，《惜抱轩诗文集》卷一，上海古籍出版社 1992 年版，第 5 页。
④ 惠周惕：《志壑堂集序》，《砚溪先生集》卷下，《续修四库全书》本。

之如濡。五帝不沿而分道扬镳，无事伶鸠之审察；百王可等而徐行稳步，岂藉良药以驰驱。(卷六邵嗣宗《以乐为御赋》)

胡浚《国朝赋楷》评此赋曰："锦盘采错，骨秀神清，洒绀雪于朱歆，翔玄禽于清角。"①齐召南《竹泉春雨赋》给人以"霏珠洒玉"②般的感觉，通篇可谓无一字不清，无一语不秀，作者以丰富的想象和秀丽的文笔将"清秀"风格发挥极致：

> 时则令秉青阳，人歌渌水，瞻彼菁菁，环临弥弥。欣膏雨之霏微，洗春山之尘滓。碧藓含润，既垂露以珠联；玉笋排头，更惊雷而云起。似七贤之沉醉，把臂相扶；如六逸之初醒，哦诗徙倚。谁写枝枝叶叶，共说萧郎？能兼雨雨风风，无如苏子。则见层峦下上，曲岸西东，新篁掩冉，密雾迷蒙。蟠锦虹于岩际，扬霹霖于晴空。岚既浓而欲滴，雨将霁而犹濛。一片秀色寒声，讵宗测窗摹筛影；千林抽梢解箨，异懒民墨扫孤丛。

在清代律赋风格形成的过程中，有两个因素至关重要，一是唐代律赋的影响；一是本朝的文化政策。唐代赋家如李程、王起、蒋防、谢观等人，"大都以清新典雅为宗"③，"裴(度)、白(居易)、王(起)、黄(滔)，宛转清切，为律赋正宗"④，唐赋正宗就在于清的品格。清赋宗唐："今功令以诗赋试士，馆阁尤重之。试赋除拟古外，率以清醒流利、轻灵典切为宗，正合唐人律体。"⑤由此可见清代律赋的"清音嫣嫣""辞气清新"之类的风格，正是来自唐代律赋的典范性启示。

---

① 胡浚：《国朝赋楷》卷五，清乾隆刻本。
② 胡浚：《国朝赋楷》卷二，清乾隆刻本。
③ 汤稼堂：《律赋衡裁·例言》，乾隆庚辰(1740)刻本。
④ 万青藜：《选注六朝唐赋序》，马传庚：《选注六朝唐赋》卷首，光绪丙子(1876)刻本。
⑤ 李元度：《赋学正鹄序目》，《赋学正鹄》卷首，光绪十一年(1885)文昌书局校刊。

影响清代律赋风格的另一因素是清廷厘正文体的文化政策。雍正十年，"晓谕考官，所拔之文，务令清真雅正，理法兼备"①。嗣后，"清真雅正"就成为考官的衡文标准。清代赋家将衡量四书文的标准用来规范律赋写作，余丙照将赋分为清秀、洒脱、庄雅、古致四品，实受此影响。朱一飞《律赋拣金录》在分析律赋的作法时说："（律赋）其品有四：曰清、真、雅、正。""清，以气格言也。"将"清"从对四书文主题的要求转变为对律赋风格的描述。

清代馆阁律赋吸收了唐赋与四书文"清"之品格，同时又具有自身的特色。本来雅正也是唐代律赋的特征之一，《文苑英华》所收，"固以雅正为宗也"②，清代赋家将其连同本朝衡文标准中的"雅正"一面一并淡化，而以"清秀"为风尚。这种赋风的变化，原因在于清代翰林院考赋命题的新特点。唐赋之所以雅正，与其命题的"冠冕正大"即以经史命题密不可分。以经史命题，士子在作赋时或以经典中成语入文，或融化经典中语言，或套用经典中句式，形成唐代律赋语言的雅正风格。③ 清代科举乡会试制义题考经义，律赋用作翰林院考试文体，从而摆脱了自唐以来的进士科试诗赋与经义之争，命题的范围不再局限于经史，描写景物为重点的赋题增多，如《竹泉春雨赋》《芍药翻阶赋》《太液池人字柳赋》《春半梅花赋》《秋宵读书赋》《荷珠赋》《莺啭上林赋》《荷露烹茶赋》《上林春雨赋》等。如果说"经制题宜宏整"的话，那么"情景题宜幽秀"。④ 此类题目可以较为自由地抒发赋家的情思，不须只从儒家经典中讨生活，文学性较高，从而形成"其清在神，其秀在骨，如藐姑射神人遗世独立"⑤的清秀风格。此外，即使在经义题或者是描写赋家书斋生活、学术研究的赋作中，也出现了一些词清句秀的景物描写，淡化了这类作品容易呈现的雅正风格。

---

① 素尔讷等编：《钦定学政全书》卷六，《续修四库全书》本。
② 李调元：《赋话》卷二，《续修四库全书》本。
③ 参见赵俊波：《窥陈编以盗窃——论唐代律赋语言雅正特点的形成》，《社会科学研究》2004年第3期。
④ 汪廷珍：《作赋例言》，《逊敏堂丛书》本。
⑤ 冯圻：《蒙香室赋录跋》，冯煦：《蒙香室赋录》，光绪十一年（1885）刊。

# 三、翰林院考赋与清代律赋的兴盛

清代科举考试律赋，始于康熙十八年博学鸿词科，这一策略具有浓厚的政治背景。① 当大一统局面既经奠定，翰林院考赋则与其职能有关。首先，翰林官是文学侍从之臣，"润色鸿业"的功能需要考赋。赋自汉代即与帝国宗教祀典相联系，献赋者多为帝王身边的文学侍从"郎官"一署②，侍从献赋的传统一直保存下来。清代词臣集中在翰林院，自然担负起逢大典而献赋的传统。赋家也有意识地凸显其献赋行为，同馆赋中押"赋"韵时，往往以此意作结，如"还应寿宇赓扬，更上大年之赋"(《同馆赋钞》卷十六五泰《请试他题赋》)之类，可见献赋是其职业的需要。为了选拔赋家进入翰林院，便形成以赋试士的局面。其次，翰林官有"备顾问"之用，这要求他们具备广博的知识。而要选拔这类人才，赋是最合适的考试文体。古人认为"诗赋之制，非学优才高，不能当也"(孙何《论诗赋取士》)，赋在铺陈的过程中涉及大量的知识、典故，需要赋家博闻广识。因此，通过考赋选拔"备顾问"的词臣不失为一种有效的手段。再次，清代翰林院是官场后备力量的蓄水池，不仅注重文学才华，还要考察其政治才能。而康熙发现唐宋时"名臣伟人"多是通过律赋考试选拔出来的(康熙《历代赋汇序》)，这促使有清一代翰林院考试稍异于前朝。宋人孙何《论诗赋取士》分析道："唯诗赋之制……观其命句，可以见学殖之深浅；即其构思，可以觇器业之大小。"清人潘世恩《曹相国赋序》说："宋王文正(曾)之赋有物混成也，识者谓宰相择任群才，使大小各得其所，而已见于此；范文正(仲淹)之赋金在镕也，识者谓公负将相器业，文武全才，亦见于此。"③这也许就是试赋能够选拔人才的结穴。

---

① 魏斐德：《洪业——清朝开国史》，江苏人民出版社1998年版，第983页。

② 参见许结：《汉赋祀典与帝国宗教》，《南京大学学报》(哲学·人文科学·社会科学)2004年第4期。

③ 《有真意斋文集》(不分卷)，清刻本。

清代于位居清华的翰苑中考试律赋，为其在全社会的推广奠定了基础。继唐宋之后，律赋在清代掀起了又一阵高潮，赋集的大量编纂，专业赋话著作的出现以及赋学理论的繁荣，都说明律赋在清代获得全面的兴盛。从赋集的编纂来看，唐人编纂的专门赋集不足百卷，宋人辑选辞赋亦仅五百余卷，元代试赋变律为古，然编纂的古体赋集种类不多，明代科举不试诗赋，编纂赋集的风气不浓，而清代赋集数量之多是难以统计的。就中又以与翰林院考试相关的同馆赋集、律赋集为突出。清代以馆阁命名的赋集就有二十种之多，代表者如《本朝馆阁赋》（叶方宣、程炎若）、《同馆赋钞》（法式善）、《同馆律赋精萃》（蒋攸铦）、《近九科同馆赋钞》（孙钦昂）等。就编者身份来说，虽大多为翰林出身，但也有少数未曾进入词垣，《本朝馆阁赋》《本朝馆阁赋后集》的编者叶方宣、程炎若、周日琏等人就是如此。他们之所以编纂馆阁中人赋集，在于翰苑对普通士人的吸引力，正如阮学濬在《本朝馆阁赋后集序》所说，"异日致身清华，承明著作，即于兹选预卜之"①，揭示了编纂馆阁赋的深层心理动机。正因馆阁内外对词臣赋作极为关心，所以馆阁赋集一经刊刻，就会产生"风行寰宇，人编摩而户弦诵"的轰动效应。

在馆阁赋纷纷涌现的同时，律赋选本也大量产生。清代编撰的律赋选集至今尚未能够作出精确的统计，举其要者如《律赋正宗》（潘世恩）、《律赋必以集》（顾莼）、《律赋选青》（任聘三）、《律赋经畬集》（阮亨）、《唐律赋钞》（杨泗孙）、《律赋拣金录》（朱一飞）等，此外尚有众多律赋选集并未在书名上标示，如李元度《赋学正鹄》、张维城《赋学鸡跖集》等著名的律赋选本即是如此。清代律赋选集出自翰苑词臣之手的虽不多，但也显示了馆阁赋在社会上的影响。许多律赋选本都将馆阁巨公之作纳入，以博得读者的关注。如《律赋锦标集》所选"大半馆阁巨公之制"②，《律赋荐新》"汇馆课考卷房稿，择其新颖

---

① 周日琏：《本朝馆阁赋后集》卷首，乾隆戊子（1768）新镌，困学斋藏板。
② 朱履中：《律赋锦标集序》，萧应椿、郑伯壎：《律赋锦标集》卷首，清嘉庆壬申刊本。

者，得若干首，为初学津逮"①。这些选本的编者萧应蘪、郑伯壎、顾鹎诸人均非翰林出身。此外，一些律赋选本还请翰苑词臣作序，以抬高身价。如齐召南（乾隆元年博学鸿词科）为《本朝馆阁赋》、阮学濬（雍正十一年庶吉士）为《本朝馆阁赋后集》、潘世恩（乾隆五十八年庶吉士）为《瀛奎玉律赋钞》、万青藜（道光二十年庶吉士）为《选注六朝唐赋》作序等。翰苑中人也愿意为这些选本推扬出力，并非翰林出身的马传庚之《选注六朝唐赋》成书后，"同馆诸君精楷分书之，都下传为善本"（万青藜《选注六朝唐赋序》）。正是翰苑内外的共同努力，"如在天上"的玉堂赋作才能为广大士子接受。

由于清廷文化政策重赋，围绕取士试赋，产生了一批专门指导士子作赋的赋话，其中以翰林出身的学政所编赋话最为显著。李调元《雨村赋话序》曰："予视学粤东……凡岁试、月课之余，有兼工赋者，莫不击节叹赏，引而启迪之。"可见这部赋话是乾隆四十二年至四十五年他在广东学政任上指导诸生作赋时所著。张之洞《赋语》据其序末"光绪元年提督四川学政侍读衔翰林院编修"之语，可知这也是在学政任上为指导士子应试而作。出于"预储馆阁之选"（余丙照《赋学指南序》）的目的，此类赋话多以词垣的作风为标准来教育诸生。而从林联桂《见星庐赋话》中则可看出馆阁赋的创作对士人赋作的影响，其行文中经常出现诸如"赋用卦名对偶，近来馆阁喜用之""近来馆阁喜用干支巧对"②之类的语句，显示出清代翰林院赋创作开风气之先的领袖作用。

——原载《南京大学学报》（哲学·人文科学·社会科学）2006年第4期

【评 介】

潘务正，男，1974年生，安徽芜湖人，南京大学文学博士，安徽师范大学文学院教授、博士生导师，安徽师范大学中国诗学中心、

---

① 顾鹎：《律赋荟新叙》，《律赋荟新》卷首，清道光刻本。
② 分别见《见星庐赋话》卷三、卷七，《高凉耆旧遗集》本。

安徽大学桐城派研究中心兼职研究员，中国辞赋学会副会长。主要从事明清诗词、桐城派及辞赋等领域的研究。主持国家社科基金、全国高校古委会项目多项；编辑点校的《沈德潜诗文集》(人民文学出版社2011年版)荣获2011年度全国优秀古籍图书奖一等奖，出版过学术专著《清代翰林院与文学研究》(人民出版社2014年版)等多种，在《文学遗产》《中华文史论丛》《国学研究》《文献》等各类期刊发表过学术论文数十篇。

《法式善〈同馆赋钞〉与清代翰林院律赋考试》是作者在清代赋学研究领域发表的一篇较有代表性的论文。清代律赋由于在童生生员试、学政观风试、召试、朝考、庶吉士散馆、翰林院大考、博学鸿词科考试等场合被广泛采用，又以在翰林院的各类考试最为集中，加之翰林中人在清代前中期的绝特荣耀，律赋得到全国范围内士子的普遍重视，由此律赋在清代呈现出继唐之后再次兴盛的局面。

该文分为三个部分，第一部分考述法式善生平及《同馆赋钞》的编纂情况。法式善自乾隆四十五年(1780)中进士至嘉庆十八年(1813)逝世前的时光，多在翰苑中度过。但其翰苑生涯并不平静，因大考和编书曾三度降职。有鉴于此，法式善发愿编选一部《同馆赋钞》。是编有二十四卷本和三十二卷本之别，前者成书于法式善任詹事府庶子的嘉庆初年，后者是他卒后由其翰苑同僚王家相最终完成。法式善苦心孤诣于此书，从着手编纂至其去世，花了三十多年的时间，其编纂目的在于保存翰苑"掌故"，并给后人提供作赋的楷模。是编受到雍乾间翰苑词臣钟衡所编《同观赋选》的影响，不仅起始时间承续之，而且体例也模仿钟选，按翰林院的考课形式，分馆课卷、散馆卷和大考卷三类编排。馆课为翰林院庶吉士的平时课作，散馆考试决定他们的任职去向，大考更是关于词臣的命运，故而这些考试备受重视，汇聚成功者的赋作极为必要。

第二部分论述从《同馆赋钞》所收作品看清代翰苑赋作的特点。首先是赋的学术化倾向，乾嘉年间考据之风兴盛，律赋创作亦受此影响。明显表现在于赋作中小学方法的运用，声训、义训等训诂手段深入赋作之中；除此之外，在律赋中施展考据功夫亦是此时赋作的特色，"赋显才学"的方式，由前代的以记诵之能为博学，发展为以赋为手段呈现学术研究成果，赋与学术的交叉明显是此时翰苑赋作的一大特点。其次，主旨上表现为讽喻的消解与颂圣之风的昌炽。《同馆赋钞》所收之作，几乎所有作品都能直接或间接地将题目与颂圣的主题相联系，而造成这种现象的原因在于前代词臣所具有的讽谏精神到了清代逐渐消失，翰苑中人所作之律赋，消解了"抒下情而通讽喻"的一面，只剩下"宣上德而尽忠孝"的谀颂之风。再次，在风格上，《同馆赋钞》所收作品风格趋近，以清秀为主，此乃"近时风尚"也。"清"即"清音嫋嫋""辞气清新"；"秀"即"秀骨珊珊""风骨秀逸"。造成这一风格的原因在于唐代律赋和清朝八股时文"清真雅正"的衡文标准之影响。"雅正"之风近唐赋，但又因命题范围不囿于经史，描写景物为重点的赋题增多，因此清代馆阁律赋风格中"清秀"的成分更多一些。

第三部分论述翰林院考赋在客观上造成清代律赋的兴盛。翰林是文学侍从之臣，有"润色鸿业"之职，有"备顾问"之用，在清代翰林又是专职，是官场后备力量的蓄水池。以上种种，以律赋作为考查词臣文学及政治才能是最合适的文体。在翰苑风气的引导下，清代赋集大量编纂，尤其是以馆阁赋作为主的同馆赋选及各种律赋选集纷纷涌现，且多为非馆阁中人所编，显示出翰苑试赋的社会影响。同时，赋话著作更为系统化、理论化，彰显清代赋学理论的繁荣；而很多赋话又关注翰苑试赋的动向，可窥词臣赋作的社会导向作用。

该文在写作上的特色，首先是以小见大，从法式善《同馆赋钞》一书，窥探乾嘉时期乃至清代翰林院律赋创作的整体风貌；其次是视野开阔，论述某一问题时往往寻源溯流，在变化中发现清代翰苑赋作的独特之处；再次是做到文献学与文艺学的结合，既有文献的考订与搜集，又有在此基础上进行的理论探讨。关于清代律赋创作风貌的研究成果本来就不多，至于清代律赋创作的重镇，且引领清代律赋风的翰苑赋作，在此之前更是一直未得到学术界的重视，这对于清代赋学研究不能不说是一个很大的缺憾。该文的发表，适时弥补了这一缺憾，因此，这篇论文的学术价值可想而知。

（宋永祥）

**潘务正赋学论著目录：**

《法式善〈同馆赋钞〉与清代翰林院律赋考试》，《南京大学学报》（哲学·人文科学·社会科学）2006 年第 4 期。

《王修玉〈历朝赋楷〉与清初文教政策》，《浙江师范大学学报》（社会科学版）2010 年第 1 期。

《林联桂〈见星庐赋话〉与嘉道之际馆阁赋风》，《文学遗产》2010 年第 5 期。

《〈国朝赋楷〉编者及选目考》（第一作者），《文献》2013 年第 6 期。

《张惠言〈七十家赋钞〉与常州学风》，《江苏师范大学学报》（哲学社会科学版）2015 年第 1 期。

《李元度〈赋学正鹄〉与晚近湖湘文风》，《中国文学研究》2015 年第 4 期。

《〈本朝馆阁赋〉与清中期江南文学生态》，《湖北大学学报》（哲学社会科学版）2018 年第 3 期。

《正统观的艺术呈现——三十二体篆书乾隆御制〈盛京赋〉论》，《中山大学学报》（社会科学版）2020 年第 4 期。

《清代赋学论稿》，中华书局 2020 年版。

20世纪以来赋学研究论著提要

# 中国大陆赋学著作提要

## 1900—1990

陈去病，辞赋学纲要，国光书局 1927 年版

全书共分 15 章，辞、赋兼论，是较早的一部梳理辞赋发展历史的著作，上自先秦，下迄唐宋，最重两汉之赋，而认为唐赋"偏重贴括，绝少弘辞"，而"赵宋卑卑，更无足论"，立场鲜明。

金秬香，汉代词赋之发达，商务印书馆 1934 年版

此书篇幅短小，《国学小丛书》的一种，约五万字，共十章，就赋的起源及赋在汉代兴盛的原因及演变作了基本的描述。

陶秋英，汉赋之史的研究，中华书局 1939 年版；浙江古籍出版社 1986 年版

此书原于 1939 年由中华书局出版，1986 年由浙江古籍出版社再版，更名为《汉赋研究》，该书对赋的定义、渊源、演变以及汉赋发展的历史有较为深入的研究。

铃木虎雄撰、殷石臞译，赋史大要，正中书局 1947 年版

全书总分七个部分，第一部分为总论，涉及赋的缘起及分期，后六个部分包括：骚赋时代、辞赋时代、骈赋时代、律赋时代、文赋时代、八股文赋时代，尤其将八股文作为赋的一种形式，虽有新意，但未必妥帖。

姜书阁，先秦辞赋原论，齐鲁书社 1983 年版

全书辞、赋兼论，最后四个部分专论宋玉赋及荀子赋。

龚克昌，汉赋研究，山东文艺出版社 1984 年版，1990 年版

全书以专题研究的形式展开，是中华人民共和国成立后大陆第一部汉赋研究的专著，既有宏观论述，又有赋家专论，其中关于汉赋是"文学自觉时代的起点"论述影响较大，作者自觉运用马克思主义的方法研究汉赋作品，在学术上具有其特色。

高光复，赋史述略，东北师范大学出版社 1987 年版
该书是对赋体文学发展历史的勾勒，对汉、魏、晋、南北朝赋论述较为详细，而对唐以后的赋论述从略。

马积高，赋史，上海古籍出版社 1987 年版
该书是中华人民共和国成立后大陆第一部综合、全面、翔实的赋体文学通史，全书以时间为序，上自先秦，下迄明清，对于重要文派、重要作家以及重要朝代、时段的辞赋作品都有论述，尤其对唐以后赋的重视，对赋体文学的研究具有重要意义。

高光复，汉魏六朝四十家赋述论，黑龙江教育出版社 1988 年版
该书选取汉魏六朝四十位赋家的作品进行研究，兼顾其他赋家，与作者的另一部著作《赋史述略》合而观之，则能全面体现作者的赋学研究成就。

曹道衡，汉魏六朝辞赋，上海古籍出版社 1989 年版
这本书是《中国古典文学基本知识丛书》的一种，面向中等以上知识的人群，因此书有普及的性质，以人物为中心，对唐前赋史进行了有益的梳理。

姜书阁，汉赋通义，齐鲁书社 1989 年版
全书分上下两卷，以人物为中心分别介绍了各家创作之面貌，并对赋的作法、思想、结构、句式、音韵进行了探讨，书后附有汉人辞赋篇目考略。

刘斯翰，汉赋：唯美文学之潮，广州文化出版社 1989 年版

全书共分十一章，对汉赋所体现出来的美学风貌进行了全面解读。尤其第三、四、五章，以"巨丽之美"为题，对汉大赋的题材、技法等均进行了研究，而其他章节对汉代的小赋也有深入的分析，同时，作者注意到了汉赋与文学自觉、赋家之人格和情感之间的关系。全书文字优美，对汉赋之美的阐述较为细致有据。

万光治，汉赋通论，巴蜀书社 1989 年版，中国社会科学出版社、华龄出版社 2004 年版

该书虽曰"通论"，但实是选取十多个专题进行了深入的研究，包括汉赋的源流、体制、分类，以及汉赋与其他文体的关系、赋家心理、汉赋繁荣的机制、汉赋与汉代学术的关系、汉赋的图案化与类型化问题。客观而言，该书对汉赋的深度研究，在当时是难得一见的，即使在今天，仍对赋体文学的研究具有启发意义。

# 1991—2000

叶幼明，辞赋通论，湖南教育出版社 1991 年版

全书分五章，分别为"什么叫赋""赋的渊源与流变""辞赋发展概述""辞赋的辑录与整理""历代辞赋研究概述"，涉及面广，对于一些问题的研究较为深入，如赋与诗、辞、颂的关系，对赋体文学在历朝的发展及其研究状况有较为成熟的意见。

康金声，汉赋纵横，山西人民出版社 1992 年版

该书以宏观论述为主，分列十五个问题进行研究，涉及汉赋的起源、题材、思想、结构、语言、社会价值等诸多问题，并有一篇赋作赏析以及汉赋年表，书中提出的"汉赋是中华全民族统一文学正式形成的标志"的观念，无疑是极具启发意义的。

程章灿，魏晋南北朝赋史，江苏古籍出版社 1992 年版

该书本为作者的博士学位论文，于 1989 年完成，后修订出版。该书作为较早的一部魏晋南北朝赋史，不仅宏观，而且翔实。全书虽

以时代为序，分列建安赋、魏晋之际赋、两晋赋、南朝赋、北朝赋等章节，但在文章内部并非按照传统的文学史的写法来建构，而是细致地对赋体艺术的嬗变进行了宏观研究，问题意识突出，见解新颖、有据。

何新文，中国赋论史稿，开明出版社 1993 年版
该书是对赋体批评的历史考察，自汉代始，直至当代，全面梳理赋体批评发展的线索，汉、晋、元、明诸朝以人物为中心，而其他时代则多为总体把握，较为鲜明地反映了赋论发展的时代特征，搜集资料广泛，对海外赋学研究亦有介绍。

曲德来，汉赋综论，辽宁人民出版社 1993 年版
该书对汉赋的来源、内容、艺术、影响都有论述，尤其"艺术"一章对汉赋的修辞艺术有较为细致的考察。

阮忠，汉赋艺术论，华中师范大学出版社 1993 年版
该书对汉赋的艺术风貌有全面、深入的研究，结合汉赋作家的生存状况、性格以及人格深入考察汉赋的艺术特色，并对古人的汉赋研究作了专题考察，书后附有汉赋研究综述和汉赋研究论文索引。

郭维森、许结，中国辞赋发展史，江苏教育出版社 1996 年版
该书以"发展"命题，注意辞赋发展的内在规律，而不以时代为限，打破过去文体史的撰写方法，在具体内容上更加注重赋体艺术嬗变的历史轨迹，全书第一章为总论，后七章分别为：肇始化成期——先秦至汉初辞赋，光大鼎盛期——西汉中至东汉末辞赋，拓境凝情期——魏晋南北朝辞赋，蓄流演渡期——唐代辞赋，仿汉新变期——宋、金辞赋，仿唐蜕化期——元、明辞赋，形胜旨微期——清代辞赋，全书体制与主旨的特色非常鲜明，是 20 世纪 90 年代辞赋通史的一部力作。

曹明纲，赋学概论，上海古籍出版社 1998 年版

该书就赋的特征、起源、分类、演变、作用以及赋集和赋话进行了专题讨论。

王琳，六朝辞赋史，黑龙江教育出版社 1998 年版

该书以时代为序，分为三国赋、两晋赋、南朝赋等几个部分，最后一部分研究南北赋风的融合，侧重人物研究，对六朝赋的整体把握具有相应的理论深度。

于浴贤，六朝赋述论，河北大学出版社 1999 年版

全书是对六朝赋的题材分类研究，包括京殿苑猎、纪行、情志、恋情美色、登览、隐逸、山水、咏物、乐舞、文化艺术和科技工艺等各个方面，对六朝赋的文化背景及其文学成就有较为深入的研究。

俞纪东，汉唐赋浅说，东方出版中心 1999 年版

该书对自汉至唐赋的起源、发展及其演变展开论述，同时对重要赋家的名作进行了解读。

陈庆元，赋：时代投影与体制演变，广西师范大学出版社 1999 年版

该书分为两部，上编为本体论，就赋的体制渊源及其美学风格和理论问题进行论述，下编为流变论，就赋的主题、题材的演变进行论述。全书详论汉魏六朝之赋，略及唐、五代，上编较为宏观，而下编采取微观视角，以人物、题材、名篇为中心展开叙述。

胡学常，文学话语与权力话语：汉赋与两汉政治，浙江人民出版社 2000 年版

该书从政治视角研究汉赋，就汉代赋家的生存状况以及汉赋与政治、学术、信仰的关系进行深入考察，并进一步解读汉赋中的政治构想和意识形态功能，分析汉赋修辞的政治意义。全书把握汉赋与政治的微妙关系，对汉赋研究的深入具有促进作用。

# 2001—2010

尹占华，律赋论稿，巴蜀书社 2001 年版

该书分为两个部分，上编为"律赋与科举"，研究作为应试文体的律赋在内容、形式和作法上的特点，下编为"律赋发展史"，自唐迄清，较为详细地梳理了律赋发展的历史。

马积高，历代辞赋研究史料概述，中华书局 2001 年版

该书是"中国古典文学史料研究丛书"中的一种，上编为"历代辞赋及研究概述"，自先秦以至现代。下编为"辞赋要籍叙录"，包括辞赋典籍及当代中外论著的介绍。全书视野宏大，资料翔实，对于我们了解赋学研究的面貌具有重要价值。

许结，体物浏亮：赋的形成、拓展与研究，辽海出版社 2001 年版

该书收入"中华文化百科 100 部·文学卷"丛书，虽然篇幅短小，但简洁、清晰、精确地对赋体文学的发展历史进行了勾勒。

许结，中国赋学历史与批评，江苏教育出版社 2001 年版

全书分三编，上编为"本体论"，就赋的批评方法、赋的文化内涵、赋的各种体制以及赋学论争、赋的载体等进行考察；中编为"因革论"，探讨赋体流变的历史，第一章为"中国辞赋流变全程考察"，最后一章为"二十世纪赋学的回顾与展望"，中间是对自汉至清赋体文学的全程细致考察；下编为"批评论"，对赋学论著、著名赋家赋作及赋的特殊题材展开评论与研究，尤其关于科技赋、舆地赋的研究别具特色。

詹杭伦，清代律赋新论，北京燕山出版社 2002 年版

全书共分十六章，前半部分就清代试赋制度以及清代律赋的审题、用韵、平仄、对偶、审美品格、注释评例进行了研究，后半部分

就清人的"八股文赋"观念、"以赋论赋"现象、清人对扬雄赋论的回应、清人与杜甫有关的律赋展开讨论，最后几个部分是对清代较为重要的几部赋学批评著作展开研究。

韩晖，隋及初盛唐赋风研究，广西师范大学出版社 2002 年版

全书分为八章，前两章为隋代辞赋及其风貌，中间三章分别为：武德、贞观赋坛，高宗时期赋坛，武后、中宗朝赋坛，最后三章研究盛唐辞赋及其风格。

何玉兰，宋人赋论及作品散论，巴蜀书社 2002 年版

全书共六章，分别就宋代辞赋的生存环境、宋代赋话、宋赋平易风格、宋赋对前代传统的继承、宋人对律赋的认识、重要赋家及作品进行研究。

邝健行，诗赋合论稿，江苏古籍出版社 2002 年版

书中有两文研究唐代律赋的用韵问题。

程德和，汉赋管窥，中州古籍出版社 2003 年版

全书以"引论"开头，以"汉赋余论"收尾，中间共有六个部分的内容，分别为：赋体艺术构成论、大赋源流述略、司马相如赋主题述论、大赋的成熟定型及其分析、汉代赋论"讽谏"说浅探、大赋衰亡之因初探，涉及汉赋研究中一些重要问题。

李志慧，汉赋与长安，西安出版社 2003 年版

全书共六章，分别为：长安的繁荣与汉赋的兴盛、长安的文化氛围与汉赋的审美价值、长安赋家及其作品、汉赋中展现的长安山川气象与城市风貌、汉赋中反映的长安社会生活、汉赋中描写的长安文体活动。该书将都市之繁荣与汉赋之兴盛结合起来考察，对于促进汉赋的研究是有积极意义的。

郭建勋，先唐辞赋研究，人民出版社 2004 年版

该书重点研究"楚辞"一系的文学，其中关于骚体赋的界定以及汉人关于"辞""赋"观念的辨析用力甚深。

冯良方，汉赋与经学，中国社会科学出版社 2004 年版

全书共十一章，具体而言，主要探讨经学与汉赋体制及盛衰、汉赋讽谏精神、汉赋的颂美意识的关系，研究经学的大一统意识、礼乐理念、灾异祥瑞说对汉赋的影响，最后一章考察汉赋转型与经学衰颓之间的关系。

韩高年，诗赋文体源流新探，巴蜀书社 2004 年版

全书诗赋并论，而论赋部分更成体系，自战国以至南北朝时期，对赋的起源及其流变具有详细的考察，新见纷出，扎实有据，尤其关于"赋之'序物'、'口诵'源于祭神考"的论述极具启发意义。

李天道，司马相如赋的美学思想与地域文化心态，中国社会科学出版社、华龄出版社 2004 年版

该书特色鲜明，对司马相如赋的美学风貌研究极为细致、绵密。

王兆鹏，唐代科举考试诗赋用韵研究，齐鲁书社 2004 年版

该书的主体和最大特色是对唐代历年科举考试诗赋用韵的考察，对于我们认识唐代律赋的用韵情况具有极其重要的参考价值。

朱晓海，汉赋史略新证，陕西人民出版社 2004 年版

全书由十一篇论文组成，每篇皆有新意，论证有据而能自成体系，尤其《"灵均余影"覆议》一篇精彩纷呈，作者认为《楚辞》或屈原对汉赋的影响是极其有限的，两者在结构、内容、情感等方面的相似，实则是有更为久远的渊源，或者人同此心的感受。作者特别强调，"当从事这类溯源指正时，应留心群籍，平章旧文，否则易于导致文学谱系的错乱"。最后两篇是研究汉赋与汉代风俗的关系，亦有独特之价值。

詹杭伦，唐宋赋学研究，中国社会科学出版社、华龄出版社
2004 年版

全书共十一章，首重文献，有唐抄本《赋谱》初探、《赋谱》校注、
《释迦佛赋》作者考辨等章，其后研究白居易赋论、王棨山水律赋以
及宋代苏门四学士、范仲淹、苏轼、秦观等赋作或赋论。

赵俊波，中晚唐赋分体研究，中国社会科学出版社、华龄出版社
2004 年版

全书分上下两编，上编为"论中晚唐古赋"，包括：中晚唐人的
古赋观、论中晚唐文赋、论中晚唐骚体赋、论中晚唐的大赋、论中晚
唐的类赋之文、论中晚唐骈赋；下编为"论中晚唐律赋"，包括：论
中晚唐人的律赋观、体制与写作技巧、论律赋的价值、论中唐律赋、
论晚唐律赋。全书对中晚唐赋的研究较为全面、细致，对于推动唐赋
的深入研究具有重要的意义。

康金声、李丹，金元辞赋论略，学苑出版社 2004 年版

该书分四个部分，包括金元辞赋专论、金元辞赋年表、金元辞赋
作家索引、金元赋名篇介绍，其中第一部分是理论研究，涉及元代的
重要赋论观念，后面三个部分具有资料性质。

曹虹，中国辞赋源流综论，中华书局 2005 年版

全书共分四大部分，分别为："源流篇""思想篇""理论篇""域
外篇"，由 18 篇专题论文组成。每篇论文均主旨鲜明，而运思独特，
能够通过一个问题的研究，从而解决赋体文学发展史上的诸多问题，
包括赋的源流、文人集团与赋体创作、孟子思想对汉赋的影响、"遂
初"系谱的形成、《文选》赋立"物色"一目的意义等都非常具有代表
性，"域外篇"则主要研究中国与朝鲜在赋体文学上的交流，对我们
了解朝鲜赋学的发展具有重要价值。

程章灿，赋学论丛，中华书局 2005 年版

全书由 14 篇论文组成，大体可以分为两类，一是对中国古代赋

学文献的考察与梳理，如赋学文献综论、唐宋元石刻中的赋、赋学文献零拾等，包括其他的一些考证文章，足以填补前人研究空白；二是对赋史的个案研究，如地理发现与政治定义——论郭璞《江赋》、说《七观》——七体的革新及其文体环境等，古典文体的现代命运是对20世纪境内外赋体文学新发展的考察。全书最后部分包括一篇书评和100首论赋绝句。

许结，赋体文学的文化阐释，中华书局2005年版

全书由18篇论文组成，作者在前言中指出，文章共分四类：汉赋与文化的研究、赋与诗的交叉研究、赋体文学与诸学科关系的研究、律赋与科举的研究。其中如汉赋与帝京文化、汉赋与宗教、汉赋与亚欧文化交流、赋体文学与都市文明的研究都对赋体文学的深入研究具有重大推动作用，书中关于科技赋、艺术赋、论文赋以及律赋文体的研究也很有新意。

余江，汉唐艺术赋研究，学苑出版社2005年版

全书分为三个部分，分别为乐舞赋、书画赋、杂技赋的研究，对汉唐以来赋体文学中的音乐、舞蹈、书法、绘画、杂技等题材都有深入的研究，对于我们认识汉赋与艺术的交融具有重要价值。

曹胜高，汉赋与汉代制度——以都城、校猎、礼仪为例，北京大学出版社2006年版

该书是第一部较为全面地从都城、校猎、礼仪等制度出发研究汉赋的著作，对于汉赋与汉代制度关系的论述极为充分，全书不仅对文献有详细梳理，而相关论述也较为严谨，并具有新意，对汉赋的研究具有推动作用。

刘朝谦，赋文本的艺术研究，中国社会科学出版社、华龄出版社2006年版；华龄出版社2013年版

全书分五章，分别为：赋的文体研究、赋体文学的文人性、赋文本的虚构与真实、文术——赋文意象的原型研究、赋文本语言的诗

性，全书论证较能突破前人成说，对于赋体文学发展史上的重要问题都有自己独到的看法。

刘刚，宋玉辞赋考论，辽海出版社 2006 年版

全书分为四个部分，分别为：作品真伪考论、作品主旨考论、作家生平思想考论、作品地理考及其他，对宋玉作品的真伪以及思想主旨和作品中涉及的地理都有自己较为独到的见解，持之有故，甚至作品中涉及的部分地理描写，作者曾亲自前往考察，对于推动宋玉及其辞赋的研究具有重要意义。

武怀军，金元辞赋研究评注，群言出版社 2006 年版

全书分为上下两编，上编研究金元辞赋发展的概况，包括对赵秉文、元好问等代表赋家的具体分析；下编是对 23 位赋家 39 篇作品的评注。

王焕然，汉代士风与赋风研究，中国社会科学出版社 2006 年版

全书共六章，分别为：西汉初期、西汉中期、西汉晚期、东汉前期、东汉中期、东汉末期，以时间为序，将随时代演变的士风与赋体文学的发展、演变结合起来进行研究，从新的视角研究汉赋，对于认识汉赋的全面发展具有重要价值。

郭建勋，辞赋文体研究，中华书局 2007 年版

全书分为五章，包括：辞赋的文体渊源与文体特征（上、下）、大赋与小赋、辞赋的审美特征与表现手法、赋与其他文体的关系，其中对骚体赋、诗体赋、文体赋、七体、律赋、宋文赋等文体以及大赋与小赋的差别均有深入细致的研究，是赋体文学研究的一部重要著作。

侯立兵，汉魏六朝赋多维研究，人民出版社 2007 年版

全书共分九章，包括：承袭与新变：汉魏六朝赋文化精神源流、功利与交际：汉魏六朝赋的生产机制、模拟与批评：汉魏六朝赋的接

受形态、理趣与理障：儒释道（玄）入赋的考察、民俗与通俗：汉魏六朝赋的俗文化观照、文体与载体：汉魏六朝特殊赋体、教化与审美：汉魏六朝艺术赋的文化阐释、宇宙与伦理：都邑赋的城市文化内蕴、符号与象征：汉魏六朝赋的意象构建，每章多有新意，对汉魏六朝赋的研究具有推动作用。

孙海洋，明代辞赋述略，中华书局 2007 年版

全书共分六章，包括：明朝初年的辞赋、永乐至天顺时期的辞赋、成化弘治时期的辞赋、正德嘉靖时期的辞赋、前后"七子"的辞赋、晚明时期的辞赋，以时代为序，以人物为中心，对有明一代的辞赋进行了全面探讨。

孙晶，汉代辞赋研究，齐鲁书社 2007 年版

全书分上下两编，共九章。上编为"辞赋文体论"，包括：西方学者视野中的赋、东亚学者视野中的赋、赋之溯源、赋之界说、散文主潮与汉赋体制演变；下编为"哲学、美学与汉赋的文本阐释"，包括：汉赋中道家思想的消长离合、阴阳五行学说与汉代骚体赋的空间建构、尚奇：汉赋创作的潜在动力、称谓调遣见匠心：汉代七体赋管窥。全书对赋的体制与汉赋中的思想有较为深入的研究。

踪凡，汉赋研究史论，北京大学出版社 2007 年版

该书是第一部汉赋史研究专著，对于汉赋研究的总结与拓展具有重要意义。全书主要分为四章，分别为：两汉：汉赋研究的开创与奠基、魏晋南北朝：汉赋研究的发展与兴盛、唐宋元：汉赋研究的低落与复苏、明清及近代：汉赋研究的总结与深化，对汉赋在历代的接受、传播与研究均有深入研究。

伏俊琏，俗赋研究，中华书局 2008 年版

全书首先由 14 篇专题论文组成，分别为：俗赋概说、试论《汉书·艺文志》"赋"的分类、《汉书·艺文志》"杂赋"考述、先秦两汉时期的"诵"与"诵"的表达方式、先秦时期的民间寓言传说与故事俗

赋的产生、先秦时期民间争奇斗胜伎艺与客主论辩俗赋的产生、成相杂辞与早期歌诀体俗赋、先秦两汉"看图讲诵"艺术与俗赋的流传、汉魏六朝故事俗赋考述、关于《神乌赋》的一点补充、汉魏六朝的客主论辩俗赋、《柏梁台诗》再考证、汉魏晋南北朝的咏物俗赋、近于俗赋的实用文及其他,对俗赋的概念、范围、形成的历史背景以及发展演变的过程、呈现的不同形式,都有详细精审的论述。全书的最后几个部分包括:敦煌遗书中的俗赋及其整理研究情况、敦煌俗赋写卷叙录、敦煌故事俗赋考述、敦煌论辩俗赋考述、敦煌咏物俗赋考述,以上部分是对敦煌俗赋进行的全面研究。该书是新时期赋学研究的标志性成果,对推动赋体文学的深入研究具有重要的价值。

李新宇,元代辞赋研究,中国社会科学出版社 2008 年版

全书共五章,第一章是对元代辞赋文献的调查与整理,对《全元文》中辞赋作品的阙误进行了考述。后面四章分别对元代辞赋的本质特色、元代辞赋理论集与辞赋选集、元代科举考赋、元代辞赋不同时期的情致及其在赋史上的作用地位等问题进行了研究,最后附有元代辞赋作家作品一览表。该书是第一部全面研究元代辞赋理论与作品的著作,对于认识唐宋至明清的赋学思想及创作的演变具有重要的意义。

孙福轩,清代赋学研究,浙江大学出版社 2008 年版

全书共分六章,是对清代赋学的整体研究,上自明末清初,下至清末民初,主要包括:明末清初的经世文统与赋学思想、康雍年间的赋风与赋论、乾嘉道时期的赋学理论、乾嘉道时期的赋学专著、咸同光时期的赋学理论、清末民初的赋学理论等内容,最后附有《清代赋论家年表》。

曹胜高,汉赋与汉代文明:汉赋与两汉史料比较研究,东北师范大学出版社 2009 年版

该书主要就汉赋中有关乘舆、饮食、服饰、音乐、舞蹈、建筑、器物、神仙观念、风俗的内容与史料中的记载进行比对研究,并使两

者互相发明，考证扎实详细，有助于汉赋的深入研究。

彭红卫，唐代律赋考，社会科学文献出版社 2009 年版

全书分为五章，包括：唐代律赋研究的回顾与前瞻、文体因革与律赋的渊源、科举制度与律赋的诞生及演进、律赋之"律"与律赋的特征、唐代律赋作品考论，对唐代律赋形成的渊源、体制以及兴盛的制度原因均有深入的研究。

刘培，北宋辞赋研究，山东人民出版社 2009 年版

全书共分为三个部分，分别为北宋初期辞赋研究、北宋中期辞赋研究、北宋后期辞赋研究，其中既有对时代背景的分析，兼有对作家个案的考察。该书在方法上做到宏观与微观结合，是对北宋辞赋的全面考察。

许结，赋学讲演录，北京大学出版社 2009 年版

全书是作者为南京大学博士研究生讲授赋学课程的实录，共分十讲，分别为：赋源、赋体、赋用、赋集、赋史、赋话、汉赋、律赋、批评与方法、当代赋学，对赋体文学及其发展的各个方面都有深入的解读，并具有通俗易懂和雅俗共赏的特点，既能表现赋学知识的脉络，又能体现课堂教学的生动有趣，是赋学教育史上的典范之作。

赵成林，唐赋分体叙论，湖南大学出版社 2009 年版

全书共分六章，分别探讨唐代的骈赋、律赋、文赋、骚赋、诗赋、俗赋，对唐代赋体文学的体制有全面认识和研究。

郑明璋，汉赋文化学，齐鲁书社 2009 年版

全书共六章，分别为：汉代经学与汉赋、汉代道家与汉赋、汉代时空文化与汉赋、汉代神话、仙话与汉赋、汉代艺术与汉赋、汉代衣食文化与汉赋，对汉赋发展的文化背景有全面的考察。

于浴贤，辞赋文学与文化学探微，中国社会科学出版社 2010 年版

全书分为五编，对赋史及赋家、赋论、辞赋嬗变和当代辞赋创新均有全面研究，其研究范围，上自两汉，下至当代，比较有特色内容包括：论"洛阳赋"之兴衰、论六朝乐舞赋、论陆机赋的东吴情结、论欧阳詹赋、黄道周赋评述、论黄道周骚体赋、都邑大赋之"火凤涅槃"——论当代都邑赋的繁荣，既通观赋史，又重视地域文献，对推动赋学的深入研究具有重要意义。

龚克昌，中国辞赋研究，山东大学出版社 2010 年版
全书包括赋学论文、赋家传记以及作者为他人所撰写的序文、与研赋学人的交往等内容，赋学论文部分是在《汉赋研究》的基础上增加了汉以后辞赋研究的新成果，较有鲜明特色的论文如：《汉赋文学精神长编》《论两汉辞赋与书法》《读晏殊〈飞白书赋〉——兼论飞白书法》，拓展了赋学研究范围。而著作中对部分赋篇的解读、赏析，均能反映出作品的精髓与主旨。

冯小禄，汉赋书写策略与心态建构，人民出版社 2010 年版
全书共八章，分别为：汉赋书写与心态观、流变中的汉赋体类意识、影写：拟骚体中的汉人焦虑、变创：其他骚体赋中的汉人自慰、苞括：大赋中的帝国想象、屏展：七体中的欲望世界、托古：客难体中的汉人发愤、赋家书写与心态迁流，对汉代赋家心态及其在创作上的体现有深入细致的研究。

马庆洲，大汉威仪的颂歌：说汉赋，中国大百科全书出版社 2010 年版
作者按照历史的顺序对汉初、武宣时期、西汉末至东汉初、汉末赋的发展进行研究，重点研究著名赋家的代表性赋作，试图以点带面对汉赋的发展进行描述，结语部分对汉赋的认识价值、美学风貌进行了评述。该书是中国古典文学大众丛书系列中的一种。

## 2011—2020

胡大雷，中古赋学研究，广西师范大学出版社 2011 年版

全书分为四章，涉及面也较广，虽言"中古"，然其上限已论及屈原及《离骚》，以两汉至南北朝时期的赋史为主要研究对象，主要就赋的起源、赋家基本素质、赋的文体特征等问题、赋的主要题材、赋与《文选》的关系、赋与相关文体的关系进行了考察。全书各章以专题的形式展开，能够做到有的放矢，是研究中古赋学的重要著作。

李新宇，元明辞赋专题研究，中国社会科学出版社 2011 年版

全书分为"元代编""明代编"两编，"元代编"包括：元代初期至中期南北赋风由差异走向融合、元代辞赋的复古与尊体、论元代辞赋"祖骚宗汉"的创作实践、论元代考赋制度的变迁、论元代考赋题目与创作、论元赋在赋史上的地位与作用、论吴莱的辞赋理论与创作、论袁桷的文——以其辞赋作品为重点；"明代编"包括：明代辞赋之演进、以颂扬为主调的明代前期辞赋、明代中期的辞赋复古、晚明小品赋兴盛原因及其转变、《赋海补遗》考论、刘基的辞赋。对元明两代辞赋的研究，既有宏观论述，又有个案考察，是对元明辞赋较为深入的研究。

王德华，唐前辞赋类型化特征与辞赋分体研究，浙江大学出版社 2011 年版

全书在"导论"之外，另分上下两编。在导论部分，作者对"辞赋"的概念及演变有细致的辨析，上编研究唐前骚体，下编研究唐前赋体。在"唐前赋体"部分，分别研究小赋、大赋、对问、七体、连珠等各种体制，对各体兴起背景、修辞特征、体制演变、理论批评均有深入的考察。该书的最大特点是以类型化为唐前辞赋分体的标准，在方法与结论上都有许多创新之处，对中国赋体文学的研究具有重要的推动作用。

曹明纲，赋学论稿，上海古籍出版社 2012 年版

全书分上下两辑，分别为"考论篇"与"评析篇"。在"考论篇"，作者对赋的起源以及汉赋、律赋中的重点问题进行了研究，并对元、明、清赋的发展趋势进行了勾勒，还包括对一些赋作真伪的考论，以及对小说与赋、赋与旅游文学关系的考察。"评析篇"是选取部分赋作名篇进行赏析。

何国正、刘蜀子，汉代士人心态与辞赋创作，云南大学出版社 2012 年版

全书共五章，主要研究西汉前期至中期士人心态、西汉后期士人心态、东汉前期士人心态、东汉中后期士人心态与辞赋创作的关系，对汉代赋家心态变迁与辞赋创作之间的各种关系有较为细致的分析。

何新文、彭安湘、苏瑞隆，中国赋论史，人民出版社 2012 年版

该书是对中国古代赋论发展史的全景考察，首先在绪论部分理清了中国赋论的基本内容，然后自第一章至第六章，研究汉代至清代赋论发展历史，包括：汉代赋论的兴起、魏晋南北朝赋论的拓展、唐宋赋论的转捩、元明赋论的赓续、清代赋论的繁荣与终结等内容，最后两章分别考察现当代的新赋学与 20 世纪国外赋学研究概况。全书资料翔实，是对中国古代赋论的全面梳理与研究。

冷卫国，汉魏六朝赋学批评研究，商务印书馆 2012 年版

全书在导言之外，分为十一章，包括：西汉：赋学批评的早期形态及其与经学的关联、东汉：赋学批评的经学化意识及其递变、建安：经学式微与赋学批评的深化、正始：玄学的兴盛与赋学批评的"玄微化"、西晋：讽谏征实与体物浏亮的二元并存、东晋：赋学批评的儒玄色彩及其写意化倾向、元嘉：赋学批评的低落及其拓新、永明：以声律说为中心的赋学批评、梁陈：赋学批评的多元共生及其诗化趋向、北朝：赋学批评从偏宗汉晋趋向南北兼融、结语，以时代为序，对汉魏六朝的赋学批评进行了全面研究。

王士祥，唐代试赋研究，上海古籍出版社 2012 版

全书分八章，包括：唐代试赋的文化传统与时代背景、唐代试赋的科目、唐代试赋的层次、唐代进士科试赋考、唐代试赋的形式特征、唐代试赋的内容特征、唐代试赋的文化精神、唐代试赋特殊韵类考述，细致、深入地研究了唐代科举考赋制度以及试赋的内容、形式与功用。

刘向斌，西汉赋生命主题论稿，中国社会科学出版社 2012 年版

全书分为八个部分，包括：绪论、西汉赋家的生命观与生命价值观、西汉赋的贵生与游仙主题、西汉赋的生命感伤主题、西汉赋的忧国忧民主题、西汉赋的士群体忧患主题、西汉咏物赋的生命主题倾向、西汉赋家的自我期待与他我意识，从学术渊源、时代背景、政治环境等角度，按照主题的不同对西汉赋生命主题进行了全面的研究，是对汉赋研究的深化和拓展。

池万兴，六朝抒情小赋概论，人民出版社 2013 年版

全书分三编，上编共三章，对赋的源流及六朝抒情小赋的生成及流变进行研究；中编共八章，对六朝抒情小赋的精神以及士不遇赋、隐逸赋、山水游览赋、婚姻赋、恋情赋、俗赋、咏物小赋分别进行研究；下编共七章，对六朝抒情小赋的意境创造、形象塑造、铺陈手法、典故运用、比兴作用、内在结构、移情等问题进行研究。另有附录对先秦两汉赋作以及其他时代赋作的研究。

孔德明，汉赋的生产与消费研究，光明日报出版社 2013 年版

全书分为六章，分别对汉赋的生产状况、汉赋的生产者及生产动因、汉赋的生产工具、载体及文本生成、汉赋的生产机制、汉赋的传播流通、汉赋的消费等问题进行了研究，从生产与消费的角度全面考察了汉赋的兴衰历史，对于推动汉赋的深入研究具有重要意义。

彭安湘，中古赋论研究，中国社会科学出版社 2013 年版

全书共六章，分别为：绪论、生发与缘起：中古赋论背景论、主

体与历史：中古赋论流变论、拓展与嬗变：中古赋论内涵论、展示与迁流：中古赋论形态论、回响与辐射：中古赋论影响论，对中古赋论的内涵、产生背景、流变、表现形式及其影响进行了全面深入的研究。

孙福轩，中国古体赋学史论，浙江大学出版社 2013 年版

全书在导论之外包含六个方面的内容：汉魏六朝：古体赋学的发生与成熟、唐宋时期：古律之辨与古体赋学的发展、元明时期：祖骚宗汉与古体赋学的繁荣、清及近代：古体赋学的总结与转型、古体赋学与骚、选及诗文理论的渗融、中国古体赋学的特征——以清代为中心，历时考察古体赋学发生、演变的历史，并对其表现形态和特性进行了研究。

孙旭辉，山水赋生成史研究，中国社会科学出版社 2013 年版

全书在导论之外，分上下两编。上编分两章，对先秦山水文学进行了溯源研究；下编分四章，包括从静态体物到畅游舒怀的审美嬗变——中古咏物赋、宴游赋与纪行赋的考察，由外而内的隐逸进路中山水自然审美品格的提升之途，玄理对体物审美质素的促发，展望：中古语言文学观及审美经验发展的佛禅理路，对山水赋的生成及其意蕴的形成有深刻的研究。

许结，赋学：制度与批评，中华书局 2013 年版

作者在前言中指出，全书收录十八篇论文，可分为三组：第一组前四篇，主要论述汉赋与制度的关系；第二组中七篇，主要论述辞赋与礼乐制度、科举制度的关系，且延伸于当代赋学的制度化思考；第三组末七篇，主要是辞赋批评的专题论述，其中也涉及辞赋与制度问题。全书虽是论文的结集，但主旨鲜明，紧紧围绕制度与赋及赋学的关系展开论述，是一部重要的赋学著作，对赋体文学的纵深研究具有重要价值。

李慧芳，汉代骚体诗赋研究，浙江大学出版社 2014 版

该书涉及对汉代骚体赋的研究。作者将汉代骚体赋定义为《楚辞章句》内的汉人作品和《章句》外以赋名篇的骚体作品，但骚散相间体赋不能称为骚体。全书在绪论之外分为五章，涉及骚体赋的概念及范围、兴起原因与时代背景、情感世界、艺术特性以及在骚体流变史中的地位。客观而言，作者对骚体赋的界定及相关问题的论述是符合汉代实际的，是对汉代骚体赋的拓展研究。书后附有汉代骚体赋作品目录。

赵逵夫，读赋献芹，中华书局 2014 版

全书由 21 篇论文组成，伏俊琏先生在《后记》中指出，全书论文可大致分为三类，一是讨论赋的形成及其特质，二是梳理唐前赋的流变，三是代表性赋家和赋作的个案研究。全书视野宏大，议论精详，对传世文献、出土文献、口传文献、历史遗存、民俗文化遗存进行综合考察，是新时期赋体文学研究的重要成果。

詹杭伦，唐代科举与试赋，武汉大学出版社 2015 年版

全书共分十二章，先从赋体概说讲到赋体律化，对律赋的形成历史和特征进行了勾勒。同时，还包括唐代科举试赋的来源、初唐科举制度、唐代科举试赋的层次、初唐进士试赋考察、初唐律赋作品考、盛唐科举与试赋、中唐科举与试赋、晚唐科举与试赋、五代十国科举与试赋、唐代科举试赋的解镫韵等内容，对唐代律赋的制度性因素和作品进行了细致分析。该书是《中国科举文化通志》丛书的一种。

牛海蓉，金元赋史，人民出版社 2015 年版

全书共分为六章，包括金代辞赋、元前期辞赋(上)——北方赋家、元前期辞赋(中)——南方赋家、元前期辞赋(下)——天下一统与南北赋风的交融、元后期辞赋(上)——科举的恢复与古赋的繁荣、元后期辞赋(下)——"文章之盛，其斯时欤"，从作家的构成及地域、律赋与古赋的发展、科举制的影响等角度对金代尤其对元代辞赋的各个方面进行了细致分析，极具开拓意义。

易闻晓，诗赋研究的语用本位，中国社会科学出版社 2015 年版

书中有与赋学研究相关的内容，例如类推思维的文学推衍、汉代赋颂关系考论、汉赋"凭虚"论、谢灵运诗赋的关联与分异等，尤其是关于赋的思维和汉赋的研究，对于推动汉赋研究具有重要的学术价值。

李华云、陈文敏、罗历辛，唐前游艺赋研究，四川大学出版社 2016 年版

全书在绪论和结语之外，主要由四章组成，包括：唐前游艺赋创作概况、唐前游艺赋的题材、唐前游艺赋中社会生活与思想倾向、唐前游艺赋的艺术特色，其中对题材的分类研究以及艺术特色的分析，对于认识唐前游艺赋具有重要的参考价值。

冯莉，文选赋研究，北京语言大学出版社 2016 年版

全书共分为十七章。前面两章为《文选》文体分类、《文选》赋及其分类编次，其后以赋的类别为章题，包括：京都类、郊祀类、耕藉类、畋猎类、纪行类、游览类、宫殿类、江海类、物色类、鸟兽类、志类、哀伤类、论文类、音乐类、情类，一般由"类名及溯源""文本分析""特点及流变"组成。

许瑶丽，宋代律赋与科举：一种文学体式的制度沉浮，人民出版社 2016 年版

全书分为十四章，包括：北宋前期科举制度与论争、北宋前期科场律赋：承唐之旧，渐变之宋、北宋中期科场制度与科举论争、《赋林衡鉴》：宋体律赋之理论基石、北宋中期律赋：变唐以自立、元祐时期的科举变革与论争、"元祐赋"：以苏门文士为中心的考察、李纲的"崇苏"情结及其律赋创作——兼论"元祐学术"在两宋之交的传播与接受、南宋科举制度变迁与论争、南宋律赋：元祐赋之承继与再变、"乾淳体"律赋、南宋律赋学书籍的编撰、宋代律赋与宋代文学发展、宋代律赋之文学化育，既有历史研究，又有专家、专书的研究，将科举制度的演变与宋代律赋的发展紧密结合在了一起，进一步

拓宽了宋代律赋研究。

刘伟生，《历代赋汇》赋序研究，湘潭大学出版社 2016 年版
全书分上下两编，上编"赋序的体式特征及其结构功能"包括四章：赋序的结构特征、赋序结构的演变、内序的结构功能、外序的多样价值，下编"赋序中的赋学批评"包括四章：从赋序看赋家的题材意识、从赋序看赋家的创作过程、从赋序看赋之用、从赋序看赋之体，以《历代赋汇》所收各类赋序为研究对象，对历代赋序进行了全面细致的研究，具有重要的学术价值。

许结，中国辞赋理论通史，凤凰出版社 2016 年版
全书分为上、中、下三篇，上篇"中国辞赋理论总述"包括绪言、赋体与辞赋理论、辞赋理论文献叙考、辞赋理论的批评形态、辞赋理论的生态与构建，中篇"中国辞赋理论流变"包括绪言、前赋论时代的"赋"与批评——先秦至汉初、以"楚辞""汉赋"为中心的批评（上）——汉代赋论、以"楚辞""汉赋"为中心的批评（下）——魏晋南北朝赋论、以"古赋""律赋"为中心的批评（上）——隋唐赋论、以"古赋""律赋"为中心的批评（中）——宋金元赋论、以"古赋""律赋"为中心的批评（下）——明清赋论、作为"遗产"与"学科"的现代批评（上）——20 世纪前期赋论、作为"遗产"与"学科"的现代批评（下）——20 世纪后期赋论，下篇包括绪言、辞赋本原论、辞赋经义论、辞赋体类论、辞赋章句论、辞赋技法论、辞赋风格论。该书是新时期以来一部十分全面、厚重且极具原创价值的辞赋理论通史，获得第八届高等学校科学研究优秀成果奖（人文社会科学）一等奖。

王树森，都邑赋史论，安徽文艺出版社 2017 年版
全书共分为九章，包括：论古代都邑赋的现代价值、走出俳优——论《两都赋》的赋史意义、极轨之后的双辙并进——从左思《三都赋》到南北朝都邑赋的创制与批评、盛世何以难见大赋——唐代都邑赋及其创作启示、走出宫廷 走向南方——论宋元都邑赋的历史转变、守成与创变——明代都邑赋的多样探索、理论与创作的双重辉

煌——论清代都邑赋、"赋代志乘"说评议——以都邑赋为中心、一次令人深思的文体"复兴"——"百城赋"与古典文体的百年际遇,从历史的角度对都邑赋的产生及其演变的轨迹和特征进行细致研究,其对赋体文学当代价值的论述具有重要的参考价值。

踪凡,赋学文献论稿,商务印书馆 2017 年版

全书分为四编:赋体渊源与早期赋籍——先唐赋学文献研究、文献保存与赋境开拓——唐宋元赋学文献研究、评点与集成——明清赋学文献研究、赋坛新论——当代赋学论著研究,前三编主要由作者的单篇论文组成,考论结合,极为厚重,最后一编是书评,包含了许多学术讯息。在前三编中,对赋体文学的重要问题和重要文献进行了研究,诸如对重要文献注释、版本、评点的研究,极具学术价值,许多研究填补了学术空白。

胡建升,宋赋研究:权力与形式,上海交通大学出版社 2017 年版

全书主要包括:宋赋:一个权力与形式的文学场域、宋代科举与赋风、宋学与赋风、宋代党争与赋风、宋代古文运动和赋风、宋人以文为赋论、宋人以学为赋论、宋赋辨体考述、文赋散文化论、文赋理趣论、宋代科举试赋用韵考述、宋代科举试赋格律论等十二个部分,从权力和形式的视角对宋赋进行了细致入微的研究。

武怀军,《闲情赋》源流概说,商务印书馆 2018 年版

全书分上中下三编共二十一个部分。对"闲情"传统、《闲情赋》及其影响和接受进行了细致的分析。

何易展,清代汉赋学理论与批评,人民出版社 2018 年版

全书共分九章,包括:清代汉赋学要籍概述、清代汉赋学批评与分期、王之绩《铁立文起》与汉赋评论、孙濩孙《华国编赋选》与《华国编文选》、王芑孙《读赋卮言》及其汉赋评论、清代《诗经》学与汉赋、"赋者古诗之流"考辨、清代复古思潮与"古赋"观念、汉赋与清代科

举及经学，从汉赋学的基本典籍、文学批评、专书研究以及与对清代汉赋学产生影响的各个因素的角度，对清代汉赋学进行了全面的研究，对构建"汉赋学"的体系具有重要意义。

冷卫国，先秦汉唐诗赋论稿，中国社会科学出版社 2018 年版

该书中编为"汉魏六朝赋学批评"，由 17 篇论文组成，对汉魏至南朝的赋家、赋作以及重要的赋学观念进行了专题研究，涉及了唐前重要的赋学论题，对于深化唐前赋学研究具有重要的学术意义。

刘培，两宋辞赋史(增订版)，齐鲁书社 2019 年版

全书分为六章，包括：发轫期：宋初辞赋创作探析、宋赋面貌的初步确立：北宋中期辞赋的新变、趋向高雅：北宋后期辞赋的演变、继承与新变：南宋初期辞赋的发展、骋才使气与淳厚渊雅：南宋中期辞赋的繁荣与风貌的确立、表现生活与重塑人生：南宋后期辞赋的发展轨迹，共 42 节，史论结合，全面、细致、深入地对宋代辞赋发展历史以及赋家心态、赋风演变进行了研究，是宋代辞赋研究的标志性成果。

周兴泰，中国文学叙事传统视阈中的唐代辞赋研究，中华书局 2020 年版

全书分为六章，包括：传统赋论之叙事观、题材视角下的唐赋叙事、文体视角下的唐赋叙事、唐赋叙事特性的总体观照、唐赋叙事与修辞、从叙事视角看唐赋与其他文体之关联，分角度地对唐代辞赋叙事进行了研究，拓展了唐代辞赋研究的视野，也是对中国文学叙事传统的深化，具有重要的学术价值。

踪凡，中国赋学文献考，齐鲁书社 2020 年版

作者在《凡例》中指出，"本书所谓'赋学文献'，是指对中国古代赋体文学作品进行编集(含汇集、编选、载录、摘引)、评论、注释的文献，既包括专门性赋学文献，也包括兼容性赋学文献和依附性赋学文献"，全书共分五卷，分别为战国秦汉赋学文献、魏晋南北朝赋

学文献、唐宋赋学文献(含辽金)、元明赋学文献、清代赋学文献，
"每一时期的赋学文献，皆划分为赋总集、赋别集、赋论、赋注凡四
大类。以时代为纲，以类别为目，依次进行编录、介绍和考论"，考
辨结合，具有十分重大的学术价值。

(蒋晓光、禹明莲)

# 中国港台地区赋学著作提要

## 1900—1990

张清钟，汉赋研究，台湾"商务印书馆"1974年版

全书分为九章，前两章总述赋之界说和渊源，后七章分别就汉赋
之产生背景、材料及分类、发展与流变、作家与作品、体制及声律、
特质、评价这七个方面进行探讨。该书在继承前人成说的基础上，有
所演进，归纳清晰，立论平正。

何沛雄，读赋零拾，台湾万有图书公司1975年版

全书仿旧赋话体例，正文八十三则，并附录《"诗人之赋丽以则"
说》一文。正文部分或评论历朝赋作，或考释赋篇本事，或考证文献
著录，或考察选本体例，或评介域外成果，不一而足。眼界广博，议
论精到。

简宗梧，汉赋源流与价值之商榷，台湾文史哲出版社1980年版

全书共五篇，分别就汉赋之文学思想源流、玮字使用情况以及赋
家与儒家之渊源、汉赋的文学价值进行了详细论述，新见迭出，并就
历史上对汉赋的各种疵议进行了辨正，是当时不可多得的力作。

张正体、张婷婷，赋学，台湾学生书局1982年版

本书共分九章，前两章总论赋之本义及赋体的起源与流变，第三

章至第九章分述汉赋、魏晋骈赋、唐宋律赋、宋代文赋和明清八股赋的体制、特色、流变和影响。涉猎广博，叙论清晰。

饶宗颐，选堂赋话，载何沛雄编《赋话六种》，香港"三联书店"1982 年版

全书正文部分五十四则，并附录《释七》《说二八》两篇。正文仿旧赋话体例，讨论赋篇之造语、铸篇、本事，以及诗赋关系、历代赋作等，并附有部分珍贵的馆藏赋学著作文献目录。学力精深，眼界广博，精论频出。

何沛雄，赋话六种，香港"三联书店"1982 年版

该书载录王芑孙《读赋卮言》、魏谦升《赋品》、刘熙载《赋概》、浦铣《复小斋赋话》等清人赋话四种，以及饶宗颐《选堂赋话》和作者本人的《读赋零拾》。

许东海，庾信生平及其赋之研究，台湾文史哲出版社 1984 年版

全书共分五章。绪论部分讨论庾信赋研究之意义；第二章对庾信的家世、生平、交游、思想以及作品流传等各方面进行了系统的考证；第三章对庾信辞赋进行细致的分篇研究；第四章对庾信辞赋的特色进行总体分析，并比较前后期作品的异同；结论部分讨论其时代关系和后世影响。

陈韵竹，欧阳修苏轼辞赋之比较研究，台湾文史哲出版社 1986 年版

全书共分七章，第一章和第七章为绪论和结论，二、三章论述欧阳修辞赋，四、五章论述苏轼辞赋，第六章则从结构、修辞技巧、情志内涵等方面比较二家辞赋。该书对宋代具有代表意义的欧、苏辞赋进行了系统的分析，其结论具有信服力，其研究方法也颇有启发意义。

何沛雄，汉魏六朝赋家论略，台湾学生书局 1986 年版

全书主要分为正文和诠释两个部分,正文部分简论汉魏各赋家的风格和地位,注释部分论述各家的身世、学养、赋作及学界的研究成果,书末附《现存汉魏六朝赋作者及篇目》。正文用骈体写作,语体典雅。

曹淑娟,汉赋之写物言志传统,台湾文津出版社 1987 年版
全书共分五章,分别论述汉赋之本质、汉赋之历史因缘、汉赋之言志传统、汉赋之写物传统等。其论汉赋之写物传统,从问答形式、铺陈表现、章句安排、讽谕技巧四个方面入手;论言志传统,则从悲士不遇、时代忧患、量力知命等方面出发,论颇中肯。

李曰刚,辞赋流变史,台湾文津出版社 1987 年版
全书分为七章,并书首有总论一篇。总论概说辞赋之界说、渊源和流别;其后七章则分论骚赋(楚辞)、短赋(荀赋)、古赋(汉赋)、俳赋(魏晋南北朝赋)、律赋(唐宋赋)、散赋(宋赋)、股赋(明清赋)各体。该书对辞赋在文学史上的流变考察较为详细、明晰。

何沛雄,汉魏六朝赋论集,台湾联经出版事业公司 1990 年版
全书共收论文九篇,其中《略论〈汉书〉所载录的辞赋》《现存曹植赋考》《现存陆机赋考》三篇偏重文献学上的研究,《〈子虚〉、〈上林〉与〈七发〉的关系》《〈文选〉选赋义例论略》《江淹〈恨赋〉、〈别赋〉论析》《六朝骈赋对句形式初探》等数篇多从文本出发进行研究,《〈上林赋〉作于建元初年考》《班固〈西都赋〉与汉代长安》偏重历史的研究。书末附西方汉学家汉魏六朝赋译著、评介三种。

廖国栋,魏晋咏物赋研究,台湾文史哲出版社 1990 年版
全书除引言和结论之外,共分 12 章。第一章"魏晋咏物赋探源"、第二章"魏晋咏物赋之鼎盛"总论其渊源、背景以及兴盛的原因、第三章至第九章分论咏物赋之天象、地理、植物、动物、器物、建筑、饮食等七类、最后三章对魏晋咏物赋之组织形式、修辞技巧、情志内涵等方面进行综合探讨。

# 1991—2000

简宗梧，汉赋史论，台湾东大图书公司 1993 年版

全书共分两编，上编为"汉赋史料之编纂与考辨"，共七个专题，就《全汉赋》的编撰以及汉赋辨伪问题进行了探讨，并对部分赋篇进行了个案研究；下编为"汉赋本质与特色之历史考察"，共四个专题，就赋的性质、语言以及赋家在赋体文学发展中的意义进行了论述。全书方法独特，新见迭出。

郑良树，辞赋论集，台湾学生书局 1998 年版

全书收录论文十篇，其中辞赋研究论文七篇。前四篇为楚辞论文：《屈赋与淮南子》《论宋玉赋的真伪》《宋玉作〈九辩〉的论证》《论〈宋玉集〉》；后三篇为赋学论文：《司马相如〈子虚〉、〈上林〉二赋的分合问题》《司马迁的赋学》《出题奉作——曹魏集团的赋作活动》。

简宗梧，赋与骈文，台湾书店 1998 年版

全书共七章，探讨赋与骈文的发展史。首章为绪论，第二章至第六章分叙先秦辞赋与骈辞偶句、秦汉辞赋与骈文、魏晋南北朝辞赋与骈文、唐五代辞赋与骈文、宋代辞赋与骈文，末章讨论赋与骈文的文学史地位。

黄水云，六朝骈赋研究，台湾文津出版社 1999 年版

全书分为八章，除首章绪论与末章结论之外，其余六章则分叙六朝骈赋之发展及其变化趋势，重要骈赋作家及其作品、内涵、形式技巧、性质以及评价与影响。书末附录有六朝辞赋之作者、篇目、残佚、骈偶、状况及其出处一览表。

朱晓海，习赋椎轮记，台湾学生书局 1999 年版

全书收录赋学论文六篇。《赋源平章只隅》一文探讨了汉赋的七种模式；《某些早期赋作与先秦诸子学关系证释》一文提出了赋是受

命于诗人而拓宇于诸子的新见;《论〈神乌傅〉及其相关问题》《〈两都〉、〈二京〉义疏补》《论张衡〈归田赋〉》《自东汉中叶以降某些冷门咏物赋作论彼时审美观的异动》等论文也都新见迭出,思颖学深。

洪顺隆,辞赋论丛,台湾文津出版社 2000 年版

本书收录辞赋论文十一篇。前三篇分论《离骚》《九章》和《九歌》;第四篇到第八篇讨论《洛神赋》,或考察创作年代,或考论赋坛投映,或考述后代接受等;最后三篇则分别讨论潘岳赋、范仲淹赋以及初唐赋与三教思想的关系。

廖国栋,建安辞赋之传承与拓新:以题材及主题为范围,台湾文津出版社 2000 年版

全书分五章,除了首章绪论与末章结论之外,剩余三章分别讨论建安辞赋之时空场景、题材之传承与创新、主题之传承与拓新。其论题材则梳理从屈宋以来辞赋题材之变化,从而见出建安辞赋之通变;其论主题分征战、游戏、生命、神女闲邪、妇女婚姻诸类,分别讨论其承与变。

许东海,诗情赋笔话谪仙:李白诗赋交融的多向面考察,台湾文津出版社 2000 年版

全书共收录研究李白赋的论文七篇,从诗赋交融的角度多面向地考察李白的诗赋特点,是研究李白诗赋的专题论著。

# 2001—2010

蔡辉龙,两汉名家畋猎赋研究,台湾天工书局 2001 年版

全书共分七章。前三章偏重考证,分别考证汉代畋猎赋的作者生平与著作、畋猎赋作文字的异同、地理名物;第四章至第七章偏重文本剖析,包括了汉代畋猎赋的内容分析、结构分析、用韵探索、写作技巧分析四个部分;末章讨论了汉代畋猎赋的评价问题。

詹杭伦，清代赋论研究，台湾学生书局 2002 年版

全书绪论之外，共分十章，分别为清代赋论背景、清代赋学分期及赋论分类、清代赋的总集及其编排方法研究，以及清代"八股文赋"论争、"以赋论赋"作品、律赋与科举之关系、律赋的审题与结构、律赋平仄、律赋用韵、律赋注解方法研究。

李翠英，六朝赋论之创作理论与审美理论，台湾万卷楼图书有限公司 2002 年版

该书分十一章。首章为绪论，第二章至第四章总述六朝赋论及其背景、流变；第五章至第七章讨论"丽文缛辞""比兴物色""巧构形似"等创作理论；第八章至第十章讨论"文丽说""情性说""征实说"等审美理论；末章结论探讨该论题的价值、创新及前景。

许东海，女性、帝王、神仙：先秦两汉辞赋及其文化身影，台湾里仁书局 2003 年版

该书收录五篇论文。首篇讨论宋玉情赋承先启后的一面；第二、三篇讨论汉赋中的女性书写和内涵，以及从《列女传》到《女诫》看汉赋中的女性论述；第四、五篇讨论汉赋与神仙结合的主要类型和意涵，以及从《鬼谷子》看司马相如、扬雄赋中的神仙论述。

林天祥，北宋咏物赋研究，台湾万卷楼图书有限公司 2004 年版

全书分为九章。首章为绪论，次章考述了北宋咏物赋的篇目，此后各章则分别就其题材分类、藉物言理、抒情言志、议论翻案、艺术特色、境界表现等主题进行讨论，末章评价了北宋咏物赋的成就与局限。

郑色幸，柳宗元辞赋研究，台湾文津出版社 2004 年版

该书共六章，首章和末章为绪论和结论，第二章探讨柳宗元所处的文学环境，第三章对柳赋进行内容分析，对其抒情赋、咏物赋、讽

谕赋、说理赋分别进行讨论，第四章探讨了柳赋的艺术特色，第五章讨论了柳赋的历代评价和影响。

刘培，北宋初中期辞赋研究，台湾万卷楼图书有限公司 2004 年版

该书分为两大章。第一章论宋初辞赋，讨论了宋初的颂美讽谕赋、抒情言志赋，并论《事类赋》、田锡辞赋的新变、王禹偁辞赋的风雅传统等；第二章论北宋中期辞赋，分别考察了此期辞赋的治平心态、淑世精神、屈骚传统等，并论及理学思潮对辞赋创作的影响、文赋的形成，以及欧、梅等人的辞赋艺术。

许东海，讽谕、美丽、感伤：白居易之诗赋边境及其文化风情，万卷楼图书公司 2005 年版

该书分为七章。首章分析了白诗与楚骚香草美人的关系；次章剖析了《长恨歌》的诗情基调、赋笔特征和传奇色彩；第三章讨论《恨赋》与《长恨歌》的关系；第四章讨论白居易诗赋的合流与分际；第五章探讨白氏的诗赋观；第六章讨论白居易谏净意识的诗学、赋学和史学的观照；第七章探讨白氏讽谕的召唤和竞合。

詹杭伦、李立信、廖国栋，唐宋赋学新探，台湾万卷楼图书有限公司 2005 年版

全书分为十一章。首章讨论唐宋赋学研究的意义、问题、研究建议等；第二章、第三章对唐抄本《赋谱》进行探索和校注，第四章考辨《释迦佛赋》的作者，第五章讨论白居易的赋作和赋论；第六章到第十章讨论宋代赋学，包括宋代的辞赋辨体论，范仲淹、苏轼和秦观的赋作和赋论，并对宋代的赋格《声律关键》进行校理；末章讨论《雨村赋话》对《律赋衡裁》的沿袭与创新。

廖志超，苏轼辞赋理论及其创作之研究，台湾花木兰文化出版社 2007 年版

全书分上、下两册，共八章。首章为绪论，次章分析苏轼辞赋创

作的背景与渊源，第三、四章考论苏轼辞赋的数量与系年，第五、六两章作苏轼辞赋分期与分体的讨论，第七章讨论苏轼辞赋成就与价值。书末附录有"苏轼辞赋创作年表"和"苏轼辞赋编年汇评集"。

吴仪凤，咏物与叙事：汉唐禽鸟赋研究，台湾花木兰文化出版社2007 年版

全书分为七章，除了绪论和结论外，第二章总论禽鸟赋的两大类型，即咏物与叙事，剩余四章分成汉魏、两晋、南北朝、唐代四期讨论禽鸟赋的演变与特色。书末有五篇附录：《沈约〈反舌赋〉、〈天渊水鸟赋〉声调谱》《四篇〈鸳鸯赋〉声调谱》《太平歌词〈渔翁得利〉》《唐代律体禽鸟赋篇目一览表》《历代禽鸟赋目录》。

王良友，中唐五大家律赋研究，台湾文津出版社2008 年版

该书分为七章。首、尾两章分别为绪论和结论，中间五章分别就中唐五大家律赋的创作背景、内容分析、形式分析、修辞分析、特色、评价和影响等方面进行探讨。书末附录有中唐五大家律赋的全文。

游适宏，试赋与识赋：从考试的赋到赋的教学，台湾秀威信息科技股份有限公司2008 年版

该书分上下两编。上编讨论考试的赋，分四部分：限制式写作测验源起之一考察——唐代甲赋的测验型态与能力指标、《全台赋》所录八篇应考作品初论、元代应考学赋手册——试论陈绎曾《文筌》中的《赋谱》、考场外的挑战——试论清代顾元熙《沛父老留汉高祖赋》；下编"赋的教学"，分为五部分：在现代文学中发现赋、赋改编为超文本文学之尝试——以尤侗《七释》为例、研究物情与褒赞国家——王必昌《台湾赋》的两个导读面向、解析赋学常识之一——赋分古赋、俳赋、律赋、文赋的形成、解析赋学常识之二——祝尧《古赋辨体》赋衰于唐的赋史论述。

许东海，风景、梦幻、困境：辞赋书写新现象，台湾里仁书局

2008 年版

全书由五篇文章组成。首篇写苏轼饮食赋之困境观照及其文类书写策略，次篇从陶、柳辞赋论归田书写的文类流变及其创作意蕴，第三篇讨论《昭明文选》"情"赋及其讽谕色彩在六朝文学史上的意义，第四篇对比研究柳宗元的游记和辞赋，末章讨论杜甫诗歌中的辞赋踪迹和创作意蕴。

何祥荣，汉魏六朝邺都诗赋析论，香港大学饶宗颐学术馆 2009 年版

全文除导论与结论外，分为四章。首章讨论邺都的历史沿革，后三章分别讨论建安、魏晋、南北朝时期的邺都诗赋。该书结合了史学、舆地学、方志学、文选学等进行研究，视野广博。

林丽云，六朝赋之抒情传统与艺术表现，台湾花木兰文化出版社 2009 年版

该书分为五章。首章论六朝赋之特质，次章分文学思潮、哲学思想、时代背景三个部分讨论六朝赋的外缘因素，第三章述其抒情传统，第四章从取材造象、结构设计、修辞技法三方面探讨其艺术表现，末章总结全书。

王晴慧，从赋的文体定位论中国叙事诗的形成与发展，台湾花木兰文化出版社 2009 年版

全书分上下两册，共六章。除首章绪论和末章结论外，其余四章分别讨论中西诗歌关于"叙事"特质的表现方式，分析屈赋、汉赋的叙事诗特质，并重新诠释叙事诗在中国诗歌史上的发展历程。书末附有《屈宋赋及汉赋中以叙事手法呈现之作品举要表》。

谢育争，李白古赋研究，台湾文津出版社 2010 年版

全书共分七章。其中首尾两章为绪论和结论，第二章述李白的生平著作，第三章述赋体的形成与发展，第四、五、六三章分论李白古赋的渊源、修辞和艺术特色。书末附录有宋蜀刻本《李太白文集》古

赋八篇、《李白古赋于各版本中之位置表》、《李白古赋八篇之编排位置表》、《李白生平踪迹图》、《李白古赋八篇题材类型表》、《李白古赋系年表》等。

## 2011—2015

陈葆真,《洛神赋图》与中国古代故事画,台湾石头出版股份有限公司 2011 年版

该书除首尾的导论与结论外,分成七章。首章介绍曹植和《洛神赋》,次章讨论辽宁本《洛神赋图》的表现特色与相关问题,第三章论述汉代到六朝时期故事画的发展,第四章分析辽宁本所反映的六朝画风并推断其祖本创作的年代,第五章讨论探讨辽宁本中赋文与书法的断代问题和六朝时期图画与文字互动的表现模式,第六章论述北京甲本《洛神赋图》及其相关摹本,第七章叙论传世《洛神赋》故事画的表现类型与风格系谱。

潭澎兰,六朝小赋研究,台湾花木兰文化出版社 2011 年版

该书分为四章,分别就六朝小赋的历史源承、创作背景、情志内涵、写物技巧四方面进行讨论。条理清晰,论述简洁。

李燕新,东坡辞赋研究:兼论苏过辞赋,台湾花木兰文化出版社 2011 年版

该书分上下两册,共六章,首尾两章为绪论和结论,第二章为东坡赋考述,第三章分八类讨论东坡赋的情志内涵,第四章则分骚体、古赋、骈赋、律赋和文赋讨论其艺术特色,第五章对东坡之子苏过的辞赋进行探析,末章结论全书。书末附录《苏轼苏过辞赋创作年表》《东坡传世辞赋书迹》《苏轼苏过辞赋全文辑录》三种。

黄水云,传承与拓新:唐代游艺赋书写,台湾文津出版社 2012 年版

该书共十章。首尾二章为绪论和结论,第二、三章总论唐代游艺

赋的传承与拓新，第四章至第七章将唐代游艺赋分博弈赋、乐舞赋、杂技赋、竞技赋四种类型进行介绍，第八章论述唐代游艺赋之文化内蕴与艺术特色，第九章探讨其影响。

黄水云，中国辞赋论丛，台湾文津出版社 2012 年版

全书共收录九篇辞赋研究的论文：《论荀子〈赋篇〉及其对后世赋作之影响》《从曹植对前代文学作品之融化创新——论〈洛神赋〉对〈楚辞〉之继承与开创》《试论六朝艳情赋及其艺术表现》《论六朝赋诗化之原因及表现》《论南朝骈赋之对偶现象》《试论颜延之〈赭白马赋〉之艺术表现技巧》《丑女赋初探》《论梅尧臣与范仲淹之〈灵乌赋〉》和《方苞〈七夕赋〉论析》。书末附录《金元赋家及赋作一览表》《明代赋家及赋作一览表》《明清之际赋家及赋作一览表》《〈全台赋〉所载赋家及赋作一览表》。

丁忆如，司马相如赋篇之音韵风格研究，台湾花木兰文化出版社 2012 年版

全书分为绪论、相如赋声母表现的音韵风格、相如赋韵部表现的音韵风格、相如赋声调表现的音韵风格、相如赋叠字及双声叠韵现象、结论等，从语言学的角度对司马相如赋的音韵情况进行了研究。

吴仪凤，赋写帝国：唐赋创作的文化情境与书写意涵，台湾万卷楼图书有限公司 2012 年版

全书正文六章，附录两章。正文除绪论与结论部分外，其他四章分论体国经野与汉唐赋的帝国书写、唐代自然物象赋作的书写特质、唐赋的经艺书写、唐代典礼赋创作的文化情境。附录二章讨论张衡《二京赋》的帝京书写与讽谕意涵，以及汉赋与汉代经学关系。

许东海，经典与世变的辞赋书写，台湾里仁书局 2013 年版

该书包含六篇辞赋研究论文，分别讨论庾信赋的世变与情志书写、唐"美丽"赋之书写形态及其文化意蕴、唐赋明镜书写之主要类型及其当代观照、欧阳修《秋声赋》之困境隐喻及其世变写真、苏轼

黄州辞赋之经典转化与困境对话、宋濂《蟠桃核赋》之仙道书写及其明初史学意涵等。

王欣慧，作赋津梁：明代万历年间辞赋选本研究，台湾五南图书出版有限公司 2015 年版

该书对《辞赋标义》《赋珍》《赋苑》《赋海补遗》《赋略》等书进行了细致的研究。

（程维）

20世纪以来赋学研究大事记

# 1984 年

中国韵文学会成立，全国赋学会同时成立，黄君坦担任会长。

# 1988 年

在湖南衡阳召开第一届全国赋学研讨会。会议由湖南师范大学主办。赋学会改选马积高担任会长，龚克昌担任副会长，万光治、康金声、高光复担任理事。

# 1989 年

在四川江油召开第二届全国赋学研讨会，会议由四川师范大学主办，会议论文经万光治主编汇集，由巴蜀书社出版，题名"赋学研究论文集"。

# 1990 年

在山东济南召开首届国际辞赋学研讨会，会议由山东大学主办，会议部分论文刊载于龚克昌主编《文史哲》1990 年第 5 期。

# 1992 年

在香港召开第二届国际辞赋学研讨会，会议由香港中文大学主办，会议论文经邝健行主编汇集，出版《新亚学术集刊·赋学专辑》。

# 1996 年

在台北召开第三届国际辞赋学研讨会，会议由中国台湾政治大学与美国华盛顿大学联办，会议论文经简宗梧主编汇集，由政治大学文学院编印出版《第三届国际辞赋学学术研讨会论文集》。

# 1998 年

在江苏南京召开第四届国际辞赋学研讨会，会议由南京大学主办，会议论文经许结主编汇集，由江苏教育出版社出版，题名"辞赋文学论集"。

# 2001 年

在福建漳州召开第五届国际辞赋学研讨会，会议由漳州师范学院主办，会议论文经林继中、龚克昌主编汇集，由中国文史出版社出版，题名"辞赋研究论文集"。会议期间改选全国赋学会机构。选举龚克昌担任会长，万光治、许结、高光复、康金声担任副会长，许结兼任秘书长，韩晖担任副秘书长，选举龚克昌、万光治、许结、高光复、康金声、徐宗文、郭建勋7人担任常务理事，龚克昌、万光治、许结、高光复、康金声、徐宗文、郭建勋、程章灿、毕庶春、詹杭伦、刘毓庆、伏俊琏、章沧授、何新文、叶幼明、于浴贤、施榆生、曹明纲、韩晖、阮忠、孙纪纲21人担任理事。聘请学会顾问4名：康达维、简宗梧、何沛雄、林继中；特邀理事10名：朱晓海、游志诚、高桂惠、欧天发、白承锡、金周汉、谷口洋、彭深川、高德耀、苏瑞隆。

# 2002 年

在辽宁大连召开第一次全国赋学会常务理事会，讨论召开第六届赋学会事宜。

# 2003 年

在四川成都召开第二次全国赋学会常务理事会，讨论出版《中国赋学》事宜。

# 2004 年

在四川成都召开第六届国际辞赋学研讨会，会议由四川师范大学主办。会议期间，召开了常务理事会，增补伏俊琏、于浴贤为常务理事；踪训国、刘朝谦、吴广平、曹虹、王晓卫、冯良方为理事；邝健行、李立信、金周淳、许东海为特邀理事。

# 2007 年

在甘肃兰州召开第七届国际辞赋学研讨会，会议由西北师范大学主办。

# 2009 年

在云南楚雄召开第八届国际辞赋学研讨会，会议由云南楚雄师范学院、云南大学联合主办。

# 2010 年

浙江省辞赋学会在杭州成立，王翼奇任首届浙江辞赋学会会长。

# 2011 年

在福建泉州召开第九届国际辞赋学学术研讨会。
在河南洛阳举办海峡两岸辞赋学术研讨会。

# 2012 年

在贵州贵阳举办第十届国际辞赋学学术研讨会。会议由贵州师范大学主办，会议期间改选全国赋学会机构，选举许结担任会长，伏俊琏担任秘书长、潘务正担任副秘书长。会议论文由易闻晓主编汇集，齐鲁书社出版，题名"中国赋学"。

# 2013 年

在四川临邛举办邛崃赋学高端论坛，会议论文由刘朝谦、王峰主编，四川人民出版社出版，题名"2013 中国邛崃国际赋学会论文集"。

在贵州贵阳举办盛览故里辞赋高峰论坛，并与中共瓮安县委宣传部、瓮安县文学艺术界联合会、瓮安赋学会共同承办中国·贵州·瓮安盛览杯瓮安赋全国征文大赛。赵薇荣获一等奖，邓骁、周晓明、张奇峰 3 人荣获二等奖，黄纯南等 6 人荣获三等奖，屈杰等 30 人荣获优秀奖。

在河南(洛阳)举办周公赋全球征文大赛。贵州师范大学教授易闻晓荣获一等奖，中国青年诗赋家协会执行主席任美霖、重庆市綦江区发改委物检所所长胡健荣获二等奖；江西省九江市教师段守仁、美国旅美华人王大沐、湖南衡阳县文化馆创作辅导员屈杰荣获三等奖。

# 2014 年

中国香港大学主办"科举与辞赋"国际研讨会。

在陕西西安举办第十一届国际辞赋学学术研讨会，会议由陕西师范大学、延安大学联合主办。

# 2016 年

在湖北武汉、宜昌举办第十二届国际辞赋学学术研讨会，会议由湖北大学、三峡大学联合主办。

# 2018 年

在湖南长沙举办第十三届国际辞赋学学术研讨会，会议由湖南大学主办。

（禹明莲）